TOUT CE QUE LA LUMIÈRE EFFLEURE

Titre original : *Everything the Light Touches*

Éditions Faubourg Marigny
La Geste – 11 rue Norman-Borlaug
79620 La Crèche
E-mail : contact@gesteditions.com
Tél. : 05 49 05 37 22

Retrouvez-nous sur www.gesteditions.com,
ainsi que sur Facebook et Instagram.

ISBN : 978-2-38436-280-6

Dépôt légal : 2e semestre 2024

Janice Pariat

TOUT CE QUE LA LUMIÈRE EFFLEURE

Traduit de l'anglais (Inde)
par Typhaine Ducellier

Faubourg * Marigny

Chères lectrices, chers lecteurs,

Quel roman vous tenez entre les mains ! Quelle chance de pouvoir le découvrir pour la première fois !

Quand on nous a proposé ce manuscrit, nous ne savions pas exactement à quoi nous attendre. Un roman indien, sur la nature, quatre temporalités, un texte très long…

Et puis cette première lecture. Et cet enchantement, de page en page. C'est un roman qui nous a bouleversés, qui nous a changés. En mettant la nature au cœur de son histoire, Janice Pariat nous ouvre les yeux et nous fait voir la beauté du monde d'une autre manière.

Vous ne regarderez plus les plantes qui poussent autour de vous comme avant. Vous les regarderez avec admiration, avec pudeur, avec retenue.

Et avec ce sentiment de gratitude intense pour la beauté qui nous entoure.

Très belle lecture,
L'équipe éditoriale de Faubourg Marigny

Attendons, écoutons.

Nous contons souvent cette histoire, et sa version change à chaque fois. Mais voyez-vous, c'est précisément cela, la nature des histoires.

Il y a toujours un arbre, il y a toujours un tigre, il y a toujours un petit oiseau qui connaît les secrets de la forêt et vient en aide à l'humanité. Le reste n'est que de la fumée qui ne tourbillonne jamais de la même façon deux fois de suite.

Nous contons cette histoire autour d'un âtre. Venez, rassemblez-vous près du feu.

Qu'est-ce que ce sera ce soir ?

Un conte sur la prudence et la morale, disent les plus vieux. Sur le fait de vouloir aller trop loin, monter trop haut.

Mais les enfants réclament quelque chose de plus léger, avec des géants qui se transforment en montagnes et leurs paniers en énormes rochers.

Non, protestent les amants, parlez-nous de l'homme qui jouait de la flûte dans les branches, si délicatement, si joliment, qu'il a conquis le cœur de la reine.

Ce soir, nous raconterons l'histoire de la création. Celle dans laquelle un arbre est une échelle en or qui relie la Terre au ciel.

Pourquoi ? demandent les enfants. Pourquoi ?

Pour que les premières tribus de notre céleste peuple puissent circuler librement, en labourant leurs champs terrestres jusqu'au soir, avant de monter se reposer dans la demeure de Dieu la nuit.

Écoutez, à présent, pour découvrir comment l'arbre, l'arbre le plus haut du monde, fut abattu ; pour découvrir comment sept tribus se retrouvèrent condamnées à rester sur Terre ; comment ses branches fouettèrent les terres du Sud, les aplanissant et les enrichissant avec du paillis de feuillage, comment le tronc s'écrasa et sculpta nos collines. Regardez les marques qu'elles continuent à arborer à travers les âges.

Écoutez, écoutez, car une histoire racontée une fois ne l'est parfois plus jamais.

SHAI

À dire vrai, on a déjà trouvé de plus nobles raisons d'entreprendre un voyage.

Un jour, quelqu'un a débarqué en Afrique et a peuplé le monde. Des pèlerins se sont traînés sur des kilomètres pour présenter leurs hommages à leurs dieux. Des gens ont fui la guerre et la faim. Ils s'en sont allés en quête de connaissance et de mondes nouveaux, ouvrant des routes maritimes pour leurs reines et leurs pays. Des personnes ont voyagé pour rendre visite à des malades et à des mourants. Par amour, par envie d'aventure. Pour réaliser leurs rêves les plus chers et les plus précieux. Pour voir les pyramides d'Égypte ou les îles Galápagos. Ils ont épargné, économisé et démissionné de leur travail pour partir en triomphe. Tandis que moi… Bon, pour moi, c'est une situation totalement différente. Je quitte Delhi, cette cité aussi folle que magnifique à l'orée du désert, pour retourner là d'où je viens, dans le lieu le plus humide au monde.

De tout cela, la dame au comptoir ne se soucie pas le moins du monde. Son badge doré brillant indique « Monika », et tout ce qui inquiète « Monika », c'est que le bagage de soute de la passagère face à elle puisse contenir une multiprise.

— Non.

— Pas de noix de coco, madame ?

Enduit d'une couche bigarrée de maquillage, le visage de Monika est impénétrable.

Je décide de lui répondre pour l'instant et de googler cela plus tard :

— Non.

Quoi d'autre ? Mais non, il semblerait que ce soit terminé. Le tapis roulant emporte ma valise en plusieurs soubresauts spasmodiques ; on me tend ma carte d'embarquement avec un bref sourire. Porte 42B.

— Bon vol, madame.

Au moment où l'on m'éjecte de l'autre côté du contrôle de sécurité, je sais tout de la noix de coco, de sa teneur élevée en huile et de sa chair potentiellement combustible. Même si, à ce jour, pas un seul incident impliquant un incendie dans un avion à cause d'une noix enflammée n'a été recensé. En tout cas, pas de celles que l'on trouve dans les arbres.

Dans la partie de l'aéroport qui ressemble à un centre commercial, je circule parmi des pantalons beiges et des pots de beurre corporel, des sacs grands comme des armoires, des femmes en saris parées de bijoux qui vendent des produits de beauté dans l'esprit de la médecine ayurvédique. Une enseigne lumineuse les surplombe, affichant des citations inspirantes. Quelque chose de Rumi : « Ce que vous cherchez vous cherche. » Formidable. Je savais que c'était le destin – le café et moi.

Au niveau supérieur, les files d'attente chez Starbucks sont longues, mais je prends tout de même place dans l'une d'elles. Tout le monde est plongé dans son portable ; je me plonge également dans le mien. Deux messages. Un lien de conférence TED que m'a envoyé mon père (« Les tomates parlent, les bouleaux apprennent : les plantes ont-elles une dignité ? »), que je garde pour plus tard, et un message de « Joseph Bangalore ».

À Delhi ce week-end. Dispo ?

Par « dispo », il veut dire « sexe ». Rapide, efficace, deux rounds le soir et un autre le matin avant qu'il parte sauver le monde. Je plaisante. Il est représentant pharmaceutique, pas quelqu'un que j'aurais pu rencontrer par le biais d'amis ou de collègues, mais c'est ça, la magie de Tinder. Matcher. Parler. Se voir. Regretter. Bien que je ne voie pas Joseph Bangalore suffisamment souvent pour en être parvenue à cette dernière étape. Pour l'instant. Dommage que je doive lui annoncer que je ne serai pas là.

Tu reviens quand, bébé ?

Je déteste quand il m'appelle comme ça.

La porte 42B est nichée dans un coin paumé, au bout d'un long couloir, après des palmiers en pot, des distributeurs automatiques et une statue de garçon chauve en bronze qui travaille perpétuellement sa salutation au soleil. Au-dessus de ma tête, l'aéroport s'élève tel l'intérieur d'une coquille haute de plafond ; sous mes pieds, une moquette couleur diarrhée. Quand j'atteins la porte, c'est déjà bondé. Passagers, bagages, enfants, pêle-mêle entre les sièges et le sol.

Depuis quand le mardi matin est-il un horaire de voyage si populaire ?

Je me tiens à distance et sirote mon café. Mauvais, mais acceptable en comparaison avec ce que propose l'endroit où je me rends. Bonjour, Nescafé.

La dernière fois que j'attendais de la sorte pour monter dans un avion, j'ai croisé une vieille copine d'école ; elle semblait enchantée de me voir tandis que j'étais plantée là, à tenter désespérément de me souvenir de son prénom, *Nandita*, *Namrata*, *Namita*, et alors, comme une magicienne qui effectuerait son tour de passe-passe préféré, elle avait fait apparaître un enfant de trois ou quatre ans de derrière elle. Un enfant !

Elle avait une petite fille. Alors que j'en suis encore à emprunter des boucles d'oreilles lorsque je suis invitée à un mariage.

Nulle intrusion de la sorte cette fois, heureusement, mais il revient. Mon trouble.

Non pas parce que je veux des enfants (je n'en veux pas, du moins je pense ne pas en vouloir), mais à cause d'autre chose. Peut-être est-ce pour cette raison que je pars. Pas à cause de ma camarade d'école, qui n'a toujours pas de nom, mais à cause d'autre chose, innommable également. Pas à cause de l'amour. Ni de la météo, ni d'un besoin de me prouver que j'ai raison, ou tort. Mais parce que quelque chose (j'ignore quoi exactement) s'est perdu.

Face à moi, sur un écran silencieux, un incendie fait rage dans les forêts de, me semble-t-il, l'Amérique du Sud. Le président de quelque part insiste quant au fait que ce n'est pas le cas. *Les médias mentent*, affirment les sous-titres qui défilent sous son visage rose à l'air belliqueux. Alors qu'il est en train d'expliquer qu'il est fallacieux de prétendre que l'Amazonie est l'héritage de l'humanité, mon téléphone sonne.

— Bonjour, Mei.

— Tu rentres à la maison ?

— Oui.

— Tu es malade ?

— Non.

— Tu t'es fait virer ?

— *Non.*

— Alors ?

— Quoi ? Il me faut une raison ?

— Bien sûr que non. Je pose simplement la question, car d'habitude, tu reviens au moment de Noël.

C'est la vérité. Je hausse les épaules.

— C'est l'air, Mei. L'indice est à 7,47 et continue de grimper.

Là-dessus, je ne mens pas. En deuxième position, Delhi talonne de près Bichkek au classement des villes les plus polluées au monde suivant l'indice mondial de qualité de l'air. Bichkek est la capitale du Kirghizstan. Ça aussi, j'ai dû le googler.

— Est-ce que tu as mangé quelque chose ?

J'ai trente-deux ans et ma mère me pose encore ce genre de question.

— Oui.

À trente-deux ans, je lui mens encore.

Il y a un silence, avant qu'elle me demande :

— Et la cérémonie de remise de prix, Shai ?

— Ce n'est pas *mon* prix.

— Non, mais tu devrais être présente, après tout ce que Nah Nah Pat a fait pour toi. Elle fait partie...

— De la famille. Oui, je sais.

Nah Nah Pat est la cousine de ma mère. Elle se trouve à la tête d'une agence chrétienne évangélique de développement pour laquelle j'ai travaillé pendant un temps, au poste à l'intitulé vivifiant d'assistante sociale à la transformation.

Mei garde le silence.

Je soupire.

— J'appellerai pour m'excuser...

— Oui. Et va lui rendre visite dès ton retour.

Le moment est venu de changer subtilement de sujet.

— Mei, penses-tu que les plantes aient une dignité ?

Elle répond qu'elle ne sait pas ; elle n'a pas encore regardé la foutue vidéo.

— Au passage, ajoute-t-elle, ton père s'est encore fait la malle.

— C'est vrai ?

Elle ricane, doucement.

— Oui. Pour une de ses croisades.

Je pose la question, car il le faut bien :

— Où, cette fois ?

— Pas loin. Mais il devient impossible.

Avant qu'elle se lance dans l'énumération des milliers de raisons qui font que, je l'interromps, pas très délicatement :

— Mei, on embarque. À plus tard.

Nous n'embarquons pas. Les stewards, en un troupeau désordonné, se tiennent près de la porte encore fermée. Une fille plus noble que moi aurait dit que dans ce cas, c'était une bonne chose que je rentre à la maison, mais à cet instant, j'ai l'envie égoïste de boire tranquillement mon odieux breuvage.

« Pourquoi rentres-tu, Shai ? » J'aurais aimé pouvoir dire à Mei que parfois, il faut faire le voyage pour le découvrir.

Nous atterrissons en un lieu qui n'est presque pas sur la carte.

Un lieu tellement à l'est de ce vaste pays qu'il donne le sentiment de ne pas en faire partie.

J'émerge de l'aéroport de Guwahati dans une chaleur et une poussière féroces, au cœur d'une nuée vociférante de chauffeurs de taxi. Je cherche du regard Mohun, un type de chez nous supposé me récupérer. Nous faisons toujours appel à lui, même si je ne sais pas vraiment pourquoi. Il est sur son téléphone pendant le plus clair des trois heures de trajet sur des routes de montagne sinueuses et il mâche des quantités inquiétantes de noix de bétel, ouvrant sa portière par intermittence sans s'arrêter de rouler pour cracher un filet de liquide rouge sur l'asphalte. Le long du chemin, nous laissons une collection de petites scènes de crime.

Par chance, c'est lui qui me trouve. « *Ale* », me lance-t-il en khasi bien qu'il soit népalais, avant de me débarrasser de ma valise. Je le suis docilement à travers le parking, jusqu'à une Santro blanche rutilante. L'avantage avec Mohun, c'est qu'il ne se sent pas obligé de faire la conversation, à l'exception de questions quasi monosyllabiques (Clim ? Thé ? Toilettes ?).

Je regarde donc l'Assam défiler par la fenêtre. Après un embouteillage dans le quartier de Beltolam, nous traversons de vastes étendues calmes, des champs bordés de palmiers gracieux, des mares sublimement étouffées par des jacinthes, puis nous arrivons sur l'autoroute envahie de camions, qui fait également office de frontière entre les collines et les plaines. Des magasins d'alcool peuplent le côté du Meghalaya sur la droite, là où les taxes sur l'alcool sont plus basses ; du côté de l'Assam, des marchés animés débordent de produits colorés qui contrastent avec les usines de ciment qui crachent de la fumée blanche en arrière-plan. Tout cela est familier. Tout cela, je l'ai connu toute ma vie. Gravé dans les trajets, toutes les navettes que j'ai faites entre un autre endroit et la maison, puis de nouveau vers l'autre endroit, un ordre étrangement inversé, je sais, mais pour moi, la maison a toujours été non pas un lieu où il fallait vivre, mais dont il fallait partir.

Après avoir traversé Jorabat, une ville crasseuse jaillie de nulle part, nous commençons à monter, et je baisse la vitre, car c'est là que l'air devient plus frais et que la poussière s'estompe. Bientôt, nous sommes dans les montagnes et la descente est longue et abrupte, avec la route qui s'enroule tel un ruban. Je trouve cela singulier, le sentiment résolument intemporel qui émane de ces paysages majestueux. Comme s'ils avaient toujours été ainsi, pérennes et éternels. Mais il y a cinquante millions d'années, tout cela était sous l'eau ; une mer peu profonde s'étendait depuis ces collines jusqu'au Rajasthan. Tout change, à son rythme.

Néanmoins, aujourd'hui aussi, nous pourrions être submergés en ce moment même. Je suis arrivée après la fin de la mousson et les pentes boisées brillent de teintes de vert que je trouve difficiles à décrire aux gens de la ville. Légères et luminescentes comme les premières feuilles à apparaître sur notre planète. Sombres et profondes, de la couleur d'anciennes piscines d'émeraude. Peut-être parce qu'elles ont été tambourinées hors de terre par ce que nous appelons *lap bah*, une pluie si longue et si forte qu'elle est la plus puissante de toutes.

Bientôt, nous nous arrêtons dans un restaurant de fortune, avec des paniers d'oranges précoces, des armées de bocaux de légumes marinés dans du vinaigre et des banderoles ondulantes de paquets de Lay's. Je ne veux rien à part de l'eau et attends pendant que Mohun avale un déjeuner rapide.

Lorsque nous reprenons la route, c'est la fin d'après-midi et le fond de l'air s'est rafraîchi. Il régnera un froid glacial à la tombée de la nuit, mais je serai arrivée à la maison avant, avant que les ombres ne s'allongent et que le soleil ne commence à glisser derrière les collines.

* * *

Nous résidons légèrement en dehors de Shillong, au sommet d'une colline, en haut d'une pente raide.

Mohun passe la première ; en seconde, nous risquerions de caler et de repartir en arrière. Je me prépare. C'est toujours ce drôle de sentiment à l'arrivée, de ne pas être sûre de pourquoi je suis ici, ou même de si je devrais être ici tout court. Les pins nous dominent, leurs ombres sveltes s'abattant sur le pare-brise. Bientôt, Mohun prend le dernier virage et là, sur la droite, flanquée de fourrés de bambous, se tient la grille verte par laquelle nous devons entrer. Nous nous arrêtons devant un porche avec un garage abritant une Fiat hors d'âge qui n'en sort que lorsque je suis dans les parages. Quand Oiñ, ma nourrice, vivait encore avec nous, elle attendait dehors pour m'accueillir. Aujourd'hui, ma mère sort seule, et il me faut un moment pour me rendre compte que c'est elle, cette dame aux cheveux gris. Cela fait moins d'un an qu'on ne s'est pas vues. Dans quelle faille temporelle a-t-elle vieilli ?

Néanmoins, lorsque je la serre dans mes bras, elle a l'odeur familière de laine, de naphtaline, de crème pour les mains et, à cet instant, de… cannelle.

— Te voilà, dit-elle en prenant mon visage entre ses mains comme elle l'aurait fait avec la flamme d'une bougie.

Je la regarde en souriant. Mohun reçoit son paiement, ma valise est extraite de la voiture, et nous entrons.

Nous vivons dans une grande maison, bien plus grande que l'espace requis pour deux personnes qui ne se parlent pas beaucoup. Et bien plus vide, maintenant qu'Oiñ est repartie habiter dans son village et que les parents de ma mère sont morts. Cela signifie que certaines pièces se sentent inutilisées (car elles le sont) et que personne ne touche à ma chambre. Je la retrouve de visite en visite, anachronique mais familière, palimpseste de toutes les chambres qu'elle a été au fil des années. Tapissée de posters de *boys bands*, de Greenpeace et de stars du tennis ; une vieille collection de cartes postales, « Villes autour du monde » (Rome, Londres, Stockholm, Paris, New York), dont je pensais qu'elle conférait à mes murs une certaine sophistication.

Pour l'instant, nous nous dirigeons vers la cuisine. Mei a préparé un gâteau dont la chaleur embaume l'air.

— Ton préféré, annonce-t-elle en déposant une part devant moi.

J'accepte également son offre d'une tasse de thé. Je la regarde s'affairer avec la bouilloire électrique, la théière, les tasses, sans tenter de l'aider, car je sais qu'elle refusera et me poussera sur le côté. « Tu as fait un long voyage. » Ma mère semble plus mince, comme si ses os s'étaient affinés, mais ses joues sont empourprées. C'est étrange qu'elle puisse paraître si robuste et si fragile à la fois.

— Combien de temps penses-tu rester ? s'enquiert-elle.

Bien que contente de me voir, Mei n'est jamais enthousiaste à l'idée que je reste trop longtemps. Ici, où il y avait, à une époque, toujours des problèmes, ou du moins le risque d'en avoir. Après l'indépendance, quand les habitants de ces collines se sont retrouvés engloutis par l'Assam, avec rien ou presque en commun avec les habitants des plaines à l'exception de frontières nationales redessinées, ils se sont battus pour défendre leur État. Le Meghalaya. Un nom sanscrit accolé à un lieu où personne ne parlait le sanscrit. La maison des nuages. Après cela, une volonté de chasser les Dkhars, les étrangers (les Népalais, les Assamais, les Bangladais, les Bengalais), chaque décennie apportant des vagues fraîches d'agitation. Ma mère ne voulait rien de tout cela pour moi, les couvre-feux et les perturbations violentes, les affrontements entre nos « militants » locaux, l'armée et la Force de police centrale de réserve, dont il semblait y avoir une réserve infinie à amener ici, disait-elle. Alors, quand j'ai eu l'âge de partir, on m'a envoyée ailleurs. En pensionnat, à l'université, pour le travail. Toujours ailleurs. Mei estime que notre ville est une voie sans issue, un endroit où il ne se passe jamais rien à l'exception du militantisme, et où personne ne fait jamais rien de sa vie. Sauf que… je ne suis pas sûre de faire quelque chose de la mienne, moi non plus.

— Alors ? insiste-t-elle. Combien de temps ?

Je lui donne une réponse inédite :

— Je ne sais pas.

Elle s'assied en face de moi.

— Comment ça ? Et le travail ?

— Il va falloir que je trouve autre chose.

— Encore ?

— J'y suis depuis trois ans, Mei ! Et de toute façon (j'inspire profondément)… ils ferment.

Il n'y a plus beaucoup d'espoir de nos jours pour une maison d'édition spécialisée dans les guides de voyages. Nous avons été remplacés par les applications et par Google Maps, nous a expliqué notre patron. Et tandis que le reste de mes collègues s'agitaient en tous sens en quête d'un nouveau travail, je n'ai pas bougé. À la place, j'ai acheté un billet d'avion. Je suis là. Je décide néanmoins de ne pas informer Mei de ma situation professionnelle.

— C'est dommage, finit-elle par dire.

Je bois une gorgée de thé, mais je me précipite. La boisson est chaude et je m'ébouillante la langue.

— Attention, avertit-elle avec un froncement de sourcils.

— Grace vous passe le bonjour.

J'espère que ça va l'apaiser. Ma colocataire est une véritable charmeuse de parents ; Mei ne lui a jamais parlé autrement qu'au téléphone, mais cela suffit pour que Grace exerce son pouvoir magique.

— Oh, comment va-t-elle ?

Grace va bien, lui dis-je, elle travaille en tant que conseillère dans la très réputée Bluebells School. Mon amie est la fille dont ma mère serait fière ; moi, pas tant que ça, je pense.

Le gâteau, moelleux et tiède et saupoudré de noix, est un délice.

Je bois mon thé avec précaution et demande comment va papa. Elle resserre ses mains autour de sa tasse. La vapeur s'élève délicatement devant son visage.

— Pourquoi ne vas-tu pas voir par toi-même ?

— D'accord. Comme tu veux.

— Tu n'auras qu'à lui apporter son thé.

Lorsque je sors de la maison un peu plus tard, un thermos à la main, les collines ont commencé à s'assombrir. Il ne reste pas plus d'une heure de lumière naturelle. Delhi semble très loin. C'est toujours le même sentiment, quand j'arrive ici. Le soudain rétrécissement du monde. Par certains aspects, j'ai moi aussi l'impression d'être reformatée, comme si j'étais plus petite, plus compacte.

Je monte la route coloniale sinueuse ; notre quartier est l'un des derniers dont les maisons anciennes se dressent encore intactes, avec leurs toitures basses, leurs murs blanchis à la chaux, leurs haies taillées, avec des noms comme « Hacienda » ou « Petit Nuage ». En grande partie, Shillong a été jetée en pâture à la construction frénétique, un fatras peu glorieux de structures en ciment improvisées, pour la plupart illégales bien sûr, dans une zone sismique comme celle-ci. La ville est régulièrement agitée de tremblements ou de séries de légers grondements. Des avertissements de ce qui s'apprête à arriver, comme se plaît à le dire ma mère sur un ton qui porte à croire qu'elle le souhaite presque.

Mon père n'a pas ce genre d'opinions. De fait, c'est difficile de discerner s'il a un avis sur quoi que ce soit, à l'exception des choses qui grandissent dans le jardin. Et à l'exception des arbres, aussi. Particulièrement quand ils risquent d'être abattus. Ah, et à l'exception de la « cécité botanique » (la tendance humaine à sous-estimer ou ignorer la flore qui nous entoure), qui, d'après lui, est le plus haut crime commis par notre espèce.

D'aussi loin que je me souvienne, il a toujours été comme ça. À faire pousser des plantes et à les sauver du gel et des pucerons et de l'excès de pluie. Il n'est pas aussi grand que ma mère et il a une carrure plus corpulente, moins élancée, avec l'air d'être perpétuellement ailleurs. Bien qu'à cet instant, il soit extrêmement présent. Et immobile.

— Bonjour, papa.

— Oh, bonjour.

Il me sourit avec bienveillance, comme si je n'étais jamais partie et que ma visite dans ces circonstances était parfaitement normale.

J'ai atteint les limites de la colonie, là où une forêt de pins s'étend sur les collines. Elle est protégée, ce qui signifie qu'elle n'est pas exposée à la menace de la construction de logements, ni du commerce, mais quelque chose a néanmoins conduit mon père jusqu'ici pour s'attacher à un arbre. J'ai des visions de colonies fortifiées, comme celles de Gurgaon, de Western Heights ou de Maple Crescent. Ou pire, un centre commercial huppé ou une énorme cathédrale.

Au lieu de ça, il m'informe que quelqu'un a décidé d'ériger un mur.

— Pour empêcher qui ou quoi exactement d'entrer ou de sortir, je n'en suis pas sûr, ajoute-t-il. Mais cela signifie abattre des arbres pour faire de la place.

— Combien ?

— Une dizaine au bas mot.

À la façon qu'a mon père de le dire, on pourrait croire que toute l'Amazonie est en flammes.

— Il leur suffirait de réduire l'épaisseur de trente centimètres pour que le mur les évite, continue-t-il en faisant de grands gestes.

Je pose le thermos à côté de lui. Il est assis contre le tronc du plus large des pins potentiellement condamnés.

— Depuis combien de temps es-tu ici, papa ?

— Trois jours. Nous nous relayons, ajoute-t-il à la hâte en voyant l'expression sur mon visage.

D'après Mei, il entre et sort de la maison comme un voleur pour manger, se changer et dormir.

— Qui, nous ?

Je regarde aux alentours. Il n'y a personne d'autre.

Kong Nuramon, apparemment, la dame qui habite en face de chez nous et a sa propre pépinière. Chaque jour de l'année, quelque chose pousse ou fleurit chez elle. Dans sa serre de fortune, dans les indénombrables rangées de pots le long du mur, sur sa véranda, de part et d'autre des marches qui mènent à sa porte d'entrée. C'est la dame aux fleurs de la colonie.

— Et ? Qui d'autre ?

Bah Kyn vient de temps en temps. L'ami le plus proche de mon père, qui vit de l'autre côté de la ville ; compte tenu de la distance, néanmoins, j'ai du mal à voir en quoi il constitue un guerrier écolo fiable dans cette affaire.

— Et qu'est-ce qui va se passer, maintenant ?

— Eh bien, nous n'en sommes pas encore sûrs, admet-il tristement. Kong Nuramon affirme que la forêt tout entière a été vendue au prix d'un lakh, un lakh et demi par arbre. C'est pour cette raison que les officiels sont réticents à l'idée d'intervenir. Mais Bah Kyn essaie d'entrer en contact avec une connaissance de la direction des Forêts qui pourrait peut-être nous aider.

— C'est bien.

Je marque une pause avant de demander :

— Faut-il vraiment que tu sois là tout le temps ?

— C’est mieux. Au cas où.

Il boit son thé, à présent. Maman lui a également fait porter du gâteau. Je m’assieds avec lui. On se croirait à un pique-nique. L’odeur des pins monte autour de nous, humide, avec des notes aigres de paillis. Mon père aussi a l’air plus vieux, gris à la naissance de ses cheveux auparavant d’un noir charbon. *Pourquoi fais-tu cela, papa ?* ai-je envie de demander, mais j’ai peur qu’il me donne une réponse que je ne comprendrais pas. Je reste assise à côté de lui en silence. Cela n’a jamais été son genre de poser beaucoup de questions, alors normalement, c’est moi qui fais l’effort.

— J’ai regardé la vidéo que tu m’as envoyée ce matin, lui dis-je.

Son visage s’illumine.

— C’est fascinant, pas vrai ?

Il se lance dans un bavardage sur la communication des plantes, sur leur immense vocabulaire aromatique, sur leur capacité à se souvenir.

— Les bouleaux peuvent se souvenir d’un événement jusqu’à quatre ans après, annonce-t-il avec ravissement.

Oui, plaisanté-je, ils ont peut-être même meilleure mémoire que moi.

Il rayonne.

— La dame dans la vidéo dit ça, elle aussi.

Il fait noir à présent. L’obscurité est tombée presque aussi soudainement que dans les collines. Ici, dans la forêt, toute lumière a disparu.

— Papa… pourquoi n’irais-je pas demander à Kong Nuramon de venir surveiller… l’activité ici cette nuit, comme ça tu peux passer la soirée à la maison ?

Je m’attends à ce qu’il oppose une résistance ou refuse tout net, mais à ma surprise, il accepte.

Plus tard, alors que nous marchons ensemble en direction de la maison, une pensée s'agite dans ma tête à la manière d'une chauve-souris : *Tous les arbres du monde se souviennent.*

Ce soir, je suis fatiguée. Allongée sur mon lit, j'écoute un étrange silence. À Delhi, il y a toujours le bruit des voitures, des avions qui survolent la ville, du gardien de nuit dont le bâton de marche cogne sur l'asphalte toutes les heures. Ici, ma fenêtre, près de mon lit une place, donne sur la forêt de pins dont mon père tente de protéger l'orée. De là s'élèvent la stridulation des grillons et, en provenance du bord du cours d'eau, un chœur enjoué de grenouilles. Au loin, un chien hurle, bientôt imité par un deuxième, que d'autres encore ne tardent pas à rejoindre. Je suis presque endormie quand, soudain, on gratte abruptement à ma fenêtre.

Sûrement le vent, une branche d'arbre, quelque chose comme ça, songé-je dans ma somnolence. Mais le bruit recommence, une série de coups, comme des graviers ou une violente pluie. Je me lève, écarte le rideau et ouvre la fenêtre. En contrebas, un visage levé vers moi me sourit, aussi rond et brillant que la lune.

— Qu'est-ce que tu fais là ? soufflé-je.

La lune me répond quelque chose dans un demi-murmure.

— Attends.

Je mets un pull, des chaussettes, et je descends à la hâte.

La chambre de mes parents, comme la mienne, est en haut, mais à l'autre bout de la maison. Ils ne peuvent rien entendre du tout. Néanmoins, j'entre dans l'office sur la pointe des pieds et déverrouille la porte de derrière sans bruit.

Sur le seuil se trouve mon ami Kima.

— Bonjour.

Il entre et je l'étreins brièvement. On connaît la chanson. Je referme délicatement la porte et nous allons à l'étage, mais pas dans ma chambre. Nous traversons la salle télé, la salle de bains adjacente, et arrivons sur un petit balcon depuis lequel nous grimpons sur le toit, jusqu'à une plateforme où trônent les citernes d'eau, tels des monstres noirs accroupis. Cela fait presque dix ans que nous venons ici. Je crois que c'est mon endroit préféré au monde, même si jamais je ne l'avouerai à cet idiot. Nous nous asseyons sur le bord, avec les lumières de Shillong étalées devant nous, scintillantes comme des bijoux le long des versants.

— J'ai entendu dire que tu étais de retour, lance-t-il.

— Oui, mais ça ne fait que trois heures. Comment tu l'as su ?

Il hausse les épaules.

— C'est une petite ville.

— Ou alors je suis incroyablement célèbre.

— Je te laisse choisir.

En réalité, il m'a vue dans le taxi de Mohun, à l'intersection de la route principale et de celle pour Lum Kynjai, là où vivent mes parents. Kima se balade en rugissant sur une Yamaha à rayure argentée. Je l'ai rencontré lorsque je sortais avec son ami Dajied (puis nous avons joué ensemble au basket-ball). L'idylle avec Dajied n'a pas duré, mais l'amitié avec Kima, si. Il allume une cigarette, une Gold Flake courte et épaisse, et m'en offre une même s'il sait que je ne fume plus. Il me propose également du *kwai*, un mélange de morceaux de noix de bétel et de feuilles de tabac constellé de citron vert. Je décline ; je ne le lui ai jamais dit, mais le *kwai* me donne la nausée et le tournis. Il rirait, je le sais, et me traiterait de bourgeoise délicate.

— Comment ça se passe avec tes élèves ?

Il souffle et un masque de fumée recouvre son visage.

— Ça se passe.

J'ai fini par réaliser que c'est la réponse de Kima à presque toutes les questions.

— Et toi, comment vas-tu ? me demande-t-il.

— Ça peut aller.

Celle-ci est généralement la mienne.

— Comment vont tes parents ?

Je lui parle de mon père, qui, à soixante-deux ans, s'est attaché à un tronc d'arbre.

— Il est encore dans la forêt ?

— J'ai réussi à le faire rentrer à la maison ce soir.

Il glousse.

— Ta mère doit être furax.

— Tellement furax que sa tension crève le plafond.

Il compatit. Sa mère est malade. Elle souffre de diabète. Il parle rarement d'elle, mais je sais qu'elle était colporteuse dans les rues de Shillong, pour subvenir aux besoins d'un enfant dont le père n'avait même pas assisté à la naissance. Il m'a confié un jour avoir effectué son doctorat en littérature pour qu'elle soit fière de lui. En comparaison avec Kima, mon existence sans but ou presque semble d'une médiocrité abyssale.

— Tu restes combien de temps ?

— Je n'en sais rien.

— Ah bon ? Mais… et ton travail ?

Je lui explique.

— Quelle merde ! Alors il va falloir que tu trouves autre chose à ton retour ?

— Je n'en sais rien.

Kima écrase son mégot et laisse échapper un petit rire.

— Est-ce que tu sais quelque chose, Shai ?

Il plaisante, j'en suis certaine, mais quelque chose se loge dans ma gorge, comme une arête de poisson. J'essaie de tourner la chose à la dérision et déclare que je traverse une période d'âges sombres cosmiques.

— C'est quoi, ce machin ?

— Eh bien, le ciel nocturne n'a pas toujours eu l'aspect qu'il a aujourd'hui, tu vois.

Nous levons les yeux vers les étoiles, brillantes, claires et scintillantes.

— À un moment, pendant une centaine de millions d'années après le big bang, il n'y avait pas d'étoiles, pas de galaxies. Uniquement du brouillard. L'univers était dénué de lumière.

Il me dévisage.

— Tu regardes encore la chaîne des sciences ?

Je hoche la tête.

— Encore plus depuis que j'ai perdu mon boulot.

— Et ensuite, qu'est-ce qui s'est passé ?

— Maintenant, je sais un tas de trucs sur le cosmos.

— Non, andouille. Après les âges sombres, je veux dire.

Je hausse les épaules.

— On est encore en train de le découvrir, je suppose.

* * *

En général, je retourne à Shillong pour de courtes durées, comme de brèves giboulées de printemps.

Je cours à droite à gauche, je fais des emplettes (curcuma, poivre, viande fumée) et rends visite à des gens, surtout des parents, un grand-oncle très âgé, un cousin de passage en ville, une gentille tante qui demandera quand je prévois de me poser et de faire des bébés. J'ai à peine le temps de remarquer que les choses changent (il y a plus de voitures, plus de maisons) et que les choses ne changent pas (les collines, la lumière). À l'occasion de ma dernière soirée ici, mes parents et moi irons dîner dans un bel endroit, qui s'avère toujours être un restaurant situé dans un édifice du patrimoine, sur la colline voisine. Parce que c'est près et pratique.

Puis je repars.

Cette fois, néanmoins, c'est différent. Je n'ai pas de projets. Ni de faire des courses, ni de voir qui que ce soit.

Et c'est étrange. Je suis curieusement agitée, comme lorsque l'on pose pour une photo et que l'on ne sait pas quoi faire de nos mains et de nos pieds.

Je me rends compte que je ne suis pas installée, ici, dans tous les sens du terme.

Que devrais-je faire ? Devrais-je... partir ? À Delhi ? Ailleurs ?

Je me dis que j'ai simplement, pour un temps, besoin de respirer.

Alors je reste au soleil, dehors dans le jardin, où je me retrouve au calme, seule avec mes pensées. Je regarde les chrysanthèmes qui fleurissent. Les goyaves qui mûrissent. Un petit serpent qui ondule parmi les bambous. Les moineaux qui s'envolent puis descendent en piqué. L'herbe qui pousse. Les poinsettias qui passent du vert au doré.

Je trouve aussi de menus travaux à effectuer dans la maison. Nettoyer les tiroirs, ranger les étagères de la bibliothèque. Je parcours de vieilles lettres conservées dans une boîte, mes vieux journaux intimes. À quelles étranges fouilles archéologiques suis-je en train de me livrer ? Je pose la question à Grace au téléphone. « Shai, c'est toi-même que tu cherches. » Et nous rions toutes les deux – même si je me demande : n'est-ce pas la vérité ? Ne suis-je pas en train de me poser la même question que celle que la première créature qui en a été capable a posée en regardant vers le ciel : qui suis-je ?

Certaines après-midi, j'abandonne mon père et les pins pour m'aventurer plus avant dans la forêt. Je n'ai pas fait cela depuis de nombreuses années, et je me promène, croisant parfois un enfant sur son vélo, ou un joggeur, avec le sentiment d'être une étrangère. J'aimerais pouvoir dire que je trouve la paix ici (ou une joyeuse communion), mais à l'exception d'une espèce de contentement mesuré, ce n'est pas le cas. Peut-être la ville a-t-elle anesthésié mon cœur, mes sens. Peut-être parce que, contrairement à mon père, je suis incapable de nommer les choses que je vois. Est-ce pour cette raison que la forêt ne me parle pas ? Parce que pour moi, tout cela n'est que surface ? Les hauts pins disgracieux, les fougères semblables à des épées et à des plumes d'autruche. J'évolue dans un paysage plaisant et tranquille, mais qu'est-ce que tout cela signifie ? Je me sens profondément ignorante quant aux choses du monde.

Cela n'aide pas qu'à la maison une pointe de tension se fasse sentir, de plus en plus nette. Ma mère est un peu agitée, je le vois – « pourquoi n'organises-tu pas ton départ ? » – même si elle ne m'a encore rien dit.

Alors je commence à passer davantage de temps dehors.

Par chance, c'est cette période de l'année où le temps est brièvement figé, entre l'humidité de la mousson et le froid mordant. Je m'aventure en ville. Le long de la rue principale, en direction de la Wah Umkhrah (à une époque une rivière où les Anglais pêchaient la truite, désormais le plus grand égout de ce côté de Shillong, bouché par du plastique de toutes les couleurs). Je passe devant de nouvelles églises, d'anciennes petites maisons incongrues, une rangée de modestes magasins. Une boulangerie, un restaurant chinois. Au-dessus d'eux, des pancartes promeuvent des maisons dans la nouvelle Shillong, une connexion internet plus rapide, un festival de montgolfières (« Admirez la ville depuis le ciel »). Dans les rues, les visages défilent, parfois flous, le nez dans leurs téléphones. Parfois, je saisis des bavardages et des rires.

Dans une ville suffisamment petite pour toujours croiser une connaissance, je ne connais personne et personne ne me connaît. J'erre tel un fantôme.

* * *

Deux semaines après avoir pris l'avion à Delhi, je suis dehors, derrière la cuisine, en train de deviser avec Kong Rit, notre employée de maison. Elle me parle d'un homme de son village qui a disparu et a été retrouvé quelques jours plus tard, « étendu sur un rocher comme un poisson qui aurait séché au soleil ».

— Où allait-il ?

— *Ngam tip*, me répond-elle.

Personne ne le sait.

— Certains disent qu'il a rencontré un *suid tynjang*... tu connais ?

Je connais. Des esprits malins qui détournent les voyageurs du droit chemin, apparemment.

— Mais d'autres pensent qu'il était avec sa maîtresse et qu'il y a eu un drame.

Elle glousse. J'attends qu'elle continue son histoire, lorsque la sonnerie du téléphone fixe nous interrompt, stridente et préhistorique. Mei décroche. « Allô ? Allô ? », l'entends-je crier, comme si elle parlait à quelqu'un sur la lune. Elle ne reste pas en ligne bien longtemps.

— C'était Oiñ, annonce-t-elle. Elle vient à Shillong... pour des examens.

Oh, ce sera formidable de la voir, dis-je, ça fait une éternité. Et là, je sens une petite pointe de culpabilité me transpercer de ne pas m'être donné la peine de rester davantage en contact avec elle.

— Quel genre d'examens ?

Ma mère hausse les épaules. La communication a été coupée et lorsqu'elle a essayé de rappeler, personne n'a répondu.

Je me demande l'âge que doit avoir Oiñ, à présent. Je trouve cela difficile à calculer. Soixante-dix ans, peut-être ? Elle était menue, musclée, forte, et ce n'est que lors de sa dernière année avec nous qu'elle a succombé à une légère prise de poids au niveau du visage et du ventre. Quand je la taquinais à ce sujet, elle disait que c'était ma faute, car j'avais grandi et arrêté de la faire courir partout.

Lors de notre première rencontre, la légende raconte que j'ai aussitôt cessé de pleurer. Moi, un nourrisson de quatre mois emmailloté, morveux, grincheux, et sur notre pas de porte, recommandée à Mei par une amie commune, Oiñ, les bras tendus pour me prendre de ceux de ma mère exténuée. Pendant les vingt ans passés avec nous, elle a fait tourner Mei en bourrique, car elle est aussi têtue qu'elle, mais quelques points lui ont épargné d'être renvoyée : elle n'avait pas de « mauvaises habitudes », ne volait pas, ne fumait pas, ne buvait pas en secret, ne chiquait pas de *khaini* nauséabond. Autre chose rendait Oiñ impossible à congédier aux yeux de Mei : l'amour inconditionnel qu'elle me portait. Elle me donnait le bain, me nourrissait, me berçait, jouait avec moi. Moi aussi, je l'adorais. À tel point que la nuit, si je faisais un cauchemar ou qu'il y avait de l'orage, c'était dans le lit d'Oiñ que je me glissais, et non dans celui de mes parents. « *Khun, thiah suk* », disait-elle. Tu peux dormir tranquille, petite.

Je songe que ce sera bien de la revoir.

Lorsque je rends visite à mon père cette après-midi-là, armée de thé et d'une part de gâteau, je découvre qu'il s'est transformé en mini célébrité. Un journaliste du journal local s'est déplacé pour rédiger un article sur « L'homme-arbre de Shillong ». Bah Kyn, l'ami de mon père, est également présent. Comme toujours, il me fait penser à un pingouin affable. Petit, rond, avec une démarche un peu vacillante. Il arbore le même air distrait que mon père, à la différence près que ses préoccupations n'ont rien de botanique.

Il me tend un prospectus.

— Tiens.

— Qu'est-ce que c'est, Bah Kyn ?

— Mon rêve qui devient réalité, répond-il sur le ton du mystère.

Après l'interview de mon père, le journaliste le prend en photo (devant l'objectif, il a l'air légèrement hébété) avec son énorme reflex numérique puis s'en va. Bah Kyn l'imite, mais Kong Nuramon se joint à nous pour le thé. Je commence à apprécier ce petit rituel. Il n'est de cause que je refuserais de soutenir si elle impliquait des pique-niques de protestation en forêt. Particulièrement lors de fins de journée comme celle-ci, quand le ciel semble promettre qu'il restera toujours bleu et que le soleil brille, chaud et bienveillant.

— Ça pourrait vraiment nous aider tant que le reporter ne met pas la pagaille, dit la dame aux fleurs.

Elle est un peu inquiète, car dans un récent article concernant le couvre-feu en ville, ce même journaliste a écrit que l'on pouvait encore voir des bus « voler » dans les rues. Nos rires s'élèvent entre les arbres tels des oiseaux qui prennent leur envol.

— Pourquoi un couvre-feu ? interrogé-je.

Kong Nuramon grimace.

— Comme d'habitude. Des revendications concernant les permis spéciaux de voyage en zone protégée. Pour empêcher les Dkhars de venir ici.

Puis, comme pour s'éloigner du sujet épineux de la présence de non-Khasi parmi nous, elle dit à mon père à quel point elle a apprécié la vidéo qu'il lui a envoyée sur le groupe de jardiniers de leur colonie, celle sur le *wood wibe web*…

— Le *world wide web*, vous voulez dire ?

— Non. Le *wood wide web*, répète-t-elle avant de montrer la forêt. Tu vois ça ? Ces arbres s'élèvent indépendamment, un par un, mais sous terre, ils sont tous connectés par des filaments. Comme une toile. Comment s'appellent ces fils, déjà ?

— Des hyphes, indique mon père. Ils sont produits par des champignons qui parcourent la terre, de racine en racine.

Sous nos pieds existe un autre monde, apprends-je, un réseau de sentiers biologiques infinis, à travers lequel les arbres partagent ressources, informations et nutriments. Certaines personnes voient cela comme un système concurrentiel, régulé selon l'intérêt personnel, la sanction et la récompense. D'autres croient que les arbres prennent soin les uns des autres et agissent comme des gardiens qui partagent les ressources, une organisation dans laquelle les forts soutiennent les faibles. Un marché libre contre un rêve de socialiste.

Je dis que c'est quelque chose, mais mon père hésite à abonder dans mon sens.

— Je pense que les forêts sont plus compliquées que ce que l'on imagine, hasarde-t-il lentement. Elles vont bien au-delà de ces deux histoires… Nous ne disposons pas encore d'un langage qui nous permette de commencer à parler des arbres.

Nous restons assis en silence, les pins et nous, à écouter la brise.

Ce soir-là, je suis en train de lire dans mon lit lorsque je reçois un message de (surprise) Dajied. *Salut, ça roule ? J'ai entendu dire que tu étais dans le coin.* (Merci, Kima.) Nous nous donnons rarement des nouvelles, voire jamais. Fut un temps où nous étions, disons, très synchronisés quant à mes allées et venues. Nous retenions notre souffle en attendant de nous retrouver. Mais plus maintenant. Néanmoins, je passe trop de temps à tenter de formuler une réponse adaptée, pour finalement opter pour ce que j'avais tapé au départ. *Ça va, merci. Et oui, je suis là.*

Presque immédiatement : *Pour combien de temps ?*

Un moment, envoyé-je vaguement. Je m'attends à ce qu'il suggère qu'on se voie, mais mon téléphone reste silencieux.

Il est particulier. Il l'a toujours été. Bon, d'accord, ce n'est pas tout à fait vrai. Il était mal à l'aise en présence de Mei, mais il faut dire qu'elle ne l'a jamais apprécié et qu'elle ne faisait aucun effort pour s'en cacher. Un garçon du coin, non converti au christianisme, issu d'une famille d'une autre classe sociale, qui vivait dans un quartier surpeuplé de la ville, où toutes les cours arrière de tout le monde communiquaient et où personne n'avait de jardin.

Elle me répétait que je méritais mieux. Et peut-être l'ai-je crue, à l'époque, je n'en sais rien. Peut-être était-ce plus simple de la croire, surtout à la fin. Pour le reste, être avec lui m'avait donné un sentiment… d'opulence.

Mais je n'ai pas envie de penser à Dajied en ce moment. Je l'ai trop fait, lorsque nous étions ensemble et aussi lorsque nous étions séparés. Je pose mon portable et me glisse sous les couvertures.

Mais le sommeil, comme souvent, ne vient pas.

Je pense à lui et à nos derniers adieux. Peut-être qu'un jour, nous nous retrouverons à nouveau, comme si nous y étions destinés, deux galaxies éloignées qui ne se croisent que tous les quatre milliards et demi d'années.

J'admets que c'est un tantinet dramatique. Mais c'est difficile pour moi de trouver un autre sens à cela. Aimer, perdre, et après ? Les chemins ne se croisent-ils pas pour une raison, même si la trajectoire de l'histoire est si vaste que nous sommes incapables de l'appréhender de notre vivant ?

Autrement, à quoi tout cela sert-il ?

Papa a peut-être raison lorsqu'il dit qu'il n'y a pas de langage pour parler des arbres. Mais j'ai l'impression qu'il n'y a pas non plus de langage pour parler du reste.

* * *

Ma mère ne va pas tarder à me demander si j'ai trouvé un autre job, je le sais.

Et je lui parlerai de la graine de dattier en Israël qui a germé après avoir été préservée pendant deux mille ans. « Les choses prennent du temps, Mei. »

Quelque chose me dit qu'elle ne trouvera pas ça drôle.

Peut-être devrais-je chercher quelque chose. Ici. Cette académie d'anglais où travaillait Mei jusqu'à sa retraite il y a quelques années existe toujours. Ou peut-être que je pourrais tenter ma chance chez Ri Kashi Press, dans le quartier d'Umsohsun, de l'autre côté de la ville. Même s'ils publient surtout de la littérature locale et que je ne maîtrise plus aussi bien le khasi qu'à une époque.

En toute honnêteté, quelque chose (une voix intérieure, Grace, les deux sont souvent la même chose) me dicte de ne pas me précipiter.

À Delhi, chaque jour, je passais par le parc de notre quartier en rentrant du travail, et marchais le long du chemin qui en faisait le tour. Avec de nombreux autres résidents, certains promenant leurs chiens, d'autres seuls, nous tournions encore et encore, jusqu'à ce qu'un soir, quelque chose se brise, comme une brindille piétinée. *Qu'est-ce que je fabrique ? C'est donc ça, ma vie ?* avais-je songé en empruntant un énième virage pour revenir exactement à mon point de départ.

J'ai enfin quitté tout cela, du moins pour l'instant. Les trajets dans la bousculade pour aller au travail et rentrer, cette idée de « tenter sa chance dans une grande ville ». À quoi bon me précipiter sur un autre chemin dont je ne suis pas davantage convaincue ?

« Tu n'as pas de boussole intérieure, Shai », m'avait dit Grace un jour.

Cette image m'avait frappée. L'image de mon cœur tel un gros instrument dont les aiguilles tournaient dans n'importe quel sens, sans trop savoir où était le nord. Comment trouver mon nord ? Si vous posez la question à mon père, il vous répondra de suivre la courbe du thuya, car c'est dans cette direction que ces arbres penchent. Malheureusement, cela ne m'aide pas beaucoup. Il a été découvert que les oiseaux migrateurs trouvaient leur chemin en sentant le champ magnétique de la Terre. Les directions leur apparaissent comme des teintes plus claires ou plus foncées ; pour eux, le nord est une couleur. Je suis profondément jalouse et ébahie.

Grace ajouterait que j'ai perdu mon propre sens de l'orientation parce que l'on m'a toujours dit quoi faire, surtout Mei. « Mène ta propre barque, Shai. » Oui, d'accord, mais où, où ? Je n'en ai pas la moindre idée.

Pour le moment, je m'aligne uniquement sur la trajectoire du soleil. J'attends la venue d'Oiñ et, à la fin de chaque journée, je me demande ce que réserve la prochaine. Ce qui arrivera arrivera. Parfois, le simple fait d'être ouverts à cela permet à un nouveau chemin de se dérouler devant nous.

* * *

Aujourd'hui, aventure.

Je roule à tambour battant (en tout cas aussi vite que notre Fiat le permet) à travers la ville. Je suis passée par Mizo, là où vit Kima, la localité avec le plus grand nombre d'églises par foyer au monde, comme je me plais à lui dire pour le taquiner.

Que veux-tu ? répond-il toujours avec tristesse. On adorait les missionnaires.

Au-delà, une zone dans laquelle je me rends rarement, le marché de l'Assam, les fusiliers de l'Assam, les pentes propres et nettes du cantonnement.

Sur le tableau de bord, le prospectus de Bah Kyn volette.

Bienvenue au Ever-Living Museum, le musée de l'immortel, là où le cœur de la Culture et de l'Héritage continue à battre inlassablement. En dessous, une liste d'attractions, un mélange hétéroclite d'objets ethnographiques. Je ne suis pas étonnée. L'ami de mon père est un collectionneur à l'ancienne de tout et de rien. Il farfouille dans les *skhrums* – les sous-sols – de maisons de particuliers en quête d'ustensiles inusités et oubliés et persuade les familles de lui en « faire don » pour les préserver. Chez nous, il a exhumé un *khiew dek* (une lourde marmite utilisée pour faire cuire de la viande) et un vieux *mohkhiew*, un outil de jardinage. J'avoue ne jamais avoir manifesté un grand intérêt à l'égard de ses excentricités (et pas beaucoup plus pour ce qui est d'en « savoir plus sur la riche culture du Meghalaya »), mais… il y a un début à tout.

Je roule à travers une forêt ombragée, sur une route qui monte en direction de Sweet Falls, un lieu de rendez-vous populaire pour les couples du coin souhaitant se bécoter, si j'en crois les rumeurs. Je quitte l'axe bien avant ça, au niveau d'un panneau vert qui annonce mon arrivée au musée. On dirait la maison d'un particulier, avec un jardin en pente et un verger dans le fond. J'achète un ticket auprès du jeune homme à l'accueil (à savoir une table et une chaise installées dans le garage près de la grille) et j'entre. *A priori*, je suis la seule visiteuse dans ce vaste espace construit sur deux niveaux, avec de grandes fenêtres en enfilade le long d'un mur. Au milieu, un arbre en fibre de verre « pousse » contre une colonne et étend ses branches à des angles impossibles contre le plafond et le mur opposé.

Est-ce que c'est ce que Bah Kyn veut dire par « immortel » ?

Devant moi se trouve le premier et le plus grand des objets exposés. Un modèle à taille réelle d'une « hutte khasi traditionnelle ». Toit de chaume, murs de chaume. Je jette un œil par la porte ouverte. À l'intérieur, un *rympei*, une cheminée à bois, autour de laquelle est soigneusement disposé un assortiment de couteaux, de *mula*, de paniers à noix de bétel, de tapis. Dans un coin, un petit lit. C'est pittoresque, mais je trouve le vide étrangement perturbant. Quelle soudaine tragédie s'est abattue sur les habitants et les a forcés à partir ?

Ensuite, je déambule devant les étagères qui longent les murs : des champignons préservés en provenance des montagnes Khasi, une ancienne lampe à pétrole Petromax, un chapeau en feuilles. Je ne sais pas trop quoi penser de tout cela.

Quand j'atteins la partie « Objets utilisés pour les rituels », une autre personne entre. Une jeune femme, d'une beauté saisissante. Elle est grande et mince, avec des cheveux aux boucles serrées savamment coupées court. Elle irradie une élégance naturelle, dans son jean, ses Ugg et son pull *oversize*. J'en viens à regretter de ne pas m'être donné la peine de mettre autre chose qu'un pantalon de survêtement miteux et un sweat. Et de ne pas m'être coiffée.

Je regarde son reflet dans la vitrine. Elle aussi observe l'arbre fantasmagorique d'un air songeur.

Je feins d'examiner un objet en bois plat sur lequel, m'informe le petit panonceau, « on effectue la cérémonie de l'œuf », au moment où Bah Kyn fait son arrivée. Il est content de me voir et avance vers moi d'un pas brinquebalant, un bras tendu.

— Bienvenue, bienvenue. Oh, je constate que tu t'intéresses au *pliang shat khan*.

— En effet.

— Sais-tu comment se déroule la cérémonie de l'œuf ? me demande-t-il.

Je n'en ai pas la moindre idée.

— Pas dans le détail, non.

— J'en ai fait une pour moi, vois-tu, pour savoir si mes maladies étaient d'origine naturelle ou (il baisse la voix) si elles étaient l'œuvre du mauvais œil.

Je ne sais pas trop où regarder.

— Le prêtre chante en direction de l'œuf, continue Bah Kyn. Il invoque les dieux de révéler les réponses, puis il écrase l'œuf là-dessus.

D'un geste, il montre la plaque en bois.

— Si la plus grande partie de la coquille de l'œuf est retournée, les causes de la maladie sont naturelles… autrement, c'est le mauvais œil.

J'ai presque peur de poser la question, mais je ne peux pas m'en empêcher.

— Qu'est-ce que c'était pour vous ?

— Causes naturelles, par chance. Ce que tout le monde redoute par-dessus tout, c'est de voir de petits morceaux de coquille alignés.

— Pourquoi ?

— Ça indique la route vers un bûcher funéraire.

Nous continuons, avec lui qui me désigne les attractions phares : une couverture en écorce en provenance des montagnes Garo, des plumes de drongo à raquette. Puis nous arrivons devant le *kyrwoh*, des bambous tressés (comme un très grand bracelet ou une couronne elfique) utilisés à une époque dans ces montagnes pour, m'informe-t-on, envoyer des messages entre les villages et leurs chefs.

— Comment ? demandé-je, perplexe.

C'était très malin, explique Bah Kyn. La largeur du tressage indiquait l'urgence de l'appel. Un doigt signifiait « venez immédiatement » ; trois, « venez, mais plus tranquillement » ; cinq, autrement dit une main, voulait dire « prenez votre temps ».

— Un peu comme un SMS médiéval ? suggéré-je, mais mon analogie n'a pas l'air de l'impressionner.

Nous nous rendons ensuite dans un petit bâtiment situé au bout du jardin. La section d'histoire naturelle, avec des coquillages du golfe du Bengale, des plantes fossiles, des morceaux de quartz brillant. Nous marquons une pause devant une grande pierre ronde, jadis utilisée par les jeunes hommes garo pour faire de l'exercice. Bah Kyn affirme l'avoir trouvée dans une forêt et que ce n'est qu'après avoir demandé à la pierre l'autorisation de la déplacer pour la *sumar*, en prendre soin, qu'elle est devenue légère comme une plume, lui permettant de l'emporter avec lui et de la ramener ici. Je bats des cils, sans trop savoir quoi penser de son anecdote. Qui croirait une histoire pareille ?

À la fin de notre visite, nous allons dans le jardin, peuplé d'orchidées et de fleurs qui ressemblent à de petites étoiles. Le soleil est haut dans le ciel et tape fort aujourd'hui, sa lumière vive et claire d'un doré automnal. Je regarde autour de nous, mais il semblerait que l'élégante visiteuse est déjà partie.

— Est-ce que ça t'a plu ? m'interroge Bah Kyn.

— Beaucoup.

Je ne lui dis pas que mon incursion dans son musée m'a fait un effet semblable à celui de mes promenades dans la forêt. Tout est lointain, derrière une vitre.

* * *

Voilà plus de deux semaines que je suis à Shillong quand, enfin, je sens mon cœur s'alléger. Quelque chose change, se répare. « Peut-être que c'est l'eau », dis-je à Grace sur le ton de la plaisanterie. Elle provient d'une source dans la forêt, après tout, et a un goût frais et doux. Grace pense que je suis au sommet d'un cycle de hauts et de bas. Peut-être. Ou peut-être que quelque chose s'est *vraiment* dissipé. Comme on dit ici, pendant combien de temps le brouillard peut-il bien rester collé au sol ? *Accueille-le*, me dis-je. Des choses positives vont arriver.

Nous avons déjà reçu de bonnes nouvelles. La chaîne de télévision locale aimerait interviewer mon père et c'est l'effervescence générale. Kong Nuramon n'a pas perdu de temps pour capitaliser sur la publicité, en lançant une pétition auprès des membres de la colonie. Qui pourrait bien refuser de signer à ce stade, y compris ceux totalement indifférents à la détresse des pins au départ ? La pétition sera transmise à la connaissance de Bah Kyn à la direction des Forêts qui, d'après Papa, ne peut désormais plus se permettre de se faire mal voir. Les arbres vont peut-être bien être sauvés, en fin de compte.

Et ensuite, ce soir, un concert avec Kima.

Au début, je lui ai dit que je n'avais pas envie d'y aller, mais il peut se révéler très persuasif. *Tu n'es presque jamais dans le coin, Shai… viens, tout le monde sera là.* Alors j'ai cédé, secrètement animée par le petit espoir que *tout le monde* inclurait Dajied. Ce serait chouette de le revoir et, après tout, n'était-ce peut-être pas dans ce but qu'il m'avait écrit l'autre jour ? Vous savez, pour se voir et discuter ?

Quand je pars effectuer une promenade l'après-midi, le monde semble impatient, plein d'espoir. Les pins s'élèvent vers le ciel, les cerisiers sont déjà en fleur, les martinets voltigent dans les airs. Qui sait ce que ce jour réserve ? En toute sincérité, c'est la première fois depuis des mois que je suis aussi fébrile, et ne dit-on pas qu'avoir hâte, c'est avoir envie ?

Avant d'en prendre conscience, j'ai marché jusqu'au lac de Ward.

Même si le ciel est un peu nuageux et qu'un léger *lap ñiup-ñiup* est en train de tomber, cela n'entame pas mon enthousiasme. L'étang se déroule devant moi, entre les versants parsemés de parterres de fleurs et de saules pleureurs. Je vois des canards, des lotus en fleur nichés dans la verdure. Je fais ce que j'avais pour habitude de faire avec Oiñ quand j'étais enfant : j'achète un paquet de pop-corns à la dame qui vend des en-cas à la grille, je me rends sur le pont qui enjambe le lac, et je donne à manger aux poissons. Ils ne sont pas gros, mais ils sont nombreux : des centaines, qui tourbillonnent dans l'eau boueuse tel un monstre géant aux mille nageoires.

Oiñ ne m'avait-elle pas un jour raconté l'histoire d'un affreux poisson qui était en réalité une superbe nymphe ? C'est possible. Oiñ me racontait beaucoup d'histoires. Généralement dans la cuisine, pendant qu'elle donnait des cuillerées de riz. Likai, la femme qui se transformait en cascade ; Pahsyntiew, la déesse attirée hors d'une grotte par des fleurs sauvages ; Manik Raitong, l'humble joueur de flûte aimé d'une reine. Longs et alambiqués, les contes variaient énormément d'une fois à l'autre. En fonction de son humeur, les personnages pouvaient soit tomber amoureux, soit tomber d'une falaise.

Ma préférée était la légende du Diengiei. Un arbre géant en haut d'une montagne, tellement grand qu'il finissait par bloquer les rayons du soleil et plonger la Terre dans l'obscurité. Et chaque fois que les bûcherons tentaient de l'abattre, il repoussait chaque nuit comme par miracle. Comment commençait le conte, déjà ? Il y avait un tigre, ça je me rappelle, et un petit oiseau… Quand Oiñ sera là, songé-je en lançant les derniers pop-corns dans l'eau, je lui demanderai de me le réciter à nouveau.

Quelques heures plus tard, je frissonne à l'arrière de la Yamaha de Kima.

Nous sommes en route pour un bar situé sur le toit-terrasse d'un hôtel de Laitumkhrah, un lieu flambant neuf tout en imitation bois, avec ascenseurs en verre et palette de couleurs marron orangé sortie tout droit des années 1970. Il n'y a pas si longtemps encore, ce genre d'établissement n'existait pas à Shillong. Les gens prenaient leurs voitures et allaient boire sur un belvédère ou autre point de vue panoramique. Les personnes qui n'étaient pas motorisées optaient pour le trottoir d'une rue d'un quartier agréable et tranquille, ou pour un parking. Tout ça, c'est de Kima et de Dajied que je le tiens.

Les clients sont rassemblés sur le toit-terrasse, ainsi que les membres du groupe.

— Neuf ! m'exclamé-je.

— Ce sont tous des agriculteurs, m'explique Kima. Agriculteurs le jour et musiciens passionnés la nuit. En tout cas, c'est ce que clament les affiches, ajoute-t-il.

Il connaît beaucoup plus de monde que moi ici, mais je reconnais quelques visages : Jeff, le juif ashkénaze dont les grands-parents ont fui l'Allemagne pour Calcutta avant d'atterrir à Shillong ; Apdor, qui a disparu en Grande-Bretagne le temps d'une licence et est réapparu avec une petite amie prénommée Gemma ; Vaete, avec sa crête et son amour des Beatles. Je me dirige vers le bar, commande une bière hors de prix. Lorsque je reviens, le groupe est en train de se présenter. *Ngi, ngi dei Khlieh Asem*. En provenance de villages des montagnes Khasi orientales.

Le chanteur est un homme joyeux et dégarni vêtu d'une chemise bleue, qui semble voleter tel un moineau. Ils commencent par un hymne, un chant de dévotion qui ne ressemble en rien à ce qu'on serait susceptible d'entendre à l'église. *Jisu ba ieit, Jisu ba jem, nga ieit nga ieit ia me.*

Je vais au bout de la terrasse. Kima est perdu dans la foule, introuvable. Puis quelqu'un dit mon prénom. C'est Dajied, qui se dirige vers moi, dans un long manteau noir. Il n'a pas changé, certes un peu plus mince, mais toujours avec cet air de loup solitaire. Il a les cheveux plaqués en arrière, une barbe de trois jours. Nos yeux ne se croisent qu'un bref instant.

— Salut, comment tu vas ? s'enquiert-il.

— Bien, merci.

Nous nous sommes rencontrés à un mariage, un grand tralala barbant à mourir, où je m'ennuyais au point de m'esquiver dans le fond du jardin pour demander à deux inconnus s'ils n'auraient pas une cigarette. « Bien sûr », avait répondu Kima en tendant une Gold Flake que Dajied avait allumée pour moi. J'avais aussi découvert qu'ils avaient du coca arrosé de rhum, alors j'avais passé le reste de la soirée avec eux. Je terminais l'université à Delhi et Dajied venait de commencer ses études supérieures, bien que pas beaucoup plus jeune.

— D'abord, mes parents m'ont forcé à faire des études d'ingénieur dans une fac de Chennai, avait-il expliqué. Alors j'ai fait exprès d'avoir les pires résultats possibles pour les obliger à me désinscrire.

Il suivait désormais un cursus de cinéma dans une université de Shillong, supposément la meilleure de la région. À la fin de la soirée, nous nous étions embrassés. À la fin de la semaine, il se faufilait chez moi par la porte de derrière pour se glisser dans mon lit. Ces rencontres, que nous appelions nos « expéditions », se prolongèrent pendant toutes mes vacances d'été, entre la fin de l'année universitaire et le début d'un stage au sein de l'organisation de ma tante, puis par intermittence au cours des années suivantes chaque fois que je rentrais à Shillong.

Jusqu'à un hiver où nous avons arrêté. Pour une foule de raisons. C'était compliqué. Mais nous n'en avons jamais parlé depuis. Pas une fois. Et il va de soi que je n'ai pas l'intention d'aborder le sujet ce soir.

— J'ai lu un article sur ton père dans le journal.

— C'est une vraie célébrité.

Dajied glousse et se penche au-dessus du parapet. Je suis surprise en me rendant compte qu'il est nerveux, lui aussi. D'une certaine façon, cela m'aide à me sentir mieux. Pendant un temps, nous gardons le silence et écoutons la musique.

— Pas mal, non ?

Je hoche la tête.

— On dirait qu'ils viennent…

— Du sud profond ?

Je suis prise de court.

— De l'Inde ?

Il rit.

— Non. Des États-Unis. Bluegrass.

Ah, d'accord.

— Ça va, le boulot ?

Il est réalisateur de documentaires, sur le fil entre « en herbe » et « reconnu », une précarité que même moi, je peux comprendre. En ce moment, il donne un coup de main sur un programme consacré à la nature, m'indique-t-il, sponsorisé par le ministère des Arts et de la Culture. Il a tourné dans la Sung Valley, entre les montagnes Khasi et Jaintia, dans le cadre d'un documentaire.

— Qui parle de quoi ?

— De la Jah Khei.

— Qu'est-ce que c'est ?

— Tu n'en as jamais entendu parler ? C'est une fleur qui ne fleurit que tous les douze ans, ce qui veut dire qu'on ne pouvait vraiment pas rater notre coup.

— Et alors ?

— Quoi ?

— Est-ce que vous l'avez trouvée ?

— Oui. On a cherché pendant des jours et d'un seul coup, elle était là. Les versants en étaient couverts.

Il fait un grand geste et sourit et, soudain, j'ai envie de me rapprocher et de m'appuyer contre lui. J'ai envie d'être étreinte. Il m'a toujours semblé solide, fort, stable.

Et à cet instant, je suis l'air.

— Et toi ? Comment vas-tu, Shailin ?

J'avais oublié ce que ça faisait de l'entendre prononcer mon nom.

— Je vais bien.

J'accompagne ma réponse d'un battement de paupières.

— Tu es venue avec Kima ?

J'acquiesce.

— Et toi ?

Ma voix s'étrangle dans ma gorge.

— Tu es tout seul ?

Il se dandine d'un pied sur l'autre. Je ne parviens pas à déchiffrer son expression.

— Oui… ma petite amie est occupée ce soir.

J'avale une gorgée de bière, inhale l'air froid et humide, aspire les non-dits. Les volutes de la musique que je n'entends pas s'élèvent dans le ciel nocturne.

Plus tard, je suis en train de fouiner dans la cuisine pour tenter de me concocter un dîner tardif quand Mei fait son entrée et m'annonce qu'elle a eu des nouvelles d'Oiñ. En dépit de la lenteur mollasse de mes gestes, mon cœur bondit dans ma poitrine.

— Elle est arrivée ?

— Elle ne vient pas.

— À Shillong ?

— Oui, pas à Delhi.

— D'accord, mais… pourquoi ?

Mei hausse les épaules.

— Aucune idée.

— Et ses examens ?

— Je ne sais pas… La connexion était tellement mauvaise que je n'ai presque rien compris.

Mon cœur se serre, cette fois.

— Bon. Peut-être qu'elle va mieux et qu'elle n'a plus besoin de voir le médecin.

Alors qu'elle s'apprête à quitter la pièce, ma mère lance :

— Je l'espère, oui.

Je cesse de beurrer la tartine que j'ai à la main.

— Qu'est-ce que tu veux dire ?

— Que j'espère que tu as raison… c'est tout.

C'est une nuit longue, hors du temps. Étendue sur mon lit, j'observe un carré de ciel d'un noir d'encre par ma fenêtre. J'avais envie de voir Oiñ ; sa venue avait donné un doux sens à ma présence ici, et même conféré à mon retour à la maison un plus noble dessein, avais-je pensé.

Je m'assoupis. Me réveille. Bois un peu d'eau.

Je suis une naine blanche, me dis-je. Une étoile morte. Épuisée par tout ce qui donne la vie, alourdie non seulement par le poids du passé, mais aussi par le sentiment que rien ne nous attend au-delà, aucune évolution. Je suis perdue et vide. À quoi bon rester au soleil, désormais ? Cela ne sert à rien, me dis-je sombrement. Même Oiñ ne vient pas. Il n'y a donc rien à revivre, rien à attendre avec impatience.

J'ignore comment les heures défilent, comment la lumière revient dans le ciel, embrasant succinctement l'orée de la nuit avant de laisser place au matin. Soudain, le pépiement des oiseaux. Et le chant des coqs.

Je ferais tout aussi bien de me lever.

Je reste immobile.

Finalement, néanmoins, une douche (un long récurage énergique au savon et au luffa et l'eau qui me fouette la peau). Je me sens plus vivante, plus décidée. Je trouve ma mère ; elle est dans le salon, en train de lire les journaux.

— On devrait vérifier, tu ne crois pas ?

Elle m'examine par-dessus ses lunettes.

— Quoi ?

— Oiñ. Tu as dit cette nuit que tu espérais qu'elle allait bien. On devrait s'en assurer…

Elle soupire.

— J'ai passé la journée d'hier à essayer de la rappeler. Impossible de la joindre.

— Dans ce cas, peut-être qu'on pourrait lui rendre visite.

— Je ne peux pas voyager, répond-elle en secouant la tête. Pas avec ma tension qui fait des siennes. Et ton père, il campera tu sais où pendant des jours et des jours…

— Je peux y aller, moi.

Mei se tait.

— Je vais aller la voir, répété-je.

— Comment ? Pas toute seule.

— Pourquoi pas ?

Elle plisse les yeux.

— Tu sais où elle habite, au moins ?

Sa question ne rencontre que le silence, alors elle continue :

— D'ici, il faut au bas mot une journée pour atteindre Mawmalang… et je ne sais même pas s'il existe une route digne de ce nom.

Mais à ce stade, ma décision est prise. Je sors mon portable de ma poche et vais sur Google Maps. Voilà. C'est là, à la limite du Meghalaya. Là où mes parents et moi ne sommes jamais allés. Nous ne nous en sommes jamais ne serait-ce qu'approchés. Même sur la carte, l'espace autour du nom semble vide, avec au sud rien d'autre que les épais méandres bleus d'une rivière qui se jette au Bangladesh. D'ici, par la route, six heures. Je pourrais prendre le bus. Oui, déclaré-je, c'est ce que je vais faire. Je vais aller la voir et, si elle et sa famille sont d'accord, je resterai une nuit ou deux.

— Quand as-tu l'intention de partir ?

Les traits de ma mère sont pincés.

— Dès que possible.

Je vois bien que ça ne lui plaît pas. Ça signifie que je ne vais pas repartir tout de suite à Delhi. Je me prépare à un déluge de questions, à des reproches, mais ils ne viennent pas. À la place, elle dit tout bas :

— Très bien.

* * *

Même à 6 heures du matin, la gare routière de Shillong est une cacophonie de colporteurs et de cris, de chauffeurs et d'appels. Les véhicules font un bruit de ferraille et rugissent devant un bâtiment gris crasseux aux abords immédiats de Khyndai Lad, une jonction de neuf rues différentes – certains la qualifient de centre-ville – et un odieux mélange de fumée de cigarette, de gaz d'échappement et d'urine flotte dans l'air. Kima, qui a proposé de me déposer, est perché au-dessus de mon siège, un large sourire aux lèvres.

— Citadine entreprend voyage à destination du Meghalaya rural, qu'elle connaît également sous le nom de grande inconnue.

Je lui dis de foutre le camp avant de terminer dans les montagnes Khasi du Sud-Ouest, lui aussi. Où, fais-je remarquer, lui non plus n'a jamais mis les pieds.

— C'est vrai, admet-il. Mais souviens-toi que j'ai une âme de classe ouvrière.

Je l'ignore et tente de caler mon sac à dos sous le siège devant moi ; il ne rentre pas, alors je me résigne à m'en servir comme d'un repose-pied trop haut.

— Ça va aller ? demande Kima avant de descendre du bus.

— Oui.

J'espère.

Quand nous frémissons lors du démarrage et nous mettons en route, je regrette de ne pas être accompagnée, de lui ou de qui que ce soit. Même si ça m'agace de le reconnaître, Kima a raison : je me suis rarement aventurée hors de Shillong pour me rendre ailleurs dans la région, seule ou avec mes parents. C'est difficile à croire, je sais. Nous n'étions pas du genre à partir en vacances en famille ; mon père détestait quitter son jardin et ma mère la maison, alors nous voyagions peu ensemble, aussi bien à l'intérieur qu'à l'extérieur de l'État. Ma présence dans ce bus marque une nouvelle sorte de rupture. Mei l'a sentie et en est perturbée et, pour être tout à fait honnête, moi aussi. Mais j'essaie de mettre ça de côté tandis que le convoi m'emporte loin de tout ce qui m'est familier. Ce qui compte, me dis-je, c'est que je vais voir Oiñ, et j'espère qu'elle va bien, et qu'elle est en vie.

À cette heure matinale, nous laissons la ville derrière nous sans encombre et gagnons la partie haute de Shillong. Nous passons devant les quartiers de l'armée de l'air et bifurquons pour prendre la route de Mawkyrwat, qui nous mène à la campagne et à une poignée de petites villes. Bientôt, de la circulation, des rideaux de fer de magasins qui se soulèvent, des enfants en uniformes qui vont à l'école. Avec moi dans le bus, un père et ses deux fils, un groupe de femmes drapées dans des châles, un couple âgé assis côte à côte. Je me demande si, parmi eux, certains se rendent à Mawmalang. Je réalise bien vite que c'est très peu probable ; la route est longue, entrecoupée de nombreux arrêts, et le bus se remplit et se vide rapidement. Alors que la matinée est déjà bien entamée, nous atteignons Mawkyrwat. Presque tout le monde descend ici à l'exception du père et de ses fils, et un tas de nouveaux passagers embarquent.

Je sors pour me dégourdir les jambes, en proie au sentiment d'être une anomalie avec mes baskets Keds immaculées et mon jean bleu clair. Personne n'est hostile, même si j'attire quelques regards curieux, et quand je commande du thé et des biscuits en khasi, la dame qui tient le stand accueille ma requête avec surprise.

— *Phi dei khasi?* me demande-t-elle.

— *Hooid.* Oui, je suis khasi.

La route, déjà parsemée de nombreux nids-de-poule, se détériore à toute allure une fois Mawkyrwat passée.

En dépit des ornières, devant moi, les deux garçons se sont endormis, l'un sur son siège et l'autre sur les genoux de son père. Ce dernier bavarde avec un homme à casquette assis de l'autre côté du couloir. Ils discutent des projets d'une route principale qui relierait Shillong et Nongstoiñ aux contrées éloignées des montagnes Khasi du Sud-Ouest.

— Cela ne peut signifier qu'une chose, *ymdei* ?

L'homme à la casquette reste évasif.

— Peut-être.

Le père continue :

— Oui, avec ces choses-là, on n'est jamais sûr de rien.

Je me demande ce qu'ils veulent dire, mais le silence s'installe entre eux, alors je regarde par la fenêtre. Nous sommes en altitude, avec en contrebas une vallée aux pentes boisées, traversée par l'éclat argenté des méandres lointains d'une rivière. On pourrait se croire au bout du monde, à l'exception des maisons agglomérées que j'aperçois, de petits hameaux pour lesquels tout ceci représente la vie, le centre de tout. Je suis cependant troublée par une question récurrente : *Phi dei khasi?* Je n'ai jamais réellement compris ce qu'elle signifiait… Est-ce que ça veut dire parler une certaine langue ? Être né à un certain endroit ? Vivre quelque part pendant de nombreuses années ? Nombre de ces repères ont changé de manière constante pour moi. Pas pour quelqu'un comme Dajied. Pas même pour Kima, qui est du Mizoram, mais qui a fait de Shillong sa maison. « As-tu envisagé de partir ? » lui ai-je demandé. « Plein de fois, a-t-il répondu. Mais je ne peux pas laisser ma mère… et honnêtement, je n'ai pas vraiment envie d'être ailleurs. » C'était tellement inhabituel, ce genre de certitude ! À propos d'un lieu, des gens, du sentiment d'appartenance. La vie n'est-elle pas beaucoup plus chaotique et compliquée que ça ? Qui sait… Pour le moment, me dis-je, je vais me contenter de profiter du paysage.

Alors que nous approchons de Domiasiat, l'asphalte disparaît. De fait, on se croirait plutôt dans le lit d'une rivière, peuplé de gros rochers et de trous profonds. Notre bus est l'unique véhicule à naviguer parmi ces rapides de boue et de cailloux. Je suis captivée, néanmoins, par ce qui s'étend de chaque côté de la route : une campagne vaste, infinie, avec d'énormes pierres noires bosselées qui dépassent de la terre telles des jointures. Où avais-je lu cela ? Que tout ce qu'on voit pour la première fois, on le voit pour la dernière fois, car soit la vue change, soit c'est nous qui changeons. Pendant la saison des pluies, j'imagine ces sommets verts perdus dans les *lyoh khyndew*, ces nuages de « boue » qui flottent bas dans le ciel, mais à cet instant, le paysage baigne dans une clarté brillante, l'herbe est jaune vif, la silhouette des montagnes se détache nettement dans le ciel hivernal. Ce qui est étrange, c'est que nous passons devant des rangées entières de baraquements compacts, abandonnés et vides, comme un camp sans prisonniers. À quoi étaient-ils destinés ? Ou plutôt, à qui ? Les constructions se dressent à la manière de spectres fantomatiques dans le paysage misérable.

Bientôt, nous atteindrons la rivière, entends-je dire. La Ranikor. Les deux hommes parlent de leurs fréquentes parties de pêche dans le passé, généralement avec des racines de *kharu* (dont mon père m'a appris qu'il s'agit d'une plante sédative) pour attraper la carpe, argentée et ordinaire, et un autre poisson plus rare dénommé le *Golden mahseer*. Il n'y en a plus tellement de nos jours, affirment-ils.

— Et vous avez vu ? interroge l'homme à la casquette. Les eaux de la Ranikor sont devenues vertes.

Mais le père est distrait, ses jeunes fils sont réveillés et réclament son attention. Il leur distribue des biscuits et de l'eau et la tendresse de ses gestes m'émeut.

Le voyage commence à paraître interminable. Bosquets, collines, chèvres et bétail, linge qui flotte dans la brise, rizières moissonnées. Où suis-je ? Rien ici ne me permet de m'orienter. En dépit du paysage monocorde, tout est nouveau et étranger. Nous passons un village après l'autre, tous porteurs de noms inconnus, Diwain, Sohsyniang, Myriem, Dennar, Nongdiloin. Combien de temps encore ? Je n'en sais rien. Voilà des siècles que je n'ai plus de réseau. Je commence à avoir des courbatures et des douleurs dans le dos et les jambes. Enfin, cependant, nous atteignons Wahkaji. Une colonie poussiéreuse de baraques en tôle à l'allure désespérée de zone frontalière. C'est ici qu'on nous demande de descendre. Je suis informée que le bus n'ira pas plus loin.

— *Balei?*

Pourquoi ? Le chauffeur hausse les épaules.

— Voyez par vous-même s'il y a une route.

— Mais il faut que j'aille à Mawmalang, insisté-je tandis que la panique monte en moi.

— Vous allez devoir vous y rendre à pied, dit quelqu'un derrière moi.

C'est l'homme à la casquette. Il s'exprime d'une voix douce. Un sac en tissu pend à son épaule droite.

— Est-ce que c'est loin ? Combien de temps ça va me prendre ?

— Quelques bons kilomètres. Et ça prendra le temps que vous mettrez selon que vous choisissez de marcher vite ou lentement.

Sa réponse est d'une inutilité confondante, mais je me mords la langue et me contente de demander si le chemin est facile à trouver et à suivre. Pendant un moment, il garde le silence, comme s'il jaugeait ma capacité à survivre toute seule. Je suis sûre de le décevoir.

— Vous voyagez seule ?

J'hésite, même si je n'ai guère le choix que d'admettre que c'est le cas.

Il reste indécis. Finalement, il me fait signe.

— Venez. Moi aussi, je vais là-bas.

Mon sac arrimé au dos, je me hâte de lui emboîter le pas et demande :

— *Phi kyrteng aiu, Bah?*

Son nom est Karmel, me dit-il, Bah Karmel. Il ne me demande pas le mien.

Pendant un certain temps, nous longeons un chemin de terre. Je trébuche sur les cailloux, mais il ne ralentit pas la cadence. Mes baskets ne sont plus brillantes ni immaculées. Nous croisons quelques personnes – une femme qui ploie sous le poids du *khoh* attaché dans son dos, avec deux enfants sautillant autour d'elle. Nous dépassons un autre complexe en apparence abandonné, plus petit cette fois, avec moins de bâtiments.

— Qu'est-ce que c'est ?

— Le centre de santé… construit par la CIU.

Je hoche la tête pour faire semblant de connaître l'abréviation.

— Est-ce qu'il est opérationnel ?

Il ne répond pas, mais me lance un regard : *À votre avis ?*

Bientôt, le chemin en terre touche à sa fin et nous nous trouvons à l'orée d'une forêt vallonnée.

— *Nangne*, annonce-t-il.

— Quoi ? m'exclamé-je lorsque je me rends soudain compte qu'il veut dire « par ici ».

Le chauffeur de bus ne plaisantait pas : il n'y a pas de route qui mène à Mawmalang.

Je dois avoir l'air particulièrement pathétique, car le monsieur me dit : « Ne vous en faites pas, ce n'est pas trop loin. » Dans ma tête, une seule question résonne : *Est-ce que c'est dangereux ?* Mais je n'ai pas le choix, je dois garder la foi et continuer.

Il porte des pantoufles découpées, mais les broussailles ne semblent pas le déranger, tandis que je m'accroche dans les ronces qui me fouettent et que je glisse sur les pierres couvertes de mousse.

Nous crapahutons en silence, jusqu'à ce qu'il demande :

— Pourquoi ce long voyage ?

— Pour voir Kong Stian Kharwar. Elle vit à Mawmalang.

— Je la connais.

Je suis étonnée, même si je ne devrais pas l'être. Tout le monde se connaît à Shillong, alors ici…

— C'était ma nourrice pendant de nombreuses années, expliqué-je. Et il paraît qu'elle est peut-être malade.

J'hésite, avant de continuer :

— Sauriez-vous comment elle va ? On n'arrive pas à la joindre au téléphone.

Il secoue la tête, dit qu'il est désolé de l'apprendre, mais il s'est absenté pendant plusieurs mois et n'a reçu aucune nouvelle de Mawmalang.

Mon cœur se serre. J'aurai ma réponse bientôt, je suppose.

Nous atteignons un ruisseau qui serpente dans les sous-bois. Je m'arrête et me penche avec l'intention de me rincer le visage et les mains. Ça me rafraîchira.

— Je ne ferais pas ça, si j'étais vous, s'empresse-t-il de m'avertir.

— Oh. Pourquoi ?

Il m'adresse un drôle de regard et continue à avancer. Je le suis à la hâte, en me demandant si je l'ai offensé d'une façon ou d'une autre. De temps en temps, nous passons devant de grands tanks en ciment (des réserves d'eau) presque au ras du sol, et je remarque également que le manteau forestier est parsemé de grilles circulaires semblables à des plaques d'égout. Des pièges à animaux, peut-être, ou de gros espaces de stockage.

La lumière commence à diminuer autour de nous. C'est la fin d'après-midi. J'ai envie de demander combien de temps encore, mais ça pourrait être interprété comme une plainte. Les lanières de mon sac à dos s'enfoncent dans mes épaules, mes chaussures me meurtrissent les pieds et mon jean bien trop épais et raide rend la marche inconfortable. Et peut-être parce que je suis fatiguée, la jungle environnante ne me rassure en rien. Les feuilles de palmiers et les torrents de poinsettias ne servent qu'à boucher le passage, le chant des grenouilles et des criquets nous rappelle que le soir approche.

Bientôt, cependant, les bois se clairsèment et nous débouchons sur un chemin de terre et de pierre. Sur notre droite, le panorama se dégage peu à peu : une prairie herbeuse et, au-delà, encore des montagnes. Au loin se dresse une poignée de maisons en tôle et en bois, variations de la hutte que j'ai vue au musée de Bah Kyn. C'est quasiment irréel. Puis un cours d'eau, un pont de pierre. Ridiculement idyllique.

Bah Karmel s'arrête.

— Nous y sommes. La maison de Kong Stian est par ici.

Il m'indique la droite. Je mc tourne vers lui pour le remercier, mais il est déjà parti, en route vers l'autre côté du village. *Khublei*, lancé-je dans son dos. Il agite brièvement la main en guise de réponse. Drôle de bonhomme.

Je remonte mon sac, lourd comme du béton à présent, et me dirige vers les habitations.

* * *

La rue est déserte. Sur un carré de pelouse sur le bord, quelqu'un a étendu des vêtements pour qu'ils sèchent. Puis un tas de bois coupé soigneusement empilé. Un panier de pommes de terre. Je tourne à une intersection dans l'espoir de croiser quelqu'un à qui je pourrais demander mon chemin, mais il n'y a personne en vue. Le silence règne, uniquement troublé par le craquement de mes pas. Au loin, j'entends ce que je prends d'abord pour un chant d'oiseau. Ou peut-être un énorme essaim d'abeilles. Mais alors que j'approche des maisons, impossible de me tromper. C'est le bruit de sanglots. Un chœur de sanglots longs, chargés de douleur. J'ai le cœur au bord des lèvres. Je trébuche sur quelque chose, des pierres, un monticule de boue. Je vais me poster à la petite fenêtre d'où s'élèvent les lamentations et regarde à l'intérieur. J'aperçois des dos, des dos de femmes, penchées, enveloppées dans des châles noirs, mais rien de plus. J'ai froid, mes mains et mes pieds sont gelés. Je me force à faire le tour de la maison.

Soudain, je sais qu'il y a quelqu'un derrière moi, même si la personne n'a pas émis le moindre bruit. Quand je me retourne, je vois une fillette, de dix ans tout au plus, maigre, qui a un chat dans les bras.

Ils ont la même expression dans le regard : un éclat sauvage, inquiet, méfiant.

Je salue d'une voix faible :

— *Kummo?*

Les deux me dévisagent.

— *Mano ba lah khlad?*

Qui est mort ?

J'espère qu'elle comprend ce que je dis ; le khasi de Shillong que je parle et le dialecte d'ici sont peut-être (sûrement) différents. Elle reste muette. Je demeure plantée là, incapable de prononcer une parole, comme si tous mes mots avaient glissé hors de mon cerveau.

Pendant ce temps, le cortège funéraire s'est formé. Tout le monde sort, à présent. Je suis une terrible intruse dans ce lieu et dans leur chagrin. Je devrais attendre ailleurs que la procession soit finie, mais je ne peux m'y résoudre avant de savoir qui est décédé.

Les femmes en châles noirs se meuvent à l'unisson ; le cercueil, de piètre facture, est chargé sur le dos de quatre hommes, qui entament la descente de la rue qui, je suppose, mène au cimetière.

Les gens ont commencé à remarquer ma présence. Il y a des regards et des murmures. Je devrais partir. Faire demi-tour et attendre à l'orée de la forêt. Mais au moment où je me fais la réflexion, une main agrippe mon bras. Une femme. Je scrute un visage qui aurait pu être celui d'Oiñ lorsqu'elle est arrivée chez nous.

— *Dei ma phi?* dit la femme. C'est toi ? C'est vraiment toi ?

Je n'ai pas la moindre idée de ce qu'elle entend par là, mais je hoche la tête.

— J'avais bien dit à Kong Thei que tu viendrais, murmure-t-elle avec ravissement.

— Qui ça ?

— Ma sœur. Suis-moi, je vais te conduire à Meirad.

Je me laisse guider ; je suppose que c'est plus facile que de tenter de lui poser des questions au milieu de cette foule. Elle bavarde et je la comprends en grande partie, même si elle utilise certains mots et tournures de phrase dont je ne suis pas coutumière. Je crois qu'elle me parle du réseau mobile dans cette partie du monde. Nous ne marchons pas longtemps, une rue, une brève montée, et puis nous nous arrêtons devant une maison légèrement à l'écart des autres, plus en hauteur. C'est très poussiéreux, la boue est sèche et morcelée. Je me penche pour ôter mes chaussures, mais elle m'arrête.

— *Em phi*, assure-t-elle. Ce n'est pas la peine.

— Si, au contraire, Hep, dit une voix à l'intérieur.

Une femme émerge de derrière la porte. Leur lien de parenté saute aux yeux.

Près de moi, Hep fronce les sourcils.

— Ça ne me gêne pas, affirmé-je en me dépêchant de retirer mes baskets.

Je reste là, en chaussettes, le dos endolori par le poids de mon sac.

— Est-ce que je peux poser ça à terre ? demandé-je.

Hep se précipite pour m'aider. Bien sûr. Bien sûr.

— *Niiii map mo*..., s'excuse-t-elle.

— Aucun problème.

Je le fais glisser de mes épaules avec reconnaissance et le cale sur les marches.

La sœur, dont je suppose qu'il s'agit de Kong Thei, observe. Le regard aiguisé, les yeux plissés. Ses cheveux soigneusement attachés en chignon, sa *jaiñkyrshah* impeccable. Ses pieds nus.

Viens, m'invite Hep, et je la suis.

— *Kummo?*

Je salue Kong Thei en passant devant elle, mais cela ne suscite rien d'autre qu'un hochement de tête.

Nous entrons dans le salon, qu'occupent des mula et une longue banquette rehaussée d'un coussin usé calé contre le mur. Le reste de la maison baigne dans l'ombre, certains murs bardés de bois, d'autres tapissés de *shylliah*, sorte de tapis tissés. Les autres pièces partent de celle-ci, centrale. Nous franchissons une porte sur la gauche.

Là, près de la fenêtre, se tient Oiñ.

Avant que j'aie le temps de la héler, Hep annonce :

— *Peit*, Meirad, *lah wan mano.*

Oiñ se détourne de la fenêtre pour se tourner vers nous. Elle est si mince, mon cœur se serre.

— Je t'attendais plus tôt.

Aussitôt, j'entreprends de m'excuser, en expliquant que j'ai dû marcher depuis Wahkaji, qu'il n'y avait pas de route, pas de bus…

— Je veux dire au moins cinq ans plus tôt.

Je me tais. Mais quand je la regarde, elle sourit, et tout à coup, elle ressemble à la femme que j'ai connue. Elle me fait signe d'approcher et je m'exécute pour la serrer contre moi. Dans mes bras, elle est aussi menue qu'un oiseau. Je m'assieds tout près d'elle, au bord du lit. Elle demande à Hep de nous apporter du thé.

La femme qui m'a amenée jusqu'ici sort de la pièce au pas de course.

— C'est ma petite-nièce, indique Oiñ.

Je dis oui, je m'en suis doutée.

— Elle s'occupe très bien de moi.

— Tant mieux.

Les mots restent coincés dans ma gorge, et pas seulement parce que je parle mal le khasi. Je lui raconte comment Hep m'a trouvée lors de l'enterrement. Avant de pouvoir m'arrêter, je lâche :

— J'avais tellement peur que ce soit…

— Moi ?

De nouveau, il y a cette brusque cruauté dans la voix d'Oiñ. Elle glousse.

— Je ne vais nulle part. Quoique, au rythme où les gens meurent ici, va savoir.

— Comment Hep m'a-t-elle reconnue ?

— Elle a vu tes photos, bien sûr.

— Mes photos ?

— Andouille, me réprimande-t-elle.

Elle glisse sa main derrière son oreiller et en sort un livre. Non, un album, de ces vieux albums en plastique comme je n'en ai pas vu depuis des années. Je le feuillette. Il n'y a que des clichés de moi. Je suis tellement touchée que j'ai envie de le crier par la fenêtre.

— Regarde ton joli minois, dit Oiñ en pointant d'un doigt noueux une photographie.

Avec mes couettes, je ne dois pas avoir plus de deux ans. Je fixe l'objectif en fronçant les sourcils. Puis c'est moi avec un chiot que je semble sur le point d'écraser. Oiñ et moi sur la pelouse dans le jardin. On ne distingue presque pas mon visage, je porte un immense chapeau mou, mais Oiñ sourit et elle est si jeune que je la reconnais à peine.

Je proteste :

— Je ne ressemble plus à ça.

— Oho, là.

Elle va à la fin de l'album, et c'est un cliché d'elle et moi juste avant qu'elle nous quitte. J'ai un bandeau brillant dans les cheveux, un tee-shirt violet et un jean, et j'ai un bras autour de ses épaules, comme si je comptais ne jamais la lâcher.

À cet instant, une jeune fille entre, un plateau avec tout le nécessaire pour le thé dans les mains. Derrière elle, Hep.

— C'est ma fille aînée, explique celle-ci.

Banri, qui me sourit timidement.

— Hep a deux autres enfants, des jumeaux, ajoute Oiñ. Mais ils sont avec leur père.

Banri a apporté une tasse pour moi, et une assiette qui déborde de *'pusyep*. C'est délicieux, fraîchement cuit à la vapeur, et le riz rouge écrasé est délicatement sucré. Tout à ma faim, j'en dévore trois tranches. C'est seulement après que je remarque que les autres ont partagé, voire pas mangé du tout. Je dois faire plus attention.

— Où est Thei ? demande Oiñ.

Banri et sa mère échangent un bref regard.

— *Ngim Tip*, répondent-elles à l'unisson.

— Elle devrait être ici… est-ce qu'elle a dit bonjour ?

— Je l'ai rencontrée à mon arrivée, interviens-je.

— D'accord, mais est-ce qu'elle t'a souhaité la bienvenue ?

— Ce n'est pas nécessaire, m'empressé-je d'assurer. Sauf si Mei vient. Elle s'attendrait à une haie d'honneur.

Oiñ ricane.

— Comment va cette vieille chose ?

Mei n'apprécierait pas.

— Elle t'embrasse.

— Elle t'a laissée venir comme ça, toute seule ?

Je hoche la tête.

Oiñ affiche un air satisfait.

— Enfin, elle a accepté le fait que tu avais grandi.

— Quand est-ce qu'on accepte que nos enfants grandissent ? interjette Hep.

Oiñ fronce les sourcils.

— Je l'ai fait. Mes enfants ont très vite appris que je ne serais pas toujours là pour les nourrir à la cuillère et changer leurs couches sales.

— C'est parce que c'est toi la plus sage, dis-je en plantant un baiser sur sa tête.

Elle pousse un soupir moqueur, mais a l'air profondément flattée.

Une heure plus tard, Oiñ somnole et je suis prête à m'endormir aussi, n'importe où, sur n'importe quelle surface, matelassée ou non. Il est tard et nous avons passé toute la soirée à discuter à bâtons rompus. Elles voulaient des nouvelles, de moi, de mes parents, de Delhi et de Shillong, et désormais elles veulent savoir comment j'ai trouvé mon chemin jusqu'au village à travers la forêt. Je leur parle de Bah Karmel.

— C'est vrai ? Bah Karmel Lyngdoh ? répète Hep d'un air étonné. C'est lui qui t'a amenée jusqu'ici ?

— Oui. Pourquoi ?

Elle hésite.

— Pour rien. Simplement, il était parti depuis plusieurs mois et on ne savait pas trop quand il reviendrait, ni même s'il reviendrait tout court.

Je suis heureuse de sortir les cadeaux de mon sac, même si, pour Oiñ, ils relèvent surtout du pratique : des boîtes de lait malté en poudre, un fortifiant pour le foie, des multivitamines en bandelettes qui fondent sur la langue.

— Où donc est mon *chow mein* au porc de chez *Wok* ? plaisante-t-elle.

Ce sont des nouilles en provenance d'un restaurant chinois de Shillong, son préféré.

Pour les autres, des chaussettes et des cache-col, de vieux pulls, des chocolats pour les enfants.

Et puis, en un instant, mon destin est scellé. Je ne resterai pas une seule nuit, mais quelques jours – une semaine, elles insistent.

— Tu es plus que la bienvenue, répète Hep en sentant que j'hésite.

— Andouille, ajoute Oiñ. Tu ne peux pas repartir maintenant.

Banri me laissera sa petite chambre, et même si je proteste en disant que je ne veux déranger personne, c'est décidé. Elles ne veulent rien entendre. Tu es notre invitée, déclarent-elles, et c'est réglé.

Plus tard, alors que je suis allongée sur le matelas à même le sol, songeant qu'il faudrait que je prévienne Mei que je suis bien arrivée, je m'endors presque instantanément.

Pendant la nuit, je ne me réveille qu'une fois au bruit de murmures, les sœurs qui discutent, une qui hausse légèrement le ton. « Comment peut-elle débarquer de la sorte ? Pour qui se prend-elle ? Combien de temps va-t-elle rester ? » L'autre répond sur une intonation apaisante, *Ym lei lei*. « Ne te mets pas dans cet état. Elle a fait un long voyage. Tout va bien se passer. »

* * *

Quand je me réveille, je suis dans une cave.

Un souterrain sans vue sur l'extérieur, ancien et silencieux, que ne touchent ni le soleil ni le ciel.

Je me redresse et reste immobile. La pièce occupe un recoin biscornu de la maison, alors il n'y a pas de fenêtre, à l'exception d'une fente près du plafond qui laisse entrer une pâle lumière laiteuse. Lentement, je ramasse les objets éparpillés autour de moi (une pile de manuels scolaires, une petite malle en métal qui renferme certainement des vêtements, une paire de chaussures noires dans le coin). Les quelques affaires de Banri. L'une des questions que m'a posées Mei avant mon départ était « comment vas-tu faire » – et tout ce que je ressens tandis que je suis assise ici, c'est « c'est plus que suffisant ».

Les toilettes sont à l'arrière de la maison, une structure compacte à double-porte, avec un petit espace pour les ablutions d'un côté, doté d'un seau et d'un tabouret, et de l'autre des toilettes à la turque. La cuvette est d'une propreté immaculée et je m'applique à rincer soigneusement une fois que j'ai terminé. Il n'y a pas d'eau qui coule quand j'ouvre le robinet, cependant, et je ne sais pas trop comment faire pour remplir le seau. Je reste plantée sur la marche extérieure, impuissante. Heureusement, Banri arrive.

— Je vais le faire, offre-t-elle.

Je refuse avec une telle véhémence qu'elle finit par m'indiquer qu'il y a une grande citerne à proximité, où aller chercher de l'eau. La personne qui utilise les toilettes, m'explique-t-elle, remplit le seau pour la personne suivante. Je pense en être capable, et je prends la résolution de ne pas oublier.

Lors de notre repas du midi, je rencontre le reste de la famille. Les jumeaux, des enfants de trois ans avec de la morve au nez et de petits visages pointus de lutin, qui se cachent derrière leur père, Bah Kitdor, un homme timide à la voix douce qui semble avoir envie de se cacher derrière lui-même. C'est à peine s'il soutient mon regard.

— *Nga trei kam dieng*, m'informe-t-il lorsque je lui demande ce qu'il fait dans la vie.

Il est charpentier.

— Sur quoi travaillez-vous en ce moment ? m'enquiers-je dans l'espoir de le mettre un peu plus à l'aise.

— *Ki jingsiang ja*, explique-t-il.

Des louches. Il me montre celle utilisée pour servir un monticule de riz à chacun. Pour une raison quelconque, cela m'enchante, que ce soit lui qui l'ait fabriquée. Je la tiens dans ma main, légère, courbée et lisse, et fais remarquer combien son travail est soigné.

— *Khublei*, répond-il d'un air satisfait.

Oiñ, m'a-t-on informée, se sent mieux aujourd'hui. Elle a mangé un œuf avec son thé du matin.

— C'est parce que tu es venue, dit Hep. Elle est si contente.

— Et nous avons commencé à lui donner son nouveau traitement, ajoute Kong Thei.

Je m'éclaircis la gorge.

Le *syrwa*, un ragoût de feuilles de moutarde et de poisson, est léger et savoureux, mais le chutney de menthe verte déclenche un incendie dans ma bouche.

— De quoi souffre-t-elle exactement ?

— De vieillesse, dit Hep.

— Nous l'ignorons, dit sa sœur en même temps.

— Elle n'a pas été diagnostiquée ?

Je surprends l'expression qui passe sur le visage de Kong Thei. Peut-être qu'elle a raison. Je n'étais pas là pendant tout ce temps et voilà que je débarque sortie de nulle part et pose des questions intrusives.

Hep répond que non, et c'est pour cette raison qu'ils ont tenté de convaincre Oiñ de faire des examens à Shillong ; elle a accepté à contrecœur au début, avant de refuser catégoriquement.

— Y a-t-il quoi que ce soit qu'on puisse faire ?

Les sœurs échangent un regard ; les jumeaux babillent à la porte, ils veulent qu'on les laisse sortir. Bah Kit s'excuse et va leur ouvrir. À l'autre bout de la table, Banri débarrasse silencieusement leurs assiettes.

Avant, la clinique la plus proche se trouvait à Wah Kaji, me dit-on, l'endroit où la route s'arrête.

— Je suis passée devant. Ça semblait à l'abandon.

— Ça l'est maintenant, confirme Hep. Il n'y a pas si longtemps, un médecin venait encore de temps en temps. Kong Thei a tout de même réussi à voir un docteur la semaine dernière, *ymdei?*

Sa sœur acquiesce. Je me tourne vers elle.

— Où êtes-vous allée ?

— À Mawkyrwat.

— Mais c'est super loin, lâché-je.

Je suis presque sur le point d'ajouter *et la route est terriblement mauvaise*, mais je me tais. Dans les yeux de Kong Thei, je vois briller quelque chose, de la colère, je crois, un éclat qui dit « nous n'avons pas vraiment le choix ».

À la fin du déjeuner, des coups sonores retentissent. Ils proviennent de la chambre d'Oiñ et nous nous précipitons toutes à son chevet.

Elle est assise dans son lit, avec à la main sa canne, dont elle martèle le sol.

— Eh bien, voilà qui a attiré votre attention.

— De quoi as-tu besoin, Meirad ? s'enquiert Kong Thei.

— De compagnie.

— Ta fille est là, dit Hep en me poussant en avant.

Je la rejoins et prends place sur une mula à côté du lit. Tout d'abord, on me pose une série de questions. Est-ce que j'ai bien dormi ? Est-ce que j'ai appelé ma mère ? Est-ce que j'ai mangé ? Est-ce que je suis bien installée ?

— Je sais que ce n'est pas le confort auquel tu es habituée…, commence-t-elle à dire.

— Je vais bien, insisté-je. Je suis très bien installée.

— Ne mens pas.

Je ris.

— Mais c'est la vérité !

Elle me scrute d'un air soupçonneux.

— Si tu le dis… J'ai demandé à Thei de tuer un de nos poulets pour préparer ton plat préféré.

Ça, je ne vais pas refuser. Je me régalais avec le curry au poulet d'Oiñ chaque fois qu'elle en faisait.

Elle finit par se rallonger, fatiguée d'être restée assise et d'avoir discuté. Je commence à m'agiter. Voudrait-elle de l'eau ? Quelque chose à manger ? Voudrait-elle se reposer ?

— Non, je vais bien… à part mes jambes. C'est comme si elles refusaient de m'écouter. Elles ont disparu petit à petit.

— Elles sont bien là, Oiñ, dis-je en les pressant à travers la couverture.

Elle soupire.

— Elles sont là sans y être.

La dégradation avait été si progressive qu'elle l'avait à peine remarquée au début.

— La vieillesse, éructe-t-elle. Je n'étais pas vieille avant de revenir ici. Enfin, j'ai plus de chance que cette pauvre Kong Tharina. Elle est partie bien plus vite, et dans bien plus de douleur.

— Qu'est-ce qui lui est arrivé ?

Elle hausse les épaules.

— *Lah kem ksuid.*

Capturée par un esprit, mais je crois que ça veut dire épilepsie.

— Son fils aussi est mort, tu sais, continue-t-elle. Il y a quelques années. Il n'avait que quarante-cinq ans et d'un seul coup, sorti de nulle part, un cancer de la gorge.

J'essaie de dire quelque chose de compatissant, que la vie est tellement imprévisible, et elle ricane avec mépris.

— Va donc leur demander si c'est si simple.

— À qui ?

— Aux habitants du village.

Elle ferme les yeux. Ses cheveux, argentés comme la lune, encadrent son visage.

— Veux-tu que je te laisse te reposer ? proposé-je à nouveau.

— Non. Je n'aurai que ça à faire une fois que je serai dans la tombe. Raconte-moi plutôt ce que tu as fait pendant toutes ces années…

Je m'exécute. Je lui raconte qu'après l'université, j'ai fait un stage avec ma tante pendant un été, que j'ai fini par travailler dans son agence pendant plusieurs années, et que j'ai occupé quelques autres postes depuis. Un magazine urbain, un magazine *lifestyle*, une maison d'édition.

— Hum… *Phi biang em?*

J'hésite. Elle n'a pas demandé si je suis heureuse ou si tout va bien, mais si je me suffis. Et c'est une question à laquelle il est difficile de répondre.

— Bien sûr, finis-je par dire.

— Tu ne veux pas te marier ?

— *Batno?* demandé-je en retour. Et avec qui ?

Elle pousse un grognement.

— C'est à moi que tu poses la question ?

Puis elle me prend la main.

— Tu vas à l'église ?

— Non.
— Tu devrais.
Nous nous dévisageons et nous esclaffons. Elle, qui n'est jamais allée à la messe de sa vie.
Puis je lui parle d'autres choses. De l'appartement que je partage avec Grace, du parc voisin, des promenades du soir, de l'été caniculaire de Delhi, des averses qui sont brèves et fugaces et si différentes de celles d'ici. D'à quel point Grace adore cuisiner, et de comment nous nous nourrissons principalement de gâteaux… À un moment, je ne sais pas si Oiñ écoute toujours, je crois qu'elle dort, mais je continue à parler, encore et encore, dans l'atmosphère silencieuse de l'après-midi.

* * *

Pendant la semaine que je passe ici, je m'intègre bien maladroitement.

C'est comme si je souffrais de ce que j'imagine être une étrange espèce de décalage horaire. Je suis à contretemps, je tâtonne, pas habituée aux rythmes de la maisonnée, qui se lève tôt, alors que la lumière perce à peine au-dessus des montagnes, et va dormir peu après le coucher du soleil. Je me dépêche de me laver, de me brosser et de nettoyer après moi, en essayant de ne pas être en retard aux repas. Ici, le déjeuner, par exemple, est servi à 11 heures. Le dîner, à 17 h 30.

Ensuite, dès que je me tiens sur le seuil de la cuisine et que je demande « Qu'est-ce que je peux faire pour vous aider ? », Kong Thei m'ignore et sa sœur chantonne « Rien, rien » depuis le coin dans lequel elle cuisine, et je me retrouve désœuvrée. Je m'assieds avec Oiñ et nous discutons, mais je remarque qu'elle se fatigue facilement, alors je fais en sorte que mes visites soient fréquentes, mais brèves.

Il n'y a pas grand-chose d'autre à faire. J'hésite à me promener dans le village, gênée par mon apparence, mes vêtements, mon khasi mal assuré. Mais c'est difficile de tenir le village à distance. Les gens passent à l'improviste pour bavarder, pour emprunter des pommes de terre, pour que les enfants jouent avec les jumeaux dans la cour devant la maison, ils vont et viennent et les gens sont curieux de me voir. Hep m'expose dans le salon.

— Vous avez vu ça ? Elle a fait le trajet depuis la ville pour venir nous rendre visite, a-t-elle pour coutume de dire tandis que je suis plantée là, embarrassée par l'attention qu'on me porte.

De petits cadeaux généreux sont déposés dans mes mains (des oranges charnues, une botte de radis, des gâteaux de riz sucrés au *jaggery*). C'est un tourbillon de visages et de noms ; je les saisis au passage, tout en pensant que je n'aurai pas l'occasion de tous les connaître. Et même si je me dis que je ne devrais pas généraliser de la sorte, je suis frappée par leur gentillesse et leur générosité, l'intonation chantante de leur élocution, si nouvelle pour mes oreilles.

Lorsque le soir arrive, partout l'odeur du feu de bois s'élève, et bien que j'imagine que la tristesse est tapie derrière certaines portes closes, la tranquillité semble de mise.

Quand je m'aventure dehors pour une promenade, je zigzague parmi les chemins de terre accidentés, les chiens endormis, les chèvres qui broutent et les piments qui sèchent au soleil. Il ne me faut pas longtemps pour traverser le village ; il n'y a pas plus d'une trentaine de maisons, mais je prends mon temps, passe devant des hommes âgés qui fument la pipe, des châles enveloppés autour de la tête tels des turbans, et devant des femmes qui vannent du riz, qui balaient, qui font du kwai. À l'autre bout se trouve l'unique magasin de Mawmalang.

Son propriétaire, Bah Albert, m'adresse un salut relativement chaleureux, bien qu'une pointe d'inquiétude mâtine sa voix. Il semble approcher de la cinquantaine et est perché sur son tabouret comme un roi entouré de farine et d'épices, de caisses de boissons gazeuses et de tas de feuilles de tabac.

La première chose qu'il me demande, c'est si je suis journaliste.

— Moi ? Non…

Parce qu'on parle de cet endroit dans les journaux ?

— Hummm…

Il fronce les sourcils.

— Il paraît qu'un journaliste doit venir la semaine prochaine.

— Pour vous parler ?

— Oui, pour parler aux gens.

— À quel sujet ?

Il a l'air surpris.

— Au sujet de l'extraction minière, bien sûr.

Un autre client approche, alors j'achète des sucreries pour les jumeaux et un tube de crème antiseptique pour Oiñ, et je m'en vais. Qu'a-t-il voulu dire ? Il n'y a pas de mines de charbon dans la région, ça, j'en suis certaine. Elles parsèment les montagnes Jaintia à l'orée est de l'État. Par ici, on produit d'importantes quantités de charbon, mais il n'est pas extrait de la terre : il est fabriqué en brûlant des arbres. Alors quoi ? Ce n'est qu'à cet instant qu'un vague souvenir me revient, quelque chose entendu à la radio il y a un moment, lu dans les journaux, saisi par bribes lors de mes passages à Shillong, sur une autre sorte de mines. Celles d'uranium.

Bien sûr. Quelle idiote. Je suis au pays de l'uranium.

À ce que je sache, elle était réglée à ce stade, cette « question de l'uranium », même si mes connaissances sur le sujet sont, j'ai honte de l'avouer, lacunaires au mieux. Il y avait eu une bataille pendant des années entre le gouvernement central, me semble-t-il, et des ONG et environnementalistes du Meghalaya, ainsi qu'avec les gens du coin. Extraire ou ne pas extraire. Des couvre-feux et des *bandhs* avaient été décrétés, les protestations étaient soutenues et furieuses. Mais qui avait gagné ? Je n'en suis vraiment pas sûre…

Le seul endroit où il est possible d'avoir du réseau, m'apprend-on, c'est au sommet d'une butte derrière la maison de Hep. Si on a de la chance.

Banri m'y emmène après m'avoir vue tenter désespérément de passer un coup de téléphone.

— Viens, dit-elle, et je la suis.

Elle m'entraîne à l'extérieur, passe devant le potager, l'enclos à cochons malodorant, un groupe de poules et leurs poussins duveteux, franchit une petite porte qui grince. Banri affiche un air de détermination tranquille qui me rappelle Grace, d'une certaine façon. Ses cheveux sont toujours impeccablement attachés en une longue tresse qui pend dans son dos. Sa robe est délavée et reprisée, mais propre.

— Est-ce que ce sont les vacances scolaires ? lui demandé-je.

— Oui, répond-elle.

— Jusqu'à quand ?

— Pour toujours.

Je suis étonnée, car elle ne semble pas avoir plus de quinze ans.

— Tu as terminé l'école ?

Elle n'a pas terminé, non. Mais elle a fini le collège à Wahkaji et le lycée, situé à Nongstoiñ, est trop éloigné. Il n'y a pas d'école à Mawmalang.

— Oh, bafouillé-je bêtement.

Rien de ce que je pourrais dire ne serait adapté, de toute façon.

Nous avons commencé notre ascension ; une pente courte, mais abrupte. Nous ne disons plus rien jusqu'à avoir atteint le sommet.

— Oiñ a insisté pour que je continue mes études, tu sais, m'avoue-t-elle timidement. Même si ça m'obligeait à vivre chez un parent à Wahkaji et que ce n'était pas très pratique. Je pense que ma tante et Mei m'auraient retirée de l'école plus tôt, autrement.

— Tant mieux, dis-je, mais mes mots manquent de conviction.

Elle fait un geste en direction de mon portable.

— Tu vois ?

Une seule barre. Mais qui me permet de contacter Mei, Kima et de recevoir un message de Dajied (*Content de t'avoir vue l'autre soir*). On dirait qu'il veut qu'on soit amis. Est-ce que je réponds ? Ou pas ? Qu'est-ce que je dis ?

Je tape *Moi aussi* et appuie sur « Envoyer », mais le message ne part pas.

Mei n'est pas enchantée que je prolonge mon séjour. Ce n'est qu'après lui avoir rapporté les dires de la famille, « comment pouvais-je repartir au bout d'une seule journée après un si long voyage », qu'elle se tait. Papa vient à peine de se rendre compte que je ne suis plus là. « Tu es partie où ? »

Ensuite, je m'assieds et contemple le village en contrebas. C'est petit, plus petit qu'un pâté de maisons, et bas, près du sol. Alors que le soleil se couche, tout devant mes yeux se transforme en or blanc. Le pépiement des *ñiang kongwieng* transperce le silence du soir, plus sonore ici que nulle part ailleurs. Les oiseaux s'installent sur leurs perchoirs dans les arbres derrière moi. Je suis frappée par un rare sentiment d'immensité.

Quand je redescends à pas lourds, que je franchis la petite grille qui grince, passe devant les poules qui couvent, l'enclos à cochons malodorant et le potager arrosé, je trouve la famille qui m'attend pour entamer le repas du soir, et je prends place autour de la table avec reconnaissance.

* * *

La veille de mon départ, je veux faire un gâteau. Grace est parvenue à m'envoyer la plus simple des recettes possibles par message (GÂTEAU NATURE) avec des instructions pour le préparer dans un autocuiseur. Je me suis dûment procuré un autocuiseur chez Bah Albert, et je suis en train d'acheter les ingrédients dans sa boutique. J'aimerais réapprovisionner les réserves de Hep, aussi. Riz, huile, farine. J'ai également entendu Kong Thei dire qu'ils n'avaient plus beaucoup de savon, le marron grumeleux qui fait remonter des souvenirs de ma grand-mère devant l'évier, en train de faire la vaisselle.

— *Shini, moida, pylleng*, liste Bah Albert.

Il y a du lait à la maison, et il faudra nous débrouiller sans essence de vanille.

— *Khublei mo*, dis-je en lui tendant de l'argent.

— *Phin leit noh, ne?*

Je lui réponds que je pars le lendemain. Bah Kit et Banri m'accompagneront à travers la forêt jusqu'à Wahkaji, d'où je prendrai un bus pour rentrer à Shillong. Ma mère est soulagée, mon père aussi, même s'il est surtout content qu'ils aient enfin réussi à sauver les arbres. Il a été décrété que le nouveau mur sera plus étroit. Une victoire pour l'homme-arbre de Shillong.

Bah Albert aimerait savoir dans quel quartier de la ville j'habite.

— Près de Laitumkhrah.

Il hoche la tête. Il a aussi envisagé de quitter le village pour déménager à Shillong.

— Les choses allaient vraiment mal, explique-t-il. Maintenant, ça va un peu mieux, mais qui sait quand la situation se dégradera de nouveau. Ils reviennent toujours, ces fouisseurs.

— Est-ce qu'ils ont le droit ?

Plus maintenant.

— Mais qui attend la permission ?

Puis il hausse les épaules et ajoute :

— *Leit suk*, demain.

Voyage en paix.

Toute l'après-midi, je travaille d'arrache-pied. Je ne cuisine presque jamais, mais là, il faut que ce soit parfait, ni plus ni moins.

Je veux offrir une preuve tangible de ma gratitude, pour Oiñ, pour les autres. Je ne sais pas pourquoi il faut que ce soit un gâteau, mais aucune autre idée ne m'est venue. Les parties intéressées passent pour vérifier l'évolution des préparatifs. Ça avance mal. Je pense que la pâte est trop liquide. Je ne peux même pas contacter Grace à moins de faire un aller-retour en courant jusqu'à la butte, alors je verse le mélange dans l'autocuiseur que je place sur la cuisinière, et je prie en mon for intérieur.

Une heure plus tard, le résultat est dévoilé, et c'est un petit triomphe.

Quand nous nous rassemblons dans la chambre d'Oiñ pour prendre le thé et manger le gâteau, nous donnons à l'affaire un air de fête. Assise bien droite, elle orchestre les opérations en agitant sa canne. Les jumeaux courent en poussant des cris excités, Banri et sa mère sourient de toutes leurs dents, Bah Kit n'a jamais semblé aussi à l'aise, et même Kong Thei paraît plus détendue, probablement parce que je m'en vais. Le gâteau est un peu caoutchouteux (Grace me dira que j'ai trop mixé la pâte), mais il est étonnamment savoureux, parfumé à la feuille de laurier en lieu et place d'essence de vanille. Rassemblé autour du lit d'Oiñ, tout le monde dévore et il y a de quoi faire.

Mon cœur est sur le point d'exploser.

Plus tard, une fois que la pièce s'est vidée, je m'assieds à côté d'Oiñ. Nous ne parlons pas beaucoup, à part elle qui me dit qu'elle aimerait que je reste. Je reviendrai, je promets, et je suis sincère, mais elle me regarde comme pour me dire qu'il n'y aura pas de prochaine fois. Les mots me manquent. Je tiens sa main, noueuse et ridée comme la racine d'un arbre. Elle ferme les yeux et je me dirige vers la chambre de Banri, le cœur lourd, pour faire mon sac et dormir.

Je suis réveillée, comme lors de ma première nuit, par le bruit de femmes qui discutent.

Cette fois, néanmoins, peu d'efforts sont faits pour étouffer les voix et ne pas me déranger. Je suis vaseuse ; est-ce l'heure du départ ? La nuit est encore profonde et sombre, il n'y a pas de lumière. Le ton est mâtiné d'urgence, de peur même, et quand je comprends ce qu'elles disent, je me lève à mon tour.

Les filles entrent et sortent de la chambre en trombe. L'état d'Oiñ s'est subitement dégradé, peut-être à cause de toute l'excitation de la soirée. Elle a appelé Kong Thei et lui a dit qu'elle avait le tournis et du mal à respirer. Nous ne pouvons pas faire grand-chose, à part diluer une cuillerée de solution de réhydratation dans de l'eau tiède et lui faire boire le mélange. Nous plaçons également des couvertures et des oreillers sous ses pieds afin qu'ils soient plus élevés que son cœur. Son vieux cœur résistant dans lequel elle m'a toujours gardé une place. Pendant un moment, la respiration d'Oiñ devient si faible que nous la discernons à peine. Kong Thei tend la main devant le nez d'Oiñ pour vérifier.

— Il n'y en a plus pour longtemps, je pense, déclare-t-elle.

Je ne me rends même pas compte que je pleure, des larmes ruissellent le long de mes joues de leur propre gré.

— Tu ne peux pas partir, dis-je tout bas, tu ne peux pas partir. Je viens juste d'arriver. Reste et je resterai, reste et je resterai.

Nous patientons longuement, guettons chacune de ses respirations, retenons notre souffle en attendant qu'elle reprenne le sien. Enfin, après ce qui semble une éternité, la mauvaise passe touche à sa fin. Sa respiration est entrecoupée, mais un peu plus assurée, un peu de chaleur a regagné ses mains et son visage. Une pâle lumière argentée se répand dans le ciel. Nous avons veillé toute la nuit. Les sœurs sont assises en silence au pied du lit et moi à côté ; nous sommes une peinture biblique solennelle.

— Je pense qu'elle se repose, maintenant, hasarde Kong Thei.

Sa voix est tendue.

Sa sœur hoche la tête, les yeux cernés par la fatigue, puis elle se tourne vers moi.

— Tu vas bientôt devoir te mettre en route, Shai.

— Non. Si ça ne vous dérange pas, l'une comme l'autre, j'aimerais rester.

* * *

Parfois, lors de mes visites éclair à Shillong, j'allais me promener à pied, passais devant l'une des nombreuses églises, et bien que me disant *Ne perds pas ton temps*, j'entrais.

Les églises vides ont quelque chose de spécial.

Le silence. La lumière. Les saints stoïques. J'avais le sentiment d'avoir de nouveau sept ans. Sur le banc en compagnie de mes grands-parents. À entonner le chant d'entrée, à tracer le signe de croix. À m'incliner, à la fin, face à toutes les personnes qui m'entouraient. *Que la paix soit avec vous.* Peut-être que c'est ça, le confort du rituel. L'acte de se lever, s'asseoir, s'agenouiller. De toujours savoir quoi faire ensuite ou de donner la bonne réponse au bon moment.

Si différent de dans la vie.

Vie faite de jours à travers lesquels nous fonçons en interrogeant souvent, frénétiquement, l'univers et nous-mêmes : *Est-ce juste ? Ai-je raison ?*

« Comment savoir, Grace ? » lui ai-je souvent demandé.

Elle haussait les épaules et répondait exactement ce à quoi je m'attendais : « On ne peut jamais vraiment savoir. »

Ça ne fait rien, ai-je commencé à me dire. Si je réussis à vivre avec des ambiguïtés bien plus grandes (pourquoi les premières fleurs ont-elles poussé ? Comment la vie sur Terre a-t-elle débuté ?), alors je peux bien sauter dans le vide dans l'espoir d'atterrir sur un sol qui ne cédera pas sous mes pieds.

Et donc, étant donné que j'ai décidé d'être ici, la première chose que je fais, c'est de commencer à me lever tôt.

Enfin, plus tôt.

Et de me laver. Et de petit-déjeuner des *atta* (d'épais *paratha* blancs) et du thé. Et même si, lorsque je me tiens sur le seuil de la cuisine et demande ce que je peux faire, Kong Thei m'ignore de nouveau tandis que sa sœur, dans le coin, chantonne de nouveau « Rien, rien », cette fois je sors au lieu de rester plantée là et je vais aider Banri au *kper*, le potager à légumes.

Collé à un côté de la maison, il s'étire jusqu'au fond du jardin, ourlé d'un parterre indiscipliné d'ignames aux grandes feuilles parapluies et d'une rangée d'arbres fruitiers (on me montre des mandarines et des prunes, des myrtilles et des citrons verts). J'espérais qu'elle accepterait mon offre et elle l'accepte, sauf que, lui avoué-je, je n'y connais rien et ne sais pas par où commencer.

Banri a l'amabilité de répondre que je vais apprendre. Quarante-huit heures nous séparent de la pleine lune, m'explique-t-elle, un bon moment pour semer, alors c'est ce que nous faisons. C'est la période pour planter les légumes à feuilles, des rangées de moutarde qui sera utilisée pour préparer des ragoûts pendant l'hiver et laissera un goût âpre et très prononcé sur la langue. Ce sera facile, supposé-je. Je commence donc à semer, éparpillant les graines en lignes bien nettes dans la terre jusqu'à ce que Banri m'interrompe.

— Il faut que tu creuses un peu plus, un peu plus profond, et que tu espaces les graines pour qu'elles ne s'envahissent pas les unes les autres. Et maintenant, tu les recouvres avec suffisamment de terre pour que l'eau ne la disperse pas quand on arrose, autrement les semis seront exposés aux éléments et ils mourront.

Elle me montre et j'apprends lentement. Matin après matin, nous nous penchons et nous creusons et nous semons et nous tapotons-tapotons-tapotons la terre. Nous récoltons des *phan*, étiolés et rouges, et de très grosses pommes de terre.

Je sens la boue et les vers de terre et j'ai de la terre sous les ongles. Tout commence à faire mal : mes cuisses, mes bras et des muscles au niveau des fesses dont j'ignorais jusqu'à l'existence. Quand arrivent 11 heures du matin, je meurs de faim.

Après le déjeuner, j'escalade la butte.

Là-haut, je suis le plus souvent seule, même si la fille que j'ai vue lors de mon premier jour ici se faufile parfois parmi les buissons avec son chat. Ils ne s'approchent pas, bien que je les aperçoive souvent qui me fixent au loin. Ici, j'essaie de me reconnecter à un monde qui, après quelques jours, semble s'éloigner à grands pas. Ma décision de rester pèse moins lourd sur mes épaules qu'elle ne pèse sur celles de ma mère.

Quand je lui annonce que mes plans ont changé, je détecte dans sa voix, pour la première fois, une trace de panique. Elle change de tactique. Elle est douce, enjôleuse. *Bien sûr*, qu'elle comprend, et quel soulagement d'apprendre qu'Oiñ a passé la nuit. Cela lui fera du bien que je passe quelques jours encore avec elle, une semaine tout au plus ? On verra, dis-je, et je raccroche, avant de me rendre compte que mes mains tremblent. Grace a demandé quand je rentrerais, elle aussi, et j'ai répondu « pas ce mois-ci » ; Kima est perplexe et se demande si je joue une version nationale d'une *firangi* qui découvre qui elle est vraiment. Mon père reste imperturbable et, étonnamment, nous avons davantage de sujets de conversation que d'habitude. Il faut déterrer les semis et les replanter, m'exhorte-t-il à propos de la moutarde, les diviser en petits tas et les disposer à quelques centimètres les uns des autres. C'est ce que le replantage permet : une croissance plus rapide, plus saine, qui produira davantage de feuilles.

Enfin, il est l'heure de redescendre pour davantage de thé et d'atta, grâce auxquels nous tenons jusqu'au soir, puis j'aide à nourrir les bêtes, à distribuer des graines aux poules et à vider les épluchures de légumes et l'eau de riz dans des bassines pour les cochons. Banri et moi arrosons le *kper*. J'ai rapporté du magasin de Bah Albert un nouvel arrosoir que je lui ai offert, et je me sers de l'ancien, qui me goutte assidûment sur les pieds.

Quand je lui en demande un autre, Bah Albert me dit qu'il n'en a plus, mais que je peux lui reposer la question dans quelques semaines. Rien n'arrive vite, ici.

À l'exception de la fin de la journée.

Même lors des après-midi d'hiver, la brume surgit, basse et furtive, enveloppant le monde de blanc. Le soleil disparaît soudain, le fond de l'air devient brusquement froid. *Dait thah*, un verglas qui mord.

Nous dînons tôt, et le repas est simple. Du riz, rouge et dense, des lentilles et des légumes, tous d'un jaune curcuma éclatant, parfois un œuf dur, rarement un bout de poisson chacun, frit comme une chips dans de l'huile de moutarde, du sel et du piment. Puis je m'assieds auprès d'Oiñ.

Elle a récupéré, mais elle n'est que l'ombre d'elle-même.

Elle est parfois dans un bon jour, alors elle est espiègle et drôle et autoritaire, mais certains jours ne sont pas bons. Ces jours-là, elle semble s'embourber dans le passé. Est-ce que je savais qu'elle avait un fils qui avait disparu ? « Non », dis-je d'une voix douce. Il est parti de la maison, me raconte-t-elle, quand il en a eu l'âge, et il n'a jamais gardé le contact. Est-ce que je savais que, pendant plusieurs années, elle avait habité à Assam ? « Non. Comment ça se fait ? » « Je m'occupais des enfants de planteurs de thé. » Et elle parle d'eux, Sonny et Pinkie. Et j'écoute avec jalousie. N'étais-je donc pas la première et la dernière ? ai-je envie de demander. Mais de toute évidence, non. Et c'est un choc. De découvrir que je ne suis pas la seule qu'elle a aimée.

Certains jours sont pires que tout. Sa canne gît au pied de son lit, elle ne s'assied même pas, et elle dort plus longtemps. Quand elle est réveillée et que je suis à ses côtés, c'est généralement moi qui alimente la conversation. Je lui parle des semis qui commencent à germer, et de Banri qui ne parvenait pas à s'arrêter de rire quand elle m'a vue avec le nez au ras de la terre, en train de les contempler avec un sourire joyeux. « Demain, annoncé-je à Oiñ, nous allons planter des petits pois, et quand tu iras mieux, nous les mangerons à même leurs cosses, comme quand j'étais petite et que nous parcourions le jardin de ma grand-mère pour les voler à même leurs tiges. »

Ce qui arrive vite également, ce sont les morts étranges.

Je reste avec Oiñ pendant que le reste de la famille assiste aux funérailles d'un certain Bah Borlin, atteint d'une maladie musculaire qui n'avait pas été diagnostiquée. Même lorsqu'on l'avait emmené jusqu'à Shillong pour passer des examens. Et une autre perte survient peu après, un bébé qui était mort-né. Ça arrive souvent, apparemment. Sont évoqués *ksuid lum*, *ksuid wah* et *ksuid suiñ*, les esprits malveillants des montagnes et de l'eau et de l'air qui vous tordent le cou et les membres, mais Oiñ affirme que c'est ainsi depuis que ces gens sont venus, presque vingt ans plus tôt.

— Ceux qui creusent ? demandé-je avec prudence.

Oiñ hoche la tête, puis elle se tourne sur le côté, les yeux clos, et pendant quelques instants, je l'observe pour m'assurer qu'elle respire.

Celles que ma décision de rester déconcerte le plus, ce sont les sœurs. Les jumeaux sont plutôt heureux que je sois là – je joue à chat avec eux l'après-midi, je leur cours après dehors. Parfois, je fais semblant de tomber, et je gémis et je grogne, ce qui les fait hurler de rire. Bah Kit est désormais assez à l'aise en ma présence pour me dire bonjour sans avoir l'air d'avoir envie de disparaître. Hep, néanmoins, m'a admonestée, car elle ne veut pas que je travaille. « Tu es notre invitée », proteste-t-elle, et je lui réponds qu'elle ne peut pas m'appeler la fille d'Oiñ et ne pas me traiter comme une membre de la famille. Ça semble l'amadouer, mais ça ne fonctionne pas avec Kong Thei qui, je pense, préférerait ne pas m'avoir dans les pattes, dans la maison et idéalement dans le village. Elle ne fait aucun commentaire quant à ma présence, mais je sens qu'elle est loin d'être enchantée. Elle m'adresse un hochement de tête de temps à autre, pas beaucoup plus. J'essaie de ne pas me laisser déstabiliser et me résous silencieusement à gagner ma place au sein du foyer, quelle que soit la durée de mon séjour.

Mais ce n'est pas facile. Je continue à faire des faux pas.

J'oublie de fermer la porte du poulailler un soir après avoir nourri les poules, et un renard ou un chat nous vole l'une de nos plus grosses volailles. C'est une terrible perte. J'inonde aussi un plan de radis et les racines pourrissent, et ils se flétrissent tous. Pire, j'oublie de remplir le seau des toilettes à une ou deux, peut-être même à trois reprises, et c'est toujours lorsque Kong Thei s'y rend juste après moi. Banri a dû courir remplir un autre seau et le lui passer par-dessus la porte. Je me suis excusée, bien sûr, mais la sœur aînée a accueilli mes mots avec une froideur impitoyable.

On ne me considère pas encore comme suffisamment capable pour me faire travailler à l'intérieur de la maison, à la cuisine, aux fourneaux, ce qui me soulage. J'offre d'aider à nettoyer, et un jour, Hep m'autorise, non sans hésitation, à laver la vaisselle et à la faire sécher au soleil, mais je surprends plus tard Kong Thei en train de la relaver.

— Ce n'était pas bien fait ? demandé-je, préoccupée.

Hep me répond de ne pas m'inquiéter, que sa sœur préfère tout simplement faire certaines choses elle-même.

Je décide alors de me tenir uniquement garante des travaux en extérieur, avec Banri, si elle est d'accord.

— Si tu m'aides avec le *kper*, j'aurai davantage de temps libre.

Je lui souris.

— Oui. Et que comptes-tu en faire ?

— Étudier, répond-elle timidement.

Parfois, le soir, quand Oiñ s'endort plus tôt que de coutume, je m'assieds sur les marches devant la maison avec Hep. Nous bavardons de choses et d'autres. Son inquiétude de devoir envoyer les jumeaux à l'école à Wahkaji. Banri aussi la préoccupe un peu, elle est trop renfermée, cette petite.

— Je suis heureuse qu'elle discute avec toi.

Et elle me serre le bras.

Une fois que je me sens suffisamment en confiance, je demande :

— Kong Thei ne s'est jamais mariée ?

— Ma sœur…

Elle marque une pause, puis reprend :

— Ma sœur n'a pas eu une vie facile. Nos parents sont morts alors que nous étions encore très jeunes et elle s'est occupée de moi, et de nos frères… qui sont décédés tous les deux, à présent. Et même quand elle est tombée amoureuse et devait se marier avec cet homme… il l'a quittée.

Je bafouille :

— Je suis désolée.

— Elle est très protectrice avec nous, ajoute Hep. Avec moi.

Ça, je m'en suis rendu compte. Hep en reste là ; cette histoire m'attriste un peu.

Parfois, je m'installe seule sur les marches avec, derrière moi, la maisonnée qui se repose, plongée dans un sommeil précoce. Souvent, les bavardages lors du dîner sont bon enfant, les jumeaux nous divertissent avec de petites chansons, Bah Kit nous raconte des anecdotes amusantes. Il arrive que la discussion s'oriente vers l'uranium. Qui sait si les mines sont fermées, me répondent-ils lorsque je les interroge, qui sait quand les creuseurs reviendront, ou si c'est déjà le cas.

— Notre combat dure depuis longtemps, dit Bah Kit tout bas. Nous sommes fatigués.

Assise sous la voûte d'un ciel sans nuages, je songe qu'il y a un demi-milliard d'années, une supernova l'a envoyé dans l'espace, cet uranium que nous trouvons dans ce sous-sol, présent depuis le tout début de la formation de la planète. Puis j'ai honte de savoir ça, mais de ne pas avoir été au courant de l'histoire de la résistance dans ces terres.

Je la découvre en discutant avec Bah Albert, et avec Bah Syiem, le chef du village, un fermier râblé aux yeux brillants de sagesse et à la tête couverte d'un bonnet en laine. C'est une très longue histoire. Les prospections ont commencé dès les années 1950 et l'uranium a été découvert en 1984. Pendant des années, ils ont creusé dans ces montagnes, prélevé des échantillons, effectué des calculs minutieux.

— Saviez-vous ce qu'ils cherchaient ?

Face à ma question, ils secouent la tête. Non, et aujourd'hui encore nous n'avons pas de nom pour ça, à part celui qu'ils nous ont donné : *yellowcake*. Pourquoi nommerions-nous une chose dont nous n'avons pas besoin ? Néanmoins, pour les membres du Gouvernement, c'était important. À tel point qu'ils sont revenus, avec des sourires encore plus larges et des promesses encore plus grandes. « Dans l'intérêt de la nation. Voilà ce qu'ils répétaient tout le temps. »

C'est la fin d'après-midi, la lumière s'adoucit et une brume blanche monte des versants.

Ils regardent autour d'eux.

— C'est ça, notre nation. Les montagnes que nous voyons autour de nous, les rivières que nous connaissons aussi bien que nos êtres chers, les arbres que nous appelons par leurs noms. Et qu'est-ce qui se passe si c'est dans l'intérêt de la nation, mais pas dans le nôtre ?

À cela, il n'y a pas de réponse.

Je les écoute se remémorer comment, pendant des années, ces terres ont été minées, avec des machines semblables à des monstres qui éventraient le sol, pour ramener à la surface ce qui n'aurait jamais dû être au contact de l'air.

Nous les avons tolérés pendant un moment, disent-ils. Avec leur alcool et leurs moqueries et leurs manières bruyantes d'étrangers.

— Puis nous avons remarqué que nos oiseaux mouraient. Nos vaches et nos chiens devenaient fous, nos lauriers flétrissaient, nos poissons flottaient sur le dos. Puis notre peuple a commencé à saigner.

Il a tout de même fallu du temps à la résistance pour grandir. Car la confusion régnait. Il n'y aurait aucun problème si l'exploitation minière s'effectuait en toute sécurité, leur assurait-on. Et donc… pourquoi pas ? Nous, pauvres et oubliés, condamnés à dépérir. Peut-être que toutes ces terribles tragédies qui étaient arrivées, toutes les maladies et les morts, étaient l'œuvre d'esprits du mal. L'exploitation nous redonnerait espoir, nous apporterait richesse et lumière.

Maintenant, c'est le soir. Les grillons ont cessé leur concert, le tac-tac-tac du *ñiang kynjah*, les sempiternelles vocalises du *ñiang kongwieng*.

— Qu'est-ce qui vous a fait changer d'avis ?

Ils me répondent une chose à laquelle je ne m'attendais pas. Un documentaire.

Bouddha pleure à Jadugoda. Doublé en khasi. À propos d'un endroit dont ils n'avaient jamais entendu parler, mais où les gens vivaient aussi sur des terres couvertes de forêts et jouaient de la musique semblable à la leur.

Nous avons appris qu'ils considéraient l'uranium dans leur sol comme une malédiction. Que les déchets radioactifs sont difficiles à stocker. Ils sont liquides comme de l'eau, solides comme de la pierre, volatiles comme de la poussière. Et même s'ils sont conservés « en toute sécurité » dans nos montagnes, la pluie passe à travers la pierre, le vent agite nos pins les plus robustes et les séismes découpent la terre comme du beurre. Nous avons appris que cette chose tue à petit feu.

« Tous les gens ici, affirme une femme dans le documentaire, meurent jeunes. »

Alors quelques années plus tôt, nous nous sommes rassemblés comme des nuages avant une tempête en été, me disent-ils, notre manifestation guidée par Kong Spelity, une femme d'une détermination rare et féroce qui a juré de protéger nos terres.

Tu sais, murmurent-ils, c'est difficile de faire confiance aux habitants de Shillong, la grande ville, ces hommes d'affaires et ces hommes politiques avec leurs grosses voitures et leurs grandes maisons. Qui nous disent « Peut-être pouvons-nous creuser nous-mêmes pour extraire le *yellowcake* ? » Nous découvrons que nous devons protéger nos terres pas uniquement contre la capitale, mais même contre notre propre population.

Néanmoins (ils haussent les épaules), les autorisations de prospection et de surveillance ont finalement été révoquées, et même s'ils sont partis, nous les soupçonnons de revenir en secret.

— Comme des rongeurs qui creusent dans la terre, crache Bah Albert.

À une seule occasion, récemment, ont-ils pris les choses en main.

J'attends, et je retiens mon souffle.

Ils étaient en train de prélever de la terre (un scientifique et trois fonctionnaires) et nous les avons trouvés, et nous avons agité nos couteaux et levé la voix et nous les avons frappés jusqu'à ce qu'ils prennent la fuite.

Laissez-le dans la terre, avons-nous dit. Laissez-le dans la terre.

L'autre personne avec qui j'aime entretenir de longues conversations dans le village est Bah Kit, dont j'ai découvert, une fois qu'il s'ouvre, qu'il est un sacré historien.

Cela a commencé un jour quand j'ai demandé si je pouvais passer à son atelier (une petite cahute en bas de la rue de la maison). Il a eu l'air absolument ravi et extrêmement nerveux.

— Peut-être pourrais-tu fabriquer quelque chose pour moi.

En m'entendant, il s'est presque étranglé avec son thé.

De quoi pourrais-je bien avoir besoin ?

— De tout un tas de choses, je parie, lui ai-je répondu.

C'est devenu un rituel. Après le déjeuner, Banri m'accompagne et nous nous asseyons devant l'atelier au soleil de l'après-midi, pour manger des oranges, tandis que l'odeur des copeaux flotte dans l'air. Il a fabriqué davantage de louches (elles sont très populaires, apparemment) et aussi de simples tabourets et des tables. C'est apaisant, de s'asseoir et de le regarder travailler, et pendant qu'il taille, scie et sculpte le bois sous ses mains, il répond aux questions, il discute.

Il me raconte la fondation des villages de ces contrées, certains si anciens que leurs origines se perdent dans un passé lointain tandis que d'autres datent seulement des années 1960. Il me raconte qu'il a lui-même grandi dans un hameau non loin d'ici, mais il a rencontré Hep à un mariage et a dû déménager, comme l'exige la coutume, pour aller vivre chez sa femme.

— Je viens de Jakrem, m'explique-t-il. Le village des sources chaudes de soufre.

Les eaux si chaudes et riches en minéraux qu'elles peuvent presque tout guérir, du moins c'est ce qu'ils croyaient, qu'elles provenaient des profondeurs les plus reculées et transportaient avec elles tous les pouvoirs de la Terre.

— Et elles donnaient également la meilleure bière de riz, confie-t-il dans un petit rire.

Il connaît bien le paysage et décrit des sites naturels que je n'ai jamais vus et dont, j'ai honte de l'avouer, je n'ai même jamais entendu parler. Il cite la grotte de Synrangbah, avec ses chauves-souris aussi grandes que des aigles ; la caverne secrète derrière les chutes de Dongnob, où, en hiver, le soleil transforme les pierres en or ; Tynrong Mansaba, le rocher horloge qui projette une ombre grâce à laquelle les fermiers savent quand vient l'heure de rentrer à la maison pour le dîner. Et près de son propre village, le sommet de Lum Symper, protégé, d'après la croyance, par une puissante divinité des montagnes. Il frémit.

— Mon père me racontait avoir vu ce qui arrive aux gens qui s'engagent dans les forêts sans y être autorisés... ils ont la tête retournée.

Il mime le geste d'un cou tordu avec ses mains et nous poussons un petit cri aigu.

Banri aussi a dépassé sa timidité et pose de nombreuses questions. Sur ma vie à Shillong, à Delhi. Elle n'en revient pas de la plupart des choses que je lui explique à propos de la ville. Qu'on puisse passer commande pour de la nourriture, des courses, des services de blanchisserie, et les gens viennent sonner à votre porte. Comme par magie, déclare-t-elle. Qu'on puisse appeler un taxi par téléphone et que de l'argent invisible soit transféré au chauffeur, comme ça.

On dirait (c'est) un autre monde.

Nous avons aussi commencé à effectuer de longues promenades autour du village, le long de sentiers vallonnés, à travers les bois riches en champignons au tapis forestier épais, jusqu'à une ou deux cascades argentées, au débit réduit en cette saison sèche. J'aime explorer la zone, la cartographier avec mes pas et mon souffle. Banri m'emmène également au bosquet sacré, l'endroit qui doit rester intact, là où il est interdit de toucher la moindre feuille ou la moindre brindille.

— Et qu'est-ce qui se passe si on y touche ? De mauvaises choses ?

Elle répond qu'elle ne connaît personne qui ait osé désobéir.

À l'orée du petit bois coule le cours d'eau qui rejoint ensuite la Ranikor, dont les eaux sont si bleues, d'après Banri, que le ciel semble avoir été renversé.

— Mais quand j'étais petite, ajoute-t-elle, je me rappelle que les gens disaient qu'on y trouvait des poissons morts par milliers. Ils flottaient sur le dos.

Elle me montre les chemins qui partent en direction de Nongtynniaw, Domiasiat et Mawthabah, des villages voisins (« On peut y aller un de ces jours, si tu veux ») et, plus loin, Nongjri et Nongkulang.

— Là où les bébés ressemblent à des monstres, dit-elle tristement.

— Comment ça ? demandé-je, surprise.

— C'est ce que j'ai entendu dire.

Je l'interroge ensuite à propos d'un sentier qui court le long du ruisseau puis disparaît dans le sous-bois.

— Où mène-t-il ?

Elle écarquille les yeux et murmure quelque chose que je ne comprends pas.

— Où ça ?

— Au village abandonné, répète-t-elle.

— Abandonné par qui ?

— Les Nongïaid.

— Qui ?

— Ceux qui marchent. Les nomades.

Le mot « nomade » n'existe pas en khasi, alors elle emploie la périphrase « *ki briew ki bym shong shi jaka* ». Les gens qui ne restent pas dans un seul endroit.

Comme c'est mystérieux. Je suis intriguée.

— Ils ont tous déserté, c'est ce que papa m'a raconté, continue Banri. Et même ceux qui sont restés n'ont pas survécu.

— Mais pourquoi ? Pourquoi sont-ils partis ?

Face à mon insistance, elle secoue la tête.

— Je crois que personne ne sait…

Qu'importe à quel point je tente de l'en convaincre, cependant, elle refuse de m'emmener là-bas.

— Les gens racontent que c'est hanté. Aucun oiseau n'y chante et aucun animal n'y paît. Et même pendant les chaudes journées d'été, il y fait froid, ajoute-t-elle en frémissant.

J'essaie, à plusieurs reprises, de la persuader de nouveau (nous pouvons nous y rendre le matin, au moment le plus ensoleillé de la journée, nous ne jetterons qu'un rapide coup d'œil et nous reviendrons), puis j'abandonne.

— Peut-être qu'on peut y aller en compagnie d'autres personnes, finit-elle par proposer.

Et jusqu'à ce que cela puisse s'organiser, je dois m'en contenter.

***

Aujourd'hui, le village de Mawmalang reçoit des visiteurs.

Ils arrivent aux alentours de l'heure du déjeuner. Une dizaine d'hommes jeunes, qui se baladent librement, saluent les habitants et s'entassent dans la boutique de Bah Albert pour lui acheter du kwai et des boissons. Tout le monde semble bien les connaître.

— Qui sont-ils ?

Banri et moi nous sommes faufilées hors de la maison pour lorgner, épier les opérations.

— Le syndicat des étudiants khasi.

— Vraiment ?

Je ne sais pas à quoi je m'attendais, mais certainement pas à ça. De fait, pendant tout ce temps, je les ai toujours associés à la raison pour laquelle Mei m'avait envoyée loin de la maison. Qu'importait la noblesse de la cause et la justesse de leur combat, d'après elle, ils se battaient contre l'état et semaient la pagaille.

— Les gens disent qu'ils ont fait plein de choses positives, ici, m'explique Banri.

Si les extracteurs d'uranium ont rebroussé chemin, c'est en grande partie grâce à eux. Ils ont rallié les gens, projeté des documentaires, organisé des manifestations de protestation.

L'un d'eux, Shemphang, que je suppose être leur chef de file, se lève pour nous saluer et nous remercie d'être venus. Il annonce qu'ils sont ici pour nous informer des dernières évolutions.

Un murmure s'élève dans l'assemblée, comme un vrombissement sourd d'abeilles.

— Il y a plusieurs années, le gouvernement central a déclaré que les infrastructures de prospection seraient démantelées…

Ils ont même fermé les bureaux de la Corporation indienne de l'uranium à Shillong, mais…

— Ils continuent à revenir comme des mouches ! crie quelqu'un dans la foule.

Shemphang hoche la tête, attend un moment.

— Malheureusement, ça en a tout l'air. Il y a environ un mois, un colis a été intercepté à Moreh, à la frontière indo-birmane. Il comportait une inscription signalant qu'il s'agissait d'un explosif. Il présentait également une indication de voltage et deux étiquettes… *Corporation indienne de l'uranium* et *Siège de la direction des Minéraux atomiques* de la région nord-est, à Shillong.

Une exclamation parcourt les rangs, connectés par une même pensée troublante. Ça pourrait signifier que l'extraction et le trafic d'uranium continuent. Illégalement, et avec le concours de la CIU et de la DMA.

Que contenait le colis ? demandons-nous.

— Personne ne le sait.

Il a disparu, bien sûr. Sans laisser de trace. Évaporé, comme s'il n'avait jamais existé.

Je regarde autour de moi, vois la peur inscrite sur les visages. *Comment cela peut-il se produire sur nos terres ?*

Mais c'est difficile de suivre. De savoir qui va, qui vient. Dans l'ombre, sous le couvert de la nuit. De connaître toute l'étendue et tous les secrets de ces montagnes, et tout ce qui peut être dissimulé à la vue.

Shemphang nous demande d'être vigilants, de monter la garde.

— Si vous voyez ou entendez quoi que ce soit, si vous constatez la moindre activité d'extraction, nous y mettrons un terme.

La foule gronde, de colère cette fois.

Il lève une main pour nous faire taire, et nous obéissons.

— Nous sommes là, promet-il. Nous ferons en sorte que ça cesse.

C'est rassurant, mais pas suffisamment. Autour de moi, les gens murmurent : « Comment pourront-ils en être sûrs ? Ils ne vivent pas ici. »

— Le deuxième point, continue-t-il, c'est qu'une proposition a été présentée pour la construction d'une route nationale entre Shillong et Wahkaji, et d'une route jusqu'à Mawmalang.

À ces mots, les chuchotements reprennent. « C'est vrai. Les rumeurs disent vrai. »

— Sauf que cette proposition émane de la corporation, ajoute-t-il.

Ça me revient. La conversation que j'ai surprise dans le bus.

— Vous comprenez pourquoi nous devons nous opposer à ce projet. Nous ne pouvons pas autoriser la CIU, l'organisation qui souhaite extraire l'uranium, à construire l'axe routier qui sera utilisé pour le transporter.

À ce stade, quelqu'un l'interrompt :

— Mais n'ont-ils pas affirmé qu'ils allaient seulement construire la route… sans procéder à aucune extraction ?

À ma surprise, la question émane de Bah Karmel. Il n'est pas loin, je n'avais pas remarqué sa présence. De là où je me tiens, je distingue le léger tremblement dans sa voix.

Shemphang hausse les épaules.

— Oui, c'est ce qu'ils prétendent, c'est sûr, mais c'est comme si une araignée disait à une mouche « viens sur ma toile, je te promets que je ne vais pas te manger ».

Au milieu des ricanements, Bah Karmel persiste. Il a les poings serrés, les bras le long du corps.

— Je vous demande pardon, mais ce n'est pas la même chose. La route nous permettra d'avoir accès à des soins médicaux, à des écoles, à des emplois… Cette route nous sauvera, nous et bon nombre de nos proches.

Les murmures continuent, de désaccord, d'approbation.

Banri chuchote à mon oreille :

— Sa femme est morte.

Mon cœur s'arrête.

— Qu'est-ce qui s'est passé ?

— Elle s'est mise à saigner et ils n'ont pas pu la conduire à temps à l'hôpital. Il est parti de Mawmalang pendant des mois... Il était éperdu de chagrin.

La longue après-midi se résume à cette image : les poings serrés, le tremblement dans sa voix, l'expression dans le regard de Bah Karmel. Ici. Et quand il m'a aidée à traverser la forêt.

Ce soir-là, après le départ du syndicat étudiant, les villageois se rassemblent chez Bah Syiem.

À côté de lui, m'indique-t-on, se tiennent sa mère, la matriarche de notre village, et Bah Sumar, le *nong kñia*, le conteur, le messager. L'atmosphère dans la pièce est sombre, même si l'agitation se fait sentir dans les coins où de jeunes hommes sont assis avec leurs couteaux.

Les habitants se sont réunis, car ils sont perturbés. Les nouvelles du jour sont majoritairement mal accueillies. Je cherche Bah Karmel des yeux, mais il n'est pas là. Des tasses de thé sont distribuées pour remonter le moral des troupes, noir, fort et sucré.

— Que dire ? commence le chef. Nous vivons dans un coin reculé du monde et nous ne possédons rien, et pourtant, des gens veulent nous prendre nos terres.

Le feu brûle ardemment dans l'âtre, alimenté par des bûches et du charbon.

— Nous savons que les gens de la ville ont de l'argent... Mais à quoi nous servirait la richesse ? L'argent peut venir à manquer un jour, mais pas la terre. Nos terres ont toujours été là pour nous, nos ancêtres les labouraient et nous en prenons soin pour les transmettre à nos enfants. Sans nos terres, nous sommes perdus.

Nous sommes tous tournés vers lui, plongés dans le silence, nos yeux éclairés par les flammes.

Parfois, en toute honnêteté, j'ai un peu de mal à suivre ; mon khasi s'est amélioré au cours des semaines passées ici, mais Bah Syiem s'exprime dans un dialecte fort et doux. Je suis certaine, néanmoins, qu'il parle du fait que nous sommes un peuple au passé intangible, que nous n'avons que notre parole – *ka ktien* – et (là il parcourt la pièce du regard) notre mémoire collective. D'une certaine façon, dit-il, nous n'avons pas d'histoire.

— Peut-être est-ce pour cette raison que notre existence s'exprime en majorité à travers la terre.

Il pose une main sur le sol en terre cuite.

— Plus ils tenteront de nous la prendre, plus nous nous battrons. Pas parce qu'elle nous appartient, mais parce que nous prenons soin d'elle.

Bah Syiem boit une gorgée de thé. Soupire.

— Nous ne pouvons rien faire pour l'instant. Nous attendons et nous observons, et nous voyons les rumeurs que le vent transporte jusqu'à nous, et ce que peuvent nous enseigner les oiseaux qui connaissent les secrets de la forêt. Pour ce soir, peut-être que Bah Sumar (il désigne d'un geste son voisin) pourrait nous mettre du baume au cœur avec une chanson.

Le *nong kñia*, si vieux qu'il ressemble à la terre, dont il a la même couleur et le même aspect ridé, se redresse et se déploie, plus grand, plus droit. Il tient un instrument, une *duitara*, et il pince les cordes, et dit oui, oui, bien sûr, avec plaisir, et il commence à accorder son instrument, et à parler, et il glisse, quasiment sans que nous en ayons conscience, vers la narration. Ce n'est pas du chant, ce n'est pas du discours, mais quelque chose entre les deux.

— *To ïa ap, to ïa sngap*, commence-t-il.

Attendons, écoutons.

— Quelle histoire devrions-nous raconter ce soir ?

— C'est une arnaque, chuchote Banri à mon oreille. Il fait toujours semblant de demander, mais il a déjà décidé.

— Ce soir, nous allons raconter une histoire de création, notre *khanatang*, sanctifiée et véritable. Au début, quand il n'y avait rien d'autre que le néant, Dieu créa Mei Ramew, l'esprit de la mère gardienne de la Terre, et son mari, Basa. Ils vivaient heureux, mais seuls, et ressentirent bientôt le désir d'avoir des enfants. S'il Vous plaît, prièrent-ils à notre dieu U Blei, bénissez-nous avec un ou deux enfants afin d'assurer la continuité de notre lignée, et après de nombreuses supplications, U Blei exauça leur souhait à cinq reprises. Le Soleil, leur premier fils, leur fille unique la Lune, puis l'Eau, le Vent et le Feu, qui grandirent tous pour devenir des êtres très accomplis, façonnèrent la Terre avec beauté et avec grâce, et donnèrent vie aux montagnes et aux fleurs et aux arbres. Mais figurez-vous, dit le *nong kñia* en jouant et en chantant, qu'il manquait quelque chose.

Quelqu'un qui s'occuperait de la terre et sèmerait et récolterait, qui la parcourrait en prenant soin des oiseaux et des animaux. Aucun d'entre eux ne le pouvait : le Soleil et la Lune étaient occupés à vagabonder dans le ciel, l'Eau n'était pas libre de ses mouvements et le Vent et le Feu couraient trop vite, ils étaient trop sauvages. S'il Vous plaît, implorèrent Mei Ramew et Basa auprès de notre dieu U Blei, envoyez-nous quelqu'un qui ne sera pas seulement l'héritier de toute cette abondance, mais aussi l'intendant du monde.

— Et qui U Blei a-t-il envoyé ? demande le *nong kñia*.

— Kyllang et Symper ! crient les enfants.

Deux puissants esprits des montagnes, des frères, qui un jour se tinrent côte à côte sur la route de Mawnai. Mais il s'avère qu'ils étaient trop absorbés par leurs querelles et leurs chamailleries pour se préoccuper du bien-être d'autres êtres vivants.

Alors notre dieu a envoyé le tigre, féroce et majestueux, mais le tigre était un despote, un terrifiant dictateur qui entama un règne de tyrannie et de peur.

Finalement, il fut décidé que seuls les seize clans vivant au paradis pouvaient constituer des gardiens adaptés pour prendre soin de la terre, et pour eux U Blei créa une échelle en or sur Lum Sohpetbneng, la montagne au milieu du ciel, pour relier le royaume de dieu et le royaume de l'homme. Pendant de nombreuses années, la joie et le contentement furent immenses.

— Mais les hommes, chante le *nong kñia*, les hommes et leur avidité et leur égoïsme terribles mirent notre dieu en colère, car ils s'écartaient du chemin de la bonté et de la vérité. Alors il planta un arbre, un arbre spécial, divin. Pour manifester son mécontentement et pour marquer la fin des années de joie et de lumière, il planta le Diengiei, l'arbre de la tristesse et de l'ombre, l'arbre de tous les arbres, qui grandit tant que ses branches bloquèrent le soleil et que le monde entier fut plongé dans l'obscurité.

L'instrument vibre dans la nuit tandis que sa voix monte et descend avec la musique.

Nous restons assis et écoutons attentivement. Banri s'appuie contre moi, je m'appuie contre Hep, et pendant un long moment, nous ne bougeons pas, car tout est étroitement mêlé.

* * *

— Tu as quoi ?

Je tente de discuter avec Kima, et c'est compliqué. Les lignes sont plus brouillées que jamais aujourd'hui et j'ai passé tout mon temps sur la butte à crier « Est-ce que tu m'entends ? ».

Je voulais lui raconter ma soirée dans la maison du chef de village.

— Il vous a tous chanté une chanson ? Quel genre de chanson ?

— *Ka khanatang*… Une histoire sacrée…

— Une quoi ? crie-t-il.

— Laisse tomber ! m'époumoné-je en retour.

C'est tout simplement impossible.

— As-tu participé à un rituel spirituel qui t'a changée à tout jamais, Shai ?

Pourquoi la communication n'est-elle bonne que quand il se moque de moi ?

— Pas du tout, rétorqué-je avec raideur.

Il glousse.

— Je suis ravi que tu t'amuses, mais quand est-ce que tu rentres ?

— Jamais, peut-être.

Je ne plaisante qu'à moitié. Il rit.

— Ne dis pas n'importe quoi. Tu n'as rien à faire là-bas.

Je me tais. Seul mon silence lui parvient.

— En tout cas, ça tombe bien que tu aies appelé, continue-t-il. Je voulais te dire que…

Je ne saurai jamais. La communication est coupée et quand je tente de le rappeler, ça ne fonctionne pas. Je reste assise là un moment, cependant, et repense à ses mots. *Tu n'as rien à faire là-bas.* C'est étrange qu'il ait dit ça. Et c'est étrange que cela me perturbe, mais pas parce que j'ai essayé de me convaincre mordicus que je suis à ma place ici. Au cours de mon séjour, je n'ai pas éprouvé le besoin (ni eu le temps, en réalité) d'y réfléchir. Ce n'est pas ce à quoi les gens s'attendent, je suppose... qu'une personne parte d'une ville pour aller à la campagne et se fonde dans le décor... Après tout, se demandent-ils dans mon imagination, un tas de choses ne nous manquent-elles pas ? Mais qu'est-ce qui m'a manqué ? Sincèrement, pas grand-chose. Pas la télévision, pas mon abonnement à Netflix. Les cafés, peut-être, et le bon café, mais certainement pas les bars bondés et les fêtes chez des gens, lors desquelles je me suis toujours, toujours sentie mal à l'aise.

La question ne pourrait-elle pas être « Qu'est-ce que tu as gagné ? » ? Car vivre dans une ville, c'est aussi vivre privé d'un tas de choses... Le silence, et l'obscurité, et la lenteur. Toutes ces choses qui nous permettent d'être seuls avec nous-mêmes.

Peut-être que Kima a raison, néanmoins. Je ne devrais pas prétendre que mon séjour ici est quelque chose qu'il n'est pas, comme une romantique écervelée. Mais qu'est-ce que c'est, et qu'est-ce que ce n'est pas ? Et comment fait-on pour le savoir ?

Je suis encore un peu perturbée lorsque je redescends vers la maison.

Dans la cour de derrière, je vais voir les poules qui grattent la terre, les cochons puants qui reniflent la boue et le *kper*, où le tyrso est plein de feuilles et où les haricots et les petits pois commencent à dévoiler leurs délicates fleurs blanches. C'est ici que je commence à me sentir plus calme, à la vue des choses qui poussent en silence, s'enfonçant dans la terre tout en émergeant à sa surface. Ensuite, nous planterons du curcuma, la reine des racines comestibles d'après Banri. Je ne serai probablement jamais l'une de ces personnes, comme mon père, ou comme Kong Nuramon, qui connaît toutes les dénominations botaniques ou peut identifier les plantes en un seul coup d'œil. Mais ces derniers temps, j'ai trouvé autre chose. Une sorte de paix dans ce cycle de semis et de récolte, ce renouvellement. Ici, un sens des saisons.

À Delhi, j'aurais dit à Grace que j'étais un peu comme Uranus.

« Quoi ? » aurait-elle demandé en battant des paupières.

Uranus, la planète au nom malencontreux. Contrairement à toutes les autres planètes de notre système solaire, expliquerais-je, qui tournent sur elles-mêmes sans bruit avec une orbite et des champs magnétiques parfaitement perpendiculaires, Uranus était penchée, son orientation changeait donc et partait dans tous les sens. Souvent, j'ai la même sensation.

Sauf ici.

Et maintenant que j'y réfléchis, peut-être que ça ne s'est pas fait du jour au lendemain (cette intégration sans heurt), mais que c'est l'activité qui a aidé, l'occupation presque immédiate d'apprendre à soigner et faire pousser, tailler et récolter. J'y ai trouvé quelque chose que je n'avais jamais trouvé nulle part auparavant : un but. Ce qui a l'air pompeux et exalté, je sais, mais en réalité, ai-je compris, c'est simplement le fait de bien dormir la nuit et de se réveiller en sachant que quelqu'un ou quelque chose a besoin de nous, une plante, un animal, une personne, le monde, soi-même.

Bien sûr, je me trouve également parmi des gens qui m'ont permis d'éprouver cela, même si ma décision de rester a d'abord été accueillie avec stupéfaction. « *Phil leit noh lano sha sor?* » Quand repars-tu à la ville ? demandaient-ils. Et puis, au bout d'un moment, ils ont arrêté. Bah Albert me traite comme l'une de ses habitués au magasin, Bah Syiem soulève son chapeau quand nous nous croisons. J'ai fait la connaissance de quelques autres : Kong Dabari avec son rire jovial et sonore ; Bah Shaiñ, qui persiste à affirmer qu'à une époque, il était capable de se métamorphoser en lion ; Kong Midalis, qui prépare les gâteaux de riz les plus moelleux du village. J'attire leur curiosité, mais je ne les inquiète pas trop, car j'ai déjà un foyer ici. D'une certaine manière, je fais déjà partie de la famille.

Et alors, sans que je sache bien comment, quelque chose semble… aligné. Oui, c'est ça. C'est le bon mot. Comme si j'avais trouvé mon orbite. C'est une galaxie à laquelle je suis attachée et gravitationnellement liée, dans laquelle nous bougeons tous en synchronicité. Et je pense que je le ressens davantage après hier soir, chez le chef du village, où nous écoutions encore et encore. Je ne sais pas comment l'expliquer, ce que ça représente de se rassembler et d'écouter une histoire. Comment, dans cet acte d'une simplicité élémentaire, nous tous sommes participants, auditeurs, conteurs, tous chargés de donner naissance à une histoire et de la garder en vie.

Quand je rentre, il n'y a personne dans la cuisine en train de touiller les marmites sur le feu, d'écraser du poivre dans le mortier, de s'affairer pour préparer le déjeuner. À la place, un peu plus au cœur de la maison, je constate un petit remue-ménage. Tout le monde est bruyamment rassemblé dans la chambre d'Oiñ.

— Qu'est-ce qui se passe ?

Oiñ, m'informent-ils, insiste pour aller dehors.

Hep tente de l'apaiser.

— Voyons si on peut t'emmener demain.

— Qu'est-ce qu'elle raconte ? s'énerve sa sœur sans essayer le moins du monde de cacher son exaspération. Ça fait des mois qu'elle n'a même pas réussi à se mettre debout.

C'est vrai, mais c'est peut-être pour ça, justement, hasardé-je.

— Oui, tu sais tout, me rétorque méchamment Kong Thei.

Je me tais, mais pas Oiñ.

— *Nga kwah ban ïuh ki kjat ha ka khyndew*, dit-elle.

Et quand aucun de nous n'esquisse le moindre geste, son agitation grandit.

Comment ça ? lui demandons-nous. Tu veux *marcher* ?

— Non.

Elle tremble de la tête aux pieds.

— Je veux poser les pieds dans la terre.

Sans trop savoir comment, nous parvenons à la soulever et à la sortir de son lit, puis à la porter à travers le salon et dans l'escalier, non sans mal (Bah Kit doit nous venir en aide). Enfin, nous la faisons descendre, en la soutenant de chaque côté.

— Pieds nus, pieds nus, insiste-t-elle.

Alors je me penche et lui retire ses chaussettes.

Elle met les orteils dans l'herbe et pousse un cri aigu d'enfant, et nous tous rassemblés autour d'elle ne pouvons nous empêcher de sourire. La tension qui bouillonnait à l'intérieur de la maison se dissipe.

— Oh, s'exclame Oiñ en fermant les yeux et en levant le visage vers le soleil d'hiver.

Le ciel est bleu, la poussière est retombée après une brève averse dans la matinée, et quelque chose (l'éclat du monde) nous appelle tous pour nous faire sortir.

Kong Thei et Banri la tiennent tandis qu'elle se promène dans l'herbe. Les jumeaux crient et sautillent, enchantés. Bah Kit tente de s'assurer qu'ils ne se cognent pas contre Oiñ. Hep et moi restons sur le côté, observant la scène, souriant.

— Tu sais, me dit-elle, nos aînés disent qu'on doit prendre l'habitude de marcher pieds nus dehors tous les jours... que nos pieds doivent toucher la terre régulièrement... Ils croient qu'elle a des pouvoirs spéciaux qui la parcourent, et que faire ça nous fortifie et nous aide à rester en bonne santé et bien droits.

Puis elle rit.

— Tu dois penser que tout ça est idiot, je parie.

Je réponds que ce n'est pas du tout ce que je pense.

— Mais on a oublié, pas vrai ? ajoute-t-elle.

J'acquiesce.

— On pave la terre et on se couvre les pieds, et on oublie de les garder sur terre.

À l'autre bout du jardin, Oiñ nous sourit.

— Vous aussi, exige-t-elle en nous montrant du doigt, alors nous nous exécutons.

Nous ôtons nos pantoufles, retirons nos chaussettes et mettons les pieds dans la terre.

Elle est chauffée par le soleil, craquelée et irrégulière. Différente de celle du *kper* que je foule chaque jour, humide et douce et couverte de paillis. Celle-ci est dure, résistante. Avec une vie qui lui est propre en dessous. Je me souviens de la conversation avec mon père et Kong Nuramon, à propos du réseau qui s'étend dans les profondeurs de la terre sombre. Et ici, quelque chose d'autre court dans ses entrailles – une chose que nous essayons de protéger, qui pourrait alimenter la terre et la détruire, et nous éparpiller, ce cercle de stabilité imparfaite.

Nous sommes si absorbés par la mission de garder Oiñ debout, et de marcher dans l'herbe, que nous ne remarquons pas deux silhouettes qui s'approchent. Elles avancent sur la route, d'un pas incertain, et elles nous ont entendus et souhaitent probablement demander leur route. Ou peut-être connaissent-elles leur chemin et passent-elles tout simplement par là. C'est impossible à dire. Nous sommes en train de rire et Oiñ a l'air de ne jamais avoir été souffrante un seul jour de sa vie.

Les deux visiteurs restent sur le côté, leurs lourds sacs accrochés au dos, presque gênés, désireux de ne pas perturber notre drôle de réunion – sauf que l'un d'eux me dévisage, comme s'il me reconnaissait. Leurs regards demeurent rivés sur nous et je lève la tête et me tourne vers eux… J'arrête de rire, de bouger, de respirer. Ça n'est pas possible, et pourtant ça l'est.

Ma voix vient d'ailleurs, de quelqu'un d'autre, quand je bafouille :

— Qu'est-ce que c'est que ce…

EVELYN

Evelyn Adelia Alexander est emportée au loin de l'Angleterre dans une explosion de gloire et de serpentins lancés avec allégresse. Autour d'elle, la foule acclame et agite la main, « au revoir » crient-ils, et les mouchoirs flottent comme une nuée de petits oiseaux blancs. Le groupe a joué avec un enthousiasme inébranlable (pour l'instant *Ce n'est qu'un au revoir* et *Where Is Now The Merry Party?*) et elle a peur pour le trompettiste, dont elle est persuadée qu'il n'a pas repris son souffle depuis leur départ. À présent, alors qu'ils quittent Tilbury à toute vapeur, ils ont entamé *Soldiers of the King*, un morceau entraînant pour susciter la bonne humeur parmi les passagers, car bon nombre sont tristes, remarque-t-elle, à cause de ceux qu'ils laissent derrière eux.

Ils sont à bord du RMS *Maloja*, et étant donné qu'elle ne sait que très peu de choses concernant les bateaux, tout ce qu'elle peut affirmer avec certitude est que celui-ci est tout neuf et très impressionnant. De fait, c'est le plus grand navire qu'elle a vu de toute sa vie. Une bête brillante et racée scintillant telle une merveille venue du futur, ce qui doit être le cas au vu de ses équipements : électricité, télégraphie sans fil et même, a-t-elle ouï dire, une protection anti rongeurs moderne et sophistiquée. Elle tente de ne pas laisser sa stupéfaction transparaître, d'avoir l'air coutumière de tout cela, mais elle a déjà échoué. Cela se lit clairement sur son visage et à vrai dire, elle trépigne d'excitation. *Je suis en route ; je suis en route !*

Elle parvient à peine à y croire.

Est-ce le début de son voyage ou la fin ? Où la mènera-t-il ? À quoi la ramènera-t-il ? Que va-t-elle apprendre ? Que verra-t-elle de nouveau ?

Arrête, s'intime-t-elle, *profite de l'instant, sois dans le présent, observe.*

Les longues lignes du fort côtier de Tilbury, les jetées de Gravesend sur la rive opposée, les quais et les entrepôts qui laissent place à de plates étendues marécageuses trempées, les mouettes qui planent au-dessus d'elle dans le ciel gris hivernal et le fleuve qui scintille abondamment tandis qu'elle les entraîne vers la mer du Nord. Debout sur le pont, elle est perdue quelque part entre l'éveil et le sommeil, et il n'est pas impossible qu'elle soit en train de rêver compte tenu de leur réveil terriblement matinal pour prendre le train depuis St. Pancras. Le grand silence de sa mère et de son père pendant le trajet, tout comme Florence, *chère Florence*, Patrick étant le seul à essayer de faire la conversation, même si lui aussi n'a pas tardé à abandonner et à se résigner au mutisme.

La foule autour d'elle commence à se disperser peu après avoir passé Douvres, son littoral aussi ondulé que les vagues, les falaises abruptes d'une blancheur éblouissante. Cette vue semble, elle aussi, susciter une forte émotion parmi les passagers – *Quand, ô quand reverrons-nous notre maison ?* – mais pas tant chez Evie, dont les pensées se profilent, se bousculent, trébuchent vers l'avenir en se demandant de quoi il sera fait. Trois semaines à bord ! C'est terriblement rapide, elle le sait (fut un temps, avant l'ouverture du canal de Suez, où la traversée prenait des mois entiers), et néanmoins, cela lui paraît résolument long. Si seulement il existait un moyen d'arriver plus vite afin que son aventure puisse réellement démarrer !

Ce n'est que lorsque le détroit s'est ouvert et que les vastes eaux bleues s'étendent à l'infini autour d'elle qu'elle prend conscience qu'elle est parmi les derniers passagers à s'attarder encore sur le pont. Elle remarque également qu'elle semble avoir perdu sa chaperonne, Mrs Ward, une femme pointilleuse que l'on croirait pourtant difficile à égarer, compte tenu de sa taille. *Dois-je la retrouver ?* Étant donné que c'est leur première heure à bord, peut-être le doit-elle. Mais avant de rentrer, là où elle sait qu'il y aura de la compagnie et des bavardages et l'effervescence de l'installation, elle demeure un moment encore au bastingage, avec le vent léger et joueur, l'odeur de la mer qui s'élève, forte et iodée, et face à elle, le ruban de la côte qui s'éloigne et s'estompe bien vite.

Elles sont trois dans la cabine : Evie, Bessie (la nièce blonde aux yeux bleus de Mrs Ward) et l'élancée et sérieuse Victoria Baker, toutes deux âgées d'environ dix-sept ans.

Mrs Ward, qui est ailleurs, dans un compartiment plus luxueux, commence par faire toute une histoire, car elle est loin de « ses filles ».

— Et si vous avez besoin de moi ? se tracasse-t-elle.

— Ça n'arrivera pas, répondent-elles en chœur avec une telle emphase que leur chaperonne en a l'air vexé.

— Ce que nous voulons dire par là, s'empresse d'ajouter Evie, c'est que nous ne voulons pas vous déranger. Nous sommes folles de joie de vous avoir ici avec nous.

À côté d'elle, Bessie hoche la tête avec vigueur. Radoucie, Mrs Ward débarrasse le plancher et les oublie bien vite.

De retour dans leur cabine, Evie déballe ses effets. C'est ici qu'elles vont vivre pendant les prochaines semaines, et même si ce n'est peut-être pas le lieu de vie le plus gai qui soit, Evie n'aime pas se plaindre. Bessie, elle, n'a pas ce problème.

Pas de fenêtres, pas de chauffage, et rien qu'une seule ampoule ? Comment feront-elles pour se préparer ?

Evie estime qu'à cet instant, mieux vaut ne pas l'informer que la salle de bains située dans le couloir est commune.

— Pourquoi n'y a-t-il même pas de hublot ? continue Bessie. Cela apporterait un peu de lumière et de fraîcheur.

Victoria, avec l'air d'être déjà à bout de patience, répond :

— Parce que si les hublots restent ouverts, de l'eau pourrait se déverser sur nous pendant que nous dormons et ce serait dangereux.

Evie demande à Victoria si elle a déjà effectué ce voyage auparavant.

Oui, car elle est née en Inde, leur dit-elle, et elle a vécu dans une plantation de thé dans les montagnes des Nilgiris jusqu'à ses dix ans, lorsqu'on l'a envoyée à l'école en Angleterre.

— À présent, je rentre pour être près de ma famille et me marier.

— Oh ! Nous aussi ! s'illumine Bessie. Enfin, la partie concernant le mariage, je veux dire. Nos familles sont en Angleterre.

Il n'est rien que Bessie adore évoquer davantage, a découvert Evie, que ses projets de mariage, et ce en dépit du fait qu'elle n'a pas encore le moindre prétendant en vue.

— N'est-ce pas, Evie ?

Elle la regarde, les yeux aussi bleus, imagine Evie, que les flots à l'extérieur de leur cabine sans fenêtre.

Evie rit, nerveuse.

— Oui, nous faisons partie du cheptel des filles à marier !

Ses compagnes de voyage sont visiblement mécontentes.

— Je ne me sens pas tout à fait à l'aise avec ce vocable, déclare Victoria d'un air pincé.

— Moi non plus, enchérit Bessie avant de se détourner pour mettre sa malle sous sa couchette.

Néanmoins, Evie est ravie que son commentaire ait mis un terme aux discussions sur le mariage pour l'instant.

Le temps qu'elle ait terminé de ranger ses affaires, Evie est seule et elle s'assied sur son lit, au milieu du silence.

Était-ce seulement ce matin qu'ils étaient arrivés à Tilbury ? Grouillante de bateaux que l'on chargeait et démarrait, l'odeur ostentatoire du charbon et de l'humidité flottant dans l'air, le *Maloja* dominant le quai P&O, des volutes de fumée noire s'échappant de ses cheminées. Au milieu du tourbillon de passagers et de porteurs se tenaient Papa, solennel mais aimable, Maman, l'air encore plus raide que d'habitude, et Florence, qui versait de petites larmes muettes. À côté d'eux, Evie avait le sentiment d'être un misérable Judas, trahissant le Christ et tout ce que le monde comportait de beau et de bon.

— Tu nous écriras souvent, n'est-ce pas, Evie ? avait bafouillé sa sœur. Ne sois pas paresseuse et ne disparais pas sans un mot dans les profondeurs sauvages de l'Inde.

— Promis. Sauf si je me fais dévorer par un tigre, avait-elle plaisanté.

Personne n'avait ri.

Heureusement, Patrick était revenu au même moment, porteur de la bonne nouvelle que toutes ses affaires étaient en sécurité dans sa cabine.

— Transmettez toute mon affection à Charlotte, avait-il ajouté.

Bien sûr ! Elle emportait également des lettres pour la sœur de Patrick à Calcutta, ainsi que des cadeaux : du savon à la lavande, des bas de soie, des friandises pour les enfants. Florence lui avait agrippé le bras. Ils étaient mariés depuis deux ans désormais, et Evie les soupçonnait d'espérer un heureux agrandissement de la famille bientôt. Florence est la moins suspicieuse quant à son histoire d'aller dénicher un mari dans les colonies. Elle-même avait trouvé le bonheur conjugal et cela lui paraissait normal et logique qu'Evie, et le monde entier, désirent la même chose. Son père, fidèle à sa nature, avait accepté, même si sa mère n'avait pas été facile à convaincre, et ce en dépit de ses craintes qu'Evie, à présent âgée de vingt-trois ans, finisse vieille fille. Ne pouvait-elle pas rencontrer quelqu'un en Angleterre ? Mais ce n'était pas un sujet à aborder ici à Tilbury, d'autant que Mrs Ward ne tarda pas à arriver avec Bessie. Des salutations furent échangées, puis des au revoir, et peu après elles se pressèrent dans la foule pour franchir la passerelle. Depuis le pont, les visages de sa famille paraissaient minuscules et déjà loin, et le cœur d'Evie (du moins l'espace d'un instant) la tira vers eux, vers la terre ferme.

Il fait sombre dans la cabine désormais, et l'unique lampe ne diffuse qu'une faible lueur jaune. Evie, pour sa part, est alerte. Peut-être a-t-elle le sentiment de n'être pas tout à fait arrivée sur le bateau, la sensation d'être encore en train de voyager en provenance de l'endroit qu'elle a laissé derrière elle. Une brève bouffée d'air londonien, sa froideur hivernale contre sa peau, une vision soudaine d'arbres perdant leurs feuilles dorées et d'épaisses cheminées qui fument… Mais elle écarte ces images tout aussi vite qu'elles sont apparues.

Je quitte l'Angleterre ! Je suis partie ! Je vais en…

Evie est indifférente aux poids des superstitions, sauf une : dire à voix haute ce qu'elle désire rendra cette chose impossible à obtenir. Alors elle décide que tant qu'elle n'aura pas posé le pied sur le sol indien, elle ne nommera pas cette chose, qu'importe à quel point elle risque d'être tentée pendant la traversée.

Comment ce sera ?

Elle se répète une fois de plus que des interrogations anticipées comme celles-ci sont futiles. *Il faut y être !* Elle a vu de nombreuses sérigraphies de Wiliam Daniell et des photographies brillantes de Bourne & Shepherd représentant des paysages, des scènes au temple, des gares, des fakirs, et elle n'est pas convaincue par la véritable capacité des images à capturer des endroits ; à la place, ils semblent distinctement plus… éloignés, en quelque sorte. En outre, elle a le sentiment que ce sera différent, là où elle souhaite aller, et d'une certaine façon, elle est heureuse que cela reste un mystère, inentraperçu et caché.

* * *

Comme il est étrangement facile de commencer à avoir la sensation qu'il est bien normal, voire ordinaire, d'être à bord d'un bateau, d'effectuer un voyage en flottant. Étant donné que c'est sa première fois, Evie n'avait pas trop su à quoi s'attendre. *Serait-ce un tout autre monde ?* Peut-être pas. Un parfum distinct de vacances flotte dans l'air, mais même sur l'eau, une routine finit par s'installer… Lire, écrire des lettres, se promener, boire le thé…

Ce à quoi il est un peu plus difficile de s'habituer, cependant, c'est d'être *en mer*, et ce qu'Evie trouve encore plus déstabilisant que le roulement d'une grosse vague, c'est le mouvement constant du sol sous ses pieds. Elle n'aime pas y penser trop souvent : tout à coup, le monde est devenu liquide et insondable. Heureusement, c'est chose facile que se changer les idées sur le pont supérieur, avec la variété de divertissements qui y sont organisés, une flopée de jeux auxquels Bessie s'avère exceller. Elle gagne la course à l'œuf en cuillère et est très douée au jeu du palet, lançant les cerceaux métalliques avec adresse. Evie se satisfait en participant de temps à autre. Elle est tout à fait consciente que ce n'est pas là que résident ses talents. À la place, elle préfère flâner dans les coins plus silencieux, jeter son dévolu sur une chaise longue vide et se détendre. *Ça*, c'est agréable. Elle a sagement emporté avec elle la *Flore indienne* de Roxburgh, même si elle trouve l'ouvrage si… scolaire qu'elle parvient à peine à parcourir deux pages avant de se laisser distraire.

« Tout ceci est absurde, aurait affirmé Grandma Grace. Va donc te salir un peu les mains dans la terre. »

Un conseil mal avisé lorsque l'on est en mer, hélas.

Tout ce bleu implacable autour d'elle, infini et immense, et différent de tout ce qu'elle avait pu imaginer, même si elle avait souvent fait semblant d'être sur un bateau lorsqu'elle était enfant. Dans leur chambre, Florence servait le thé à ses poupées pendant qu'Evie, grimpée sur une chaise ou suspendue aux rideaux, criait : « Terre en vue ! » Ce genre d'exploit était généralement suivi d'une vive réprimande et de la consigne exaspérée de Maman de « faire plutôt comme sa sœur ». Sur ce point, elle avait échoué. On pouvait imputer cela à une combinaison de romans pour enfants d'Edith Nesbit et de journées turbulentes passées en compagnie de Grandma Grace. Florence et Evie étaient vouées à être le jour et la nuit, le calme et la tempête.

Moins d'une demi-heure s'écoule avant qu'elle sorte *Sur la route du Tibet* de Frank Kingdon Ward. Elle ne peut pas résister. C'est un nouvel auteur, récemment publié et dont elle a acquis le livre il y a peu dans sa librairie de quartier. Au cours des dernières années, Evie a nourri une grande passion pour les mémoires de voyage, en particulier ceux qui s'orientent vers la botanique. Elle les a tous lus : le récit de George Forrest sur son excursion dans la partie haute de la rivière Salouen, les deux volumes de *Souvenirs d'une vie heureuse* de Marianna North, la traduction de J. E. Smith du *Voyage en Laponie* de Linné, *Dans l'ancienne Ceylan* de Reginald Farrer, *Une odyssée africaine* de Mary Kingsley. Ces récits l'électrisaient. Le départ, la promesse de la nouveauté, les astuces apprises en cours de route, la richesse d'une flore inconnue, toute cette aventure. Celle-ci est particulièrement prometteuse, est-elle heureuse de découvrir.

Tandis que le soleil se levait, écrit Kingdon Ward depuis la source du fleuve Han, *nous voguions vers le vaste, libre monde...* À ces mots, une délicieuse affinité la submerge. Elle contemple la mer et elle sourit, d'un petit sourire secret.

Sur le bateau, les voyageurs sont soumis à une routine quotidienne. Réveil à 7 heures, prières à 8 heures, petit déjeuner à 8 h 30, déjeuner à 13 heures et dîner à 19 h 30, autant de choses dont Evie se dispenserait bien avec joie, à l'exception des repas. Le salon où mangent les passagers de deuxième classe est caverneux, éclairé par la lumière naturelle qui s'infiltre par les hublots, et peuplé de longues tables rectangulaires autour desquelles les convives prennent place sur des chaises pivotantes en acajou scellées au sol. Elle partage sa table avec Bessie, un vieil homme barbu du nom de Professeur Bower, Mrs Ward et une jeune fille bavarde en robe de taffetas pastel, dont Evie est bientôt informée qu'elle doit séjourner chez une cousine mariée à quelqu'un posté à Ceylan.

— Je ne suis pas partie à temps pour la semaine aoûtienne, ajoute-t-elle tristement par-dessus sa soupe de carottes.

Evie s'éclaircit la gorge.

— De quoi s'agit-il ?

Son interlocutrice en lâche presque sa cuillère.

— Vous ne connaissez pas ? C'est la plus grosse semaine sociale de l'année là-bas ! Des centaines de bals et de pique-niques. C'est le moment parfait pour trouver…

— Un mari, achève Evie à sa place.

— Alors vous connaissez, répond joyeusement la jeune fille.

Une fois la soupe terminée, le maître d'hôtel frappe sur un gong et les serveurs apparaissent à la hâte, se ruent sur les assiettes vides et proposent prestement le poisson.

— Pourquoi allez-vous en Inde ? demande-t-elle à Evie.

— Pour chercher un trésor.

— Quel genre de trésor ?

— Je n'en suis pas encore sûre.

La complexité se lit sur le joli visage de la jeune fille.

— Parfois, on ne sait pas ce que l'on cherche jusqu'à l'avoir trouvé, répond Evie en s'attaquant à son haddock.

Il y a beaucoup à apprendre des voyages de Kingdon Ward au Tibet, sur les mules et les rhododendrons, le lamaïsme et la chasse aux moutons en haut de grands précipices, mais également ceci : le temps dans les montagnes est aussi capricieux qu'en mer. Pendant deux jours, c'est splendide, le ciel et l'eau unis dans leur bienveillance, même si les marins chevronnés présents à bord murmurent que les choses vont changer à l'approche du golfe de Gascogne.

L'après-midi où éclate la tempête, Evie est invitée à rejoindre sa chaperonne au *Veranda Café. Le faut-il ?* Peut-être parce qu'il s'agit de la première convocation de ce genre, elle décide qu'il le faut. Mrs Ward est en train d'y déjeuner en compagnie d'un groupe de dames, sous une canopée de fleurs artificielles. Elle effectue les présentations et ne trouve pas malséant d'informer ses voisines de table des détails de la chasse au mari d'Evie.

— Alors si vous connaissez quelqu'un..., termine-t-elle d'un air faussement timide.

L'une des convives, une certaine Mrs Hopkins lui semble-t-il, se tourne vers elle et rit.

— Il y a mon neveu, si vous voulez bien de lui. Le fils de ma sœur. Il nous rejoint à Marseille. Toujours célibataire, au grand dam de sa mère... Il est trop occupé à collectionner des plantes.

Evie retient son souffle. Elle a envie de demander son nom, mais cela sera considéré comme une marque d'intérêt de sa part, ce qui est le cas, mais pas pour les raisons que ces dames imaginent.

— Evie, l'interpelle sa chaperonne, n'avez-vous pas étudié les plantes à Cambridge ?

Avant qu'elle ait le temps de répondre, une autre femme se tourne vers elle.

— Oh, vous êtes allée à l'université ?

Elle ne semble pas tant surprise que désapprobatrice. Dans un souci de bienséance, Evie admet ce malheureux défaut.

— Qu'avez-vous étudié ? demande Mrs Hopkins, dont la curiosité paraît sincère.

— Les sciences naturelles… au collège pour femmes de Newnham.

Elle voit bien que cela n'impressionne pas outre mesure la majorité du petit groupe.

Mrs Ward rit.

— Évitez de le crier sur les toits, c'est tout ce que je peux vous dire.

Evie prend vite congé pour aller se promener sur le pont.

Le ciel, à l'instar de son humeur, s'est assombri, et des jabots blancs ourlent les vagues, désordonnées et agitées sous le vent. Pendant un bref instant, elle s'autorise le plaisir de s'imaginer le *Veranda Café* emporté par une tempête. Si elle était chez elle, une telle humeur aurait sollicité des tasses de thé et des mots de réconfort de Florence, tandis qu'à Cambridge, Agnes, son amie et sa mentore, sa sœur de science, ne lui aurait offert ni l'un ni l'autre. Elle n'avait pas le temps. « Si tu envisages de te jeter par-dessus bord, je te prierais de te dépêcher, qu'on en finisse », dirait-elle.

Florence lui manque, mais Agnes encore plus.

S'il était bien une personne dont Evie aurait aimé qu'elle l'accompagne au cours de ce voyage, c'était elle, mais Agnes aurait détesté ça. Être loin de son bureau, de son laboratoire, de son jardin. Le monde entier est ici, aurait-elle dit. Pourquoi partir ?

Quand la tempête éclate, une pluie glacée fige Evie. Elle ne tarde pas à tomber plus dru, tel un épais rideau. La mer se transforme en vallons ondulants, le navire se soulève et les nuages bas teintent le ciel tout entier en blanc. Le temps qu'elle se précipite à l'intérieur, ses cheveux sont mouillés, sa veste trempée, et son agacement a disparu.

Dans des moments comme celui-ci, on ne peut que se sentir vertigineusement vivant.

* * *

Première année à l'université. Evie était devant la porte d'un amphithéâtre, indécise entre les larmes et la furie, quand une femme s'arrêta à sa hauteur pour lui demander ce qui n'allait pas. Elle était grande et avait des traits très ciselés, un nez imposant, des yeux sombres et des cheveux noir corbeau. Mais le plus frappant, c'était qu'elle portait un bouquet de lys roses.

Evie lui expliqua qu'elle avait été expulsée de la salle de classe.

— Aviez-vous l'autorisation d'être là ?

Les étudiantes se voyaient dans l'obligation de demander la permission de certains professeurs afin de pouvoir assister à leurs cours. Evie l'avait obtenue, mais le professeur semblait estimer que cela ne lui donnait pas pour autant le droit de poser des questions.

— Vous avez posé une question ?

Evie hocha la tête. Elle s'attendit à une déferlante de sympathie, d'admiration même, mais à la place, la femme la regarda comme si elle avait envie de la traiter d'idiote.

— Qu'est-ce qui vous fait croire qu'un professeur dont il vous faut la permission pour écouter son cours va tolérer une autre attitude que celle de faire oublier votre présence ?

— Mais..., commença à protester Evie.

— Personne ne veut de nous ici. Des femmes, je veux dire. Mais puisque nous sommes dans la place, comment faire pour nous acquitter au mieux de notre travail ?

Evie ouvrit la bouche, puis la referma.

— Qui était le professeur ?

— Bateson. Un cours magistral sur la cytologie des plantes.

— Vous vous intéressez à la botanique ? demanda l'inconnue d'un ton radouci.

— Oui, mais après aujourd'hui...

— Quoi, vous comptez passer le reste de votre vie à vous apitoyer sur les injustices de l'existence ?

— Non, dit Evie, légèrement vexée.

— Bien. Je vais au laboratoire Balfour. Venez avec moi.

En chemin, son interlocutrice se présenta. Agnes Arber. Elle aussi avait étudié à Newnham, expliqua-t-elle, et après son mariage et un passage par l'University College de Londres, elle était revenue s'installer ici en possession d'une bourse pour conduire ses propres recherches. Evie était admirative. Ce n'était pas chose aisée pour une femme de se voir offrir des opportunités de ce genre. Le bruit de leurs pas résonnait dans le silence de l'après-midi. Elles ne tardèrent pas à arriver à Balfour, une chapelle abandonnée de Downing Place convertie en 1884 en laboratoire de biologie pour les étudiantes. Car l'université n'autorisait pas les femmes à participer aux travaux pratiques avec les élèves de sexe masculin.

— Vous voyez ? dit Agnes alors qu'elles entraient dans le bâtiment. C'est comme ça que nous accomplissons des choses. En nous tenant à l'écart.

L'espace était vaste, doté d'un haut plafond. La lumière entrait à travers des fenêtres cintrées, des vitrines et des paillasses couraient le long des murs et davantage de tables de travail occupaient le centre de la pièce. Elles furent accueillies par un capharnaüm de pipettes, de tubes à essai et de notes punaisées aux murs remerciant les étudiantes de « bien vouloir nettoyer toute verrerie après usage ».

Agnes déposa les lys sur une paillasse, près d'une pile de lames de verre.

— À présent, pourquoi ne pas m'aider à les préparer ?

— Pour quoi faire ? bredouilla Evie.

— Une couronne de Noël. À votre avis ? Pour les examiner au microscope, bien sûr. Considérez ça comme un rattrapage du cours de cytologie que vous venez de manquer.

* * *

La tempête au large du golfe est brève et souffle en rafales, une rage caractérielle qui monte et déferle, puis s'évanouit tout aussi vite. Allongée sur sa couchette, Evie est de plus en plus agitée tandis qu'elle écoute le vent sauvage et les eaux déchaînées en se demandant s'ils vont sombrer. Elle avait toujours voulu se croire courageuse depuis que, petite, elle courait vers les vagues pendant leurs vacances à Brighton alors que Florence restait en arrière, cachée derrière Maman, mais elle se rend compte à présent que ce qu'elle a connu jusque-là n'était que des dangers sûrs et familiers, cependant que chaque péril rencontré au cours de ce voyage sera une nouveauté.

Elle est la première à sortir après la tempête, tandis que Bessie et Victoria sont encore pâles et chancelantes dans la cabine, unies dans leur ressentiment face à l'immunité apparente d'Evie au mal de mer (elle a même réussi à *manger*, des pommes, des œufs et des tonnes de pain au beurre).

Sur le pont supérieur, le vent reste féroce et le ciel obstrué de nuages, mais les passagers se promènent, un groupe met en place le nécessaire pour un jeu de palet, elle entend quelqu'un suggérer une partie de tir à la corde. Quelque part, l'orchestre joue un morceau entraînant. Au moins, il flotte dans l'air le sentiment qu'il faut savoir tirer le meilleur parti des choses.

Elle salue quelques visages familiers puis s'assied et sirote un *Horse's neck*, un cocktail au brandy et au soda au gingembre qui leur est pratiquement distribué sur ordre du médecin de bord pour apaiser les maux d'estomac. Douce et sucrée, la délicieuse décoction lui remonte bien vite le moral. Bientôt, elle sort un carnet dans lequel elle a annoté les détails de son voyage, à la hâte, il faut bien l'admettre. Elle n'est pas du genre à noircir des pages et des pages en déversant ses pensées et sentiments et les moindres vétilles de sa vie. Cela l'incite à croire que jamais elle n'écrira de mémoire de voyage, même si, pour cela, il lui faudrait d'abord voyager davantage. Bien davantage. Ah, si seulement elle était un homme, si seulement elle pouvait mettre un pantalon et un élégant chapeau et partir découvrir le monde !

Sur la première page de son journal intime, une question attire l'attention : *Comment arriverai-je là où je dois être ?* Et en dessous, une réponse gribouillée qui ressemble presque à une remontrance : *Une chose à la fois, Evie.* Ce qu'elle veut dire par là, c'est arriver à Bombay saine et sauve pour commencer, puis prendre le train en direction de Calcutta avec Mrs Ward et Bessie, séjourner en ville chez Charlotte et son mari et, une fois sur place, trouver un moyen de rencontrer un certain Mr George Mackay Muttlebury au Bureau de l'agriculture et de l'horticulture, armée de peu de choses à part son intelligence et une lettre de recommandation de la part d'Agnes.

— Nous ne nous connaissons pas personnellement, mais nous avons correspondu à quelques reprises et il sera peut-être en mesure de t'aider. Néanmoins… et s'il ne peut rien faire pour toi, Evie ?

Dans ce cas… dans ce cas, elle n'avait pas la moindre idée de ce qu'elle ferait ensuite. Elle trouverait une solution. C'est ce qu'elle appelle avoir l'esprit d'aventure et ce qu'Agnes appelle être stupide.

Pour certains, la faute incombe à Grandma Grace (car c'était d'elle et d'elle seule qu'elle avait hérité son obstination tenace). Maman affirmait que Grandma Grace avait alimenté ce trait de caractère, et ce dès l'enfance d'Evie.

— Arrêtez de lui mettre de telles fantaisies plein la tête, reprochait Maman avec colère. L'autre jour, elle a insisté pour veiller toute la nuit afin d'observer les champignons vénéneux.

Grandma Grace essayait alors d'étouffer un rire.

— Pourquoi ? s'enquérait sa mère, passablement irritée. Pourquoi voudrait-elle faire une chose pareille ?

— Il est possible que j'aie mentionné en avoir trouvé dans mon jardin… et qu'ils avaient poussé pendant la nuit.

Elle est certaine que Grandma Grace estimerait que ce voyage en valait la peine, car à ses yeux, c'était le cas de tous les voyages, que ce soit au fond du jardin, dans la forêt derrière chez elle ou plus loin, jusqu'à la rivière, jusqu'à la côte, jusqu'à la mer. Quelle excitation quand elles trouvaient la première jacinthe sauvage de la saison, ou une fougère rare, ou des fraises des bois !

— Au travail, à la recherche, aux découvertes, Evie chérie, chantonnait sa grand-mère. Et au fait de ne jamais céder.

— Ne jamais céder à quoi ? demandait Evie.

Un sourire, un haussement de sourcils.

— À une vie dépourvue d'émerveillement.

Après avoir mis à jour son journal de bord – *Tempête* –, Evie le range.

Quelle heure pouvait-il bien être en Angleterre ? On dirait cette heure en fin de journée quand Maman mitonne le souper, que Papa et Patrick reviennent de chez Mandall & Alexander, et que Florence prépare les leçons du lendemain pour l'école primaire dans laquelle elle enseigne. À Cambridge, Agnes serait dehors en train de fredonner tandis qu'elle arrose son jardin.

Tout cela lui semble bien loin ; au même titre que l'avenir, le passé, se rend-elle compte, peut être recouvert d'un voile.

Evie est bientôt interpellée par le ciel, néanmoins, et par l'aspect extraordinaire qu'il revêt à cet instant. Quelque part, les nuages se sont écartés, et le plus pâle des ors roses se déverse tel un lavis d'aquarelle, pour former un coucher de soleil bien trop beau. Elle observe la lumière s'accumuler à l'horizon, descendre et s'enfoncer dans la mer.

* * *

Aujourd'hui, Marseille ! Un confluent où le monde entier se rencontre, mais qui reste tragiquement, cruellement hors de portée, car les passagers n'ont pas le droit de quitter le navire.

Mais pourquoi ? a envie de demander Evie au steward qui se trouve à la porte.

Le temps nous manque, mademoiselle.

Alors elle doit se contenter d'admirer de loin, de se pencher pour capter les sons et les odeurs qui s'élèvent du quai fourmillant d'activités. Le *Maloja* fait escale pour se réapprovisionner en charbon et faire embarquer des voyageurs qui, lorsqu'ils pouvaient se le permettre, ont pris le train depuis Calais afin d'éviter le courroux des flots du golfe de Gascogne.

— Beaucoup de gens haut placés, commente Bessie.

Y compris, montre-t-elle du doigt avec obligeance, Lord et Lady Bute, le duc et la duchesse de Hamilton et même un jeune maharaja, reconnaissable à la délicate ombrelle en soie que l'on tient au-dessus de lui.

— Il se rend probablement à Delhi pour le couronnement, ajoute-t-elle.

Evie est absolument indifférente aux gens haut placés. Ce n'est pas pour eux qu'enfant, elle s'asseyait avec l'atlas du monde ouvert à ses pieds, lisant lentement les noms, traçant des trajectoires du bout du doigt, par-delà les terres et les mers, pour voir jusqu'où elle pouvait aller. São Paulo, Nanjing, Moscou. Avec pour seule visée : l'excitation d'un endroit nouveau.

Pour elle, les navires à quai à perte de vue, les rangées d'entrepôts animés avec des porteurs qui vont et viennent en traînant leurs marchandises, l'odeur soudain étrangement attirante de la mer qui rencontre la terre. Elle remarque qu'il n'y a pas une seule plante en vue, tant cette partie de la vieille ville est construite. Au nord se dresse un phare ; au sud, l'imposante abbaye Saint-Victor ; et au loin, voisin de nombreuses boutiques et d'hôtels élégants, le plus majestueux des édifices, une cathédrale. Tout cela à travers un filtre brumeux de fine poussière de charbon qui, a-t-elle entendu dire, devient parfois si épaisse qu'elle recouvre la soupe servie à bord.

Heureusement, le déjeuner est exempt de tout désastre condimentaire de la sorte. Son minestrone est indemne, mais il se produit un autre événement qu'Evie avait espéré éviter. L'homme assis à côté de Mrs Ward, le professeur Bower, porte son attention sur elle. Il a découvert qu'elle est botaniste, et lui aussi, déclare-t-il.

— Cambridge, promotion de 1874, l'informe-t-il.

— Cela lui fait quelque âge ? souffle Bessie à son oreille. *Deux cents ans ?*

Evie tente de ne pas s'étrangler avec sa soupe.

Le professeur Bower, bulbeux et fortement barbu, aime le son de sa propre voix.

— À l'époque, Cambridge n'était pas un lieu inspirant pour un novice en sciences, particulièrement en botanique.

Evie a le sentiment qu'il ne va pas tarder à lui expliquer pourquoi, et ce bien qu'elle ne l'ait pas invité à développer son propos.

— Collecter, classer et enregistrer, voilà en quoi consistait l'ordre du jour. Tout le reste était négligé, voire pas enseigné.

« Mangez plus vite, marmonne Bessie, mangez plus vite. »

Il continue de radoter.

— Je me vis finalement confier des tâches en laboratoire au cours de ma troisième année, mais ce ne fut que juste avant la remise des diplômes. Pendant huit semaines d'un été caniculaire à Wurtzbourg, j'ai appris les méthodes de laboratoire directement auprès du professeur Julius von Sachs.

Evie est, à son corps défendant, impressionnée. Avoir pour tuteur le légendaire botaniste allemand en personne !

Le serveur retire les assiettes creuses pour les remplacer par un ragoût avec de gros morceaux de bœuf.

— Il m'a enseigné les méthodes hofmeisteriennes de l'époque. Elles dataient d'avant le microtome, bien sûr, ajoute-t-il avec tendresse. Nous préparions nos lamelles à la main.

Bessie a raison, songe Evie, il a bel et bien deux cents ans.

— Comment vous y preniez-vous ? demande-t-elle, sincèrement intéressée.

Elle paie cependant le prix de sa curiosité, recevant sous la table un coup de pied bien ciblé.

À sa question, Bower bouffit d'orgueil.

— Eh bien, nous sectionnions des ovules frais entre le pouce et l'index. Je me souviens d'avoir obtenu de fines sections de grains de pollen de guimauve officinale en les incrustant dans de la gomme arabique séchée au bout d'un bouchon.

Le plat principal est presque terminé ; la fin de leur repas est proche.

— Le dessert ! s'exclame Bessie alors que des coupes de trifle ondulant sont posées sur la table.

— Les choses doivent être différentes, à présent.

Il lance un regard à Evie.

— Très différentes, ajoute-t-il.

Pas suffisamment, a-t-elle envie de répondre.

— L'accent a enfin été mis sur la botanique physiologique à la fin des années 1870, n'est-ce pas ?

Elle hoche la tête.

— C'est exact.

— Pendant fort longtemps, la Grande-Bretagne ne s'intéressait qu'aux morts, continue-t-il tout en s'appliquant joyeusement à manger son dessert. Le pays était trop occupé avec l'industrialisation et les chemins de fer, trop occupé à consolider son empire, avec pour conséquence, en matière botanique, de compter ses actifs non pas en étudiant de manière rationnelle la structure, le développement ou la physiologie des plantes impériales, mais en les cataloguant et en les décrivant à l'état d'adulte mort. Par chance, à présent, nous assistons à un changement, bien sûr…

Aussi impoli soit-il d'interférer dans son monologue, Evie ne peut s'en empêcher.

— Pardonnez-moi, Professeur, mais peut-être qu'à certains égards, *rien* n'a changé…

Il est visiblement pris de court. À côté de lui, Mrs Ward affiche un air clairement mécontent. Ce ne sont pas des façons de s'adresser à un gentleman distingué. Evie a le sentiment d'être de retour à l'université, lorsqu'elle prenait la parole en cours alors qu'elle aurait dû garder le silence.

À sa surprise, il s'éclaircit la gorge et lui demande si elle veut bien développer.

Elle s'exécute.

— Un virage a été effectué dans le domaine de la botanique physiologique, en effet, mais les méthodes d'étude des plantes et de leurs processus de vie sont enracinées dans une tradition, comme vous l'avez dit, d'intérêt pour les êtres morts.

Un petit silence s'est installé parmi les convives, mais à ce stade, autant aller jusqu'au bout de son propos. Elle prend une grande inspiration.

— La préoccupation, d'après moi, devrait porter aussi bien sur le *contenu* de ce qui est enseigné que sur la *façon* dont c'est enseigné.

Le professeur hausse les sourcils.

— Et quelles sont ces méthodes alternatives d'enseignement qui vous tiennent tant à cœur, Miss Alexander ?

— Je trouve très intéressante la façon dont Goethe étudie la botanique.

— Goethe ? Un confrère admirable, certes, et un écrivain de talent, mais que l'on ne peut guère qualifier de scientifique.

— Oh, mais c'en était un !

— Un dilettante, dans ce cas. Un amateur.

Evie s'était attendue à cette réaction de sa part, et en retire une certaine satisfaction. Ce faisant, il vient de confirmer tous les préjugés qu'elle nourrit à son encontre.

— Le fait est, Professeur, qu'attribuer à Goethe le statut de scientifique signifie prendre au sérieux une manière radicalement différente de faire de la science.

Il bat des paupières lentement, avec incrédulité.

— Que voulez-vous dire ?

— Cela signifie observer le phénomène de la couleur et ne pas le réduire à des nombres, observer une plante et ne pas y voir une simple collection de différentes parties... Faire cela implique de s'éloigner des méthodes scientifiques traditionnelles d'étude qui cherchent la compréhension à travers les limites, la linéarité, l'uniformité, autant de choses qui accentuent la distinction et la séparation. Goethe tendait vers quelque chose de plus intuitif, un état d'esprit simultané, non linéaire, préoccupé par les relations plutôt que par de discrets éléments. La question est : en sommes-nous capables ? conclut-elle en apothéose.

— L'êtes-vous, Miss Alexander ?

Il a l'air amusé. Pire encore, condescendant.

Elle rougit.

— J'essaie, Professeur.

Ils mangent le reste de leur trifle en silence.

Plus tard, de nouveau en pleine mer, Evie s'aventure dans la salle de lecture. C'est un endroit frais, calme et spacieux, avec de nombreux fauteuils confortables et une généreuse sélection de journaux et de revues éparpillés sur les tables.

Elle s'installe dans un coin avec Kingdon Ward, mais elle a la tête ailleurs. Combien de personnes a-t-elle rencontrées qui sont exactement comme le professeur Bower ! Des professeurs d'école et d'université, une scientifique chez laquelle elle a effectué un stage d'été à Reigate, le gentleman austère qui lui a fait passer l'entretien pour une place à Newnham.

— Pourquoi souhaitez-vous vous spécialiser dans la botanique ? avait-il demandé.

Elle tenait une réponse toute prête, qu'elle avait répétée à de nombreuses reprises pour tenter de la parfaire au maximum. *D'aussi loin que je me souvienne, je me suis toujours interrogée concernant la nature.* Elle raconta les boîtes de graines et les piles de feuilles séchées conservées sous son lit, les promenades lors desquelles elle s'arrêtait pour observer toute flore inhabituelle, la manière dont certaines plantes et leurs habitats l'intriguaient, les réflexions quant à leurs natures. Pourquoi les feuilles d'alchémille étaient-elles soyeuses ? Si les papillons raffolaient des œillets mignardise, pourquoi les animaux ne les aimaient-ils pas ? Et, avait-elle ajouté avec enthousiasme, pourquoi les gens trouvaient-ils les fleurs belles ?

Le professeur avait posé son stylo et l'avait fixée avec un sourire où se mêlaient tristesse et déception.

— Miss Alexander, permettez-moi de vous dire que ce n'est pas de la science. Les botanistes ne se préoccupent pas le moins du monde de ce genre de choses.

Evie était restée assise là sans savoir quoi répondre, paralysée, mortifiée par son erreur, certaine qu'elle avait échoué au processus d'admission. Et de fait, une place lui avait été octroyée uniquement parce qu'une femme qui avait assisté à tout l'entretien sans mot dire était intervenue, disant : peut-être devraient-ils accorder une chance à Evie ? Étant donné qu'elle avait obtenu une bourse, n'était-elle pas une étudiante prometteuse ?

Eh bien, songe joyeusement Evie, il n'y a qu'à voir le résultat !

Elle vient à peine d'ouvrir son livre quand des voix lui parviennent depuis l'autre côté de la salle de lecture. Il s'agit de Mrs Hopkins qui converse avec un homme d'environ trente ans, au teint très mat, avec d'épais cheveux coupés court et une généreuse moustache. Evie suppose qu'il s'agit là du neveu chasseur de plantes.

— Tu n'imagines pas, Gerald, l'état dans lequel était ta mère... après avoir entendu dire que tu étais tombé d'une falaise...

— Mais sauvé par des buissons, Tante Aida.

Mrs Hopkins n'exprime que peu de gratitude envers les héroïques arbustes.

— En outre, continue-t-il en allumant une cigarette, imperturbable, ce chemin était la seule option pour atteindre le pavot bleu de l'Himalaya. Je vous promets, tout comme je l'ai promis à Mère, que je ne prends pas de risques inconsidérés.

— Oui, tu n'arrêtes pas de dire ça. Mais et la dernière fois, lorsque tu as passé des jours sans manger, et avant cela, quand tu as manqué te faire empaler par une pointe de bambou ?

Je connais l'espèce par cœur, songe Evie. Voilà un moment qu'elle lit des histoires sur eux. Le mâle aventurier audacieux, qui voyage à travers le monde, met sa vie en péril afin de rassembler des connaissances botaniques pour Dieu, pour l'or et pour sa patrie. Elle est intriguée, bien sûr, et enthousiasmée par la présence à bord d'un authentique chasseur de plantes, mais elle ne peut nier l'existence d'une jalousie et d'un ressentiment, ne serait-ce que parce que jamais des femmes ne pourraient bénéficier de tels patronages ni obtenir des imprimatur semblables à ceux que des institutions professionnelles ou des pépinières commerciales offraient aux hommes.

Elle se replonge dans son livre. *Les grottes*, déclare Kingdon Ward, *m'ont toujours paru être des lieux de divertissement surfaits...*

Tante et neveu continuent à deviser, néanmoins, et elle a du mal à se concentrer.

Il se lance alors dans le récit d'un rendez-vous de la plus haute importance qu'il a eu récemment à Marseille, avec un certain Dr Heckel, qui souhaitait le consulter au sujet du nouveau jardin botanique prévu pour la ville.

— Un sujet épineux, Tante Aida, ajoute-t-il.

Vantard, grommelle Evie, et elle retourne sur le pont en quête d'un aimable employé qui voudrait bien lui servir un peu de cette concoction au brandy et à la cannelle.

* * *

Le plus désolant dans toute cette affaire, c'est que la botanique avait été leur domaine pendant très longtemps.

Botanique qui trouvait ses racines dans la phytothérapie, lui avait expliqué Agnes, notre plus ancien système de guérison, et non pas dans les nombreuses associations sophistiquées entre plantes et femmes contenues dans la mythologie et la littérature.

— Qui donc s'occupait des potagers de plantes médicinales ? Qui donc prenait soin des enfants malades et leur administrait des remèdes à base de plantes ?

La botanique avait été leur domaine pendant une éternité, mais elle ne l'était plus.

D'innombrables discussions houleuses se tinrent à ce sujet au cours des années qu'elle passa à Newnham, généralement dans une chambre, après le dîner, autour de chocolat chaud et de biscuits et d'une bonne dose de rébellion, cette dernière en grande partie inspirée par l'ouragan causé par la révolution suffragette ambiante. Des femmes qui interrompaient des discours lors de rassemblements politiques, des femmes qui déployaient des banderoles « Le vote pour les femmes » dans des lieux publics, des femmes qui se faisaient arrêter, qui s'adonnaient à des grèves de la faim et qui, récemment, étaient allées jusqu'à s'expédier par la poste chez le Premier ministre pour tenter d'obtenir un rendez-vous avec lui. (Hélas, Downing Street avait refusé d'accuser réception du colis.)

Même dans leur paisible université, la révolte grondait.

— La faute à John Lindley, disait quelqu'un. Il est mort et enterré, mais de son vivant, il a mené une croisade pour *déféminiser la botanique.*

— Qui est ce Lindley ? demandaient les plus jeunes.

Alors quelqu'un enlevait un chapeau invisible, gonflait le torse et paradait en proclamant :

— Professeur de botanique, auteur, acteur institutionnel majeur et pédant moralisateur de première catégorie.

Et les rires fusaient dans la pièce.

À une époque, expliquaient les plus anciennes élèves, la botanique était également considérée comme une extension des compositions florales et des peintures représentant des fleurs, comme quelque chose qui ne servait qu'à occuper ou à divertir les femmes. Mais quand le monde universitaire établit de nouvelles délimitations académiques pour la discipline, des personnes comme Lindley jugèrent impératif de séparer ce qu'ils estimaient la botanique « polie » de la « vraie » botanique, étant donné que nulle chose scientifique ou moderne ne pouvait possiblement impliquer le sexe faible.

À ce stade, une voix intervenait :

— Mais ne devrait-il pas y avoir de « botanique pour les femmes » ? Cette séparation entraverait-elle notre développement intellectuel ?

Alors de nombreuses voix s'élevaient en chœur :

— Si, mais la question n'est pas là !

— Les accomplissements des femmes, même s'ils ne sont que « polis » et informels, ne doivent en aucun cas être négligés !

— Pourquoi les deux ne pourraient-ils pas cohabiter ?!

Ce ne fut que plus tard qu'Evie prit conscience que la situation était plus complexe que celle où des hommes, comme ils avaient toujours tendance à le faire, écartaient simplement des femmes dans un domaine. Ici, il était également question de la manière dont les connaissances en botanique étaient recherchées, rassemblées, traitées, glanées – et de quelles méthodes étaient considérées comme solides et « scientifiques ».

Certainement pas celles de Grandma Grace, qui ne s'attirait guère l'estime de sa propre fille ni celles des voisins en « traînant » dans les jardins et les forêts, non pas pour faire de l'exercice ou pour s'occuper, ce qui aurait rendu l'activité plus respectable, mais à des fins de quête de joie pure aussi assumées qu'impardonnables. Ses amis lui offraient souvent des livres (*Le Sentiment des fleurs* de Robert Tyas, *Les Fleurs familières du jardin* de Hibberd, *Le Langage des fleurs* de Kate Greenaway), mais ils atterrissaient sur une étagère et tombaient souvent dans l'oubli.

— Comment fais-tu pour savoir tant de choses sur les plantes ? lui avait un jour demandé Evie.

— Ce sont elles qui me parlent, avait-elle répondu.

Et Evie l'avait crue, car Grandma Grace passait des heures dehors, parée d'un chapeau et d'un foulard, panier à la main, et elle évoquait ses plantes comme s'il s'agissait d'amies intimes. « Mes pois de senteur ne se sentent pas bien, aujourd'hui », ou « La citrouille exige d'être déplacée dans un endroit moins ombragé ». En grandissant, Evie comprit que ces dires n'étaient en rien ce que sa mère qualifiait de « bavardages fantaisistes » ; ils provenaient au contraire de connaissances acquises *via* la rigueur de l'expérience, qui n'avait rien à envier à celles menées en laboratoire. Jour après jour, année après année, tout au long de sa vie, jusqu'à sa mort, apprendre à connaître intimement les plantes : quelle quantité d'ombre, quel ensoleillement, quand les arroser, quand ne pas les arroser, quand les pincer, quand ne pas les toucher. C'était un savoir profond, conquis à force de toucher la terre chaque jour – *le contact* – et de vivre en harmonie avec les choses vivantes. C'était de l'intuition, claire, précise, et aussi durement acquise.

Evie apprit énormément lors de ces débats enflammés à Newnham, mais ce n'est que plus tard, ailleurs, avec d'autres jouteurs, qu'elle comprit que le savoir lui-même était hiérarchique, et que celui de Grandma Grace au sujet des plantes et la façon dont elle-même avait appris au cours de sa vie n'étaient pas considérés comme valables ou dignes d'intérêt.

* * *

Alors qu'ils voguent sur la Méditerranée, l'humeur à bord prend un tournant assurément festif, avec des jeux et des compétitions qui se tiennent tout au long de la journée. Des courses à la cravate et à la cigarette pour ces dames afin de tester qui sait nouer une cravate ou allumer une cigarette le plus vite, autant de choses qu'aucune « dame » ne ferait en temps normal, et un coin cricket et lutte pour ces messieurs. Après le dîner, toujours pas de répit. Des tours de danses sont organisés, généralement par les lords en première classe. Des quadrilles chez les Écossais, des gigues chez les Irlandais, chaque groupe rivalisant sans cesse pour surpasser l'autre.

Un soir, tandis que les sonneurs soufflent gaiement dans leurs cornemuses, Evie s'éloigne et trouve un coin tranquille sur le pont. Au-dessus d'elle, des étoiles magnifiques brillent, tandis qu'autour d'elle, la mer est illuminée par des éclats bleu argenté phosphorescent qui laissent traîner des rubans de lumière derrière eux. Elle est rarement sentimentale, mais ç'aurait été agréable de partager ce moment avec quelqu'un, Florence ou Agnes, peut-être même un fiancé. Sur ce plan, craint-elle, il est bien possible qu'elle soit condamnée à rester une déception perpétuelle pour ses parents. Pauvre Papa, qui a travaillé si dur pour monter son affaire et la présenter à ses meilleurs apprentis dans l'espoir d'un amour naissant, comme pour Patrick et Florence. Maman, solide, fiable, le sens pratique (tout ce dont sa propre mère, Grandma Grace, était dépourvue selon elle), est plus directe : « Rappelle-toi, Evie, les femmes ont deux âges : bonnes à marier ou pas. » Mais cette perspective a-t-elle tenté Evie ? *Pas vraiment.* En outre, a-t-elle rencontré quelqu'un avec qui elle aimerait passer sa vie ? *Grand Dieu, non !* Pendant un temps, elle était certaine que si cela se produisait, cette personne serait pour elle ce qu'Edward était pour Agnes, dont le mariage était un modèle de respect mutuel, pour l'autre ainsi que pour le travail de l'autre. Lors de son stage avec Agnes l'an dernier dans son petit laboratoire, elle avait souvent surpris des bribes de leurs conversations en provenance du bureau, lorsqu'ils discutaient de leurs travaux. Edward, paléobotaniste de son état, était désormais engagé dans des recherches de géologie, tandis qu'Agnes écrivait son premier livre, une histoire des plantes médicinales. Mais à présent, elle commençait à croire que cette routine charmante et paisible n'était pas faite pour elle. Elle risquait de s'ennuyer au bout d'une semaine et (était-ce seulement permis de le dire ?) de divorcer au bout de deux. Néanmoins, comment entretenir constamment la nouveauté et l'excitation ? La vie dictait que c'était là une triste impossibilité.

À cet instant, quelqu'un arrive derrière elle et regarde par-dessus son épaule. Une jeune femme de haute taille aux cheveux châtains.

Evie se tourne vers elle, surprise.

La passagère glisse une cigarette entre ses lèvres et l'allume. Elle aurait remporté la compétition haut la main.

— Où suis-je ? demande-t-elle.

— Sur le pont de deuxième classe.

Evie s'attend à ce qu'elle soit étonnée, épouvantée même ; il est clair qu'elle s'est aventurée là par erreur.

— Dieu merci. Il ne viendra jamais me chercher ici.

Elle n'offre pas d'autre explication.

— C'est de la folie, là-haut, commente-t-elle à la place. Un bal après l'autre. Tout le monde parle déjà de sa tenue pour la soirée déguisée de fin de traversée. Vous imaginez ? Alors que nous venons à peine d'embarquer ! Même si je dois bien admettre que je sais déjà ce que je vais porter, ce qui fait de moi une belle hypocrite.

Evie sourit.

— Et en quoi allez-vous vous déguiser ?

— En paysanne.

Elle tire sur sa cigarette à la manière d'un marin, longuement et intensément.

— Une paysanne irlandaise, clarifie-t-elle.

— Pourquoi irlandaise ?

— Mes parents sont anglais, mais j'ai grandi en Irlande.

L'Irlande ! Evie confie n'avoir connu pour sa part que Londres, ainsi que les flèches de Cambridge.

— Et bientôt l'Inde, ajoute sa nouvelle compagne de voyage. Où serez-vous ?

Elle se tient près d'elle, à présent, penchée vers la mer, une traînée de fumée s'échappant de sa cigarette.

— Calcutta, principalement. Et vous ?

— Delhi.

— Pour le *durbar*, bien sûr.

— Oui, puis je voyagerai un peu, une perspective qui m'enthousiasme beaucoup plus…

— Pourquoi cela ?

La femme rit.

— Je pense que c'est parce que le feu du républicanisme brûle dans les tréfonds de mon âme irlandaise.

Evie ne tente pas de dissimuler sa surprise.

— Mais c'est un paradoxe, en réalité, continue-t-elle. Croire en l'ordre social et politique anglais qui est mon héritage, tout cela, ma vie comme je l'ai toujours connue… Et dans le même temps, croire également aux droits naturels des Irlandais.

Evie garde le silence un moment.

— Et qu'en est-il des Indiens ?

La femme hausse les épaules, fait tomber les cendres de sa cigarette par-dessus bord.

— Je suis certaine que notre action est positive, mais en même temps, je me demande pourquoi nous n'évoluons pas vers l'octroi d'une plus grande autonomie…

À ces mots, le silence s'installe, à l'exception du bruit de l'eau qui clapote contre les flancs du navire. Puis la femme l'interroge :

— Et vous ? Pourquoi vous rendez-vous en Inde ?

Evie soupçonne l'inconnue de penser qu'elle va lui répondre qu'elle cherche un mari, ou en rejoint un, ou rentre avec lui maintenant que sa permission est terminée.

— Je suis à la recherche d'une plante.

La jeune femme arque un sourcil à la forme parfaite.

— Êtes-vous une… comment les appelle-t-on… une collectionneuse de plantes ?

— D'une certaine façon, je suppose que oui. Je suis botaniste.

— Et quel genre de plante recherchez-vous ?

Evie sourit, légèrement nerveuse.

— Je crains de ne pas pouvoir vous le dire.

— Vraiment ? Et pourquoi donc ? Est-ce une sorte de mission secrète ? Comme c'est excitant !

Cela ne l'est pas tant que ça, admet Evie. C'est surtout (et elle se sent un peu bête de l'avouer) qu'elle a peur.

— J'ai peur de ne jamais la trouver si je dis tout haut de quoi il s'agit.

La femme jette sa cigarette d'une pichenette.

— Dans ce cas, il ne reste plus qu'une chose à faire.

— À savoir ?

Elle sourit.

— Vous souhaiter bonne chance.

* * *

Evie n'avait pas encore neuf ans lorsqu'on l'avait envoyée loin de la maison.

Seulement pour quelque temps, lui avait-on promis, le temps que Florence guérisse de la scarlatine. Tout le monde était inquiet pour sa sœur, onze ans, toujours un peu délicate, tourmentée par une toux rocailleuse et une forte fièvre. C'était plus sûr pour Evie de ne pas être à proximité. « De plus, elle a le diable au corps, avait-elle entendu sa mère dire, et nous n'arriverons à rien si elle reste ici. »

Alors elle était partie chez Grandma Grace, qui vivait seule dans la ville boisée de Richmond (Grandpa Henry avait succombé des années plus tôt à une maladie inexplicable). Pendant les trois premiers jours, elle avait pleuré sans arrêt. Tout était sa faute ; cela, elle en avait la certitude. Elle avait été si désobéissante que Florence était tombée malade, et à présent, Maman et Papa voulaient se débarrasser d'elle. Elle avait toujours su qu'ils l'aimaient moins que sa sœur.

Sa grand-mère tenta de la convaincre du contraire – « Ne dis pas de sottises, mon petit ! » – mais échoua, et s'essaya donc à une autre tactique, la distraction, et de la seule façon qu'elle connaissait : en l'emmenant dans le jardin, en étant « plus présente dans le monde », comme elle disait. Là, elles mettaient des tuteurs aux pois de senteur, cueillaient des pêches, taillaient les haies. Elle répondait aux nombreuses questions d'Evie – Pourquoi les arbres sont-ils droits ? La rosée vient-elle des roses ? Qu'y a-t-il à l'intérieur d'un gland ? Pourquoi les fleurs sont-elles belles ? – et lui octroya une parcelle où faire pousser des légumes, carottes, radis et laitue. Evie arrosait trop puis pas assez, semait trop en profondeur ou trop en surface, mais de temps à autre, elle récoltait un spécimen parfait avec beaucoup de fierté et de joie.

Pendant des semaines, elles flânèrent ici et là, à travers les bois, dans les collines, au bord de la rivière, et parfois même, elles partaient en courte expédition jusqu'à la côte. Grandma Grace avait des amies là-bas, des femmes qui collectionnaient d'étranges cailloux avec des empreintes de poissons et d'autres créatures marines d'il y a très longtemps. Lors de leurs explorations, si elles trouvaient des pissenlits dans un champ ou un trèfle à quatre feuilles, on lui disait de faire un vœu – *Vite, vite !* – alors elle fermait fort les yeux – *S'il vous plaît, faites que Florence aille bien. S'il vous plaît, faites que Maman et Papa m'aiment* – avant de souffler sur les aigrettes ou de garder le trèfle pour le presser entre les pages d'un livre. « Tu sais, tu ne dois parler de ton vœu à personne, Evie, lui ordonnait Grandma Grace, autrement il risque de ne pas se réaliser. »

Après de nombreux mois, Evie rentra chez ses parents, mais elle continua à rendre visite à Grandma pendant les vacances et les week-ends prolongés, et à Pâques et à Noël, et aussi sans raison aucune. C'était là qu'elle avait trouvé le bonheur.

Et comment se passait la vie à la maison ? Eh bien, Florence s'était rétablie et Maman et Papa semblaient plutôt heureux de la revoir – mais elle ne pouvait s'empêcher d'avoir le sentiment qu'un cercle familial sacré avait été tracé pendant son absence et que, d'une certaine façon, elle resterait toujours à l'extérieur.

* * *

C'est sa première soirée en Orient.

Ils approchent de Port-Saïd au crépuscule et tout à coup, comme transportée en une après-midi au-delà d'un invisible hémisphère, Evie se trouve dans un autre univers.

Ils jettent l'ancre en face des douanes, un bâtiment blanc aux dômes vert émeraude avec des rangées de fenêtres archées élégantes, et alors qu'ils commencent à débarquer, la ville s'illumine, projetant son reflet scintillant sur l'eau. Tout le monde, y compris Mrs Ward, s'accorde à dire que jamais l'on n'a rien vu d'aussi beau.

En dépit de son pied désormais marin qui la fait légèrement chanceler sur la terre ferme, Evie passe un excellent moment à se promener rue du Commerce, parmi la myriade de boutiques, de cafés et de vendeurs qui étalent leurs marchandises sous son nez. D'étranges fruits, des poteries, des figurines du Sphinx et autres colifichets. Ils s'arrêtent au magasin Simon Arzt, qui s'élève dans une splendeur richement ornée. C'est un débordement de chapeaux, de parasols et de chasse-mouches, ainsi que de toutes les choses dont on serait susceptible d'avoir besoin sous les tropiques.

Lorsqu'ils regagnent le *Maloja*, les officiers ont revêtu des uniformes blancs et des doubles auvents ont été installés sur les ponts. Ils assistent au réapprovisionnement en charbon, des piles de paniers en provenance de barges et que hissent des Arabes, petits et néanmoins forts et agiles.

— On dirait des singes, glousse Bessie.

Evie ne dit rien, elle les regarde travailler dur dans la chaleur du soir, avec en arrière-plan une mer calme aux nuances noires et vertes.

Tôt le lendemain matin, ils prennent le départ et naviguent sans encombre à travers le canal de Suez.

Evie ne s'attend pas à une telle immensité, une voie d'eau infinie flanquée par des kilomètres de désert plat, des rives parsemées de hauts palmiers. Ils dépassent des barges bondées d'Arabes, de petites colonies en bordure d'eau, ombragées par des dattiers et des eucalyptus. Au bord du rivage, des chameaux grommellent, chevauchés par des passagers aux vêtements colorés, tandis que parfois, des Bédouins armés de mousquets apparaissent en tuniques noires et blanches, quand ce ne sont pas des hommes du Corps des chameliers égyptiens dans leurs uniformes kaki. À un moment, le canal s'ouvre sur le Grand Lac Amer, si vaste que l'on a brièvement l'impression d'être de nouveau en haute mer, puis il rétrécit et les berges de sable continuent.

Elle est certaine qu'il s'agit de l'un de ces moments où elle est « plus présente dans le monde ».

Comment pourrait-elle décrire ce sentiment ? Généralement, il s'empare d'elle quand elle est près de la mer ou au sommet d'une colline élevée, ou qu'elle marche à travers une forêt, et maintenant ici, alors qu'elle navigue sur le canal. La sensation est minutieusement, entièrement, sincèrement présente, de telle manière que tous les murs et toutes les barrières, aussi bien propres que figurés, disparaissent. Plus aucune obstruction ne semble s'interposer entre le monde et elle, et entre elle et le monde, il ne reste plus que l'air et, à ce moment, avec le soleil, les étoiles, la lune et l'ensemble de l'univers inconnaissable au-delà, un sentiment d'unité absolue.

Après Suez, la chaleur. Une chaleur comme jamais elle n'en a connu. Le genre de chaleur qui empêche l'esprit de penser à quoi que ce soit d'autre.

Tout le monde sur le navire enfile des tenues blanches en lin et en mousseline et des chapeaux de soleil – *Mais cela sert-il vraiment à quelque chose ?* Evie se prélasse sur le pont et subsiste grâce à des citrons glacés. À côté d'elle, Bessie est au bord de la syncope et se demande s'il leur serait possible de dormir à la belle étoile ce soir plutôt que dans leur cabine suffocante. Victoria est convaincue que cela va leur donner la malaria, causée par une vapeur matinale émanant des rives de la mer Rouge. Evie aimerait protester (Ronald Ross a remporté le prix Nobel pour avoir déboulonné cette idée, n'a-t-il pas failli mourir en menant des expériences sur tous ces moustiques ?), mais il est bien plus facile de garder le silence, de fermer les yeux et de s'assoupir dans l'air lourd.

Quelques jours plus tard, ils atteignent Aden. Evie comprend pourquoi les cercles londoniens policés la surnomment l'Abomination de la Désolation, et encore, c'est l'un de ses sobriquets les plus flatteurs.

Loin de la gaieté de Marseille et de l'activité débordante de Port-Saïd, c'est un endroit sombre, entouré de montagnes noires comme de la suie, le port lui-même engoncé dans le cratère d'un volcan endormi. Sur la terre ferme, il n'y a pas un arbre en vue, ni plante ni feuille ; rien que du sable sec et grisâtre parsemé de cailloux pointus.

Néanmoins, elle dispose de quatre heures avant le départ du navire et elle veut en profiter au maximum. Elle débarque seule, étant donné que tout le monde a décliné son invitation pour aller visiter les anciens tombeaux – ou, à quelques kilomètres de là, les jardins d'Aden. « Dans ce terrain vague ? » s'est écriée Bessie, qui a refusé de descendre. Evie emprunte Main Pass Road en direction du district de Cratère, passe devant le marché, et se trouve soudain au milieu de personnes venues du monde entier : des Arabes, des Nègres, des Grecs, des Levantins et d'autres dont elle ne parvient pas à identifier les origines.

À cet instant, une étrange calèche couverte arrive à sa hauteur.

À l'intérieur sont assis Mrs Hopkins et son neveu.

— Nous allons voir les jardins, annonce-t-elle. Aimeriez-vous vous joindre à nous ?

Quelle question ! Ravie, Evie monte et ils se mettent en route à bride abattue. Les présentations sont faites : Mr Gerald Finlay, le neveu, dont elle redoute qu'il l'ait surprise en train de fixer impoliment sa moustache, et son ami Mr Edwin Dossett, qui est ce que l'on appelle un « arrangeur » – quelqu'un qui, en plus de gérer les besoins expéditionnaires, expédie également des plantes par-delà les océans. Comme elle, ils sont en route pour Calcutta, d'où ils prendront un bateau à vapeur jusqu'aux contreforts de la chaîne de l'Himalaya.

— Qu'y a-t-il là-bas ? demande-t-elle.

Mr Dossett sourit.

— Des orchidées.

Quelque chose chez lui déplaît instantanément à Evie. Un trait de caractère qu'elle ne peut décrire que comme de l'avidité.

— J'avais mentionné que Miss Alexander avait étudié la botanique à Cambridge, n'est-il pas, Gerald ?

— En effet, Tante Aida. Impressionnant.

Il soulève son chapeau dans sa direction.

Leur convoi avance, brinquebalant, le long de la route accidentée et caillouteuse. Ils dépassent des chameaux, et un paysage de dunes peuplées de denses boqueteaux de palmiers et de basses broussailles. Les hommes discutent des derniers progrès concernant les serres portables de Ward, y compris des tasseaux croisés qui permettent de maintenir les plantes en place lors de traversées mouvementées, et des trous d'aération couverts percés dans le zinc afin d'empêcher les rongeurs d'entrer.

Plus excitant encore, certains des plus récents modèles peuvent contenir jusqu'à cinquante spécimens !

— Aucune plante n'est en reste, déclare Mr Dossett, et Evie doit faire un effort surhumain pour ne pas grimacer.

— Tu ne collectes rien dans cette région, Gerald ? s'enquiert Mrs Hopkins.

— Pas si je veux rentrer en vie, non.

Apparemment, les vipères à cornes pullulent dans cette partie du monde. « Très venimeuses. »

Les jardins vers lesquels ils se dirigent sont situés à la hauteur de l'oasis de Cheikh Outhman, une ville en bordure du protectorat d'Aden. À leur arrivée, ils pourraient tout aussi bien se trouver face à un mirage. Une soudaine cicatrice de vert, qui s'étend sur plus d'une vingtaine d'hectares, avec des champs de millet luxuriants et bien irrigués, de hauts dattiers surmontés de couronnes de feuilles, des plantations de bananiers et des rangées entières de papayers.

À l'intérieur, ils sont accueillis par des roses et des bougainvilliers en fleur aux couleurs éclatantes, par le doux parfum sucré du jasmin, par les manguiers d'un vert sombre et brillant, et par d'élégants cannas. Evie flâne dans la fraîcheur ombragée, se repaît de la richesse tropicale qui l'entoure, étourdie comme si elle avait bu trop de vin. Elle s'arrête au niveau des imposants vacoas, ainsi que Mr Finlay.

Tout à son enthousiasme, elle montre du doigt les racines aériennes qui forment de nouvelles tiges semblables à des échasses.

— N'est-ce pas merveilleux ?

Mr Finlay sourit.

— Un beau cadeau pour un botaniste.

Elle hésite, puis répond :

— Oui, en effet.

Les structures en forme de toupies sont énormes et semblent soutenir l'arbre tout entier.

— Même si la plupart des botanistes, ajoute-t-elle, demanderaient : « S'agit-il de racines ou d'un tronc ou de branches ? »

Il fronce les sourcils.

— Mais pas vous ?

— J'essaie d'éviter.

Il paraît intéressé, ce qui est rare pour un homme, alors elle continue :

— Ce n'est pas une chose à laquelle nous pensons beaucoup, je suppose, mais la forme d'une plante est souvent rangée dans une catégorie… et ce phénomène devient encore plus apparent en présence de structures comme celles-ci… qui ne rentrent pas vraiment dans une case. Et pourtant, la question se pose tout de même : appartient-elle à telle ou telle sorte ? S'agit-il essentiellement de ceci ou de cela ?

Ils font le tour du vacoa, assimilent la largeur de l'arbre.

— Mais cela ne serait-il pas… ce que nous faisons d'habitude ? demande Mr Finlay.

— Oh si, confirme Evie. Aristote, Linné, Troll… Les botanistes les plus influents au monde étaient tous des essentialistes… Et voilà le résultat, conclut-elle en décrivant un geste circulaire autour d'eux.

— Le jardin botanique ?

La surprise transparaît dans sa voix. Elle hoche la tête.

— C'est magnifique, mais regardez comment les plantes sont organisées. Suivant un ordre botanique distinctivement systématique… d'après une classification, une nomenclature. Et de fait, on pourrait dire qu'ordonner et catégoriser le monde naturel est un projet colossal.

Il la dévisage en souriant. Est-il intrigué ? se demande-t-elle. Ou la prend-il pour une folle ?

— Et donc, que voulez-vous savoir, Miss Alexander ?

Elle secoue la tête.

— Rien.

— Rien ?

Il rit.

— Dans ce cas, vous êtes comme moi. Je ne pose aucune question, moi non plus. Je prélève simplement.

Non, je ne suis pas du tout comme vous, a envie de protester Evie. Elle préfère ne poser aucune question, car elle s'évertue à s'éloigner d'une façon de voir qui est prompte à juger, trier et catégoriser, généralement basée sur des idées préconçues. Mais la journée est courte, le jardin est grand, et il y a beaucoup à découvrir. Alors elle sourit et dit :

— Tout à fait.

* * *

Un été, Evie effectua un stage chez Ethel Sargant, scientifique et mentore d'Agnes.

— Souhaites-tu que je lui écrive pour faire les présentations ? avait proposé Agnes.

Peu après, Evie s'était retrouvée dans le laboratoire de Jodrell à Reigate, une ville morne à deux heures de Londres. Pire, l'association était loin d'être heureuse. Quinquagénaire, Miss Sargant était brillante, stricte et exigeante, et si ses méthodes d'enseignement plaisaient à Agnes, laborantine patiente et tenace, elles ne convenaient pas à Evie, qui ne faisait jamais rien correctement aux yeux de Miss Sargant (« Ce n'est pas ainsi que l'on microtomise une carotte, Miss Alexander ») et se livrait à des remarques que sa tutrice trouvait idiotes.

— C'est incroyable, n'est-ce pas ? Qu'une graine, une fois plantée, sache dans quelle direction se trouve la surface.

— Cela s'appelle le gravitropisme.

— Oui, je connais le terme, Miss Sargant, mais…

— Cela a à voir avec les champs gravitationnels ; les plantes s'orientent en conséquence.

Un jour, alors qu'elle examinait les expériences pour étudier les structures des semis, Evie marqua un temps d'arrêt devant une pousse de pois.

— Je me demande si nous disposons d'un mot pour décrire cela.

— Décrire quoi ?

— La force qui meut une feuille à travers la terre en direction du ciel.

— Non, nous n'en disposons pas. Et ce n'est pas une feuille, mais un hypocotyle.

Jour après jour, c'était la même chose : on la réprimandait, on la corrigeait, on la tournait en dérision parfois, on la bannissait souvent.

Deux mois plus tard, de retour à l'université, Agnes lui demanda comment son stage d'été s'était passé.

— Oh, plutôt bien.

Agnes la fixa longuement.

— En vrai, c'était l'horreur.

Agnes soupira.

— Je sais, Ethel peut se montrer exigeante…

Oui, mais Evie souhaita se montrer juste envers Miss Sargant :

— Ça n'a pas aidé que je ne me débrouille pas très bien…

Elles flânaient à travers les jardins botaniques. En ce début d'automne, le monde autour d'elles se parait d'un manteau d'or ambré.

— As-tu des projets après l'obtention de ton diplôme ? interrogea Agnes.

Si elle n'en avait pas, elle avait une modeste proposition à lui faire.

— J'ai mis de côté un peu d'argent afin de constituer une bourse pour un assistant, et je me suis dit que cela t'intéresserait peut-être d'occuper ce poste.

— Moi ?

Evie hésita.

— C'est très gentil de ta part, mais je ne suis pas…

— Tu n'es pas quoi ?

— Je pense que je ne ferais pas une très bonne botaniste.

— Qu'est-ce qui te fait dire cela ?

Elles dépassèrent la serre tropicale ouest, où les fleurs en forme de chandelier de la *Medinilla crassata*, qui poussait normalement dans la chaleur humide des Philippines, avaient éclos en masse, croyant que c'était l'été.

— C'est ce que je soupçonne depuis le premier semestre.

Agnes fronça les sourcils.

— Mais tes cours t'ont plu, n'est-ce pas ? Tu as développé un intérêt pour les structures des feuilles, la photosynthèse ?

Evie garda le silence. Par où commencer ? Commencer en disant qu'elle avait le sentiment d'avoir été arrachée aux forêts de son enfance et jetée dans l'arène de l'université ? En expliquant qu'elle était passée de s'allonger dans des champs de fraises – *cela semblait si idiot, formulé ainsi* – à les disséquer dans un laboratoire ? Non pas qu'elle n'appréciât pas le plaisir de la précision, non pas qu'elle n'eût pas appris à respecter la chaîne des preuves et de la logique, mais elle avait l'impression que tout ce à quoi elle avait été formée, c'était… séparer. *Apprendre comment chaque partie d'une plante fonctionne.* « Une fois que vous avez retiré une partie d'une plante, tentez de l'identifier et mettez-la dans la soucoupe correspondante : tige, pétale, feuille, pistil, étamine et autres. Placez-la dans la section étiquetée avec le bon nom. » Que mesurer d'autre ? La pression de l'oxygène lors de la photosynthèse, la production de dioxyde de carbone pendant la glycolyse. Combien de fois encore prouver que la lumière est essentielle à la photosynthèse ? Mille *quod erat demonstrandums*, ce qu'il fallait démontrer. Certes, plus elle effectuait des expériences, mieux elle les conduisait. Elle avait étudié tous les manuels possibles (Pfeffer, Sachs, Strasburger), prélevé et classé toutes les plantes du Cambridgeshire, microtomisé toutes les angiospermes qu'elle avait pu trouver entre ici et Londres, mémorisé les concentrations des nutriments principaux des plantes et des centaines et des centaines de noms botaniques… Et pourtant, il manquait quelque chose. Quant à ce dont il s'agissait, quand elle avait tenté de le verbaliser pour elle-même, elle avait échoué.

À la place, Evie avait envie de désigner un parterre d'aloès spirale devant elles, radieux avec leurs ondulations géométriques, et de dire : « Je veux savoir ce qui se trouve au cœur de ceci, et je pense que cela ne peut pas s'examiner au microscope. » Mais les mots lui manquèrent et elle se sentit fléchir.

— Dernièrement… j'ai le sentiment d'étudier, mais de ne rien apprendre sur le monde.

Agnes hocha la tête.

— Je comprends.

C'était gentil de sa part de réagir de la sorte, mais Evie avait tout de même l'impression de l'avoir déçue.

— Je ne suis pas une très bonne scientifique…, reprit-elle.

Agnes l'interrompit :

— Je crois que tu n'appartiens à aucun genre de scientifiques en particulier. Ce qui ne fait pas de toi une mauvaise scientifique pour autant.

Evie n'avait jamais vu les choses sous cet angle. Ni même envisagé qu'il pouvait exister… différents genres de scientifiques.

— Qu'est-ce qu'il faut que je fasse ?

— Un tas de choses, mais d'abord, allons nourrir les cygnes.

Là-dessus, elles empruntèrent le sentier qui menait au cours d'eau où poussaient les lys.

* * *

Pendant leur dernière journée à bord, Evie passe un long moment assise sur le pont.

Le ciel et la mer s'obscurcissent rapidement et les nuages sont ourlés des ultimes lueurs argentées du soleil. Ses affaires sont empaquetées, prêtes à être déchargées. La lettre pour Mr Muttlebury est soigneusement rangée dans son sac. Une rafale souffle, fait voler sa jupe, ses cheveux, bien qu'aucun avis de mauvais temps n'ait été communiqué.

En avant, en avant, pense-t-elle. *Le vent me pousse vers mes souhaits.*

Le premier aperçu qu'Evie avait eu de l'Inde remontait à ses dix ans quand, accompagnée de Grandma Grace, elle avait pris le bus jusqu'aux jardins de Kew afin d'admirer le travail de Marianna North. Alors qu'elle se promenait dans la galerie, une grande pièce aux murs lambrissés couverts de peintures du sol au plafond, elle avait vu une œuvre (des jardins à Agra, entourant un bâtiment blanc surmonté d'un magnifique dôme) et poussé un cri.

— Regarde, Grandma, on dirait un oignon !

Par la suite, elle devint une visiteuse régulière de la galerie. Là, elle pouvait parcourir l'Australie, ici Ceylan, le Chili, le Japon, Java, et non seulement elle éprouvait une envie extravagante de parcourir le monde, mais elle était également amoureuse des plantes. Elle ressentait pour elles ce que certaines personnes ressentaient à l'égard des livres, à savoir qu'une vie entière n'aurait pas suffi à toutes les connaître. Quand verrait-elle le mahoe pourpre de Jamaïque, par exemple ? Les arbres à trompettes du Brésil ? Quand les collectionneurs de plantes les rapporteraient aux jardins de Kew, répondait sa sœur avec pragmatisme, et Evie devait s'en contenter.

Au cours de la dernière année, elle avait visité la galerie pour examiner de plus près les peintures sur l'Inde. Elle avait alors découvert que Miss North avait exploré le sous-continent bien plus qu'elle ne l'avait imaginé : elle avait peint du nord (à Simla, Delhi et Agra) à l'ouest (dans le Rajputana et à Bombay), et du sud (jusqu'à Cochin et Tanjore) à (comme c'était excitant) l'extrême est de l'Inde, au-delà de Bénarès à Calcutta, passé Darjeeling et Sikkim, mais pas au-delà.

Et à présent, elle est là, dans un train qui se dirige vers l'est en cliquetant et en haletant, à contempler un paysage qui paraît tout droit sorti de l'un de ces tableaux.

Comment ai-je atterri ici ? Tout semblait s'être passé si vite. Une étrange immobilité l'avait réveillée ce matin-là et il lui avait fallu un moment pour réaliser que le *Maloja* était à quai à Bombay. Depuis le pont, elle distinguait de petites embarcations à voiles et de gros bateaux à vapeur sur une mer d'huile avec, dans le lointain, sous le pâle ciel gris-bleu du petit matin, des collines embrumées et des monceaux de nuages aux sommets dorés. Plus tard, les passagers sont descendus dans le vacarme de l'embarcadère, orné de décorations qui voletaient follement – en prévision de l'arrivée imminente du roi – et envahi de colporteurs et de journalistes. Elles se sont rendues dans le centre-ville à bord d'une calèche basse couverte, les rues étroites emplies d'animaux et de gens, de tintements sonores de cloches et de musique, d'odeurs de plats épicées et de couleurs éclatantes. Bessie a manqué crier de joie lorsqu'elles dépassèrent un porteur d'eau à la peau brune, aux membres nus et galbés et à la tête enturbannée, dont elle a affirmé qu'il avait l'air tout droit sorti d'un livre d'images. Peu à peu, le crépuscule aux senteurs de musc a tamisé les nuances chatoyantes du jour et le soleil couchant projeté de longues ombres le long des rues. Il y a peu de temps encore, Evie était dans le brouillard londonien…

Cela semblait incroyable, impossible même, qu'elle soit enfin arrivée en Inde.

Le voyage en train n'est pas le cauchemar qu'ont décrit Bessie et Mrs Ward, mais il est assurément… limité en termes d'espace. Elles partagent un compartiment avec trois couchettes, sans couloir reliant les différents wagons, de telle sorte qu'il est difficile d'éviter la compagnie des autres. Pendant quatre jours et trois nuits, elles parcourent des centaines de kilomètres poussiéreux, parmi des paysages aussi changeants que les températures. Evie absorbe tout ce qu'elle voit au dehors : les singes gris à la poitrine blanche et aux longues queues qui sautent d'arbre en arbre, les vols des perruches à la tombée du jour, les chariots tirés par des bœufs à grandes cornes, les paysans qui cultivent la terre ou font leur lessive sur les berges des rivières. Les petites gares se succèdent à intervalles réguliers (Manmad Junction, Akola, Badnera, Nagpur, Raipur, Rourkela), avec à chaque arrêt la possibilité d'acheter des oranges, des sachets de nougats et des tangerines. À un moment, quand Evie descend sur le quai, une nuée de garçonnets en turbans de couleurs vives l'entourent aussitôt, marchandant, mendiant, se livrant à des tours de passe-passe.

Tout cela est nouveau et magnifique, mais vient un moment pendant le trajet où elle commence à trouver cela étrangement superficiel d'être à ce point en marge de la cadence du monde extérieur, de ne parler à aucune de ces personnes, de ne savoir que peu de choses, voire rien, sur les endroits qu'ils traversent. Puis elle s'ordonne d'être patiente (elle est dans un train !) et se dit que tout sera différent une fois qu'elle sera à Calcutta.

Ils parcourent les terres fertiles des Provinces unies, avec ses champs de pousses vertes, de mimosas et ses plantations de manguiers. Les villages sont nombreux, constitués de huttes couvertes de feuilles de citrouille. Parfois, c'est une petite ville aux maisons blanchies à la chaux avec un temple, ou une mosquée avec un minaret. Quand ils pénètrent dans la région du Bengale, la grande route transcontinentale longe la voie ferrée, avec ses véhicules tirés par des chevaux et le passage occasionnel d'une voiture à moteur ou d'un camion.

Puis, enfin, ils arrivent à la gare de Howrah, qui fourmille déjà d'activités même s'il n'est que 5 h 30 du matin.

Evie se sent un tantinet perdue en descendant seule sur le quai. Mrs Ward et Bessie prennent un autre train à destination de Serampore, Evie leur a donc fait ses adieux un peu plus tôt. À sa surprise, Bessie s'est jetée à son cou en pleurant. « Vous allez tant me manquer ! »

Alors qu'Evie tente de se frayer un chemin, des mains l'attrapent pour lui demander l'aumône, lui présenter des boîtes de friandises ou des fruits, ou encore lui coller des fleurs sous le nez.

Pile au moment où elle se croit condamnée à errer dans la gare pour l'éternité, un Indien de haute taille à l'air sauvage l'interpelle.

— Miss Alexander ?

Elle hoche la tête.

— Mr et Mrs Hall, attendre, dit-il avec un geste en direction de l'extérieur.

Puis, avec autorité (« Poussez-vous ! »), il fait s'écarter la foule qui les entoure.

Evie espère que, contrairement à Miss North, Calcutta ne marquera pas la fin de son voyage.

Cela dit, la ville a beaucoup à offrir. Avec ses quais animés et sales, ses marchés grouillant d'activités, et la rivière qui est indubitablement au cœur de la vie des habitants, il y règne la même atmosphère qu'à Londres. Du moins en apparence, car elle vient à peine d'arriver et ne souhaite pas tirer de conclusions hâtives. Elle est déjà passée devant de nombreux grands bâtiments, le Grand Hôtel oriental en face du vaste parc du Maïdan, ainsi qu'un autre encore en cours de construction, un immense monument commémoratif en l'honneur de la reine Victoria. Derrière les échafaudages, elle parvient à entrapercevoir des silhouettes de tourelles, et ce qui semble être un gigantesque dôme.

Un constat la frappe alors : *C'est la capitale de l'empire !*

Tout ce qui l'entoure paraît d'une nouveauté déconcertante et le simulacre d'imperturbabilité auquel elle s'était adonnée en début de voyage a disparu (il est également fort possible qu'il ait fondu à cause de la chaleur). « C'est le début de la saison froide », lui a-t-on signifié alors que démarre une journée aussi chaude qu'un jour d'été à Londres. Elle se rend compte qu'elle aurait dû apporter davantage de coton, et infiniment moins de flanelle.

Charlotte, son mari Victor et leurs deux enfants vivent en bordure de la grande artère de Strand, près du fleuve Hooghly et du siège du fidéicommis du port de Calcutta, où Victor travaille en tant qu'assistant du commissaire général. Ils ont des domestiques, un joli jardin, et on leur a attribué l'un des meilleurs logements de fonction du gouvernement.

— Même si l'humidité s'infiltre dans les murs pendant la mousson, commente Charlotte avec bonne humeur, et même si notre salon est parfois inondé. Mais nous sommes devenus très efficaces pour ce qui est de déplacer rapidement les meubles et les tapis.

Evie découvre bien vite que la maisonnée suit un *modus operandi* minuté et précis. Les repas sont servis et pris à l'heure, toutes les surfaces (bois, argent, verre) brillent en dépit de l'assaut constant de la poussière. Sam et Eleanor, âgés de quatre et deux ans, mangent, jouent, prennent leur bain et vont au lit à des heures raisonnables sous la supervision de l'*ayah*.

Ce qui impressionne également Evie, c'est que le cuisinier parvient miraculeusement à préparer des plats « anglais ». Personne ne s'attendrait à déguster de la soupe de petits pois, de la rissole de bœuf et de la crème brûlée lors d'un premier dîner en Inde, mais apparemment, « Babarchi a appris à tout cuisiner à l'anglaise ». Son plus grand triomphe ? Un énorme jambon à l'os glacé au miel pour Noël, orné d'une guirlande en papier. Parfois, ajoute Charlotte, il lui est arrivé d'assaisonner un poisson cuit au four avec de la cardamome ou d'égayer un poulet rôti avec du curcuma, mais à l'exception de ces menues mésaventures culinaires, la demeure des Hall est une machine bien huilée qui fonctionne sans heurt sous le regard vigilant de Charlotte.

La recherche d'un mari pour Evie est entreprise avec la même efficacité.

Quelques jours après son arrivée, elles sont dans la chambre d'Evie, assises au bord du lit. À l'instar de Patrick, Charlotte a les yeux clairs, mais les siens sont d'un bleu plus orageux. Elle exsude aussi une certaine énergie fougueuse à laquelle Evie ne s'était pas attendue. Elle vient de lui dispenser quelques conseils pratiques (« tout ce qui est en soie dans la malle en teck, je vous prie, autrement les termites les ravageront en une nuit ; si elle sort le soir, attention aux moustiques, et *toujours* secouer ses chaussures avant de les enfiler, au cas où une grenouille s'y serait logée, ou pire, un scorpion ») et ébauche à présent leur emploi du temps pour l'hiver.

— Vous êtes arrivée en début de saison, ce qui est une bonne chose.

Les événements à venir dans leur calendrier mondain incluent des courses, des matchs de polo, une semaine de cricket, un jeu de piste et un éventail de réceptions, de cocktails, de dîners et de pique-niques, aussi bien en journée qu'en soirée. Puis vient Noël, bien sûr, autour duquel les clubs organisent une flopée d'activités.

À ce rythme, songe Evie, elle sera mariée d'ici la fin du mois.

— Avez-vous rencontré quelqu'un sur le bateau ? s'enquiert Charlotte.

Elle aussi avait fait partie du cheptel des filles à marier : elle était partie en voyage avec sa mère et avait rencontré Victor sur la route. Il était officier et revenait de permission. Ils s'étaient mariés à Bombay six semaines plus tard.

— Presque à la minute où nous avons mis le pied sur le quai, ajoute-t-elle en riant.

Cela n'aurait rien d'étonnant pour deux personnes follement amoureuses, mais Evie a du mal à imaginer Victor se laisser le moins du monde transporter, ou ne serait-ce qu'influencer, par ses émotions. Il a une dizaine d'années de plus que Charlotte, et un air sérieux qu'Evie trouve presque comique.

— En outre, y a-t-il quelque chose en particulier que vous aimeriez faire ici ?

— Eh bien…

— Dites-moi.

— J'aimerais me rendre au jardin botanique.

Charlotte affiche une expression surprise, avant de rire.

— Je m'étais attendue à « aller au champ de courses » ou « visiter le palais de Marbre »… Je ne suis pas sûre que vous rencontrerez des candidats éligibles dans ce quartier, mais je suis certaine qu'une excursion peut être organisée.

Son invitée est enchantée.

— Formidable. Merci.

Charlotte se lève, s'apprête à partir, mais fait volte-face.

— Je souhaitais également vous demander si…

Puis elle hésite. Evie attend qu'elle continue, curieuse quant à la teneur de la question.

— C'est ce que vous voulez, n'est-ce pas ? Venir ici, vous marier ? Je sais que c'est ce que nous sommes censées faire, mais de nos jours, les femmes ont un peu plus le temps qu'autrefois.

L'espace d'un instant, Evie retient son souffle. Elle a fortement envie d'être aussi candide que son hôtesse et de lui avouer la vérité, mais si elle le fait, le message voyagera-t-il jusqu'à Londres ? Son interlocutrice est-elle digne de confiance ? Et plus important encore, est-ce juste de faire peser le poids de son ressenti sur ses épaules ?

— Eh bien ? insiste Charlotte.

Evie parvient à hocher la tête, avec plus ou moins de conviction, même si elle ne réussit pas à dire à haute voix : « Oui, oui, c'est ce que je veux. »

* * *

Evie rejoignit la Société de la science goethéenne vers la fin de sa dernière année à l'université. Elle vit, punaisée sur le babillard à l'extérieur de Balfour, une annonce qui convoquait une réunion, et en dessous une citation : *La multiplicité fait l'unité.*

Étrange, songea-t-elle. Peu après leur promenade au jardin botanique, Agnes lui avait prêté des ouvrages qu'elle n'avait consultés que brièvement, mais parmi lesquels se trouvait un pamphlet. La traduction d'un essai de Goethe intitulé *La Métamorphose des plantes.*

En cette soirée d'hiver, Evie s'aventura jusqu'au Queens' College, poussée par la curiosité. Que savait-elle sur Goethe ? Peu de choses, à part qu'il s'agissait d'un romancier et d'un poète allemand, auteur des *Souffrances du jeune Werther*, qu'elle se rappelait avoir lu à l'école et dédaigné du fait de son protagoniste en mal d'amour prodigieusement agaçant. N'avait-il pas connu un grand succès à l'époque ? Un triomphe littéraire du XVIIIe siècle ! Un texte clé du mouvement *Sturm und Drang* allemand, à en croire sa professeure de lettres de l'époque, qui l'avait qualifié de précurseur du romantisme. Il avait également écrit quelques pièces de théâtre, si sa mémoire était bonne. Dans ce cas, pourquoi diable existait-il une société *scientifique* qui portait son nom ? Toute cette affaire semblait des plus singulières.

Au Queens' College, dans la salle CC43, elle trouva trois autres personnes qui attendaient.

— Bonjour. Avons-nous déjà commencé, ou d'autres participants doivent-ils arriver ?

Un jeune maigre aux cheveux raides et à lunettes répondit :

— Non, c'est tout.

— C'est tout… pour aujourd'hui ?

La fille prit la parole, cette fois :

— Ce que mon frère Phineas veut dire, c'est que nous sommes tous là.

Evie la reconnut. Elle était inscrite à Girton et elle l'avait déjà croisée à Balfour.

— Oh, je vois.

Evie était tombée sur la plus petite société que comptait l'université.

Le dernier des trois membres, un étudiant un peu plus trapu qui se présenta comme Oliver-mais-je-vous-en-prie-appelez-moi-Ollie, l'accueillit plus chaleureusement.

— Nous sommes un groupe… réduit, mais passionné.

Elle se vit offrir une tasse de thé et un biscuit.

— Comment avez-vous entendu parler de nous ?

Elle le leur dit.

— Et quelle est votre formation universitaire ?

Les sciences naturelles avec un accent sur la botanique.

— Nous sommes botanistes, nous aussi, indiqua Ollie en se montrant du doigt ainsi que la fille.

Elle se prénommait Luella, mais ils l'appelaient Lulu.

— Phineas est mathématicien.

Phineas s'inclina et ajouta d'un ton solennel :

— En dépit des critiques de Goethe quant à l'usage excessif des mathématiques, celles-ci sont potentiellement liées à ses idées en matière de morphologie, en particulier dans le cadre du travail de D'Arcy Wentworth Thompson, où il l'étend à une science de la forme en appliquant des méthodes physiques à des sujets biologiques. Naturellement, nous en saurons davantage sur ce sujet une fois son ouvrage paru, ce qui ne devrait plus tarder.

Evie répondit qu'elle était impatiente.

Ollie s'éclaircit la gorge.

— Pour ce qui est de Lulu et moi, disons que nous avons commencé à éprouver une profonde sensation d'aliénation vis-à-vis du monde naturel. Après nous être longuement penchés sur des travaux universitaires qui défendaient des interprétations strictement mathématiques de la nature… nous avons eu le sentiment qu'ils avaient entièrement perdu leur connexion aux sens.

Il marqua une pause.

— Serait-il possible que vous ressentiez les prémices de la même chose ?

Evie hocha lentement la tête.

Lulu plissa les yeux.

— Que faites-vous ici ?

Elle décida d'être honnête, mais avant d'avoir eu le temps de finir, elle se fit fustiger.

— Vous n'avez pas la moindre idée de ce qu'est cette société ?

Lulu était atterrée.

— Non, mais je…

— Je crois que vous n'avez pas compris. Nous ne sommes pas là pour perdre notre temps. Nous lisons, nous débattons, nous visons à réviser les pratiques scientifiques contemporaines.

Phineas marmonna que c'était pour cette raison qu'ils ne comptaient jamais de nouveaux membres, pendant qu'Ollie tentait d'apaiser les esprits.

— Du calme, Lulu, du calme. La route qui mène à la pensée goethéenne est différente pour chacun…

Lulu déclara qu'Evie devrait revenir les voir quand elle en serait à un stade plus avancé de son voyage, et non pas avant même de l'avoir commencé.

— Sauf que maintenant, je risque de ne pas l'entreprendre du tout, répliqua Evie. Je suis venue ici inspirée par l'un des principes qui guident le début de toute quête, scientifique ou autre. La curiosité. Et vous venez de la tuer dans l'œuf.

Elle avait traversé la moitié du couloir quand Ollie la rattrapa et s'excusa au nom de la société.

— Restez, je vous en prie.

Et parce qu'elle était intriguée, elle resta. On lui proposa une autre tasse de thé, mais pas de biscuit, et la réunion démarra.

— Merci de tolérer mon ignorance, dit Evie. Je suis désolée d'être mal préparée, mais je peux vous assurer que je suis avide de connaissances.

Elle les observa un par un.

— Qu'est-ce que la science goethéenne ?

Il y eut tout d'abord un moment de silence, puis on lui offrit une réponse à laquelle elle ne s'était pas attendue :

— La vie.

Elle secoua la tête, déroutée.

— Pardon ?

En cela, lui expliquèrent les botanistes, qu'il s'agissait d'une manière d'apprendre qui ne nous éloignait pas de la nature dans toute sa vitalité et sa vivacité.

— La nature façonne sans cesse de nouvelles formes, ajouta Ollie. C'est ce que Goethe disait. Ce qui est n'a encore jamais été ; ce qui a été ne sera plus. Tout est nouveau sans toutefois n'être rien d'autre que de l'ancien.

Evie ne savait pas trop quoi en penser – *que voulaient-ils dire par là exactement ?* – mais elle savait que cela l'attirait, cette idée de la nature infiniment changeante, infiniment vivante.

Ils lui dirent que pour tenter de comprendre Goethe, il lui fallait tout d'abord comprendre d'où il venait, son héritage scientifique. Qu'est-ce qui l'avait incité à s'en détacher ? Il n'était pas difficile de voir en quoi le siècle des Lumières avait joué un rôle, avec son obsession pour l'ordre, le contrôle, la classification du monde naturel, son principe de raison, de pensée rationnelle « pure », qui avait fini par se cristalliser en science cartésienne, déterminée par l'empirique et l'analytique. Néanmoins, en Allemagne, la rébellion avait commencé à grandir (le romantisme !) et c'était au sein de cet esprit de défiance, de questionnement et de liberté que la science de Goethe était née.

— Il était étranger à la science, en réalité, continua Ollie. Un scientifique avec un regard de poète et une sensibilité de poète. Qui avait déjà entendu parler d'une chose pareille ? Mais il identifia et actualisa une nouvelle façon de voir…

— Qui était ? demanda Evie en retenant son souffle.

— Voir les choses dans leur entièreté. Il souhaitait comprendre la nature en en faisant l'expérience en tant qu'organisme vivant à la dynamique en constante évolution et en constante croissance dont l'observateur (nous, vous, moi) fait partie.

Evie garda le silence un moment avant de demander :

— A-t-il été pris au sérieux ?

— Absolument pas, répondirent les trois de concert. Et c'est toujours le cas aujourd'hui.

— Dans ce cas, pourquoi le prenez-vous au sérieux, vous ?

Ollie répondit simplement :

— Parce que tout ce qui nous a manqué pendant nos études, l'intuition, l'inspiration, l'imagination, nous l'avons trouvé à foison ici.

* * *

Après dix jours à Calcutta, elle est enfin en route pour le Bureau de l'agriculture et de l'horticulture d'Alipore, où Mr George Mackay Muttlebury est membre senior du conseil d'administration.

Bahadurjee, l'Indien à l'air peu avenant qui était venu la chercher à la gare de Howrah, l'accompagne. Ils longent le fleuve Hooghly. Les berges sont particulièrement pestilentielles du fait de la vague de chaleur, même si l'odeur se dissipe lorsqu'ils s'éloignent du cours d'eau, dépassent le Victoria Memorial en cours de construction, le zoo d'Alipore et un maidan où les enfants jouent dans la poussière. Elle est curieuse quant à son chaperon, mais elle n'a pas encore eu l'occasion d'entamer une conversation avec lui. Charlotte et Victor le traitent avec affection, tout en le tenant soigneusement à distance. Il vient du Pendjab, l'informe-t-il, où il a travaillé pendant de nombreuses années au service d'une famille anglaise envoyée en poste à Calcutta, avant de retourner en Angleterre.

— Ils voulaient m'emmener, miss…

— Oh, et vous n'êtes pas parti avec eux ?

Il frémit.

— Trop froid.

Puis il ajoute :

— Les gens devraient vivre là où la température leur convient.

Elle abonde dans son sens et fait remarquer en riant :

— Cela signifierait que tous les Britanniques installés ici doivent repartir sur leur petite île pluvieuse.

Il acquiesce sombrement, comme pour dire *c'est ce qui finira par arriver.*

L'accès au Bureau de l'agriculture et de l'horticulture est protégé par de hautes grilles et des haies. Un sentier en cailloux conduit jusqu'au bâtiment confortablement niché entre des pelouses bien tondues et des rangées de jeunes hibiscus en fleur.

À l'intérieur, Evie fraie d'abord avec un secrétaire, un jeune homme dont les lunettes le font ressembler à un hibou, un pédant bureaucratique, découvre-t-elle, qui lui intime de remplir un formulaire après l'autre.

— Mais tout ce que je souhaite, c'est que vous délivriez cette lettre.

— Et je vais le faire, Miss Alexander… dès que vous aurez rempli ces formulaires.

Quand c'est chose faite, elle patiente dans un salon poussiéreux avant d'être appelée.

Derrière le bureau se trouve un homme souriant à la moustache bien taillée, aux cheveux à la raie bien tracée, et aux oreilles notablement pointues.

— J'ai cru comprendre que vous étiez l'assistante de Mrs Arber ?

Il montre la missive du doigt. Elle le lui confirme, précisant qu'elle a effectué son stage sous l'égide de Mrs Arber pendant un an à Cambridge.

— Formidable.

Il avait fait sa connaissance lorsqu'elle avait écrit à l'institut pour demander des informations concernant le tulsi, le basilic sacré indien, une plante médicinale native du sous-continent. Ils ont correspondu à quelques reprises.

Evie sait déjà tout cela, mais elle acquiesce poliment en attendant qu'il ait terminé.

— Bien, en quoi puis-je vous être utile, Miss Alexander ? Le courrier de Mrs Arber mentionne que vous aimeriez entreprendre des excursions botaniques pendant votre séjour en Inde.

Elle lui confirme que c'est effectivement le cas.

— Aucun problème, répond Mr Muttlebury d'un ton joyeux.

Eh bien ! Elle n'avait pas cru que ce serait aussi facile.

— Qu'aimeriez-vous voir ? Les jardins botaniques ?

Elle lui explique que ses hôtes sont déjà en train d'organiser cela pour elle.

— Que diriez-vous des Sundarbans ? offre-t-il ensuite.

Leur conversation est interrompue par l'arrivée du thé, à la suite duquel elle mentionne qu'elle n'aurait rien contre l'idée de s'aventurer plus loin dans les terres.

— Je souhaiterais mettre à profit mon séjour de manière productive, et j'ai la chance que Mrs Arber compte quelqu'un comme vous parmi ses relations...

La flatterie semble porter ses fruits, comme elle le fait souvent ; la pointe des oreilles de Mr Muttlebury rosit.

Le regard d'Evie se pose sur la carte de l'Inde britannique accrochée au mur et la jeune femme agite dans sa direction sa main gantée.

— Voyez tout ce qu'il y a à explorer. Je suis certaine que vous connaissez déjà tout.

Mr Muttlebury proteste en affirmant que cela serait tout bonnement impossible, mais oui, ajoute-t-il avec modestie, il a beaucoup voyagé dans l'Est, dans les parties les plus reculées de la Birmanie et les jungles de l'Assam.

— Oh, l'Assam ! s'extasie Evie. C'est merveilleux !

— Oui, cela l'était. Jusqu'à ce que des sangsues nous tendent une embuscade.

Elle pousse une exclamation, main sur le cœur, tout en se demandant si elle n'en fait pas un peu trop avec son interlude dramatique. Clairement pas, car Mr Muttlebury se rengorge et continue :

— Je n'en avais jamais vu de si grosses.

Il écarte les mains pour indiquer une longueur impossible.

Elle espère ne jamais croiser la route de créatures aussi terrifiantes, dit-elle, bien qu'elle soit *fascinée* par les collines de l'Assam, particulièrement, précise-t-elle avec désinvolture, les endroits que Hooker a explorés.

— Ah, le pays des orchidées.

— Oui, les dessiner me passionne, explique-t-elle en mentant un peu.

S'il lui était possible de se joindre à une expédition à destination de cette région, elle lui serait infiniment reconnaissante de bien vouloir l'en informer.

Elle l'a convaincu.

— Je vous préviendrai à la seconde même, Miss Alexander !

Après qu'on l'a raccompagnée à la sortie, elle décide de procéder rapidement au tour du jardin.

— Non, ne vous inquiétez pas, assure-t-elle à Bahadurjee lorsqu'il s'apprête à l'escorter. Je n'en ai pas pour longtemps.

Elle emprunte le sentier sinueux qui mène à une pelouse, tandis qu'à sa gauche se trouve une serre basse remplie de plantes en pots en fleur, des chrysanthèmes aux tons flamboyants de doré, de bordeaux et de blanc. Evie continue à avancer sur un chemin qui serpente dans l'herbe ; l'endroit est baigné par le soleil et plongé dans le silence et ce n'est que lorsqu'elle traverse un pont voûté qu'elle croise une autre personne : un jardinier en train de faire la sieste.

Elle poursuit sa route et entre dans la serre suivante, qui déborde d'orchidées. L'une est un sabot-de-Vénus, l'autre est du blanc le plus immaculé qui soit, avec un soupçon de magenta à la pointe du plus profond de ses pétales. Elles constituent un symbole de richesse et de haut rang social en Angleterre, tant elles y étaient rares et difficiles à faire pousser. Aujourd'hui encore, la folie des orchidées n'avait pas entièrement disparu : elles atteignaient toujours des prix d'or lors de ventes aux enchères à Londres, ce qui, bien sûr, expliquait pourquoi Mr Dossett continuait à vouloir les collecter.

De là, Evie flâne dans une roseraie, également en fleur. Rosiers de Damas, rosiers blancs, rosiers du Cachemire, rosiers miniatures... Un peu plus loin, le jardinier a repris le travail, rythmé par le bruissement délicat de son couteau *kuhkuri* dont il se sert comme d'une serpe pour couper l'herbe. Elle préfère être ici, à l'extérieur : l'air est parfumé et les roses gorgées de pétales fuient leurs rosiers, dressées vers le ciel.

* * *

Le lendemain, tout ne va pas pour le mieux dans le meilleur des mondes à la résidence Hall.

Victor est sombre pendant le déjeuner, et quand il informe Evie que toutes les dispositions ont été prises pour qu'elle visite les jardins botaniques, on dirait qu'il lui annonce que quelqu'un est en train de mourir.

— Est-ce que tout va bien ? s'enquiert-elle.

— Nous verrons.

Evie n'insiste pas. En vérité, elle est enchantée à la perspective de cette excursion et réfléchit déjà aux préparatifs, entre ses encres, ses carnets de croquis et sa presse à fleurs. Enfin, elle va voir l'ancestral banian, dont elle a entendu dire qu'il était si grand qu'il constituait une forêt à lui tout seul. Elle trépigne.

Pour s'occuper, elle passe la majeure partie de la journée dehors, à croquer le bougainvillier du jardin. Les enfants jouent autour d'elle, chassant bourdons et papillons.

— Qu'est-ce que tu fais, Evie ? interroge Sam à bout de souffle, avec sa sœur derrière lui.

Evie lui montre le dessin, qu'elle estime plutôt réussi.

— Des fleurs ! s'écrie-t-il.

Les boutons colorés ne sont pas des fleurs, mais des bractées, qui entourent la véritable fleur blanche minuscule et invisible au centre. Mais du haut de ses quatre ans, peut-être Sam est-il encore un peu jeune pour des leçons sur la morphologie botanique.

Lorsqu'elle retourne dans la maison, c'est la fin d'après-midi et le thé est servi dans la véranda.

— Des nouvelles nous sont parvenues, dit Charlotte. Un télégramme est arrivé au bureau de Victor.

Oh non. Evie espère, égoïstement, que quoi que cela puisse être, cela n'interfère pas avec ses projets.

— Une annonce a été faite au *durbar* hier… La capitale est déplacée à Delhi.

Pendant quelques instants, ses mots n'ont pas de sens.

— Est-ce qu'ils ont le droit de faire ça ? demande Evie. Enfin, que devient Calcutta ?

— Nous ne le savons pas exactement. C'est un choc… Pauvre Victor, il n'arrive pas à y croire. Il s'agit d'une trahison, répète-t-il, et qui plus est dans le plus grand secret. Personne n'était au courant, pas même le roi.

Charlotte touille distraitement son thé.

— Je suppose que si nous ne sommes plus la capitale, nous serons réduits à rien de plus qu'une marginale ville de province.

Lors des jours suivants, aux courses automobiles et dans les clubs, pendant les déjeuners et les dîners, tout le monde ne parle que de cela, de ce changement de capitale impériale et de ce que cela implique pour Calcutta.

Evie entend souvent dire que c'est une perte tragique de pouvoir et de prestige, « un coup de poignard dans le dos » d'après un gradé belliqueux, « absolument scandaleux » pour de nombreuses dames. Plus d'un officier envisage désormais une mutation. Si le centre du pouvoir se déplace, alors ils en feront autant. Sauf que Delhi est encore bien mal équipée pour recevoir les Britanniques. Ils ont entendu dire qu'il faudra vingt ans ou plus pour achever l'aménagement d'une « Nouvelle Delhi » au sud de l'ancienne cité moghole. Quelques personnes approuvent la décision (cela n'a pas de sens que la Grande-Bretagne gouverne depuis Calcutta, située à l'extrémité est de ses possessions indiennes). Mais d'autres continuent à se lamenter : « Cette ville ne s'en remettra jamais. »

Qu'en pensent les Indiens ? aimerait demander Evie, même si elle soupçonne que personne d'autre ne considère que ce point a une quelconque importance.

Néanmoins, les occupations ne manquent pas. De nombreux avant-postes sont présents lors de ces événements sociaux, autant de gentlemen qui ne peuvent passer le peu de temps dont ils disposent à s'apitoyer sur le choix de Lord Harding, car ils sont en permission et à Calcutta expressément pour trouver une épouse. Jusque-là, Evie a été présentée à un enthousiaste jeune physicien de Patha, à quelques planteurs de thé amateurs de bon temps venus de Darjeeling, à un séduisant ingénieur ferroviaire en poste en Birmanie. Et elle sourit et dit « Comment allez-vous, comment allez-vous ? », avant de passer le reste de la soirée à tenter de les éviter.

* * *

La matinée ne débute pas sous un ciel aussi bleu qu'elle l'avait espéré, mais lorsque Bahadurjee et elle se mettent en route pour Chandpal Ghat, une brise fraîche se lève et les nuages commencent à se disperser.

Une légèreté joyeuse anime ses pas. Ils prennent le bateau à vapeur à côté du Bureau du fidéicommis du port et voguent sur le Hooghly, passent Howrah, effectuent quelques arrêts en chemin, d'abord à Takta Ghat, puis à Kidderpore et à Shalimar, un affreux endroit avec un très joli nom. Sur le bateau se trouvent plusieurs autres passagers, dont un Indien mince vêtu d'un *dhoti* traditionnel et d'un turban, qui se met soudain à entonner une chanson.

— Que disent les paroles ? demande-t-elle à Bahadurjee.

— Ça parle de la grandeur des Britanniques, répond-il avec une rapidité suspicieuse.

Tandis qu'ils accélèrent l'allure, les eaux du fleuve bouillonnant dans leur sillage, elle se tourne de nouveau vers lui.

— Bahadurjee, qu'en pensez-vous ? De la décision des Britanniques de changer de capitale de cette façon ?

Avant qu'il ait le temps de répondre, l'homme qui chante glousse.

— Ils devraient la décaler plus à l'ouest…

— Oh ? Vous voulez dire à Bombay ?

— Non, non. Plus loin.

Elle est perplexe. Bombay n'est-elle pas située sur la côte ?

— Beaucoup plus à l'ouest. À Londres.

Ils finissent par parvenir au débarcadère des jardins botaniques, qui mène à une longue avenue élégante bordée de palmiers royaux. Emprunter ce chemin a quelque chose de processionnel, comme s'ils étaient ici dans le cadre d'affaires d'État.

Bahadurjee, moins friand d'activités en plein air, n'a pas l'air impressionné outre mesure.

Ils sont à une courte distance à pied du fameux arbre banian, le plus grand de toute l'Inde, lui indique-t-il, mais ils mettent longtemps à l'atteindre, car Evie s'arrête pour examiner chaque plante qu'elle voit. Parmi les exotiques, elle trouve un muscadier, et un joli arbre, une espèce de myrte aux fleurs délicates semblables à celles du pêcher, planté de telle sorte qu'il est abrité et soigneusement recouvert d'un tapis de mousse.

Enfin, ils s'approchent du banian qui, de loin, ressemble à un bosquet.

— C'est *un seul* arbre ? vérifie-t-elle auprès de Bahadurjee.

— Oui, miss, un seul.

Elle n'a jamais rien vu de pareil, pas même dans les jardins de Kew, avec son très ancien noyer noir et son splendide chêne de Lucombe. Elle fait le tour du bosquet : le tronc principal est perdu entre les profondeurs des racines adventives. Alors qu'elle est sur le point de se faufiler entre elles, quelqu'un l'appelle. Elle pivote sur elle-même et reconnaît Mrs Hopkins, accompagnée d'une femme plus âgée et de son collectionneur de plantes de neveu, qu'Evie peine à remettre sans sa moustache.

— Evelyn, ma chère, quelle joie de vous voir !

Elle retourne les salutations avec moins de chaleur. Quelle surprise ! dit-elle.

— Nous sommes tous des amoureux des plantes, alors cela n'a rien de très étonnant, contre Mrs Hopkins en souriant.

Ils étaient à Bombay pendant tout ce temps et viennent tout juste d'arriver à Calcutta.

— Le temps est bien plus agréable ici.

Quelques autres civilités sont échangées avant que la conversation s'oriente vers le changement de capitale impériale.

— C'est peut-être en lien avec le sentiment anti-britannique grandissant qui sévit dans cette région.

Mrs Hopkins baisse la voix en disant cela, comme si le simple fait de prononcer ces mots était une perfidie.

Evie, l'air impassible, dit qu'elle n'a rien entendu de la sorte.

— Non, car personne ne le crierait sur les toits, n'est-ce pas ?

Gerald, ajoute Mrs Hopkins, a on ne peut plus hâte de s'éloigner de tout cela et de se lancer à la conquête de la nature.

Aussi tentée soit-elle de s'exclamer « moi aussi », Evie feint un intérêt poli.

— Quand comptez-vous partir, Mr Finlay ?

Elle prend soudain conscience que ces dames les fixent, elle et lui.

— Aussitôt après le Nouvel An. Ma tante insiste pour que je reste pour la saison et que je passe davantage de temps avec des humains plutôt qu'avec des plantes, pour une fois.

Les dames rient et il sourit, l'air enfantin.

Comme elle le redoutait, ils l'invitent à se joindre à eux et à partager leur déjeuner (des sandwichs au jambon, de la limonade, ils en ont bien assez). « Oh, mais je ne voudrais pas m'imposer. »

Mrs Hopkins s'empresse de l'assurer que ce n'est pas le cas. Evie ne trouve pas de raison de refuser l'invitation, à part le fait qu'elle n'en a pas envie (et cela, elle ne peut l'exprimer tout haut), alors elle accepte. Ce qui la contrarie, néanmoins, c'est que Mrs Hopkins part devant avec sa voisine, la laissant seule avec Mr Finlay.

— Je suis navré si nous avons perturbé vos projets, Miss Alexander. Ma tante peut parfois se montrer assez… insistante.

Elle assure que cela ne fait rien, qu'il est difficile de résister à la promesse de sandwichs au jambon.

— Mais je me dois de vous prévenir, nous allons souvent nous arrêter pour effectuer des pressages.

Des pressages ? Il serait ravi de s'arrêter pour déterrer des plantes entières si cela lui chante. Elle sourit, son humeur s'égaie. L'absence de son ami à l'œil brillant, Mr Dossett, joue définitivement à son avantage, de même que son absence de moustache.

Ils sont dans les profondeurs du bosquet désormais, et la lumière du soleil filtre en éclats mouchetés. C'est un lieu étrange, aux ramures dénudées, vierge de tout feuillage. Depuis les branches qui s'élèvent au-dessus d'eux tombent des centaines de tiges semblables à des échasses, des béquilles qui semblent soutenir la forêt tout entière.

— Je me souviens de ce que vous avez dit à Aden, commence Mr Finlay. Et croyez-moi, je ne suis pas là à me demander si ce sont des troncs ou des branches ou des racines.

Elle rit, contente. Dit qu'elle n'aurait absolument pas imaginé qu'il s'en souviendrait.

— Comment l'oublier ? répond-il en la regardant.

Quelque part dans son ventre, elle sent un frémissement.

Ils continuent à se promener à travers l'étrange forêt et arrivent de l'autre côté, où l'espace s'ouvre soudain.

— Peut-être savez-vous déjà, commence Mr Finlay, que ces jardins ont été dessinés… ou plutôt redessinés dans les années 1840 par William Griffith…

— Je l'ignorais !

J'ai lu ses mémoires de voyage, a-t-elle envie d'ajouter, mais elle ne veut pas l'interrompre.

— Il a pris le relais d'un directeur d'une plus ancienne école, Nathaniel Wallich… et disons qu'ils n'étaient pas en accord sur grand-chose. Quand il a repris les rênes du jardin, Griffith l'a décrit dans un rapport officiel et a affirmé qu'il était dans un état de négligence désastreux.

Ils reprennent leur marche et laissent le banian derrière eux pour rejoindre ces dames.

— Je suppose que vous suggérez par là que les objections de Griffith ne trouvaient pas uniquement leur source dans une animosité personnelle ?

Mr Finlay hoche la tête.

— Exactement. Je pense que l'agencement informel des jardins de son prédécesseur était une insulte à sa conception d'une science rationnelle ordonnée. Il a donc proposé une réorganisation radicale… et nous y voilà, à ce que vous avez qualifié d'une tentative colossale d'ordonner le monde naturel.

Il se souvient réellement de *tout*, songe-t-elle avec affection.

— C'est effectivement un arrangement plus pittoresque que ce que Griffith avait prévu, continue-t-il, et qui obéit à un plan de plantation géographique, mais qui reste tout de même très organisé.

— Vous êtes bien informé sur le sujet, Mr Finlay.

— Et cela vous étonne ?

Elle acquiesce en souriant.

Il feint d'être offensé.

— Miss Alexander, je suis peut-être un chasseur de plantes de bas étage, mais je m'intéresse de près à l'histoire de ma profession.

— Oui, c'est peu commun, répond-elle pour le taquiner.

Il rit, de bon cœur cette fois, et la regarde comme s'il s'apprêtait à dire quelque chose, mais se ravise. Plus loin, ces dames se sont arrêtées et attendent. Ils se dirigent vers un banc qui donne sur un lac immobile, l'un des nombreux plans d'eau qui parsèment les jardins et dont la surface chatoie d'algues et de feuilles jaunies.

* * *

Après sa première réunion avec la Société de la science goethéenne, Evie participa à la suivante, puis à toutes celles qui s'ensuivirent, et ce avec, il faut bien l'avouer, davantage d'enthousiasme que pour n'importe lequel de ses cours. Tant de nouvelles connaissances ! Et une prise de conscience dont il n'y avait pas de retour possible : si désordonnée qu'elle fût, l'histoire des sciences avait été élaguée et arrangée afin d'en exclure les scientifiques qui ne contribuaient pas aux discours conventionnellement admis.

Goethe n'apparaissait dans aucun des manuels qu'elle avait étudiés ; son histoire, à l'instar de celle de tant d'autres, réécrite, effacée, dépréciée. Sa façon de voir n'était pas prise en considération, tout comme le travail de femmes botanistes qui étaient évoquées à Newnham, condamnées à se consacrer à jamais à leur botanique domestique, alors que c'était précisément ce pour quoi on les jugeait si âprement.

Evie venait à ces réunions avec de nombreuses questions, mais en premier lieu, qu'était la vision de Goethe, au juste ? Qu'est-ce que cela signifiait de voir les choses dans leur entièreté ?

Ne pas réduire un phénomène à ses parties, lui répondit-on promptement, comme c'était le cas avec la science conventionnelle.

— As-tu remarqué la citation sur notre affiche ?

Evie hocha la tête. *La multiplicité fait l'unité.*

— C'est exactement ça.

À la fin du siècle des Lumières, Goethe vivait dans un monde régi par la séparation. Tout dans le monde naturel avait une place, avec, *naturellement*, les humains au sommet, qui examinaient minutieusement, démystifiaient et exploitaient le pouvoir de tous les aspects du monde naturel. Pour y parvenir le plus efficacement possible, tous les royaumes (végétal, animal, minéral) étaient nommés, catégorisés de manière systématique et ordonnés.

— Principalement par Linné, ajouta Phineas.

— « Dieu crée, j'organise », cita Lulu. Quel prétentieux.

Ollie hocha la tête avec le plus grand sérieux.

— C'était la grande mission scientifique de l'époque. Imposer l'ordre au milieu du chaos, afin que tout puisse devenir connaissance. Puis Goethe arriva et remit tout cela en question en demandant : « Est-ce la seule méthode envisageable ? » Il était post-Linné, vois-tu. Il espérait identifier une espèce de taxinomie *naturelle*, si tant est qu'une telle chose existât.

L'obsession de Linné pour la classification appuyait une façon de voir le monde naturel, et tout ce qui s'y trouvait, comme étant constitué d'entités séparées qui travaillaient ensemble pour produire ce que nous, de loin, observions ensuite.

— Ouvre un manuel sur la botanique, dit Ollie, et regarde comment le vocable utilisé t'encourage à voir les choses… L'interne et l'externe, les éléments constitutifs d'une cellule, les parties d'une fleur qui semblent exister quasiment sans être connectées les unes aux autres… des dessins qui séparent et divisent également, chaque partie étiquetée et numérotée, soulignant les limites, les murs, étudiant le fonctionnement d'une plante isolée…

Ces manuels ne naissent pas bénignement, comme par magie. Ils sont écrits pour soutenir une vision scientifique bien précise.

— Tout cela, dit Lulu avec un grand geste qu'Evie interprétait comme désignant l'université, appuie également cette vision.

Pour quelqu'un comme Linné, la croyance était que la somme des parties constituait le tout.

— Prenez toutes ces parties, mélangez-les, et *voilà*[1] ! Vous avez une plante ! Un être humain ! Une planète !

De la même façon, supposait Ollie, qu'une machine. Mais voyait-elle comment cela soumettait le tout aux parties ? Au cœur de cela résidait cette irrévocable inégalité.

— Et Goethe ? demanda Evie en retenant son souffle.

Pour lui, l'unité. *Alles eins aus*. Pas une réduction mécaniste des êtres vivants et respirants. Chaque partie, même la plus infime, contenait le tout. La feuille est la tige qui est la fleur qui est la graine qui est la plante tout entière, et ainsi de suite dans un cycle de vie sans fin. De cette façon, les parties et le tout sont égaux. Un appel à la connexion au niveau le plus profond, renié par l'autre vision linnéenne, plus conventionnelle.

Il y a de la diversité, et néanmoins une unité dans cette multiplicité.

La multiplicité fait l'unité.

Des révélations en cascade pour Evie, penchée par-dessus une tasse de thé dans une salle à l'odeur de renfermé du Queens' College.

Elle étudia attentivement les écrits de Goethe. Tout d'abord, l'essai *De l'expérience considérée comme médiatrice entre l'objet et le sujet*.

— C'est une façon de voir totalement novatrice, s'enthousiasma-t-elle auprès de ses camarades.

Bien que rédigé plus de cent vingt ans auparavant, le texte restait remarquablement prescient. En pleine période empirique, concentrée sur ce qui était testable par le biais de l'observation et de l'expérience, Goethe était profondément lucide au sujet de la science en tant qu'activité humaine, facilement susceptible d'être affectée par les mêmes défauts et les mêmes biais que ceux qui affectaient les hommes. *La Nature*, son essai

1 En français dans le texte. (Note de la traductrice.)

qui ressemblait davantage à une ode (« La nature est la seule véritable artiste »), défendait une « bonne science » qui la ramenait dans le monde, qui replaçait l'imagination au cœur du sujet, ainsi que l'émerveillement. Deux choses qui, à l'époque de Goethe, n'avaient que peu d'utilité dans la pratique de la science. À la place, la dépendance à la méthode quantitative – qui accordait la primauté à des qualités pouvant être mathématiquement exprimées de manière directe – s'était accrue.

— Les chiffres, la magnitude, la position, l'extension, lista Phineas. Tandis qu'à l'inverse, les qualités qui ne pouvaient être exprimées de cette manière étaient rendues *secondaires*. La couleur, le goût, le son. Relégués au rang de simple expérience positive, tu imagines ? Ou vus comme une illusion des sens, et non pas une partie intégrante de la nature. De fait, on estimait les qualités secondaires incapables d'exister par elles-mêmes et elles n'étaient comprises que lorsqu'on expliquait qu'elles n'avaient pu naître que des seules qualités primaires. Comme si les qualités primaires étaient toujours là *derrière* elles, dissimulées par les apparences.

— Newton, par exemple ! s'exclama Ollie. Il a remplacé le phénomène de la couleur par une série de numéros. Mais là où lui « séparait » la lumière incolore et calculait les angles de réfraction, Goethe, lui, a vu autre chose : il a réfuté la notion selon laquelle la couleur était uniquement déterminée par la lumière et le spectre des couleurs, arguant à la place que la couleur est façonnée par la perception aussi bien que par la lumière *et* l'obscurité. Il voyait l'obscurité elle-même comme un ingrédient actif du spectre, qui rendait la couleur perceptible au lieu d'être une simple absence de lumière.

— La couleur comme « la souffrance et la joie de la lumière », murmura Lulu.

Avec Goethe, tout l'accent, toute l'attention portait sur le phénomène lui-même, accessible selon lui par le biais de l'observation – ou par ce qui devint le terme préféré d'Evie, *Anschauung*. Un mot sans équivalent en anglais, mais qui pouvait s'interpréter comme la connaissance intuitive acquise *via* une contemplation détaillée et patiente, un empirisme « délicat » ou le fait de « réfléchir avec l'œil de l'esprit ».

— Nous tendons à traiter l'observation comme le fait d'ouvrir les yeux devant le phénomène, dit Ollie. Comme si c'était quelque chose qui nous arrivait lorsque des informations visuelles déferlaient en nous par le biais de nos sens et qu'elles se retrouvaient enregistrées dans notre conscience. Voici une fleur (il montra une fleur imaginaire devant lui), regardez comment elle fonctionne.

Mais observer à la manière de Goethe exigeait d'être plus vivant que de coutume pour voir.

— Et pas seulement pour acquérir une impression visuelle, ajouta-t-il.

Goethe évoquait ce phénomène comme le fait de voir avec *une certaine pureté de l'esprit*, même s'il ne fallait pas croire pour autant qu'il encourageait une vue naïve ou précritique. Il acceptait le rôle essentiel de l'activité de l'esprit au moment de donner du sens à l'expérience.

— Simplement, même s'il admettait les nombreux échecs de nos modes de connaissance, Goethe croyait qu'une connaissance profondément en accord avec la nature des choses dans le monde était possible, conclut Phineas.

— De quelle façon ? demanda Evie. Enfin, existe-t-il une sorte de… méthode pour cela ?

Des « étapes », voilà comme ils aimaient les qualifier, ou des modes de perception, parmi lesquels un débutant pouvait nettement faire la distinction, bien que l'objectif restât de faire l'expérience de ces processus en un flux continu.

— En amont, il est important de commencer par savoir qui nous sommes, expliqua Ollie. Nos goûts et nos dégoûts au quotidien, notre histoire personnelle et les impressions que les interactions ordinaires avec le monde naturel font naître chez nous en tant qu'observateurs.

C'est également là que l'observateur choisit quoi étudier, peut-être au moment où il est frappé par un phénomène. Goethe appelle cela : « quand la chose nous parle ».

— Et ensuite ?

— La première étape. La perception sensorielle exacte.

Evie battit des paupières.

— Une observation détaillée des « simples faits » du phénomène qui sont à la portée de nos sens ordinaires. Voir ce qui est présent avec le moins de jugement personnel et d'évaluation possible. Toutes nos théories et tous nos sentiments à propos d'une chose doivent être réprimés afin de « laisser les phénomènes parler d'eux-mêmes ».

L'étape suivante était l'imagination sensorielle exacte. Percevoir la durée de vie du phénomène, à savoir, le voir comme un phénomène *inscrit dans le temps*, non pas comme un présent figé objectif comme la première étape pourrait nous y encourager, mais comme une chose dotée d'une histoire.

— La croissance d'une feuille ou la floraison d'une fleur, expliqua Ollie. L'imaginer passer par ce processus dans notre esprit et voir minute par minute comment elle change, comment elle existe en tant que séquence de formes.

Puis une évolution en direction de « voir en regardant », ou une tentative de figer ou de calmer la perception active pour permettre à la chose de s'exprimer à travers l'observateur.

— Faire de la place afin qu'elle puisse s'articuler à sa façon, ajouta Lulu, même si elle semblait douter qu'Evie eût suivi quoi que ce fût.

Ollie hocha la tête.

— Oui, et cela s'exprime généralement en langage émotionnel, poésie, peinture ou autres formes d'art.

Si la première étape utilisait la perception pour voir la forme, la deuxième l'imagination pour percevoir sa mutabilité, la troisième l'inspiration pour révéler le geste, le dernier processus (ne faire qu'un avec l'objet) exigeait d'ajouter l'intuition et d'aller au-delà de tous les stades précédents.

— En termes de méthodologie goethéenne, poursuivit Phineas, chacune des étapes est dépendante de celles qui la précèdent.

Evie acquiesça lentement.

— Est-ce pour cette raison que chaque étape est plus difficile à expliquer en dehors du cadre dans lequel on a fait l'expérience que les précédentes ?

— Exactement ! s'écrièrent-ils en chœur.

Mais ne faire « qu'un avec l'objet » devait permettre une appréciation du contenu ou du sens de la forme aussi bien que de la forme elle-même. L'apparence extérieure et le contenu intérieur associés par conceptualisation.

Tout cela était synonyme d'une nouveauté déroutante pour Evie et elle n'était pas entièrement certaine d'avoir tout compris. Cela semblait abstrait pour le moment, et théorique, mais elle éprouvait une grande excitation et aussi un grand soulagement : celui de ne pas être insipide, ou pire encore, stupide, celui de ne pas avoir choisi d'étudier le « mauvais » sujet. En bref, ce n'était pas elle le problème : le problème résidait dans la manière dont on enseignait la botanique. Lorsqu'elle prit conscience de cela, quelque chose en elle s'illumina. Une compréhension des plantes dépendait autant de la sympathie personnelle que nourrissait un scientifique à l'égard de la nature que de l'étude systématique de celle-ci ! Elle fut frappée de constater que Grandma Grace avait été une scientifique goethéenne bien avant d'être au courant que le terme existait. Quel meilleur moyen de rendre hommage à sa mémoire que de s'engager à bien pratiquer la science, à être une botaniste plus avisée et, comme sa grand-mère, à être plus présente dans le monde ?

* * *

Enfin, des lettres lui parviennent de Maman et de Florence. Elles l'attendent au petit déjeuner en compagnie du courrier du matin et Evie se retire dans le jardin pour les lire.

Dans sa missive, sa mère ressemble à la femme qu'elle est dans la vie : alerte, sensible, plutôt joyeuse. Papa travaille dur, comme à son habitude, écrit-elle, même s'il vient seulement de se remettre d'un vilain rhume, tandis qu'elle-même a été bien occupée avec le bénévolat à l'église, à présent que les fêtes de Noël approchent. Collecter de vieux vêtements, comme elle le fait toujours, ainsi que de quoi manger pour les plus démunis.

D'autre part, elle est certaine qu'Evie serait contente de savoir que les hellébores ont fleuri en avance. Elles ne tiendront peut-être pas jusqu'en janvier, mais elles empêchent le jardin de sombrer dans la grisaille hivernale.

Et toi, ma chère Evelyn ? demande-t-elle enfin. *J'espère que jusque-là, ton séjour en Inde s'avère fructueux. J'ai hâte d'avoir de tes nouvelles.*

Evie a la grâce de rougir. Pas de nouvelles ! Du moins, pas le genre de celles qu'attend sa mère. Il va lui falloir composer soigneusement une réponse, ou ne pas écrire du tout, en mettant cela sur le dos des services postaux indiens à la fiabilité inexistante.

La lettre de Florence, néanmoins, est porteuse d'une joyeuse annonce.

Patrick et elle attendent un bébé. *Les mots me manquent pour te dire à quel point je suis heureuse de partager cette nouvelle avec toi. Bientôt, nous serons trois, une vraie famille, et tu seras tante, et Sam et Eleanor auront un cousin avec qui jouer.* Evie serre les pages contre son cœur. Un bébé ! Elle est heureuse pour eux. Elle sait combien ils désiraient devenir parents. Si elle avait été à Londres, ils auraient fêté l'événement. Des cadeaux pour Florence, peut-être même de très doux plaisirs : du thé chez Brown's avec des sandwichs, des pâtisseries délicates et des scones moelleux. Mais ici, tout cela semble appartenir à une autre vie, à un autre monde, lointain et inconnu.

Elle range la lettre. Que c'est étrange de recevoir cette nouvelle à Calcutta, où tout ce qui existait auparavant paraît avoir disparu.

Suite à cela, Evie se sent de plus en plus agitée et impatiente.

Le problème est que rien n'avance sur aucun front. Elle est fatiguée de poursuivre sa « chasse au mari » pour faire plaisir à Charlotte, Victor passe ses journées dans son fauteuil à exsuder la morosité et, pire que tout cela, cela fait près d'un mois qu'elle est à Calcutta sans le moindre projet d'excursion en vue. Il semblerait que Mr Muttlebury ne lui ait rien trouvé. *Que faire ?* Jouer les irréfléchies et épouser un chasseur de plantes ? Elle l'a déjà envisagé, et sérieusement ; il s'agirait d'un arrangement fort pratique pour ses envies de voyages. Le problème est qu'elle n'en connaît qu'un seul, qui risque de se refaire pousser une effrayante moustache et qui part bientôt à destination de la reculée Himalaya. Et la possibilité de le prendre dans ses filets d'ici là ne se présentera pas, *a priori*.

Quelqu'un de moins déterminé pourrait être tenté de considérer ce séjour comme de charmantes vacances et de rembarquer sur un bateau à destination de Tilbury. Voilà qui serait facile et sa famille se réjouirait de son retour. Mais *non*, il est hors de question d'abandonner après être venue jusqu'ici, en dépit de la morne perspective d'échouer et du fait qu'il lui restera encore un long voyage à entreprendre si elle se greffe à une expédition. Qui pourrait-elle tenir responsable de cette folie ? Agnes ? Elle-même ? Elle soupire.

Ce n'est pas si simple. Nombreux sont les vents nécessaires pour faire voguer un navire, planter une graine, façonner une montagne.

Une autre semaine s'égrène et elle commence à perdre espoir. Elle passe ses après-midi dehors, parfois avec les enfants, parfois seule. Elle a fini Kingdon Ward et a abandonné Roxburgh. Les pages de son propre journal restent vierges. *Peut-être n'y aura-t-il désormais plus rien d'autre que des pages vides.*

Plus que jamais, elle a besoin de la vitalité de quelqu'un comme Grandma Grace, mais Grandma Grace n'est plus là. Deux ans plus tôt, elle avait été frappée par une soudaine maladie, si rapide qu'il n'y avait eu aucune chance de guérison. Après les funérailles, fatiguée de pleurer, Evie avait marché dans la forêt derrière la maison, là où elles s'étaient promenées ensemble à de si nombreuses reprises. Comment serait-il jamais possible de se mettre de nouveau en quête de joie et d'aventure ? Et pourtant, les arbres autour d'elle semblaient murmurer de toujours faire de son mieux, de chercher, de trouver, et de ne jamais vivre une vie dépourvue d'émerveillement.

Pour la première fois depuis qu'elle a pris le train à St Pancras, son moral est au plus bas. Auparavant, rien ne lui avait paru impossible ! Tout ce qu'elle avait à faire, c'était aller là-bas ! À Calcutta ! Et il se passerait quelque chose, n'importe quoi, un miracle se produirait, un chemin secret se révélerait à elle.

Aujourd'hui, au lieu du banc sur lequel se perchent les dames, elle est inélégamment assise sur la pelouse. Cela lui est égal. Tout ce qu'elle veut, c'est sentir le sol en dessous d'elle, les brins d'herbe qui picotent, la légère humidité dans la terre. Là, plus près de cette dernière, elle commence à se sentir mieux. Miss Sargant avait raison lorsqu'elle affirmait que le gravitropisme déterminait le mouvement d'une graine, mais elle ne mentionnait pas la phototaxie, comment, après que la plante a poussé, les pédoncules et les feuilles l'emportent sur l'impulsion gravitationnelle et grandissent vers la lumière.

Je suis ici, se dit Evie. Il faut qu'elle se calme et s'oriente dans le monde. Et le monde, comme dirait Grandma Grace, s'orientera autour d'elle.

L'espoir renaît en la personne de Mr Muttlebury, qui passe à l'improviste quelques jours plus tard avant l'heure du déjeuner. Il se confond en excuses pour le dérangement et le retard, il a été souffrant, et donc en incapacité de la rappeler plus tôt.

— Je ne prendrai pas beaucoup de votre temps.

Les dernières traces de sa maladie sont perceptibles dans sa voix, comme une cicatrice vocale, et il a le bout du nez rouge et irrité. Ils boivent une tasse de thé et il va droit au but.

À sa connaissance, aucune expédition dans l'Assam ne serait adaptée pour une jeune femme comme elle. Alors que le cœur d'Evie se serre sous l'effet de la déception, il ajoute que, cependant, il connaît un couple, les Wheeler – Charles et Margaret –, qui ont récemment appris qu'ils étaient transférés dans le nord du pays.

— Ils vont quitter Calcutta à la mi-janvier, si je ne m'abuse.

C'est un peu de la dernière minute, il le sait, compte tenu du fait que c'est déjà la fin du mois de décembre, mais cela lui était sorti de l'esprit. Dans tous les cas, il est ravi de procéder aux présentations, et les parties concernées pourraient peut-être trouver un arrangement qui les satisfasse toutes les deux.

C'est prometteur. Elle est enchantée, dit-elle, et très reconnaissante pour son aide. Leur entrevue s'achève sur sa promesse de la contacter très bientôt, et il prend congé en se mouchant dans un grand mouchoir blanc.

De fait, elle reçoit un mot de Mr Muttlebury dès le lendemain. Les Wheeler sont en vacances sur la côte, à Puri, mais ils reviendront juste après Noël. Il organisera une rencontre à leur retour.

Pour l'heure, il y a des événements auxquels assister. D'ailleurs, au petit déjeuner, Charlotte insiste pour qu'ils sortent tous danser et s'amuser un peu, surtout après cette période morose.

— Sans compter que vous devriez vraiment rencontrer davantage de monde, ajoute-t-elle en regardant Evie.

Evie grignote coupablement sa tartine beurrée.

Pour faire plaisir à Charlotte, elle fait un effort, revêt sa plus belle robe du soir, s'attache les cheveux et pare même ses lèvres et ses joues d'un peu de rouge.

— Oh, vous êtes ravissante, la complimente Charlotte quand elle sort de sa chambre. Voyons combien de cœurs vous allez ravir ce soir.

Aucun, espère Evie.

En dépit de l'atmosphère morne qui règne dans la ville, le *Calcutta Club* est gaiement décoré pour le bal d'hiver, avec de nombreuses banderoles et un arbre de Noël scintillant qui domine la salle de bal. Bessie lui avait dit un jour qu'étant donné la pénurie de femmes européennes en Inde, l'on pouvait être aussi séduisante qu'un parapluie et se faire demander en mariage quand même.

Elle avait raison.

Jamais Evie n'a tant attiré le regard des hommes, même si elle se rend bien compte qu'ils la trouvent moins attrayante à la seconde où elle mentionne qu'elle est scientifique.

— Vous avez une licence ?

Oui, ment-elle, j'en ai deux, corrige-t-elle lorsqu'elle souhaite abréger. Tout cela semble à des années-lumière du monde dans lequel Agnes et elle travaillaient tard dans leur laboratoire de fortune, enthousiasmées par leurs petites découvertes, à des années-lumière de ses réunions avec la Société de la science goethéenne et de sa vie tranquille à la maison à Londres. Elle boit lentement son verre de vin, en proie au sentiment d'être une étrangère ici.

Les musiciens se lancent dans un autre morceau entraînant et elle va dehors, se faufile entre les danseurs, traverse les pelouses, jusqu'au fond du jardin, plus calme et ombragé. Elle prend une grande respiration. Elle ne manquera à personne, elle en est certaine. Une fraîcheur délicatement mordante flotte dans l'air et les buissons derrière elle sont peuplés de lucioles qui dansent, elles aussi. Près d'elle se dresse un magnifique hortensia en pleine floraison, aux fleurs pâles à l'éclat argenté. Il lui faut un moment pour prendre conscience qu'il y a quelqu'un de l'autre côté des buissons.

C'est Mr Finlay, qui est en train de fumer.

— Miss Alexander. J'en déduis que vous tentez également d'échapper à la deux cent cinquante-septième interprétation de *Boiled Beef and Carrots*.

— Entre autres choses, oui.

— Oh ! Et quelles sont-elles ? Des prétendants insistants ?

— Je suis parvenue à tous les repousser.

— Vraiment ? Et puis-je demander comment ?

— Je leur dis que je suis allée à l'université.

— Et c'est efficace ?

— Comme de l'ail avec un vampire.

— Je vous crois sur parole, dit-il en riant.

Peut-être est-ce la lumière de la lune, les lucioles ou même l'hortensia argenté, mais elle est contente qu'il soit là. Lorsqu'elle lui demande des nouvelles de sa tante, il explique qu'elle est souffrante et n'est pas au club ce soir.

— En revanche, elle a insisté pour que je vienne, alors me voilà.

— Avec les plantes, ajoute Evie.

— Avec les plantes, et avec vous.

Dans l'ombre, elle sourit.

— Je ne suis pas sûre d'être à ma place non plus.

— Où donc ? s'enquiert-il.

— En ville, dans cette société avec ses cercles et ses convenances. Sous certains aspects, c'est comme si j'étais en Angleterre.

Elle rit.

— Quoique j'ai rencontré davantage d'Indiens à Cambridge que depuis que je suis en Inde ! C'est terriblement étrange, ne trouvez-vous pas ?

Il hoche la tête.

— C'est pour cette raison que je préfère voyager. N'être qu'avec les autochtones, et à leur merci en réalité, et loin de tout ceci...

Elle dit qu'elle comprend ce qu'il veut dire. Cet endroit est comme une petite Angleterre au sein de laquelle tout le monde évolue. Avant de parvenir à s'en empêcher, elle ajoute :

— Et ce n'est même pas ce pour quoi que je suis venue.

— Non ?

Il la regarde avec curiosité. Dans quel but est-elle venue ici, alors ?

Pour une expédition, de préférence en forêt et en montagne.

— Je vois.

Quelque part en particulier ?

Oui – c'est un soulagement de le lui avouer, peut-être parce qu'elle n'en a pas parlé depuis si longtemps –, près de là où il va, indique-t-elle, dans les montagnes de l'Assam.

— Je cherche une plante dont je crois qu'elle ne peut être trouvée que dans cette région, près du point le plus humide de la terre, voire à cet endroit précis. J'ai effectué des recherches, mais c'est surtout une intuition qui me guide. Cela doit vous sembler idiot... tout le monde pense que c'est idiot.

Non, assure-t-il, il ne comprend que trop bien.

— J'ai construit toute ma carrière sur des intuitions.

Pendant un moment, il garde le silence. La lune est cachée derrière un nuage. Les lucioles dansent pour eux, encore plus brillantes qu'auparavant.

Elle est certaine qu'il va lui demander ce qu'elle cherche et se prépare à refuser de lui répondre, mais il n'en fait rien. À la place, il allume une autre cigarette et déclare :

— Miss Alexander, je n'ai aucune qualification, en tout cas pas dans le sens conventionnel du terme… Je ne suis pas botaniste, ni géographe ou horticulteur… Mais les qualifications essentielles pour ce travail ne résident pas dans un diplôme universitaire. Elles résident dans un goût profond, un goût que d'aucuns qualifieraient d'insatiable, pour la chasse. Quoi que vous cherchiez, plus c'est impossible, mieux c'est.

* * *

Les Wheeler vivent près de Dalhousie Square, dans une maison blanche sur deux niveaux plus petite que la demeure des Hall, mais pourvue d'un jardin plus grand et plus sauvage. La maison se tient à l'écart de la route, au bout d'un chemin herbeux et boueux où des vaches paissent avec indolence.

À la grille, un petit chien apparaît. Il aboie et remue la queue.

— Rature, Rature ! appelle le domestique.

Il s'incline pour saluer Evie et attache le chien. *Les gens choisissent de drôles de noms pour leurs animaux*, songe Evie.

Le jardin accueille des plantes en pot inhabituelles, un cerisier miniature, un épiphyte rampant aux longues fleurs rouges. Le domestique, désormais empêtré dans la laisse de Rature, la conduit dans le salon rempli de meubles en teck et aux murs couverts de peintures mandala. Il l'emmène dans le jardin de derrière, où Mrs Wheeler est en train de lire, installée dans l'un des fauteuils en osier qui ornent l'espace.

— Je suis ravie que vous ayez pu venir.

Elle est plus âgée qu'Evie ne l'avait imaginé (quarante-cinq ans, peut-être), mais grande et charismatique, avec un sourire juvénile. Sa robe rose poudré fait ressortir ses yeux d'un vert éclatant.

— J'espère qu'Arthur ne vous a pas embêtée ? s'enquiert-elle.

— Arthur ?

— Notre chien. Il aime être le premier à accueillir nos visiteurs à la grille.

Evie lui assure qu'il lui a réservé un accueil chaleureux.

Elles prennent place dans le jardin ; on sert à Evie de la limonade et des fruits frais.

Mrs Wheeler n'est que depuis peu à Calcutta, après avoir vécu pendant de nombreuses années en Birmanie avec son mari, conservateur en chef principal du département des Forêts.

— Nous sommes ici depuis dix-huit mois et je n'ai toujours pas l'impression d'avoir trouvé mes marques, confie-t-elle à Evie. Et voilà que nous partons de nouveau.

Ils ont bénéficié de ce qui s'appelle une « affectation de clémence », censée offrir du répit aux personnes ayant passé de longues périodes en poste dans des endroits reculés, mais Rangoun lui manque, regrette-t-elle, et les montagnes lui manquent encore plus. La chaîne de l'Arakan, le plateau Shan, le Bago Yoma.

— J'ai accompagné Charles lors de bon nombre de ses tournées officielles d'inspection, certaines dans les coins les plus isolés que l'on puisse imaginer. Il examinait les bois et moi, les plantes.

Evie est aux anges. Les collectionnait-elle aussi ?

Mrs Wheeler sourit face à son enthousiasme.

— Je les collectionnais aussi, oui.

Charles, son époux, se joint à elles pour le déjeuner avant de partir travailler. Un homme élégant à l'imposante moustache avec un visage allongé et un regard intelligent. Pipe à la main, son odeur rappelle vaguement à Evie celle de son père.

Autour de pain et de soupe de petits pois, elle est contente que la conversation ne s'oriente pas vers les sujets habituels. Au lieu de se lamenter sur le changement de capitale impériale, ils devisent d'autres choses. Ils lui parlent de U Dhammaloka, le « Bouddha irlandais » qui conteste le règne britannique et chrétien sur la Birmanie sur des bases religieuses.

— Il est le premier occidental à avoir été ordonné moine, apparemment, ajoute Mr Wheeler. Et il est très populaire auprès des autochtones pour ses positions anti missionnaires et anti coloniales. Viendra néanmoins un moment où les Birmans n'auront plus besoin d'un étranger pour les guider dans leur combat pour l'indépendance.

Evie n'a jamais entendu des propos aussi honnêtes en la matière. Le foyer des Wheeler semble avoir d'autres préoccupations que les autres, et cela la séduit. Dans les clubs, on fraie lors de déjeuners interminables. Ici, c'est comme s'il existait un monde plus grand.

— J'imagine que vous connaissez bien la Birmanie ? leur demande-t-elle.

En effet, et c'était un pays fascinant à explorer.

— Et Mrs Wheeler a mentionné qu'elle collectionnait les plantes...

— Jusqu'à l'obsession, répond son mari. Elle a même découvert une nouvelle espèce dans le parc du Nat Ma Taung, bien qu'elle ne lui ait pas donné mon nom.

— Non, mon cher, *Rhododendron charlesianum* ne sonnait pas très bien.

Ils rient et Evie est contente. Elle se sent à l'aise en leur compagnie.

Enfin, Mr Wheeler aborde le sujet.

— Nous avons entendu dire que vous aimeriez venir avec nous dans l'Assam ?

Evie cesse de couper son poulet.

— J'aimerais beaucoup, si vous êtes d'accord.

— Puis-je me permettre de vous demander pourquoi ? Ce n'est pas une destination prisée parmi la plupart des visiteurs.

— Je n'ai pas entrepris ce voyage pour les mêmes raisons que la plupart des visiteurs, avoue honnêtement Evie. Je m'intéresse aux plantes qui poussent dans la région la plus humide du monde.

Mrs Wheeler ajoute qu'Evie est une scientifique, avec une spécialisation en botanique.

— C'est formidable, dit Mr Wheeler. Vous devez absolument lui montrer votre herbier, Margaret.

La discussion en reste là pour l'instant et Evie se demande s'il s'agissait d'un test et si elle y a satisfait.

Après le déjeuner, Mrs Wheeler l'emmène à l'étage, dans une aile séparée du reste de la maison par un long couloir.

Quand elles entrent dans une pièce, Evie s'attend à être ébahie, mais l'espace est simple et sans ornement, avec un bureau près de la fenêtre, des fauteuils et une imposante commode contre un mur. *Mr Wheeler n'avait-il pas mentionné un herbier ?* Le seul élément floral est un bouquet de brins de magnolia dans un vase.

— Elles sont magnifiques, commente-t-elle.

En Birmanie, lui explique Mrs Wheeler, elles sont disposées devant les statues de Bouddha et tiennent plus d'un an.

— Alors… C'est votre herbier ?

Mrs Wheeler laisse échapper un petit rire.

— Charles aime le qualifier ainsi, mais en toute honnêteté, c'était impossible de faire sécher des plantes avec le temps qu'il faisait en Birmanie. L'humidité endommageait tout. Je n'ai donc pas de spécimens d'herbier à proprement parler, mais…

Mrs Wheeler hésite, puis :

— Je peignais.

— Voulez-vous bien me montrer ?

Mrs Wheeler traverse la pièce et s'empare d'une pile de longues chemises dans la commode. Elle marque une pause avant de les apporter à Evie.

— Je ne les ai pas sorties depuis un moment…

Les chemises sont épaisses et lourdes dans les mains d'Evie – *Margaret Rosamund Wheeler, Birmanie* – et lorsqu'elle en ouvre une, elle pousse un petit cri de surprise.

Là, sur la page, une *Aeschynanthus* d'un pourpre semblant extrait d'un coucher de soleil, ses feuilles d'un vert aussi frais que s'il venait de pleuvoir. Puis, une grappe dorée de fleurs de frangipanier ourlées de rose, des branches de cerisier. Elles diffèrent des peintures à l'huile de Marianne North de par leur délicatesse. Les couleurs sont plus claires, les détails infiniment plus fins.

Evie lève le classeur à hauteur d'yeux et s'extasie.

— Comme c'est beau ! Vous devriez les exposer, ajoute-t-elle.

Mrs Wheeler semble flattée, et peut-être parce qu'elle perçoit un enthousiasme et un intérêt sincères, elle commence à raconter à Evie comment tout cela est devenu une obsession : collectionner des plantes qu'elle n'avait jamais vues auparavant, trouver celles qui possèdent une « âme », autrement on ne peut pas les peindre.

— Je voulais les ramener dans mon jardin et tenter de les maintenir en vie... au moins assez longtemps pour les croquer. Parfois, j'envoyais les plantes en Angleterre dans l'espoir qu'ils seraient mieux outillés pour les étudier que je ne l'étais en Birmanie, car je n'avais presque pas d'équipement pour m'adonner à ma... botanique domestique.

Evie relève les yeux. Mrs Wheeler semble un tantinet mal à l'aise.

— Pour être honnête, confesse-t-elle, j'envie vos études à Cambridge. Cela vous donne une légitimité dont mon travail ne bénéficiera jamais.

Au début, Evie ne sait que répondre. Elle repense à Newnham, à leurs discussions passionnées du soir. *Pendant très longtemps, la botanique a été notre domaine...*

— Ce que vous dites est vrai, il est affligeant de voir comment le travail des femmes est traité comme quantité négligeable. D'abord, les hommes ne nous permettent pas de suivre des études, puis ils nous punissent lorsque nous le faisons.

— Mais vous avez été en mesure d'étudier la matière..., fait remarquer Mrs Wheeler.

— Et cela n'a pas toujours été une bonne chose.

Son hôtesse fronce les sourcils et lui demande ce qu'elle entend par là.

Evie commence à lui raconter : son enfance dans les jardins et les forêts avec sa grand-mère, cet état d'esprit qu'elle avait souhaité conserver dans sa façon d'étudier la botanique, avec curiosité et allégresse et avec une manière compatissante de traiter les plantes comme des êtres vivants, grandissants, en perpétuel changement.

— Mais mes études n'ont fait que m'éloigner de tout cela. Par conséquent, je ne sais pas si ma position est enviable.

L'expression de Mrs Wheeler se radoucit. Elle admet qu'elle n'avait pas réfléchi à la chose de cette façon.

— Alors qu'avez-vous fait ?

Ce n'est que récemment, avoue Evie, qu'elle a retrouvé le chemin des jardins et des forêts de son enfance.

Et comment ?

Evie sourit.

— Avec un peu d'aide ici et là.

JOHANN

Le matin du 3 septembre 1786, si tôt que la brume ne s'est pas encore dissipée et que le ciel n'arbore pas encore les prémices de l'aurore, une silhouette sort de l'hôtel des Trois Ancres.

L'homme est seul, peu chargé à l'exception d'une malle armoire et d'une musette. Il traverse à pas rapides la place du marché vide, puis se dépêche de remonter une petite rue, ses pas résonnant dans le silence. Il ne regarde pas une seule fois derrière lui, et ce n'est que lorsqu'il arrive à la hauteur du bureau de poste qu'il s'arrête, pose sa malle à côté de lui et ajuste la lanière de sa musette dans son dos. À cette heure, dans la petite ville de Carlsbad, il n'y a que lui qui est là, à attendre. Sa présence passe inaperçue auprès des habitants endormis derrière leurs fenêtres aux volets clos ; autour de lui des balcons vides, des bâtiments plongés dans le noir et, derrière eux, une rivière invisible. L'on se croirait déjà en hiver. Et si l'on se fie à l'inclémence des dernières semaines, des derniers mois même, demain aussi, il pleuvra. Quelque part, une brise naît, passe froidement près de lui et disparaît.

Quelques minutes plus tard, une diligence arrive dans un grand tintamarre. L'homme grimpe, se joignant à trois autres passagers somnolents, paie son billet et, lorsqu'on lui demande quel est son nom, répond d'un ton bourru :

— Möller. Johann Philipp Möller.

Le cocher s'en enquiert car c'est nécessaire pour les registres, et s'y reprend à deux fois pour le regarder, remarquant son manteau de voyage d'un doux gris nuage, avec sa longue cape rehaussée d'un col chaud en velours. Peu nombreux sont les voyageurs d'un tel acabit à honorer son humble véhicule de leur présence. Autre fait étrange : il est seul, sans domestique, et avec bien peu de bagages. Enfin, qu'importe tout cela. Ce ne sont pas ses affaires.

Il s'apprête à refermer la portière, quand le voyageur prend la parole :

— Combien de temps pour arriver à Egra ?

— Neuf heures tout au plus.

À ces mots, il se laisse aller contre la banquette, l'air satisfait.

— Nous sommes prêts à partir, monsieur.

— Oui. Nous sommes prêts à partir, répète le passager.

La diligence se dirige à vive allure vers le sud-ouest, dans l'obscurité, le long de la lisière de la Kaiserwald, la forêt qui se profile à leurs côtés, préhistorique et immense. À 8 h 30, ils atteignent Zevoda. La matinée est brumeuse, mais magnifiquement tranquille. Désormais éveillés, les autres passagers – deux hommes replets dont l'un avec une moustache fournie, et un jeune apprenti chez un comptable à Munich – parlent de la météo. Après un si misérable été, ils espèrent profiter d'un bel automne sec.

— Regardez le ciel, s'exclame le voyageur au manteau gris. Les nuages les plus élevés sont striés et floconneux, tandis que les nuages bas sont lourds.

Il sourit.

— Cela semble de bon augure, ne croyez-vous pas ?

Les autres, ne souhaitant pas admettre que cette observation ne laisse guère présager grand-chose à leurs yeux, concordent aimablement.

Ils poursuivent leur route, descendant dans la vallée. Le paysage vert ondule devant leurs yeux. À midi, ils arrivent à Egra, nichée au pied du Fichtelgebirge, dans la chaleur d'un soleil radieux. Là, ils s'arrêtent pour déjeuner. Et bien que les hommes sympathiques l'invitent à se joindre à eux à l'intérieur du relais, le voyageur décline et mange son repas seul sous un ciel éclatant.

À 14 heures, ils repartent vers le sud. En dépit des ornières de la route, les passagers s'assoupissent, bercés par la bière et le goulasch, à l'exception de l'homme au manteau gris dont le regard vigilant reste tourné vers l'extérieur. Il s'abreuve de l'air, du paysage, comme s'il voyait tout pour la première, et la dernière fois.

Plus tard, en Bavière, ils arrivent dans la ville féerique de Waldsassen, blottie dans un creux au cœur de superbes prairies entourées de collines fertiles. Ils s'émerveillent devant la basilique. Ils ne s'y arrêtent pas, mais contemplent ses tours baroques qui s'élèvent majestueusement de part et d'autre de l'étroite porte en arc brisé.

— Est-ce vrai ? demande le jeune apprenti. Ce que les gens racontent à propos des squelettes.

— Quoi donc ? s'enquiert l'homme à moustache. Qu'ils tapissent les murs de l'église ?

Le jeune homme hoche la tête, l'air incommodé.

— Les corps saints, comme on les surnomme, ajoute son compagnon. Des martyrs chrétiens, exhumés il n'y a pas si longtemps des catacombes de Rome.

— Mais est-ce vrai, insiste l'apprenti, qu'ils sont vêtus comme des monarques ? Dans du velours et de la soie, et couverts de bijoux ?

Les hommes lui confirment que c'est exact.

Il frémit.

— N'est-ce pas macabre ?

Le voyageur en manteau gris, jusqu'alors silencieux, rit.

— Peut-être. En tout cas, si j'étais eux, je serais fort mécontent.

Les autres passagers le dévisagent, confus. Il continue :

— Être bienheureusement enterrés à Rome, capitale du monde, avant d'être impoliment réveillés pour être installés… ici. Ils ont beau être couverts de joyaux pour l'éternité, quelle déchéance !

Ses compagnons ne semblent pas convaincus. Rome est-elle réellement *si* extraordinaire que cela ?

— Oui, insiste-t-il. Elle l'est.

— Et y êtes-vous déjà allé ? l'interrogent-ils.

— Non, admet-il. Pas encore. Mais bientôt, ajoute-t-il. Si Dieu le veut, bientôt.

Eh bien, lorsqu'il y sera, déclarent les autres, il lui faudra rédiger un rapport, car que Dieu le veuille ou non, ils ne sont pas près d'entreprendre un voyage à destination de la capitale du monde.

— Je le ferai, promet-il, et un silence amical s'installe entre eux.

À partir de Waldassen, la route en granit est excellente. Cela, combiné à la pente descendante de la plaine, leur permet à tous de somnoler plus confortablement – et de progresser à une rapidité appréciable.

Ils avancent à vive allure et atteignent Tischengreut à 17 heures. Là, les deux hommes décident de faire escale pour la nuit. L'apprenti et le passager au manteau gris continuent.

Ils sont à Weyda à 20 h 30, à Wernberg à 1 heure du matin, à Schwarzenfeld à 2 h 30, à Schwandorf à 4 h 30, et enfin à Ratisbonne à 10 h 30, après avoir couvert une distance de cent quatre-vingts kilomètres en trente-neuf heures.

Ils ont été rapides.

À Ratisbonne, le voyageur en manteau gris prend une chambre à *L'Agneau blanc*, un bel édifice sur trois niveaux qui occupe une intersection et offre une vue sur le Danube.

— Pour vous seul, Herr Möller ? lui demande l'aubergiste.

Lui aussi observe à la dérobée les vêtements de son hôte.

Pour moi seul, l'informe celui-ci.

— Par ici.

L'aubergiste charge un garçon de l'aider avec son peu de bagages, jusqu'au dernier étage, comme l'a demandé le client, pour la vue. Ratisbonne est magnifiquement située. Par la fenêtre, la ville médiévale brille sous les rayons du soleil de midi. Tout n'est qu'église sur église et monastères à tout bout de champ. Sur l'autre rive du fleuve se dresse la ville de Stadtamhof, propre et jolie.

Il ne faut que peu de temps au voyageur pour ressortir. Dans la rue, il s'éloigne de la bruyante place du marché, qui fourmille d'armateurs et de marchands, et se dirige vers le Danube, qui s'étend dans toute sa grandeur devant ses yeux.

Là, il interpelle une vieille femme qui vend des fruits.

— Avez-vous du raisin ou des figues ?

— Pas encore, répond-elle. Il va vous falloir aller plus au sud pour ça.

— Je le ferai, madame. Je le ferai.

À la place, il achète pour quelques pfennigs de poires et s'assied sur la berge pour les manger, tel un écolier, à la vue de tous. Ensuite, il se promène dans la ville, s'arrête devant les églises et les tours, prend fréquemment des notes. Il passe au collège des jésuites, où les élèves sont en pleine représentation de leur spectacle annuel. Il ne s'attarde pas ; l'interprétation est tragique, sans le vouloir.

Ce soir-là, il dîne tôt et se retire dans sa chambre. Installé à la table, il ouvre un carnet et écrit : *À partir de maintenant, le goût des poires sera pour toujours celui de la liberté. Cela faisait si longtemps ! Peut-être n'avais-je pas éprouvé si délicieuse sensation depuis que j'étais étudiant et que Herder et moi errions dans les villages aux alentours de Strasbourg pour y glaner contes et chansons populaires. Il y a trop longtemps, hélas. Certains crieront peut-être au lâche, mais j'ai quitté Carlsbad en secret ; autrement, ils ne m'auraient pas laissé partir. Ils voyaient que j'avais envie de m'en aller et ils avaient, dans une certaine mesure, acquis le droit de me retenir. Néanmoins, personne n'aurait pu m'arrêter ; enfin, le moment était venu.*

Le lendemain, quand il sort, le fond de l'air est frais, mais promet de la chaleur.

Étant donné que la diligence à destination de Munich ne part qu'à midi, il flâne dans la ville, s'arrête au *Café Prinzess*. Là, il écrit à la hâte : *Il m'est impossible d'exprimer à quel point je suis heureux, ma chère, et tout ce que j'apprends chaque jour. Tout me parle et me révèle sa vraie nature.* Sa promenade matinale se termine à la librairie *Montag*, où il sélectionne *Principes métaphysiques de la science de la nature* de Kant, une nouvelle édition de *Mantissa Plantarum Altera* de Linné et enfin, pour satisfaire ses envies de lecture plus légère, *Les Aventures du baron de Münchhausen* de Raspe. À la caisse, il patiente tandis que le libraire prolixe fait la somme de ses achats tout en bavardant.

— D'où avez-vous dit que vous veniez, déjà ?

— Carlsbad.

Le libraire se fige, pose les mains à plat sur le comptoir.

— Monsieur, je travaillais chez Hoffmann à Iéna… et je pourrais jurer vous y avoir vu.

— Voilà qui serait remarquable ! s'exclame le voyageur.

Il veut s'emparer de ses acquisitions, mais le commerçant s'entête.

— J'en suis presque certain… Vous êtes Herr von Goethe, n'est-ce pas ? L'auteur des *Souffrances du jeune Werther* ! C'est un honneur, monsieur.

À ces mots, le voyageur le regarde dans les yeux. Il sourit.

— C'est un grand honneur que vous *me* faites, mais je crains fort que vous vous trompiez. Combien vous dois-je pour tout ceci ? J'ai un rendez-vous et je suis attendu.

Le libraire hésite, puis s'excuse.

— Bien sûr, monsieur, pardonnez-moi.

Il rend sa monnaie au voyageur et le regarde partir. La cloche tinte délicatement lorsqu'il referme la porte derrière lui.

Le voyageur n'a pas menti. Il a bel et bien rendez-vous, pour visiter un musée. Il serre les livres contre sa poitrine à la manière d'un bouclier et se dépêche, en gardant les yeux rivés au sol.

Le musée Schäfferianum se trouve dans la résidence même du pasteur Schäffer, surintendant de la paroisse protestante de Ratisbonne, mais aussi fervent mycologue, entomologiste, botaniste et inventeur, dont la dernière invention en date est une machine qui nettoie les vêtements tout en économisant du combustible, de la soude et de l'eau. Une merveille !

Le musée accueille la vaste et riche collection personnelle d'histoire naturelle du pasteur, un cabinet de curiosités dont les étagères s'étendent du sol au plafond. C'est seulement là, en observant des spécimens de champignons de Bavière et de mollusques d'eau douce, plusieurs variétés de quartz vert, l'histoire illustrée de la vie du papillon Apollon et des dessins détaillés de l'anatomie de la daphnie, que le voyageur commence à se détendre.

Lorsqu'il rencontre le pasteur Schäffer, au nez large et au front royal, il se présente comme un admirateur, ajoutant qu'il a hâte de se plonger dans sa dernière publication, une série en trois volumes sur les insectes de Ratisbonne et de ses environs. Le voyageur connaît déjà bien les travaux botaniques précédents du pasteur Schäffer, *Un botaniste autodidacte en expédition : illustré avec des gravures sur bois et des dessins*, et son étude sur les champignons en quatre volumes richement illustrée.

Ils discutent un moment des projets en cours du pasteur puis le voyageur l'interroge, avec une excitation à peine contenue, sur la correspondance que le pasteur a entretenue avec le grand Linné, « la plus grande influence dans ma vie ».

— Vraiment ? commente gracieusement le pasteur.

Il lui confirme qu'ils ont, en effet, régulièrement échangé des lettres jusqu'à la mort de Linné, huit ans plus tôt. Le philosophe suédois avait été d'un tel soutien ! Linné avait aidé le pasteur à identifier des insectes pour ses publications et à accélérer son admission au sein des membres de la Société royale des sciences d'Uppsala.

Les bénéfices étaient mutuels, j'en suis sûr, fait généreusement remarquer le voyageur.

Le pasteur objecte, mais concède qu'effectivement, Linné avait spécifiquement demandé ses illustrations d'insectes pour une nouvelle édition du *Système de la nature*.

— Quel honneur ! déclare le voyageur avec grandiloquence.

Ils se quittent en fort bons termes, le pasteur heureux de l'intérêt et de l'attention dont il fait l'objet.

— Tout le plaisir était pour moi, Herr Möller, répond-il aux remerciements pour le temps qu'il a accordé.

Et le voyageur repart le cœur léger, non seulement du fait de sa visite au musée, mais aussi à la pensée de tout ce qui l'attend encore.

La diligence se remplit, peuplée de passagers à destination de la grande ville, et se hâte, traversant sans s'arrêter Bad Abbach, station thermale au-delà de laquelle le Danube se heurte aux spectaculaires falaises calcaires qui s'étirent jusqu'à Halle, où ils arrivent à 15 heures. Ils voyagent pendant la soirée et de nuit. Alors que la lumière du matin s'infiltre dans le ciel, ils entrent dans Munich.

En dépit du long périple, le voyageur n'est pas enclin à se reposer. Auprès d'un vendeur de fruits, il achète des figues, mais elles ne sont pas encore mûres comme en été. Il déjeune chez *Augustiner Bräu*, où tout Munich semble être rassemblé tant la foule est dense, puis il se rend jusqu'à la cathédrale Notre-Dame. Il monte dans la tour dont une jeune femme s'est jetée l'année dernière après une déception amoureuse. On l'a surnommée, avait-il entendu dire, la Werther au féminin. Depuis le sommet, il espère apercevoir les montagnes du Tyrol. Mais elles se dissimulent à son regard, enveloppées dans une épaisse brume.

Plus tard ce soir-là, dans sa chambre du *Royal Inn*, il écrit, assis à un bureau. *J'ai vu en ville des gens qui pourraient me reconnaître, mais j'adore me promener parmi eux de cette façon, inaperçu et anonyme. Demain, direction Innsbruck ! J'abandonne beaucoup de choses en cours de route, mais c'est dans le but de faire aboutir l'idée qui grandit dans mon âme depuis presque trop longtemps.*

Pendant un long moment, il se tient à la fenêtre pour contempler les derniers rayons du soleil accrochés aux tours de la cathédrale. Puis il regagne le bureau et ajoute : *Adieu, ma très chère. Je pense à toi tout le temps.*

Il n'entrevoit pas non plus les montagnes le lendemain matin, tôt, lorsqu'il part.

Le ciel est clair, mais les nuages ne se délogent pas des sommets où ils se sont amoncelés. Pendant un moment, la diligence longe la rivière Isar, qu'elle surplombe depuis des collines alluviales, œuvres d'anciennes eaux plus élevées. Il observe la brume se dissiper à la surface de la rivière et des prairies humides à mesure que le ciel s'éclaircit. Les deux autres passagers, mari et femme, se plaignent de la chaleur, tandis que lui reste impassible et se trouve même silencieusement ravi. Quand ils s'arrêtent pour se reposer, il se dégourdit les jambes en sautillant, ramasse des plantes, hume les fleurs, s'extasie devant des cailloux, en empochant certains et en jetant d'autres sur le côté.

Ils traversent rapidement Benediktbeuern, nichée dans une plaine fertile avec pour arrière-plan une haute et imposante crête montagneuse.

— Regardez ! s'écrie le voyageur, en proie à une excitation grandissante. Elles sortent des nuages !

Le couple inspecte le ciel, s'attendant à une manifestation biblique, comme des sauterelles ou des anges.

— Quoi donc ? lui demande-t-on.

— Les montagnes !

Il ôte son chapeau et l'agite vivement par la fenêtre.

— Que faites-vous ? s'enquièrent poliment les deux autres.

— Je les salue.

À 16 h 30, ils atteignent le lac Walchen, où ils s'arrêtent brièvement pour profiter du paysage et d'un peu de repos. Devant eux, le lac baigne la vallée, immobile comme du verre, l'eau si translucide qu'ils distinguent les pierres sous sa surface. Il règne un calme exceptionnel. Seuls résonnent le souffle du vent et le bruit de ses pas tandis que le voyageur marche, délibérément, les yeux rivés au sol. Il cueille plusieurs feuilles, un chardon, une gentiane.

— C'est toujours près de l'eau que je trouve les nouvelles plantes en premier, marmonne-t-il. Je me demande bien pourquoi…

Les autres passagers ne lui posent pas de questions ; peut-être, se murmurent-ils, est-il médecin. Quand il a terminé, il les rejoint et admire l'étendue d'eau.

— Savez-vous que ce lac tire son nom d'un mot de la langue haute-allemande ?

— Lequel ? interroge l'homme.

— *Welsche* ou même *Walche*. Cela signifie « étrangers ».

— Étrangers ? répète sa femme d'un air perplexe.

— C'est ainsi que les habitants de la région appelaient tous les Romains et peuples romanisés des Alpes au sud de la Bavière. De l'autre côté (il se tourne pour faire face au chemin qu'ils vont emprunter, qui grimpe entre les montagnes), c'est un nouveau monde.

Sur la route rocailleuse du Sud, ils rencontrent bientôt deux voyageurs à pied, un harpiste et une jeune fille, âgée de onze ans tout au plus. L'homme les hèle pour qu'ils s'arrêtent.

— S'il vous plaît, braves gens, dit-il. Ma fille est lasse après de nombreuses heures de marche. Auriez-vous la bonté de la transporter sur quelque distance ?

De la place est faite pour la fille et leur peu de bagages. Le père continuera à pied et la retrouvera plus loin, à un point de rendez-vous convenu. Elle s'assied près de l'homme au manteau gris, perchée comme un oiseau, avec des boucles brunes et un haut front délicat.

— Merci, dit-elle. Même si ce n'est pas vrai.

— Quoi donc ? lui demande-t-il.

— Que je suis lasse. Je l'ai dit à père. Je peux marcher pendant des jours et des jours sans jamais me fatiguer.

— Peut-être as-tu déjà marché pendant des jours et des jours et ton père s'inquiète.

— Seulement depuis Munich, cette fois. Ce n'est pas loin.

— Ce sont presque quatre-vingts kilomètres, mon enfant !

Elle le regarde, le menton relevé, un air de défi dans ses yeux d'un marron sombre.

— Ce n'est rien, croyez-moi.

Elle énumère les noms des endroits qu'ils ont visités, tous à pied : le Bade-Wurtemberg, Francfort, Hambourg, Waldeck, Berlin et même, achève-t-elle avec grandiloquence :

— Einsiedeln. Pour voir le sanctuaire de la Vierge noire.

— Et comment était-ce ?

— Noir de monde.

— Avec qui y es-tu allée ?

— Ma mère. Nous avons fait toute la route à pied ensemble. Ma mère aime voyager.

— Et toi ?

— Oui, dit-elle simplement.

— Qu'est-ce qui te plaît dans le voyage ?

Elle le regarde et, sans hésitation, répond :

— Ma mère me dit toujours que si on ne voyage pas, on devient vieux.

Il rit de bon cœur, puis rit à nouveau.

— Mais c'est vrai !

— Oui, s'empresse-t-il de dire. Je suis d'accord. Même si je ne crois pas avoir visité autant de lieux que toi.

Elle réfléchit à cela pendant un moment avant de déclarer :

— Vous avez encore le temps.

— Je suis soulagé de l'entendre.

Dehors, le paysage s'ouvre progressivement sur une plus large vallée, la route libérée de l'étau des arbres.

— Et pourquoi es-tu allée à Munich ? Un autre pèlerinage ?

Elle secoue la tête. Elle y était, explique-t-elle, pour jouer de la harpe pour le prince électeur.

— C'est très impressionnant !

Le sourire qu'elle offre au voyageur est soudain doux et enfantin.

— Cela lui a beaucoup plu, a-t-il affirmé, et il a donné de nombreuses lettres de recommandation à mon père.

Ils voyagent ensemble et jouent devant un personnage princier après l'autre ; vingt et un pour lors. C'est ainsi qu'ils gagnent leur vie. À Munich, ils ont été payés plus grassement que d'habitude et elle a été autorisée à s'acheter quelque chose rien que pour elle.

— Qu'as-tu acheté ?

En réponse, elle attrape le bagage qu'elle a gardé le plus près d'elle, une boîte à chapeau à ses pieds. Elle la pose sur ses genoux, avec soin. À l'intérieur se trouve une charlotte toute neuve, vert pâle (sa couleur préférée, précise-t-elle), bordée de frous-frous opalins et d'un nœud en ruban blanc.

— Oh, qu'elle est jolie ! s'exclame la dame en face d'elle.

La fillette semble contente.

— Merci. Je l'ai choisie moi-même.

Après l'avoir rangée, elle demande au voyageur où il va.

— Dans le sud. L'extrême sud. Plus au sud que je ne suis jamais allé.

— Pourquoi ?

Il marque une longue pause avant de répondre :

— Parce que j'en ai assez du froid.

— Oh !

Mais aussitôt, elle est distraite.

— Qu'est-ce que c'est que ça ?

Elle montre quelque chose par la fenêtre. Un arbre.

— Il n'est pas comme les autres, déclare-t-elle.

Il sourit, content.

— C'est vrai. En quoi ?

Elle fronce les sourcils et fait la moue.

— Eh bien, les autres sont droits et grands et élancés… et pointus au sommet. Alors que celui-ci…

— Celui-ci ?

— Il est étendu.

Elle écarte les bras de chaque côté pour illustrer son propos.

— Les feuilles sont plus grandes.

— Bravo. C'est parce qu'il s'agit d'un platane. C'est le premier que je vois lors de ce voyage. Sais-tu ce que cela signifie ?

Elle secoue la tête, les yeux écarquillés.

— Qu'il fait plus chaud.

— Oui, je sais. Ma harpe me l'a dit, répond-elle avec sérieux.

— Ta harpe ?

À ce stade, le couple assis en face, qui avait alors passé le plus clair de son temps à somnoler, sourit aussi.

Elle hoche vigoureusement la tête.

— Elle me prévient du temps qu'il fait… c'est comme un… un…

— Un baromètre ?

Mais jamais elle n'a entendu ce mot auparavant.

— Ne t'en fais pas, cela n'a pas d'importance. Comment ta harpe te parle-t-elle du temps ?

— Avec ses cordes, indique-t-elle. Si les cordes montent d'un demi-ton, alors c'est synonyme de beaux jours.

Le voyageur répond qu'il est heureux d'accepter cela comme un signe de bon augure.

Ils ne tardent pas à atteindre le village où ils doivent la déposer. Il l'aide à descendre et lui tend la boîte à chapeau. Elle va attendre son père à l'auberge, il sera bientôt là. Son nom, dit-elle, est Greta.

— Et vous ? demande-t-elle.

— Johann, l'informe-t-il.

Elle lui fait signe d'au revoir et il remonte dans la diligence.

À 19 h 30, ils sont à Mittenwald, où ils s'arrêtent pour la nuit. Néanmoins, il fait encore clair et chaud. Alors que le voyageur descend, le cocher, qui sifflote un air joyeux tout en s'occupant des chevaux, lance joyeusement :

— Bonne chance à vous, Herr Möller. Aujourd'hui, c'était la première belle journée depuis le début de l'été.

Le voyageur sourit.

— Et à partir de maintenant, je suis certain que cela va continuer.

Ils quittent Mittenwald tôt le lendemain matin. Le voyageur garde les yeux rivés sur le paysage : les versants les plus proches sombres et couverts d'épicéas, puis des falaises calcaires grises et de hauts sommets blancs qui se détachent dans le bleu clair du ciel. À chaque virage, la vue change, et par peur de rater quelque chose, il se retient pour ne pas s'assoupir.

Quand ils approchent Inzing, la chaleur est intense. Le voyageur ôte son manteau et le range. Ils continuent, en direction d'Innsbruck, splendidement située au cœur d'une grande vallée entre de hautes parois rocheuses et des montagnes. Le voyageur a le choix : il peut passer la nuit ici ou prendre place à bord d'une autre diligence pour poursuivre sa route. Il n'est que midi et il trouverait une foule de choses pour s'occuper ici, mais il décide de repartir.

La montée est de plus en plus belle. De petits villages de maisons peintes en blanc se cachent entre des champs et des haies sur les hautes pentes. Un large cours d'eau se jette en rugissant dans un ravin. Bientôt, il aperçoit les premiers mélèzes et, à l'approche de Schönberg, les premiers pins. Il ramasse des épines, quelques pommes de pin.

Il commence à faire nuit, les détails du paysage se dissipent tandis que les montagnes sont de plus en plus grandes et splendides et que tout se métamorphose comme une image profondément mystérieuse. À 19 h 30, ils arrivent au pied du col du Brenner, qui symbolise la frontière entre l'Autriche et l'Italie. C'est ici, décide-t-il, qu'il va se reposer.

Le lendemain, il se lève tôt ; il y a beaucoup à faire.

Il trie ses livres et ses papiers, choisit ce qu'il emporte et ce qu'il laisse. Il examine ses échantillons botaniques, soigneusement pressés dans une chemise.

J'ai recueilli de nombreux éléments pour ma création, écrit-il, *mais rien encore de totalement nouveau ou inattendu. En outre, j'ai rêvé du modèle dont je parle depuis si longtemps, ce qui est peut-être la seule manière de te donner une idée précise des pensées qui m'accompagnent à tout instant.*

À midi, il prend un repas léger et rapide en bas, puis regagne sa chambre. Quand il a presque terminé, il laisse ses préparatifs de côté et va se poster à la fenêtre. Les montagnes dominent le paysage : elles encerclent le hameau et s'élancent vers le ciel. Lui-même se sent d'une humeur un peu plus expansive qu'il ne l'a été jusqu'alors au cours de ce voyage. Dix jours plus tôt, il a eu trente-huit ans, ce qui n'est peut-être ni trop jeune ni trop vieux, mais le temps semble lui avoir échappé. La vie a été… surprenante, au travail, en amour. Il a tant accompli, affirmeraient certains, et pourtant, il a le sentiment d'avoir encore tout à faire. Et (ce n'est pas une question qu'il se pose souvent) s'il n'était pas à la hauteur de la tâche ? Seul ce voyage pourra lui conférer une plus grande maturité, il en est certain, car il est des parties de lui qu'il ne peut découvrir nulle part ailleurs qu'en Italie.

Il revient à table pour écrire : *Ici, je regarde une fois de plus dans ta direction. D'ici, des ruisseaux coulent en direction de l'Allemagne, d'autres en direction de l'Italie, et j'espère suivre bientôt le cours de ces derniers. Qu'il est étrange de songer que je me suis déjà tenu à deux reprises au même endroit (le col du Saint-Gothard en Suisse en juin 1775 puis en septembre 1779), que j'y ai fait halte, et que je ne suis pas passé de l'autre côté. Je n'y croirai pas tant que je serai encore ici. Ce qui, pour d'autres gens, apparaît comme banal et simple, m'est difficile. Au revoir ! Pense à moi à ce moment crucial de ma vie.*

Ensuite, avec la lumière du jour qui continue de s'extravaser devant ses yeux, il sort, carnet à esquisse à la main. Il se perche sur une pente rocheuse voisine, avec dans l'idée de dessiner l'auberge. Une heure plus tard, il rentre, de moins bonne humeur. Le résultat ne lui donne pas satisfaction. Les formes, pense-t-il, ne conviennent pas. Il ne vaut rien.

À la porte, il croise l'aubergiste.

— J'espère que tout ici est à la hauteur de vos attentes, Herr Möller ?

— Oui, merci.

— Et vous souhaitez partir demain matin ?

— À la première heure.

— Voilà qui peut facilement s'arranger. De fait, si vous le souhaitez, cela peut même s'arranger plus tôt.

Oh, dit le voyageur, quand cela ?

— Tout de suite.

L'aubergiste explique qu'il se trouve qu'il a besoin des chevaux le lendemain matin pour une autre commission, alors si Herr Möller est d'accord, ils peuvent le déposer à Sterzing et être de retour à l'aube. Cela, s'il peut se permettre, arrangerait tout le monde. Le voyageur, après un bref moment d'hésitation, accepte.

Plus tard ce soir-là, alors que le soleil glisse derrière les montagnes, il grimpe dans une diligence et prend la route de l'Italie.

* * *

L'après-midi du 29 octobre 1786, dans une chambre au dernier étage d'un hôtel modeste, mais parfaitement aménagé, près de la Piazza Navona, le voyageur se tient à la fenêtre. Dehors : Rome. Quelle excitation, quelle excitation ! Il parvient à peine à y croire. Et même s'il aimerait le proclamer sur tous les toits, il y renonce et choisit de sourire, de toutes ses dents, pour lui-même.

Il a déjà passé cinq semaines en Italie, mais ce n'est que la veille au soir qu'il est entré dans la première ville du monde. Les rêves de sa jeunesse se sont réalisés ; les premières gravures dont il se souvient (son père avait accroché des vues de Rome à la maison), il les voit désormais dans la réalité. Tout est exactement comme il l'avait imaginé. Et quand il partira d'ici, il est certain qu'il regrettera de ne pas être plutôt en train d'arriver. Mais cessons de penser au départ ! Il a tant de choses à découvrir ! Et ce matin, il a envoyé un messager avec un mot, et le voyageur attend l'arrivée imminente de son destinataire.

Il se sent regonflé, pas seulement parce qu'il est ici, mais aussi à cause de tout ce qu'il a déjà accompli. Au cours des dernières semaines, il a découvert et aimé Venise, la cité des eaux – stupéfiante, la vue depuis le sommet du campanile de Saint-Marc ; stupéfiant, d'apercevoir la mer pour la première fois de sa vie, l'eau qui s'écrase sur la plage et dont il a observé les traces du retrait sur le sable délicieux. Tant de lieux ne sont plus de simples noms à présent : Trente, Vérone, Vicence, Padoue. Comme il est préférable de voir une chose une seule fois plutôt que d'en entendre parler mille fois. Les raisins bleus dans la vallée qui entoure Bolzano. Le gigantesque cyprès du jardin Giusti. L'inoubliable lac de Garde. Les bâtiments de la Renaissance de Palladio dans les grandes villes du Nord. À quel endroit les criquets chantaient-ils au crépuscule, déjà ? Les frontières entre chaque jour se dissipaient comme dans un rêve…

Deux choses restent indélébilement gravées dans sa mémoire.

La première, le ravissement d'entendre à Roveredo, pour la première fois de son voyage, un mélange d'allemand et d'italien. Il était fou de joie que cette langue adorée soit désormais celle du quotidien. Là, il avait aussi acheté de nouveaux vêtements et des chaussures de marche, le tout dans le style local, plus léger et moins voyant. À partir de ce moment, le voyageur s'est fondu dans la foule, un presque habitant de ces contrées.

La seconde, le jardin botanique de Padoue, avec ses compartiments centraux sous-divisés entourés d'un grand mur circulaire supposé symboliser le monde. Il a tout croqué : le vieux marronnier, l'immense platane au tronc devenu creux après avoir été frappé par la foudre et, à l'intérieur de la serre, le ginkgo avec ses feuilles à double lobe, un magnolia en fleur et un haut palmier planté en 1585, devant lequel il resta admiratif. Puis il ramassa des feuilles, des plus petites et plus simples aux plus grandes avec leurs tiges couvertes d'épines.

Le voyage depuis Venise jusqu'ici lui avait néanmoins semblé interminable.

Sans les notes qu'il prenait chaque jour, il se serait peu rappelé cette partie de son périple. Cento et ses peupliers pointus, Bologne, où il avait grimpé en haut de la tour Asinelli, et Lugano, d'où il écrivit : *Je suis dans une auberge épouvantable en compagnie d'un digne fonctionnaire pontifical et d'un Anglais qui voyage avec sa soi-disant sœur.* À certains endroits, les hébergements étaient si pitoyables qu'il n'ouvrait même pas son carnet. Florence fut un tourbillon d'une après-midi. Il visita en coup de vent le jardin de Boboli, la cathédrale, le baptistère, puis il continua sa route. Il remarqua les oliviers, cependant, présents dans toute la ville, sauvages et magnifiques. Certains soirs, il souffrait grandement du froid et cherchait à se réchauffer en vain. *Plus que trois jours, j'ai l'impression que je n'arriverai jamais.*

Mais il était arrivé.

Et le voilà, dans cette petite chambre agrémentée d'un chatoyant feu de cheminée. Il s'éloigne de la fenêtre pour se rapprocher de sa chaleur. Il n'a pas froid, mais il aimerait s'asseoir, peut-être est-il un peu fatigué. Où est Tischbein ? Il a dû recevoir son message, à cette heure. Dans son esprit, le quartier où réside l'artiste, près de la Villa Borghèse, n'est pas loin. Mais il se trompe peut-être. Il se demande à quoi il ressemble. Voilà quelques années qu'ils correspondent – de fait, c'est grâce à ses recommandations que Tischbein bénéficie d'une bourse qui lui permet de vivre à Rome – mais jamais ils ne se sont rencontrés. Avec tout le temps que Tischbein a passé ici, trois étés ou plus, le voyageur espère trouver chez lui un guide, peut-être un ami.

Peu après, on frappe à la porte. L'aubergiste est de retour, et Tischbein est avec lui. Il se lève et traverse la pièce, à pas à la fois rapides et soigneusement mesurés, heureux, curieux, souriant.

Tischbein lui rend son sourire.

Le voyageur prend sa main dans la sienne.

— Bonjour. Je m'appelle Goethe.

— Oui, je sais. Enfin, c'est un grand honneur, je veux dire.

Goethe se tait, mais continue de sourire.

— Avez-vous fait bon voyage ?

— C'était long, mais chaque minute en valait la peine.

À ces mots, il regarde par la fenêtre. Le ciel est d'un bleu pur saisissant, les nuages si blancs qu'ils font mal aux yeux.

— Rome vous attendait, déclare Tischbein.

Goethe rit, puis répond :

— C'est moi qui attendais Rome.

— Eh bien, vous y êtes, à présent, et nous nous en réjouissons.

— C'est un changement fort appréciable. Dans le Nord, l'hiver commence déjà à nous transir de froid. Je ne me souviens pas de la dernière fois où j'ai vu le soleil à la fin du mois d'octobre. Et cette année, nous avons aussi souffert d'un terrible été. Humide, morne, insipide.

— Je dois dire que cela ne me manque pas !

— Ne me poussez pas à vous insulter si vite !

Ils rient et un déclic a lieu entre eux ; ils s'apprécient, ils seront amis. Dans la vraie vie, pas uniquement par correspondance. Et de toute façon, que dit une lettre, en réalité ? Rien ne vaut le fait de se voir face à face et d'être dans la même ville.

— Bon, commence Tischbein. Avant que vous me racontiez vos aventures, un petit point nécessite d'être immédiatement éclairci.

— Et quel est-il ?

— Votre hébergement.

La question est réglée avant même d'être discutée.

— Vous allez résider avec nous, insiste Tischbein quand Goethe explique qu'il a l'intention de passer un mois ou plus à Rome.

Ce n'est pas un problème. Ils sont quelques-uns à habiter dans une maison qui comporte une chambre vide. Il disposera de son propre espace pour travailler, pour écrire. Goethe acquiesce : il emménagera au 18 via del Corso dès le lendemain.

L'appartement lui paraît parfait. C'est plus petit, bien sûr, que partout où il a vécu à Weimar au cours de la dernière décennie. Sa maison adorée avec jardin à l'intérieur même du parc sur l'Ilm qu'il avait pour lui tout seul, et la maison dans le centre-ville où il avait récemment emménagé, assez spacieuse pour accueillir plusieurs familles. La colocation de la via del Corso est loin d'être ordonnée et les installations sont sommaires, mais il y entre avec une légèreté qu'il n'a pas ressentie depuis des années. Peut-être est-ce le soleil doré romain dont les délicieux rayons entrent par les fenêtres sans volets. Ou l'impression soudaine que le temps ici s'étend voluptueusement devant lui afin qu'il en fasse ce que bon lui semble.

Quand Tischbein lui demande à quoi il consacrait ses journées à Weimar, il répond :

— Je suis un fonctionnaire occupé.

— Le dites-vous avec gratitude ou avec rancœur ?

— Les deux.

Et c'est la vérité. C'était son travail, la raison principale qui l'avait retenu à Weimar, certes avec tout le confort matériel, mais le fait d'être écrivain, scientifique, artiste, semblait faire office d'ajout nécessaire bien que prestigieux.

Et puis il y avait Charlotte. Et toute l'impossibilité qu'elle représentait.

Parfois, qu'y a-t-il d'autre à faire à part partir ?

Il n'avait pas su à quoi s'attendre après s'être enfui de Carlsbad. Une sortie avec si peu de panache, avait-il songé. Pourquoi n'avait-il pas couru après la diligence, sauté à bord tel un voleur en cavale ? Qu'importe. Peut-être le temps de telles aventures pleines de fougue était-il révolu : faire la ribote avec le duc à travers les rues à l'aube, nager nu dans l'Ilm, marivauder sans fin lors de fêtes à la cour. À son âge, s'esquiver sans rien dire à personne était suffisamment palpitant. Non sans une certaine culpabilité, tout de même, mais qu'aurait-il dit à ses amis de toute façon ? Que le moment était venu. Il devait partir. Il s'en allait en quête de quelque chose et il espérait, ici en Italie, que tout lui serait révélé. Ils auraient ri, l'auraient retenu, ou pire encore, se seraient moqués de lui. Comme ils l'avaient fait un soir, quelques jours avant son départ. « Faust, Iphigénie, Le Tasse », avaient-ils raillé, ânonnant les noms de ses travaux en cours, qui attendaient depuis des années d'être achevés.

Goethe se voit attribuer une chambre à l'écart du grand couloir, modeste mais spacieuse, qui donne sur une petite rue très passante. Les murs sont propres et dénudés, le plafond à chevron orné de fleurs peintes dans les tons bleu et rouge.

Il appréciera de se réveiller ici, il en est certain. Peut-être même, ose-t-il penser, avec quelqu'un auprès de lui.

D'abord, cependant, déballer ses affaires. Il arrange les échantillons de pierre qu'il a collectés (calcaire des Apennins, travertin trouvé près de Terni) et dispose à côté sa collection botanique (graines, dessins, pressages), avec à la place d'honneur une branche de cyprès du jardin Giusti et des feuilles de palmier en provenance de Padoue. Puis il tire un bureau jusqu'à la fenêtre d'où il distingue, dans le lointain, un bosquet de pins parasols. Ce n'est pas un paysage dont il est coutumier. Autour de son ancienne maison avec jardin, il voyait des champs de verdure, des forêts, la rivière, et depuis le bureau de celle du centre-ville, le jardin, regorgeant selon les saisons de légumes et de fleurs. Néanmoins, cela lui plaît que cette maison soit la sienne. Même si, bien sûr, il partage l'espace. Friedrich Bury, un étudiant timide et discret, est dans la chambre adjacente à la sienne, et Georg Schütz, un jeune peintre paysagiste, occupe un petit coin près du vaste atelier de Tischbein. Schütz est originaire de Francfort et tout le monde le surnomme « Il Barone ».

— Pourquoi donc ? demande Goethe.

Tischbein rit.

— Comme ça.

C'est là leur communauté d'artistes. Et il y est plus que le bienvenu, évidemment. Ils sont honorés de le compter parmi eux.

Les questions domestiques du 18 via del Corso, découvre-t-il, sont une affaire qui marche. La maison est entretenue par un cocher de soixante-douze ans, son épouse prépare leurs repas, et il y a un domestique, une femme de ménage et un chat, un gros nuage gris qui répond au nom de Callisto.

La femme de ménage vient chaque jour pour s'acquitter du nettoyage et du rangement, et la propriétaire leur apporte des lanternes allumées le soir. Elle leur cuisine ce qu'ils souhaitent et se charge de faire leurs courses au marché.

— Que souhaitez-vous manger, *signore* ? demande-t-elle à Goethe.

— N'importe quoi, répond-il gaiement.

Les possibilités pour se restaurer à l'extérieur ne manquent pas non plus. C'est Rome ! Les occupants vont souvent manger dans différentes trattorias à travers la ville.

— Nous vous emmènerons dans toutes, déclare Tischbein. Et nous vous montrerons tout !

Plus tard ce jour-là, Goethe est installé à table pour écrire des lettres. Les bruits de la rue montent jusqu'à lui, sonores. À Weimar, le simple aboiement d'un chien dans le lointain suffisait à le déranger, mais il lui faut s'habituer, suppose-t-il, à ceci : le brouhaha quotidien d'une métropole trépidante. Son objectif, entre autres, après tout, est de combler son retard en matière d'écriture. Retravailler *Iphigénie*. Achever *Faust*. Peut-être même commencer quelque chose d'entièrement nouveau.

Ce n'est pas là une idée qu'il aurait pu aisément envisager dans d'autres circonstances. Entre la supervision des mines d'argent, des routes et de l'armée, la foresterie, la gestion du théâtre et, le plus épuisant, les méandres complexes de la vie à la cour, c'était à peine s'il parvenait à composer un peu de poésie de temps à autre.

Pourquoi êtes-vous à Weimar ? lui avaient demandé ses camarades d'université au début, ceux avec lesquels il avait partagé des visions d'un nouvel humanisme, d'un monde meilleur. Par où commencer ? Et le comprendraient-ils, eux ou n'importe qui d'autre ?

Pour le moment, il lui faut envoyer des nouvelles aux personnes qu'il a abandonnées. Tout d'abord à son employeur, le duc. *Pardonnez ce secret et le voyage quasiment en souterrain jusqu'ici.* Avec ses autres amis, il se montre plus léger, plein d'entrain : *À présent, je suis ici et en paix avec moi-même ainsi que, semble-t-il, en paix pour toute ma vie. Car l'on peut bel et bien parler du début d'une nouvelle vie lorsque l'on voit de ses propres yeux l'entièreté d'une chose dont on connaissait si bien les différentes parties.* Avec sa mère, il est joyeux. *Je reviendrai un homme nouveau et vivrai pour mon plaisir et celui de mes amis.* Avec Charlotte, plein de sollicitude. *J'espère que mes notes et mes dessins en provenance de Venise te sont parvenus. Je veux écrire un journal ici pour toi. Tu n'es jamais loin de mes pensées, ma chère.*

Avant que Tischbein le conduise partout, il l'emmène à huit minutes de l'appartement, à ce qu'il considère comme le lieu le plus important de Rome.

— Au Colisée ?

Non.

— Au Vatican ?

Pas du tout. Au *Caffè Greco*. Le bar des artistes de Rome.

— Oh. Existe-t-il depuis longtemps ?

Vingt ans ou plus. Mais surtout, on y sert le vin le moins cher de la ville. Ils viennent ici presque chaque soir, l'informe Tischbein ; c'est là que tous se retrouvent avant de regagner la via del Corso pour continuer à boire et discuter d'art.

— Nous buvons davantage que nous discutons, ajoute Schütz.

L'endroit, majestueux, occupe toute la longueur d'un bâtiment. Une grande salle à haut plafond surmontée d'un lustre brillant, un long couloir truffé de tables hautes, et davantage d'alcôves sur le côté pour qui souhaiterait s'asseoir et dîner tranquillement.

— Signor Gigi, appelle Tischbein une fois qu'ils sont tous installés. Ce soir, servez-nous ce que vous avez de mieux.

— Et demain ? répond un homme souriant et replet derrière le comptoir, un torchon posé sur l'épaule.

— Demain, Signor Gigi, nous serons peut-être tous morts. C'est pourquoi nous buvons votre meilleur vin chaque soir.

Dont acte. Carafe après carafe de Frascati odorant. Ils sont rejoints par Hofrat Reiffenstein, un diplomate aux cheveux blancs et au regard futé, le plus âgé de tous. La discussion parmi les convives tourne principalement autour du séjour de leur visiteur à Rome.

— Par quoi devrais-je commencer ? demande Goethe.

Que doit-il voir en premier ? Les merveilles de la Rome ancienne vont-elles spontanément se dévoiler devant ses yeux ?

Les autres battent des cils.

— Non. Probablement pas.

— Je vais vous donner un conseil, avance Reiffenstein. Ne commencez pas par les peintures du Vatican.

Peut-il savoir pourquoi ?

— Si je puis me permettre… cela se mérite.

Il fait un geste de la main.

— L'on n'entre pas comme ça dans les salles de Raphaël ou dans la chapelle Sixtine de Michel-Ange… Il faut d'abord soumettre l'œil à un entraînement rigoureux, puis le chemin s'ouvre pour apprécier les maîtres.

Alors que la soirée s'égrène lentement, le *Caffè Greco* devient de plus en plus bruyant. D'autres clients saluent Tischbein et ses amis, certains à l'autre bout de la salle lèvent leurs verres à leur intention. Avant que ces connaissances les rejoignent, Goethe exprime une requête urgente. Il souhaiterait rester incognito. Pas seulement ce soir, mais pendant les mois qu'il va passer à Rome.

— Mais pourquoi ? s'étonne Schütz. Enfin, vous êtes arrivé. Pourquoi ce besoin ?

Il aimerait mener une existence totalement anonyme, explique Goethe, afin de pouvoir se concentrer sur l'art et l'architecture et toute autre quête personnelle, sans être honoré comme une célébrité littéraire. Ou condamné, tel un baron impérial et conseiller privé, à une série de visites et de réceptions coûteuses qui lui feront perdre du temps.

Pour cette raison, pour les inconnus, il s'appelle Johann Möller.

— Johann Möller ? répète Reiffenstein.

— Si telle est votre volonté, je m'y range, déclare Tischbein.

Reiffenstein le regarde par-dessus le rebord de son verre.

— Comment rencontrerez-vous les personnes que vous désirez rencontrer ? Celles qui exigent des lettres de présentation…

Goethe hausse les épaules.

— Je trouverai un moyen. Ou je ne leur rendrai pas visite. Je suppute qu'il y a bien assez d'autres choses pour m'occuper à Rome.

— À Möller ! dit Tischbein en levant son verre.

— À Möller ! reprennent en chœur les autres, à l'exception de Reiffenstein.

Goethe semble amusé.

— Cela vous contrarie-t-il ?

Reiffenstein s'incline poliment.

— Je trinquerai uniquement à vous.

Et à ces mots, ils vident leurs verres.

Au cours des semaines suivantes, Tischbein tient parole. Chaque jour, c'est une collection inédite de sites à découvrir. Et ils se rendent partout à pied.

— C'est le meilleur moyen d'apprendre à connaître une ville, insiste Tischbein.

Goethe en est ravi, car, explique-t-il à son nouvel ami, ici à Rome, il souhaite, comme il l'a fait dans sa vie ces derniers temps, s'entraîner à voir et à lire les choses telles qu'elles sont, lentement, pour réellement laisser son œil être indépendant, et perpétrer son renoncement complet à toute idée fixe. C'est le seul moyen d'apprendre la vérité des choses.

Ils commentent chaleureusement ses efforts, mais lorsque Schütz demande plus tard ce que leur invité entend par « laisser son œil être indépendant », ils confessent ne pas en être entièrement sûrs.

— Peut-être veut-il dire concentré, sans distraction ? offre Bury.

Reiffenstein pense qu'il s'agit peut-être d'une référence à un passage de la Bible.

— N'était-ce pas Matthieu qui disait « si ton œil est en bon état, tout ton corps sera éclairé » ?

Les autres ne sont pas entièrement convaincus.

— D'accord, mais qu'est-ce que cela signifie ? Et quel est le rapport avec le fait d'être un touriste ?

La prochaine fois, ils pourraient tout simplement lui poser la question.

— Le problème, se lamente Schütz en soupirant, c'est que je crois qu'il s'attend à ce que nous le sachions.

Néanmoins, l'énergie de leur visiteur les impressionne. Bien que la chaleur ne soit plus estivale, les journées restent sèches et les températures généreuses, et il part tôt le matin jusque tard le soir. Tout est digne d'intérêt à ses yeux : les églises et les villas, les ruines et les palaces, les jardins et les statues, les cottages et les écuries, les arcs de triomphe et les colonnes, les fontaines et les marchés. Il affirme avec ravissement que tout lui parle et lui montre sa nature.

Le soir, ils viennent généralement au Colisée, lorsque la nuit tombe déjà. Lorsqu'on le regarde, tout le reste semble plus petit. L'édifice est si vaste qu'il est impossible pour l'âme de s'en souvenir avec exactitude.

— Dans notre mémoire, dit Goethe, nous le croyons plus petit, puis nous y retournons et ne cessons de le trouver plus grand que la fois précédente.

Il se plaint, néanmoins, de l'absence à Rome d'un véritable jardin botanique comme à Padoue, ce qui est susceptible de ralentir ses études botaniques.

Études botaniques ? s'enquièrent ses amis, perplexes. Mais vous êtes un auteur célèbre, un poète et un dramaturge renommé, un artiste ! Quelle est donc cette histoire d'études botaniques ?

Au cours des dernières années, admet-il, la botanique a pris chez lui la forme d'une activité adorée et dévorante. Activement, discrètement, il s'est consacré à la nature. Il est vrai que, jusqu'à ce qu'il déménage à Weimar une décennie plus tôt, les plantes ne l'intéressaient pas le moins du monde. Il avait vécu dans des villes, Francfort, Leipzig, et peut-être était-ce le temps passé en Alsace qui l'avait rapproché de la vaste et chaleureuse campagne rhénane. Mais ce n'est qu'à Weimar, dans la petite ville, soudain forcé d'endosser la responsabilité de l'entretien des jardins royaux, qu'il a dû s'intéresser aux êtres vivants.

— Avant cela, avoue-t-il en riant, peut-être étais-je aussi un peu trop occupé à m'amouracher et me désamouracher.

Il n'avait alors pas eu d'autre choix que d'observer et apprendre. Cela aidait d'être au milieu de forêts, et de vivre dans une maison située dans le parc ducal.

— C'est là que j'ai commencé à remarquer – à réellement remarquer – le monde vivant qui m'entourait. J'ai planté un jardin avec des ruches et des tilleuls, dont je m'occupais au fil des saisons. Je me suis intéressé de plus en plus à l'humble jardin potager… C'est extraordinaire, ajoute-t-il avec un sourire, de constater à quel point la terre est munificente et abondante.

Il cultivait de quoi se nourrir, ainsi que ses domestiques, allant parfois jusqu'à offrir des cadeaux frais à ses amis (de tendres artichauts, des pommes de terre nouvelles). Devant la maison, il planta des fleurs (sa préférée était le coquelicot rouge, qu'il avait semé par rangées entières) et chaque matin au printemps, la vue depuis sa fenêtre changeait, avec des bourgeons qui fleurissaient, des fleurs qui se fanaient et d'autres qui, éclatantes, tendaient leurs visages vers le soleil.

— Pendant toute cette période, j'ai pris conscience d'une chose…

— À savoir ? demandent-ils.

— Que mon travail scientifique sera plus important que l'essentiel de ma poésie.

Cette déclaration amuse ses amis, sans toutefois les convaincre. Ils pourraient facilement accepter un scientifique qui écrit des poèmes, peut-être même un poète qui écrit sur la science, mais un poète doublé d'un scientifique ? Peu probable. Néanmoins, ils abondent dans son sens et l'informent que Palerme compte un impressionnant jardin botanique, qui s'étend sur plus de quinze hectares en bord de mer.

Vraiment ? Il aimerait beaucoup le voir…

— Vous venez à peine d'arriver, le taquinent-ils, et pourtant vous parlez déjà comme si vous songiez à partir ! Peut-être qu'il n'est pas si inébranlable que cela, cet amour que vous proclamez pour notre ville.

Ses protestations sont véhémentes : il s'agit d'un futur lointain, naturellement, pour l'instant son cœur est à Rome et nulle part ailleurs.

* * *

— *Herr* Möller, j'ai décidé, si vous le voulez bien, de vous donner un nouveau nom.

Ils se trouvent dans la villa de Reiffenstein à Frascati, aux abords immédiats de Rome, où ils ont été invités à séjourner pendant quelques jours. C'est le début de soirée, la propriétaire a placé la lampe en bronze avec ses trois mèches sur la table ronde et leur a souhaité une *felicissima notte*.

C'est l'heure à laquelle ils se rassemblent pour leur séance d'art quotidienne, une pratique dont il convient d'attribuer le mérite à Philipp Hackert, un artiste qui vivait ici il y a peu, mais qui a récemment déménagé à Naples. À présent, la pratique continue d'être assidûment observée sous la supervision du diplomate.

— Et de quel nom s'agit-il ?

— *Baron gegen Rondanini über*… Le baron qui vit en face du palais Rondanini.

Le groupe éclate de rire. Le palais se trouve exactement là où le titre de noblesse le suggère. En face du numéro 18 de la via del Corso.

— Et vous ? demande-t-il à Reiffenstein. Comment vous appelez-vous ?

Tous les membres de leur communauté allemande sont affublés de sobriquets badins. Tischbein est le « flegmatique au nez tordu ». Hackert est le « fils de Dieu, rédempteur des déjeuners gratuits ».

Reiffenstein rit.

— Dites-lui.

— Dieu le Père tout-puissant, répondent-ils tous en chœur.

— Exactement. Et Dieu le Père tout-puissant ordonne que nous commencions.

Ils présentent leurs croquis de la journée. Pour Bury et Schütz, des paysages ; pour Tischbein, un cheval qui paît ; et pour Goethe, un champ de maïs. Pendant la séance, les mérites sont discutés, les opinions partagées quant au fait de savoir si les sujets auraient pu être dessinés plus favorablement, si leurs véritables natures ont été capturées et si toutes les exigences générales que l'on recherche à raison dans une esquisse ont été satisfaites.

— Autrement dit, suis-je doué ? demande Goethe.

En réponse, une clameur sonore :

— Pas encore.

Ce soir-là, Tischbein et son invité vont marcher. Le village est perché à flanc de colline, ou plutôt sur le versant d'une montagne, et la perspective est sans bornes. Rome s'étale devant leurs yeux et au-delà, sur leur gauche, se trouve la mer. Sous la lumière de la lune, tout est sombre et argenté.

— Si je puis me permettre, commence Tischbein, pourquoi Weimar ?

Goethe rit doucement et dit qu'il n'est pas le seul à s'être posé la question.

— Ce que je veux dire, continue Tischbein, c'est : pourquoi quitter Francfort ? Ou Strasbourg ? Ou tout autre centre culturel avec *Le Jeune Werther* à votre actif ?

— À cause de ça, justement. Je pense que je vais passer le reste de ma vie à fuir ce livre.

C'est une création, ajoute-t-il, comme le pélican, qui nourrit son petit avec le sang de son propre cœur. Aux yeux du public, plus rien de ce qu'il écrira à l'avenir n'arrivera à la hauteur de ses premiers écrits. Aucun succès ne sera aussi beau, aussi grand. Lui et Werther sont liés inextricablement et à jamais.

— Weimar m'a offert un répit. Celui de mener par certains aspects une vie prosaïque. J'ai fait ce que Werther n'aurait jamais fait.

Bien vite, il n'avait plus éprouvé la moindre sympathie à l'égard des amis du *Sturm und Drang* de sa jeunesse, qui ne voyaient rien de révolutionnaire dans le fait d'être un administrateur.

— Mais, dit-il simplement, cela m'offre un salaire fixe et me permet de mettre de nombreuses choses en pratique, au lieu de me contenter d'écrire à leur sujet.

Chaque lieu, ajoute-t-il, nous donne et nous prend quelque chose.

Ils se promènent le long de l'orée du jardin, sans s'aventurer trop loin dans l'obscurité.

— Et Rome ? demande Tischbein. Qu'est-ce que Rome vous donne ?

Goethe sourit.

— Je ne peux vous promettre qu'une chose : c'est qu'aucune réponse ne sera à la hauteur.

Parfois, un endroit est davantage qu'un simple endroit. Il devient une chose qui brille comme un phare, où tous nos rêves et toutes nos aspirations sont comblés. C'est comme ça avec Rome. Comprend-il ? Le début et la fin de tous ses voyages, l'achèvement de son éducation. Et pourtant, pendant très longtemps, Rome est restée un point dans le lointain, qui s'éloignait avec les années, de plus en plus inatteignable. Empêtré comme il l'était dans les affres du travail et de la vie à la cour, qui l'empêchaient d'écrire, de voyager. Pour toutes ces raisons et d'autres encore, Rome est aussi devenue une échappatoire.

— Et dans ces affres, y a-t-il une femme ?

Goethe n'hésite pas avant de répondre :

— Oui et non.

— Vous voulez dire qu'il y en avait une et qu'il n'y en a plus ?

Son ami secoue la tête.

— Depuis le tout début, ç'a été les deux.

— Et de quand date ce début ?

Cette fois, il marque une pause.

— D'il y a dix ans.

— Mon cher Goethe, un laps de temps à n'en pas douter suffisant pour qu'un non se transforme en oui, ou *vice-versa*...

Un laps de temps suffisant, concorde-t-il, pour cela et un million d'autres choses.

Ils se sont arrêtés et se reposent sur un banc. La nuit est calme autour d'eux.

— Son nom, commence simplement Goethe, est Charlotte von Stein.

Ils se sont rencontrés à l'hiver 1776, alors qu'il venait d'arriver à Weimar sur l'invitation de Charles-Auguste, tout juste majeur et couronné duc de Saxe-Weimar.

— Je ne savais guère ce que je fabriquais là à la base, mais j'étais là. Et Charlotte était là également.

De sept ans son aînée, mariée de longue date à un propriétaire terrien et mère de nombreux enfants, dont quatre étaient morts en bas âge.

— La première fois que je l'ai vue, je me rappelle avoir pensé qu'elle était blessée, qu'elle s'était résignée à souffrir afin de survivre.

— Et était-ce le cas ?

Goethe hoche la tête.

— Je crois que oui... ou du moins jusqu'à ce que nous nous rencontrions et devenions inséparables.

C'était le soleil et l'ombre, la lumière et l'obscurité, une couronne d'or et d'épines. Descendante de courtisans, Charlotte était née et avait grandi parmi eux, l'incarnation des valeurs de la cour.

— C'était comme si j'étais venu à Weimar dans le *seul* but de la trouver, déclare-t-il.

Pendant des années, elle l'initia aux us et coutumes de la vie à la cour.

— Pas une journée ne s'est écoulée au cours de cette décennie sans que je la voie, que je lui écrive ou que je pense à elle.

Il se rendait disponible pour satisfaire à ses moindres caprices, à ses moindres envies, restreignant sa vie, lentement, pour ne consacrer sa compagnie qu'à la sienne. Il lui appartenait tout entier, sans toutefois lui appartenir du tout. Non seulement elle lui procurait une distraction bienvenue parmi ses obligations administratives, mais aussi un soutien essentiel. Il passait chaque jour, pour dîner chez les Stein. Il faisait office de précepteur pour ses enfants et était particulièrement proche de son fils Fritz. Elle avait un endroit préféré près de la rivière, et dans son jardin. Il grava même une strophe pour elle dans la pierre afin de commémorer le lieu où elle s'asseyait.

— Je suis comme le poète anglais Spenser, qui écrit des poèmes à l'inaccessible.

— Cette communion resta donc… comment dire… strictement spirituelle ? s'enquiert Tischbein.

Goethe hoche la tête, fait la moue.

— Toujours.

Tischbein murmure qu'il comprend désormais pourquoi Goethe avait besoin de s'évader.

Dès le début, leur « amitié » avait été de notoriété publique et Frau von Stein n'avait pas la moindre envie d'être soupçonnée d'adultère.

— Et le… mari ?

— Un type complaisant. Un raseur. Il serait plus distrayant de converser avec une poignée de porte.

— Cela, je n'en doute pas, mais cette intense amitié ne le dérangeait-elle pas ?

Goethe hausse les épaules.

— Je crois qu'il était reconnaissant, et qu'il pensait probablement que c'était une bonne chose pour sa femme d'avoir quelqu'un avec qui parler de choses qui, sincèrement, lui passaient au-dessus de la tête.

Ils sont arrivés à la limite du jardin, où un ruisseau coule, l'eau si cristalline qu'elle en est presque invisible à la lumière de la lune.

— Parfois, dit Tischbein, nous nous impliquons dans quelque chose, car nous savons que cette chose n'a pas d'avenir.

À cela, Goethe garde le silence.

— Lorsque nous sommes certains qu'une chose n'a pas d'avenir, continue son compagnon, alors elle est sans danger.

— Jusqu'à ce que…, ajoute Goethe.

— Jusqu'à ce que quoi ?

— Jusqu'à ce qu'absence de danger commence à rimer avec mort.

Quelque part dans les arbres, un hibou hulule doucement.

— J'espère que ce voyage…

— Ramènera à la vie ce qui est mort ?

Goethe secoue la tête.

— Fera de la place pour quelque chose de vivant.

* * *

Ils retournent à Rome le lendemain, juste avant un orage qui apporte des trombes d'eau entre coups de tonnerre et éclairs. Puis, quand le ciel s'éclaircit, c'est comme si l'orage ne s'était jamais produit ; il fait de nouveau beau et chaud, jour après jour.

Lentement, Goethe s'installe dans une routine. Il consacre les premières heures de la matinée à corriger *Iphigénie*, puis il est libre pour visiter les monuments, suivant de manière systématique l'*Histoire de l'art dans l'Antiquité* de Winckelmann, avec Tischbein qui l'emmène d'un endroit à l'autre. La pyramide de Cestius, avec ses briques de béton couvertes de plaques de marbre blanc ; le grand cirque Maxime, conçu pour accueillir dix mille spectateurs ; le palais de César sur la colline du Palatin ; et aussi, bien sûr, le Vatican.

Ici, pendant un moment, ils marchent sur la place Saint-Pierre, apprécient les vues aérées, mangent du raisin acheté dans le quartier. Ils entrent dans la chapelle Sixtine – *Je ne pouvais que voir et admirer*. Après avoir examiné les peintures à maintes reprises, ils quittent le bâtiment sacré et retournent sur la place. Ils reçoivent de la part des cieux la plus belle des lumières de fin d'après-midi. Ils s'asseyent à même le sol, terminent ce qu'il leur reste de raisin.

— Tischbein, dit Goethe. J'ai une requête.

— Tout ce que vous voudrez.

— Emmenez-moi dans un jardin.

Cela, il en existe tout un tas, éparpillé dans la ville et à ses abords.

Leur première expédition les mène à Monte Mario, la plus haute colline de Rome qui se dresse au nord-ouest, après le Vatican. Il a entendu parler de ses richesses sauvages et loue une calèche pour les conduire au pied de la colline, qu'ils gravissent ensuite lentement. Aux anges, Goethe s'arrête devant les chênes-lièges et les pins d'Alep, les lauriers dont il froisse et renifle les feuilles. Il est trop tôt pour qu'ils éclosent, suppose-t-il ; leurs petites fleurs jaune-blanc apparaîtront plus tard, lorsqu'il fera plus chaud. Même dans le sous-bois, l'ail velu ne s'est pas encore paré de ses ombelles à fleurs blanches. Seule l'acanthe à feuilles molles couvre le sol avec ses épaisses feuilles d'un vert éclatant.

Ils se rendent également à la Villa Pamphili, dont le parc est une attraction très populaire. Autour de la villa, ils flânent dans l'enceinte du jardin secret du côté sud, parterre formel aux haies basses impeccablement taillées qui descend jusqu'au bois se dressant à son pied. Une grande étendue plate de pelouse s'étend jusqu'aux limites du jardin de la propriété, ceint par des chênes verts élancés et de nobles pins, et constellé de pâquerettes qui tournent leurs têtes vers le soleil.

Là, Goethe se met à quatre pattes, le nez au ras de la terre.

— C'est ça que je ne suis pas en mesure de voir dans le Nord !

Les rouages d'une végétation vigoureuse et incessante, ininterrompue par les froids rigoureux. Une vie végétale constamment florissante parce que les conditions sont parfaitement adaptées.

— Il n'y a pas de bourgeons ! s'écrie-t-il.

La croissance est si intense, si rapide, qu'il n'y a que peu de temps pour cet organe de l'entre-deux. Le fraisier est en fleur à cette période, pour la seconde fois, alors que ses derniers fruits sont encore en train de mûrir. Les orangers qui poussent dans des pots plus haut, au niveau des balustrades, sont aussi en fleur et, dans le même temps, porteurs de fruits à demi ou entièrement mûrs.

Parfois, Goethe s'adonne à ce que Tischbein prend pour un jeu botanique. Il dépouille une plante de ses feuilles, qu'il étale soigneusement au sol.

— Qu'est-ce que cela a de si spécial ? demande Tischbein, qui se penche pour observer.

— Rien, et tout.

Il s'agit d'un séneçon commun ou, comme il est surnommé ici, un vieil homme au printemps. Goethe a disposé les feuilles, pennées telles des plumes et couvertes de duvet, dans le même ordre que celui où elles poussent sur la tige, de la plus grande à la plus petite, puis inversement.

— Dites-moi ce que vous voyez.

Tischbein secoue la tête.

— Un tas de feuilles.

— Pour le moment, c'est suffisant.

Vers la fin du mois de novembre, sous un soleil trop chaud, ils visitent la Villa Madame, également sise sur le Monte Mario. Une structure certes incomplète, mais d'une élégance raffinée, avec une volée de marches monumentales et un jardin en terrasses paré d'une vue sur le Tibre.

Ils déambulent parmi les châtaigniers et les sapins sur la terrasse du haut, puis s'arrêtent pour examiner les parterres où des fleurs de printemps sont en train d'être plantées. Cyclamen, crocus, anémones.

— Je n'avais pas imaginé que votre intérêt pour la botanique était si profondément ancré en vous, dit Tischbein.

Il ne l'a pas toujours été, admet Goethe.

— Cela a commencé sous la forme d'une réflexion incertaine et je considère encore mes études botaniques comme inégales et incomplètes… mais il est vrai que je les poursuis avec constance et passion. Peu de gens sont au courant, et plus rares encore sont ceux qui y accordent une quelconque attention.

Son ami lui lance un bref regard.

— Pourquoi cela ?

— Que vous dire, Tischbein ? À chaque homme son domaine.

Le peintre ne voit pas grand mal à cela, mais il ne dit mot.

— Le monde est rempli d'idiots, continue Goethe. Il faut être ceci ou cela... un poète ou un scientifique... pas les deux, et rien de plus. Nous devons passer nos vies à nous consacrer à un seul intérêt, à nous spécialiser dans un seul art...

Tischbein hésite.

— Certains diraient que c'est ainsi que l'on accède à la vraie connaissance.

Goethe ricane.

— La vraie connaissance ! Cette catégorie n'existe que dans notre esprit, Tischbein. Pas dans le monde. Le monde continue à être exactement tel qu'il est.

Autour d'eux, un vent *brutto* se lève, le sirocco du Sud, à son apogée à midi et qui apporte souvent avec lui de brèves averses.

— J'ignore qui est la conséquence et qui est la cause, dit Goethe tout bas. Peut-être s'appuient-elles l'une l'autre... cette obsession pour la spécialisation et la direction qu'a prise la science récemment.

Voyant que son compagnon garde le silence, il poursuit :

— Tout est mort. Les plantes que nous étudions, les animaux, les pierres sous nos pieds, les nuages au-dessus de nos têtes.

Il hausse les épaules.

— Statique. *Natura naturata*. La nature déjà créée.

Mais comment est-ce possible, il décrit un grand geste circulaire, alors que tout est en vie ? *Natura naturans*.

— *Natura naturans* ? répète Tischbein.

Oui, dit-il, la nature *naturante*, en devenir.

— J'en suis venu à me méfier de toute pensée scientifique qui ne reconnaît pas ce fait.

Car la botanique est peut-être l'étude de la *vie* des plantes, mais les plantes sont traitées telles des machines inanimées et immuables ! À Weimar, il a des amis qui possèdent de vastes connaissances et une grande expérience : le Dr Heinrich, un apothicaire local qui avait un immense jardin d'herbes médicinales ; Gottlieb Dietrich, membre d'une famille qui, depuis des générations, collectait des plantes et constituait des herbiers. Ils étaient liés par un intérêt commun pour la botanique de Linné. Ils partaient ensemble en excursions, cueillaient, identifiaient, nommaient, emportant avec eux le *Termini Botanici* de Linné, ainsi que ses *Fundamenta Botanica* et *Philosophia Botanica.*

Tischbein admet n'avoir lu aucun de ses ouvrages.

— Qu'importe, rétorque gaiement Goethe. Ils ne traitent que d'une chose et une seule : la classification et l'organisation du monde naturel, et je reconnais qu'ils m'ont été utiles à leur façon, m'inspirant pour commencer à voir, affûter mon œil, et ils étaient plaisants également... De fait, certaines des listes de Linné me donnaient l'impression de lire de la poésie ! J'étais un fervent disciple à l'époque. Analysant tout dans le moindre détail, comptant et recomptant... deux étamines, trois étamines, quatre étamines... nommant, étiquetant, rangeant de manière systématique. Mais procéder de la sorte équivaut à ôter la vie, Tischbein. Tout est mort. J'ai découvert que cette méthodologie n'est pas dans ma nature. Pour un travail systématique exhaustif et intensif, il est nécessaire de posséder une aptitude d'un genre bien particulier, dont je suis dépourvu. Il m'a fallu trouver ma propre méthode... et je pense que mon voyage a vraiment débuté lorsque j'ai commencé à demander pourquoi. Pourquoi de cette façon et pas d'une autre ? Y avait-il quoi que ce fût de *naturel* concernant ce qui est considéré comme une classification de la nature ? Et plus important, était-ce la seule manière d'apprendre à connaître les plantes ?

Il contemple le jardin, qui ne tardera pas à déborder de vie.

— Je réfléchis à cela plus que jamais depuis que je suis en Italie.

* * *

À cette époque arrive en ville un jeune écrivain, Karl Philipp Moritz, qu'ils accueillent chaleureusement dans leur cercle. Goethe en particulier s'en réjouit ; il apprécie la compagnie des peintres, mais voici quelqu'un avec qui il est possible d'entretenir des conversations sur la littérature.

Ils ne tardent pas à se retrouver fréquemment pour des promenades à travers la cité. Ils parlent d'*Iphigénie* et d'un nouveau roman semi-autobiographique sur lequel Moritz a commencé à travailler. Le jeune écrivain est né dans la pauvreté et n'a pas eu une vie facile, faite d'une éducation des plus sommaires et d'une succession d'emplois précaires. Goethe le trouve cependant d'une grande perspicacité, avec un visage délicat façonné par une introspection silencieuse. Leur itinéraire préféré longe la rivière, avec les chênes penchés au-dessus de l'eau, scintillants dans des teintes de jaune et de vert. Ils déambulent ici, discutent de livres, de voyage et de poésie, et un soir, alors que le soleil descend à l'horizon, Moritz dit :

— Je n'ai pas eu beaucoup d'occasions de dire ces mots... mais ne sommes-nous pas les plus chanceux du monde d'être ici ?

Une petite hésitation de la part de Goethe avant d'abonder dans son sens incite Moritz à lui demander s'il est d'un autre avis.

— Ce n'est rien, répond Goethe.

— Mais ça ne l'est pas.

Moritz est âgé de sept ans de moins, mais d'une grande sagesse et d'un sens aiguisé de l'observation.

Ils marquent une pause au niveau du pont Fabricius et se tiennent de chaque côté du Quattro Capi. Goethe contemple le fleuve.

— Je ne suis pas certain d'être en mesure de l'expliquer. Vous savez qu'au cours d'un voyage, la plus grande peur du voyageur…

— Est de ne pas arriver à destination ?

— Est d'arriver à destination et de se rendre compte que le plaisir éprouvé n'est pas à la hauteur des espérances.

Moritz se tourne vers lui. Le soleil de la fin d'après-midi éclaire son visage, la pierre, l'eau.

— Rome n'est pas vraiment ce que vous espériez ?

— Ce serait trop simple de résumer les choses ainsi, et inexact.

Moritz garde le silence et attend qu'il continue.

— Je ne peux l'avouer à Tischbein ; cela le peinerait profondément, explique-t-il d'un ton hésitant. Mais les monuments, les ruines, toutes ces pierres, elles me semblent dénuées de vie… Je m'évertue à écouter, à tenter d'entendre leurs voix, mais elles restent muettes.

Ils s'éloignent du cours d'eau, à présent. Empruntent une artère bondée, s'arrêtent pour laisser passer une charrette lourdement chargée, puis une calèche.

— Peut-être que l'appréciation d'un lieu vient lentement, hasarde Moritz. Il faut passer par l'incertitude, la déception même, avant d'apprécier une destination avec une quelconque profondeur.

Goethe acquiesce, oui, il y a peut-être du vrai dans ce qu'il dit. Pour l'instant, il est plus heureux en compagnie de choses vertes vivantes. Même dans leur silence, elles lui parlent tandis qu'elles sont là à faire ce qu'elles ont à faire à leur manière, glorieusement complexe et glorieusement simple.

* * *

Voilà des semaines que toute la ville ne parle que d'une éruption du Vésuve, ce qui affole presque tous les visiteurs. C'est comme si tous les trésors de Rome avaient disparu : chaque étranger sans exception a interrompu ses contemplations pour se rendre précipitamment à Naples.

Goethe aussi est motivé par cette perspective. Et s'il poursuivait son voyage plus au sud ? Comme il est tentant de rester à Rome… Et comme il est tentant de partir.

— Pour laver mon âme de l'image de tant de ruines éplorées, explique-t-il à Tischbein au *Caffè Greco* un soir.

— Votre évasion à Rome sera alors un voyage en Italie, dit le jeune artiste.

— Oui. C'est vrai, répond pensivement Goethe.

Sur le chemin du retour vers la via del Corso, Goethe et Tischbein marchent un temps en silence.

Rome est toujours superbe à cette heure et ce soir, la lune est de sortie, l'air hivernal est frais et pur, et les bâtiments ourlés d'argent. C'est une heure propice aux confidences concernant les affaires de cœur, et Goethe admet qu'il est une chose qui le préoccupe.

— Pendant tout ce temps, je me suis dit qu'il était trop tôt pour m'inquiéter, explique Goethe, mais je n'ai aucune nouvelle de…

— Charlotte ? termine Tischbein.

Goethe acquiesce.

— Le mois de décembre est désormais bien entamé ; il faut seize jours à une lettre pour parvenir jusqu'ici, peut-être un peu plus jusque là-bas, mais c'est suffisant pour qu'elle ait reçu mes missives, même celles en provenance de Rome, et qu'elle y ait répondu. Mais rien.

Tischbein garde le silence un moment, puis demande :

— Lorsque vous êtes parti de Carlsbad sans prévenir personne, est-ce que cela l'inclut, elle aussi ?

— Oui.

S'il y avait eu assez de lumière, Tischbein aurait vu l'expression sur son visage, celle d'un profond chagrin et d'une grande angoisse.

— Je n'avais pas le choix, continue-t-il tristement.

— Vraiment ? s'enquiert son ami.

— Notre relation, nos journées, nos existences si étroitement entremêlées…

Goethe secoue la tête.

— C'eût été impossible. Je sais qu'elle m'en aurait dissuadé. Elle y était déjà parvenue et elle aurait recommencé. « Quel est donc ce souhait dont vous parlez de passer nos vies ensemble, Johann, aurait-elle dit, si vous faites une telle chose… si vous me laissez seule pendant tout ce temps ? » Je suis certain qu'elle se sent trahie, mais comment aurais-je pu faire autrement ? Il n'y avait pas d'autre moyen.

Pendant un moment, Tischbein se tait.

— Peut-être ne vous a-t-elle pas pardonné. Pas encore.

— Peut-être ne me pardonnera-t-elle jamais.

— Je suis persuadé que ce n'est pas vrai, mais…

— Mais ?

— Vous savez déjà ce que je m'apprête à dire.

Goethe hoche la tête.

— Que plus rien ne sera jamais comme avant.

Ils ont franchi la dernière intersection et sont presque arrivés chez eux. Plus loin, au bout de leur rue, la Piazza del Popolo est étonnamment vide et silencieuse.

Plus tard, dans son lit, Goethe reste longtemps éveillé. Il passe en revue tous les petits cadeaux partagés avec Charlotte au fil des années : la première asperge du jardin, un paysage encadré qu'il avait peint, un faisan tué à la chasse, de moelleux petits pains sucrés en provenance de la boulangerie, et des livres qu'ils s'offraient et lisaient ensemble. Ne pouvait-elle trouver en son cœur la force de lui offrir son pardon ?

***

Avec l'arrivée de Moritz, Goethe gagne un nouvel acolyte lors de ses promenades botaniques. Tischbein s'en réjouit, peut-être secrètement soulagé, et Goethe également, car pour ce qui est des questions relatives à la botanique, il trouve en la personne du jeune écrivain un compagnon plus intéressé et perspicace.

Pendant tout le mois de décembre, ils poursuivent leurs expéditions sous forme d'excursions en dehors de la ville. Les signes indicateurs de l'hiver sont bien peu nombreux ici : jardins peuplés d'espèces à feuilles persistantes, neige visible nulle part à l'exception des sommets des collines les plus éloignées côté nord. Les citronniers qui longent les murs des jardins sont couverts l'un après l'autre de filets protecteurs ; mais les orangers sont autorisés à rester à l'air libre. L'on peut voir des centaines de fruits délicieux accrochés aux branches d'un seul arbre, arbre qui n'est pas, comme en Allemagne, nain et planté dans un seau, mais campé dans la terre, libre et joyeux. Les oranges sont déjà excellentes, mais on pense qu'elles seront encore meilleures.

Ils se rendent souvent dans les villas de Monte Mario, et après quelques expéditions de ce type, Moritz demande :

— Je remarque que vous revenez toujours aux mêmes plantes. Le laurier, ce fraisier. Cet arbuste… viorne, je crois. Pourquoi cela ?

Ils sont assis sur la pelouse ; Moritz a un livre à la main, Goethe dessine.

Il lève les yeux sur son jeune ami.

— L'on pourrait dire que je tente d'avoir une conversation avec elles.

— À quel sujet ?

— Sur ce qu'elles veulent me dire.

Il essaie, dit-il, de maintenir à l'écart ce que fait l'esprit analytique ; son empressement à régler, à déterminer rapidement des liens de causalité (« ce qui n'est utile que de temps à autre ») et dans cette précipitation, l'approche d'une plante vivante comme s'il s'agissait d'un objet. *Qu'est-ce que c'est ? Comment est-ce que cela fonctionne ?* Ces questions sont posées immédiatement et les réponses sont habituellement de genre classificatoire.

Il brandit son esquisse de la viorne.

— Une plante *est* un langage. Et pourtant, tout ce que nous voulons, c'est lui faire parler le nôtre.

Plus tard, ils flânent dans la cour ronde de la Villa Madame, autour de laquelle les jardins à la française sont aménagés. En cette belle journée, beaucoup de gens se sont retrouvés dehors. Ils esquivent une nuée d'enfants qui courent et rient. Puis Goethe s'arrête devant une rangée de lauriers et contemple leur feuillage luxuriant en perpétuel mouvement.

— Êtes-vous en train de converser avec eux ? demande Moritz.

— Pas encore, répond Goethe avec le plus grand sérieux. Je pense : ces plantes ne sont-elles pas toutes des merveilles ? Toutes les choses qui poussent dans ce monde !

Il se tourne vers son compagnon.

— Dans l'atelier de ma maison de Weimar, j'avais placé de la gentiane de Bavière en pot sur ma table près de la fenêtre. Chaque jour, je travaillais et je l'observais, mais ce ne fut qu'après quelques semaines que je me suis aperçu de comment elle se tournait, feuilles et tiges, en direction de la lumière. Alors j'ai changé sa position, j'ai fait pivoter le pot… Et quelques semaines plus tard, j'ai de nouveau constaté qu'elle avait changé d'orientation.

Goethe regarde les lauriers, plisse les yeux dans la lumière du soleil.

— Lors de mes études de botanique, Moritz, je suis devenu méfiant face à l'idée défendue par certains de nos plus grands scientifiques, y compris notre bien-aimé Linné, selon laquelle le monde est à l'extérieur, séparé de nous. De cette manière, tristement, nous perfectionnons ce que j'en suis venu à appeler la *pensée par l'objet.*

Moritz lui demande ce qu'il veut dire.

— Je crains que cela soit la tendance première dans notre culture… ou que cela le devienne, à n'en pas douter.

Il regarde autour de lui, observe le bout de jardin, la rangée d'arbres, les bois sauvages dans le lointain.

— La pensée par l'objet transforme tout ceci, notre monde sensuellement riche de nature vivante, en généralisations, en catégorisations, en abstractions… le réduisant à un simple système mécanique complexe composé d'entités physiques qui interagissent selon des lois impersonnelles. De fait, ce mode de pensée tient cette idée pour acquise. C'est absurde !

Goethe arrache une feuille de laurier, l'écrase entre ses doigts et la porte à son nez.

Moritz l'imite.

— Il est certain que ce genre de perspective nous octroie la capacité de contrôler et de manipuler la nature dans une grande mesure. Mais par conséquent, cela nous prive de notre expérience proche et immédiate du monde palpable. Dans nos esprits, nous avons affaire à *des choses extérieures* (il désigne le ciel), un monde d'externalité dans lequel nous ne sommes que peu, voire guère impliqués. Nous ne participons pas à la science que nous pratiquons, aux observations que nous faisons. Je frémis lorsque je songe aux conséquences de cela.

Moritz hoche la tête, sa feuille toujours à la main.

Goethe la montre du doigt.

— Qu'est-ce que cela sent pour vous ?

Moritz la hume de nouveau.

— Étrangement, la sauce tomate de ma mère.

— Pour moi, une salle d'université étouffante à Leipzig, avec des étudiants qui portent des couronnes de laurier.

Il sourit, les yeux brillants.

— Nous disposons de riches facultés avec lesquelles absorber le monde, le cadeau que sont nos yeux et nos nez et nos oreilles, et pourtant, souvent, nous les sacrifions sur l'autel de notre soi-disant esprit intellectuel.

Il se tapote le front. Puis il se rapproche du laurier. Les feuilles s'écrasent contre ses épaules, sa poitrine.

— Je pense qu'une manière de dépasser la pensée par l'objet est d'aborder un être vivant comme le sujet qu'il est… cela requiert d'observer avec attention, de réfléchir avec l'œil de l'esprit, Moritz… *Anschauung*… Puis de se poser la seule et unique question qui ait de l'importance.

— Et qui est ?

— *Qu'as-tu à m'enseigner ?*

Le laurier se dresse au-dessus de lui, ses feuilles ondulent dans la brise.

— Voyez-vous pourquoi, Moritz ?

Son ami hésite.

— Parce que cela invite au dialogue ?

— Oui ! s'exclame Goethe, content. Afin de nous efforcer de rester proches de ce que nous étudions, d'apprendre ce que la plante a à nous dire, au lieu de lui imposer nos croyances existantes.

Moritz s'approche de l'arbre.

— Et comment s'y prend-on ?

Dans la voix de Goethe, un frisson d'enthousiasme.

— Si nous désirons contempler la nature de manière vivante, alors nous devons suivre son exemple et devenir aussi mobiles et flexibles que la nature elle-même.

À ces mots, il s'écarte du laurier et commence à s'éloigner. Moritz lui emboîte le pas.

— Nous devons aspirer, mon ami, continue Goethe, à réfléchir comme une plante.

Par là, il ne sous-entend pas qu'ils doivent apprendre à purifier l'air en utilisant l'action du soleil. Il rit, content de sa plaisanterie.

— Non, nous apprenons auprès des plantes une manière de *penser par le vivant*… Avec ma gentiane, j'ai été frappé de constater que, même dans son immobilité apparente, il s'agissait d'un être dynamiquement sensible, qui se formait et se transformait à travers un dialogue entre elle et les conditions qu'elle rencontrait dans le monde… l'air, l'humidité, la lumière…

Ils descendent le monumental escalier et empruntent le sentier qui mène aux pentes boisées de Monte Mario.

— Être inspiré par les plantes, Moritz, c'est apprendre à se défaire d'idées fixes, c'est entrer dans un dialogue ouvert avec le monde.

Goethe admire la canopée et lève les bras en un geste d'étreinte.

— Et peut-être qu'alors, tout se révélera.

* * *

Au milieu de tout cela, l'écriture.

Goethe n'est pas de ces personnes pour lesquelles les journées ne sont pas assez longues pour tout faire. Exploration botanique, visite touristique, dîner à l'extérieur… il a le temps pour tout cela et plus encore, y compris la reprise d'*Iphigénie*. Il avance même à un bon rythme. La scène de fin, avec les deux sœurs, Électre et Iphigénie, devant l'autel, réunies à l'instant pile de la tragédie, est, pense-t-il, particulièrement excellente. De fait, s'il a réussi à faire du bon travail, alors il sera l'auteur d'un dénouement supérieur en grandeur ou en pathos à tous ceux mis en scène jusque-là. Il espère envoyer prochainement les manuscrits à Herder, à Goschen, son éditeur à Leipzig, ainsi qu'à ses amis à Weimar.

Mais en milieu de mois, sa tranquillité se voit perturbée par une lettre.

Il reçoit enfin des nouvelles de Charlotte. Le ton est froid, ce à quoi il s'était attendu, mais il n'était pas vraiment préparé à l'abandon du « *du* » intime au profit du « *Sei* » sec et formel. C'est un coup de poignard acéré dans le cœur et, l'espace d'un instant, un éclair de colère l'aveugle.

Je vous ai tout donné, commence-t-il à griffonner, *un partage simple et entier de ma vie. Vous avez eu besoin de mes encouragements et je vous les ai donnés, mais vous souhaitez que jamais ils ne cessent ni ne soient redirigés. J'ai affirmé votre identité en faisant de vous la seule personne qui comptait pour moi. J'ai tout fait pour vous le prouver, avec toute la richesse et toute la privation que cela m'a apportées : un cercle d'amis restreint, l'absence d'un foyer et d'enfants, et une longue…* Là, il s'arrête et déchire la page. La colère a disparu et il ne reste qu'une maussaderie puérile.

Pile au moment où les choses semblaient s'apaiser, écrit-il, *ta lettre vient tout bouleverser.*

Sa morosité est accentuée par un incident qui a lieu avant Noël.

De fait, l'événement plonge tout leur petit cercle domestique dans l'affliction. Ils vont passer une journée en bord de mer à Fiumicino, et c'est un excellent moment, mais dans la soirée, le pauvre Moritz se casse le bras sur le chemin du retour, son cheval ayant glissé sur les pavés romains lisses près du Panthéon. Il est ramené en chaise jusqu'à ses appartements via del Babuino et y reste après qu'un chirurgien est intervenu.

Au cours des jours suivants, Goethe lui rend visite et lui apporte de petits cadeaux, des pâtisseries, des fruits, un livre ou une délicieuse anecdote. Comme celle de Callisto, le chat, que leur vieille propriétaire a trouvé en pleine effervescence dans la chambre de Goethe, en train de « dire ses prières ».

— Quoi ? s'écrie Moritz, incrédule.

Le félin avait bondi sur une chaise, pris appui de ses pattes avant sur le torse de la statue de Jupiter et, s'étirant de toute sa longueur, léchait sa barbe sacrée. Sans doute à cause de la graisse du moule qui était restée collée à la sculpture.

— Mais j'ai laissé cette brave femme à son émerveillement, expliqua Goethe. Elle affirmait avoir remarqué depuis longtemps que l'animal était doté d'un bon sens typiquement chrétien, mais qu'il s'agissait là d'un véritable miracle.

— Amen.

Ce n'est qu'au début du mois de janvier que Moritz est sur pied. Le jour où on lui retire son plâtre, il est aussitôt convoqué via del Corso pour lui montrer quelque chose.

— Me montrer quoi ? s'enquiert-il.

Devant la porte de Goethe se tient une colossale tête de Junon.

Il s'agit d'une copie en plâtre, lui explique-t-on, de l'originale de la Villa Ludovisi. Haute d'un mètre cinquante, elle est érigée sur un socle. Goethe est terriblement fier de sa gigantesque acquisition.

— C'est mon premier amour romain, déclare-t-il.

— Pas le dernier, j'espère, le taquine Tischbein.

Pour célébrer l'arrivée de Junon et la bonne santé retrouvée de Moritz, ils se rendent au *Caffè Greco* pour trinquer et souper. La soirée est fraîche, le ciel d'un profond bleu argenté dans lequel se dressent, tels de sombres gardiens, les pins parasols des jardins de la Villa Borghèse.

Après une carafe ou deux, Tischbein vient s'asseoir à côté de Goethe.

— J'avais une question à vous poser, dit-il. J'aimerais... réaliser votre portrait.

— Ah, c'est donc pour cette raison que j'ai remarqué que vous m'examiniez de près.

Tischbein hoche la tête.

— C'est exact.

— Et comment voudriez-vous me représenter ?

— J'ai quelques idées.

— Je vous écoute.

— En voyageur.

Goethe sourit.

— La peinture sera grandeur nature, vous serez enveloppé dans une cape, assis sur un fragment d'architecture, un obélisque peut-être, le regard tourné vers les ruines de la *campagna* romaine en arrière-plan.

— Eh bien je...

— J'ai presque fini l'esquisse, déjà !

— Quoi ?

— Et tendu la toile.

Goethe vide son verre.

— Alors je n'ai heureusement guère le choix.

— En effet. Et si vous rencontrez d'ici peu une charmante jouvencelle, nous pourrions la peindre auprès de vous.

— Hélas, voilà qui est peu probable, mon ami.

— Ce serait toujours plus probable qu'avec celle du Nord, et je dis cela pour…

— Mon bien, je sais. Mais (il baisse la voix) les possibilités sont limitées.

— Mon cher Goethe, seriez-vous en train de dire que les femmes italiennes ne sont pas assez belles pour vous ?

— Ne soyez pas absurde.

Il lance un coup d'œil aux autres, par chance tous plongés dans une discussion annexe.

— Mais je ne peux pas être avec des femmes dont… les services ont un prix.

— Des prostituées, vous voulez dire ? demande Tischbein.

Il sourit. Lui ne fait aucun effort pour parler tout bas.

Goethe le fusille du regard.

— Oui, c'est ce que je veux dire.

Son ami se penche vers lui.

— Pourquoi ?

Goethe hausse les épaules.

— Je ne tiens pas à attraper quelque chose.

— Cela s'entend.

— Et les autres femmes sans attaches…

— Elles, leurs services sont gratuits.

— Sauf qu'ils ne le sont pas. Un mariage est attendu en retour.

— Pour les catholiques. Et vous, mon cher Goethe, n'êtes pas catholique.

— C'est vrai.

Tischbein lève son verre.

— Dans ce cas, nous devons vous trouver une personne mariée et disposée.

À ce stade, le reste du groupe s'intéresse à leur conversation.

— Mariée et disposée ? répète Schütz. À quoi faire ?

— À briser la malédiction du second oreiller de Goethe.

Dans sa majeure partie, le mois de janvier est agréable et sec, avec un vent du nord froid qui souffle dans les rues. Bientôt, la réécriture d'*Iphigénie* est terminée – *c'est-à-dire, elle est devant moi sur la table, en deux exemplaires d'une concordance tolérable* – et bien vite, elle est expédiée à destination de l'Allemagne.

La nouvelle année apporte à Goethe un sentiment de rajeunissement, de dépouillement de ce qui est vieux. Il écrit à Charlotte dans l'espoir d'une sorte de réconciliation. *J'ai beaucoup progressé ; j'ai déjà abandonné de nombreuses idées auxquelles j'étais attaché et qui nous rendaient malheureux, moi et d'autres, et je me sens beaucoup plus libre. Mais aide-moi aussi, à présent, et rencontre-moi à mi-chemin avec ton amour...*

Mais la lettre la plus délicate à rédiger est celle adressée à ses amis dans laquelle il souhaite communiquer sa décision concernant son séjour en Italie. Il les avait informés que son objectif était de quitter Rome aussitôt après Pâques et de rentrer. *Récemment, néanmoins, des voix amies me sont parvenues pour me dire que je ne devais pas me presser, mais attendre jusqu'à ce que je puisse rentrer à la maison plus enrichi encore. De la part du duc, également, j'ai reçu une lettre très aimable et bienveillante, dans laquelle il me dispense de mes obligations pour une durée indéterminée et me met à l'aise concernant mon absence. Par conséquent, mon esprit se tourne vers le vaste champ que j'aurais, en d'autres circonstances, laissé en jachère. J'ai l'intention de rester ici jusqu'au carnaval ; puis, pendant la première semaine du carême, je partirai à Naples et emmènerai Tischbein, à la fois car ce sera un bonheur pour lui et aussi car en sa compagnie, toutes mes joies sont décuplées. Je prévois de rentrer ici avant Pâques, pour les solennités de la Semaine sainte. Mais là se trouve la Sicile – juste en dessous.*

Après l'envoi de ce message, il est empli d'un sentiment de quelque chose de confortablement, merveilleusement vaste, voire infini.

* * *

En dépit du froid, la flore est encore abondante en ces terres méridionales.

Goethe et Moritz passent de nombreuses matinées à se promener dans les bois de la Villa Pamphili. Aujourd'hui, ils se sont arrêtés pour presser des feuilles et cueillir des bourgeons de laurier, et les poches de Goethe débordent de cailloux et de pommes de pin. Dans sa main, un bouquet d'ail velu, dont les ombelles blanches pendent joliment. À présent, ils sont proches de la grotte éboulée au bord de la pelouse, ouvrage en pierre semi-circulaire d'où émerge une série de silhouettes sculptées inachevées.

— Regardez ! s'exclame Goethe. Elles sont toujours en devenir, comme les plantes !

Quand Moritz lui demande ce qu'il veut dire par là, Goethe lui tend l'ail velu.

— Permettez-moi de vous montrer.

Il l'entraîne jusqu'à une motte herbeuse au bout du portique et indique le sol. Quand ils sont assis, il sort son carnet à dessin et le feuillette. Autour d'eux, de petites abeilles planent au-dessus du séneçon bientôt en fleur.

— Regardez, dit Goethe en lui indiquant une page. J'ai dessiné ceci au printemps dernier, sur une période de treize semaines… chaque fois que je parvenais à m'échapper du travail…

Un coquelicot, croqué à la hâte, mais suffisamment en détail.

— Nous commençons ici, trois semaines après l'ensemencement. Une rosette de petites feuilles est sortie d'une pousse très courte.

Moritz examine attentivement la page.

— Oui. En effet, déclare-t-il.

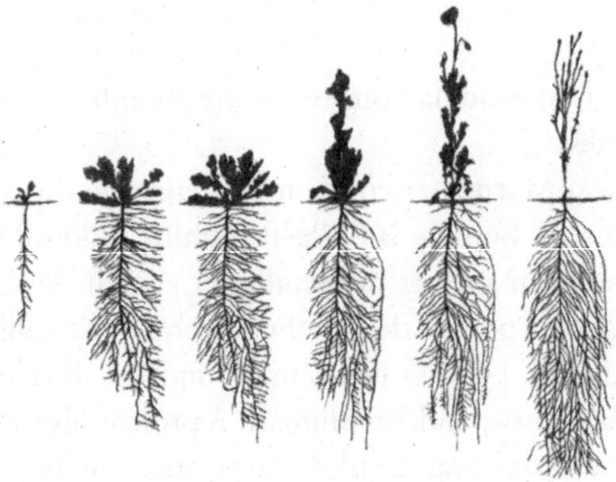

Au bout de cinq semaines, il constate que la plante a nettement grandi. Elle a produit davantage de feuilles, plus grandes que les premières, mais qui conservent la forme de rosette des premières qui étaient sorties de la pousse, avec de petits espaces entre chacune d'elles.

— Vu du haut, cela forme une spirale, indique Goethe. N'est-ce pas magnifique ?

Après cela, de nouvelles feuilles se développent. Au milieu de la rosette, les plus jeunes feuilles sont plus droites et elles affichent également une forme différente, plus profondément lobée. Les anciennes feuilles du bas s'étendent vers l'extérieur, certaines près du sol.

— Elles jaunissent…, observe Moritz, les sourcils froncés. Elles vont bientôt se décomposer.

Entre la septième et la neuvième semaine, la pousse s'allonge considérablement vers le haut. L'espace entre les feuilles s'agrandit et les plus vieilles, situées au niveau de la base, meurent.

Au bout de neuf semaines, « des boutons de fleurs sont visibles à l'extrémité des tiges qui pendent », termine Moritz. Il suit très attentivement.

Oui, et bientôt, continue Goethe, les premiers boutons s'ouvrent, les sépales verts qui les entourent tombent et les pétales écarlates se déplient pour former le calice de la fleur.

Tous deux fixent la jolie fleur.

Elles sont éphémères, poursuit Goethe, et tombent en quelques jours, mais de nouvelles fleurs s'ouvrent sur une durée de plusieurs semaines. Tandis que la plante fleurit, la partie du bas se clairsème – « Vous voyez ? » – à mesure que davantage de feuilles jaunissent puis meurent.

— Au bout de treize semaines, il ne reste rien, fait remarquer Moritz.

C'est un squelette dépourvu de fleurs, qui ne comporte plus que quelques feuilles et les capsules de fruit qui renferment les graines.

— Oui, mais en réalité, c'est lorsqu'elle semble totalement morte qu'elle est le plus chargée de vie, fait observer Goethe avec un grand sourire.

Il tient désormais la page à bout de bras, afin qu'ils puissent examiner le croquis dans son entièreté.

— Pouvons-nous constituer une image du cycle de vie de la plante à partir de ceci ?

Moritz fronce les sourcils.

— C'est un processus continu, insiste Goethe.

Il a cours aussi longtemps qu'il vit. Et même si le tout est un coquelicot, à aucun moment le coquelicot n'est entier. Tout n'est que séquences.

— Il est sans cesse en *devenir*..., dit Moritz.

— Exactement. Dans sa forme, il est toujours incomplet et changeant. Lorsque quelque chose de nouveau se développe, quelque chose qui semblait auparavant essentiel disparaît. En grandissant, il ne cesse de mourir, ajoute Goethe.

Le silence s'installe entre eux, perturbé par un chant d'oiseau, une brise soudaine, de lointains cris d'enfants.

— Ce que nous pouvons également observer, continue-t-il, c'est que pendant que la plante dans son ensemble subit une transformation, il en va de même pour ses différentes parties.

Il examine le sol sur lequel ils sont assis, trouve du séneçon et fait ce qu'il avait fait une fois avec Tischbein : il arrache les feuilles et les dispose de la plus petite à la plus grande, puis inversement.

— Dites-moi… que voyez-vous ?

Moritz s'accroupit, les effleure délicatement du doigt.

— Toutes ces feuilles viennent d'une seule plante, mais ce ne sont pas les mêmes feuilles. En ce sens, elles constituent une variété.

Goethe semble satisfait.

— Exactement, mon ami ! Chez les fleurs sauvages herbacées, particulièrement chez les plantes annuelles comme celles-ci, on constate une transformation marquée et pourtant facilement ignorée au niveau des feuilles.

Moritz déclare qu'il est impressionné, qu'il n'avait jamais remarqué cela auparavant.

— Vous devez savoir que cette diversité n'est pas ce qui préoccupe en premier lieu l'esprit analytique. Celui-ci préfère l'uniformité. Dans le cas de ces feuilles, il se concentrerait sur ce qu'elles ont en commun (ce sont des instances de feuille) et négligerait leurs différences individuelles.

Goethe touche une feuille, puis une autre.

— Il est impossible de caractériser de manière précise à quoi ressemble le feuillage d'une plante… les variétés sont trop nombreuses. C'est ce que j'ai compris à force de manipuler les plantes et de les observer de près, et rien que pour cela, je suis reconnaissant à Linné.

Il désigne sa série de feuilles.

— Une *feuille* n'est pas quelque chose d'immobile, ni de statique, ni de clairement circonscrit… elle est dynamique, vivante, elle change constamment.

Moritz hoche la tête, dit qu'il s'en rend compte à présent.

— Ne trouvez-vous pas qu'il s'agit là d'un excellent exemple de notre tendance à négliger ce qu'il y a à voir, et de la richesse et la diversité qui se révèlent à nous lorsque, au contraire, nous regardons attentivement ?

— Cela nous donne également un contexte, n'est-ce pas ? songe Moritz. Chaque feuille nous montre à la fois les feuilles qui l'ont précédée et celles qui vont lui succéder. Chacune a une histoire et un avenir. N'isoler qu'une seule partie empêche de la comprendre… cela ne raconte pas toute l'histoire.

Goethe lui sourit, d'accord avec lui. Il rassemble ensuite les feuilles et les lance en l'air ; elles retombent en désordre autour de lui.

* * *

À la mi-février, le portrait de Goethe prend forme.

Il y a eu de nombreuses séances de pose. Pour passer le temps, il arrive que Goethe récite des extraits d'*Iphigénie*. Parfois, Bury et Schütz viennent en spectateurs, apportant une bouteille de vin, et la séance se transforme alors en pique-nique. Mais Tischbein reste assidu et la peinture commence déjà à se détacher sur la toile blanche. Le ciel est d'un gris clair délicat, avec les collines et les ruines qui prennent lentement forme. La silhouette au centre n'est qu'un simple contour pour l'instant. Goethe apprend qu'il admirera le paysage, les yeux tournés vers l'infini.

— Porterai-je un chapeau ?

— Très certainement.

Un chapeau gris à la mode, grand et à large bord.

Après une séance singulièrement longue, Goethe part marcher en compagnie de Schütz et Bury.

Il est tard, la pleine lune flotte haut dans le ciel. Les bâtiments, engloutis par d'immenses masses d'ombre et de lumière, semblent ne plus être que de majestueux contours. Ils dirigent leurs pas vers le Colisée, particulièrement beau à cette heure. La nuit, il est toujours fermé. Alors que le trio s'arrête devant les grilles en fer forgé pour le contempler à travers les barreaux, la lune brille au-dessus d'eux. Ils aimeraient aussi voir le Panthéon à la faveur de cette lumière, ainsi que la colline du Capitole, le portique de la basilique Saint-Pierre, les grandes avenues et les places.

Ici, le soleil et la lune, de même que l'esprit, doivent faire tout à fait autrement qu'ailleurs – ici, où des masses immenses et néanmoins élégantes s'exposent à leur rayonnement.

À la fin du mois, c'est l'époque du carnaval à Rome, et aussi célèbre et attendu soit-il, Goethe n'est pas d'humeur à la fête. Depuis qu'il a décidé de prolonger son séjour et de se rendre à Naples et en Sicile, son départ imminent le plonge dans la plus grande fébrilité.

Mais l'événement a lieu quoi qu'il en soit. Les courses hippiques le soir, le chaos généralisé. Tout le monde a l'autorisation d'être aussi fou et idiot qu'il le souhaite et à l'exception des coups de couteau et des coups de poing, tout est permis, l'informent ses jeunes colocataires.

Pire, lorsqu'il tente de travailler le soir, le raffut est exaspérant. Cela commence après le coucher du soleil, quand tout semblant d'ordre disparaît. Des gens masqués et costumés envahissent les rues : ici un jeune homme déguisé en femme des classes inférieures, là un Polichinelle qui court avec une grosse corne qui pend entre ses cuisses.

Ce qui l'aide, c'est qu'il a fréquenté de nouvelles connaissances dernièrement. Reiffenstein l'a présenté à Angelica Kauffman et à son mari, Antonio Zucchi. Artistes tous les deux, ils habitent non loin, via Sistina, où ils occupent les deux niveaux supérieurs d'une grande maison au milieu d'une importante collection de peintures. C'est une bulle de calme dans la tempête. Goethe avait entendu parler d'Angelica, de son charme, de sa beauté, de son formidable talent. Et aussi des rumeurs qui l'avaient suivie depuis l'Angleterre jusqu'à Rome, où elle vivait depuis quinze ans, loin de sa patrie suisse. Comment elle avait épousé un imposteur qui l'avait dupée ; les ouï-dire sur ses nombreuses liaisons, avec le peintre Joshua Reynolds, avec le physicien et scientifique Jean-Paul Marat. Mais tout cela semble sans importance lorsqu'il passe leur porte et qu'on l'accueille chaleureusement. Elle est plus âgée que ce à quoi il s'était attendu, proche de l'âge de Charlotte, avec une sombre chevelure foncée brillante et des yeux curieux.

— Bienvenue, Herr Möller, le taquine-t-elle en lui tendant la main.

— Avez-vous un pseudonyme que je devrais connaître ?

— Ils sont trop nombreux pour se les rappeler.

Ils rient et il a le sentiment qu'ils vont être bons amis.

À partir de ce jour, il leur rend fréquemment visite en soirée, et même si jamais il ne l'admettrait, c'est un changement bienvenu par rapport à ses quartiers spartiates de la via del Corso. Ici, tout n'est que luxe et richesse baignés dans une lumière chaude, avec des assiettes de fruits à portée de sa main et du vin de qualité supérieure dans son verre, un feu toujours allumé dans l'âtre et des conversations aussi animées que sophistiquées. Ils parlent voyages et littérature, et discutent du travail d'Angelica en tant que peintre en histoire.

C'est là un titre inhabituel pour une femme, ce dont elle n'est que trop consciente, et la raison pour laquelle, précisément, elle s'identifie catégoriquement en tant que telle.

— C'est la plus haute forme d'art, lucrative et bien plus importante que l'art du portrait. Et par conséquent, ce serait le domaine des hommes ? Je ne crois pas, non.

Goethe apprécie immensément sa compagnie. Le groupe lui a donné le sobriquet italien de « La Madonna », et il ne peut s'imaginer qu'il existe une Notre-Dame plus spirituelle et intéressante.

Désormais, en journée, le printemps flotte dans l'air. Il fait beau et les jours rallongent sensiblement.

Moritz et Goethe entreprennent ensemble des promenades quotidiennes, pour admirer les lauriers et les fruits en fleur, de même que les amandiers. Les pâquerettes aussi sortent de terre avec détermination ; les crocus et les adonides sont moins abondants, mais ornent richement les parterres.

Tôt un matin, une étrange vision ravit Goethe : il voit dans le lointain un arbre sans feuilles, son tronc élancé couvert des plus charmantes des fleurs roses. En l'examinant de plus près, il découvre qu'il s'agit de l'espèce connue dans les serres allemandes sous le nom d'arbre de Judée, et parmi les botanistes sous celui de *Cercis siliquatrum.* Plus tard, il l'étudie avec Moritz.

— Voyez… ces fleurs… en forme de papillon, ou papilionacées… sont produites directement par la tige. Elles avaient été coupées à l'hiver dernier… mais à présent, ces petites fleurs à la teinte vive et à la jolie forme jaillissent de l'écorce par milliers.

— Il y a peut-être là une leçon de vie, conclut Moritz.

Alors que son départ pour Naples approche, l'inquiétude de Goethe au sujet de son ami augmente. Ce dernier semble de plus en plus silencieux et renfermé. Goethe est navré de s'en aller et de laisser Moritz seul. La compagnie de Goethe lui réussit ; mais lorsqu'il est livré à lui-même, il se coupe aussitôt du reste du monde. Goethe tente de le faire sortir de sa coquille ; il l'encourage à écrire à Herder, à tisser un nouveau lien enrichissant ; il l'invite à se joindre à lui lors de ses visites de galerie d'art et de ses sorties à l'opéra.

Il l'emmène également à la mer, à Fiumicino, mais cela ne semble qu'aggraver sa mélancolie. Seules leurs longues excursions à la Villa Mellini paraissent lui remonter le moral, constate-t-il avec soulagement. En chemin, les hauts cyprès et les peupliers leur offrent de l'ombre. Ils longent de riches vignobles. Le bord de la route est tapissé de patiences à feuilles obtuses et de touffes d'ail velu en fleur. Ils s'arrêtent souvent pour réaliser des croquis, et pique-niquent des fruits et du fromage, baignés dans l'agréable chaleur du soleil.

Moritz explique que sa réflexion au sujet de la « plante en tant que procédé » lui rappelle le mot *Bildung*… que ce terme fait, lui aussi, référence à quelque chose de terminé et de toujours en cours de transformation dans le même temps.

— Oui, c'est vrai, commente Goethe, satisfait.

Il est encore d'autres choses auxquelles il pense, ajoute-t-il.

— Je sens que je touche au but, mais que je n'y suis pas encore tout à fait, et peut-être que voyager plus au sud, là où il fera plus chaud, avec une plus grande variété de plantes à observer… peut-être que cela me conduira à une plus grande clarté.

À ces mots, Moritz détourne le regard.

— Et je reviendrai, s'empresse d'ajouter Goethe. Tout comme une plante, en partant, je reviens.

* * *

Quelques jours avant de partir pour Naples, une courte lecture d'*Iphigénie* est organisée. Angelica et Reiffenstein seront dans le public. Signor Zucchi a, lui aussi, sollicité une invitation, conformément à la volonté empressée de son épouse.

La lecture a lieu via Sistina, où le groupe allemand est convié, et tous se rassemblent le soir. Goethe est nerveux (après tout, sa pièce, bien que remaniée, est nouvelle), mais la pièce bénéficie d'un accueil chaleureux. Iphigénie, déplorant son destin en tant qu'étrangère en terre inconnue, et tentant de retrouver le chemin de la maison à travers des eaux traîtresses.

À la fin, tout le monde se lève, applaudit. Angelica étreint Goethe et lui promet un dessin de l'une des scènes.

— Vous devrez le garder en souvenir de moi, Johann, ordonne-t-elle.

Ensuite, le vin coule à flots, tout comme les discussions.

Alors que la soirée atteint son paroxysme, Goethe trouve quelques instants pour s'isoler. C'est au moment où il est sur le point de quitter Rome qu'il commence à s'attacher tendrement à ces gens. Savoir qu'ils sont tristes de lui dire au revoir fait naître en lui un mélange de joie et de regret. Mais quel bonheur, quelles leçons les terres du Sud lui transmettront-elles, se demande-t-il, et quelles révélations nouvelles en résulteront ?

Il passe sa dernière journée à empaqueter ses affaires. Au moment où il range ses croquis, on frappe à la porte ; il a reçu une lettre. De Charlotte. Il se jette dessus avec délice et la lit avec amour. Elle va aussi bien que possible, Fritz s'est remis d'un soudain accès de fièvre, le printemps tarde à arriver à Weimar. Il est heureux de constater qu'un précieux « *du* » apparaît de temps à autre. C'est comme si elle hésitait entre son amour pour lui et sa colère, mais l'incertitude est mère de l'espoir !

Jusqu'à ce qu'il arrive au passage où elle lui demande d'un ton poli, mais ferme, de brûler immédiatement toute sa correspondance. Il pose la lettre sans finir de la lire. Puis il la reprend, pour voir si elle change d'avis. Mais elle réitère sa requête avant de signer d'un distant « salutations ».

Il tente d'achever d'emballer ses affaires, mais il n'y parvient pas ; il est trop distrait. Il fouille dans sa musette en quête de ses missives ; elle ne lui en a pas envoyé beaucoup en Italie, mais il la soupçonne de vouloir qu'il détruise également celles de Weimar.

— Avez-vous terminé ?

Tischbein passe la tête par l'entrebâillement de la porte. Il part avec Goethe le lendemain et n'a pas commencé à faire ses sacs.

— Y a-t-il un problème ? s'enquiert-il en voyant l'expression sur le visage de Goethe.

Celui-ci lui répond avec hésitation, les mots coincés dans sa gorge.

Son ami semble troublé.

— Ne croyez-vous pas qu'il s'agisse d'une simple demande ?

— Non. Enfin, c'en est une, mais c'est également un symbole, j'en suis certain…

— Le symbole de quoi ?

— De quelque chose qui…

Il s'interrompt pour regarder par la fenêtre le crépuscule qui descend sur Rome.

— De quelque chose qui touche à sa fin.

Tischbein s'assied à côté de lui sur le lit.

— Je serais tenté de penser qu'il ne s'agit pas là d'une mauvaise chose.

Goethe hoche la tête, lentement. Peut-être pas, mais de cette façon ? Et tout cela parce qu'il a décidé de faire ce qu'il souhaitait faire depuis toujours ? Quel genre de punition était-ce là ? Quel genre de cruauté ?

Il regarde les lettres de Charlotte dans sa main.

— A-t-on allumé le feu aujourd'hui ?

— Oui, et par miracle il n'est pas encore éteint.

Ils se rendent dans le vestibule. Les flammes grandissent tandis qu'elles enveloppent le papier, puis il ne reste plus que des cendres.

— Ce soir, nous sortons boire et dîner, déclare Tischbein.

Goethe commence à protester qu'il n'est pas d'humeur, mais il est aussitôt interrompu et réprimandé.

— Finissez d'emballer vos affaires. Nous partons dans une heure.

Ce soir-là, un nouvel endroit.

L'*Osteria alla Campana*, sur Vicolo della Campana, un peu plus loin que leur Greco habituel, mais plus près du fleuve. C'est un restaurant familial, une grande salle rectangulaire toute simple avec plusieurs arches qui mènent au garde-manger et à la cuisine. Le groupe se rassemble autour d'une table. Moritz a l'air plus renfermé que d'habitude et les autres expriment une tristesse volubile face au départ imminent de leur ami.

— Mais vous allez revenir à Rome, n'est-ce pas ? demande Reiffenstein.

— Oui, répond Goethe en lançant un regard à Moritz. Je m'arrêterai ici sur la route de mon retour en Allemagne.

— Restez, restez, implorent les plus jeunes. Ne repartez pas en Allemagne. Jamais.

Un homme d'âge moyen à la moustache phénoménale se faufile jusqu'à leur table.

— Que puis-je servir à ces messieurs ce soir ?

Pour se faire plaisir, ils commandent du falerne à boire, et un *stuffato*, ragoût de différents légumes, ainsi que des macaronis et un plateau d'*animelle fritte*, des ris d'agneau roulés dans la farine, trempés dans l'œuf battu et frits. C'est l'une des spécialités préférées de Goethe.

Les carafes se vident rapidement et la nourriture disparaît entre deux discussions. Ils continuent à boire ; le vin, d'une obscurité ambrée, est fort et fruité. Le lieu s'est rempli et il fait chaud. Le groupe demande une autre carafe et cette fois, c'est une jeune femme de vingt-cinq ans tout au plus qui la leur apporte, avec un charmant visage ovale et des cheveux sombres qui dépassent de sous sa charlotte. Tout le monde est occupé (ils cherchent un sobriquet pour Signor Zucchi), mais son regard croise celui de Goethe et au lieu de rougir, de baisser les yeux ou de tourner la tête, elle sourit. Une pointe d'amusement étire le coin de ses lèvres. Il se surprend à retenir son souffle tandis qu'il lui rend son sourire. Elle dépose la carafe sur la table et l'instant d'après, elle n'est plus là.

Il pense à elle sur le chemin du retour. Elle n'est pas revenue à leur table ; en outre, ils ont décidé de mettre un terme à la soirée à une heure raisonnable. Quelque chose en elle l'a attiré. Leur rencontre, si toutefois il peut la qualifier ainsi, a été trop brève pour qu'il explore le pourquoi en profondeur, mais il y avait une franchise, une ouverture dans son regard qui lui a plu.

— Vous sentez-vous mieux ? lui demande Tischbein à la porte de l'appartement.

— Oui. Beaucoup mieux.

Et c'est la vérité.

Dans sa chambre, dans le silence tardif de la nuit, il se surprend à réfléchir, comme cela peut arriver à la veille d'un voyage, aux départs de différentes sortes. À toutes les séparations précédentes. Combien de fois a-t-il fait cela, faire et défaire ses valises, sa vie ? L'homme, songe-t-il, se livre toujours à de bien trop nombreux préparatifs.

Dans la pièce, il distingue les contours du buste de Jupiter, du moulage de Médusa. Qui l'observent. Dans le couloir, Junon monte une garde aussi patiente que colossale. Ils (Tischbein et lui) laissent tout cela derrière eux. Ils doivent bientôt tourner le dos à tout cela et plus, et même à ce musée bien garni. Se séparer de tout comme si ces choses n'existaient pas.

La fatigue le submerge à présent, et il ferme les yeux. Il pense à Charlotte ; son profil délicat, son rire, la façon dont elle penche la tête au-dessus d'un livre, d'une photographie, et ces images se transforment, comme dans un rêve, en autre chose. Comme ses lettres se sont transformées en cendres. Il se réveille en sursaut, s'arrache aux prémices d'un cauchemar et se tourne sur le côté. Le second oreiller inoccupé le nargue, mais il s'endort en songeant à quel point les cheveux noirs de la fille seraient beaux, étalés sur sa blancheur.

CARL

VOYAGE EN LAPONIE

Assurez-vous de partir, comme je l'ai fait, le jour de votre vingt-cinquième anniversaire. Mais d'abord, faites-vous nommer par l'Académie royale des sciences dans le but d'enquêter, en ce pays, sur les trois royaumes de la nature. Prenez les 400 *daler*. Promettez de rendre fidèlement compte de vos voyages et d'être utile. Partez à 11 heures, le 12 mai de l'année 1732.

Choisissez la saison lors de laquelle la nature se pare de ses plus beaux atours, quand toute la création resplendit de lumière et de vie. Lorsque le maïs d'hiver atteint une hauteur d'un demi-pied et que les brins d'orge sortent à peine. Quand les bouleaux et les ormes commencent à se parer de feuilles. Le point de départ doit être de s'émerveiller face à toutes choses, même les plus banales.

Dans un sac en cuir long d'une demi-aune et équipé d'un côté de crochets et d'œillets afin de pouvoir l'ouvrir et le fermer à l'envi, placez les objets suivants : un paletot en tissu de Västergötland ; des hauts-de-chausse en cuir ; une perruque à catogan, une casquette en cuir vert, une chemise, deux paires de manchettes ; deux paletots de nuit et une paire de demi-bottes.

Encrier, plumier, microscope, longue-vue ; chapeau avec voilette pour une protection occasionnelle contre les moucherons ; un peigne ; un journal et un tas de feuilles pour sécher des plantes, toutes en folio. Un portefeuille contenant les documents de voyage, et une lettre de recommandation de la part de l'académie. Un petit fusil de chasse, de même qu'une baguette octogonale, graduée à des fins de mesure.

Partez d'Uppsala.

Passez les anciennes portes du Nord, dépassez le palais brûlé et les trois grands tertres funéraires. Pendant un quart de kilomètre suédois, longez les champs de maïs fertiles ceints de collines. Dirigez-vous vers les vastes forêts.

EN CHEMIN

Marchez accompagné par l'alouette.
Au moins jusqu'à Okstad, où l'aile rouge accueillera alors votre approche.

Profitez du temps.
La brise qui se soulève depuis l'ouest. Observez les nuages se lever séant.

Cueillez des *Aphanizomenon flosaquae.*
Dans des fossés en bord de route, en particulier dans les endroits abrités du vent.

Regardez les animaux paître.
Des juments avec leurs poulains. Des oies accompagnées de leurs petits.
(Mieux vaut, comme je l'ai découvert, n'approcher ni les uns ni les autres.)

Rédigez une description
si vous observez une plante en fleur et qu'elle n'a pas encore été scientifiquement décrite.

Arrêtez-vous, près de Läby, au niveau d'une curieuse construction…
quatre pierres verticales assez plates disposées en carré avec une cinquième pierre en leur centre.

Émerveillez-vous.

LA DAME DES NEIGES

Nord d'Elf-
Carleby, pour la première fois,
je contemple ce qu'au moins je n'avais jamais rencontré
au sein de nos contrées nordiques, *Anemone* *vernalis*. Dont les
feuilles, équipées de longs pétioles, présentaient deux paires de folioles en plus
de la dernière, chacune divisée au milieu en quatre, six ou huit seg-
ments. Le calice, si je puis l'appeler de la sorte, était placé vers le
centre du pédoncule, et découpé en divisions très étroites,
lisses à l'intérieur et poilues à l'extérieur. Pétales : six, oblongs ;
les plus à l'extérieur
excessivement duveteux et pourpres ; les plus à l'intérieur
plus violets et moins velus ; tous blancs
en dedans avec des veines violettes. Éta-
mines nombreuses et très
courtes. Pistils rassem-
blés selon une
forme cylindrique,
plus longs que
les étamines,
et environ
à moitié aussi longs
que les pétales.
Pour un examen
en détail, consultez
mon folio, car
j'ai
placé un
spécimen,
cueilli et
pressé,
entre
ses pages.

LINNAEA BOREALIS

La route à partir de là traverse un marais que les gens surnomment « les murs de Troyes », étendu sur un quart de kilomètre, dénué d'arbres. Quantité de grosses pierres bordent la route, déterrées afin de réparer la chaussée. Elles ressemblent à une masse de ruines, et sont là depuis un certain temps, parées de *Campanula serpyllifolia*.

Lorsque vous cueillez une fleur préférée,
comme il se doit, cueillez-la,
avec ses racines traînantes,
ses feuilles verdoyantes
et ses fleurs roses,
parfaitement symétriques.

Ce ne fut pas moi qui plus tard donnai à cette *Campanula* mon nom – l'on considère que le nom d'une plante ne doit aucunement être en lien avec celui qui la nomme. Mais je rêve – et demande à Gronovius, confrère botaniste, de me rendre ce service. Cette plante de Laponie, insignifiante, méprisée, modeste, qui ne fleurit que brièvement – nommez-la d'après ce pauvre Linné, qui lui ressemble.

COMMENT ÊTRE UN VRAI BOTANISTE

Une chose est sûre :
avoir une véritable compréhension de la botanique
et savoir nommer toutes les plantes
avec des noms intelligibles.

Ensuite, être l'une de ces deux choses :
collectionneur ou méthodologiste. Le premier,
qui s'intéresse principalement au nombre
d'espèces de plantes.

Le second à l'arrangement
des plantes et à la nomenclature.
(Les amateurs de botanique
sont ceux qui ont réalisé plusieurs

travaux concernant la botanique, bien qu'ils
n'appartiennent pas à proprement parler à la science botanique :
anatomistes, jardiniers, physiciens,
et autres, parmi lesquels s'inscrivent

économistes, biologistes, théologiens, poètes.)
Systématiquement, recherchez studieusement
la méthode naturelle – de classification.
Car c'est là le commencement et la fin

de ce qui est nécessaire en botanique. N'oubliez pas que
la nature ne fait pas de bonds. Toutes les plantes affichent
leurs contiguïtés de part et d'autre,
comme les territoires sur une carte géographique.

PEU COMMUN

Lorsque j'arrive au relais de poste de Hamränge pendant la nuit,
je trouve une place près du feu, écoute les personnes présentes parler
d'une espèce d'arbre extraordinaire, qui pousse au bord de la route, que
beaucoup de gens sont allés voir, sans qu'aucun arrive à savoir ce que c'était.

Certains affirment qu'il s'agit d'un pommier qui a été maudit
par une mendiante, qui un jour, après avoir pris une de ses pommes
et s'être à ce titre fait empoigner par le propriétaire
de l'arbre, a déclaré que l'arbre ne porterait plus jamais de fruits.

Le lendemain matin, je me lève avec le soleil afin d'examiner
cet arbre merveilleux, que l'on m'indique de loin.
Il s'avère n'être rien de plus qu'un orme commun. Cependant, j'apprends
que l'orme n'est pas un arbre commun dans cette partie du pays. C'est tout.

HARENG ROUGE

Enfin, pour votre plus grande satisfaction, rendez-vous au fleuve Ljusnan. Depuis cette partie de la forêt jusqu'à la mer, la distance est de trois kilomètres. Ici et là dans les bois se trouvent des pierres rouge sang, ou plutôt des pierres qui semblent en partie tachées de sang. Ramassez-en une. En la frottant, découvrez que la couleur est simplement externe, et tout à fait distincte de la pierre elle-même.

Il s'agit, en fait, de *Byssus jolithus.*

De la même manière, travaillez toujours dans le but de percer à jour les astuces de la nature.

JOURNÉE DE REPOS

Arrivez à Fjähl le jour de l'Ascension, passez-le ici, en partie à cause
de la fête liturgique, en partie pour reposer vos membres fatigués et reprendre des forces.
Promenez-vous dans le voisinage ; amusez-vous des beautés
de la flore, qui ne sont ici qu'au tout début du printemps. Mettez-les par écrit.
Et comme un vrai botaniste, acceptez les genres naturels, énoncez les espèces distinctes, ne vous satisfaites pas de n'importe quelle nomenclature, mais trouvez de véritables noms.
Examinez soigneusement les plus petites parties des plantes et soyez illuminé.
Soyez encore et toujours systématique avec les noms et les classifications, autrement c'est infernal.

Trouvez cette violette aquatique avec une fleur blanche. Elle pousse toujours à proximité de l'eau.

Rentrez avant la nuit ; il pleuvra beaucoup.

BRUNAESBERGET

Pour Linné

Alors que vous approchez de Brunaesberget, tournez à gauche,
trouvez une cave creusée par la nature dans la montagne,
qui ressemble à une habitation toute en pierre.
Le devant est ouvert, plus étroit et plus bas qu'à l'intérieur,
qui est si élevé que vous ne pouvez atteindre le plafond.
L'entrée est cachée, gardée à l'extérieur
par deux arbres imposants, un sapin et un bouleau, tandis que la pente
est raide et abrupte. Au sol, vous trouvez des cailloux,
des souches brûlées, et les gens du voisinage
vous informent que, pendant deux ans, un homme – un sage ou un criminel ? –
s'est caché dans cette caverne. Vous vous attardez un moment
en quête de mousse sur les pierres, de champignons à la texture semblable à une éponge,
et d'autre chose d'entièrement impossible à découvrir.
Partout près de la route, scintillant à la lumière du soleil,
se trouvent des spaths couverts de talc ou du verre fin de Moscovie. Des pierres
sont empilées sur d'autres pierres. Êtes-vous dehors ou dedans ? Vous ne pouvez
en être certain. Tout ce que la lumière touche n'est pas visible.

LE CŒUR DE LA FORÊT

Au cœur des forêts angermaniennes, des arbres à feuilles caduques, le *Befula alba* et le *Betula alnus* var. *incana* à feuilles blanches, abondent à égalité avec les *Pinus sylvestris* et autres *P. abies*, tandis que parmi les humbles arbustes, ce sont l'*Erica* et le *Vaccinium Myrtillus* qui prédominent en alternance. Les bois regorgent également de branches enchevêtrées de bouleaux, ce dont j'ignore la cause. Prenez des notes. Et si le temps le permet, réalisez un croquis détaillé.

La finalité du voyage doit être de dépeindre la nature plus fidèlement que quiconque.

COMPLAINTE

Pleurez, car il n'est aucune fleur à voir ici,
pas même l'*Ovalis acetosella*, mon unique consolation.

Avant d'atteindre Sormjole, vous vous faites accoster
par deux rennes mâles. Mauvais présage, ça, disent certains.

En effet, vous montez une jument qui manque vous mettre à terre.

À l'approche du soir, vous arrivez à Röbäck, où vous passez la nuit
à trembler. Il fait froid et de fortes rafales soufflent en provenance du nord-est.

COMMENT DOMPTER CE QUI EST SAUVAGE

Le baron Grundell, gouverneur de la province et la douceur incarnée, vous reçoit avec la plus grande gentillesse. Chez lui, il a deux *Loxia curvirostra* en cage, qui se nourrissent des cônes de l'épicéa avec une grande dextérité. Le baron Grundell vous dit qu'il a souvent eu des *Emberiza nivalis*, l'oiseau le plus septentrional en hiver, et des *E. hortulanus*, capturés vivants, dont il a vendu le dernier en France pour la valeur de 1 ducat.

Il vous montre les peaux de renards bleu et noir, ainsi qu'une variété dénommée *korssraf*, qui est jaune et noir grisâtre. Il vous dit qu'il a récemment envoyé au roi un *jarf* vivant, un glouton au pelage brun à rayures dorées, et qu'un jour il avait si bien domestiqué un autre animal de cette espèce que lorsqu'il le mettait dans l'eau après avoir percé un trou dans la glace, le glouton ne le quittait pas et ne se nourrissait d'aucun poisson vivant.

COMPLAINTE II

Lorsque vous quittez Umeå, le temps est pluvieux et continue de l'être pendant toute la journée. La route se fait de plus en plus étroite, de telle sorte que votre cheval trébuche entre les cailloux, au péril de votre vie. Votre chemin est si étriqué et compliqué, le long de si nombreux sentiers, que rien d'humain n'aurait pu suivre vos traces. En cette morne contrée sauvage, vous commencez à vous sentir

très

seul

et à déplorer l'absence d'un compagnon. Le simple exercice d'un cheval trottant sur une bonne route, pour libérer le cœur et les esprits, serait préférable à cette manière de voyager lente et fastidieuse, à laquelle vous êtes condamné. Les quelques habitants que vous croisez ont un accent étranger. Au cours de cette journée de voyage, rien ne se présente à votre observation qui vaille la peine d'être remarqué.

SOIRÉE À LYCKSELE

À 8 heures du soir, j'arrive à la demeure hospitalière de M. Oladron,
le vicaire de Lycksele qui, de même que sa femme, me reçoit avec gentillesse.
Ils commencent par me dire de rester avec eux jusqu'au prochain jour de jeûne, afin de me reposer, de faire connaissance.

Pendant le dîner, je les régale de toutes mes observations jusqu'à présent, en m'attardant sur les détails.

MATIN À LYCKSELE

Je découvre que mes hôtes ont changé d'avis, affirmant qu'ils redoutent que mon voyage soit entravé par des inondations si je le retarde. Ils me conseillent de me dépêcher, me dépêcher, et se montrent très soucieux de me voir partir rapidement.

L'ACTE DE PARTIR

Remarquez des deux côtés du fleuve plusieurs cabanes d'été de Lapons,
dans lesquelles ils résident, pendant une courte période, durant cette saison. On raconte

qu'un Lapon ne reste jamais plus d'une semaine au même endroit, non seulement car
il cherche un nouveau pâturage pour ses rennes, mais aussi car il ne supporte pas de rester

longtemps quelque part. Il conduit tout le troupeau, les jeunes comme les vieux, dans la rivière,
de plus de huit coups de feu de large, et tous nagent facilement jusqu'à la rive opposée,

heureux d'être en perpétuel pèlerinage, leurs maisons brèves et pratiques et pourtant, et pourtant, le but d'un voyage est certainement qu'il touche à sa fin et que nous nous reposions.

De cette façon le monde et tout ce qu'il contient restent à leur juste place.

AIMER SES COLONS

Il semblerait que les Lapons adorent les colons finlandais qui résident parmi eux et les traitent avec une grande gentillesse. Ces braves gens indiquent volontiers aux étrangers où installer leurs pénates afin d'avoir accès aux prairies humides qui offrent du bon foin, dont eux-mêmes ne veulent pas, leurs troupeaux de rennes préférant les pâturages plus secs.

C'est simple.

Tout ce qu'ils attendent, en retour, c'est que les colons les approvisionnent en lait et en farine.

ALLER À L'ÉGLISE

Tous les Lapons
trouvent les fêtes
religieuses à l'église
ou les journées
d'action de grâce
à l'époque du printemps pesantes et oppressantes, car cela les
oblige à traverser le fleuve au péril de leur vie. En cette saison,
l'eau n'est ni suffisamment gelée pour supporter
leur poids, ni suffisamment ouverte pour y naviguer ;
par conséquent, ils sont
forcés de traverser à gué,
souvent avec de l'eau
jusqu'aux bras, et se
trouvent à demi morts
de froid et de fatigue
une fois arrivés à l'église.
Ils doivent endurer cette
épreuve ou payer une amende
de 10 dollars d'argent
Et faire pénitence pendant
trois dimanches ou plus.

BAPTÊME

Lorsque vous rencontrez une nouvelle plante,
jamais observée auparavant, ne la touchez pas
immédiatement. Observez la façon dont les fleurs
ne sont pas encore écloses mais semblent n'être qu'à
quelques jours d'atteindre la perfection. À présent,
ouvrez-en quelques-unes et trouvez-les papilionacées.
La pointe de l'étendard ainsi que la
carène sont d'une teinte pourpre. L'habit tout entier
de la plante révèle qu'il s'agit d'une *Astragalus*.
Pour le moment, appelez-la *Liquiritia minor*.

Nomina si nescis, perit cognitio rerum.
Ce n'est qu'après avoir été nommée qu'une chose est connue.

GUTTA SERENA

Les gens vous amènent la fille d'un paysan,
âgée d'un an et demi et de la vue privée
bien qu'elle adore être dans le carré brillant
de lumière près de la fenêtre. Mais pour commencer,

De l'eau pour lui laver le visage et les yeux et vérifier
si le mal qui la frappe n'est pas la cataracte
mais il apparaît pendant l'acte
que ses yeux sont bien formés, ni tachés

ni troubles. « Est-elle née comme cela ?
demandez-vous à la mère. Y a-t-il eu une perte progressive ? »
La mère répond qu'elle est convaincue, car bien sûr,
quand elle était enceinte, de jour comme de nuit,

elle s'occupait de sa mère, supposée mourante,
qui s'est remise de sa maladie, mais est restée malvoyante,
et même en y réfléchissant, ils sont incapables de trouver
une explication à sa cécité. Elle mentirait si elle disait

croire qu'il n'y a aucun rapport. Vous avez bien peur
de ne connaître aucun remède à un tel malheur
à part disposer le berceau de l'enfant peut-être
avec le pied tourné vers la fenêtre.

Et ce afin de progressivement développer
l'habitude de tourner la tête vers la lumière.
La cécité transmet la cécité, tout comme la vue s'acquiert
via des efforts répétés pour la purifier et l'élever.

SESTINE POUR LES ÉGARÉS

Pour Linné

Quand vous êtes en ville, passez à l'église
dans la vieille Luleå, à un demi-kilomètre. Voyagez par la mer,
car vous ne trouverez pas le moindre cheval en cet endroit.
En chemin, vous passerez devant « la barbe du vieil homme », étrange
pelouse, connue ici comme les poils lapons. Aussi, dans les profondeurs
du sol humide, des crépitements de crustacés, tandis qu'au-dessus

les mouches volent, nombreuses comme des atomes, et au-dessus
d'elles le ciel du Nord, qui tombe sur l'église
– construite en pierre des champs, qui ne se trouve pas dans les profondeurs,
mais à la surface de la terre, lavée par les mers.
Celle-ci est ancienne, construite après un étrange
accord de paix négocié avec les Russes, érigée à cet endroit

pour sécuriser l'État, et quel endroit
pour une maison de Dieu, parmi des champs vidés
de toute récolte, et quatre cents maisons en bois plongées dans un étrange
silence. Avancez, entrez dans l'église,
pas vraiment un lieu qui va vous emporter sur une mer
d'émotion, mais cela ne veut pas dire que vous resterez insensible, dans les profondeurs

du silence. Vous pensez que ces racines courent en profondeur
mais rien n'est depuis toujours dans cet endroit,
qu'importe son caractère éternel, Dieu, le Christ, la mer,

autre chose était là avant, en dessous, au-dessus.
Une chose que des murs et un autel ne peuvent confiner, une église
de vent et d'eau, de hauts arbres auxquels d'étranges

cadeaux furent offerts. Ici, d'anciennes statues d'étranges
martyrs, dont les têtes présentent des cavités dont les profondeurs,
renferment de l'eau, afin que les prêtres de l'église
puissent les faire pleurer à loisir. Allez-y, placez à cet endroit
votre main, sur le livre qui enseigne la pitié venue d'au-dessus
de nous et non pas d'entre nous, pécheurs. Levez les yeux, regardez

les deux piédestaux avec des images sur chacun d'eux. Regardez
comment leurs mains sont arrangées afin de saluer les étrangers
quand ils entrent, jointes dans l'adoration venue d'au-dessus
de nous. Ici, tout n'est qu'ordre ; tout est au bon endroit
– qu'importe si nous nous dispersons à la marge, tant que l'église
reste au centre. Et au-dessus. Tandis qu'au cœur d'une mer de chaos,
l'église en pierre des champs joue le rôle d'ancre ; ce n'est pas un endroit pour nos étranges
loyautés envers la nature et ses profondeurs, qui incite à remplacer les églises par des arbres.

TRUFFES

Trouvé : *Lycoperdon tuber* entre Heden et Swartla. Bon déjeuner.

LE CRÉTIN ET LA LYRE

Après moult soucis et fatigues, j'atteins Jockmock, où se trouve la principale église de ce district du Nord et où son pasteur réside. M. Maiming, qui est maître d'école, et M. Hogling, le vicaire, me tourmentent avec leur ignorance consommée des plus opiniâtres.

Le savant vicaire entame sa conversation avec des remarques sur les nuages dans son pays, exposant comment ils frappent les montagnes sur leur passage, transportant des pierres, des arbres et du bétail. Je me hasarde à suggérer que de tels accidents doivent plutôt être attribués à la force

du vent, car les nuages n'ont pas à eux seuls le pouvoir de soulever ou de transporter quoi que ce soit. Il me rit au nez, affirmant que je n'ai sûrement jamais vu de nuages. Pour ma part, il me semble qu'il n'a jamais vécu ailleurs que dans les nuages. Je réponds que dès lors que le temps est brumeux,

je marche dans les nuages, et quand le brouillard est condensé et que l'air ne le porte plus, il pleut aussitôt sous mes pieds. Face à tout ce raisonnement, qui dépasse son entendement, il se contente de rire avec un sourire sardonique. Il est encore moins satisfait de mon explication sur la manière dont

des bulles d'eau sont soulevées dans les airs, étant donné que les nuages sont d'après lui des corps solides. Lorsque je réfute cela, il renforce son assertion avec un texte des écritures, me réduisant au silence avant de rire de mon ignorance. Il m'informe ensuite avec condescendance
qu'après la pluie, les montagnes sont toujours couvertes de flegme à l'endroit où les nuages les ont touchées. Quand je

rétorque que ce flegme est un végétal appelé *nostoc*, on juge que, comme saint Paul, je suis fou et que trop d'apprentissage m'a fait perdre la tête. Ce philosophe,

aussi pleinement persuadé de sa connaissance complète de la nature que Sturmius l'était d'être capable de voler suspendu à des ballons vides, est heureux d'être facétieux à mes dépens. En long et en large, il me conseille gracieusement de respecter les opinions des personnes compétentes dans

ces domaines abscons, et de ne pas, lors de mon retour chez moi, m'exposer en publiant des idées aussi absurdes et grotesques que celles que je viens d'avancer. L'autre, le pédagogue, regrette que les gens accordent une telle attention à des vanités temporelles et

par conséquent, hélas ! négligent leur bien spirituel ; et il fait remarquer que de nombreux hommes ont causé leur propre perte en se consacrant trop aux études. Ces deux sages sont d'accord sur un point. Ils ne peuvent dissimuler combien ils sont surpris que l'Académie royale ait expressément nommé

un simple étudiant pour mener à bien la mission qui m'a été confiée, sans prendre en considération le fait que des hommes tout aussi compétents résident déjà dans le pays et qu'ils auraient pu mener à bien cette entreprise avec assiduité et bien plus de réflexion.

J'ai mal à la tête.

LES TRACES DU FEU

En face de Parkajaure, le premier lac que vous atteignez après avoir quitté l'endroit où vous avez dormi, s'élève la haute et noble montagne de Tornberget, au sommet de laquelle les Lapons avaient pour habitude, en des temps anciens, d'offrir des sacrifices pour la bonne santé de leurs troupeaux de rennes. Ces sacrifices n'ont plus lieu mais la montagne porte encore les traces du feu.

L'HEURE D'APPRENDRE

Minuit est *kaskia*
Le reste de la nuit avant l'aurore, *pojela kaskia*
L'aurore, *theleeteilyja*
Le lever du jour, *peivi morotak*
Deux ou trois heures après le lever du jour, *areiteet*
L'heure de traire les rennes, *arrapeivi*
Midi, *koskapeivi*
La fin d'après-midi, *eketis peivi*
Le crépuscule, *peiveliti*
La nuit, *iä*

Pour les mois de l'année, les Lapons n'ont pas de noms, mais le milieu de l'été est *Gaskakis*, le milieu du mois d'octobre, *Talvi*. Et la semaine des faons, *Ornjk*, pour cette période de l'année où les cornes des faons de deux ans commencent à bourgeonner.

COMMENT CHASSER UN OURS

Ne ratez pas votre cible.

NOUVEAU MONDE

Quand je gravis Wallavari, je ne sais guère si je suis en Asie ou en Afrique, tant le sol, la situation et chacune des plantes me sont étrangers.

Montagnes enneigées de toutes parts, et je marche dans la neige, comme au cœur du plus rigoureux des hivers. Toutes les plantes que j'ai précédemment rencontrées sont ici dans leur version miniature, et les nouvelles en une profusion telle que je suis saisi par l'ébahissement. La soyeuse *Alchemilla* avec ses feuilles palmatilobées, la *Jussiae* à trois dents, la *Dillenia* à la tige boisée et à la fleur violette, la grande *Banisteria* et sa forme ovoïde, la *Saxifrage* avec ses feuilles velues et ses tiges rampantes, la *Pinguicula* à éperon jaune, le *Renonculus* volontaire avec ses fleurs en triangle entremêlées, l'*Hesperis* à cosses plates, l'humble *Salix villosa*, la *Veronica serpyllifolia* bien droite.

Je regarde tout ce que j'ai nommé et vois que c'est bon.

SAVOIR

Je ne peux m'empêcher de me demander comment les Lapons savent
quelles bêtes du troupeau ils ont déjà traites
par rapport aux autres, étant donné qu'ils les relâchent dès qu'ils ont fini. Aucune marque n'est apposée
que je puisse apercevoir, aucun signe visible. Alors je demande,
et l'on me répond que chacune d'entre elles a un
nom qui lui est propre, et que les propriétaires les connaissent tous à la perfection.

Cela me semble tout à fait stupéfiant, étant donné que toutes sont si semblables
dans leur forme et leur couleur, et que cette dernière change chez chaque
individu tous les mois. Leur taille varie, elle aussi,
en fonction du nombre d'étés qu'a vus passer
l'animal. Être capable de les distinguer les uns des autres
parmi une telle multitude, telles des fourmis dans une fourmilière, est au-delà de ma

compréhension.

LIVRE

Aujourd'hui, je montre à un Lapon certains dessins dans mon journal de bord.
Une telle vision l'alarme ; il ôte son béret, s'incline
et garde la tête baissée et la main sur le
cœur, marmonnant tout seul et tremblant
comme s'il était sur le point de défaillir. L'on m'explique qu'il a peur que je sois un prestidigitateur,
et le livre un tambour magique auquel le Lapon a recours en période
de trouble avec la même foi qu'un dévot face au sanctuaire d'un saint.

CONVERSION

Tout d'abord, confisquez leurs tambours et leurs idoles.
Chargez quelqu'un de vérifier, de chercher
des informations sur tout Lapon qui aurait dissimulé
de tels objets. Puis demandez à ce que
l'on vous les apporte. Si le propriétaire
refuse et que vous avez longuement supplié
en vain, saisissez le bras du Lapon,
remontez la manche de sa veste,
et préparez-vous à ouvrir une veine sur toute sa longueur.

Le Lapon, presque évanoui, vous implore de lui laisser
la vie sauve, promettant d'apporter le tambour et les idoles
réquisitionnés ; libérez immédiatement le bras.
Ce stratagème a fréquemment été utilisé avec succès.

VIVRE LÉGÈREMENT

Les Lapons des montagnes, ou ceux qui vivent
dans les Alpes, ne construisent pas de huttes, uniquement des tentes faites de bâtons et de branches et de peaux de renne. Quand ils s'allongent, ils fixent un crochet dans la couverture pour laisser entrer les étoiles. Leur mobilier se compose de bouilloires et de marmites, parfois en laiton,
parfois en cuivre : rarement en pierre, à cause
du poids. Ils ne possèdent que ce qu'ils sont en mesure de transporter.

SIGNES

Les paysans qui résident près des falaises ou près de terre surélevée jugent de l'approche du mauvais temps grâce aux corbeaux ; en effet, ces oiseaux recherchent l'abri des marécages avant son arrivée.

Ils affirment qu'ils lisent ces signes depuis des années.

COMMENT TROUVER LE NORD

Consultez, comme le font les Lapons, des objets naturels en guise de boussole pour vous orienter pendant votre voyage.
Les grands sapins comportent davantage de branches sur leur face sud que sur leur face nord.
Les fourmilières aussi, dont le versant sud est couvert d'herbe, et le nord de myrtilles. L'écorce des trembles est rêche côté nord, et lisse du côté opposé. Les vieux pins flétris sont recouverts au nord d'usnée, ou de *Lichen jubatus* filamenteux.

De telles marques vous permettent de vous orienter à travers des forêts sans sentiers.

Avons-nous jamais disposé de guides aussi infaillibles ?

EAU BLANCHE

Les lacs dans cette partie du pays ne vous offriront pas autant de plantes que plus au sud. Leurs fonds sont clairs et dépourvus de végétation. Leurs rivages ne sont pas moins arides. Aucune *Nymphae*, aucune patience d'eau ne pousse sur leurs bords, mais la surface de l'eau est couverte de *Ranunculus* aux feuilles capillaires rondes, qui blanchissent toute l'étendue avec leurs fleurs. Le lac semble couvert de neige. Mais il ne l'est pas.

FEU DE FORÊT

L'hiver est plus clément que le feu.
Plusieurs jours auparavant, les forêts
ont été frappées par la foudre, et
les flammes, alimentées par la sécheresse,
se sont déchaînées avec une violence féroce.
En bien des endroits, la dévastation
s'étendait sur des distances de plusieurs kilomètres.
La forêt était enfoncée dans un sable profond,
un spectacle plus aberrant que
la blanche neige, car le gel, même s'il
détruit l'herbage, préserve
les racines, ce que le feu ne fait pas.

COUVERTURE

Sur une bruyère toute proche de la rivière Sangis, remarquez de la terre de couleur rouge.
La partie sèche de la forêt, qui avait brûlé, a produit du *Lichen rangiferinus* en telles quantités que le sol tout entier en était recouvert. C'est ainsi que vous découvrez que, malgré tout, les choses continuent à pousser.

PORT

Arrivez à la ville de Nykarleby, où chaque rue est pavée de bois à la manière d'un pont, ce qui lui confère un très bel aspect. Le port de cet endroit
est près de la rivière, à un quart de kilomètre de la ville. Sur le rivage s'entassent d'immenses piles de bois destinées
à être transportées jusqu'à Uppsala pour servir de combustible.

Vous êtes, vous aussi, prêt à rentrer chez vous.

FIN DU VOYAGE

Avant d'arriver à Uppsala, à 1 heure de l'après-midi, faites le bilan.

Si vous avez voyagé comme vous le deviez, à savoir engagé à coucher par écrit tout ce que vous avez observé et trouvé utile, voici votre récompense : la connaissance naturelle des plantes, des animaux et des minéraux, leur influence dans le système du monde et leur utilité à la race humaine. Autrement, voyager où que ce soit n'a aucun intérêt.

JOHANN

Au début du mois de juin 1787, par une journée d'une luminosité et d'une chaleur estivales, Goethe franchit la Porta del Popolo et entre dans Rome. Cette fois ne pourrait être plus différente de la précédente. Son esprit n'est pas absorbé par la capitale du monde, la ville éternelle, la plus sacrée des cités.

Il pense au Vésuve. Et à la coulée de lave qui a jailli du sommet avant de s'écouler vers la mer.

Une tragédie incommensurable que de passer à côté de cette expérience ! Mais le volcan est entré en éruption alors qu'il avait déjà fait ses adieux à Naples, et même s'il était resté un ou deux jours de plus dans l'espoir d'être témoin de cette rare merveille géologique, le flot de lave ralentissait : il mettrait peut-être des semaines à atteindre l'eau, lui avait-on dit.

Alors il était parti et le voici, à plus de deux cents kilomètres du volcan, en route pour le numéro 18 de la via del Corso.

Schütz et Bury sont fous de joie de le voir. Ils ne le lâchent pas, désireux de tout savoir de ses aventures napolitaines et siciliennes. Ils veulent voir ses croquis, ses aquarelles. Ils veulent savoir si la mer est différente dans le Sud, si les fruits sont plus sucrés, les femmes plus belles et plus conciliantes, le vin plus fort, les villes plus anciennes et les couchers de soleil d'une splendeur plus incroyable encore.

Goethe rit.

— La réponse à toutes ces questions est oui, à l'exception de celles concernant les femmes. Là, je n'en sais rien.

— Le second oreiller est-il donc toujours maudit ?

Hélas, soupire-t-il, oui.

À cet instant, Tischbein entre dans la pièce, et même si leurs retrouvailles sont affables, leur échange est empreint d'une froideur notable.

— Comment était la Sicile ? demande-t-il poliment.

— Bien.

— Bien ? interjette Schütz. Vous nous avez écrit en affirmant que c'était un endroit de rêve… que l'on n'a rien vu de l'Italie tant que l'on n'a pas vu la Sicile…

Goethe les prie de bien vouloir l'excuser ; il est épuisé. Il va se retirer pour le moment et les retrouvera plus tard. Schütz et Bury échangent un bref regard. Ils ne savent pas grand-chose de ce qui s'est passé entre les deux amis à Naples, mais ils devinent que cela a entravé le fait que Tischbein accompagne Goethe plus au sud. Il est revenu de Naples tandis que Goethe était en Sicile. Pour le moment, ils se gardent d'aborder le sujet et excusent gracieusement Goethe, affirmant qu'il doit se reposer, bien sûr.

Cette fois, contrairement à la précédente, c'est une installation étrange, car d'après ses plans, Goethe est supposé quitter Rome à temps pour arriver en Allemagne au début de l'automne, avant que les Alpes deviennent infranchissables pour toute la durée de l'hiver. Cela vaut-il la peine de défaire ses bagages ?

Il se rappelle avoir pensé, un mois plus tôt, tandis qu'il attendait le bateau à destination de Naples à Messine (la dernière ville qu'il avait visitée en Italie), que c'était fini. Il n'était plus possible de faire demi-tour. Il avait commencé son voyage de retour en direction du nord, son voyage de retour à Weimar. Lorsqu'il arriva à Naples, ce sentiment lui parut plus réel encore. Le comte Fries, un visiteur viennois, lui transmit le courrier qu'il avait récupéré pour lui à Rome. Plusieurs lettres de Fritz Stein, deux de Charlotte et trois du duc. Weimar, qui lui avait semblé si loin pendant ses deux mois dans le Sud, réclamait de nouveau son attention. Dans ses réponses, il devait avoir l'air sûr de ses réussites – *c'était une visite de la patrie de la culture classique dont j'ai exploré les sommets à la hâte* –, même si son esprit était encore plongé dans un tourbillon constitué de tout ce qu'il avait observé sur l'île. *Les voyages ne prennent pas fin au moment où vous descendez du bateau ou de la diligence*, avait-il eu envie d'écrire. Il faut du temps pour comprendre leur but, et ce processus est gâché lorsqu'on le transforme en récit trop vite, trop tôt. *J'ai vu beaucoup de choses et je n'ai rien de plus à dire*, écrivit-il au début d'une lettre, avant de la froisser et d'en démarrer une autre.

Plus important, il lui avait fallu être clair dans ses intentions. Alors il avait exposé en détail son projet d'être de retour en Allemagne au début de l'automne. La réponse qu'il soigna le plus, néanmoins, fut celle qu'il adressa au duc, œuvrant à un brouillon pendant plusieurs jours avant d'enfin trouver le courage de solliciter une entière révision de ses engagements officiels en tant que fonctionnaire et sa relève de toute tâche administrative à Weimar. Ce n'était pas chose facile, mais peut-être parce qu'il s'était embarqué dans cette aventure, qu'il avait traversé les montagnes sous la pluie à dos de mule, qu'il avait gravi le Vésuve à trois reprises et regardé dans les profondeurs d'un volcan, ou parce que la bouteille de Nero d'Avola qu'il était en train de boire était d'un cru particulièrement fort, il avait signé la lettre, l'avait scellée et l'avait expédiée.

Il espérait qu'une réponse l'attendrait à Rome.

Aucune réponse ne l'attend à Rome. Uniquement des journées de plus en plus chaudes. Pendant les longues après-midi, ses quartiers sont étouffants, en dépit des volets fermés pour empêcher la lumière du soleil d'entrer. Il désespère, mais décide au moins d'achever le travail botanique qu'il s'est assigné. Sur la place du marché, il achète des pots en terre cuite, les remplit de terre et de sable et plante les graines de figuier de Barbarie qu'il a rapportées de Sicile (après avoir légèrement gratté la surface des graines et les avoir fait tremper dans l'eau). Avec un peu de chance, par cette chaleur, elles germeront avant qu'il se mette en route pour le nord. Alors qu'il explique aux autres que sa chambre n'a aucune autre utilité en ce moment que celle de serre tropicale, Tischbein fait alors une offre surprenante.

— Vous n'avez qu'à prendre mon atelier.

Le groupe est au *Caffè Greco*, à l'abri de l'été, buvant une bière allemande brassée dans la région qui s'avère étonnamment bonne. Leur ami artiste Hackert les rejoint, venu de Naples pour aider à ramener la célèbre collection d'œuvres d'art Farnèse à la famille royale napolitaine.

— Mais *vous*, où irez-vous ? demande tout le monde à Tischbein.

— Je pars à Naples.

Des cris de confusion retentissent autour de la table. Goethe garde le silence.

— Quand ? s'enquièrent les autres en chœur.

— Au début du mois de juillet.

— Cela a donc fonctionné, dit Goethe. Félicitations.

Tischbein le remercie, puis se tourne vers les autres.

— Vous avez face à vous le nouveau directeur de l'*Accademia di Belle Arti di Napoli*.

L'annonce provoque un tapage encore plus tonitruant, et de nombreuses tournées de bière sont consommées pour le congratuler.

Plus tard, on demande à Goethe ce qu'il a pensé de la ville au pied du Vésuve.

Il répond tout bas :

— Rome est la ville des études. Naples est celle de la vie.

Lors de son arrivée à Naples, rapporte-t-il, il a cru que c'était là qu'il oublierait tous ses souvenirs, même ceux de Rome. Car en comparaison avec la disposition libre et ouverte de Naples, la capitale du monde, située sur les rives du Tibre, ressemblait à un monastère terriblement mal placé.

La majorité du groupe proteste.

— Sottises, monsieur !

Il hausse les épaules.

— Vous m'avez posé la question. Je suis honnête, voilà tout.

Plus tard, quand ils s'en vont, Goethe constate que Moritz lui emboîte le pas. Son jeune ami ne l'a pas quitté depuis son retour. À son initiative, ils effectuent une courte promenade, même si la lumière du jour disparaît et que les rues de Rome sont dangereusement sombres.

— Avez-vous réellement préféré Naples à Rome ?

— Si je disais oui, cela ferait de moi l'Allemand le plus libre, le plus en quête de divertissement, le plus hédoniste que je connaisse. Vivre à Naples, c'est ne pas penser à demain, se satisfaire pleinement de l'instant présent, être à l'aise avec la frivolité joyeuse.

— Vous ne le supportiez pas, n'est-ce pas ?

— À la fin, non.

Ils contournent une pile de briques et ce qui ressemble fort à du crottin de cheval.

— La candidature de Tischbein au poste de directeur a-t-elle eu quelque chose à voir ?

— Avec quoi ?

— Avec votre brouille.

— En quelque sorte.

Moritz n'insiste pas, mais Goethe continue :

— Je pense que nous nous sommes retrouvés en désaccord du fait de nos agendas respectifs. Lui avec son travail officiel et moi avec mon exploration. Mesurer la hauteur du Vésuve est une perte de temps quand participer à des déjeuners d'aristocrates peut être bien plus profitable à l'avancée de votre carrière.

— J'aurais escaladé le Vésuve avec vous.

Goethe sourit.

— Je sais.

Il ne mentionne pas la dispute qui a éclaté, comment elle a dégénéré, comment Tischbein a fini par dire des choses indicibles. Aggravées peut-être par les frustrations engendrées par le fait de voyager à deux, les accusations furent décochées telles autant de flèches : Tischbein était téméraire alors que Goethe était trop prudent ; Tischbein était systématiquement en retard, Goethe donnait sans arrêt des conseils. Il ne se rappelle pas comment ils en étaient venus à lui et aux relations, et à Charlotte, mais toujours est-il que Tischbein l'avait traité de lâche, impliqué dans cette relation avec elle uniquement car cela lui permettait d'éviter l'immuabilité du mariage.

— Pour vous, seul n'a de charme que le *devenir* sans fin, quoi que cela puisse vouloir dire ! avait éructé Tischbein.

Et, en plus de cela, l'illusion qu'il était libre. À ce stade, Goethe était trop livide pour répondre.

Plus tard, Tischbein était venu le trouver, penaud et se répandant en excuses, et Goethe lui avait assuré que c'était oublié. Mais la cicatrice entre eux ne se refermait pas.

Il lui faut un moment pour se rendre compte que Moritz lui a posé une question. Il a demandé quelle était l'expérience la plus précieuse qu'il avait vécue, qu'il avait ramenée du Sud avec lui. Goethe garde longuement le silence et Moritz s'attend à ce qu'il proteste qu'elles sont bien trop nombreuses pour n'en choisir qu'une, mais il n'en fait rien. Il finit par répondre :

— La lumière.

Lors de l'une de ses dernières soirées à Naples, raconte-t-il, il a quitté le théâtre en passant par le port et a longé le Molo dans l'air chaud.

— En un seul regard, j'ai aperçu la pleine lune, la lumière de la lune qui ourlait les nuages, la lumière de la lune sur la mer et sur la crête des vagues les plus proches, les lumières du phare, les feux du Vésuve, son reflet dans l'eau et les lumières des bateaux.

Le sud de l'Italie est alors devenu, selon lui, ce qu'il restera toujours à ses yeux : un souvenir de lumière.

Pour s'éloigner de la chaleur, de sa chambre étouffante et de Tischbein, Goethe accepte une invitation de la part de Hackert à venir dessiner pendant deux semaines à Tivoli et sur les monts Albains, à une trentaine de kilomètres de Rome.

Il avait d'abord rencontré Hackert à Naples, dans les confortables quartiers de l'artiste au sein du palais royal de Caserte, où il enseignait la peinture aux princesses. Goethe lui avait montré certains de ses travaux et s'était exposé au verdict brutal de Hackert : « Vous avez du talent, mais vous êtes incompétent. » Son conseil ? Étudier pendant dix-huit mois s'il voulait produire quelque chose qui lui procurerait de la satisfaction et plairait à autrui. À partir de là, Goethe avait discrètement revu à la baisse ses ambitions picturales, reléguant l'art au statut de passe-temps.

Mais il est plus que ravi d'aller croquer en compagnie de Hackert dans un endroit si pittoresque. Ils déambulent entre forêts, cascades et ruines classiques, avec Hackert qui accorde à Goethe une attention digne d'un précepteur. Il existe, déclare-t-il, trois formes de feuilles que le peintre doit connaître : celle du châtaignier, celle du peuplier et celle du chêne. Tout autre feuillage peut être construit à partir de ces éléments.

— Oh, j'ai moi aussi réfléchi à… comment dire… des modèles.

— En peinture ?

— Non, en botanique.

Hackert bat des paupières, aussi impassible qu'un mur de briques.

L'espace d'un instant, Goethe se demande s'il doit se donner la peine de partager avec lui certaines des idées qu'il a nourries en matière de botanique au cours des derniers mois, façonnées par ses voyages dans le Sud, mais il se ravise. Quelque chose lui dit que Hackert n'est peut-être pas le public le plus sympathique.

— Qu'importe, décrète-t-il. Montrez-moi comment dessiner des feuilles.

Lorsqu'il revient à Rome courant juin, une missive du duc l'attend.

Il sort en trombe de sa chambre après l'avoir lue.

— Je peux rester, annonce-t-il.

Excepté qu'il n'y a personne dans le vestibule sauf Tischbein, qui lève le nez de son livre, l'air interrogateur. Goethe hésite.

— Je viens de recevoir une lettre de la part du duc. Il est en Prusse, où il occupe le grade de général de division dans l'armée, et ne voit pas la nécessité de mon retour jusqu'à ce que lui-même revienne à Weimar en début d'année prochaine.

— C'est formidable. Et comme je vous l'ai dit, vous pouvez prendre ma chambre.

Goethe hoche la tête et s'apprête à partir, mais il a une autre nouvelle à annoncer, bien plus excitante que la première, celle-ci. Il s'arrête sur le seuil.

— Que se passe-t-il ? demande Tischbein.

Dans sa précédente correspondance avec le duc, il avait sollicité une révision de ses engagements administratifs officiels à Weimar. À cela, son employeur n'est pas entièrement opposé. Le duc envisage volontiers de le garder, y compris au poste plutôt flou qui lui est proposé.

— Enfin, dit Tischbein. Vous pouvez être là-bas en tant qu'artiste.

En dépit de tout ce qui s'est passé entre eux à Naples, Goethe doit bien admettre, même à contrecœur, que Tischbein, son premier hôte en Italie, son premier ami à Rome, est le mieux placé pour comprendre pourquoi cela était si important à ses yeux.

Avec l'aubaine inattendue que représente cette prolongation, Goethe s'installe plus confortablement dans sa vie à la capitale.

Il a décidé de retravailler, et avec un peu de chance de terminer, *Egmont*, une pièce de théâtre qu'il avait abandonnée cinq ans plus tôt. Au début du mois de juillet, il est en mesure d'investir l'atelier qu'a libéré Tischbein et qui est plus grand et plus frais que sa chambre. Là, il s'enferme, dort pendant de longues heures, émerge à l'aube pour traverser la Piazza di Popolo jusqu'à la fontaine de l'Acqua Acetosa, dont il admire les eaux. À 8 heures, il regagne ses quartiers, travaille à sa pièce, inspecte les graines dans les pots installés sur le rebord de la fenêtre.

N'ayant jamais connu de telles températures auparavant, il a le sentiment que c'est le premier été de sa vie. Quelque chose s'accélère, c'est vrai, mais quelque chose est apaisé, aussi. C'est une période silencieuse, comme si un voile s'était abattu sur le monde. Peut-être est-ce pour cette raison qu'il sombre dans une étrange langueur.

Je m'isole autant que possible, écrit-il à Charlotte. *Les artistes souhaitent m'emmener partout où ils vont – ce qui est aimable et généreux de leur part – mais le plus souvent, je décline leur offre et reste dans ma solitude.* Il continue de lui écrire fidèlement, l'informant sur tous les détails de sa vie, mais un changement irrévocable semble s'être produit depuis qu'il a brûlé ses lettres. Autre chose a péri dans les flammes. Il avait été convaincu qu'elle comprendrait, qu'elle finirait par lui pardonner son absence, et pourquoi ne l'aurait-elle pas pardonné ? Faire ce qu'il faisait n'était-il pas son droit le plus strict ? Mais toutes ses missives étaient désormais plus courtes, moins affectueuses, invariablement constellées du « *Sei* » formel. Elle ne s'en écarte qu'une seule fois, brièvement, pour lui dire *du hast mich allein gelassen.* « Tu m'as laissée toute seule. »

Oui, c'est vrai, pense-t-il, hérissé et sur la défensive, et il n'y avait pas d'autres solutions.

De temps à autre, il rend visite à Angelica. Elle aussi a entrepris de peindre son portrait, même si sa composition est un gros plan d'un style bien plus formel que celui que Tischbein a réalisé de lui dans la Campagna. Certains soirs, il se baigne dans le Tibre, pas si librement (d'aucuns diraient sauvagement) qu'il le faisait dans l'Ilm, mais en utilisant une respectable roulotte de bain bien aménagée. Parfois, il assiste à un opéra-comique, ou marche simplement jusqu'au Colisée au crépuscule pour se rafraîchir, ou se rend au sommet de la colonne Trajane pour contempler le soleil lorsqu'il se couche sur la ville…

Presque chaque jour, il retrouve Moritz l'espace de quelques heures, et même s'ils n'ont pas été en mesure de reprendre leurs excursions botaniques à cause de la chaleur, Goethe est désireux de partager avec lui les détails de la flore qu'il avait observée au cours de son périple méridional.

Dès que Tischbein et lui quittèrent Rome, la végétation devint presque aussitôt étrangère, rapporte-t-il – des figuiers de Barbarie dont les imposantes feuilles charnues poussaient parmi le vert grisâtre de minuscules myrtes, celui jaunâtre des grenadiers et le vert pâle argenté des oliviers. Dans les prairies, les narcisses et les *Adonis* étaient en fleur. À mesure qu'ils progressaient, ils furent salués par des orangers qui dépassaient au-dessus des murs qui flanquaient la route, chargés de tant de fruits que « je parvenais à peine à en croire mes yeux ! ». En Sicile, il fut accueilli par des mûriers d'un vert frais, des lauriers roses sempervirents et des haies de cédratiers. Dans les jardins ouverts, de grands parterres de renoncules et d'anémones fleurissaient. Les routes étaient bordées d'arbustes sauvages et d'arbrisseaux enchevêtrés brillants de fleurs ; le pistachier lentisque, une masse de fleurs jaunes sans une seule feuille verte en vue, l'aubépine, dans un amoncellement de grappes ; les aloès dressés qui promettaient de fleurir ; les riches tapisseries d'amarantes et de petites roses ; les jacinthes aux clochettes encore closes ; des asphodèles et autres fleurs sauvages. Des chardons en fleur attiraient des nuées d'indénombrables papillons ; les nigelles de l'année précédente s'élevaient, sèches et flétries, mais encore si riches que l'on aurait presque pu les prendre pour une ancienne pépinière.

Goethe marque une pause pour reprendre son souffle, avant de rire.

— Pardonnez-moi, je m'emporte.

— Je vous en prie, répond Moritz. Il n'y a rien à pardonner.

Ce soir, ils ont marché jusqu'au sommet du Janicule et se tiennent près de la Fontana dell'Acqua Paola avec ses trois grandes arches. Au niveau de celle du milieu, l'eau s'écoule dans un bassin si bleu qu'elle semble tomber directement dans le ciel. Ils se tournent et la ville s'étend devant eux, scintillante sous le soleil du soir. Sur la lointaine colline opposée, de l'autre côté du fleuve, se dresse l'élégante silhouette blanche de la Villa Médicis.

— Cela a l'air merveilleux, s'extasie Moritz. Un monde inimaginable dans nos contrées nordiques…

— C'est vrai, la Sicile est extraordinaire pour les yeux…

— Ce que je suis curieux de savoir, c'est si tout cela a révélé quelque chose ?

Goethe hoche la tête.

— Un tas de choses, je pense… N'est-ce pas pour cette raison que nous partons en voyage ? Non seulement pour voir de nouvelles choses, mais aussi pour voir les choses de nouvelles façons.

Il s'apprête à continuer quand un cri retentit derrière eux.

— Regardez qui voilà ! Le baron qui vit en face du palais Rondanini.

Hackert et Reiffenstein, également de sortie pour prendre l'air du soir, marchent d'un bon pas dans leur direction. Leur présence clôt la conversation sur la botanique, car une discussion fervente s'entame à la place quant au choix de l'endroit où dîner ce soir-là.

Bientôt, il est établi d'un accord tacite que Goethe se joint à Angelica pour déjeuner tous les dimanches. Le matin, la portraitiste l'attend dans sa calèche devant le numéro 18 de la via del Corso et ils se rendent dans une galerie puis une autre pour regarder des tableaux.

En sa compagnie, Goethe rencontre Jacob More, « More de Rome », un peintre paysagiste écossais qui a visité la ville en 1773 et n'en est jamais reparti.

— Je ne parviens à peindre nulle part ailleurs, leur dit-il.

— Est-ce bien vrai ? demande Angelica.

— Il y a aussi le fait que le vin d'ici est bien meilleur.

Un dimanche, ils visitent le palais Barberini, avec ses rangées de fenêtres et d'arches gracieuses. C'est d'habitude un plaisir pour Goethe d'accompagner Angelica, avec son œil aiguisé d'experte et ses vastes connaissances, mais cette après-midi-là est suffocante et les différentes salles étouffent sous la chaleur.

Alors qu'ils passent d'une peinture à l'autre, il se mure peu à peu dans le silence.

— Est-ce que tout va bien ? demande-t-elle.

Il s'essuie le front, adossé contre un mur.

— Je crains fort que ce Nordique souffre quelque peu d'un tel été…

— Oh, cela doit être intenable pour vous, Johann… Il vous faut vous rendre à la campagne.

Il l'informe que Reiffenstein l'a invité à séjourner à Frascati en septembre.

— Nous serons à Castel Gandolfo le mois suivant, enchérit-elle. Vous devez absolument vous joindre à nous.

Rendu plus enjoué par la perspective de s'évader, il se tourne vers une peinture qu'il n'était pas d'humeur à contempler l'instant précédent. Un portrait que Raphaël a peint de sa maîtresse, *La Fornarina*. Angelica guide son œil parmi les détails du paysage nocturne, la manière dont la jeune femme est mise en avant pour le spectateur grâce au contraste entre l'obscurité et la lumière.

Enchanté, Goethe s'exclame :

— C'est incroyable que vous sachiez tant de choses !

Elle balaie son commentaire d'un geste, sourire aux lèvres.

— Je peins depuis que j'ai dix ans ; ne pas savoir tout cela serait gênant, honteux même.

Elle a achevé son premier autoportrait réussi à l'âge de treize ans, à l'époque où elle réalisait des portraits d'évêques et de nobles.

— Et pourtant, hélas, le mien est un échec, Angelica.

— Êtes-vous en train de me dire que j'ai raté le portrait que j'ai fait de vous ?

— Exactement. Il ne me ressemble absolument pas. Il est bien trop beau.

— Dans ce cas, mon cher Johann, nous aurions berné le monde à jamais.

À présent que Tischbein est parti et qu'il est fermement établi à Naples, Bury et Schütz s'autoproclament dépositaires de la vie sociale de Goethe.

Ils comptent de nombreux amis parmi la communauté allemande de Rome, musiciens, compositeurs, peintres, chanteurs, et les événements auxquels ils souhaitent le voir assister ne manquent pas. Ils parviennent, enfin, à le convaincre de venir à un bal qui se tient dans le jardin derrière leur maison.

— C'est la seule raison pour laquelle j'accepte, dit Goethe. Si je défaille en valsant comme un idiot par cette chaleur, vous n'aurez pas grand-peine à me porter jusqu'à ma chambre.

C'est une assemblée jeune, insouciante. Un quatuor joue des morceaux entraînants dans un coin, le vin coule à flots et les femmes désireuses de danser sont nombreuses. Goethe tournoie avec l'une puis avec l'autre et est agréablement surpris : il s'amuse comme un fou. Les femmes taquinent et flirtent, affirmant que le Nordique a besoin de se détendre, qu'elles doivent lui faire passer une soirée inoubliable. L'une d'elles en particulier, Catarina, est d'une insigne audace. Ils partagent trois danses d'affilée et, à la fin, elle se penche tout près de lui et murmure à son oreille – « là-haut ? ». Mais il ne donne pas suite à ce badinage, ni à aucun autre. Dix ans plus tôt, il se serait peut-être passé quelque chose, mais ce genre de feu est désormais éteint, pense-t-il.

Plus tard, discrètement, avant que les festivités touchent à leur fin, il s'esquive. Au lieu de retourner dans la maison, il part pour une brève promenade. C'est l'une de ces nuits teintées de nuances argentées. Parfois, lorsqu'une brise froide souffle, des groupes de gens se rassemblent dans les rues pour jouer de la musique et chanter jusqu'au petit matin. Ce soir, il entend un duo quelque part, dans le lointain, aussi beau que ce qu'il aurait pu écouter à l'opéra ou lors d'un concert. Normalement, cela lui donne le moral, mais à cet instant, la tristesse l'envahit et il est certain d'être condamné à être toujours seul et en marge de toute chose.

Peut-être Tischbein avait-il raison, commence-t-il à se dire, lorsqu'il affirmait qu'il n'est pas suffisamment courageux pour s'engager. Puis il s'arrête. Non, ce chemin mène aux mensonges, à de délirantes divagations de fou, à l'insanité.

* * *

Le mois d'août, découvre-t-il, est le mois le plus chaud. Par conséquent, il reste tranquillement chez lui pendant la journée.

Les heures s'étirent devant lui, plus longues que jamais. Il travaille et marque parfois une pause pour examiner le figuier de Barbarie. Il n'a de cesse d'attendre fiévreusement que les graines germent, allant parfois jusqu'à inspecter les pots trois fois par jour. Les avait-il trop vite recouvertes de terre ? Les graines de cactus ne disposent que d'une petite réserve d'énergie et sont incapables de transpercer la surface si elles sont plantées trop profondément. Pendant des semaines, la terre est restée intacte, mais à la mi-juillet, de tendres pointes de vert en ont émergé et n'ont pas tardé à se transformer en petites pousses charnues. Il était resté assis là, à rire tout seul. Qui aurait pu croire qu'une plante à la forme si disgracieuse commençait sa vie dans une telle élégance ?

À présent, il a choisi de dessiner celle qui est la plus robuste, et il la croque chaque jour, en observant la manière dont le cactus se développe et prend forme. Tout d'abord, ce n'est rien de plus qu'un globule, comme un ongle, avec un renfoncement sur le dessus qui devient plus prononcé à mesure que la plante grandit, et donne naissance à deux feuilles succulentes, les cotylédons jumelés qui s'allongent telle une lame effilée, ourlés tout autour d'un vert rougeâtre. Au centre, un dôme parsemé de glochides, des aiguillons semblables à des poils, commence à apparaître, fin et doux et blanc. C'est fascinant ; un phénomène qu'il n'avait pas eu l'occasion d'observer auparavant. Lentement, le dôme grandit et la surface entre les glochides également. Il voit désormais comment ils sont disposés en grappe, en général au nombre de cinq.

Quelle merveille !

Il n'est rien de plus vivifiant que d'être mêlé de la sorte à un autre être vivant. Cela ne cesse jamais de le surprendre : qu'importe à quel point il semble las – de la vie, de la cour, de la poésie, même –, la présence d'une plante, dans les bois, sur un rebord de fenêtre, le régénère indéfiniment.

C'est un sentiment qu'il avait aussi éprouvé avec la petite gentiane en pot dans son bureau de Weimar – un cadeau de Charlotte, se doit-il de préciser –, la manière dont la présence vivante d'une plante anime sa pensée, tandis qu'elle évolue dans son intégralité, de la graine à la feuille à la fleur puis de nouveau à la graine.

Avec la gentiane, il avait également commencé à s'entraîner à voir. Pas le regard hâtif habituel que l'on jette d'un côté puis de l'autre, typique de l'œil enclin à l'analyse, mais une vue qui exige une observation longue et minutieuse.

Il essaie encore de déterminer ce que cela implique exactement, mais il soupçonne fortement que ce mode de perception se basera sur l'instinct, l'imagination, l'inspiration, autant de choses qui lui tiennent à cœur et sont à son sens insuffisamment employées – souvent écartées – au sein des pratiques scientifiques émergentes contemporaines. Au début, pour sûr, une préparation, une « première rencontre » avec le phénomène. Le trait de caractère le plus utile à ce stade étant une réceptivité d'enfant, une ouverture, une volonté de s'émerveiller. « Simplement, qu'est-ce qui pique votre curiosité ? avait-il expliqué à Moritz. N'est-ce pas évident que nous sommes attirés par certains phénomènes en raison de qui nous sommes ? Pourquoi cette notion n'est-elle que rarement, voire jamais admise ? »

Ensuite, peut-être un besoin de prendre du recul et d'approcher le sujet sans rien d'autre pour nous venir en aide que nos sens ordinaires. Pour tenter d'observer avec le moins de jugement et d'évaluation possible. « Retenez vos théories ! Laissez les phénomènes parler d'eux-mêmes ! »

Pour cela, il a découvert que le dessin était un outil utile, l'attention pouvant être attirée par des détails ou des schémas passés inaperçus précédemment. Cela permet de *voir* un figuier de Barbarie en particulier, plutôt que d'avoir recours au mode de perception préétabli *voir un figuier de Barbarie.*

— Que pouvons-nous faire d'autre ? l'avait pressé Moritz. Pour nous aider à voir de cette nouvelle manière ?

— Je recommande de se débarrasser des noms des choses, avait déclaré Goethe.

Cela laisserait le champ libre à des descriptions inédites en dehors des classifications apprises.

— Si je pouvais, Moritz, j'imposerais une restriction sur l'usage de la nomenclature, au moins au début. Trouvez d'autres mots pour décrire l'élément que vous avez sous les yeux… De nouveaux mots nous offrent un nouveau regard… des mots qui œuvrent non pas à figer, mais à encourager l'exploration.

Il était également important d'utiliser tous les sens. Sentir les plantes. Les toucher ! Utiliser le non-visuel pour interagir avec le phénomène.

— Et ensuite ? avait interrogé son jeune ami.

— Je n'en suis pas encore tout à fait sûr.

— Vraiment ?

Goethe avait secoué la tête.

— Mais j'ai découvert qu'il était utile d'imaginer le phénomène observé dans mon esprit.

À ce stade, il a principalement recours à la retraite silencieuse, car il avait commencé à avoir le sentiment que verbaliser équivalait à polluer, voire à distraire d'une expérience sensorielle avant même de l'avoir comprise. Voilà maintenant des mois qu'il essaie de réinjecter l'attention dans l'expérience sensorielle. Plus de réflexion, s'est-il juré. À la place, se plonger dans la vision. Pendant des heures, il se livrait à cet exercice : produire par le biais de son imagination, par exemple, une feuille qui comblait un vide de développement entre celles qui étaient évidentes chez une plante. Cela permettait de mettre en lumière le processus de croissance, au lieu d'enregistrer simplement la forme de la plante. Il a expérimenté la séquence de feuilles comme s'il vivait à l'intérieur des formes changeantes de la feuille au lieu de voir la représentation individuelle statique. Cela l'a aidé à se sensibiliser au fait de voir le mouvement et de voir des choses en transition.

Comme il l'a dit à Moritz, « je tente de tout voir d'un coup ». Tout voir d'un coup est le seul moyen de réellement comprendre une chose qui est en vie.

Il existe d'autres étapes à franchir, il en est persuadé, mais pour le moment, il reporte son attention sur le figuier de Barbarie, qui n'est que jeunesse, verdure et éclat devant lui, plein de potentiel. Naturellement, il n'y a aucun espoir d'en cultiver dans le Nord, à moins de posséder une serre. Il réfléchit à la possibilité d'en demander une au duc, puis se ravise. L'on vient de le relever de toutes ses obligations administratives, tout en continuant de lui verser un salaire ; il a tout intérêt à ne pas tirer sur la corde.

Quand Goethe se lasse de rester enfermé dans l'atelier, il sort. Il ne pleut jamais ces jours-ci, le ciel est perpétuellement sans nuages, et à midi, la chaleur est intense. *Ma plus grande consolation pendant cette vague de chaleur*, écrit-il à ses amis restés à Weimar, *est la conviction que vous devez profiter d'un délicieux été en Allemagne.*

Il échappe au pire en recherchant des endroits de la ville où il peut travailler. Un *palazzo* ou un autre, avec de hauts plafonds et une ventilation traversante providentielle. L'idéal, néanmoins, reste la chapelle Sixtine, qui demeure fraîche et peu éclairée. Un généreux pourboire au gardien lui permet de passer par la porte de derrière près de l'autel et de s'installer où il le souhaite.

Parfois, il apporte en secret du pain et du fromage, quelques fruits, et fait suivre sa collation d'une sieste sur le trône papal.

En dépit de la lenteur de la saison, *Egmont* est presque terminé : il a fini le quatrième acte et espère annoncer bientôt la complétion de la pièce. Cette productivité lyrique est un miracle. Qu'y a-t-il donc en Italie qui encourage ce flot créatif ininterrompu ?

Peut-être parce que pas une journée ne se passe sans qu'il acquière de nouvelles connaissances et compétences en art. Ici, si l'on a l'envie et l'ouverture nécessaires, on peut facilement se remplir à ras bord, à la manière d'une bouteille plongée sous l'eau. C'est sûrement ça. Apprendre, c'est créer ; créer, c'est apprendre. Toujours emprunter les deux chemins, et non pas un seul.

Il se sent bien plus à l'aise et ne reconnaît pour ainsi dire plus la personne harassée qu'il était un an plus tôt. Ce n'est qu'ici, dans cette plénitude, qu'il a réellement appris à se connaître, et à connaître la ville. Pour acquérir une connaissance intime de Rome, de son atmosphère, et s'y sentir chez soi, il faut faire ce que lui-même a réussi à faire : y vivre et parcourir ses rues jour après jour. Il a le sentiment qu'il ne s'en lassera jamais, qu'il pourrait aisément faire cela toute sa vie.

Son plus grand plaisir reste ses promenades quotidiennes avec Moritz.

Le jeune écrivain lui confie les réflexions auxquelles il s'est livré au cours de la journée, ainsi que ce qu'il a lu chez d'autres auteurs. « Vous comblez les failles de mes connaissances, Moritz ! » Tandis qu'ils marchent, ils observent les bâtiments, les paysages, les monuments, et quand ils rentrent le soir et s'asseyent pour deviser et plaisanter, Goethe dessine une vue ou une autre qui l'a particulièrement frappé, pour la partager avec ses amis ou la garder en souvenir.

Ce soir, une agréable tramontane souffle en provenance du nord et l'air est d'une fraîcheur parfaite. Moritz lui parle de son roman : il y travaille toujours, mais cela va, de son propre aveu, prendre un certain temps. L'écriture, au cours de l'été, a ralenti. De fait, la seule avancée à laquelle il est parvenu dernièrement a été de trouver un titre.

— Eh bien, c'est davantage que ce que j'ai accompli en dix ans à Weimar, dit Goethe. Quel est-il, si je puis me permettre de poser la question ?

— Je pensais à… *Anton Reiser*.

Ils sont installés au bord du lac à la Villa Borghèse. Face à eux, sur un îlot, s'élève à la gloire d'Esculape un temple dont la construction est presque terminée.

— C'est le nom du personnage principal, explique Moritz, mais cela fournit un indice quant au thème. *Anton* de saint Antoine l'Ermite et *Reiser* qui signifie « vagabond ».

— J'aime beaucoup.

— C'est vrai ?

Goethe acquiesce.

— C'est intelligent… simple, tout en laissant présager quelque chose de plus profond.

Ils discutent davantage du roman et de l'autre nouvelle idée de Moritz : étudier les œuvres antiques dans le but d'écrire quelque chose de simple et accessible au commun des jeunes lecteurs, mais la foule autour d'eux ne tarde pas à grandir, attirée par la clémence du temps.

Les amis s'éloignent du lac, des bruyants pique-niqueurs, mendiants et autres colporteurs, et lui préfèrent les jardins, à l'atmosphère plus tranquille et à l'ombre plus fraîche. Goethe, premier de cordée, s'assied sous un vieux chêne de Turquie majestueux. Il est plongé dans ses pensées et Moritz s'en rend compte. Habitué aux humeurs changeantes de son camarade, il garde le silence, attendant qu'il partage ses réflexions, ce qu'il fera à n'en pas douter.

Et en effet, Goethe prend bientôt la parole :

— Vous savez, dans un coin de mon atelier, près du portrait de Tischbein, se trouvent les biens qui me sont les plus chers… et ils sont en ma possession depuis une dizaine de mois.

— La peinture de Tischbein est *moins* précieuse ?

— Disons qu'elle m'est précieuse pour des raisons qui n'ont rien à voir avec la botanique.

Moritz sourit de toutes ses dents.

— Quels sont ces biens dont vous parlez ?

Ce qu'il a collecté dans le jardin botanique de Padoue.

— Je vous l'ai dit, j'ai vu de nombreuses merveilles là-bas, une végétation nouvelle et inconnue, des plantes d'extérieur qui ne survivraient que dans des serres en Allemagne.

Parmi toutes ces plantes, cependant, celle qui l'a le plus frappé a été ce que Linné appelle le *Chamaerops humilis*, le palmier nain.

— Je ne parvenais pas à le quitter des yeux. Je restais là, à le fixer, l'esprit vide de toute pensée… à le voir d'une nouvelle façon.

Moritz lui demande ce qu'il veut dire.

— J'ai collecté ses feuilles, pas parce qu'elles sont rares ou inhabituelles, mais parce qu'à ce moment-là, quelque chose s'est éveillé en moi. Une idée !

Goethe s'interrompt, soudain trop agité pour tenir en place. Il se lève, fait les cent pas, puis se rassied.

— Et si ses excroissances latérales étaient simplement des variations d'une seule et unique structure : la feuille ?

Moritz secoue la tête. Il ne le suit pas.

Goethe cueille une fleur sur un œillet voisin. Il la brandit.

— Fut un temps où cette dianthus était une graine. Elle est tombée à terre, a germé, et ses cotylédons sont apparus... connaissez-vous ce terme ?

— Les feuilles de la graine ?

— Oui... qui sont parfois charnues et ne ressemblent pas franchement à des feuilles, mais si vous les examinez de près, vous distinguez les veines... ce qui fait d'elles des feuilles *modifiées*. Les formations qui s'ensuivent sur la tige (là, il montre les feuilles de l'œillet) sont communément connues sous le nom de feuillage, confondues avec les seules *vraies* feuilles.

Puis il fait un geste en direction de la fleur.

— Dans une fleur parfaite ordinaire, comme celle-ci, une fleur qui comporte tous ses éléments, nous voyons tout d'abord un groupe de sépales verts qui *ressemblent* à des feuilles, ici réunis en un tube.

Il met l'œillet tête en bas. Là ! Regardez !

Moritz acquiesce avec vigueur.

— Puis vient la corolle, continue Goethe. Dans le cas présent, cinq pétales, de couleur rose, généralement dépourvus de pigment vert, mais qui peuvent être interprétés comme une transformation du feuillage ou des feuilles de la tige.

Il épétale la fleur.

— Ensuite se trouvent les dix étamines, disposées en cercle serré et dont les extrémités, les anthères, renferment le pollen. Ne sont-elles pas également des variations du pétale ? Est-ce que vous voyez ?

Il la tend vers Moritz, qui regarde à l'intérieur, les sourcils froncés.

— Les derniers éléments de la série de modifications sont les pistils, la partie la plus transformée de la feuille fondamentale, sise au centre de la fleur...

Il montre du doigt.

— Ils deviennent le fruit, et cela nous ramène à la graine, qui porte en elle la feuille de la graine. Comprenez-vous ce que cela signifie ?

Il se relève et recommence à arpenter, les restes dépenaillés de la fleur pendouillant entre ses doigts.

— Pour Linné, la plante en phase de floraison est décrite comme s'il s'agissait d'un assemblage externe de différents composants : feuilles, sépales, pétales, étamines, séparés et indépendants les uns des autres. Il n'y a guère d'indices d'une relation nécessaire entre eux. Il s'agit là de la plante analytique, Moritz, la plante telle que la voit l'esprit intellectuel.

Il tient l'œillet en l'air.

— Bien sûr, Linné a fait cela pour une raison… Il a créé son système afin d'organiser les plantes par espèce et par genre, sur la base d'une comparaison de ces parties de la plante telles qu'elles se présentent dans différents spécimens. Mais… (il tend la fleur à Moritz) et s'il existait une autre dimension de la plante ? Une intense profondeur jamais envisagée auparavant, et au sein de laquelle ces différents organes sont intimement liés. Tant et si bien que tous ne sont, réellement et fondamentalement, qu'un seul et même organe. Une plante qui serait simplement une continuité de la forme.

— Et qu'est-ce que cela voudrait dire ?

— Qu'à la place d'une classification, nous aurions une métamorphose.

Au loin, des bribes de conversations, des éclats de rire et des notes de musique s'élèvent ; ici, une lumière vacille, une brise souffle.

— Ce que vous entendez par là…

Moritz s'interrompt et se redresse.

— Ce que je *pense* que vous entendez par là, c'est que tous ces soi-disant éléments pourraient être regroupés sous le couvert d'un seul concept ?

— Oui.

Goethe contemple la canopée, le chêne de Turquie qui les abrite généreusement.

— Tout est feuille.

Le soleil s'est couché depuis longtemps et l'obscurité grandit à l'est, mais ils ne sont pas encore prêts à partir.

— Pendant bien longtemps, je me suis posé une question, continue Goethe. Existait-il une alternative à la manière dont j'apprenais la botanique ? N'y avait-il pas d'autre moyen à part la différentiation, la réduction, l'analyse obsessionnelles ? Et j'en suis arrivé à ceci… à cette révélation… qu'au cœur de la vie de toute plante réside une structure idéale fondamentale. De cette manière, il n'y a pas à diviser quoi que ce soit, Moritz. Là où la classification sépare et fige et étouffe, la métamorphose permet la vie. Et peut-être cette façon de penser engendre-t-elle de plus vastes répercussions… Une inspiration pour une méthode scientifique qui unifie et reconnaît la merveilleuse simultanéité et l'interconnectivité de phénomènes vivants, au lieu de les inscrire de force dans une séquentialité mécanique qui n'existe nulle part, excepté dans nos esprits. Le monde naturel n'est pas une machine, Moritz, ajoute-t-il en souriant. C'est un être vivant.

Ils gardent longuement le silence. Le parc s'étend devant eux, frais et vide dans la lumière du soir. Il fera bientôt trop sombre pour qu'ils retrouvent leur chemin, alors ils s'époussettent, se dirigent vers la Villa Médicis puis s'engagent dans la rue qui les ramènera via del Corso.

Derrière eux, seul le vent se faufile entre les arbres.

***

Au début du mois d'octobre, Goethe se rend à Castel Gandolfo, à vingt-cinq kilomètres au sud-est de Rome. Quand il arrive là-bas, sa première pensée est que ce lieu est proche du paradis. Le village est perché sur une corniche rocheuse qui donne sur les eaux calmes et cristallines du lac d'Albano, presque aussi bleues que celles qui entourent la Sicile.

Il est ici sur invitation de John Jenkins, ou plutôt sur l'invitation qu'Angelica lui a obtenue auprès du prospère antiquaire anglais. Jenkins a vécu à Rome pendant de nombreuses années et s'est imposé comme un cicéron de choix pour les touristes britanniques de passage.

— Il n'est rien qu'il ne puisse organiser, lui avait dit Schütz. J'ai entendu dire qu'il avait un jour décroché pour ses hôtes une invitation à boire le thé de la part du Pape.

Quand Goethe le rencontre, cela ne lui paraît pas bien difficile à croire. Avec son nez aquilin, son regard aiguisé et sa masse de cheveux ondulés châtains, Jenkins lui fait penser à un singe futé. Heureusement, compte tenu de la taille de sa demeure, la probabilité qu'ils se croisent souvent est faible, et Goethe espère qu'il en sera ainsi.

L'atmosphère au manoir est à la fête, bien qu'aucun de ses amis artistes ne soit là. Par chance, Angelica réside non loin et pourra lui tenir compagnie. Après quelques jours à Castel Gandolfo, il prend conscience que cette destination automnale est remarquablement similaire à une ville thermale, comme celle où il se rend chaque année à Carlsbad. Le hasard met en contact rapproché des personnes qui ne se sont jamais rencontrées auparavant, tandis que des repas, promenades, excursions et autres conversations favorisent une intimité rapide. Mais ici, la diversion de discuter en détail des remèdes et des maux de chacun est absente : il faut s'en tenir à l'échange de banalités sur d'autres sujets moins exaltants. Goethe se lève tôt et s'évade, passant ses matinées seul à marcher, dessiner, se préparer au reste de la journée, pendant laquelle il est attendu de lui de se montrer sociable. Les repas sont pris ensemble, les salons sont le théâtre de fêtes joyeuses, et des pièces comiques sont interprétées pour les divertir en soirée.

— Il est impossible de ne pas tomber amoureux ici, déclare Angelica.

Ils se promènent dans l'une des nombreuses allées couvertes du jardin. Celle-ci est surplombée d'une variété parfumée de rosier grimpant, et la douce lumière du soleil mouchette le chemin.

— Si, par tomber amoureux, vous voulez dire l'affection précipitée qui naît d'une proximité forcée dans un cadre bucolique, alors oui.

— Oh, il suffit, Johann. Ne soyez pas si rabat-joie.

— Ma chère Angelica, vous savez que mon cœur n'appartient qu'à vous.

— Sottises.

— Dans ce cas, disons qu'il appartient à l'art.

Elle grimace.

— C'est bien pire.

Leurs pas les conduisent jusqu'à l'orée du jardin. Là, les parterres sont peuplés de crocus d'automne qui commencent à peine à fleurir.

— Non pas que je ne considère pas l'art comme la vocation la plus noble et la plus grande qui mériterait que l'on s'y consacre corps et âme, mais…

Elle se tourne vers lui.

— Il est des choses que même l'art ne peut vous apporter.

— Comme quoi ?

— Je ne sais pas… la compagnie.

Il rit et elle lui donne une tape sur le bras.

— C'est la vérité, croyez-moi.

— Ma chère Angelica, j'apprécie votre inquiétude à l'égard de ce Nordique solitaire, mais je ne suis tout simplement pas… porté sur la chose actuellement.

— Et c'est exactement à ce moment, mon cher, que l'amour vous tombera dessus.

Le soir suivant leur conversation, après qu'il a réfléchi aux dires d'Angelica (ne serait-ce que pour s'octroyer la satisfaction de les réfuter), Goethe se dirige vers sa chambre afin de se changer avant le dîner quand il tombe au débotté sur des voisines de Rome, une femme et sa fille. Jusqu'alors, ils n'ont échangé que des salutations polies, mais les voici à présent réunis comme de vieilles connaissances.

— Quelle joie, déclare la mère. Nous nous sommes souvent demandé quand nos chemins se croiseraient en bonne et due forme.

La fille, Livia, aux cheveux sombres et au teint pâle, affiche une attitude plus réservée, mais elle est charmante lorsque l'on s'adresse à elle, son dialecte romain digne et distingué. Son amie Maddalena, une jeune femme de Milan en vacances avec Livia et sa mère, se joint à eux. Elle est l'opposé de Livia, remarque Goethe, avec sa chevelure blonde et ses yeux aussi bleus que les eaux du lac d'Albano. Quand ils parlent de l'Allemagne, de Weimar, c'est elle qui lui pose des questions, sur le duc, le temps, le théâtre, la nourriture. Elle n'est pas tant cavalière qu'avide de nouvelles connaissances.

Il croise régulièrement les femmes par la suite et est toujours enchanté de les voir, bien que la mère ne le soit pas autant. Elle est agréable, mais il sent qu'elle le surveille de près et espère qu'il développe un intérêt pour sa fille.

Lors d'une succession de jours venteux, quand le groupe passe le plus clair de son temps à l'intérieur, il joue aux cartes avec les jeunes femmes et s'amuse énormément. Ils se prêtent à un jeu semblable au bingo, où les joueurs forment des alliances. Il fait d'abord mise commune avec Livia puis, alors que la partie progresse, avec Maddalena. À la fin, la mère, qui a assisté à la partie de bout en bout, lance de manière appuyée :

— Vous devez choisir, vous savez, Signor Goethe. Ce n'est pas très *comme il faut*[2] de changer d'allégeance de la sorte.

Il tente de réprimer un sourire face à la manière qu'elle a de parler français.

— Mes excuses, madame. Dans mon pays, il est d'usage d'être poli et attentif à toutes les dames.

Tôt le lendemain matin, il s'esquive de nouveau et part se promener seul dans le jardin. Une légère brume flotte à la surface de l'eau et un brouillard monte encore de la pelouse. Tout est humide de rosée. C'est merveilleux d'être ici avant que les autres soient levés.

Vieillit-il ? N'a-t-il envie que de sa propre compagnie désormais, et celle de seulement quelques autres ? Non, il ne s'agit pas de cela, même s'il est bien possible qu'il jalouse tout ce qui l'éloigne de l'écriture – et nulle écriture n'est possible en ces lieux de sociabilisation.

C'est agréable d'avoir le jardin pour lui seul.

Mais bientôt, il prend conscience qu'il y a quelqu'un d'autre, qui marche derrière les rosiers, et ce, comble du choc, sans être chaperonné.

— Oh ! C'est vous !

Maddalena semble agréablement surprise, pense-t-il. Ou peut-être est-elle simplement soulagée.

— Que faites-vous ici ?

---

2. En français dans le texte.

— Je pourrais vous retourner la question, rétorque-t-il.

— Je respire, répond-elle.

Elle sourit et soudain, le soleil se lève.

— Que regardez-vous ?

Il lui montre. Un aloès venu d'Inde, et qui n'a pas l'air content d'être ici.

— Il ne fleurira sans doute jamais, explique-t-il, et je suis allé en Sicile trop tôt pour voir la moindre fleur. Absolument exaspérant.

— Vous êtes allé en Sicile ?

Une pointe de jalousie tinte dans sa voix.

— Avez-vous vu l'Etna ?

Il admet l'avoir vu, même s'il a bien peur d'avoir seulement réussi à gravir le Vésuve.

— Vous avez escaladé le Vésuve ?

Elle ouvre grand la bouche, écarquille les yeux.

— Trois fois.

Il aime sa curiosité et sa capacité à s'émerveiller. C'est rafraîchissant. Et peut-être l'admire-t-elle, aussi. Il est trop tôt pour le dire, bien sûr. Étant donné qu'ils ne peuvent regagner la maison ensemble, ils restent là, à côté de l'aloès avachi.

— Il est inconvenant de se plaindre, mais je n'ai pas toujours été autorisée à étudier autant que je l'aurais voulu, confie-t-elle.

Son regard se perd au-delà des eaux du lac.

— L'on ne nous apprend pas à écrire, par peur que nous écrivions des lettres d'amour. Et l'on ne nous apprendrait même pas à lire s'il ne nous fallait pas lire notre missel.

Elle reporte son attention sur lui.

— Combien de langues parlez-vous ?

Quatre, répond-il, cinq, bien qu'il ne les parle pas toutes couramment.

Elle rit, mais c'est un rire sans joie.

— Personne ne songerait à nous enseigner des langues étrangères. Je donnerais tout pour parler l'anglais. J'entends souvent Mr Jenkins, Signora Angelica, Signor Zucchi et d'autres deviser en anglais et j'écoute avec envie… Je vois tous ces journaux anglais aux feuilles immenses sur la table, remplis de nouvelles venues du monde entier, et j'ignore ce qu'ils disent.

Avant de parvenir à s'en empêcher, il répond :

— C'est bien dommage… d'autant plus que l'anglais est très simple à apprendre… Pourquoi n'essaierions-nous pas plus tard ?

— Vraiment ?

Ses yeux chatoient tels deux diamants bleus.

Son cœur à lui cogne dans ses tempes.

— Bien sûr.

La leçon a lieu ce soir-là. Goethe s'empare de l'un des journaux anglais sur la table à manger, le parcourt rapidement et choisit un article pour son élève.

Il traduit d'abord tous les substantifs et la teste afin de voir si elle se souvient de leur signification. Vive et intelligente, elle les retient aisément. Ensuite, ils abordent la causalité, les qualificatifs, la morphologie, et il lui montre les mots concernés d'une manière aussi divertissante que possible, lui exposant comment ils donnent vie au tout. À la fin, sans y être invitée, elle lit un passage tout entier à voix haute avec une facilité quasi égale que s'il était imprimé en italien, accompagnant sa lecture des gestes les plus gracieux. Il remarque qu'elle fronce les sourcils lorsqu'elle bute sur un mot. C'est charmant.

Son cœur, très vite, se perd.

Autour d'eux, le nombre d'invités augmente ; Angelica a également fait son arrivée à la table commune. L'élève de Goethe se tient de l'autre côté, et tandis que les autres s'installent pour le dîner, sans un instant d'hésitation, Maddalena contourne la table et prend place à côté de lui. Angelica a l'air surprise et comprend en un clin d'œil qu'il s'est passé quelque chose. Goethe, en apparence, est parfaitement maître de lui-même, bien que lui aussi soit frappé par tant d'audace. Elle est assise là, en extase face à lui et à la langue étrangère qu'elle vient d'apprendre, tel quelqu'un aveuglé par une brusque vision désirée depuis longtemps qui ne sait comment se réadapter à cet environnement normal.

Les choses avancent cependant bien au cours des jours suivants ; ils volent des moments ensemble dès qu'ils en ont l'occasion, en compagnie de Livia ou d'Angelica. La première semble ne pas se rendre compte de ce qui se passe ; l'autre s'en réjouit. Ils marchent à deux dans le jardin, s'arrêtent pour contempler le lac, se livrent à d'interminables parties de cartes, se regardent à la dérobée lors des divertissements du soir.

Ses leçons d'anglais se poursuivent également, et elle progresse, rapidement.

— Vous êtes un nouveau monde, lui dit-elle avec enthousiasme.

Et à cet instant, il a envie de la prendre dans ses bras – *Et vous, vous êtes tout simplement trop brillante et trop intelligente.* Il ne peut, ne veut se retenir. Goethe sent quelque chose se relâcher dans sa poitrine, comme un nœud que l'on délierait. Il y laisse libre cours, à cette montée d'excitation, à la joie enivrante de l'attirance nouvelle. Devrait-il lui écrire un poème, lui cueillir des fleurs sauvages ou (ose-t-il ? est-ce trop tôt ?) proposer de la dessiner ?

Il dort à peine, les nuits sont trop longues avant de la revoir le lendemain matin, et ensuite la journée passe trop vite. En lui croît rapidement l'impatience de l'affection nouvelle. Elle semble germer chez elle aussi. Ne le regarde-t-elle pas avec rien de moins que de l'adoration ? Cette pensée lui réchauffe le cœur.

Un soir, il part en quête de ses jeunes amies, de sa nouvelle aimée, et tombe sur les dames d'âge plus mûr assises dans le pavillon.

— Joignez-vous à nous, insistent-elles.

Il n'a guère le choix tandis qu'elles lui font une place près de la fenêtre avec la plus belle vue.

Il ne tarde pas à comprendre qu'elles parlent de ce sujet intarissable : le trousseau. Ce qui est nécessaire, le nombre et la qualité des cadeaux de mariage, les articles essentiels que fournira la famille. La conversation s'oriente ensuite vers l'heureux couple : les mérites de la promise et du promis, dont les défauts, qui ne sont pas un secret, seront certainement corrigés grâce à l'intelligence, la délicatesse et l'amabilité de la future épouse. Bien que fort peu intéressé, Goethe demande discrètement qui est la jeune mariée. Toutes sont étonnées par sa question, puis se souviennent qu'il n'est pas un ami de la famille.

— C'est Maddalena, l'informe la mère de Livia d'un ton malicieux.

— Oh. Je vois.

Après cela, il parvient à se soustraire à leur compagnie et part pour une longue promenade. Il sort de l'enceinte de la propriété, descend vers le petit village aux rues pavées et continue jusqu'au chemin qui longe la berge du lac. Les eaux claires et froides éteignent toute passion. Il rentre très tard et s'absente de nouveau le lendemain matin après avoir indiqué qu'il ne serait pas de retour pour le dîner. Il arpente d'un pas lourd collines et forêts, pleurant d'abord un amour perdu, un amour encore tendre qui lui a été arraché trop tôt, puis il pleure autre chose.

Après si longtemps, il avait enfin éprouvé la même chose que dans sa jeunesse, quand l'amour était une robuste flèche à la pointe fraîchement aiguisée qui transperçait jusqu'à la moelle et faisait bouillonner le sang dans les veines. Et perdre cela signifiait, d'une certaine façon, perdre aussi une partie de lui-même.

À mon âge, ne devrais-je pas faire preuve de plus de sagesse ? s'admoneste-t-il. *Me ressaisir sans colère et sans faire tant d'histoires ? Quel drame, cependant, que d'apprendre sans le vouloir une si cruelle leçon !*

Pendant le reste de son séjour au domaine, il évite la compagnie des trois femmes. Lorsqu'il les croise, il se montre poli et simple dans ses échanges avec Maddalena.

— N'aurons-nous pas une autre leçon ? lui demande-t-elle, les yeux écarquillés par la déception.

— Peut-être plus tard, dit-il.

Dans une autre vie.

À son retour à Rome, il découvre qu'il a plu et que la ville est fraîche et verdoyante.

Mais la pile de lettres qui l'attend le démoralise davantage encore. La plupart proviennent de ses amis de Weimar, que son absence impatiente désormais. *C'est trop long, cher Goethe, trop long ! Reviendrez-vous seulement ?* Et l'un d'eux lui annonce qu'inspiré par son exemple, il aimerait l'imiter, découvrir l'Italie, visiter Rome. La mère du duc, la duchesse Anne-Amélie, explique que le désir d'entreprendre ce voyage habite son cœur depuis longtemps. Elle et sa cour souhaiteraient entreprendre sérieusement les préparatifs nécessaires pour traverser les Alpes.

Il reste assis à sa table, immobile, soudain en proie au sentiment que les murs qui l'entourent se referment sur lui. Il s'essaie à la rédaction d'une réponse, chiffonne un brouillon puis un autre ; les bons mots se refusent à lui.

Il va à la fenêtre, observe la rue bondée, peuplée des cris des mendiants, du vacarme des calèches, des pas des piétons. Il éprouve un subit accès de colère. Il a travaillé dur pour s'approprier Rome et ils ne peuvent pas la lui prendre. Peut-être devrait-il partir avant leur arrivée. Autrement, il pressent que les choses ne se passeront pas bien. Sa façon de voir les choses ne sera pas la leur. En tout cas, pas au début.

Il lui a fallu une année entière pour s'adapter, pour se débarrasser de ses… idées de Nordique et s'apparenter davantage à une personne du Sud. Pour enfin respirer plus librement ici.

Plus tard, il s'autorise à espérer qu'ils ne s'embarqueront pas dans cette aventure. Combien de fois les gens font-ils, sur un coup de tête et après trop de vin, des plans qui se dissipent ensuite tels des fantômes dès la venue du matin ? Il espère qu'il en sera ainsi pour eux.

* * *

Le mois de novembre apporte dans son sillage l'arrivée d'un nouveau membre au sein de leur colonie d'artistes : Philipp Christoph Kayser, un compositeur et musicien allemand qui vit à Zurich. Petit homme agité à la silhouette d'oiseau et au nez pointu, il connaît Goethe depuis longtemps et c'est sur sa suggestion et sous son mécénat que Kayser est à Rome.

Il investit l'ancienne chambre de Goethe via del Corso. Les autres l'accueillent en disant qu'ils sont désormais au complet, un trio : peinture, littérature et musique.

— Que demander de plus ?

Après avoir trouvé un piano pour Kayser et un endroit où l'installer (non sans mal, car il y a trop ou pas assez de lumière, ou bien une acoustique inégale), le compositeur et Goethe s'attellent à la mise en musique d'*Egmont.* Goethe est intensément occupé par ce projet et plus concentré qu'il ne l'a été depuis longtemps. Il cesse presque entièrement de dessiner, stoppe tout autre travail littéraire en cours et reporte sa correspondance hebdomadaire. Et ce, également car il n'a pas la motivation de répondre, ni à Tischbein qui lui demande de ses nouvelles, ni au duc qui estime qu'il perd son temps à ne pas « goûter » toutes les femmes de l'Italie. Dans son esprit, un éclair d'yeux bleus, de cheveux châtains, le parfum des roses, et il met les lettres de côté.

Pour le moment, il se consacre à leur académie domestique. Ce lieu, loin de la cour et de ses obligations, est un petit paradis.

— C'est, confie-t-il à Moritz, ce que j'imagine comme étant l'Allemagne idéale.

Le temps devient sec et automnal. Lors des jours d'éclaircie règnent une coruscation et, dans le même temps, une harmonie subtilement graduée qui seraient à peine imaginables dans le Nord. Goethe acquiert une collection d'aquarelles auprès d'un artiste méconnu afin de les envoyer à ses amis de Weimar. Elles échouent à capturer les couleurs du paysage – désormais brillantes et terreuses, qui se fondent en un brouillard dans le lointain, adoucies par l'atmosphère – mais il estime qu'il serait incapable de faire mieux.

Quand la promesse de belles journées se prolonge, Goethe organise une excursion à pied avec Bury et Kayser. Ils arrivent à Frascati et de là gravissent le Monte Cavo via Rocca di Papa. Ils parviennent à se rendre à Ariccia et Genzano, à passer par Albano et Castel Gandolfo, d'où ils regagnent la ville. En chemin, la présence de Moritz, son camarade de botanique, lui manque, particulièrement quand ils trouvent des arbres encore en feuilles, à l'exception de ceux à feuilles persistantes, y compris les châtaigniers, bien que leurs feuilles aient jauni. Il tombe même sur un platane et repense à Greta, sa jeune compagne de diligence entre Munich et Mittelwald. Tout cela semble si loin, la fuite à travers les Alpes. Et le voici, de nouveau en équilibre entre passé et avenir, nord et sud, avec son temps en Italie qui lui est compté.

À son retour à Rome, il expose à Moritz ses plans pour un *Harmonia Plantarum*.

L'idée lui est venue pendant la randonnée, explique-t-il, de publier un nouveau système de botanique qui compléterait le *Genera Plantarum* de Linné. Au lieu de diviser et de compter, celui-ci offrirait une « harmonie des plantes », d'après lui. « Une enquête botanique qui va au-delà de la taxinomie pour s'intéresser à la morphologie, qui va au-delà de la classification des espèces en catégories séparées pour s'intéresser à leur continuité en tant que processus unique de formation. »

Concernant l'élaboration de ce *Harmonica Plantarum*, plusieurs stratégies pourraient être adoptées, à l'instar de tout autre travail d'harmonisation. Mais quelle serait la meilleure dans le cas présent ? Quel schéma choisir ? Aucun, peut-être ! Peut-être devraient-ils s'affranchir de toutes les vieilles méthodes uniformes d'investigation ! Après tout, quoi de potentiellement plus nuisible à un projet comme celui-ci ?

— Cela ne ressemblera à rien de ce que quiconque a vu auparavant, affirme joyeusement Moritz.

Certaines après-midi, tandis qu'ils sont en compagnie des autres, des discussions sur la botanique émergent également, même si elles tendent à être d'ordre plus général et universel. Un jour, ils se prélassent dans les jardins de la Villa Pamphili. Il fait frais, le ciel est doré et une nuée de pigeons tournoie à l'unisson au-dessus d'eux dans un nuage gris chatoyant. Le thème de la conversation – car tout le monde est d'humeur légère – porte sur ce que chacun aimerait être après la mort. Un cheval pour Bury, un chat pour Schütz ; Hackert répond qu'il aimerait se réincarner en lui-même, et au lieu de disqualifier sa réponse, tous les autres raillent en chœur :

— Mais *pourquoi* ?

La plaisanterie ne fait pas rire Hackert.

Moritz dit qu'il aimerait être une libellule.

Puis ils se rendent compte que Goethe ne leur a pas encore donné de réponse. Il est étendu sur le dos, son chapeau sur les yeux.

— Un chêne, finit-il par déclarer.

Un bon choix, opinent-ils. En effet, c'est ce qui se rapproche le plus de l'immortalité, avec son existence de plusieurs centaines d'années.

— Si les conditions le permettent, ajoute Goethe.

C'est certain. Néanmoins, tout bien réfléchi, cela ne serait-il pas fatigant d'être coincé au même endroit pendant toute sa vie ?

— Si, par coincé, vous voulez dire être dans l'impossibilité physique de bouger, alors je suppose que oui, concède Goethe.

Autrement, il lui semble que les plantes vivent une vie idéalement riche, dynamique et en constante transformation, résilientes et connectées, tournées vers le monde, pas seulement vers le ciel, mais aussi vers la terre, en contact avec l'air, le vent, le soleil et le sol.

Il arrache une touffe d'herbe qu'il lance en l'air tels des confettis.

— Elles nous montrent la nécessité d'inculquer la conscience d'être sensible au contexte… car, dans le cas contraire, elles ne survivraient pas, n'est-ce pas ? Et le résultat ? Il n'y a pas deux plantes identiques, y compris au sein de la même espèce, si leurs environnements diffèrent légèrement à ne serait-ce que cinquante mètres d'écart.

En aucun cas, protestent ses amis. C'est impossible !

— N'avez-vous pas remarqué ? Ce dont vous souffrez tous, c'est d'une tendance à généraliser, déclare Goethe.

À cela, tous objectent plus profusément encore, mais il secoue la tête.

— C'est la vérité. Que voyez-vous lorsque vous regardez un champ ? Une forêt ? Du feuillage, en général ? Une impression diffuse de verdure ? Mais prendre le temps d'examiner, d'observer de près, révélerait une diversité aussi vaste qu'exaltante.

Très bien, concèdent-ils, c'est peut-être vrai. Mais ce qu'il a affirmé à propos de plantes de la même espèce qui différeraient drastiquement en grandissant à quelques mètres l'une de l'autre… cela paraît difficile à croire.

Attendez, ordonne Goethe en se redressant. Il est heureux de se livrer à une expérience pour eux. Il se lève, les somme de ne pas le regarder ni le suivre des yeux, et s'enfonce dans la forêt. Il s'absente plus longtemps qu'ils ne s'y attendaient. Que fabrique-t-il ? se demandent-ils.

— Dieu seul le sait, dit Schütz. Même après tout ce temps, je ne comprends presque rien à ce qu'il fait.

Se rappellent-ils la fois où il leur a dit qu'il voulait laisser son œil être indépendant ?

— Chut, ordonne Moritz. Je suis certain qu'il va revenir avec des plantes.

Sans surprise, lorsqu'il réapparaît, il en tient une dans chaque main.

— Regardez, annonce-t-il d'un air triomphant, l'humble mais charmante *Lactuca muralis*… la laitue des murailles.

Il les leur tend.

— Que remarquez-vous ?

Ses amis battent des paupières. À première vue, celle dans sa main droite est plus grande, avec des racines plus complexes, tandis que l'autre est plus petite et ses racines plus éparses.

— Et à quoi ces différences entre les deux pourraient-elles être liées ?

Un chœur désaccordé lui répond, une cacophonie de voix inintelligibles.

Goethe s'assied en face d'eux et réclame le silence.

— L'envie de savoir est pressante, mais j'aimerais que nous réprimions ce besoin et que nous prenions le temps d'observer les plantes. Pourquoi souhaitons-nous toujours expliquer quelque chose avant même de l'avoir examiné avec soin ?

Il reporte son regard sur les laitues des murailles.

— Que pouvons-nous apprendre de ces spécimens ?

Le groupe offre ses observations : celle dans sa main droite, appelons-la Iphigénie, présente une plus grande profusion de racines et les tiges de ses feuilles sont courtes et nettement séparées. L'autre, Oreste, compte quelques longues racines et des feuilles à longues tiges avec des limbes plus grands et plus larges.

— L'orientation des feuilles diffère également, ajoute Moritz.

Goethe sourit et hoche la tête.

— Les feuilles d'Iphigénie sont perpendiculaires à la tige et courbées vers le bas. Chez l'autre, les pédicules poussent notablement vers le haut en s'écartant de la tige principale. Je suppose que l'on peut dire qu'elle est plus large.

— Bien, répond Goethe. À présent, je peux vous révéler que nous sommes face à une différence d'environnement… L'une des plantes poussait à moitié à l'ombre tandis que l'autre était entièrement exposée à la lumière du soleil. Saurez-vous reconnaître qui est qui ?

Il y a une pause pendant laquelle les jeunes artistes les examinent de près. Désormais, force est de reconnaître qu'ils sont intrigués.

— Celle-ci est la plante de l'ombre, offre Bury en montrant Iphigénie. Elle est plus grande, car elle pousse en quête de lumière et ses racines sont plus étendues et divisées afin de trouver des nutriments pour compenser le manque de luminosité.

— Non, interjette Schütz. C'est exactement le contraire. Iphigénie pousse en plein soleil, ne voyez-vous pas ? Elle bénéficie de beaucoup de lumière, ce qui lui permet de s'étendre et de former davantage de racines. La plus petite a grandi à l'ombre : elle présente moins de branches, car elle a reçu moins de lumière, et ses feuilles sont plus grandes afin de tenter d'en capter davantage.

Moritz abonde dans son sens.

— Cela dit… Oreste a l'air en quelque sorte plus harmonieuse… et bien proportionnée, ajoute-t-il après une hésitation. Ne diriez-vous pas que c'est là le signe de davantage de lumière ?

Bury fronce les sourcils.

— Vous insinuez qu'Iphigénie est plus brouillonne ?

Les arguments et contre-arguments fusent tandis que Goethe reste assis à l'écart, dans un silence amusé.

— Eh bien ? finissent-ils par demander en se tournant vers lui. Qui est qui ?

— Pour commencer, comme vous pouvez le constater, les deux perspectives ont chacune leurs mérites. Il s'agit d'un fructueux exercice de spéculation, n'est-ce pas ? La facilité avec laquelle nous sommes capables d'inventer des explications convaincantes qui sont cohérentes en soi. Des explications cohérentes telles que celles que vous avez fournies sont susceptibles de se contredire et de ne pas être très en lien avec la réalité. Le seul moyen de résoudre le dilemme est à travers les phénomènes eux-mêmes. Il nous faut revenir sur nos pas et examiner quelles plantes ont grandi dans quelles conditions.

Il se lève de nouveau et le groupe le suit dans les bois, jusqu'à la grotte éboulée. Iphigénie, explique-t-il, poussait sur une motte de terre devant la grotte, en plein soleil. Oreste dans le fond, derrière les pierres, là où la terre est plus froide et ombragée.

— Ici, la plante reste plus simple et ramifie de manière moins audacieuse dans son environnement, indique Goethe. Tandis que la lumière encourage une plus grande différenciation.

Ainsi, il leur fait délicatement la leçon : apprenez à observer, avec patience, avec rigueur, réservez votre jugement et revenez toujours au contexte : c'est là que la vie (des plantes et des hommes, ajoute-t-il avec un sourire) se différencie.

* * *

Cette année, le Christ est né parmi le tonnerre et les éclairs, dans un énorme orage qui dissuade le groupe d'assister à la messe dans différentes églises comme ils l'ont fait l'année précédente. De fait, ce Noël est, pour Goethe, une affaire solitaire ; il le passe dans un quartier bas de Rome, non loin du fleuve, dans une sorte de complexe monacal qui comporte trois chapelles à un endroit baptisé *Tre Fontane*. À en croire la légende, c'est ici que saint Paul a été martyrisé, trois fontaines jaillissant de là où sa tête décapitée a rebondi sur le sol.

À l'intérieur de l'une des chapelles, imposante et dénuée de toute décoration, se trouve la raison de sa présence ici : des peintures du Christ et de ses apôtres, grandeur nature, chacune fixée à un pilier. Réalisées par Raphaël, elles les représentent avec leurs attributs et caractères distinctifs. Elles imprègnent Goethe, même une fois qu'il retourne à la vie citadine : Jean, noble et beau, Thomas, sérieux et triste, le Christ qui marche vers lui, la main levée en signe de bénédiction. Quelque chose dans leur mélancolie continue de l'accompagner tandis que la fin de l'année approche, et aussi une fois que la nouvelle débute.

Ses promenades avec Moritz, elles aussi, échouent à l'égayer.

Par un jour d'hiver froid et humide, les amis se retrouvent sur une place devant San Pietro à Montorio. Ils ont tenté une balade en dépit du temps couvert et bien qu'il ne pleuve pas, le vent est mordant et inopportun. Ils avaient l'intention de pousser jusqu'aux thermes de Caracalla, mais décident d'abréger leur randonnée et de rentrer à la maison. De retour via del Corso, Kayser improvise au piano, Schütz et Hackert se querellent quant aux mérites des idées de Sulzer sur l'art, pendant que Bury agite mollement une corde devant le nez de Callisto le chat, qui lui donne de paresseux coups de patte. Moritz et

Goethe se joignent au groupe morose et s'enfoncent dans leurs fauteuils.

L'humeur reste morne, jusqu'à ce que Reiffenstein fasse son entrée et s'exclame qu'en croyant s'être perdu, il était entré dans une crypte par accident. Il les fait bien vite se lever et sortir. Ce soir, ils dînent à l'*Osteria alla Campana*, annonce-t-il, et lorsque sa proclamation est accueillie par des cris de protestation générale face à la profonde pauvreté qui règne actuellement parmi eux, il déclare généreusement que c'est lui qui les invite pour la nouvelle année.

Le moral des troupes remonte sur la route, puis plus encore avec une carafe ou deux. Un groupe d'amis artistes de Schütz et Bury se trouvent également à la Campana ce soir-là, et tous se fondent en un groupe plus grand, plus joyeux et plus tapageur.

Goethe tente de se débarrasser de ce sentiment lourd qui le ronge dernièrement, que Pâques, qui marquera la fin de son séjour ici, approche à grands pas. Il regarde les visages qu'il en est venu à connaître et à aimer, les amis qui ont formé un cercle chaleureux autour de lui. Peut-être est-ce le vin, ou la mélancolie, mais il est envahi par un chagrin inconsolable, proche de celui qu'occasionne la perte d'un être cher.

Il tente de revenir dans la soirée : quelqu'un raconte une amusante anecdote sur des amis érudits qui prennent le bac depuis le Vatican et se lancent dans une violente dispute pendant la traversée. S'ils débarquent à Ripetta, ils devront se séparer sans avoir pu résoudre leur différend. Alors ils décident d'effectuer la traversée une seconde fois, mais à ce stade, le conflit bat son plein et même cette prolongation est insuffisante. « Continuez à aller et venir », disent-ils au passeur qui n'émet pas d'objection étant donné qu'il gagne 1 *baiocco* par passager et par trajet. Il obéit donc dans le silence le plus complet jusqu'à ce que son jeune fils, perplexe, demande : « Pourquoi font-ils ça ? »

Il lui répond alors laconiquement : « Aucune idée. Ils sont tous fous. »

Toute la table éclate de rire et même Goethe glousse. Il lève les yeux et aperçoit la jeune femme aux cheveux sombres qui lui avait souri lors de son dernier passage ici. Étant donné que cette trattoria est une affaire familiale, elle fait forcément partie de la famille. L'homme d'âge moyen à la formidable moustache qui gère l'endroit semble trop jeune pour être son père. Et, espère-t-il, trop vieux pour être son mari. Après avoir commandé à manger, Goethe se surprend à se demander si c'est elle qui va les servir. Et c'est le cas. Elle pose les assiettes sur la table, et quand elle en place une devant Goethe, ils échangent un regard. Elle a un petit grain de beauté au-dessus de sa lèvre supérieure, à droite, et soudain il a envie de l'embrasser. C'est un étrange sentiment, aussi fort qu'instinctif. Goethe, qui s'enorgueillit de tisser des liens basés sur la compatibilité intellectuelle, lors de conversations sur les livres préférés, par exemple, a rarement éprouvé quelque chose d'aussi explicitement charnel. Du moins pas depuis les premiers moments enivrants avec Charlotte. Un sentiment qu'il a combattu tel un péché lorsqu'elle en a pris conscience et s'en est montrée contrariée – bien que cela n'avait pas dû la surprendre autant qu'elle le prétendait. Nous sommes unis, avait-elle affirmé, au royaume supérieur de l'âme et de l'esprit. Très bien, avait-il répondu, et les choses en étaient restées là.

— Faustina ! crie quelqu'un en cuisine.

Elle tourne la tête et lance :

— J'arrive, mon oncle.

Goethe s'attelle joyeusement à son assiette de macaroni.

La possibilité d'une interaction plus élaborée ne se présente pas, à l'exception de brèves œillades secrètes et de petits sourires. La trattoria est bondée ce soir, leur tablée nombreuse et bruyante, et son oncle ainsi que, présume-t-il, sa mère, la sollicitent constamment. Il la regarde se faufiler d'un pas léger entre les tables et les clients, menue, rapide et efficace, et son visage lui apparaît de plus en plus charmant. Elle est adorable ! Peut-être est-ce la chaleur qui règne à l'intérieur de l'établissement, ou le vin, toujours est-il qu'il aimerait pouvoir, d'une façon ou d'une autre, impétueusement, faire sa connaissance. Mais il ne le peut et elle ne le peut guère davantage.

Lorsqu'elle revient à leur table, alors qu'elle débarrasse les assiettes vides, elle renverse un verre de vin par accident.

— Oh ! *Mi dispiace*, s'exclame-t-elle.

Tandis qu'elle essuie, elle trempe les doigts dans le liquide et trace des lignes sur la table, si vite que personne ne s'en rend compte à l'exception du destinataire à qui elle s'adresse.

Au début, Goethe ne parvient pas à déchiffrer de quoi il s'agit. Un « V » à l'envers suivi d'un signe. C'est inintelligible. Jusqu'à ce qu'il comprenne que ce ne sont pas des lettres, mais des chiffres. IV. Quatre. Mais quatre quoi ? Il regarde dans sa direction, confus, mais elle n'est plus là, elle se précipite vers la cuisine. Il étudie le message un moment jusqu'à ce qu'une pensée, à travers le brouillard du vin de Falerne, s'insinue lentement dans son esprit. Cela pourrait-il être une proposition… de se retrouver… à l'heure citée ?

Il a marché de nuit dans Rome à de nombreuses reprises, mais c'est la première fois qu'il sort à une heure si tardive.

À 3 h 50, un étrange silence règne, les silhouettes des mendiants affalés sur les trottoirs des rues vides de calèches et d'attelages. Il fait sombre, plus sombre qu'il l'avait imaginé. Et l'odeur de crottin de cheval et de poubelles, forte, lui envahit les narines avec une écœurante douceur.

Il doit être fou. Il s'était cru fou à Naples, vivant pendant un temps une vie détachée de tout (de l'art, des responsabilités, de l'intellect), mais là, il s'agit d'un genre différent de folie. Il erre dans la nuit à une heure indue pour répondre à une invitation écrite dans du vin.

Il n'a pas revu la mystérieuse Faustina avant de quitter la trattoria ; la majorité de son groupe était légèrement ivre et les faire partir n'avait pas été chose aisée. Bury et Schütz ont insisté pour allumer un feu à la maison, en dépit des supplications de Goethe comme quoi il était trop tard. Puis ils ont jeté dans les flammes tout leur « mauvais » art.

— Vous aussi, vous aussi ! se sont-ils obstinés. Est-il un poème dont la rime vous échappe ? Un libretto qui vous tient en échec ? Une pièce dont vous ne trouvez pas la fin ? Brûlez-les tous !

Pour les faire taire, Goethe s'est exécuté en jetant dans l'âtre des feuilles vierges, détail que ses colocataires étaient trop saouls pour remarquer. Enfin, à 3 heures, ils se sont écroulés. L'un dans son lit, l'autre à côté.

Si tout se passait bien, la nuit de Goethe commençait à peine. Il s'est esquivé sans bruit, bien qu'une apocalypse n'eût sans doute pas suffi à les réveiller, et a repris le chemin du fleuve, avant de redescendre de nouveau Vicolo della Campana.

Ce n'est que maintenant qu'il approche de l'*osteria* qu'il songe que c'est peut-être de la folie. Et si elle avait simplement fait cela pour plaisanter ? Ou pire encore, sans le vouloir ? Peut-être que tout cela n'était que le fruit de son imagination.

La nuit de janvier est froide, mais Goethe se surprend à transpirer. Il a les mains moites, le cœur battant. En outre, comment savoir où aller ? L'*osteria* était fermée et la famille, endormie. Où vivaient-ils ? Au-dessus du restaurant ? Il se rend compte qu'il n'a pas vraiment réfléchi. Si sa fuite vers l'Italie était la chose la plus impulsive qu'il avait faite de sa vie, celle-ci l'est davantage encore. Enfin, il décide qu'il passera devant l'établissement à deux reprises. Si aucun signe ne lui indique que quelqu'un (Faustina) l'attend, alors il partira et traitera cet épisode comme une simple promenade nocturne. Mais s'il la retrouve… alors quoi ? Il tente de ne pas penser à sa bouche, à ce grain de beauté délicat.

Comme il s'y attendait, l'*Osteria alla Campana* est fermée, et il n'y a pas âme qui vive, pas même les sympathiques ivrognes du quartier. Il remonte la rue une première fois. Au-dessus de l'osteria, les fenêtres restent plongées dans l'obscurité. La porte close. Il fait demi-tour, convaincu qu'il est le plus grand idiot que la Terre ait jamais porté.

— Voilà où te mène le désir, s'admoneste-t-il.

Au même moment, un portail en bois bien caché est déverrouillé et légèrement entrouvert. Un seul mot est prononcé :

— Venez.

Et il obéit.

Si on le dépouille, qu'on l'assassine, qu'il en soit ainsi. Le portail donne sur une ruelle secondaire flanquée de portes. L'odeur d'huile et d'ail flotte dans l'air. Des chats fouinent dans les détritus éparpillés à leurs pieds. Il suit une silhouette mince, enveloppée d'une cape obscure. Ils ne parlent pas jusqu'à avoir gravi l'escalier qui mène à une chambre, assez grande, avec une fenêtre pourvue de volets, simplement meublée (une table, un lit, une chaise). Ici, pas de rideaux en soie, pas de matelas brodé. La porte qui donne, suppose-t-il, sur le reste de la maison, est fermée et verrouillée.

Elle ôte sa capuche. Ils se regardent et rient.

— Vous êtes fou !

— Non, *vous* l'êtes !

— J'ai cru que vous ne viendriez pas.

— J'ai cru que j'avais peut-être tout imaginé.

Elle écarquille les yeux.

— Imaginé que je sois si directe ?

— Imaginé que vous puissiez vouloir être si directe avec *moi*.

Elle se rapproche. Ses iris capturent la lumière. Ils sont de la couleur de la plus sombre des écorces.

— Comment vous appelez-vous ?

— Johann.

Elle fronce les sourcils, mais garde le silence.

— Et vous vous appelez Faustina.

— En effet.

Elle retire sa cape, puis s'assied au bord du lit.

— D'habitude, je dors avec Ettore.

— Qui est Ettore ?

Le mari, songe-t-il, des sonnettes d'alarme retentissant dans son esprit.

Faustina sourit.

— Mon fils. Ce soir, je l'ai envoyé dormir avec sa *nonna.*

Elle fait un geste en direction de la porte verrouillée.

— Votre fils, répète Goethe avant de pouvoir s'en empêcher.

— Il a trois ans et il est très intelligent.

— Tout comme sa mère, alors.

— Il est bien plus intelligent que moi, affirme-t-elle.

Et le père ? Mais étant donné qu'elle ne le mentionne pas, peut-être est-ce inadéquat de poser la question. Ce serait trop, trop vite. De fait, tout cela est trop, et légèrement surréaliste.

Il s'assied près d'elle sur le lit. Elle ne bouge pas. Sa bouche, son grain de beauté, son cou sont d'une proximité tentante. Il ne sait pas comment s'y prendre, que faudrait-il qu'il fasse ? Peut-être perçoit-elle son hésitation, car elle se penche un peu en avant, et ils s'embrassent.

À l'heure où il se met en route pour la via del Corso, le jour s'est déjà levé. Les balayeurs nettoient les rues, les chiens errants sont réveillés et les premières calèches et chariots qui transportent poisson, pain et autres produits frais sont déjà à pied d'œuvre.

Il se sent plus enivré que par n'importe quel vin. Et plus vivant. Elle est magnifique ! Et il a envie de le crier à la face du monde entier.

De retour à la maison, personne ne bouge. Le feu, cependant, s'est éteint. Il entre dans sa chambre sur la pointe des pieds et s'endort bercé par son souvenir et celui de ses cheveux sombres étalés sur l'oreiller.

***

Au cours des semaines suivantes, les préparatifs pour le carnaval atteignent leur paroxysme.

L'année précédente, il avait évité tout cela, d'une drôle d'humeur, en proie à l'impression que Rome le décevait en quelque sorte. Il s'était plaint des bruits qui entraient dans sa chambre tandis qu'il essayait de travailler, des carnavaliers masqués et des chevaux qui envahissaient les rues. Cette fois, cependant, les festivités lui octroient une plus grande liberté de retrouver Faustina, raison pour laquelle il se mêle aux célébrations.

Quelque chose en lui semble également plus leste, plus léger. Et il se surprend à apprécier le spectacle plutôt que s'en agacer. Cette année, la mode a l'air d'être aux costumes de garçons d'écurie, même si les personnages traditionnels habituels sont présents aussi : paysannes, femmes de Frascati, pêcheurs, bateliers napolitains, et les Grecs. Un jour, sur la route de l'*osteria*, une silhouette enveloppée dans un drap surgit des ombres et bondit devant lui dans l'espoir d'être prise pour un fantôme.

Au début, avec Faustina, c'est une série de simples assignations. Il boit et dîne à l'*osteria* le soir et guette pour voir si elle trace une heure sur la table. Vont-ils se retrouver ou pas ? C'est un suspense délicieusement séduisant. Et en plein carnaval, ce subterfuge et ce secret semblent de circonstance. Il arrive à l'heure dite, elle lui ouvre le portail et il repart à l'aube. La seule chose qui change est qu'il se réveille désormais à midi, alors que c'était un lève-tôt auparavant.

— J'ai travaillé tard, prétexte-t-il à Bury et Schütz qui se tiennent au pied de son lit, l'air inquiets.

Moritz non plus n'a pas la moindre idée des aventures dans lesquelles il s'embarque, même s'il demande à plusieurs reprises pourquoi son ami semble un peu distrait.

— Oh, je pense à un texte sur lequel je travaille.

Il n'y a qu'au duc qu'il se confie : *Je peux désormais vous rendre compte de quelque agréable promenade… Vous avez tout à fait raison de dire qu'un tel mouvement modéré rafraîchit les idées et confère au corps un délicieux équilibre.*

Peut-être tout cela prendra-t-il fin après le carnaval, se surprend-il à songer. Peut-être que leurs rendez-vous galants, à l'instar de la fête, cesseront. Mais même après le mercredi des Cendres, ses instructions continuent d'apparaître sur la table. De fait, il remarque bientôt qu'elle le convoque plus tôt.

Bien, pense-t-il. *Je vais enfin dormir un peu.*

Il s'avère qu'il continue d'y rester jusqu'au point du jour.

C'est parce qu'après avoir fait l'amour, ils ont commencé à discuter. Par chance, elle ne sait rien de Werther et de ses souffrances. Et au lieu de répondre à des questions portant sur lui, ce qui tend à se produire une fois son identité révélée, il a la possibilité de faire preuve d'un profond intérêt à son égard. Sa vie à Rome, qu'il considère comme la capitale du monde et qu'elle appelle simplement la maison. Tout ce qu'elle a toujours connu ici, confie-t-elle, c'est l'*osteria*, de rares excursions à la mer et son fils. Le père est mort dans les six mois qui avaient suivi sa naissance.

— Ce n'était pas une mauvaise personne, explique-t-elle. Il était simplement saoul la plupart du temps.

— Pourquoi l'avoir épousé ?

Elle ne répond pas tout de suite.

— Parce qu'il était grand temps. J'avais presque vingt ans. Il était… Disons que ce que je peux dire de mieux à son sujet, c'est qu'il était gentil.

Elle se tourne vers lui. Ses joues sont empourprées, sa longue chevelure luxuriante emmêlée. Elle sent la transpiration, et un peu l'*osteria*. Ils s'embrassent longuement, passionnément, et il sent son cœur gonfler de joie et de chagrin. Bientôt, ce sera Pâques, et il devra alors quitter plus qu'une ville.

Il commence à apporter du papier et un crayon chez elle. Il la dessine, nue sur le lit.

— Mes cheveux ne couvrent pas ma poitrine, se plaint-elle en examinant le résultat final. Pourquoi les avoir représentés ainsi ?

— Par pudeur ?

Elle grimace.

— La pudeur est un mot d'homme. Dessinez-moi telle que je suis. Autrement, vous n'êtes pas un véritable artiste.

Et il s'exécute en rougissant furieusement.

Il amène certains de ses travaux pour les lui montrer. Ses illustrations de Rome. Il cherche, réalise-t-il, son approbation. Pourquoi cela a-t-il tant d'importance, il l'ignore. La différence, c'est qu'elle voit avec l'œil du quotidien, de la normalité, et il a le sentiment qu'il y a en cela une vérité instinctive qui échappe à toute l'histoire de l'art (ainsi qu'à ses nombreux admirateurs).

— Qu'est-ce que c'est que ça, Johann ? demande-t-elle en brandissant une esquisse.

— Le Colisée, voyons. N'est-ce pas évident ? Je ne suis tout de même pas dépourvu à ce point de talent…

— Oh, je sais que c'est le Colisée, mais où sont les mendiants qui vivent près de ce mur ? Et la famille sans-abri qui allume un feu ici chaque soir ?

— Ils n'étaient pas là ?

— Ils sont toujours là, répond-elle avec impatience.

Elle parcourt le reste des croquis.

— Tout semble si…

— Moche ? Non. Ce n'est pas ce que vous alliez dire.

Elle le regarde. Plisse les yeux, mécontente.

— J'allais dire que tout semble parfait. Trop parfait. Factice.

— Mais ce sont des souvenirs… que je vais montrer à mes amis de Weimar à mon retour, vous comprenez.

À ces mots, elle se tait, et lui aussi.

— Dans ce cas, pourquoi me les montrez-vous ? finit-elle par demander.

— Parce que…

— Pour recueillir mes impressions ignares et vous moquer de moi avec eux.

— Non, répond-il au désespoir. *Non.*

— Alors pourquoi ?

— Parce que vous voyez Rome avec une clarté que j'envie.

Elle se radoucit et pose une main sur sa joue.

— Cela me rend triste de penser que vous allez partir, avoue-t-elle avec une franchise et une simplicité qu'il adore désormais.

Et parce que l'amour consiste à se voir tel que l'être aimé nous voit, il lui demande :

— Pourquoi cela vous attriste-t-il ?

Elle se rallonge sur le lit, fixe le plafond.

— Parce que, répond-elle simplement, vous remplissez mes journées à des moments dont j'ignorais qu'ils étaient vides.

Ils restent l'un contre l'autre et se serrent, longtemps après que le soleil s'est levé.

***

À ce stade, les autres ont deviné qu'il se passe quelque chose, même s'ils ne savent pas trop de quoi il retourne. Quand il leur confie que « la malédiction du second oreiller a été levée », son annonce est accueillie par un concert d'exclamations enthousiastes et de félicitations. À Angelica, il ne dit rien. Moritz, lorsqu'il l'en informe, est silencieux. Jusqu'à ce que Goethe lui assure que Faustina et lui ne se retrouvent que le soir, et que ses journées restent aussi libres qu'auparavant. Il a toujours le temps pour leurs promenades nocturnes, pour parler de littérature, d'art et de botanique.

Récemment, ils ont jeté leur dévolu sur un nouveau jardin : celui de la Villa Mattei, au sommet du mont Célius. Non seulement il est magnifiquement aménagé, mais des œuvres appartenant à la collection familiale sont également exposées sur les pelouses. Ils se promènent, admirant l'obélisque dans le théâtre de la villa ou se reposant près des fontaines dominées par Poséidon et son gigantesque trident.

Ils se lancent également dans leurs propres petits projets botaniques. Des projets qui exigent, comme le dit Goethe, un empirisme délicat, pour voir et observer attentivement et fidèlement.

— N'ayez pas le désir d'expliquer la plante... Contentez-vous de l'observer, mais de si près que vous lui devenez identique.

Moritz répond qu'il va essayer.

Ils font le tour du jardin, attentifs à ce qui attire leur attention : le buis, les genévriers ou les glycines qui pendent des treillis. Que révélera chacun d'eux ?

Le problème, bien sûr, c'est que l'empirisme délicat exige d'y consacrer du temps, et que Goethe ignore combien il lui en reste.

Un soir, après une journée semblable à celle-ci, une lettre du duc l'attend.

La missive est chaleureuse, peuplée de nouvelles personnelles et politiques. Elle demande également à Goethe de demeurer en Italie pour y attendre l'arrivée de la duchesse douairière plus tard dans l'année.

Il sort de la maison en trombe, incapable de contenir sa joie sans bornes. Toutes ces rues, ces maisons, tous ces mendiants et ces ruines vont rester siens quelque temps encore. Puis il revient et commence à composer presque immédiatement une réponse. Il serait prêt, bien sûr, à partir comme prévu après Pâques, mais il pourrait consacrer ces mois supplémentaires à ouvrir la voie à la douairière en se présentant aux ambassadeurs français et impériaux, aux membres de la famille royale. Il pourrait prendre des dispositions à Naples, à Florence, dans tous les lieux qu'elle est susceptible de désirer visiter. Ses réticences antérieures sont oubliées face à l'heureuse perspective d'être en mesure de rester.

Quand il retrouve Faustina plus tard ce soir-là, il l'embrasse et la soulève de terre.

— À quoi dois-je cette jubilation ?

Lorsqu'il lui explique la raison, elle cache son visage dans ses mains.

— Je pensais que cela vous ferait plaisir, se désole-t-il, alarmé. Faustina, dites-moi, quel est le problème ?

Quand il écarte ses mains, il découvre qu'elle rit. Il la serre contre lui et ils tombent sur le lit, se déshabillent fiévreusement l'un l'autre et ne se lâchent pas pendant des heures.

***

Peut-être est-ce l'idée de rester ici pendant de nombreux mois encore qui joue le rôle de catalyseur, mais soudain, c'est le printemps à Rome.

Partout, le laurier, la viorne, les pêchers, les amandiers et les citronniers sont en fleurs, et les jardins explosent d'anémones, de jacinthes et de primevères. Moritz et lui peuvent reprendre comme il se doit leurs excursions botaniques. Dans sa chambre, les figuiers de Barbarie se portent bien et il a par ailleurs agrandi sa collection. Des graines de pomme de pin, qui donnent des pousses prometteuses. Des palmiers dattiers qu'il a fait pousser à partir de noyaux. Avec Moritz, il cueille davantage de choses, des violettes, des chélidoines à fleurs jaunes, du fenouil, des égopodes podagraires, et même un jeune spécimen de mûrier.

— J'ai réfléchi à votre expérience concernant l'ombre et la lumière, lui confie Moritz une après-midi.

Ils se promènent dans la nature sauvage, juste derrière les jardins de la Villa Borghèse. En dehors de l'enceinte de la ville, là où la végétation n'est pas entretenue.

— Pour la première fois, j'ai pris conscience que la diversité et la différenciation au sein de plantes de la même espèce dépendent de l'endroit où on les trouve.

— Tout comme les gens, ne croyez-vous pas ?

Goethe est d'humeur badine.

— Dans ce cas, admettez-vous que des plantes de *différentes* espèces réagissent de manière similaire à des conditions environnementales différentes ?

— Bonne question. Et je dirais que remarquablement, oui, c'est le cas. Du moins si j'en crois mes observations.

Ils s'arrêtent devant deux pins qui ont poussé suivant une courbe étrange, comme appuyés l'un contre l'autre.

— C'est une dualité, n'est-ce pas ? continue Goethe. La plante a la capacité de s'intégrer à l'environnement de telle sorte qu'elle reflète dans tous ses éléments sa relation avec cet environnement particulier.

— Ça aussi, c'est pareil chez les hommes.

Ils poursuivent également leur discussion sur l'*Harmonia Plantarum* et commencent même à ébaucher des illustrations pour le compendium. Il pourrait s'agir là de la première publication scientifique de Goethe et face à l'enthousiasme visible de Moritz, et au sien, il tente de se débarrasser de ses doutes (aussi rare soit-il pour lui d'en nourrir quant à son travail) à propos de la réception qui risque d'être réservée à un tel texte émanant de sa plume. Au pire, le ridicule. Au mieux, l'indifférence.

Et pourquoi cela ? Parce que, comme il l'a expliqué une fois à Tischbein, le public exige de chaque homme qu'il se cantonne à son domaine. Hélas, c'était ainsi que le monde semblait fonctionner, obtus et restreint, la connaissance divisée et triée jusqu'à être brisée et dépourvue de toute vie, de toute résonance. Bientôt, ce serait un délit répréhensible de s'intéresser à tout. De rechercher la connaissance quelle qu'en soit l'origine, et de l'aimer justement pour son exubérante et vaste interconnexion.

Face à tout cela, Moritz est imperturbable.

— Je pense, dit-il en examinant leur travail, que ceci va changer le monde.

Certains jours, Goethe va cueillir des plantes avec Faustina et son fils, même si la présence de l'enfant transforme la collecte en récréation. C'est un petit garçon enjoué, aux cheveux et aux yeux foncés comme sa mère, et qu'une glace et des fraises suffisent à garder joyeusement occupé.

Parfois, il n'y a que lui et Faustina, qui déambulent à travers la ville. C'est différent de se promener avec elle. Ici, se souvient

Faustina, ils venaient chercher leur fromage et leur lait, chez un crémier près du Panthéon. Il rit gaiement.

— Qu'y a-t-il de si drôle ? demande-t-elle, stupéfaite.

— Pour vous, le Panthéon est près de la crémerie, et pas le contraire.

Au Colisée, elle donne l'aumône, comme le fait sa famille depuis des années. C'est comme ça qu'elle connaît les mendiants qui vivent là. Ils viennent la saluer, reconnaissants pour ces cadeaux. Pour elle, le Forum romain, auquel elle accorde à peine un regard, est l'endroit où l'on trouve les pêches les plus fraîches, auprès d'une dame qu'elle surnomme affectueusement Nonna. Sur la Piazza Navona, à l'extrémité qui accueille la Fontana del Nettuno, se situe une allée peuplée de forgerons auprès desquels elle achète les marmites et les casseroles les plus résistantes pour la cuisine de son oncle.

C'est là que, pour Goethe, Rome prend réellement vie. La pierre lui parle enfin.

Lorsqu'ils sont au lit plus tard, il la caresse, comme il aime, tapotant délicatement le long de sa colonne vertébrale. Sa robe en laine et ses propres vêtements forment un tas chiffonné sur le sol.

— J'aimerais vous remercier, dit-il.

— De quoi ?

Elle se tourne de manière à être allongée contre lui, sa tête appuyée dans le creux du bras de Goethe.

— Pour votre Rome.

Elle lui adresse un sourire assoupi. Il est tard et la soirée a été longue et chargée à l'*osteria*.

— Rome, bien que tu sois tout un monde, un monde sans amour ne serait pas un monde, déclare-t-il.

Elle relève la tête en souriant. Il se penche, l'embrasse.

— Et s'il n'y avait pas d'amour, Rome ne serait même pas Rome.

Elle se blottit tout contre lui.
— Vous devriez être poète.

Pendant que Goethe attend la réponse du duc à sa lettre (dont il est certain qu'elle sera positive et l'autorisera à jouer les courtisans pour la douairière), il s'occupe. Ses nuits sont généralement bien remplies, mais les heures de la journée sont longues.

Il lit le nouveau livre de Herder, *Idées pour une philosophie de l'histoire de l'humanité*, qu'il adore. « La fin est magnifique ! » Il continue à travailler sur *Faust*, une pièce qu'il a commencée quinze ans plus tôt – et une bête peu commode. Plus il écrit, plus elle semble loin d'être achevée. *Peut-être*, songe-t-il sur le ton de la plaisanterie, *devrais-je vendre mon âme au diable pour la terminer.*

Ce qui le maintient à flot, ce sont les réactions en provenance de Weimar concernant *Egmont*, qui sont pour la majorité favorables. « Audacieux », « fluide », « profondément émouvant », et rien qu'un seul « certaines scènes sont trop longues » hésitant. Charlotte, néanmoins, n'a pas exprimé un grand enthousiasme face à la pièce. *Je soupçonne*, lui écrit-il, *qu'elle t'a davantage peinée que plu. Mais il est ardu pour un travail de cette envergure d'être en parfaite harmonie de bout en bout. Je pense que personne à l'exception de l'artiste ne sait à quel point l'art est difficile.*

Un dimanche au début du mois de mars, il rate la messe à la chapelle Sixtine au profit d'une visite de galerie en compagnie d'Angelica. Aujourd'hui, ils admirent la collection de l'Accademia di San Luca. Ils marquent un temps d'arrêt devant une peinture réalisée par Guercino, où un saint Luc barbu désigne un portrait de la Vierge sous les yeux d'un ange maussade.

Angelica se tourne vers lui.

— Eh bien ? demande-t-elle.

— C'est une pièce inhabituelle, n'est-ce pas ? Cela me fait penser à la tradition chrétienne de la fabrication des images, et à leur désir de connecter le sujet au…

— Je ne vous parle pas du tableau, l'interrompt-elle. Avez-vous réfléchi, mon cher ? La fille du physicien aristocrate que je souhaitais vous présenter…

Dernièrement, elle a tenté de le présenter à ses « amies » (des jeunes femmes célibataires issues de bonnes familles, a-t-il remarqué), mais il n'a donné suite à aucune de ses propositions. Ce qu'Angelica veut savoir ici, c'est : serait-il disposé à faire la cour à cette jeune fille ? Ce serait… facile. Respectable. Se fiancer rapidement, puis rentrer ensemble à Weimar afin d'y être mariés.

Mais son esprit vagabonde vers une chambre sans rideaux, où une simple robe en laine a glissé jusqu'à terre.

— Si jamais vous souhaitez…, commence-t-elle.

— Non, s'empresse-t-il de dire. Je vous en suis reconnaissant, mais je suis préoccupé en ce moment.

Lors de son rendez-vous suivant avec Faustina, il lui apporte un cadeau. Un châle en laine délicate de mérinos.

— Oh, Johann, dit-elle en le portant à sa joue. Il ne doit rien exister de plus doux.

Il est enchanté de la voir heureuse.

— En quel honneur ? demande-t-elle.

— Pour rien. Comme ça.

Il lui plante un baiser sur le front.

À partir de ce jour, il vient toujours avec un présent. Des fruits, des dattes, des noix, une robe ou deux, des places pour l'opéra pour elle et sa mère, représentation à laquelle les emmène un élégant carrosse.

— Que suis-je donc, à présent ? Une femme entretenue ? le taquine-t-elle.

— C'est plutôt vous qui m'entretenez.

Ce soir, ils partagent un verre de vin, étendus sur le lit. Elle a chipé une bouteille à l'*osteria*. La nuit est chaude, la fenêtre reste ouverte et une douce brise entre dans la chambre, transportant avec elle les bruits et les odeurs de la ville.

— Comment est votre vie dans le Nord ?

C'est la première fois qu'elle se hasarde à poser une question aussi personnelle. Il se redresse un peu, son bras autour d'elle, la tête de Faustina sur sa poitrine.

— Froide.

Elle tourne la tête pour le regarder.

— C'est tout ?

Il rit.

— Je suppose qu'elle est animée à sa façon.

Il lui confie être employé dans une petite cour, mais prétend ne travailler qu'en extrême périphérie, supervisant ceci et cela. Elle a tout de même les yeux écarquillés. Au début, il prend cela pour de l'émerveillement, mais c'est plutôt de la surprise.

— Je ne vous aurais pas imaginé au sein d'une administration...

Il s'appuie de tout son poids sur elle. Il aime la sensation de sa peau nue contre la sienne.

— Où m'auriez-vous imaginé, alors ?

— Juste ici, rétorque-t-elle en l'attirant au-dessus d'elle.

Ils s'embrassent longuement ; sa bouche voyage vers son grain de beauté, son oreille, dans son cou.

Lorsqu'ils s'écartent, il la regarde.

— Je n'ai jamais..., commence-t-il, puis s'interrompt.

— Quoi donc ? demande-t-elle, les yeux brillants.

Comment pourrait-il bien formuler cela ?

— Pour moi, recommence-t-il, la vie n'a jamais paru aussi… complète qu'ici à Rome, avec vous.

Elle se blottit contre son épaule.

— Pour moi aussi.

Lorsqu'il rentre chez lui le lendemain matin, le courrier est arrivé. Les esquisses de paysage qu'il a commandées au cours de son voyage à travers la Sicile, ainsi qu'une nouvelle édition des œuvres de Mengs et des lettres de Weimar – l'une du duc.

Il est revenu de son expédition prussienne, et après des discussions avec sa mère, Anne-Amélie, il est en mesure de confirmer que Goethe est relevé de ses responsabilités administratives, conformément à sa requête. Il n'aura pas d'obligations spécifiques, bien que des occasions de ce type surgiront certainement en temps voulu. Il peut se consacrer à tout ce qu'il considère comme important, y compris, l'espère le duc, comme dans le passé, l'amélioration des parcs de Weimar. Il va également recevoir une augmentation de salaire de 200 marks par an.

En lisant cela, le cœur de Goethe bat la chamade, ses paumes deviennent moites. Jusque-là, les nouvelles sont bonnes. Mais qu'en est-il de l'Italie ?

Aussi bien le duc que la douairière s'accordent à dire qu'il est des choses plus importantes dont Goethe devrait s'occuper, autres que faire pour elle office de courtisan. Il n'a pas le sentiment qu'il doive s'attarder en Italie pour cette raison. La lettre ne lui intime pas l'ordre de rentrer. Elle ne lui ordonne pas de quitter Rome dans les plus brefs délais. Plutôt, elle l'encourage à revenir, et c'est suffisant. L'allusion ne peut être ignorée.

La fin, quand elle arrive, est rapide.

Goethe pose le pli sur le côté.

En temps voulu, tous les autres ici devront être informés. Pour l'instant, cependant, il s'enferme dans son atelier, regarde par la fenêtre et se désole.

Il reste là toute la journée, et le lendemain également. Puis il rédige un billet à l'attention du duc : *À votre lettre aimable et sincère, je réponds immédiatement par un joyeux « J'arrive ! ».*

* * *

Le dernier mois est rendu trépidant par l'effervescence de son départ.

Et il découvre que dès qu'il a pris la décision de partir, plus rien ne l'intéresse. Il est étrangement déconnecté. De la ville, de ses amis, et surtout, de Faustina. Pendant des jours, il ne peut se résoudre à aller la voir, lui parler. Enfin, il se rend à l'*Osteria alla Campana* et s'assied à une table, devant une assiette de *fritti* qu'il ne mange pas et un verre de vin qu'il ne boit pas. Il voit bien qu'elle est furieuse.

— 2 heures, murmure-t-elle avec colère tandis qu'elle feint de le resservir.

C'est la plus interminable des soirées.

— Où étiez-vous passé ? éructe-t-elle dès qu'il entre dans la chambre.

Quand il lui annonce la nouvelle, d'une voix lente et hésitante, elle lui jette le châle au visage, celui qu'il lui a offert, puis elle pleure. Il ne peut le supporter ; il reste là, incapable de bouger, de s'approcher ou de reculer, et finalement, il part.

Pendant des jours, il ne revient pas.

Je suis à Rome, mais je ne suis pas à Rome, écrit-il dans son journal. *Je n'arrive plus à rien.*

Il aurait préféré partir aussitôt après avoir reçu la lettre du duc plutôt qu'être ici dans cet étrange entre-deux – présent de corps, mais absent d'esprit. Mais il est des détails à régler, et une foule d'affaires à empaqueter. Il balaie l'atelier du regard, impuissant. Il n'avait pas conscience, jusque-là, de la quantité de choses qu'il avait réussi à accumuler. Qu'est-ce qui lui avait pris ? Avait-il cru qu'il resterait toujours ici ?

Il peut emporter quelques éléments (les plus petits bustes, plusieurs Jupiter, la Méduse Rondanini, un Ajax et un Mercure). Il doit laisser derrière lui les bas-reliefs, les moulages d'œuvres en terre cuite, ceux d'un obélisque égyptien, ainsi que d'autres objets trop lourds. La tête géante de Junon, il l'offre à Angelica.

Les plantes qu'il a commencé à faire pousser, il entreprend de les distribuer. Les jeunes plants de pin pour le jardin d'Angelica. Les palmiers dattiers, du moins ceux qui n'ont pas été sacrifiés pour observer les phases de leur singulière croissance, il les donne à un ami qui les plante au bord de sa pelouse, dans sa maison de la via Sistina. À Bury et Schütz, il confie les épineux figuiers de Barbarie, car ce sont les seules plantes, de leur propre aveu, qu'ils réussiront à garder en vie.

Les jours passent et c'est à peine si je parviens à me résoudre à ne serait-ce que regarder quoi que ce soit.

La chélidoine reste dans sa chambre jusqu'à ce qu'il finisse par l'emporter à l'*Osteria alla Campana*. C'est la fin d'après-midi, mais il n'en a plus rien à faire d'être vu. La famille fait la sieste. Lorsqu'il frappe à la porte de Faustina, il constate qu'elle n'a pas trouvé le repos.

Ils ne se parlent pas quand il entre.

Il pose le pot sur la table, près de la fenêtre.

— Vous savez… la chélidoine tient son nom du mot grec *chelidon*, qui signifie « hirondelle », explique-t-il. Car elle fleurit quand les hirondelles arrivent et fane lorsqu'elles s'en vont.

Elle le fixe sans mot dire.

— Et au cas où cela ne suffirait pas… je l'ai fait pousser moi-même.

Elle continue de garder le silence.

Il baisse les yeux au sol, où à de si nombreuses reprises ils ont abandonné leurs vêtements et leurs chaussures.

— De tous vos cadeaux, déclare-t-elle enfin, c'est le moins utile.

Il murmure que c'est vrai. Il reste là, à penser qu'il ferait mieux de s'en aller. Qu'il n'y a que peu d'espoir d'une réconciliation. D'un ultime contact chaud et familier.

— Mais c'est mon préféré, ajoute-t-elle soudain, car il est vivant.

Elle effleure les petites fleurs jaunes, les feuilles semblables à des plumes.

— Et elle n'est pas fanée. Alors peut-être que les hirondelles ne sont pas encore parties, en fin de compte.

Le dernier jardin qu'il visite avec Moritz se trouve à la Villa Albani, située aux abords immédiats de l'enceinte de la cité. Elle abrite une vaste collection d'antiquités et de sculptures romaines, mais ils ne se rendent pas à l'intérieur. En ce jour de printemps, ils sont dans le jardin, où les amandiers sont désormais en feuille, où le pêcher commence à perdre ses fleurs et où les fleurs de citronnier des branches supérieures sont ouvertes.

Moritz resta interdit en apprenant que Goethe s'en allait, que son départ était prévu à la date du 24 avril. « Mais c'est dans si peu de temps », fut tout ce qu'il trouva à répondre.

Aujourd'hui, il est aussi peu bavard qu'alors. Goethe aussi, en dépit du cadre superbe, est silencieux. Si seulement il partait vers le sud, et non vers le nord. Ah, retourner en Sicile, où tout autour de lui était d'une telle luxuriance !

— Vous savez, commence-t-il à dire à Moritz, il y a eu un moment pendant mon séjour ici où je me suis retrouvé embarqué dans une quête effrénée, bien que possiblement futile.

Moritz lui lance un regard.

— Une quête de quoi ?

— De la chose la plus rare qui soit.

— Oh ?

— Au début, je n'étais pas sûr de son aspect… mais si cette chose existait, et de cela j'étais certain, alors elle ne pouvait se trouver nulle part ailleurs dans le monde qu'en Sicile.

Moritz fronce les sourcils.

— Pourquoi ne pas m'en avoir parlé avant ?

Goethe garde d'abord le silence, puis :

— En toute honnêteté, parce que cela fait un moment maintenant que je pense que cette chose est introuvable.

— Voulez-vous dire que… vous avez abandonné ?

Goethe soupire.

— Si j'avais dix ans de moins, je voyagerais davantage, je chercherais davantage, j'irais dans des contrées plus éloignées, en Amérique, en Inde, pour chercher et chercher encore.

— Chercher quoi ?

Ils sont arrivés à la limite du jardin, où les terrasses s'enfoncent dans la colline.

— Je marchais au bord de la mer à Naples, commence-t-il. Cela me semble si loin, désormais… mais là-bas, une idée m'est venue. Je me suis demandé si ce concept… d'une structure fondamentale, cette notion selon laquelle tout était feuille… pouvait également se vérifier dans un sens plus large.

Moritz hoche la tête, attentif.

— Et si l'intérieur de la partie de la plante que nous avons pour coutume d'appeler *feuille* renfermait… un élément protéiforme, si vous voulez… capable de se cacher ou de se révéler dans toutes les formes végétales, alors ne pourrait-il pas en tant qu'*Urpflanze* ?

— Voulez-vous dire…

Moritz hésite.

— Une plante archétypale ?

Goethe le dévisage, incapable de lui exprimer à quel point sa compagnie va lui manquer.

— Oui, c'est ce que je veux dire.

Il avait passé beaucoup de temps à flâner dans les jardins publics de Palerme, entre les bosquets de citronniers et d'orangers et parmi des milliers de plantes qu'il n'avait jamais vues auparavant, ébahi par leur luxuriance, par tant de vert.

— Plus je tentais de déterminer de quelle manière ces formes aussi nombreuses que diverses différaient, plus je les trouvais semblables plutôt que dissemblables… Qu'importait que les formes des feuilles et des fleurs fussent distinctes, il n'était pas difficile de les imaginer reliées, se transformant de l'une à l'autre dans une succession, de forme en forme… Et leur similarité ne cessait de rappeler à mon esprit cette idée de l'*Urpflanze*.

Moritz garde le silence pendant un moment, avant de demander :

— Et est-ce cela que vous recherchiez ?

— Oui.

La plante primordiale qui contenait en elle toutes les plantes du passé, du présent et de l'avenir.

— Cela paraît ridicule, peut-être, mais je l'ai même visualisée…, ajoute-t-il. L'*Urpflanze* serait-elle la créature la plus étrange au monde ? Qui sait ? Mais ne rendrait-elle pas possible le fait d'imaginer à l'infini des plantes et de savoir que leur existence est logique ? Autrement dit, si elles n'existent pas réellement, elles le pourraient, car elles ne sont pas les ombres spectrales d'une vaine imagination hyperactive, mais les détentrices d'une nécessité et d'une vérité intérieures.

Ils se sont approchés d'un pêcher, dont les fleurs s'éparpillent au sol chaque fois que la brise souffle. Ici, comme dans le Nord, il neige peut-être.

Après un long silence, Moritz reprend la parole, hésitant :

— À quoi ressemblerait-elle ? Comment saurait-on ce que l'on cherche, je veux dire ?

Goethe hausse les épaules.

— Quelque chose de simple ? De petit ? Sans prétention ? Ou peut-être à l'extrême inverse, une forme superbement complexe dont toutes les autres formes seraient des dérivés… En vérité, je n'en suis pas sûr.

Il observe le ciel à travers les branches.

— Mais si je la trouvais, je pense que je le saurais.

— Comment ?

— Je n'ai pas de réponse rationnelle, confesse-t-il. Simplement le sentiment que je le saurais.

Devant eux, les fleurs du pêcher chatoient.

— Qu'est-ce que cela signifierait de la trouver ?

Goethe le regarde, sourit.

— Peut-être le saurons-nous à ce moment-là ? Comme je l'ai déjà dit, nous devons résister à l'envie d'expliquer et de comprendre prématurément, d'aborder quelque chose avec des idées préconçues de ce que cette chose est susceptible de nous être révélée.

— Alors c'est là une quête à laquelle il ne faut pas renoncer…

— Peut-être pas.

Goethe marque une pause, contemple un jardin sur lequel tombe lentement le crépuscule.

— Peut-être avez-vous raison. Mais je repars vers le nord à présent et j'ai la conviction que ce n'est pas là que l'*Urpflanze* se trouve.

— Pourquoi pas ? demande Moritz. L'on peut certainement trouver l'*Urpflanze* n'importe où ?

— C'est possible, concède son ami. Mais j'ai le sentiment qu'elle doit prospérer dans un endroit où les conditions sont optimales, un lieu de plus grande diversité florale.

— Il y aura une autre opportunité, dans ce cas, de venir dans le Sud, à l'avenir, un autre voyage…

— Peut-être, dit Goethe, mais son cœur et son esprit lui soufflent qu'il n'y en aura guère.

* * *

Lors des trois dernières nuits qui précèdent son départ de Rome, la lune est pleine et brille dans un ciel dégagé, baignant la ville immense dans sa lumière.

À la fin de chaque journée passée à emballer et trier ses possessions, il effectue une promenade, une fois avec Bury et Schütz, une autre fois avec Moritz, et la dernière seul. Plus tôt ce jour-là, il a rendu visite à Angelica, qui a pleuré tandis qu'ils se faisaient leurs adieux.

— Nous reverrons-nous ?

— Bien sûr, mon amie, a-t-il répondu.

Le dire était réconfortant, même si tous deux savaient que cela ne se produirait peut-être jamais. Ce soir-là, il marche le long de la via del Corso (peut-être pour la dernière fois) et monte jusqu'au Capitole, qui s'élève tel un palais enchanté dans un désert. Faustina détesterait cette description, songe-t-il, et il rit, puis est envahi par la tristesse. Il passe devant la statue de Marc Aurèle et arrive à l'arc de triomphe de Septime Sévère, qui projette une ombre imposante et obscure. Dans la via Sacra, une rue principale habituellement fourmillante d'activités, il est seul au monde, les ruines le long de la route lui semblent aussi fantomatiques qu'étrangères. Enfin, il atteint le Colisée qui, ce soir, ne l'envoûte pas comme à l'accoutumée, mais fait naître en lui une peur insolite.

Il reste là, pensant à un autre poète, Ovide, qui était en exil et fut forcé de quitter Rome par une nuit noire et mélancolique comme celle-ci, à la seule lumière de la lune. *Cum repeto noctem. Quand je songe à cette nuit.* Il ne parvient pas à le faire sortir de sa tête – avec son mal du pays et ses souvenirs de Rome, sa tristesse et sa misère sur les lointains rivages de la mer Noire, en proie au sentiment qu'il avait abandonné tant de choses qui lui étaient chères.

Goethe, lui non plus, n'avait pas le choix et bientôt, lui non plus ne serait plus là.

Il s'oblige à regarder à travers la grille, à l'intérieur de l'édifice en ruines. Tout est immobile, pas de voix, pas de chiens qui aboient. Il se hâte de rentrer, l'âme agitée, l'humeur rien de moins qu'élégiaque.

Tôt le 24 avril, un jour bleu et bruni par le soleil, ses amis se rassemblent autour de lui tandis qu'il prend place dans la diligence.

Kayser aussi part avec lui, mais le musicien ne semble pas éprouver le même chagrin. Moritz, à l'inverse de sa disposition habituelle, est incapable de se taire. Il s'adonne à des remarques spirituelles et à des plaisanteries idiotes. Bury pleure ouvertement. Schütz se détourne. Goethe s'installe, puis Kayser à son tour. Le cocher souffle dans sa corne. Les bras se tendent, se serrent, s'agitent.

L'espace d'un instant, tout est figé, comme si tout le monde, destin compris, avait changé d'avis.

Puis la diligence se met en branle et descend la via del Corso dans un grondement qui disperse les passants et les chiens. Elle prend lentement de la vitesse, fend l'immensité de la place et franchit vite, trop vite, la Porta del Popolo, descend la via Flaminia, puis traverse le vieux pont Milvio, emportant Goethe hors de Rome.

EVELYN

Toute la journée, le bateau à vapeur a navigué vers le sud. Il a dépassé Diamond Harbour et l'île sacrée de Sagar avant de déboucher dans le golfe du Bengale.

À présent, il longe la côte, flanqué d'un côté par la pleine mer et de l'autre par une épaisse forêt de mangroves, les îles marécageuses des Sundarbans. Evie préfère quand ils passent près de la berge, là où la sombre végétation feuillue semble prendre le dessus et que le calme n'est troublé que par les pagaies qui font remonter de temps en temps les fruits des palmiers Nypa dans un craquement sourd. Depuis le pont, elle distingue les pneumatophores piquants des mangroves et les petits bernard-l'hermite rouges qui creusent dans la boue. Tout le monde à bord espère apercevoir un tigre. Comme c'est *prévisible*, songe-t-elle. Car l'on peut très bien être tout aussi épris des macaques bavards et des timides cerfs axis, qui trempent leur tête au bord de l'eau, leurs grands yeux liquides et méfiants. Mrs Wheeler est du même avis.

— N'est-ce pas merveilleux ! s'exclame-t-elle, et Evie concorde.

À l'exception des moustiques, ça l'est, effectivement.

Elle soupçonne les Wheeler d'être heureux de quitter Calcutta : ils semblent plus à l'aise ici, au milieu de nulle part, que dans leur résidence citadine. Il n'avait pas dû être bien difficile de convaincre Mr Wheeler de renoncer à une affectation confortable pour repartir en pleine nature sauvage. En revanche, il avait fallu se donner un peu plus de mal pour persuader Charlotte que c'était une bonne idée qu'Evie les accompagne. *Où voulez-vous allez, vous dites ?*

Le bateau à vapeur est un vaisseau bien plus humble que le *Maloja*. Loin d'être aussi grand et rutilant, il ne transporte qu'une centaine de passagers : vingt en première classe, majoritairement britanniques (dont eux trois) et une poignée d'Indiens. Mr Wheeler l'informe que le pont inférieur accueille hommes d'affaires bengalis et marchands marwaris, tandis que l'espace réduit dans le fond est occupé par des membres de tribus d'Inde orientale et d'Inde centrale.

— Où vont-ils ? demande-t-elle.

— Où sont-ils *emmenés*, la corrige-t-il.

C'est de la main-d'œuvre en route pour les États du thé du Haut-Assam.

— Oh.

Elle plonge dans le silence. Elle repense aux planteurs de thé bons vivants qu'elle a rencontrés dans les clubs de Calcutta et a du mal à réconcilier leur frivolité avec toute position exigeant de gérer d'autres personnes.

Bientôt, les forêts restent derrière eux, le bateau entre dans l'embouchure du Meghna et se dirige vers le nord, virant entre les îles au large de la côte, qui sont enveloppées d'une brume matinale et bordées d'armées de palmiers de Palmyre. Certaines n'ont pas de noms et sont inhabitées. Mr Wheeler en montre d'autres du doigt et les nomme : Char Nizam, Hatiya, Bhola, qui signifie « oublié ».

— Regardez comme elle s'érode peu à peu. Un jour, il n'en restera rien.

Il affirme cela sans abattement, mais avec pragmatisme : *c'est ainsi*. Le monde avance à son propre rythme et suivant ses propres raisons. Quelle chance elle a de l'avoir comme guide et comme cicérone attitré !

Il fume une pipe en bruyère comme son père, mais ne lui ressemble du reste en rien. Il y a quelque chose de moderne chez Mr Wheeler, son regard est tourné vers un univers plus vaste, tandis que Papa, *cher Papa*, reste fermement ancré dans le passé. Les Wheeler sont aussi peu conventionnels que sa famille est conformiste, heureux dans leurs rôles de coaventuriers intrépides, et Evie se réjouit d'avoir été acceptée comme figurante dans leurs voyages. Même si rien ne ressort de cette expédition, elle aura au moins vécu une aventure. Car n'est pas Marianne North qui veut et peut-être est-ce là tout ce qu'elle verra du monde.

Le long de la rivière, le paysage change, le cours d'eau monte de chaque côté le long de pentes boisées, où un fermier et son char à bœuf avancent parfois tranquillement, où des enfants courent en agitant la main, où du bétail paît paisiblement. Evie observe chaque chose avec émerveillement, y compris le chargement de marchandises sur le bateau, des sacs de riz et de graines de moutarde, des pots en terre cuite, des tapis et des paniers tressés. Elle passe le plus clair de son temps au salon extérieur, un pont couvert perché au-dessus des cabines de première classe, d'où la vue est la meilleure et la brise la plus fraîche. Quelques femmes se prélassent autour d'elle, ainsi que de nombreux hommes tous vêtus de costumes en lin et de canotiers.

Mr Finlay a dû effectuer ce voyage dans une tenue similaire, songe-t-elle, plus tôt dans le mois. Elle se remémore leur dernière rencontre – dans le jardin sombre du Calcutta Club, parmi les lucioles, près de l'hortensia chatoyant – et la chaleur lui monte aux joues.

* * *

Huit jours après avoir quitté Calcutta, ils atteignent l'endroit où le Brahmapoutre conflue avec le Gange.

Le bateau à vapeur poursuit en hoquetant son trajet vers le nord, là où les plaines fluviales sont désormais couvertes de forêts luxuriantes et les silhouettes des lointaines collines adoucies par la brume. Parfois, Evie aperçoit de grands dauphins, des tursiops gris qui sautent gracieusement dans les airs. Une fois, à son grand enthousiasme, ils croisent un troupeau d'éléphants qui se baignent sur la berge. Souvent, il n'y a qu'elle, une nuée de canards à ailes blanches et le fleuve. Elle est en proie à un sentiment d'abondance, comme si le monde s'offrait à elle, tout en la limitant étrangement, son voyage confiné à ce seul parcours préétabli.

Enfin, ils atteignent Gauhatî, petite ville portuaire aux bazars animés dotée d'un modeste quartier européen, sise au pied du plateau de Shillong. Plus en amont, le fleuve domine le paysage, lui dit Mr Wheeler, s'écoulant dans une large vallée orientée vers le nord-est, dans le coin le plus reculé de l'Empire, là où l'Inde rencontre le Tibet et la Birmanie. À l'endroit où ils ont mis à quai, les berges ne sont qu'un tas de boue marécageuse et les moustiques se sont multipliés, mais ils sont arrivés pile au moment du coucher du soleil, quand le Brahmapoutre se transforme en or liquide.

Les routes sont bordées de hauts aréquiers gracieux et les collines environnantes sont verdoyantes, couvertes d'une forêt dense. Ils passent la nuit dans une pension de famille, où les geckos sont les plus gros qu'Evie ait vus de toute sa vie, et les grillons les plus bruyants. Ils ne sont plus à Calcutta, réalise-t-elle dans un sursaut. C'est aussi reculé que le monde peut l'être, de toutes les manières qu'elle ne connaît pas encore. C'est effrayant, et délicieux !

Demain, ils prendront la route de Shillong, la capitale de l'Assam, à bord (comble de l'excitation) d'une automobile de location baptisée *Maharani.* « Un service mis en place depuis peu », à en croire Mr Wheeler, et étant donné que c'est l'hiver et que le temps est sec, il pense que le voyage ne devrait pas leur prendre davantage d'une demi-journée.

Peut-être est-ce dû à la nouveauté de l'endroit, mais Evie a du mal à s'endormir.

Que de chemin parcouru depuis Tilbury ! Depuis la maison. Depuis Calcutta, même ! Charlotte avait d'abord été, à juste titre, perplexe. *Pourquoi ?* Et il leur fallait demander la permission à sa mère, certainement ? Excepté que lorsque sa réponse leur parviendrait, les Wheeler seraient déjà partis depuis longtemps.

Evie s'était assise près de son hôtesse.

— Je ne sais pas si vous vous souvenez, Charlotte, mais alors que je venais d'arriver, vous m'avez demandé si j'étais prête à me marier, si c'était ce que je voulais. Et je vous dis maintenant ce que j'aurais dû vous dire à l'époque : non, et non.

Elle s'était attendue à ce que sa réponse soit accueillie avec agacement, mais Charlotte avait jubilé.

— Je le savais !

En outre, c'était assez évident, avait-elle ajouté, surtout quand Evie s'était montrée bien plus enthousiasmée par les jardins botaniques que par le bal d'hiver. Mais pourquoi l'Assam ? D'après ce qu'elle a entendu, c'était un endroit vraiment sauvage, à peine civilisé et, pire encore, infesté de sangsues. Restez ici, ou allez à Orissa, avait-elle exhorté, ou si elle souhaitait s'aventurer plus loin, rendez-vous à Delhi et Agra. Allez voir le Taj Mahal !

Son invitée avait insisté : elle désirait se rendre dans l'Est. Charlotte avait soupiré.

— Je ne crois pas que vous devriez, Evie.

Evie avait gardé le silence, tout en songeant que rien au monde ne pouvait l'arrêter.

À l'heure qu'il est, sa lettre, dans laquelle elle les informait de sa décision, a sans doute dû arriver à Londres. Elle est persuadée que sa famille accueillera la nouvelle avec une certaine consternation, sans toutefois être réellement surprise. Voilà un moment qu'ils se sont résignés à force de voir Evie faire l'inverse de ce qu'elle aurait dû. Batifoler dans les bois avec Grandma Grace, par exemple, ou refuser les occasions de rencontrer des prétendants potentiels et, plus récemment, travailler pour Agnes en tant qu'assistante de recherche.

Cela avait plongé sa mère dans une panique totale. Evie n'avait obtenu que le faible équivalent d'une mention assez bien lors de ses examens finaux, convainquant sa mère qu'elle aurait dû étudier les classiques et devenir gouvernante, au lieu de passer son temps dans un laboratoire de fortune qui n'était même pas le sien. « Je ne sais tout simplement pas quoi faire de toi, Evie. » Florence aussi s'était rangée de son côté. « Maman veut que tu sois heureuse, Evie. »

Mais Evie *était* heureuse en aidant Agnes au laboratoire, en apprenant à pratiquer la botanique goethéenne. Quand elle tenta d'expliquer ce que c'était à Florence, sa sœur fronça les sourcils. « Oh, Evie, tout cela semble très académique. » Mais ça ne l'était pas, insista Evie. « C'est comme être dans le jardin avec Grandma Grace. » Elle espérait que ces mots permettraient à Florence de comprendre combien cela était important pour elle, mais sa sœur haussa les épaules et répondit : « Dans ce cas, pourquoi aller à l'université ? »

À l'époque, elle s'était sentie un peu seule, comme en ce moment, allongée dans un lit inconnu, dans une chambre plongée dans l'obscurité, à écouter les grillons.

* * *

Maharani refuse de démarrer ce matin, en dépit des cajoleries persistantes de leur chauffeur anglo-indien, Mr Pokes, et des nombreuses tentatives de son jeune assistant à la manivelle. Ils finissent par s'avouer vaincus. Il faudra donc opter pour une carriole, qu'il faut désormais se procurer au plus vite, un rythme évidemment peu habituel pour cette petite ville endormie de bord de fleuve.

L'heure du déjeuner est passée depuis longtemps quand ils quittent Gauhatî.

Les Wheeler restent calmes pendant toute l'affaire, même si une fois qu'ils sont enfin en route, Evie entend Mr Wheeler dire à sa femme qu'il est un peu inquiet, « car la nuit tombe vite dans ces contrées ».

Au début, ils traversent de basses collines herbeuses, dépassent des huttes au toit de chaume et guère plus, avant de déboucher sur une route plus plate qu'ils suivent longuement.

— Ne sommes-nous pas supposés grimper ? demande Evie, perplexe.

— Patience.

Et de fait, ils grimpent, mais de manière si graduelle qu'elle ne le remarque pas jusqu'à ce que, tout à coup, l'air rafraîchisse jusqu'à devenir mordant. Bientôt, ils gravissent un sentier pentu, avec les montagnes qui les entourent de toutes parts.

Evie aimerait observer de plus près les forêts, un mélange de faune tempérée et subtropicale avec des pins, des bananiers. Même en hiver, tout est d'un vert profond et lustré, mais du fait de leur départ tardif, c'est à peine s'ils sont en mesure de s'arrêter.

Alors que la nuit se rapproche, le froid est palpable. Il pique le visage d'Evie, se faufile sous la couverture étalée sur ses genoux. Elle a le sentiment d'être à une galaxie de Gauhatî, dans un lieu désolé, peut-être car ils sont encerclés de collines et uniquement escortés par la mélodie mélancolique des grillons, le bruit du vent et une grosse lune jaune.

À une heure de Shillong, ils traversent un pont au-dessus d'un cours d'eau qui rugit bien plus bas, dont Mr Wheeler affirme avoir lu qu'il s'appelle Umïam – l'eau qui pleure. La route grimpe à pic à partir de là ; de chaque côté, la forêt est désormais sombre, dense et indistinguable.

Ils entrent dans la ville et découvrent qu'elle paraît déserte, les étroites rues pentues bordées de rangées de maisons aux toits bas et aux fenêtres habillées de volets. Shillong semble s'être vidée et retirée pour la journée.

* * *

Evie se réveille dans une chambre baignée de lumière, mais d'un genre différent de tout ce qu'elle a pu voir auparavant à Londres ou à Calcutta. Celle-ci est aussi claire qu'un chant d'oiseau, aussi tranchante que la lame d'un couteau.

Ils logent dans la pension de famille de Mrs Dyer, au sommet d'une colline dans le quartier européen. *La Chaumière*, baptisée ainsi à cause des pavillons aux toits de chaume qui parsèment les versants. Le voisinage offre une vue sur l'hôtel du gouvernement, sis sur la colline adjacente, parmi des jardins qu'Evie espère pouvoir visiter. La pension est aussi un pavillon bien entretenu avec du plancher, des murs blanchis à la chaux et une cheminée que l'on allume le soir. Les domestiques sont une cuisinière et une bonne, une jeune fille de la région prénommée Deng, plus jeune qu'Evie, bien que cela soit difficile à dire. Son visage est lisse et dénué de rides, mais ses yeux semblent bien plus âgés.

Evie prend le petit déjeuner avec les autres dans le jardin, où poussent des rangées de pois de senteur et où les soucis dorés sont déjà en fleur. Peut-être est-ce à cause du froid, mais elle est affamée, et le porridge avec du lait et du miel est accueilli avec plus d'enthousiasme qu'elle n'en a jamais éprouvé à Calcutta.

Ensuite, Mr Wheeler part pour les bureaux de la direction des Forêts, pendant qu'Evie, avide d'exploration, est heureuse d'accompagner sa femme pour une promenade en ville. On les conduit à un lac situé au cœur du quartier européen. Une longue courbe est parsemée de pavillons qui pointent à travers les pins, réservés aux fonctionnaires du gouvernement les plus haut placés, tandis que l'on distingue de l'autre côté le toit rouge du *Shillong Club*. Parfait pour jouer au tennis au gazon, l'informe-t-on. Après le club, elles parviennent à un carrefour très fréquenté, avec des enfilades de boutiques qui vendent des chaussures, des vêtements, du papier à lettres. Il y a un pharmacien et de nombreux tailleurs. Mr Wheeler avait mentionné que dans ces contrées, le commerce n'était pas aux mains des locaux, mais de communautés marchandes de migrants comme les Bengalis et les Marwaris. Autour du marché se trouvent les principaux bâtiments gouvernementaux : l'Assemblée législative de l'Assam, le Secrétariat, tous avec des murs blanchis à la chaux et des toitures en tôle impeccables. À côté se dresse une église à colombages avec un haut clocher.

— Où vivent les autochtones ? interroge Evie.

Dans des villages autour du quartier européen, lui dit-on.

— L'un d'eux s'appelle Laban, me semble-t-il, ajoute Mrs Wheeler. Mais je serais incapable de me rappeler les noms des autres même si ma vie en dépendait.

Elles retournent au lac et se promènent le long du sentier qui le borde, les talus peuplés de saules et de parterres de fleurs. L'endroit a l'air populaire auprès des Européens, nombreux à être sortis prendre l'air. Pendant un instant, Evie est convaincue d'avoir aperçu Mr Finlay au loin. *Ne sois pas idiote*, s'admoneste-t-elle. *C'est simplement quelqu'un qui lui ressemble.* Il chasse des plantes quelque part dans l'Himalaya, où il s'agite en tous sens entre collines et forêts, et elle est certaine qu'à aucun moment il ne pense à elle.

Dans la soirée, après un dîner de bonne heure, ils sont assis autour du feu, que Deng a allumé et qui brûle vigoureusement. Ils se délectent d'un festin de petites oranges juteuses, les plus sucrées qu'ils ont jamais mangées, puis Mr Wheeler sort une bouteille de porto. L'on va chercher des verres pour tout le monde et le vin leur apporte une chaleur vigoureuse et bienvenue.

— Ma tournée commencera bientôt, rapporte-t-il.

Et elle couvrira la zone de Cherrapunji et ses alentours, à deux heures de Shillong. Il est convenu que Mrs Wheeler l'accompagnera, ainsi qu'Evie. *Que trouvera-t-elle à l'endroit le plus humide du monde ?*

Elle meurt d'impatience de le découvrir, mais il est une chose qu'elle aimerait avant leur départ.

— Y a-t-il quelqu'un à qui je pourrais parler ? À propos de la flore locale ? hasarde-t-elle.

Un naturaliste autochtone, peut-être.

— Hummm, réfléchit Mr Wheeler.

Mieux vaut qu'il pose la question au bureau. L'un de ses collègues pourra sûrement l'aider.

— Cherchez-vous des informations à propos de quelque chose en particulier ?

Elle secoue la tête et ment.

— Pas vraiment, non.

***

Depuis qu'elle était devenue membre de la Société de la science goethéenne, Evie n'avait pas manqué une seule réunion, et même Lulu devait bien admettre, à son corps défendant, qu'elle n'était pas là pour perdre son temps ni en faire perdre à quiconque.

Un soir, ils se rassemblèrent pour discuter de *La Métamorphose des plantes*, que Goethe avait écrit quelques années après son voyage en Italie.

— Ce que je ne comprends pas, c'est pourquoi il a quitté Carlsbad en secret, commença Phineas.

Il avait à la main un exemplaire du *Voyage en Italie*, qu'il considérait comme un texte compagnon de *La Métamorphose*. Evie pensait que c'était parce qu'il en avait assez.

— Enfin, n'était-il pas chargé de superviser la construction des routes et des mines à Weimar ?

Elle était certaine qu'il avait fui et que s'il n'avait pas entrepris ce voyage, *La Métamorphose* n'aurait jamais vu le jour et ses perspectives botaniques seraient restées science morte.

— Je n'en suis pas si sûre, contra Lulu.

De nombreux chemins peuvent mener à une destination… Néanmoins, tous s'accordaient à dire que l'Italie lui avait ouvert la voie de la flore, aussi bien sauvage que cultivée, riche à un degré jamais observé dans sa mère patrie du Nord. Que tout cela avait mis en mouvement un train d'idées qui régirait sa conception du monde végétal pour le reste de son existence.

Oui, dit Lulu. Et maintenant, pouvaient-ils se concentrer sur *La Métamorphose* ? Il s'agissait d'un texte concis dans lequel Goethe avait tenté de raconter l'histoire des formes botaniques *en* processus.

— La doctrine de la formation est la doctrine de la transformation, lut Lulu à voix haute. Quel génie.

Ils avaient de nombreuses questions : qu'est-ce que Goethe voulait dire par « les yeux de l'esprit » ? Qu'étaient au juste « l'intensification » et « la polarité » ? Et plus important, pourquoi « métamorphose » ? Un terme depuis longtemps appliqué à la transformation des chenilles en papillons et des têtards en grenouilles.

— Peut-être qu'en étendant ce concept au développement des plantes, il suggérait la présence d'une sorte de processus universel qui s'appliquerait à la nature dans son ensemble, hasarda Ollie. *Tout* ce qui est en vie est dans un état de constant devenir.

Hélas, le livre original avait été mal accueilli, et vertement boudé par les botanistes aussi bien que par le grand public.

— Il fallut dix-huit ans pour que les premières références à son livre commencent à apparaître dans des textes botaniques et dans d'autres types de contenu, dit Lulu.

Il était surtout resté dans l'ombre, traduit en anglais en 1863 et plus récemment ramené sur le devant de la scène par Rudolf Steiner, le philosophe autrichien, dans les années 1880 et 1890. Néanmoins, le texte était loin de pouvoir être considéré comme étant « bien connu ».

— Ne souhaitait-il pas également rédiger un *Harmonium Plantarum* ? demanda Evie en parcourant ses notes.

Oui, mais ils supposaient qu'il n'était jamais parvenu à le compléter. Tout ce dont ils avaient hérité, c'était *La Métamorphose*, qui était révolutionnaire, bien que pas exempt de défauts, ils s'en rendaient compte.

— Il n'y dit rien sur les racines, regretta Ollie. À croire qu'elles n'existaient pas !

En outre, Goethe traitait l'ouvrage comme un travail majoritairement complet et achevé.

— Peut-être qu'à cause de sa personnalité d'artiste, il aurait dû être considéré comme un traité scientifique en cours d'élaboration, suggéra Lulu. Un traité qui pouvait être développé, réécrit et corrigé.

— En outre, il a copié Linné, n'est-ce pas ? ajouta Phineas. Dans la forme, je veux dire. En écrivant sous forme de paragraphes numérotés.

Ollie hocha la tête.

Tous les textes scientifiques majeurs du botaniste suédois que Goethe avait lus étaient rédigés de cette manière, comme des listes, et il avait jugé bon d'en faire autant, mais c'était là que s'arrêtaient les ressemblances.

— Il s'imprégna pendant des années des travaux de Linné, et il le respectait, mais son propre travail botanique représentait une rupture radicale d'avec l'approche de Linné. Il trouvait ça artificiel et mécanique, cette pratique de nommer et d'énumérer les plantes.

— Pire encore, il la trouvait inadaptée, enchérit Evie. Comment était-ce possible de contenir cette immense variété de plantes au sein de cette terminologie statique et fixe ?

Tous tombèrent également d'accord sur le fait que le moment le plus éclairant du texte résidait dans la manière dont la phrase « tout est feuille » devenait une expression du principe d'entièreté selon lequel la partie d'un tout reflète ou révèle ce tout.

— Tu te souviens, Evie ? lui rappelèrent-ils. Aucun asservissement entre l'un et l'autre ; les deux sont d'égale importance, l'un pour l'autre.

* * *

Grandma Grace aurait appelé ceci une journée chassieuse ; le ciel coagulé comme de la crème et qui apportait la menace imminente de la pluie. Le temps ici est remarquablement changeant, a remarqué Evie. Obstinément venteux, ensoleillé la minute d'après, puis soudain, sans prévenir, gris et couvert. Heureusement, sans la chaleur ni l'humidité des plaines.

Mrs Wheeler et elle sortent déjeuner au *Shillong Club*, puis marchent jusqu'au bâtiment du Secrétariat en haut de la rue. La réceptionniste les attend, et les escorte aussitôt le long d'un couloir qui donne sur de nombreuses pièces, avec des dossiers empilés sur des bureaux telles des chaînes de montagnes miniatures. Elles s'arrêtent devant une porte close et fermée à clé. Alors que la réceptionniste l'ouvre pour elles, elles se regardent en souriant.

Elles sont ici pour visiter l'Herbier de la forêt de l'Assam ; les attendent à l'intérieur des milliers de feuilles d'herbier soigneusement classées.

Ensuite, elles discutent longuement de l'herbier pendant leur promenade autour du lac – *C'est passionnant ! Je n'aurais jamais imaginé ! Ce trésor, ici dans cette ville reculée !* N'était-ce pas comme feuilleter des pages d'histoire ? Chaque échantillon parfaitement préservé, capturant la seconde à laquelle une plante avait été cueillie et pressée. Elles découvrirent que certaines dataient des années 1870, à l'époque où Gustav Mann, un botaniste allemand et ancien jardinier de Kew, commença l'herbier durant son exercice de conservateur des forêts à Shillong. Elles n'ont pas eu le temps de parcourir l'intégralité de la collection, mais ce qu'elles ont réussi à voir les a ravies.

Evie est ébahie par le nombre d'espèces de bambou que compte la région. Il en existe des dizaines dans ces collines et plaines environnantes, y compris le gigantesque *Dendrocalamus hamiltonii*, utilisé par les autochtones pour les huttes et la vannerie, l'éthéré *Melocanna baccifera* au tronc fin, le long *Microstegium ciliatum* avec ses feuilles étroites…

— Qui avait l'air sorti d'une estampe japonaise, ne trouvez-vous pas ?

Mrs Wheeler hoche la tête.

— Ce *Pseudostachyum polymorphum* de Sylhet, aussi… si ordinaire et pourtant si beau… J'adorerais le peindre.

— Vous devriez ! s'exclame Evie.

Sa compagne rit et acquiesce.

Elles se sont arrêtées sur le pont de style japonais qui enjambe le lac de Ward. Le ciel d'un gris argenté se reflète dans l'eau. Des canards glissent à sa surface, ainsi que quelques cygnes. Depuis leur première après-midi ensemble dans l'« herbier » de Mrs Wheeler à Calcutta, elles ont parlé de peu de choses à l'exception de la botanique. Elles ont partagé des observations à propos de la végétation marécageuse des Sundarbans, des roseaux de bord de rivière le long du Brahmapoutre, et de la mousse et des fougères dont elles ont remarqué qu'elles poussent abondamment ici. Mr et Mrs Wheeler (osait-elle le dire ?) étaient les parents dont elle avait toujours rêvé. Ils s'intéressaient profondément à elle, au monde, dans lequel ils occupaient une place de nomades et d'explorateurs, plutôt que de colons. Elle n'aurait pu imaginer Maman et Papa nulle part ailleurs que dans leur maison de Primrose Hill, avec leurs habitudes quotidiennes et leurs petits rituels bien ancrés. Tout, du lever au coucher, dicté par l'horloge.

Un vent fouette légèrement l'étendue d'eau. Devant elles, davantage de canards et de cygnes passent. Evie constate que tous se dirigent vers un îlot tout au bout du lac, qui semble être le point de rassemblement de prédilection pour ces créatures à plumes.

— Ai-je mentionné, commence Mrs Wheeler, que Charles a trouvé quelqu'un à qui vous pourriez parler ?

Une femme de la région, Kong Bathsheba, qui vit dans une maison dans les bois. Evie répond que cela paraît plus prometteur que tout ce qu'elle aurait pu imaginer, et elles rient.

Le ciel est plus sombre à présent, le vent plus fort. Une bruine se met à tomber tandis qu'elles se remettent en route et traversent le pont à la hâte. Un bon feu de cheminée et du thé chaud les attendent à la pension de famille. Voilà à quoi est en train de penser Evie lorsqu'elle marque une halte subite.

Devant elles se tiennent Mr Finlay et Mr Dossett.

Avant qu'elle ait le temps de comprendre ce qui se passe, ils leur sourient et leur disent bonsoir. Mr Finlay s'excuse pour cette interruption.

— Mais nous ne pouvions passer à côté de vous sans vous saluer.

Pendant ce qui lui paraît une éternité, Evie reste bouche bée, puis elle s'empresse de procéder aux présentations. Elle croise le regard de Mr Finlay et l'interroge à propos de son expédition.

— J'espère que tout s'est bien passé ?

— Pas trop mal.

Plus tôt dans le mois, ils avaient quitté Gauhatî en direction des Garo Hills, des montagnes où ils avaient prélevé une quantité conséquente de spécimens d'orchidées.

— Lesquelles ? s'enquiert Mrs Wheeler.

— L'*Acampe* petite et odorante, et l'*Aerides* multiflore avec ses cascades de fleurs, répond Mr Dossett.

Ils espèrent désormais se rendre dans les Khasi Hills.

— Comment se porte Mrs Hopkins ? interroge Evie.

Mr Finlay l'informe que sa tante va bien, et qu'elle est toujours à Calcutta.

— Je suis heureux que vous ayez trouvé un moyen de quitter la ville, ajoute-t-il.

Elle sourit.

— Oui. J'ai réussi.

Elle voit bien que Mrs Wheeler les observe avec curiosité ; il y aura des questions plus tard, qu'elle fera de son mieux pour éviter.

— Qu'espérez-vous trouver dans les Khasi, Mr Finlay ? s'enquiert Mrs Wheeler.

— N'importe quelle espèce nouvelle me contentera.

— Ah, quelque chose d'encore inconnu…

Il baisse la tête.

— *Nouveau* est un terme comparatif, en ce qui me concerne… Je pense qu'un collectionneur, en tout cas un véritable collectionneur, trouve de la joie dans la découverte d'une plante qui *lui* est inconnue, qu'importe si elle a déjà été découverte ou non. Et toute nouvelle plante introduite en Angleterre a sans doute déjà été vue et identifiée par les gens originaires de la contrée de cette plante.

Mrs Wheeler sourit.

— Très vrai, très sage.

***

La Société de la science goethéenne ne fut invitée qu'une fois par la Société scientifique de Cambridge pour donner une conférence.

Quel honneur ! Quelle reconnaissance ! C'était une opportunité non seulement de diffuser leurs idées, mais aussi (et c'était follement excitant) d'attirer de nouveaux membres. Il y avait tant de choses à dire, et tant de choses pouvaient être débattues, mais qui prendrait la parole ? Après des délibérations, il fut décidé qu'Ollie se chargerait de la présentation, même si Lulu était l'oratrice la plus sagace et la plus imposante. Les choses changeaient, mais pas au point qu'une femme s'adresse à une assemblée entière d'hommes.

La conférence eut lieu un soir d'été et, par chance, un nombre respectable de spectateurs se déplaça. Lulu, Phineas et Evie se faufilèrent au fond de la salle ; à l'avant, Ollie semblait avoir envie d'être n'importe où sauf ici tandis qu'il parcourait nerveusement ses notes et s'épongeait le front avec un grand mouchoir. Enfin, tout le monde fut installé et Ollie monta sur l'estrade.

— Tout est feuille, commença-t-il, et à travers cette simplicité, la plus grande diversité devient possible.

Il marqua une pause, comme s'il s'attendait à ce que quelqu'un l'interrompe.

— Je débute avec ces mots, car ils constituent la clé pour comprendre la façon de voir de Goethe. La feuille à laquelle il fait référence doit être comprise dans la dimension universelle d'une forme omnipotentielle et non pas d'une feuille en particulier.

Il trouva peu à peu son rythme et se redressa, la voix moins tremblante. Il se mit en devoir d'expliquer l'idée de Goethe quant à la métamorphose de la plante (à savoir que des organes qui pouvaient être assez différents en apparence étaient identifiés comme étant des manifestations de la même forme).

Evie balaya la salle du regard : une poignée de filles de Girton étaient assises dans un coin, un groupe d'étudiants, dont elle redoutait une potentielle intervention malicieuse, s'entassaient à l'avant. Pour le moment, ils gardaient le silence ; un type aux cheveux roux avait allongé ses jambes sur la chaise vide devant lui. Evie reporta son attention sur Ollie.

— C'est une expérience extraordinaire de regarder une plante et de la voir à la manière de Goethe, disait-il. Voir la plante de manière intuitive, c'est faire l'expérience de « la voir prendre forme » au lieu de l'analyser telle qu'elle apparaît dans sa forme supposément finale. Là où Linné souhaitait domestiquer les plantes, Goethe souhaitait rendre la plante visible. Là où Linné soumettait la plante à une organisation de telle sorte que chaque spécimen avait une place au sein d'un système, Goethe laissait la plante parler d'elle-même.

Ce fut à partir de ce moment que les problèmes commencèrent.

Ollie venait de commencer à évoquer l'*Urpflanze*.

— Le concept de Goethe de l'unité fondamentale de la plante s'étendait à l'ensemble du royaume végétal. Il finit par croire qu'il devait exister une *Urpflanze*, dont les variations métamorphiques sont ce que nous voyons comme les nombreuses différentes plantes qui existent de nos jours. Goethe pensait que cela pouvait même exister sous forme d'une sorte de simple plante primitive à partir de laquelle d'autres plantes se développeraient avec le temps, et qu'il trouverait s'il la cherchait avec suffisamment d'assiduité. De fait, c'est ce qu'il fit lors de son voyage à travers la Sicile.

Les étudiants à l'avant de la salle affichaient ouvertement des sourires narquois, à présent. Quelqu'un murmura que Goethe aimait peut-être un peu trop la boisson.

Ollie ne s'en rendit pas compte et continua :

— Bien sûr, il ne tarda pas à réaliser qu'il n'était pas possible de *trouver* l'*Urpflanze* sous cette forme tangible et physique, mais cette idée lui offrit, ainsi qu'à nous, un certain mode de perception qui...

Avant qu'il pût terminer, Ollie fut interrompu par le jeune aux cheveux roux.

— Êtes-vous en train de dire que la plante primordiale est le plus petit dénominateur commun de toutes les plantes ?

Au début, Ollie géra la situation avec aplomb.

— Il est assez communément supposé que Goethe commença avec des plantes finies telles qu'il les voyait dans l'environnement, et qu'en comparant leur aspect extérieur avec une autre, il put extraire ce qui leur était analogue pour produire une généralisation. Et que de cette manière, il trouva l'unité dans la multiplicité, mais...

Il ne fut pas autorisé à finir.

— Est-ce qu'il a fait ça, alors ? Rassembler plusieurs ensembles de différentes plantes, produire une généralisation pour chacune, puis une généralisation de ces généralisations jusqu'à atteindre l'ultime généralisation, la plante primordiale ?

Seul l'orateur n'était pas conscient qu'on se moquait de lui. Il bafouilla, hésita, et Evie entendit Lulu, à côté d'elle, qui inspirait bruyamment. De l'autre côté, Phineas était muet comme une tombe. Les filles de Girton réprimaient des rires.

L'instant suivant, Lulu était debout.

— C'est ainsi que l'esprit analytique tente de trouver l'unité, de cette manière statique et inflexible. Ce que vous évoquez, c'est l'unité mécanique d'une pile de briques, pas l'unité organique de la vie. *Vous* êtes peut-être obligé d'y recourir, dit Lulu en regardant directement le roux, mais pas Goethe, dont l'esprit fonctionnait différemment et, je dirais même plus, à un niveau supérieur.

À ces mots, des éclats de rire retentirent et on la hua. Lulu tremblait, mais elle continua :

— L'archétype est une plante qui est toutes les plantes *possibles.* Ce n'est pas un plan pour les plantes, une plante générale ou un facteur commun à toutes les plantes. L'archétype a la qualité de la diversité au sein de l'unité, ce sont toutes les plantes au sein d'une seule.

Lulu retrouvait sa voix habituelle, elle parlait plus fort, d'un ton plus incisif.

— Goethe voyait la plante comme un seul et unique organe, et il voyait le royaume végétal tout entier comme une seule plante. Étant donné que les organes de plante sont des fragments qui contiennent le tout, pour l'organe primordial les nombreuses plantes sont les fragments, qui contiennent l'entièreté de la plante primordiale. Vous saisissez ?

Tas de butors, avait-elle sans doute envie d'ajouter.

— L'*Urpflanze* est intrinsèquement dynamique et infiniment flexible, et comme Ollie l'a mentionné, même si vous n'avez peut-être pas écouté, ou pas été capable de comprendre, cette idée nous offre une perspective inédite, excitante et nécessaire dans notre exercice et notre philosophie de la science. J'espère au moins que *ça*, c'est clair.

Il y eut un long silence.

Lors de la réunion suivante, aucun nouveau membre ne se joignit à eux, mais ils considérèrent tout de même que la conférence avait été un triomphe.

* * *

Evie est en route pour rencontrer Kong Bathsheba.

La veille au soir, Mr Wheeler était rentré du travail et leur avait raconté durant le dîner qu'il avait envoyé un paysan lui délivrer un message, et que sa réponse avait été cryptique : « Qu'il en soit ainsi. »

— Qu'il en soit ainsi ?

Evie rit et manqua renverser sa cuillère de soupe.

— Kong Bathsheba a la réputation d'être quelque peu énigmatique dans ses réponses.

Sa femme se tourna vers lui.

— Comment la direction des Forêts en est-elle venue à être en si bons termes avec elle ?

Il s'éclaircit la gorge. Elle leur est venue en aide à plusieurs reprises.

— Un feu de forêt, à propos duquel elle les a avertis, me semble-t-il, et une autre fois où elle a aidé à déceler un champignon qui ravageait les pins des alentours.

— Est-ce une autochtone ? demanda Evie, désormais plus curieuse que jamais à son sujet.

Mr Wheeler hocha la tête.

— Elle a travaillé pendant plusieurs années comme préposée au thé dans nos bureaux, elle maîtrise donc suffisamment l'anglais pour se débrouiller.

Tout fut organisé. Kong Bathsheba envoya des instructions à Evie afin qu'on la dépose à l'orée de la forêt, d'où elle serait escortée jusqu'à la maison. Alors la voilà, qui suit un homme de petite taille à la carrure d'adolescent, mais au visage qui semble avoir au moins trente ans.

Mrs Wheeler avait émis le désir de l'accompagner, mais un engagement pris antérieurement l'en avait empêchée.

— Elle sera en parfaite sécurité, avait assuré Mr Wheeler afin qu'elle laissât Evie y aller seule.

Evie se réjouit de cette sortie. La forêt sent la boue et la pourriture humide et, quelque part à proximité, elle entend de l'eau couler. Son guide marche devant elle en silence, à un rythme régulier. Les aiguilles de pin sont glissantes sous leurs pieds et le soleil projette des flaques de lumière sur le sol. Elle aimerait s'arrêter et ramasser des pommes de pin, inspecter la sombre mousse velouteuse qui pousse sur les talus et les arbres effondrés, mais elle n'ose pas par peur que le guide la laisse derrière lui. Ils continuent à grimper, la forêt immuable autour d'eux. La ville semble loin et lorsqu'ils atteignent une clairière, elle la voit étalée en contrebas.

Bientôt, les pins laissent place à une abondance d'arbres fruitiers, pêches, prunes, goyaves et poires, bien que seuls les orangers soient en fruits, dorés et brillants. L'orée d'un jardin apparaît, construit en terrasses, avec d'immenses *Rhaphidophora* qui escaladent les arbres et des rangées de succulentes charnues qui bordent les parterres. La maison de Kong Bathsheba apparaît et l'on pourrait aisément imaginer qu'il s'agit d'un petit cottage quelque part en Angleterre, fait de pierre et de bois. Evie pense à Grandma Grace, et à quel point elle aurait aimé cet endroit.

Son guide a disparu, lui laissant le soin de s'approcher seule. Kong Bathsheba se tient sur le seuil, vêtue d'une jupe en laine et d'un pull et avec, à la manière des autres femmes autochtones des environs, un torchon à carreaux noué autour de l'une de ses épaules. C'est une femme menue, mais noueuse et forte, tel un olivier résistant. Elle a les cheveux attachés en chignon et son visage est rond et dénué de rides, même si Evie a le sentiment qu'elle est plus âgée que ce que son aspect veut bien révéler.

Elle lui fait signe de la suivre, et Evie entre dans une maison spartiate et bien tenue. À peine sont-elles assises que le guide, désormais serviteur, apparaît avec un plateau (théière, tasses) qu'il dispose sur une table à côté d'elles. Kong Bathsheba ne demande pas à Evie comment elle aime son thé, mais lorsqu'elle le lui sert, le breuvage est parfait : pas de lait, un peu de sucre, foncé et aux fortes notes de gingembre, avec une légère note de feu de bois.

— Merci pour le thé, et merci de me recevoir, bafouille Evie.

La dame sourit.

Seigneur, songe Evie, elle espère que Mr Wheeler n'a pas été induit en erreur quant à son niveau d'anglais. Puis Kong Bathsheba prend la parole. Sa voix, douce et granuleuse, a la texture du sable sec.

— Je vais vous dire de ne pas y aller et cela ne fera aucune différence.

Evie marque une pause ; sa tasse retourne sur sa soucoupe.

— Aller où ?

— Là où vous devez vous rendre.

Voilà qui est un peu agaçant.

— Rien n'a été décidé, l'informe-t-elle.

— Tout a été décidé, répond gaiement Kong Bathsheba en buvant son thé.

— Dans ce cas, je ne saisis pas bien pourquoi vous avez accepté de me rencontrer.

— J'étais curieuse.

Une fois de plus, elle arbore cet étrange sourire.

— Allez-y, vous pouvez me demander tout ce que vous voulez.

Cela prend un peu Evie par surprise. En réalité, elle a de nombreuses questions.

Pour ne pas la brusquer, elle commence par :

— J'ai entendu dire que vous avez souvent aidé la direction des Forêts ?

Kong Bathsheba hausse les épaules.

— Quelques fois. Ce n'était rien. C'est une direction des Forêts qui ne sait que très peu de choses à propos de nos forêts.

Leurs regards se croisent. Les yeux de son hôtesse sont aussi sombres que de la terre mouillée.

— Moi aussi, je ne sais que très peu de choses à propos de vos forêts, mais j'aimerais apprendre.

La femme ne dit mot. Evie espère que cela signifie qu'elle l'autorise à continuer.

— Il est possible que je sois mal informée, mais je cherche quelque chose… dont je pense qu'il ne peut être trouvé qu'ici.

— Il est une foule de choses comme celle-là.

— Oui, bien sûr, mais là, c'est… différent, je pense.

Evie se penche en avant, comme si elle s'apprêtait à lui confier un secret.

— Avez-vous entendu parler d'une chose appelée… le *Diengiei* ?

Va-t-elle la comprendre ? A-t-elle prononcé correctement ?

À sa surprise, Kong Bathsheba éclate de rire.

Elle rit fort et sans retenue et met Evie terriblement mal à l'aise. *Je vous en prie, arrêtez,* a-t-elle envie de supplier, *donnez-moi juste une réponse.*

À la place, la femme s'essuie les yeux, se lève et dit :

— Venez.

Elle gagne le fond de la pièce, passe une porte, et Evie la suit à pas hésitants pour se retrouver dans la cuisine, un petit espace dépouillé d'une propreté immaculée. Kong Bathsheba s'assied près de l'âtre, où brûle un feu de bois. Un chat calico est roulé en boule à terre. Elle montre un tabouret (une *mula*, comme ils les appellent ici) et s'affaire à remuer le contenu des marmites. Au-dessus de l'âtre, des lamelles de viande ondulent doucement, d'un rouge sombre et marbrées de gras. Evie s'installe, sans savoir si elle doit attendre une réponse ou répéter sa question. Quelque chose lui souffle de garder le silence. *Attends de voir.*

Près d'elle, le chat lève la tête, hume l'air et s'assied. Il observe avec intérêt Kong Bathsheba qui touille. Elle place du riz et du jus de viande dans un petit bol qu'elle met de côté.

— C'est pour Ka Mai Ramew, explique-t-elle face au regard interrogateur d'Evie.

— Le chat ?

Kong Bathsheba rit et pousse délicatement la créature, qui ne bouge pas d'un pouce.

— Je suis certaine qu'il adorerait ça, mais Ka Mai Ramew est le nom que nous donnons à notre mère la Terre.

— Oh… et vous gardez à manger pour elle ?

Elle hoche la tête.

— Toujours. En signe de… comment dit-on, déjà ?… De gratitude.

Le chat commence à miauler, alors Kong Bathsheba attrape dans une poêle un petit morceau de poisson frit d'un jaune brillant et le jette à terre. En un instant, il a disparu ; le félin se lèche les coussinets et sort par la porte de derrière.

— C'est un *miaw wa*, désormais, dit Kong Bathsheba.

— Qu'est-ce que c'est ?

— Un chat qui restait à la maison, avant de devenir sauvage. Je connais des gens comme ça, aussi, ajoute-t-elle avec un grand sourire.

Elle ressert du thé, pour elle, pour Evie.

— Kong Bathsheba…, commence Evie, incertaine. J'ai une autre question à vous poser.

La femme hoche la tête.

— Qui sont les Nongïaid ?

Cette fois, elle ne rit pas.

— Ce sont ceux qui marchent… les nomades.

— Par ici ?

Elle avait lu un livre de Kingdon Ward sur le Tibet qui parlait de l'une de ces tribus, les Drokpa, le « peuple des solitudes », qui élevait du bétail dans des pâturages en altitude.

— Alors c'est une tribu sans foyer ?

Kong Bathsheba la scrute pendant un moment.

— Ou une tribu dont le foyer se trouve à de nombreux endroits.

Elle sirote son thé.

— Je ne vous comprends pas, vous et votre besoin de toujours… comment dit-on… définir les choses par le manque. Ce sont des gens qui n'ont pas d'alphabet. C'est un endroit sans livres. C'est un endroit sans peintures. Ce sont des gens sans Christ. Ce sont des gens sans foyer.

Evie reste assise, avec le sentiment de se faire réprimander (peut-être à juste titre), mais avant qu'elle puisse s'excuser, Kong Bathsheba continue :

— Mais ce n'est pas non plus comme s'ils étaient facilement acceptés ici. Les gens les appellent aussi *bam neh shnong*, ceux qui ne peuvent pas rester, et c'est dit… pas d'une bonne façon. Alors ils sont mystérieux, ils se déplacent comme des chats dans le noir. Ils sont difficiles à localiser.

Elle regarde Evie dans les yeux en disant cela. Evie tente d'avoir l'air imperturbable.

— Qu'ont-ils à voir avec le *Diengiei*… ?

Il y a un éclat de pitié dans son regard.

— Eux seuls seraient en mesure de vous le dire, je le crains. Ce que c'est. Où c'est. Peut-être. Ce que je veux dire, c'est qu'ils *pourraient* vous le dire, mais la question est : le feraient-ils ?

Le thé a tiédi dans la tasse d'Evie. La lumière baisse au dehors. Elles restent assises en silence pendant quelque temps ; Evie a le sentiment qu'elle ne tirera rien de plus d'elle.

— Il se fait tard, déclare Kong Bathsheba.

À ces mots, elle se lève et appelle quelqu'un par la porte de derrière. Une petite fille apparaît, vive et alerte. Sans expliquer qui elle est, Kong Bathsheba annonce :

— Elle va vous ramener.

Evie suit la fillette dans le jardin ; elle est pieds nus et marche à pas légers, sa robe semble bien trop fine pour lui tenir chaud, mais elle a le visage empourpré comme si elle avait passé toute la journée dehors. Evie aperçoit des brins d'herbe sèche emmêlés dans ses longs cheveux. *C'est une enfant sauvage, comme moi, comme je l'étais*, se surprend-elle à penser.

C'est le début de soirée et de longues ombres descendent à présent sur la forêt suivant d'étranges arrangements géométriques. La fille ne dit pas un mot et glisse sur le chemin tel un farfadet. C'est probablement ce qu'elle est, songe Evie, et à cet instant, la fille tourne la tête pour la regarder. Ses yeux sont semblables à ceux du chat, perçants, sauvages et méfiants.

Le soir, pendant le dîner, les Wheeler discutent de leur départ imminent pour Cherrapunji. Il fait bon temps pour voyager, chaud et sec pendant la journée, même si les nuits seront encore plus froides là-bas qu'à Shillong. Evie est également informée que Deng les accompagne en tant que domestique pour ces dames.

Elle hoche la tête, parle peu, encore absorbée par son étrange rendez-vous avec Kong Bathsheba. L'entrevue ne lui a procuré que peu d'éclaircissements, voire pas davantage. Elle est ici dans l'Assam. *Si près, si loin.* Comment devrait-elle s'y prendre ? Devrait-elle retourner au cottage dans la forêt ? La revoir ? Elle a le sentiment qu'une telle initiative ne serait ni fructueuse ni la bienvenue. À ce moment, elle se rend compte que Mr Wheeler lui a adressé la parole.

— Vos amis partent là-bas également, répète-t-il.

Elle bat des paupières.

— Mes amis ?

— Oui, ma chère, intervient Mrs Wheeler. Les gentlemen que nous avons croisés au lac l'autre soir.

Le couple les a vus au club un peu plus tôt et a découvert qu'ils prenaient la route des forêts bondées d'orchidées de Mawsmai et qu'ils séjourneraient dans le même village que les Wheeler à Cherrapunji.

— Il n'y a qu'une seule pension de famille là-bas, ajoute Mr Wheeler, alors je suppose que nous les verrons souvent.

Evie mange sa soupe de poulet ; elle est chaude et nourrissante, mais sans grande saveur. Tout est décidé, lui a dit Kong Bathsheba, et si c'est vrai, alors cela aussi est prédestiné, le fait qu'elle recroise Mr Finlay encore et encore. Cela lui déplaît-il ? Pas tout à fait. *Arrête ça, Evie !* Elle se dit que tout cela n'a que bien peu d'importance tant qu'elle est en mesure de chercher librement ce qu'elle est venue trouver ici.

* * *

À l'été précédent, lorsqu'elle découvrit le *Diengiei*, ses pensées étaient accaparées non pas par l'Inde, mais par le Japon. Evie venait à peine de lire *Le Jardin d'Asie*, un récit de Reginald Farrer sur ses aventures de chasseur de plantes dans l'archipel nippon, et elle était piquée par l'envie. Oh, voir les îles de Goto ! Voguer dans le port de Nagasaki ! Quelle tragédie d'être coincée sur cette petite île froide loin de toutes sortes d'excitation et d'aventure !

— Auriez-vous d'autres livres sur cette partie du monde ? avait-elle demandé au bibliothécaire.

Il l'avait orientée vers les journaux de voyage de William Griffith, rédigés lors de ses séjours en Assam, Birmanie, Bhoutan, Afghanistan et autres pays voisins. Bon. Pas si mal, supposait-elle.

Elle connaissait très mal la région, alors elle ouvrit un atlas puis se mit en route avec Griffith, médecin, naturaliste et, comme elle le découvrit plus tard, ennemi juré de Nathaniel Wallich des jardins botaniques de Calcutta. Elle remonta le fleuve Padma jusqu'au Bengale, suivant son excursion jusque dans les « lointaines terres surélevées », comme il surnommait les montagnes Khasi. Il resta à Mawphlang, ce que Griffith, bougon comme jamais, décrivit comme un village morne à la merci des éléments ; les nombreuses journées de pluie ininterrompue n'aidèrent pas. Il se réchauffait devant l'âtre de l'une des petites maisons du village quand il entendit parler du *Diengiei* ou, comme son traducteur le lui expliqua, ce que les indigènes appelaient le « premier arbre ». « Je ne sais pas ce qu'ils veulent dire, nota-t-il grincheusement, et j'étais si fatigué près du feu qu'il est fort possible que tout cela ne fût qu'un rêve ridicule. »

Le premier arbre ! Cela semblait si mystique… Une histoire que Grandma Grace aurait adoré écouter, et elle se serait empressée de la lui raconter, mais Grandma Grace était partie et Evie n'avait personne d'autre avec qui partager cette pensée, alors elle l'avait laissée de côté. Jusqu'à ce que, quelques semaines plus tard, elle tombât sur la mention de quelque chose de similaire dans un livre de Mr J. W. Masters, moins que succinctement intitulé *Un mémoire de certaines des productions naturelles des Naga Hills des Angami et d'autres parties de l'Assam supérieur.* Elle faillit passer à côté. Là, perdu dans la liste de plantes, entre *Umbelliferae* et *Berberidaceae*, se trouvait l'antique *Araliaceae*, que son guide autochtone comparait à la « première plante, trouvée dans les montagnes Khasi ».

À ce stade, elle était une habituée des réunions de la Société de la science goethéenne, et cela lui était resté. *La première plante !* Qu'aurait pensé Goethe de cela ?

Néanmoins, ce ne fut que lorsqu'elle parcourut les *Journaux himalayens* de Joseph Dalton Hooker que sa curiosité fut piquée au vif. *Qu'est-ce que cela pouvait être ? Et pourquoi personne ne l'avait jamais vu ?* Ses voyages à travers les montagnes Khasi en 1850 le conduisirent, à l'instar de Griffith, en amont de la rivière Surma et à Cherrapunji. Il était ébahi par la douceur des oranges, l'immense variété des palmiers, les « ponts vivants » construits au-dessus des gorges des rivières en entremêlant, au fil de plusieurs décennies, des racines de figuier et de caoutchouc. « Ces ponts sont empruntés par les habitants des villages, l'informa son guide, mais aussi par les Nongïaid, les nomades, ceux qui marchent… alors le *Diengiei* peut être emmené où ils le souhaitent, ou à l'endroit qu'ils estiment être le plus sûr. » Qu'est-ce que c'était que ce *Diengiei* ? avait demandé Hooker. Ce que les indigènes appelaient le premier arbre. L'arbre qui contenait tous les arbres.

Là-dessus, Evie avait refermé le livre. Puis elle l'avait rouvert et avait lu et relu les lignes jusqu'à ce qu'elles soient gravées au fer rouge dans sa mémoire. Même lorsqu'elle rangea l'ouvrage, les mots restèrent avec elle. De quoi pouvait-il s'agir ? *L'arbre qui contenait tous les arbres.*

— J'aimerais partir à sa recherche, annonça-t-elle à la réunion suivante.

Autour d'elle, des gloussements amusés se firent entendre.

— À la recherche de quoi, cette fois, Evie ?

De l'arbre à trompette du Brésil ? Ou était-ce le Tāne Mahuta de Nouvelle-Zélande ?

— J'aimerais les voir également, mais là, c'est différent, insista-t-elle.

Lulu n'était pas encore arrivée pour déclarer qu'ils n'avaient pas de temps à perdre, et Ollie et Phineas étaient toujours plus indulgents avec elle, alors elle leur parla avec un enthousiasme non dissimulé de la première plante. Cela éveilla aussitôt leur intérêt.

— La première plante ?

Elle hocha la tête. C'est ainsi qu'elle est appelée partout où elle l'a vue mentionnée...

— Dans combien d'ouvrages ? demanda Phineas.

Elle marqua une pause. Ils haussèrent les sourcils.

— Bon, seulement quelques-uns, mais regardez ça...

Elle brandit un livre, *Voyage en Orient : cartographie de Calcutta et au-delà*, de James W. W. Wallace.

— Il était géomètre-expert et cartographe auprès du commissaire de l'Assam à la fin des années 1870 et il a passé plusieurs années dans les montagnes Khasi et Jaintia.

Elle montra une page.

— « Ici, les indigènes semblent croire qu'il existe un *Diengiei*, la plante unique, bien qu'il soit difficile de discerner exactement de quoi il s'agit, car ils ont l'air réticents lorsque interrogés à ce sujet. Peut-être est-ce une plante médicinale, car leur utilisation et leurs connaissances des plantes sont formidables. »

Elle releva la tête, triomphante. Les autres paraissaient impressionnés, mais peut-être pas autant qu'elle l'avait espéré.

— La plante unique... mais ce n'est pas tout à fait la même chose, si ? fit remarquer Phineas.

— Non, admit-elle. Mais peut-être les termes sont-ils utilisés de manière interchangeable...

— C'est possible, concéda Ollie.

Mais que pensait-elle que cela signifiait ?

— C'est ce que je veux découvrir, déclara-t-elle.

Un petit silence s'ensuivit.

— Et tu vas voyager jusque là-bas ? s'enquirent-ils.

Evie était contrariée.

— Heureusement que Goethe n'avait pas des amis comme vous lorsqu'il est parti en quête de l'*Urpflanze*.

Il en avait, au contraire, lui dirent-ils, et qui lui rappelaient sans cesse que l'*Urpflanze* était une *idée*, qu'elle était platonicienne de nature, une forme idéale. Et pourtant, il la chercha tout de même, contra aussitôt Evie, et il écrivit un jour à Charlotte von Stein en disant que « cela n'avait rien d'un rêve ou d'une fantaisie ».

Certes, mais ce qu'elle recherchait, cela ne semblait-il pas l'air d'être un produit du folklore ? Partout, les traditions folkloriques ne sont-elles pas assorties de thèmes comme celui-ci, le premier arbre, le premier animal, le premier être humain ? Et n'y a-t-il pas une abondance d'arbres sacrés éparpillés à travers le monde ?

Elle se tut, ce qu'ils interprétèrent comme une défaite, ou au mieux une concession silencieuse.

— Bien, commença Ollie. Et si nous continuions avec la théorie des couleurs de Goethe ?

Et ils se mirent à discuter de comment Goethe avait conduit les expériences du prisme de Newton, mais pas dans des conditions particulières contrôlées, et comment c'était ainsi qu'il avait découvert quelque chose de tout à fait différent…

Il ne leur fallut pas longtemps pour remarquer qu'Evie était renfrognée. Ils échangèrent un regard.

— Bien, Evie. Dans ce cas, pourquoi cette plante, alors ?

Comment pouvait-elle être certaine que le *Diengiei* existait ?

Evie ricana.

— Je n'en suis pas *certaine*… Comment pourrais-je l'être ? Mais le nom n'est pas anodin, vous ne croyez pas ? Le premier arbre, la première plante…

Ollie acquiesça.

— C'est vrai, c'est vrai…

— Je me demande à quoi ça ressemble, réfléchit Phineas.

Elle haussa les épaules.

— Il ne sert à rien de rester assis là en se livrant à d'éternelles conjectures, n'est-ce pas ?

Elle leur rappela également qu'il s'agissait de l'endroit le plus humide du monde. Un endroit qui recevait deux mille cinq cents millimètres de pluie par an ! Quelle flore cela pouvait-il bien engendrer ? De gigantesques fougères, peut-être, d'anciennes forêts… Certes, certes, concordent-ils. Cela donnerait lieu à de fascinantes études.

— Bref, continua-t-elle, je n'ai pas lu d'autres récits mentionnant des éléments similaires… ce qui, je le sais, ne signifie pas que ces récits n'existent pas… En tout cas, voilà ce que j'ai trouvé jusqu'à maintenant, et je ne crois pas que cela soit insignifiant.

Elle quitta la réunion plus tard, toujours mécontente.

Elle aurait aimé que Phineas et Ollie soient plus encourageants ; de la part de Lulu, elle ne s'était pas attendue à beaucoup de soutien et elle n'en avait reçu aucun.

— Le *quoi* ? avait-elle demandé, incrédule.

Puis elle avait dit à Evie de ne pas être absurde, et de partir en voyage si elle le souhaitait, mais de ne plus évoquer le sujet au cours de leurs réunions.

— Je ne l'inclurai pas dans le compte rendu, ajouta-t-elle d'un air pincé.

Evie marchait d'un pas lourd, bouillonnante d'agacement. *Comme Grandma Grace me manque.* Plus que jamais, une douleur aussi prononcée qu'inconsolable lui transperça la poitrine. Maintenant qu'elle n'était plus là, c'était vraiment comme si toutes les aventures étaient finies.

— Balivernes, pouvait-elle l'entendre dire. Va où bon te semble.

Oui ! Peut-être le ferait-elle. Mais comment ? Comment entreprendrait-elle le voyage jusque là-bas ?

Au moment où elle regagna sa chambre, un plan avait déjà commencé à prendre forme. Elle pourrait effectuer un voyage sous un faux prétexte, se faire inviter en Inde, à Calcutta qui, dans son atlas, ne semblait pas si loin de l'Assam. La voici qui revenait, cette indiscipline entêtée, qui la rendait plus déterminée que jamais. Mais c'était simple, n'est-ce pas ? Si personne ne la croyait, alors elle n'avait pas d'autre choix que d'aller voir par elle-même.

* * *

Tôt ce matin, ils quittent Shillong en voiture à cheval, évoluant au cœur d'un paysage de pentes douces herbeuses parsemées de rizières, de forêts de pins et de basses collines. La province de Cherrapunji se trouve au sud, près du bord du plateau, d'où l'on peut admirer les plaines, vastes et chatoyantes.

À l'origine, l'administration britannique avait installé son quartier général dans le village de Saitsohpen, lui dit Mr Wheeler, avant de déménager à Shillong dans les années 1860. Les preuves de leur présence sont encore visibles : écoles, églises, un sanatorium, et même une plantation de thé abandonnée. Mr Wheeler doit faire le tour de tous les petits villages des environs, en particulier ceux du Sud, perchés tout au bord du plateau. Ceux-là étaient entourés de bois (des forêts de sal et de teck demeurées intactes depuis des siècles) et présentaient l'avantage de n'être qu'à quelques kilomètres des cours d'eau du Bengale *via* lesquels le bois pouvait être facilement transporté à destination de Calcutta, de Dhaka, du reste du monde. Evie apprend grâce à lui que l'attention s'est portée sur ces forêts, car des années de laisser-faire en Birmanie ont réduit de manière alarmante les réserves de bois. La réglementation, qui exige par exemple de la part des détenteurs de licence qu'ils plantent cinq arbres pour chaque arbre prélevé, a été ignorée de manière éhontée. La Birmanie n'est pas encore dépourvue de forêts, mais désormais, et surtout avec la montée des sentiments nationalistes, c'était important d'exploiter « des sources alternatives viables ». Même si, là où il y a des ressources, ajoute-t-il, il y a presque toujours des problèmes.

Ils progressent à bon rythme, ne ralentissant que lorsque des cavaliers à cheval avancent devant eux. Ils ne tardent pas à quitter la route principale pour emprunter un chemin de terre.

De nombreux sentiers d'équitation sillonnent les alentours de la ville, l'informe Mrs Wheeler, si cela l'intéresse. Evie lui répond que c'est une charmante idée. Néanmoins, elle a la tête ailleurs et demande à Mr Wheeler :

— Quel genre de problèmes ?

— Les soucis habituels.

Un conflit s'est déclaré entre des hommes d'affaires et des autochtones, à cause de salaires, de commissions, de terres, puis quand l'État est intervenu et a pris les rênes, le conflit s'est déplacé, opposant cette fois la direction des Forêts aux habitants de la région.

— Ils s'adonnent à l'agriculture itinérante : ils défrichent et ils brûlent, ce qui est très destructeur. L'État souhaite à tout prix bannir cette pratique et, bien sûr, nous tentons de préserver les forêts en créant des réserves. C'est pour leur bien, vraiment, mais ils ne le voient pas encore.

Mr Wheeler est sévèrement critique vis-à-vis des entreprises privées, elle s'en rend bien compte, mais lorsqu'il dit « Grâce à Lord Dalhousie, nous disposons d'un système plus moderne de gestion des forêts dans lequel les droits de l'État prévalent sur tous les autres », elle se surprend à repenser à la jeune femme sur le pont du *Maloja*, à son âme républicaine, et à son discours en faveur de davantage d'autonomie gouvernementale.

À l'approche de Cherrapunji, le paysage change, avec les pentes douces qui laissent soudain place à des gorges d'une profondeur dramatique. À son immense surprise, les collines sont dénudées et dénuées d'arbres, et l'herbe, encore d'un jaune hivernal, commence seulement à verdir.

— Ne sommes-nous pas dans la zone la plus humide du monde ? s'aventure-t-elle à demander.

— En effet, confirment les Wheeler. N'est-ce pas ce à quoi vous vous attendiez ?

Force est d'admettre que non. Elle avait imaginé que l'endroit le plus humide du monde serait luxuriant et tropical.

— Toute la couche arable a été emportée, lui indique-t-on. Rien ne pousse.

À part dans les replis de la montagne, où des explosions de fourrés boisés apparaissent soudain à profusion, et dans les profondes vallées sculptées par les rivières rugissantes. Le long des falaises abruptes, plusieurs cascades se jettent du rebord du plateau. Apparemment, pendant la mousson, elles sont tonitruantes, mais à cette époque déjà, elles s'écoulent pour former des bassins couleur émeraude en contrebas.

Ils atteignent bientôt Saitsohpen pour découvrir ce que Griffith aurait sans doute décrit comme un autre « morne village exposé aux éléments », et elle non plus n'est pas franchement émerveillée. Les maisons en pierre sont surmontées de toitures très basses pour empêcher la pluie d'entrer, suppose-t-elle, mais cela leur confère un aspect fermé et mélancolique. La plus grande et la plus récente des constructions est une église blanchie à la chaux, dont la croix se dresse, de travers, au sommet d'un humble clocher.

Leur pension de famille, si on peut l'appeler ainsi, se trouve près d'une école tenue par un groupe de missionnaires baptistes gallois. Ils arrivent pile au moment où les enfants en émergent, pêle-mêle, leurs chaussettes enroulées sur leurs chevilles, tous vêtus d'un simulacre d'uniforme bleu et gris. Les dispositions concernant l'hébergement sont simples : il y a une chambre pour les Wheeler et une pour elle. Elle est dans une « chambre » d'angle, qu'elle soupçonne d'avoir été jusqu'à récemment utilisée comme remise et prestement débarrassée. Une odeur de toile de jute et de graines appesantit l'air.

Deng l'aide à déballer ses affaires, sans un mot.

— Êtes-vous bien installée ? lui demande Evie. Votre chambre est-elle convenable ?

— Oui, répond-elle même si elle semble surprise qu'on lui pose la question.

— Merci de nous accompagner.

Quelque chose dans son expression se radoucit.

— C'est mon travail, Madame.

Cette après-midi-là, Evie s'aventure à pied dans le village, seule, sans chaperon. Les Wheeler se reposent, Deng est introuvable et à qui d'autre pourrait-elle bien demander de l'accompagner ?

Quelle joie ! La voici, dans un recoin du monde, loin de Calcutta et de Londres, libre de faire ce que bon lui semble. Tu fais *toujours* ce que bon te semble, aurait interjeté sa famille, mais Evie ne trouve pas les mots pour décrire le délicieux frisson qui la parcourt en sortant seule dans un endroit nouveau – *tant de choses à découvrir.*

Au-delà de l'enceinte de la pension de famille avec sa pelouse éparse et son jardin, les maisons du village sont compactes et propres, chacune impeccablement entretenue, ce qui lui rappelle l'ordre qui régnait dans la cuisine de Kong Bathsheba. Elle suppose que presque tout le monde est parti travailler dans les champs, car il n'y a personne, à l'exception de vieillards assoupis au soleil, ou de vieilles femmes qui mangent des oranges ou surveillent des bambins. Un chien trotte jusqu'à elle en agitant la queue, des poules courent en tous sens en caquetant bruyamment, et elle commence à avoir le sentiment que tout est étrangement bucolique, quand un jeune homme émerge d'un portail derrière elle et se met à la suivre. Elle presse le pas, mais il est rapide et la rattrape bientôt en disant « Excusez-moi, excusez-moi, Madame ».

Elle s'arrête et, avec tout le dédain dont elle est capable, demande :

— Oui ?

Il ne doit pas avoir plus de dix-huit ans. Il a les cheveux soigneusement peignés, séparés par une nette raie au milieu, porte une chemise blanche à manches longues et un gilet. Il lui fait penser à un enfant de chœur.

— Je suis navré de vous importuner, Madame, mais mon grand-père souhaiterait vous dire bonjour.

Il fait un geste vers le bas de la rue.

— C'est le chef du village et il estime qu'il y va de son devoir de savoir qui va et vient.

Puis, comme si cela expliquait tout, il ajoute :

— Il est très âgé.

Evie est soulagée ; *ce n'est que ça*. Elle lui emboîte le pas en direction d'une maison blanchie à la chaux dont le bout de jardin à l'avant est ceint par une haie mal taillée. Le grand-père du garçon est assis sur une *mula*, le dos au soleil. Il porte un imposant turban et s'est enroulé un épais châle autour des épaules. Quand Evie entre, il s'incline légèrement et lui fait signe de s'installer à côté de lui. Son petit-fils reste docilement debout. Le grand-père parle dans sa langue, d'une voix basse mais autoritaire ; lorsqu'il se tait, son petit-fils traduit.

— Mon grand-père dit qu'il est désolé de ne pas pouvoir se lever pour vous accueillir, mais en hiver, ses genoux ne le lui permettent pas.

Evie sourit.

— S'il vous plaît, dites-lui que je comprends et que je suis ravie de le rencontrer.

— Il est ravi de vous rencontrer, lui aussi.

Le vieil homme communique ce qui ressemble à des instructions et le garçon s'empare d'un petit panier qu'il présente à Evie. À l'intérieur se trouvent des noix de bétel et des feuilles de tabac vertes.

— Il dit qu'il sait que les étrangers n'ont pas pour habitude de manger du *kwai*, mais il souhaite tout de même vous en offrir…

Evie hésite. Il a raison, jamais elle n'en a goûté auparavant, mais ne serait-ce pas impoli de refuser ? Et surtout, est-ce si grave ? Elle l'observe à la dérobée ; il est, à n'en pas douter, la personne la plus âgée qu'elle a rencontrée, ses rides aussi marquées que les cernes annuels d'un tronc d'arbre. Il a traversé de nombreuses saisons et doit savoir beaucoup de choses. Elle plonge la main dans le panier.

Une heure plus tard, Evie est étendue sur son lit, avec la tête qui tourne. C'est pire lorsqu'elle ferme les yeux, alors elle fixe le plafond fissuré qui tournoie au-dessus d'elle. Elle a tenté de boire beaucoup d'eau ; ça n'a pas aidé. *Voilà… c'est comme ça que je vais mourir.*

À cet instant, on frappe à la porte. Evie s'attend à voir apparaître l'ange de la mort, mais c'est Deng, venue s'enquérir si Madame aimerait prendre le thé avec les autres dans le jardin.

Elle décline poliment.

— Je ne me sens pas très bien.

Quand Deng lui demande si elle peut faire quelque chose, Evie lui parle du *kwai* qui ne semble pas vraiment lui réussir. Sans un mot, Deng quitte la pièce et revient avec une tasse.

— Oh, je suis incapable de boire quoi que ce soit…, commence à protester Evie.

— Ce n'est pas à boire. C'est à manger.

La tasse est remplie de sucre. Au bout de quelques cuillerées, Evie parvient à s'asseoir dans son lit. Elle est moins pâle, moins nauséeuse. Elles se regardent et rient.

— J'ai bien cru que j'allais *mourir* !

— Si je puis me permettre, Madame, vous en aviez tout l'air.

— *Comment* faites-vous pour manger cette chose ?

Deng sourit. Le tout premier vrai sourire qu'Evie voit sur son visage.

— Des années d'entraînement.

Plus tard, à la faible lumière vacillante d'une bougie, Evie consigne sa conversation avec le chef de village dans son carnet. Il lui a confié qu'il était le chef du village depuis plus de trente ans, qu'il avait ouvert les yeux sur son village et les montagnes environnantes tous les matins de sa vie. Que les hommes blancs étaient arrivés il y a longtemps, quand il avait dix ans environ, et qu'il était étonné qu'ils soient restés.

— Pourquoi est-il surpris ? avait-elle demandé.

— Parce que pendant des mois d'affilée, ici, nous avons le *slap bam briew*, expliqua le garçon. Une pluie si drue et ininterrompue qu'elle ne s'arrête pas avant d'avoir emporté des vies humaines.

Il fut agréable jusqu'à ce qu'elle évoque les Nongïaid. Là, son visage âgé s'obscurcit. Des bêtes, les appelait-il, ceux qui ne restent pas, et sans aucune raison valable, d'ailleurs, dans le seul but d'errer dans la nature comme des animaux.

— S'ils passent quelque part, ils volent du bétail, des récoltes.

Il serait ravi que l'homme blanc les balaie de la surface de la Terre.

— Ils sont doués pour ça, avait-il ajouté.

Le *kwai* avait déjà commencé à faire effet, Evie se sentait un peu vaseuse, mais elle avait insisté.

— Pouvez-vous me parler du *Diengiei* ?

Mais elle n'était pas sûre qu'il avait bien compris, car il avait froncé les sourcils en disant :

— Ça aussi, ils l'ont volé.

Le garçon l'avait raccompagnée jusqu'à la pension. Il s'appelait Aaron, lui dit-il, il vivait avec ses parents à Shillong et était venu rendre visite à son grand-père. Il étudiait à St. Anthony, raison pour laquelle il parlait anglais.

— Ne prêtez pas attention à ce que mon grand-père vous a raconté. Il respecte les traditions et elles ne vont pas tarder à disparaître.

Un haut-le-cœur s'était emparé d'elle à cet instant, mais Evie avait réussi à demander :

— Pourquoi cela ?

C'est simple, avait-il expliqué. La chrétienté était arrivée jusqu'à eux, à présent, et ils étaient enfin en mesure d'avancer. Son peuple était dans la lumière.

* * *

Le reste du groupe arrive le lendemain midi. Il se compose de Mr Finlay, de Mr Dossett et d'un lépidoptériste américain, le Dr Herman Swimmer, un homme de haute taille à barbe et à lunettes qu'Evie a toutes les peines à imaginer folâtrer dans la nature pour attraper des papillons. La pension est désormais pleine et à l'heure du déjeuner, ils forment un grand rassemblement sur la petite pelouse.

Evie doit admettre qu'elle continue d'éprouver des sentiments ambivalents à l'encontre de l'arrangeur, bien qu'il l'ait saluée avec autant de politesse et d'enthousiasme que par le passé. Et c'est précisément ce qui, en quelque sorte, la trouble : il y a quelque chose chez lui (sa voix ? son sourire ?) qu'elle trouve hypocrite. Comme aurait dit Grandma Grace, « je lui fais confiance les yeux fermés, mais je préfère les garder ouverts ».

Avec Mr Finlay, elle est enchantée et timide et feint la nonchalance, tout cela à la fois. *Qu'est-ce qui ne va pas chez toi ?* Peut-être parce qu'elle ne peut désormais plus nier qu'elle *est* contente de le voir, et que la pensée de passer du temps ensemble ici, dans cette superbe nature sauvage, l'emplit de davantage de joie qu'elle l'aurait imaginé.

Tu n'as pas intérêt à le laisser se mettre en travers de ton chemin.

Après le déjeuner, Mr Wheeler part travailler et il est décidé que les autres vont aller se promener dans le bois sacré le plus proche. Ils suivent le guide, Khrawbor, un petit homme noueux et bavard qui, comme il sied pour un habitant des montagnes, bondit avec légèreté par-dessus la boue et les pierres. Le reste du groupe patauge sans élégance à travers le sous-bois.

Chaque village prend soin de son propre bois sacré, leur explique-t-il, et même si tous leur donnent des noms différents (Law Kyntang, Law Niam, Diengkain, Khlaw Blai), tous ont la même utilité.

— Savez-vous laquelle ?

Ils tentent de deviner : demeure pour les esprits, préservation, lien entre la terre et le ciel, vénération des ancêtres.

Il secoue la tête et les regarde avec pitié.

— Ce sont des terrains de jeu pour les dieux.

Puis il répète ce qu'Evie a entendu de la bouche de Mrs Wheeler à propos des forêts sacrées de Birmanie, qu'y déplacer quoi que ce soit (une feuille, une brindille, un caillou) équivaut à risquer de déchaîner la colère des dieux.

— Un jour, deux étrangers sont venus chercher du bois, et les dieux se sont fâchés, leur raconte-t-il d'un ton joyeux. Les étrangers sont ressortis du bois nus, contraints d'abandonner tous leurs vêtements derrière eux.

Evie voit Mr Dossett laisser tomber la fleur qu'il vient de cueillir.

Ici, il est permis de boire l'eau seulement si l'on a soif, de cueillir et manger des fruits seulement si l'on a faim, et de chasser les oiseaux et les animaux si et seulement si l'on meurt réellement de faim.

— Il faut être dans le besoin, ajoute Khrawbor, et tout doit être consommé à l'intérieur de la forêt.

Ils parviennent bientôt à une rangée de bancs de pierre bas, vulgairement taillés.

— C'est ici que l'on commémore, indique-t-il.

L'endroit où, avant de gagner l'autel situé plus profondément dans la forêt, les gens peuvent se reposer et s'assurer qu'ils n'ont oublié aucune des choses dont ils ont besoin pour les rituels.

Là, l'attention de tout le groupe est également attirée par l'*Armillaria mellea*, un petit champignon couleur crème, semblable à du corail finement découpé, qui pousse dans le taillis en bordure du chemin. Ils se rassemblent autour du spécimen et Evie s'écarte. Ce faisant, la voilà qui se retrouve juste à côté de Mr Finlay.

Peut-être parce qu'ils sont dans cette forêt séculaire, peut-être parce que les arbres à feuilles persistantes se dressent de toute leur taille au-dessus d'eux, peut-être parce que l'air frais a l'odeur des feuilles jeunes et moins jeunes, elle se sent suffisamment audacieuse pour lui sourire et dire :

— C'est inattendu, n'est-ce pas, Mr Finlay ?

— En effet.

Il pince les lèvres puis, au bout d'un moment, ajoute :

— Mais… pas totalement malvenu, j'espère ?

Son sourire s'agrandit.

— Non, pas du tout.

Cela semble lui faire plaisir. Il regarde les autres, toujours en admiration devant le champignon.

— Je dois avouer que je n'ai pas pour habitude de voyager en groupe. La chasse aux plantes n'est pas comme la chasse au gros gibier. Normalement, je suis seul pendant des mois entiers, mais…

Il lui lance une œillade.

— C'est un changement… tout à fait bienvenu.

Elle prend une grande respiration pour calmer les battements de son cœur.

— Combien de temps allez-vous rester ici, Mr Finlay ?

Il sourit et baisse la tête.

— Si je puis me permettre, aussi longtemps que vous.

Ce n'est que lors du trajet du retour qu'elle a l'opportunité de s'entretenir avec leur guide.

Ils se sont rendus jusqu'à l'autel, et Evie a été surprise de ne pas en trouver un, mais cinq, tous disposés en cercle dans une clairière.

— On en construit un nouveau tous les quatre-vingt-dix ans, a expliqué Khrawbor, pour offrir un sacrifice, généralement un taureau.

Evie est restée là, silencieuse. Ce n'était pas comme être dans une église, mais le lieu dégageait quelque chose qui inspirait une silencieuse révérence. Le vert profond des feuilles, l'odeur de la végétation et de l'humidité froide qui montait, la mousse drue et couverte de rosée, tous témoins de siècles de gratitude et d'espoir.

Traverser tout le bois prendrait la journée entière, alors ils rebroussent chemin.

Elle attend que Khrawbor ait terminé de lui dire qu'elle devrait revenir au mois de mars, lorsque les rhododendrons sont en fleur et la forêt transformée.

— Mr Khrawbor, vous êtes un puits de connaissance, commence-t-elle.

Il reçoit son compliment sans protestation ni réticence.

— Peut-être sauriez-vous quelque chose à propos des Nongïaid ?

Sa réponse jaillit trop vite.

— Je ne sais rien à ce sujet, Madame.

— Non… ?

Il secoue la tête, le regard rivé sur le sentier devant eux.

Elle est un peu déconcertée, mais elle insiste.

— J'ai lu des livres qui mentionnent le *Diengiei*… Je suis sûre que vous devez savoir quelque chose à *ce* sujet.

Il rit et redevient lui-même.

— Que sais-je de toutes les choses qu'il y a dans les livres, Madame ? Moi, qui suis allé à l'école pendant à peine un an et dont les professeurs ont dit à mes parents que je n'arriverais jamais à rien.

— C'est impossible, proteste-t-elle. De plus, vous parlez très bien l'anglais.

— C'est grâce à Père Jean et aux sœurs, et à Jésus, ajoute-t-il pour faire bon poids.

Il va même jusqu'à joindre les mains.

Elle l'a définitivement perdu, et il n'est rien qu'elle puisse faire pour le ramener dans sa direction.

Après le dîner ce soir-là, le groupe se rassemble autour du feu.

L'humeur est joviale et bavarde, encouragée en bonne partie par le vin consommé au cours du repas. Mr Wheeler fait remarquer que la cheminée a été très bien construite : elle est creuse et néanmoins, la paroi du fond est à un angle parfait pour projeter de la chaleur tout en empêchant la fumée d'en émaner. Le Dr Swimmer, en bon Américain bourru, signale qu'il aurait été bien que ces génies en installent davantage dans la maison, car sa chambre est plus froide que tout ce qu'il a connu dans la vie.

— C'est comme passer une nuit glacée sous les étoiles.

Mr Finlay se tourne vers lui.

— Croyez-moi, *rien* n'est comparable à cela.

Le lépidoptériste rit.

— Vous en avez probablement connu quelques-unes ?

En effet, oui.

— Oh, racontez-nous ! l'encourage l'assemblée.

Evie l'observe, mais a du mal à déchiffrer son expression ; il doit avoir l'habitude de ce genre de questions.

Récemment, en Birmanie, commence-t-il, lors de son excursion à destination de Fort Hertz, alors qu'il s'éloignait du campement en quête d'un faisan…

— Pendant environ une heure, j'ai vagabondé d'un sentier forestier à un autre, et après avoir fait le tour de plusieurs sommets, je suis retourné dans la vallée pour emprunter de nouveau ce que je pensais être la bonne route.

Mais ça ne l'était pas : il avait totalement perdu ses repères, lisant les cours d'eau comme allant vers l'ouest alors qu'ils coulaient vers l'est. Il s'enfonça jusqu'aux genoux dans des torrents glacés et parcourut des forêts de bambous mesurant jusqu'à six mètres de haut, si denses qu'il devait forcer le passage entre les tiges. La nuit commença à tomber rapidement et il s'arrêta à l'orée d'une forêt. Il se mit à pleuvoir. Son imperméable avait été réduit en lambeaux tandis qu'il se frayait un chemin dans les fourrés, mais il se couvrit la tête avec les pans qui restaient, garda son arme et sa cartouchière à portée de main pour se défendre contre d'éventuels loups, et s'allongea pour se reposer, roulé en boule comme un chat. Il n'avait pas d'allumette, non pas qu'il eût été possible, dans tous les cas, d'allumer un feu par une nuit si humide.

— Mais… et pour ce qui est de vous sustenter, Mr Finlay ? intervint Mrs Wheeler.

— Je n'avais rien à manger, madame.

Alors il s'accommoda d'oseille, de rhododendrons, de toutes les jeunes feuilles qu'il trouva et – là, les dames poussèrent un cri d'exclamation – d'un malheureux pinson. Il repartit le lendemain, revenant sur ses pas, s'ébattant à travers la boue et la neige, assailli par d'extraordinaires hallucinations, pour finalement atteindre la ville de Wei-hsi tard dans la soirée. Plus jamais, ajoute-t-il, il ne chasserait le faisan.

— Il est difficile d'exprimer la relation, ou plutôt l'absence de relation, entre la distance et le temps dans le nord de la Birmanie, continue-t-il. Il n'est aucun autre pays semblable au monde.

Evie voit les Wheeler hocher la tête en signe d'assentiment. Elle-même a écouté toute l'histoire avec fascination, et une bonne dose de jalousie. Elle a lu des récits similaires – *mais là, c'est réel !*

— On trouve ailleurs des forêts aussi denses, des montagnes aussi hautes, des climats aussi humides et extrêmes, mais la combinaison des trois est unique, conclut Mr Finlay.

Pour le reste de la soirée, il est assailli de questions.

— Que faudrait-il *toujours* emporter avec soi ?

De la confiture, car elle donne bon goût à tout, et du whisky, pour ses vertus antiseptiques et parce que… parce que c'est du whisky. Et en cas de voyage au Tibet, ajoute-t-il, des briques de thé, car elles sont d'une utilité instantanée et les Tibétains des villages de montagne les préfèrent à l'argent.

— Que faut-il redouter le plus dans les jungles, Mr Finlay ?

En vérité, les prédateurs les plus létaux ne sont pas les tigres ni les vipères, affirme-t-il, mais les bataillons de sangsues, de méloés, de tiques, de moustiques, de phlébotomes et de taons, autant d'avides suceurs de sang dont les morsures provoquent fièvres, plaies infectées et une insupportable irritation.

— Quand avez-vous eu le plus peur ?

Il répond à la question d'Evie en la regardant droit dans les yeux.

— Quand j'ai traversé un pont suspendu qui se balançait de part et d'autre au-dessus du vide. Je peux escalader n'importe quel sentier aussi fin qu'un cheveu plaqué contre un abrupt versant de montagne, mais ce sont ces ponts qui m'effraient le plus.

* * *

Est-ce un rêve, ou un souvenir de marcher à travers une forêt avec Grandma Grace ?

Elle avait neuf ans et quelque chose attira son attention, un scarabée, un champignon coloré, et quand elle se redressa, elle était seule. Elle n'eut pas peur tout de suite ; elle était certaine que Grandma Grace devait être un peu plus loin, avec son chapeau, son foulard et son panier, grande, belle, souriante, le soleil derrière elle l'éclairant comme dans une peinture.

Evie reprit sa route, mais Grandma Grace s'était évaporée.

Elle avançait en l'appelant à grands cris, mais les bois autour d'elle étaient silencieux, tranquilles, à l'exception des craquements de ses petits pas et du bruit sourd de son cœur dans sa poitrine. Bientôt, le sentier disparut pour ne laisser place qu'à des sous-bois inhospitaliers, avec des arbres de plus en plus hauts et serrés. Elle pleurait, mais pas trop fort, au cas où quelqu'un d'autre que sa grand-mère l'entendrait – des loups, des ours, ou d'autres monstres.

Alors qu'elle commençait à ralentir, épuisée, elle atteignit soudain un cours d'eau. De l'autre côté, plantée là comme si elle l'avait toujours attendue, se trouvait Grandma Grace.

— Viens ! appela-t-elle en faisant signe à sa petite-fille.

Evie se percha sur une pierre sur la rive opposée et hésita.

— N'aie pas peur, ma chérie, lui assura-t-elle, les bras ouverts, et Evie sauta.

Mais c'est à ce moment qu'elle se réveille, ou que le souvenir prend fin. Arrive-t-elle de l'autre côté ? Ou non ? Elle ne s'en souvient pas, elle n'en sait rien.

* * *

Chaque matin, Evie se réveille aux accords de *Plus près de toi, mon Dieu*, chanté d'un ton strident et résolument faux. Des voix jeunes, haut perchées flottent jusqu'à elle depuis la cour d'école, où les enfants sont rassemblés pour l'appel. Par la fenêtre, elle aperçoit une femme mince de haute taille en habit bleu et blanc qui se tient devant eux (il doit s'agir de la directrice), tandis que d'autres vêtues de tenues similaires sont regroupées derrière elle. Les paroles sont indéchiffrables jusqu'à la dernière ligne de chaque strophe, entonnée avec une ardeur renouvelée : *Pluuus prèèès de toiii.*

Aujourd'hui, elles sont particulièrement vibrantes et il est impossible de se rendormir, ou même de demeurer dans sa chambre, alors elle se douche et s'habille avant de se rendre dans le petit jardin devant la maison.

La journée est froide, bien qu'ensoleillée, et les pentes jaunies environnantes contrastent fortement avec le ciel bleu dégagé. Sur la colline voisine s'élèvent l'église et le cimetière, avec leurs croix brillantes, autour desquels est amicalement rassemblé le reste du village.

Elle doit admettre que son arrivée ici a été moins mouvementée qu'elle ne l'avait imaginé.

À quoi s'attendait-elle ? Certainement pas à passer la dernière semaine à déambuler dans des bois sacrés, ou à pique-niquer à Kutmadan, bien qu'il s'agisse d'un lieu particulièrement fascinant, tout au bord d'un versant donnant sur un paysage de gorges vertes qui s'étendent à l'infini.

Ils ont exploré, récolté des morceaux de basalte sur les pentes herbeuses, visité des villages voisins célèbres pour leur tissage, et elle s'est aventurée à monter à cheval une fois ou deux avec Mrs Wheeler. Ils ont également marché jusqu'aux cascades – dont une en particulier aux formations rocheuses inhabituelles appelée Daiñthlen, un antre qui fut un temps celui d'un monstrueux serpent, les a informés Khrawbor.

— C'est ici qu'il a été massacré, a-t-il expliqué gaiement. On dit que les armes que les gens ont utilisées sont éparpillées dans ces piscines naturelles.

Des piscines naturelles étranges, elles aussi, d'un bleu profond et cristallin, nichées entre des rochers plats. Une autre fois, ils ont loué une carriole pour se rendre à Laittyra, jusqu'à un gigantesque rocher en forme de panier conique dont les autochtones croient qu'il appartenait à Ramhah – un démon géant qui a été tué et dont le panier s'est transformé en pierre.

Tout cela est fort intéressant, mais ce n'est absolument pas ce qu'Evie recherche.

Elle est ressortie se promener à plusieurs reprises dans le village, mais l'entreprise lui semble futile. Tout comme Kong Bathsheba l'a dit, la clé réside dans le fait de trouver ceux qui marchent, les Nongïaid. *Mais comment ?*

Pour l'instant, elle décide de tenter de trouver de quoi petit-déjeuner.

La cuisine est derrière, séparée de la pension, qu'elle doit traverser de bout en bout pour s'y rendre. Il fait sombre dans la maison, les fenêtres laissent à peine passer la lumière, et elle se cogne à une table, puis à une chaise, et doit baisser la tête pour marcher dans un couloir.

Un murmure de voix lui parvient depuis l'une des chambres. Elle marque une pause devant la porte, uniquement car elle entend son nom. C'est Mr Dossett, qui demande à haute voix pourquoi elle est ici.

Mr Finlay ne répond pas immédiatement.

— Nous avons tous nos raisons, finit-il par hasarder.

— Certes, mais quelles sont les siennes ? Je l'ai entendue parler au guide l'autre jour, dans la forêt, elle lui posait des questions… Connaissez-vous ceci, connaissez-vous cela ? Que cherche-t-elle ?

— Cela ne nous regarde peut-être pas.

Un silence s'installe, jusqu'à ce que la voix de Mr Dossett retentisse à nouveau.

— Et si elle cherchait quelque chose de valeur ?

Elle retient son souffle ; elle s'imagine son expression, ce sourire sournois et cupide.

— N'a-t-elle pas un faible pour vous ? Vous devriez tenter d'en savoir plus, Finlay.

— Ça, c'est vous qui le dites, marmonne l'autre.

Elle n'attend pas d'en entendre davantage.

Sur le seuil de la cuisine, elle croise Khrawbor qui, lui, en sort. Il s'incline, évite son regard et s'éloigne à la hâte. À l'intérieur se trouve Deng, qui semble surprise, ainsi qu'une autre femme qui essaie de raviver le feu dans l'âtre. C'est seulement à cet instant qu'Evie se rend compte que ce n'est sûrement pas la coutume pour les invités, en particulier les Européens, de se présenter ici de la sorte.

— Madame, puis-je vous être utile ?

— Non. Enfin, si. Je suis venue voir ce que je pouvais trouver à manger.

On lui dit que le petit déjeuner sera servi dans une demi-heure.

— Très bien. Dans ce cas, pourrais-je avoir une tasse de thé ?

Là-dessus, elle traverse la pièce et se perche sur une *mula*. Deng manque tomber de la sienne et l'autre femme cesse de souffler sur les braises.

— Je peux vous l'apporter, Madame, dans votre chambre, là où il vous plaira.

— Ici, c'est parfait, assure-t-elle.

Et c'est la vérité : elle n'a pas envie d'être dans la maison.

— Si cela ne pose pas de problème ? ajoute-t-elle.

L'expression de Deng est plus indéchiffrable que jamais, mais elle hoche la tête et s'affaire.

— Merci, dit Evie avec gratitude.

La tasse qu'on lui tend est fumante et le liquide d'un rouge doré, exactement comme chez Kong Bathsheba. Elle se rend compte qu'elle en vient à préférer cela au thé habituel avec du lait et du sucre. Deng et l'autre femme ne font pas la conversation, ni entre elles ni avec Evie. Elles travaillent avec efficacité, sans un mot, et plutôt que de se sentir mal à l'aise, Evie trouve cela apaisant. De l'autre côté de la porte, une couvée de poussins jaunes pépient autour de leur mère poule et un chat les observe d'un œil paresseux depuis le haut d'un mur.

Plus tard, au petit déjeuner, Mr Wheeler les informe qu'il y a eu quelques échauffourées dans l'un des villages situés au sud, un petit hameau appelé Umwai.

Le calme est revenu à présent, les hommes d'affaires contre lesquels les villageois étaient entrés en rébellion ont été exfiltrés et étant donné qu'il est important de ne pas s'aliéner davantage les autochtones, on leur a dit qu'en dépit de l'agression des deux agents forestiers, leur seule punition serait de confier une partie de la juridiction de la forêt au gouvernement.

— Comme nous l'avons fait en Birmanie, ajoute-t-il. Cela permet une transition plus en douceur, surtout si nous avons recours à leur aide pour protéger les forêts contre les incendies et d'autres menaces.

— Mais les villageois ne le font-ils pas déjà ? demande Evie.

C'est l'impression qu'elle a depuis qu'ils sont arrivés ici.

— Les forêts sacrées ont traversé des siècles et des siècles sans notre intervention. Est-ce bien nécessaire de faire cela ? Pourquoi devons-nous leur prendre leurs forêts pour les transformer en réserves ?

Elle redoute d'être allée trop loin ; le silence s'est fait autour de la table et tout le monde a interrompu ses bavardages pour la regarder. Elle n'avait pas voulu avoir l'air aussi hostile, en tout cas pas à l'égard de Mr Wheeler, mais ce qui est fait est fait.

Si Mr Wheeler est fâché, il n'en laisse rien paraître. Calmement, il beurre sa tartine et boit son thé.

— C'est vrai, mais nous estimons qu'ils n'ont aucune stratégie établie pour tirer des revenus de ces forêts. C'est du gâchis. Sans compter qu'il faut ajouter à cela la menace de l'agriculture itinérante non surveillée. Nous sommes ici pour garantir un équilibre entre la préservation, qui est une priorité à nos yeux, et des bénéfices durables. Nous sommes ici pour aider. Un jour, quand l'Empire ne sera plus, car cela va arriver, croyez-moi, nous leur laisserons un modèle à suivre.

Evie garde le silence. À l'autre bout de la table, Mr Dossett se penche vers Mr Finlay pour lui glisser quelques mots à l'oreille, et elle regrette fortement de ne pas pouvoir jeter son omelette à la figure de l'arrangeur.

* * *

Avant leur départ de Shillong, des lettres étaient arrivées.

Deux pages d'avalanche de questions de la part de Bessie : *Où se trouve l'Assam ? Cela signifie-t-il que vous allez vous absenter pour toute la saison ? Mrs Ward pense que c'est fort dommage. Je le pense aussi ! Il y a eu de si magnifiques bals...* Et elle continuait à jacasser sur le même ton, avec des détails qui ne servaient qu'à ravir encore plus Evie d'être partie. L'autre était de Charlotte, et renfermait également une missive d'Agnes qui était arrivée après son départ de Calcutta. Elle abondait de nouvelles de Cambridge. Les réunions de la Société de la science goethéenne se poursuivent – *ils parlent souvent de toi* – de même que les cours et les travaux pratiques à Balfour, ainsi que les expériences dans son laboratoire personnel. Au moment où Agnes lui écrivait, le jardin botanique était paré de nuances dorées de la fin d'automne. Elle allait bien, ainsi qu'Edward, et ils travaillaient dur sur leurs ouvrages respectifs. *Et toi ?* avait-elle demandé, ce qui avait subitement et bêtement rendu Evie larmoyante. *L'as-tu trouvé ? Muttlebury a-t-il été d'une quelconque assistance, ou devrais-je brûler le basilic sacré qu'il m'a envoyé ?* Le dernier courrier était de sa sœur, moins bref et sec qu'elle ne l'avait redouté, mais déconcerté. *Pourquoi es-tu là-bas ? Je m'exprime aussi au nom de Maman et Papa quand je dis que nous sommes inquiets et que nous aimerions que tu rentres à la maison.* Elle était restée assise là, la feuille à la main, et avait songé qu'il était à présent trop tard pour les regrets, concernant ce qu'elle aurait dû partager avec eux, et ce qu'elle aurait pu faire différemment. Elle était ici, et c'était ce qui importait.

Elle avait décidé, sur le moment, qu'il valait mieux ranger les lettres. Elle les ressort désormais et passe une matinée calme dans le jardin, à écrire.

D'abord à Charlotte, pour lui dire que tout va bien, puis à Bessie – *amusez-vous pour moi* – et enfin à Florence pour lui envoyer toute son affection et la rassurer.

Tu seras ravie d'apprendre que je me porte très bien et que je passe un merveilleux séjour. Je vois le monde – en tout cas des contrées que peu peuvent se vanter d'avoir vues, et je suis avec des compagnons de voyage qui ont de nombreuses expériences fascinantes à partager. Florence, à toi au moins je peux l'avouer : mon objectif n'a jamais été de trouver quelqu'un à épouser, mais de vivre pleinement une aventure. Je suis navrée pour cette tromperie de ma part, je ne doute pas que tu vas en être blessée, mais voilà la vérité.

Elle sait qu'elle devrait ajouter qu'une fois son excursion terminée, elle rentrera à la maison, qu'elle meurt d'impatience d'être tante, qu'elle cherchera un métier dans l'enseignement, peut-être dans son ancienne école, le North London Collegiate, mais tout cela fait naître en elle un sentiment de finalité, et elle n'a aucune envie d'y penser avant d'y être réellement obligée.

Pour finir, elle répond à Agnes. *Ne touche pas au basilic sacré ! Tu seras ravie d'apprendre que Muttlebury s'est avéré très utile. Si tu voyais où je me trouve en ce moment, Agnes… tu croirais que c'est un rêve. Les fougères et les mousses, les champignons qui poussent dans les replis des collines… J'ai encore beaucoup à explorer, mais je sais déjà qu'il s'agit d'une flore qui sied à la zone la plus humide de la Terre. Et pour ce qui est de ma quête, il n'y a pas grand-chose à dire, si ce n'est qu'elle continue. Oh, tu me manques tant, et le rubanier aussi. Pousse-t-il toujours aussi bien dans le seau dans ta cuisine ? Je lui envoie toute mon affection. Et à toi, plus encore.*

***

Aujourd'hui, Evie se joint aux autres pour une excursion afin d'aller voir les ponts vivants, ceux qui ont tant fasciné Hooker plus d'un demi-siècle plus tôt. Elle se demande si leur splendeur s'est accrue.

Ils quittent Cherrapunji et se dirigent vers un village appelé Tyrna, d'où ils entament leur descente vers le *riat*, la vallée, avec Khrawbor pour les guider. Le chemin de terre est pentu, parfois à pic, comme ces dames en avaient été averties – de fait, peut-être feraient-elles mieux de rester en arrière ? *Rester en arrière ?* Mrs Wheeler dit que c'est hors de question, et il en va de même pour Evie. Ils croisent quelques villageois en cours de route et Evie les regarde avec une curiosité affichée : ils sont emmaillotés dans leurs châles et transportent des légumes dans des hottes tronconiques accrochées à leur dos. Autour d'elle, le paysage est splendide, les replis de la montagne baignant dans un jeu d'ombre et de lumière, les plantes de plus en plus vertes et luxuriantes à mesure qu'ils descendent. Des palmiers areca ondulent au-dessus de sa tête dans une abondance de feuilles, de jeunes chaumes de bambou se dressent telles des sentinelles et des fleurs de poinsettias d'un rouge et jaune éclatant surplombent le sentier.

Elle a apporté sa presse à fleurs et parvient à trouver des spécimens de fougère en chemin : de délicats adiantes, des *Asplenium* finement ciselées et des *Polypodium* aux gracieuses feuilles arquées. La journée est chaude et ensoleillée, le ciel d'un bleu fabuleux, et tandis qu'elle prélève des feuilles, elle éprouve un rare sentiment de satisfaction.

Khrawbor ouvre la marche, suivi du Dr Swimmer, des Wheeler et de Mr Dossett, ce qui laisse Mr Finlay pour lui tenir compagnie. Elle se demande s'il va faire ce à quoi l'a incité son collègue et lui poser des questions sur la raison exacte de sa présence ici. Mais alors qu'ils marchent ensemble, il n'en fait rien, ce qui la ravit. Ils parlent d'autres choses, du jardin qu'ils ont visité à Aden, du banian de Calcutta aussi imposant et séculaire qu'une forêt tout entière. Quel plaisir que cette spontanéité facile ! Elle remarque l'angle de sa mâchoire, sa bouche bien dessinée, la force de ses bras quand il l'aide à franchir un cours d'eau ou à enjamber une crevasse. Evie n'a pas réellement besoin d'assistance, mais cela ne la dérange pas qu'il offre la sienne, et elle est heureuse de l'accepter.

Quand ils arrivent enfin en bas, ils traversent un petit village, Nongriat (ceux qui vivent dans la vallée), où grains de poivre et cannelle sont étalés pour sécher au soleil ; l'air est lourdement chargé de leur parfum. Des chiens aboient et des femmes avec des enfants sur la hanche les regardent avec méfiance. Les huttes sont compactes et propres et Evie remarque que chacune possède son propre potager où poussent des piments, des pommes de terre et des feuilles de moutarde. Elle entend la rivière avant de la voir, un doux rugissement qui, pendant la mousson, devient tonitruant d'après Khrawbor. De gigantesques rochers bosselés bordent les rives et elle monte au sommet de l'un d'eux pour contempler le paysage, admirative.

L'eau en contrebas est iridescente. Au-dessus d'elle s'étendent deux ponts suspendus, l'un au-dessus de l'autre, tressés à partir des racines aériennes des figuiers qui poussent de part et d'autre du cours d'eau. Evie n'a jamais rien vu de tel. Elle grimpe jusqu'au pont le plus bas et s'y engage, hésitante d'abord, avant de vite prendre conscience qu'il peut aisément supporter son poids, ainsi que celui des autres. Les racines sont comme des troncs sous ses pieds, noueuses et tordues, couvertes de mousse, et relevées sur les côtés telles des balustrades.

Khrawbor leur dit qu'il s'agit d'alternatives aux ponts en bois, qui sont plus facilement endommagés ou emportés lors de la mousson. Evie se souvient du récit de Hooker, de comment les Nongïaid fabriquaient ces ponts afin de transporter le *Diengiei* où bon leur semblait. C'est inutile d'interroger de nouveau Khrawbor sur le sujet, songe-t-elle ; sans doute feindra-t-il de nouveau l'ignorance.

— Combien de temps faut-il avant de pouvoir utiliser un pont comme celui-ci ? demande Mrs Wheeler.

— Au moins quinze ans.

Evie est réduite au silence, frappée par le nombre d'années requises pour créer un tel ouvrage, par la prévoyance nécessaire, et la patience. Elle s'assied sur un rocher à l'écart des autres, en proie au sentiment que cet endroit, avec ses bassins profonds et ses chutes d'eau, sa lumière scintillante et ses papillons, est l'endroit où la magie pourrait opérer.

Ils rentrent à Saitsohpen en début de soirée et Evie est dans sa chambre, fraîchement lavée et fatiguée.

La randonnée dans la gorge était éreintante, mais elle n'avait pas passé une si belle journée depuis bien longtemps. Elle est percluse de plaisantes courbatures. Ce ne sera pas si agréable le lendemain, l'a-t-on prévenue, et Khrawbor lui a tendu un flacon de ce qu'il appelle *dawai* pour masser ses membres endoloris.

— Un médicament, répond-il d'un air mystérieux lorsque interrogé.

Le récipient contient un baume d'un rouge profond qui dégage une forte odeur de plantes et de cirage.

Elle est en train de l'examiner dans sa petite chambre à la lueur d'une bougie, quand Deng frappe et entre. Elle est ici pour rabattre les couvertures comme d'habitude, placer une bouillotte dans le lit et emporter le linge sale, autant de tâches dont elle s'acquitte avec une efficacité discrète. En temps normal, elle demande si Evie a besoin d'autre chose, Evie répond « non merci, Deng », et leurs interactions s'arrêtent là. Ce soir, néanmoins, Deng s'attarde et Evie la sent virevolter avec hésitation derrière elle, comme un oiseau. Deng fait volte-face. La lumière de la bougie se reflète dans ses pupilles. Elle n'a pas encore décidé si elle va parler ou non.

— Qu'y a-t-il, Deng ? murmure Evie.

— Vous avez interrogé Bah Khrawbor à propos des... des Nongïaid.

Evie ne peut dissimuler sa surprise. Elle ne s'attendait pas à cela.

— En effet.

Deng baisse la tête.

— Pourquoi ?

Evie est confuse.

— J'ai lu des choses sur eux dans des livres...

— Mais pourquoi ?

Deng la regarde dans les yeux. C'est une menace, un défi, et Evie est certaine que si elle lui ment maintenant, Deng quittera la pièce.

— Parce que ce sont les seuls à connaître le *Diengiei*.

Deng ne dit rien pendant un long moment, puis elle se laisse choir sur la *mula* sans un bruit.

— Ma mère était l'une d'entre eux.

Evie retient son souffle.

— C'est vrai ?

Deng hoche la tête.

— Mais quand elle était très jeune, elle s'est fait... capturer.

— Par qui ?

— Les missionnaires.

— Je suis désolée, bafouille Evie.

Deng fronce les sourcils, comme si elle ne savait pas trop quoi faire de ces excuses.

— Ils l'ont mise dans une école pour orphelins, alors que sa mère et son père étaient encore en vie.

— Mais a-t-elle réussi à... revenir ?

Deng la fixe avec pitié.

— Une fois qu'on a quitté les Nongïaid, que ce soit de notre plein gré ou non, on ne peut pas *revenir*.

— Mais pourquoi ?

— C'est comme ça, c'est tout… Ça a toujours été comme ça.

Evie en est venue à comprendre que bien des choses ici s'expliquent de cette façon. Elle retient de nouveau sa respiration lorsqu'elle demande :

— Où est votre mère à présent ?

Elle regrette aussitôt sa question, car la réponse de Deng est inscrite sur son visage avant même que les mots sortent de sa bouche.

— Ma mère est morte.

— J'en suis désolée, Deng.

— C'était un soulagement pour elle, et pour nous.

Evie ne demande pas pourquoi. À la place, d'une voix douce, elle l'interroge :

— Avez-vous déjà rencontré des membres de votre famille… du côté de votre mère ?

Deng acquiesce.

— Nous avons des cousins qui viennent nous voir parfois, quand ils sont… dans la région. Les anciens n'aiment pas ça, mais ils parviennent quand même à s'organiser.

À ce moment-là, Evie marque une pause. Ses oreilles bourdonnent, son cœur tambourine dans sa poitrine.

— Si cela ne vous dérange pas, pourrais-je les rencontrer ?

Deng la dévisage ; elle n'a pas l'air étonnée.

— Je peux leur laisser un message, mais je ne peux pas promettre qu'ils répondront, ou qu'ils souhaiteront vous rencontrer.

Tôt le lendemain matin, Evie entre en trombe dans la cuisine. Deng n'est pas là. L'autre femme, la cuisinière, Thei, commence à lui préparer une tasse de thé sans un mot.

— Oh, merci, dit Evie, mais je cherche Deng.

— Deng ?

— Oui.

Thei fait un geste en direction du jardin derrière la maison, là où se situent les communs : de petites cabanes en bois et en pierre.

— Merci, dit Evie avant de sortir précipitamment.

Dans l'une des cahutes, elle trouve Deng assise en train de tresser.

— Madame, dit-elle, surprise.

Aucun invité, européen ou autre, n'a jamais mis les pieds ici. Deng fait mine de se lever et pose sur le sol ce qui ressemble à de fins rubans de bambou soigneusement tressés.

— Non, non, je vous en prie… Je souhaitais simplement savoir si vous aviez réussi à envoyer un message.

Evie tente de ne pas avoir l'air trop impatiente, trop pressante.

Deng lui adresse un petit sourire.

— Je suis en train de le faire.

Evie écarquille les yeux.

— Comment ça ?

Elle apprend que lorsque Deng a dit qu'elle laisserait un message pour ses cousins, elle ne voulait pas dire par télégramme, par lettre ou par quoi que ce soit ayant la forme d'un texte. Deng est en train de tresser ce qu'elle appelle un *kyrwoh*, qu'elle confiera à un messager. Pour Evie, le *kyrwoh* ressemble à un joli bandeau celtique à porter autour de la taille ou du cou, mais dans l'ancien temps, l'informe Deng, les rois s'en servaient pour envoyer des messages à leurs sujets de village en village, afin de les prévenir qu'une guerre guettait, de les avertir d'une sécheresse, d'une fête, d'un enterrement, ou, comme dans le cas présent, pour convoquer le destinataire. Ce n'est plus aussi communément utilisé qu'auparavant, mais pour Deng et ses cousins, c'est pratique.

Evie tient délicatement la couronne dans sa main, ébahie.

— Tout est là ?

Deng hoche la tête.

— Tout ce qui peut être lu n'est pas forcément écrit sur du papier, Madame.

Elle a fait le tressage dans une largeur qui indique aux destinataires de venir quand ils le pourront – entre « urgent » et « prenez votre temps », afin de ne pas les alarmer.

— Mais comment le messager sait-il où les trouver ?

— Il ne le sait pas. Il sait seulement où laisser le *kyrwoh* pour qu'ils le trouvent.

— Mais… ils pourraient être n'importe où !

— Oui, mais ils vérifient régulièrement cet endroit. C'est ainsi qu'ils reçoivent des nouvelles du monde.

Très bien, dit Evie, et maintenant ?

— Et maintenant, Madame, nous attendons.

* * *

L'attente n'est pas chose facile pour Evie.

Combien de temps, combien de temps ? se demande-t-elle. Parfois, ils répondent rapidement, lui dit Deng, dans la semaine, et d'autres fois…

D'autres fois ?

Eh bien, cela peut prendre jusqu'à plusieurs mois.

Evie décide qu'il vaut mieux, dans ce cas, qu'elle s'occupe. Elle fait des promenades avec Mr Finlay, autour du sanatorium où les soldats britanniques atteints de maladies des plaines sont envoyés en convalescence, ou dans l'enceinte de la plantation de thé abandonnée – d'où ils exhument un drôle d'assortiment d'objets, cuillères, fourchettes et vieilles bouteilles –, ainsi qu'à travers les collines qui entourent le monument en l'honneur de David Scott érigé en 1832 et déjà noirci par le temps.

Ils ont également de longues conversations. Mr Finlay est né et a grandi à Manchester, et il a étudié les sciences naturelles à Édimbourg, lui a-t-il confié, mais avant d'avoir pu finir son cursus, pendant sa deuxième année, son père est tombé malade et est décédé, laissant sa famille dans la pauvreté.

— Alors je suis parti.

Quelque chose dans sa façon de le dire incite Evie à tourner la tête vers lui pour le regarder, mais il n'y a aucune trace de regret ni d'autoapitoiement sur ses traits. C'est ainsi, c'est tout.

— Qu'avez-vous fait ensuite ?

— J'ai dû trouver un travail.

Avec l'aide d'un camarade d'université de son père, il s'est vu offrir un poste à Shanghai en tant que maître d'école.

— Maître d'école ? s'exclame Evie.

Elle est tout bonnement incapable de l'imaginer… en intérieur ? Il rit, admet que c'est pour cette raison que sa carrière fut de courte durée. Avant la fin de l'année, il partait accompagner des chasseurs de plantes comme Fritz Anderson dans le cadre d'expéditions à travers la Chine.

— J'ai remonté le fleuve Yangtsé jusqu'à la frontière avec le Tibet.

Les yeux ronds comme des soucoupes, Evie demande ce qu'il a découvert là-bas.

— Pas grand-chose… à part une passion pour l'exploration.

À ces mots, tous deux se sourient.

— Et vous ? s'enquiert-il simplement. Comment en êtes-vous venue à aimer le monde naturel ?

Elle lui parle d'Agnes, de Grandma Grace et même de ses amis de la Société de la science goethéenne qui l'ont aidée, explique-t-elle, à voir les choses d'un œil nouveau. Elle se garde d'ajouter qu'ils pensent aussi qu'elle est un peu folle d'être venue jusqu'ici dans une quête sauvage.

— Je me souviens que vous m'avez dit à Calcutta que vous cherchiez quelque chose, une plante, guidée par guère plus qu'une intuition…

Vous (ou plutôt Mr Dossett) aimeriez bien savoir ! Mais avant d'avoir le temps de lui répondre qu'elle préfère ne divulguer aucun détail pour des raisons qui n'engagent qu'elle, il ajoute :

— Je suis chasseur de plantes, alors je ne peux pas nier que je suis curieux, mais s'il est une chose qu'Anderson m'a apprise, c'est : chacun sa quête.

— Que voulez-vous dire ?

Il l'observe un long moment.

— Que si vous en aviez eu envie, vous m'en auriez dit plus.

Elle acquiesce.

— En effet.

— Parfois, continue-t-il, parler d'une chose dissipe l'énergie que l'on déploie pour cette chose, l'énergie requise pour la trouver, pour mener à bien la mission.

Oui, dit-elle. Oui, exactement. Dévoiler un rêve à trop de gens lui ôte de son importance, le rend frivole. Quelle chance improbable, songe-t-elle, d'avoir rencontré la seule personne capable de le comprendre.

Si agréables soient-elles, leurs promenades sont interrompues, car ils s'absentent soudainement, l'arrangeur et Mr Finlay, pour une chasse aux plantes improvisée. « J'aimerais que vous puissiez vous joindre à nous », lui dit-il, et elle aussi, mais c'est impossible.

Elle est déterminée, néanmoins, à ne pas rester en arrière telle une pauvre chose perdue et délaissée. Elle recommence à monter à cheval, va explorer des chutes d'eau et d'autres sites pittoresques. Elle accompagne les Wheeler lors d'un voyage d'une journée à Umwai et randonne jusqu'à un point de vue juste après le village, au bord du plateau boisé, d'où le regard plonge vertigineusement dans les plaines de Sylhet. Mr Wheeler explique que durant la mousson, tout cela se transforme en un bassin scintillant. Chaque année, la pluie venue de la zone la plus humide de la Terre inonde le Bengale. Perchée au bord du plateau, avec les plaines étalées à l'infini devant ses yeux, elle se revoit lors d'une matinée sur le *Maloja*, glissant le long du canal de Suez – *Ici aussi, je suis davantage dans le monde.*

La plupart du temps, Evie sort seule.

Elle part tôt le matin, quand le soleil est encore aveuglant et éclatant, avant que la froide brume d'hiver à laquelle elle est désormais habituée s'immisce sans bruit et recouvre les collines dorées l'après-midi. Deng lui prépare des oranges, des petits pains aux fruits et des gâteaux de riz.

— Vous partez seule, Madame ?

— Oui, mais j'ai de la compagnie.

Deng semble perplexe.

— Qui ?

La meilleure qui soit. Toute la verdure qui pousse en silence autour d'elle.

Elle commence par explorer le bois sacré d'un bout à l'autre et découvre des cours d'eau, des clairières herbeuses, une petite grotte couverte de mousse. C'est paisible, enchanteur même, mais elle ne fait pas grand-chose à part dessiner, lire et faire la sieste avec le soleil d'hiver dans le dos – pas tant par peur de contrarier les dieux que par peur de contrarier les autochtones. Bientôt, elle se met à s'aventurer un peu plus loin, au-delà du village de Saitsohpen, descendant les pentes qui mènent aux forêts blotties dans les replis des collines. Ici, elle peut collecter des feuilles et des fleurs, des graines et des échantillons. Comme Hooker l'avait écrit dans ses carnets de voyage, il est vrai que l'extraordinaire diversité des espèces ici n'est pas tant due à l'altitude qu'à la variété d'expositions et d'habitats, les bassins et les lacs, les jungles tropicales, aussi bien dans de profondes vallées chaudes et humides que sur des versants plus secs, des rochers, des plateaux, des sols pierreux et de hautes terres aux allures de landes. *C'est un rêve !*

Parfois, dans cette tranquillité, tandis qu'elle examine une fougère recourbée, ou un bourgeon de jasmin encore clos, elle se remémore les mots de Goethe. *Les œuvres de la Nature possèdent une essence propre,* avait-il écrit, *chacun de ses phénomènes une caractérisation particulière ; et pourtant, leur diversité réside dans l'unité.*

Au cours de cette période, l'inattendu se produit.

Dans cette partie reculée du monde, alors qu'elle marche dans les forêts comme elle l'avait fait avec Grandma Grace tant d'années auparavant, et si loin d'ici, elle découvre qu'elle est presque aussi heureuse que dans son enfance ou, ose-t-elle le dire, qu'elle l'est encore plus. Peut-être est-ce parce que sa « façon de voir » s'améliore. Ils en avaient souvent parlé lors des réunions de la Société de la science goethéenne, de cette façon de voir que Goethe appelait de ses vœux, et même si Ollie et les autres la lui avaient expliquée avec soin, elle avait le sentiment de ne la connaître que dans la théorie plutôt qu'à travers l'expérience. « Mais qu'est-ce que cela signifie ? demandait-elle. Voir en ressentant ? »

Elle constate que les fougères la captivent tout particulièrement. Un premier regard circulaire attire son attention sur le feuillage dans son ensemble, mais un examen plus minutieux révèle une immense et extraordinaire diversité. La majestueuse et fantastique *Cyathea lepifera* avec ses feuilles tourbillonnantes et ses troncs épais ; le délicat adiante rampant, ses folioles ourlées d'étranges petites dents ; l'adorable fougère à feuille de chêne dont la base semblait entourée de plumes ; et le splendide *Dipteris wallichii* semblable à une aile et que Hooker admirait tant, lui aussi. Plus près du sol, des plantes chauve-souris avec leurs tiges droites, s'élevant tels des pins miniatures. Derrière le voile des fougères, un tapis de mousse *Polytrichum commune* qui pousse collée au talus et qui, observée d'au-dessus, ressemble à des étoiles ; sur un tronc effondré, une couche de *Rhytidiadelphus squarrosus* douce et lisse comme du velours.

Ce vert ! Jamais je n'ai connu un tel vert auparavant, écrit-elle dans son journal. Qu'est-ce que cela doit être quand il pleut ! Les pluies de la zone la plus humide du monde. Elle aimerait tant rester pour le découvrir.

Puis (c'est la partie qui lui a toujours posé le plus de difficulté), elle tente de se retirer au sein de l'*expérience sensorielle exacte*, comme l'appelait Goethe. Penser le phénomène ! Elle avait redouté que cela la dépasse de loin et demeure à jamais hors de sa portée, et bien que, même ici, ce ne soit pas aussi exact et dénué de distraction qu'il le faudrait – *Peut-être n'ai-je pas la patience nécessaire pour cela ?* – elle imagine d'une manière dont elle n'a jamais imaginé, avec bien plus de détails.

Peut-être est-ce à cause du calme, de sa solitude, de la lumière, de l'air, voire de la qualité des plantes qu'elle trouve d'une nouveauté et d'un inhabituel palpitants. Les frondes de fougère qui se déploient, vivantes, en transition, plutôt que figées dans une forme statique.

À l'occasion, elle invite Mrs Wheeler à se joindre à elle – « venez, lui dit-elle, allons examiner le *Pandanus*, ou voir si les fruits de *Symplocos paniculata* sont assez mûrs pour être cueillis » – mais les jours où elle est seule l'inspirent davantage. Elle découvre un gros rocher assez plat précairement perché au bout d'une pente – qui exige, pour l'atteindre, de sauter par-dessus une petite gorge, entre colline et pierre. Puis elle s'assied au bord avec les pieds qui pendent dans le vide, la vallée à pic en dessous d'elle. Il ne lui paraît pas exagéré d'affirmer que c'est peut-être à cet endroit qu'elle a le plus l'impression d'être dans le monde.

Si elle pouvait infuser une chose dans sa formation scientifique, ce serait ce sentiment, aussi intangible, aussi inexplicable soit-il, car c'est de lui qu'a découlé tout le reste, l'inspiration, sans nul doute, mais également le respect – et la déférence – pour la *vivacité* de la vie, et son infinie et mystérieuse interconnectivité. *Quelle science cela serait ! Quel moyen d'apprendre ! Car isoler, c'est étouffer, n'est-ce pas ?* pense-t-elle. Soustraire aux… circonstances. Mais voir à la manière de Goethe, percevoir à la perfection la métamorphose d'une feuille, l'éclosion d'une fleur, ce n'est plus voir la chose dans un présent figé objectif, mais comme une chose – un sujet – chargée d'une histoire. Elle comprend cela ici, que l'histoire peut être extraite d'un phénomène en l'imaginant dans le temps, et de cette manière également renforcer les relations temporelle et physique entre tous les êtres vivants.

— Nous tous, murmure-t-elle, perchée sur son rocher, le vent dans le visage, toute chose vivante a une histoire.

Les journées se succèdent suivant une routine calme et immuable. Elle prend son thé du matin dans la cuisine, parfois avec un gâteau de riz fraîchement cuit à la vapeur accompagné d'un filet de miel, en appréciant l'odeur du bois, la chaleur qui irradie du feu. Deng lui dit que c'était là que les anciens racontaient des histoires, autour de l'âtre, et elle comprend pourquoi. C'est, à bien des égards, un lieu de subsistance. Elles ont également parlé de sa mère.

— Elle a bu du *kiad* jusqu'à en mourir.

Evie connaît le mot, un terme qui désigne un alcool de riz local dans ces collines.

— Elle avait ses enfants… Nous étions cinq, mais jamais nous n'avons suffi pour compenser tout ce qu'elle avait perdu.

Il y avait de la tristesse dans sa voix, mais aussi une note de soulagement, comme si c'était la première fois que ces mots sortaient au grand jour.

Evie avait presque peur de poser la question, mais elle le fit.

— Et votre père ?

Deng haussa les épaules.

— Il était présent parfois, le plus souvent il ne l'était pas.

Puis elle marqua une pause, lui lança un regard et ajouta, presque timidement :

— Vous devez vous demander comment j'ai appris l'anglais…

— Un excellent anglais, qui plus est !

— Les missionnaires, ceux qui ont emmené ma mère, ils nous ont aidés, ils m'ont offert une éducation et un travail pour gagner ma vie. Et aujourd'hui, je ne sais pas…

— Vous ne savez pas quoi ? l'encouragea Evie.

— Si je dois les détester ou leur être reconnaissante.

***

Le jour où elles reçoivent une réponse des Nongïaid, Mr Dossett et Mr Finlay rentrent de leur expédition à Mawsmai.

Evie est en train de dessiner dans le jardin quand Mr Finlay la rejoint.

— Rapportez-vous dans vos bagages de merveilleux récits de découverte ? le taquine-t-elle.

Il rit.

Il est clairement heureux de la voir – et elle est heureuse de le constater, et de le voir, elle aussi.

— Ma foi, Dossett est convaincu que nous avons découvert une nouvelle espèce d'orchidée.

C'est formidable !

— Même si je me souviens de vous avoir entendu dire que cela vous importe peu.

— C'est vrai, corrobore-t-il, ajoutant qu'il est flatté qu'elle se le rappelle. Trouver une nouvelle orchidée m'intéresse uniquement si l'on m'autorise à lui donner votre nom.

— Oh ! *Aerides evelynae* sonne bien, c'est vrai…

Ils se sourient, et peut-être est-ce à cause du temps qu'ils ont passé séparés, de tous ces jours sans se voir, qu'Evie a la certitude que leur échange cache quelque chose d'indiscret – une envie, un espoir. Il se penche davantage vers elle. Ses yeux ont la sombre couleur de la tourbe, sa peau est hâlée suite à son expédition. Elle attend que l'un d'entre eux dise quelque chose – n'importe quoi – qui attesterait de cette attraction entre eux, mais elle sent qu'il hésite.

— Je ne vous ai jamais vue dessiner auparavant. Vous êtes douée.

— Eh bien, merci, Mr Finlay. Il paraît que chaque dessin véhicule une perspective.

Il semble amusé.

— C'est vrai ?

Elle acquiesce et demande s'il dessine, lui aussi.

— J'en suis incapable, quand bien même ma vie en dépendrait, hélas, mais j'essaie d'écrire…

— D'écrire quoi, Mr Finlay ?

— Un mémoire de voyage, répond-il avec une pointe de timidité.

— Oh, j'adore les mémoires de voyage ! s'exclame-t-elle. J'en ai lu tout un tas !

Sa réaction a l'air de lui faire plaisir. Si elle avait le temps, et l'envie, peut-être pourrait-elle y jeter un œil… un jour ?

— J'en serais ravi.

Ils restent assis là, dans un silence uniquement ponctué du vrombissement des abeilles et du gong de l'école qui indique l'heure du déjeuner.

— Mr Finlay, commence-t-elle. Depuis combien de temps connaissez-vous Mr Dossett ?

— Trop longtemps, répond-il sans hésitation. Pourquoi cette question ?

Evie hausse les épaules.

— Sans raison particulière. J'étais simplement curieuse…

Mr Finlay lui lance un bref regard.

— Nous ne sommes pas *amis*… si c'est ce que vous souhaitez savoir. C'est une fripouille. Mais une fripouille pleine de ressources.

Et c'est ce qui fait de lui un excellent arrangeur, bien sûr. Il sait où trouver les meilleurs coolies et les meilleurs guides, où louer les mules les plus résistantes, et peut même, ajoute-t-il, allonger un peu d'argent en cas de besoin – un besoin que rencontrent souvent tous les chasseurs de plantes.

— Le Dr Swimmer lui verse une jolie somme en échange de sa présence ici, et étant donné que je suis là également, Dossett pense que nous devrions partir à la chasse…

— Aux orchidées, achève-t-elle pour lui.

Il rit.

— Vous ne l'appréciez guère, n'est-ce pas ?

Evie hausse les épaules. Comment expliquer qu'il la met mal à l'aise, comme s'il la regardait lorsqu'il croit qu'elle ne le voit pas ? Ou qu'il l'exaspère avec ses remarques sur les « autochtones sournois » ou leur laideur et leur stupidité ? À Mr Finlay, elle confesse simplement qu'elle préfère quand il n'est pas dans les parages.

— Je suis certain qu'il repartira bientôt à la chasse aux plantes, même si je suis heureux de rester là où je suis pour l'instant, dit-il en lui adressant un petit sourire.

Tant mieux, répond Evie, car elle mourrait de jalousie s'il repartait aussi vite en voyage. Ce n'est pas juste !

— Un jour, Miss Alexander, vous parcourrez le monde.

Elle le regarde, plonge ses yeux gris dans les siens, inflexibles.

— Oh ? Et comment pouvez-vous en être si sûr ?

Il tend le bras, tourne délicatement la paume d'Evie vers le ciel et l'effleure de son index. Il sourit.

— C'est écrit dans vos étoiles.

Après leur échange, elle est en route vers sa chambre quand Deng la rejoint en courant.

— J'ai reçu une réponse, annonce-t-elle, à bout de souffle.

Evie regarde autour d'elles : il n'y a personne. Elle fait signe à Deng de venir avec elle. Une fois dans sa chambre, elle ferme la porte et se tourne vers elle.

— Et ?

— Ils acceptent de nous rencontrer.

Evie se laisse choir sur une chaise.

— Quand ?

— Demain matin.

Puis elle ajoute, d'un ton d'excuse :

— Le messager est tombé malade, autrement, nous aurions eu des nouvelles plus tôt.

Evie répond que cela ne fait rien, qu'elle est heureuse que le message leur soit parvenu.

— Où la rencontre a-t-elle lieu ?

— Normalement, dans le salon de thé le plus proche, mais le chef de ce village…

— N'est pas très bien disposé à leur égard ?

Deng hoche la tête.

— C'est pour cette raison qu'ils nous ont demandé de venir au *lawkyntang*. Aux pierres du souvenir.

Elles vont rencontrer la fille et le fils de la plus jeune sœur de sa mère.

— Quand les avez-vous vus pour la dernière fois ?

— Il y a presque un an. C'est de plus en plus difficile pour eux d'installer leur campement près de Shillong… Les gens n'aiment pas ça, ils les chassent…

— Où vont-ils ? Que font-ils ?

Deng hausse les épaules.

— Ils n'ont pas le choix. Ils doivent rester encore plus en mouvement.

Pendant toute la soirée, Evie ne tient pas en place et parvient encore moins à faire la conversation lors du dîner – ni à manger, en dépit du fait qu'à la cuisine, Thei a miraculeusement réussi à « rôtir » un poulet entier et n'a pas fait bouillir les légumes jusqu'à les réduire à l'état de pulpe.

À la joie d'Evie, Mr Dossett prend congé après le dessert – « quelque travail à faire » – et quitte la table. Une bouteille de porto est ouverte pour célébrer le retour du chasseur de plantes et lorsqu'ils se rassemblent autour du feu, Mr Finlay est de nouveau harcelé pour raconter ses dernières aventures. C'est un soulagement – dernièrement, les conversations ont pris un virage un peu trop lépidoptérique à son goût. Evie n'ignore plus rien des difficultés auxquelles s'est heurté le Dr Swimmer pour « détendre » ses spécimens dans ce froid ; comment ils deviennent cassants et se fendent dès que la pointe d'une épingle les effleure. Ce soir, Mr Finlay les régale d'amusantes anecdotes relatives à son dernier voyage, dont l'une à propos de sa rencontre avec des orties, plantes qui provoquent de sévères démangeaisons au contact de la peau.

— À croire que vous êtes en feu et que vous ne pouvez pas éteindre l'incendie ! explique-t-il.

Evie et les autres rient ; elle se sent bienveillante à l'égard du monde, portée par le porto et la chaleur, et la pensée de la journée du lendemain. Elle écoute attentivement, dissimulant avec soin sa joie et son impatience.

Plus tard, en partant se coucher, elle croise Mr Finlay qui est sorti fumer une cigarette.

— Votre mémoire de voyage va être formidable.

Elle distingue à peine ses traits dans l'obscurité, mais elle voit qu'il est content et qu'il sourit.

— Vous êtes un merveilleux conteur.

— Et vous, Miss Alexander, vous êtes… merveilleuse.

Elle le regarde. Leurs souffles se transforment en buée blanche.

— Je suis heureuse que vous soyez revenu.

— C'est vrai ?

Elle acquiesce.

Il se rapproche, amenant avec lui une odeur de tabac et de cuir.

— Miss Alexander…

Dans sa voix, elle discerne un tremblement à peine perceptible.

— Je vous en prie, appelez-moi Evie…

— Evie, m'autoriseriez-vous à…

Ils se tiennent tout près l'un de l'autre, plus près qu'ils ne l'ont jamais été. L'air est soudain chaud entre eux. Elle pense qu'il se penche vers elle lorsqu'une porte, une fenêtre, quelque part, claque à cause du vent. Le sursaut les sépare. Puis ils rient sans bruit.

— Bien, dit-elle. Il faut que j'y aille…

Il prend sa main et la presse contre ses lèvres.

— Bien sûr. Bonne nuit, douce Evie.

* * *

Longtemps avant le petit déjeuner, quand personne n'est encore levé, Evie est réveillée, habillée et prête. Devrait-elle emporter son carnet ? *Oui.* Son carnet à dessin également ? *Pourquoi pas ?* Et, pour faire bon poids, un galet de la rivière Nongriat.

Quand Deng frappe, elle ouvre la porte à la seconde.

— Madame, allons-y.

Elle la suit, bien enroulée dans son châle, car il fait froid, le soleil est pâle et la brume de la nuit est encore accrochée aux sommets des collines. Elles sont presque sorties de l'enceinte de la pension quand elles tombent sur Mr Dossett.

— Bonjour, Miss Alexander.

Elle lui retourne ses salutations avec une froideur notoire.

— Où donc allez-vous de si bonne heure ?

— Je suppose que l'on pourrait vous demander d'où vous revenez si tard ?

Il sourit, bien qu'un éclat brille dans son regard, de la colère, du mépris ; mais Evie est hérissée également, par la nervosité et l'étrange sentiment d'avoir été prise sur le fait.

— Deng doit me montrer… le village.

Elle est aussitôt agacée d'avoir cédé à la pression de lui offrir une explication, explication qui sonne faux même à ses propres oreilles.

— Eh bien, je ne voudrais pas vous empêcher d'explorer.

Il effectue galamment un pas de côté et baisse bien bas son chapeau.

Ce n'est que lorsqu'elles pénètrent dans la forêt qu'elle commence à retrouver une contenance. Il fait plus froid et il y a aussi moins de bruit, à l'exception du pépiement des oiseaux.

— Seront-ils là, Deng ? demande-t-elle, soudain incertaine.

— S'ils l'ont dit, alors ils y seront, Madame.

Il leur faut un peu plus de vingt minutes pour arriver aux pierres du souvenir, mais la clairière est vide. Avec le soleil encore caché, les feuilles et les sous-bois baignent dans une lumière d'une pâleur laiteuse. Evie regarde Deng, les sourcils haussés, mais sa compagne ne semble pas perturbée outre mesure.

— Attendons.

Elle s'assied sur une pierre et Evie l'imite.

Aucun écho de pas ni de voix ne vient troubler le silence de la forêt.

Personne ne vient. Personne ne vient. Elle tente de se distraire en examinant les pleurotes en huître en forme d'éventail qui poussent en escalier sur un arbre voisin. *Personne ne vient.*

Il ne faut pas longtemps à Deng pour se tourner et pousser une exclamation. Deux silhouettes se tiennent derrière elles, silencieuses comme des chats, vêtus de capes en laine d'un gris sombre ramenées au-dessus de leur tête et nouées juste sous le menton. Le garçon, qui est plus petit, se cache légèrement derrière la fille, dont le gabarit frêle le dissimule à peine. Deng se précipite vers eux. Pendant un instant, Evie pense que la fille ne va pas lâcher le bâton ni le garçon son arc, mais ils le font, et ils se serrent dans les bras en se parlant dans leur langue.

Evie reste à l'écart, avec le sentiment d'être une intruse. Quand ils se tournent enfin vers elle, elle leur offre un bonjour nerveux. Deng effectue les présentations. La fille s'appelle Phyrnai, le garçon Iada. Leur lien familial saute aux yeux : tous deux ont les mêmes pommettes et les mêmes yeux bridés, le même petit nez en bouton. Ils ont les cheveux longs et en bataille, battus par le vent.

La fille hoche la tête.

— *Kumno?*

Le garçon ne dit rien. Son regard indique qu'il est curieux, mais méfiant.

— Merci d'avoir accepté de me rencontrer, dit Evie.

Elle s'attend à ce que Deng traduise pour elle, mais la fille acquiesce de nouveau.

— Nous n'étions pas loin.

Le petit groupe prend place autour de l'une des plus grosses pierres, à l'exception de Iada, qui patrouille sans bruit le long de l'orée de la clairière. Sous sa cape, Phyrnai porte un sac en tissu accroché dans le dos, dont elle sort des fruits : des oranges sauvages des montagnes Garo, où ils ont passé l'hiver. Il y en a pour sa cousine, et également pour Evie.

— Oh, comme c'est gentil.

Evie est mortifiée de ne rien avoir apporté en retour, même si Phyrnai balaie ses excuses d'un revers de main.

Elle reste assise en silence tandis que les cousines discutent dans leur langue saccadée, mais mélodique à la fois. Pendant son séjour ici, elle s'est familiarisée avec quelques mots de khasi, mais il s'agit là d'un dialecte, pense-t-elle, et elles n'emploient aucun des rares termes qu'elle connaît, à l'exception de *Diengiei*. Elles marquent une pause après l'avoir prononcé et Phyrnai la regarde. Même son frère tourne la tête, son arc à la main. Peut-être sont-ils mécontents qu'elle fouine de la sorte, mais dans le pire des cas, ils la renverront chez elle sans rien à part des oranges.

Enfin, Phyrnai s'adresse à elle et lui demande d'une voix hésitante :

— Comment connaissez-vous le *Diengiei* ?

Evie s'attendait à cette question et a tenté de préparer une réponse simple et claire. Elle omet Goethe et son *Urpflanze*, ainsi que le fait que le *Diengiei* avait attiré son attention, et explique qu'elle a lu des livres qui en parlaient.

— J'aime apprendre des choses sur d'autres endroits, d'autres peuples, d'autres types de plantes… Le monde est très grand, et rempli de mystères, vous ne croyez pas ?

Elles gardent le silence, alors elle continue :

— J'ai lu des choses sur le *Diengiei*, et j'étais curieuse… Cela a l'air d'être une chose très spéciale qu'on ne peut trouver qu'ici… Il est également désigné par de nombreux noms, n'est-ce pas ? ajoute-t-elle. Et une certaine confusion règne quant à ce qu'est exactement le *Diengiei*, non ?

Les cousines échangent brièvement entre elles.

— C'est ce que les autres ont dit aussi, lui dit Deng.

— Les autres ?

— Oui, les Bilatis. Les hommes occidentaux qui sont venus avant vous.

Evie bat des cils. Elle est plus que surprise.

— Vous pensiez être la seule ?

En toute sincérité, oui.

— Quand sont-ils venus ici ?

— Il y a longtemps, avant ma naissance, indique Phyrnai.

Ce qu'Evie daterait de vingt ans tout au plus.

Elle brûle de leur demander ce qui leur est arrivé, mais son instinct lui souffle que ce n'est peut-être pas le bon moment. Ce qui importe à cet instant, c'est de gagner leur confiance, et elle a le sentiment que toutes ces questions sont un test.

— Pourquoi voulez-vous le trouver ?

Cela aussi, elle s'y était attendue, même si cette réponse-ci est moins simple. *Une passion pour l'aventure !* Elle évite d'utiliser le mot *scientifique* et préfère dire que le *Diengiei* l'intrigue. Il existe une idée, leur dit-elle, selon laquelle il pourrait exister quelque part la plante originale, celle dont toutes les autres sont issues.

— Non pas que je croie que c'est ce qu'est le *Diengiei*, s'empresse-t-elle d'ajouter. Mais je n'ai rien lu de semblable sur une autre plante… et je me suis demandé si c'était réel, et pourquoi si peu de personnes l'avaient vu…

Deng secoue la tête.

— Ce que Phyrnai veut dire, c'est : que ferez-vous si vous le trouvez ?

— Oh. Rien.

Il y a un silence. Le garçon s'arrête d'arpenter la clairière, même les oiseaux semblent se taire. Puis les deux jeunes femmes éclatent de rire, sans retenue. Cela lui rappelle Kong Bathsheba.

— Je suis sérieuse, insiste-t-elle.

Regardez autour de vous, lui réplique-t-on. Est-ce que les Blancs viennent sur nos terres pour ne rien faire ?

Evie n'a pas de réponse à cela.

Elles discutent à nouveau à voix basse et elle est certaine qu'elles réfléchissent à la meilleure manière de refuser. Quand Deng s'adresse enfin à elle, c'est pour l'informer que sa cousine estime qu'il est préférable d'en rester là.

— Je sais que vous devez être déçue, je suis désolée, ajoute-t-elle, et elle semble sincèrement l'être.

Elles se lèvent pour partir et Evie demeure plantée là, engourdie par le froid, les oranges dans les mains. *Et voilà.* C'est ainsi que son aventure s'achève. Devant les pierres du souvenir, et sans aucun souvenir à emporter avec elle.

Iada les rejoint, sans doute pour dire au revoir à sa cousine. Les Nongïaid enroulent leurs capes autour de leurs épaules, les attachent avec soin sous le menton ; dans un instant, ils repartiront et se fondront dans la forêt jusqu'à disparaître, telles des feuilles emportées par le vent.

— S'il vous plaît, implore soudain Evie.

Tous s'interrompent pour la regarder.

— S'il vous plaît, répète-t-elle. Même si « s'il vous plaît » est… enfin, peut-être n'est-il pas de mot à la hauteur, en réalité… mais je vous demande de réfléchir, ne serait-ce qu'un instant, au fait que ce qui peut passer pour une conversation matinale est la plus infime partie d'un long, très long voyage.

Elle marque une pause, désespérée.

— Un voyage qui n'a pas de sens aux yeux de mes amis, de ma famille, ni même à mes propres yeux parfois, mais…

Elle prend une grande respiration.

— S'il existait un moyen… la plus minuscule des possibilités… que je le fasse toute seule, je le ferais, car je suis venue de si loin, avec quasiment rien d'autre que de l'espoir…

Les autres se taisent : le garçon est impatient, Deng a les yeux rivés au sol et Phyrnai la regarde bizarrement, en silence. Evie continue, perdue, incertaine quant à ce qu'elle souhaite exprimer.

— Ma grand-mère nous disait toujours… « soyez davantage dans le monde… » et personne ne semblait le comprendre… Ni ma sœur, ni ma mère et mon père, peut-être même pas mon amie Agnes… et c'est difficile à expliquer, mais je pense que c'est ma manière d'essayer de découvrir ce qu'elle entendait par là, pas en étant enfermée dans une salle de classe ou une bibliothèque, mais en étant dans cette forêt avec vous. Je sais que c'est un immense service que je vous demande… et j'aimerais…

Elle est mortifiée de sentir des larmes lui brûler les yeux.

— J'aimerais avoir un moyen de vous convaincre… mais je n'en ai pas… à part vous dire, s'il vous plaît, je vous serais très reconnaissante pour votre aide.

La forêt replonge dans le silence, sans vent, sans feuilles qui bruissent, mais au-delà de son orée quelqu'un crie au village, un chien aboie. Le monde avance.

Phyrnai se tourne vers Deng et lui parle tout bas, d'un ton pressant. Evie doute d'avoir été un tant soit peu persuasive – *qu'est-ce que je leur ai raconté, enfin ?* – et elle reste à l'écart, tête basse, à bout de souffle. Elles devisent pendant ce qui lui semble une éternité ; Iada a fini par s'ennuyer et disparaître dans les sous-bois. Le soleil est beaucoup plus haut à présent, mais à peine plus brillant ; la journée va être froide et nuageuse.

— Très bien, dit Deng.

Evie hoche la tête, supposant qu'elle veut dire qu'il est temps de rentrer à la passion. Elle fait volte-face pour rebrousser chemin.

— Très bien, répète Deng. Ils vont vous emmener.

Evie n'imprime pas tout de suite et les dévisage, incrédule.

— Il faut marcher, pendant deux ou trois jours, avertit Phyrnai.

Son expression est calme, attentive, elle soutient fermement son regard. Ils partiront demain matin, avant le lever du jour, car ce village est inhospitalier envers les Nongïaid et ils doivent se dépêcher de repartir.

Evie ouvre la bouche pour demander plus de temps. Comment va-t-elle expliquer cela aux Wheeler ? À Mr Finlay ? Comment va-t-elle s'acquitter si vite des préparatifs ? Mais elle dépend du bon vouloir de quelqu'un, et de ce fait, cela ne laisse guère de place pour la négociation.

Elle décide simplement de répondre oui, elle sera prête.

* * *

Lors de ses premières semaines à Newnham, en tant que nouvelle, Evie avait pour mission d'apporter leur courrier aux autres étudiantes. La plupart des visages se sont estompés, à l'exception de celui d'une certaine Philippa Bowen, dont elle se souvenait particulièrement.

Les filles à qui Evie avait rendu visite jusque-là étaient occupées à des travaux d'aiguille, à écrire des lettres ou à lire. Miss Bowen, elle, était en train de ranger des pierres. Là où d'autres exposaient des photos de famille et d'animaux de compagnie, elle avait des échantillons de roches qui débordaient de boîtes sur son bureau, d'autres sur le sol. Tout cela supervisé par le chat résident de Sidgwick Hall, une créature à la fourrure noire et aux yeux verts, installée au soleil sur le rebord de la fenêtre.

Miss Bowen avait grandi dans la ville côtière de Lyme Regis, dans le Dorset, indiqua-t-elle, où elle passait le plus clair de son temps à traîner sur la plage.

— Regardez ce que j'ai trouvé cet été.

Un morceau de calcaire sans prétention d'une couleur pêche brunâtre, mais quand Evie le retourna, elle poussa une exclamation de surprise. La pierre était creuse, remplie de…

— Cristaux de calcite.

En forme de rosace, rayonnant à partir d'une protubérance située en son centre, qui brillait à la lumière.

— Merveilleux, n'est-ce pas ?

Evie hocha la tête, à peine capable de prononcer un mot. On lui montra d'autres spécimens, des cailloux avec des marques d'ondulations laissées par des vagues en eaux peu profondes, d'autres avec des fissures couleur argent, des dreikanters taillés par le vent et décapés par le sable.

— Votre chambre abrite des millions d'années, déclara Evie.

— Oui, vous avez raison.

Elle regarda autour d'elle.

— Et le monde entier, aussi… Qui sait où ces pierres se sont formées, d'où elles ont été emportées et jusqu'où ?

Les pierres étaient là, silencieuses, mais pas tout à fait. Comme les plantes, elles aussi se révélaient sans dire un mot.

Miss Bowen s'approcha de la fenêtre. Elle caressa Fergus, qui pressa sa truffe contre sa paume.

— Saviez-vous, commença-t-elle, que l'une des pierres les plus rares au monde est la grandidiérite ? On la trouve uniquement à Madagascar… On dit que si on la tient à la lumière, on ne voit pas une, ni deux, mais trois couleurs… J'adorerais voir ça, pas vous ?

Evie concorda.

— C'est fou, n'est-ce pas ? Que quelqu'un qui n'a jamais quitté le sud de l'Angleterre, et qui ne quittera peut-être jamais cette île, éprouve le désir de se rendre à Madagascar ?

— Vous trouvez ? J'espère bien que… ce que je vais voir du monde ne se limite pas à ceci.

Miss Bowen se tourna vers elle.

— Dans ce cas, que faire ?

À cet instant, Fergus bondit gracieusement par la fenêtre et disparut.

Elles décrétèrent que c'était exactement de cette façon qu'il fallait partir à l'aventure.

* * *

Quand elles partent, l'aube ne point pas encore, même si le ciel s'éclaircit à l'est. Les montagnes sont dénudées et sombres, attendant patiemment de se transformer en versants d'un jaune herbeux.

La veille au soir, Deng lui a donné une cape, semblable à celles que portent ses cousins.

— C'est une *jaiñ kup*. Vous en aurez besoin.

Evie possédait déjà un habit de voyage, mais elle prend la cape, pour ne pas vexer Deng. À part cela, elle n'emporte que très peu de choses : une tenue de rechange, son carnet à dessin, sa presse à plantes et, pour une raison inexpliquée, les dernières lettres qu'elle a reçues de sa mère, d'Agnes et de Florence.

Elles sont rejointes par Phyrnai et Iada à la sortie du village et leur petit groupe se met en route en silence. Le chœur des grillons a cessé et les coqs chantent à travers la vallée tandis que le soleil se lève. Evie a dit au revoir aux Wheeler – « Je souhaite partir en excursion », leur a-t-elle annoncé en essayant d'affecter un ton nonchalant. Elle ne croyait pas qu'ils tenteraient de l'en dissuader, mais son projet était soudain et inattendu et elle n'était pas sûre de leurs réactions. Elle s'absenterait pendant quelques jours, a-t-elle expliqué, accompagnée de Deng, qui l'emmenait visiter le village de son oncle. La dernière partie était une invention, car Deng et sa cousine ne lui avaient fourni quasiment aucune information. Cela lui offre la possibilité de découvrir la région plus en détail, a-t-elle ajouté pour faire bon poids, avant qu'ils rentrent à Shillong et qu'elle-même regagne ensuite Calcutta.

Mr Wheeler s'est tourné vers sa femme – « Eh bien, qu'en pensez-vous ? » – qui a dévisagé Evie pendant un moment avant de répondre :

— Je pense que qu'importe ce que je dis, Evie partira de toute façon.

Evie n'a pas tenté de le nier.

— Je suis ravie d'une chose, a ajouté Mrs Wheeler.

— Quoi donc ?

— Que vous ne vous transformiez pas en parfaite colonisatrice.

Alors qu'Evie sourit tandis qu'elle repense à cet échange, Phyrnai pousse un cri d'avertissement. Ils avancent sur un sentier qui longe un précipice sur la droite, et un petit glissement de terrain a réduit le passage à un boyau précaire. Ils escaladent la boue et les pierres et franchissent l'obstacle sans encombre.

La vallée est inondée de lumière à présent, et la paroi de la falaise brille d'un éclat chaud et doré. Phyrnai pointe quelque chose du doigt.

— Vous voyez ces pierres ?

À mi-hauteur de paroi, trois énormes roches dépassent, miraculeusement en équilibre les unes sur les autres.

— Oui, dit Evie.

— On dit que quand elles tomberont, Sohra disparaîtra.

Sohra, apprend-elle, est le nom qu'utilisent les autochtones pour désigner Cherrapunji. Pourquoi les Bilatis s'entêtent-ils à donner des noms à des endroits qui en ont déjà ? lui avait demandé Deng.

— Et comment tomberont-elles ? s'enquiert-elle.

Les cousines échangent un regard.

— Nous ne savons pas… Peut-être s'il y a de nouveau un tremblement de terre, comme celui qui a ouvert le sol jusqu'au centre de la Terre.

Mr Wheeler lui en avait parlé, le tremblement de l'Assam de 1897, dont les secousses parvinrent jusqu'à la lointaine Calcutta et qui fit grimper le niveau du Brahmapoutre de plus de deux mètres.

— Il y en a un tous les cinquante ans, ajoute platement Deng tandis qu'ils commencent à descendre.

Ils emprunteront un sentier qui serpente à travers la vallée. Les insectes chantent, ainsi que les oiseaux ; autour d'eux, les feuilles brillent sous le soleil. Il est difficile d'imaginer cet endroit comme la toile de fond d'une catastrophe si terrifiante et destructrice.

Juste avant le milieu de la matinée, ils s'arrêtent pour se reposer. Comme les oiseaux, le frère et la sœur mangent des oranges et des noix, tandis qu'Evie et Deng étalent de la confiture sur des tartines de pain. Mr Finlay avait raison, songe Evie, la confiture est bel et bien la chose la plus utile qu'elles transportent.

Ils marchent pendant l'après-midi avec le soleil qui resplendit haut au-dessus d'eux, rétrécissant leurs ombres et celles des arbres.

Le sous-bois ici est plus luxuriant que celui des sommets dénudés des collines et des fleurs précoces de rhododendron ponctuent le paysage de notes impromptues de rouge et de blanc. Leur cordée adopte un ordre naturel de progression : le garçon bondit lestement en tête, suivie de Phyrnai, et Evie se trouve le plus souvent à côté de Deng ou devant elle. Elle aimerait que la cousine lui accorde davantage d'attention, mais elle semble mener cette expédition comme une mission à accomplir plutôt que comme un service généreux. Elle ne lui manifeste aucun intérêt et ne lui pose aucune question au-delà de celles posées la veille dans le bois sacré. Evie en a tout un tas, mais elle se contient, car elle a le sentiment qu'elles ne seront pas les bienvenues.

Que cela soit délibéré ou non, ils ne passent devant aucun village. Peut-être les Nongïaid estiment-ils que c'est plus sûr ainsi. Evie se demande également s'il y a des animaux sauvages dans les parages. N'avait-elle pas entendu Mr Wheeler parler d'ours noirs de l'Himalaya et de panthères nébuleuses ? Il est peut-être plus sage de ne pas poser la question. Ce qu'elle cherche à savoir, en revanche, c'est l'endroit où ils passeront la nuit, et on lui répond « Vous verrez ».

En début de soirée, elle est fatiguée, ses pieds commencent à la faire souffrir et elle est soulagée quand Phyrnai leur fait signe de s'arrêter. L'endroit n'a absolument rien de particulier, si ce n'est qu'un cours d'eau passe à proximité et que le sol semble agréablement plat et sec.

Phyrnai et Iada s'affairent en quête de bois pendant que Deng collecte de l'eau.

Evie s'assied sur une petite souche d'arbre – comment peut-elle se rendre utile ? Elle ne sait même pas comment formuler une telle offre. En pleine nature, est-elle encore une invitée ? Ce sont plutôt eux qui lui rendent un service, non… ?

Elle est en train d'y réfléchir quand un cri de douleur s'élève depuis le cours d'eau. *Deng !* Evie accourt jusqu'à elle. Deng est étendue au bord de l'eau et agrippe sa jambe. Elle a dû glisser ; avant même d'être à sa hauteur, Evie remarque le gonflement de sa cheville, qui se pare déjà d'une vilaine couleur violette.

— Deng !

Au même moment, les cousins arrivent.

Evie s'écarte, car ils semblent savoir exactement quoi faire. Iada disparaît dans les fourrés et réapparaît quelques minutes plus tard avec ce qui ressemble à une liasse de feuilles. *Thynriat*, les appellent-ils tandis qu'ils les pilent rapidement avant d'appliquer la pâte obtenue sur sa cheville. Par-dessus la mixture, Phyrnai noue avec délicatesse des bandes de tissu arrachées à la *jaiñkyrshah* de Deng. Elle est pâle, mais elle parvient à se hisser sur ses pieds. Il apparaît clairement, néanmoins, qu'elle ne sera pas en mesure de marcher sur une longue distance.

— Je suis désolée, Madame, se lamente-t-elle, presque en pleurs.

Evie lui assure qu'il ne faut pas, qu'elles doivent se hâter de rentrer afin qu'elle puisse voir un médecin.

— Oh, je ne suis pas sûre..., commence-t-elle à protester.

— Deng, il faut soigner cette cheville...

Les cousins conversent, même si Phyrnai semble prendre les rênes de la discussion, car elle parle d'un ton sec et ferme. Enfin, Deng hoche la tête et regarde Evie.

— Vous allez continuer.

Evie veut protester à son tour, *c'est absurde*, mais Deng insiste.

— Nous sommes proches du village d'un ami de la famille. Phyrnai va m'y emmener et ils s'occuperont de moi. Vous pouvez attendre ici avec Iada et reprendre la route demain.

Evie ne sait quoi en penser, elle est agitée et inquiète, mais aussi secrètement, coupablement soulagée.

— Pourquoi ne pas vous accompagner ? offre-t-elle.

Mais on lui dit que cela ira plus vite si le garçon et elle restent en arrière pour garder les affaires.

— Nous devons nous mettre en route avant la tombée de la nuit, avertit Phyrnai.

Evie leur dit au revoir, « faites bien attention », et elles s'en vont, s'enfonçant plus bas dans la vallée. Iada lui jette un regard, avec l'air de ne pas avoir envie de s'attarder dans les parages, et lui aussi disparaît dans la forêt.

— Formidable, pense Evie. Maintenant, je n'ai plus qu'à m'asseoir là et attendre qu'une panthère débarque.

Il n'y a pas de panthère, ni d'âme qui vive tandis que l'obscurité s'installe et que les grillons se lancent dans leur cri-cri persistant. Une forêt est un endroit très sombre, réalise Evie. Elle a le sentiment que des heures entières se sont écoulées, mais

Iada n'a pas réapparu, et Phyrnai non plus. Et si tout cela n'était qu'un stratagème pour se débarrasser d'elle ?

Seule dans l'obscurité, cela lui apparaît comme une hypothèse tout à fait valable.

Un mot se forme alors dans son esprit, à travers le froid et le vacarme des insectes. *Feu.* Pourquoi n'a-t-elle pas encore allumé un feu ? Probablement parce qu'elle ne sait pas comment faire. Elle s'empare du bois que le frère et la sœur avaient ramassé, collecte des herbes et des feuilles sèches et constitue un petit feu de camp du mieux qu'elle peut. Elle est certaine que l'un des sacs doit contenir des allumettes et les cherche. *Ne les gaspille pas*, se réprimande-t-elle tandis qu'elle en frotte une, puis une autre, sans que rien se passe. Avec soin, elle frotte la suivante et embrase le petit bois à plusieurs endroits ; il commence à brûler. Elle souffle doucement et une flamme vacille. Elle ne s'est jamais sentie aussi heureuse – *comme s'il s'agissait du tout premier feu, quelle vision merveilleuse !*

Au cours de la demi-heure qu'elle a mis pour parvenir à ce résultat, la nuit est tombée et elle a faim. Devrait-elle appeler le garçon ? Pourquoi n'est-il pas revenu ? Elle mange du pain, mais s'inquiète de la faible quantité qui lui reste. *Ne sois pas ridicule*, se dit-elle, dans le pire des cas, elle peut trouver un village demain où acheter du riz et des œufs. Mais cette nuit, eh bien il va lui falloir survivre. Elle rassemble les sacs et s'allonge. Que peuvent bien faire les Wheeler en ce moment ? Et Mr Finlay ? Elle rougit en pensant à lui.

La veille au soir, elle l'avait de nouveau croisé après le dîner, en train de fumer dehors.

— Evie..., avait-il dit à son approche. J'ai attendu...

Des heures, des jours, toute sa vie !

— J'ai des nouvelles, avait-elle commencé. À propos de la plante que je cherche.

Il avait recraché un nuage de fumée et hoché la tête.

— J'ai rencontré… des amis de Deng… qui ont dit qu'ils allaient m'emmener pour me la montrer.

Elle s'était attendue à ce qu'il lui pose une foule de questions – Qui sont ces amis ? Sont-ils dignes de confiance ? Sera-t-elle en sécurité ? Pour combien de temps s'absente-t-elle ? Et enfin, va-t-elle une bonne fois pour toutes lui parler de cette fameuse plante ?

À la place, il lui avait souri de toutes ses dents.

— C'est une merveilleuse nouvelle.

— Vous trouvez ?

Il l'avait dévisagée d'un air interrogateur.

— Oui, c'est merveilleux, bien sûr… J'y pense depuis si longtemps et j'ai planifié tout ceci… pour être ici, coûte que coûte… et maintenant…

— Et maintenant ?

Elle avait gardé le silence, récalcitrante à l'idée d'admettre ce qu'elle ressentait.

— Et maintenant, vous avez ce que l'on appelle la bougeotte-marotte du chasseur de plantes.

Elle n'avait pu s'empêcher de rire.

— Quoi ?

— L'envie de voyager, accompagnée de l'appréhension de ce qui vous attend.

Elle avait hoché la tête.

Il avait laissé tomber sa cigarette et l'avait écrasée sous son talon.

— Quand partez-vous ?

— Demain.

Ç'avait été son tour de rire.

— Vous ne perdez pas de temps, Evie. Et vous avez bien raison… Chaque jour, avait-il continué, nous nous levons et le monde est à nos pieds, attendant d'être exploré, mais demain, c'est exactement ce que vous allez faire.

Il lui avait souri. Elle avait vu ses yeux briller, même dans le noir.

— Evie, il n'y a rien de tel que l'appel de l'aventure.

Elle était sur le point de lui dire que c'était vrai, quand il avait repris la parole :

— Mais je vous demande de me promettre une chose…

Elle avait retenu son souffle.

— Quoi ?

— Quand vous serez de retour, après l'avoir trouvée, nous fêterons cela et vous me raconterez tout.

Dans un élan de joie et de gratitude, elle s'était avancée et l'avait embrassé, comme cela, d'un coup. Pendant un moment, il avait été surpris, mais ses lèvres s'étaient vite adoucies contre les siennes et leurs baisers étaient devenus plus intenses, plus pressants. Lorsqu'ils s'étaient écartés, ils étaient à bout de souffle.

— Evie, avait-il murmuré. Revenez vite.

À présent, seule à côté d'un feu faiblard, elle ne sait plus trop pourquoi elle est partie au départ. *Enfin…*, se dit-elle une fois de plus. *Tu es enfin en route !* Il ne faut pas longtemps, néanmoins, avant que la fatigue la gagne, et malgré tout cela, elle s'assoupit.

Quand elle ouvre les yeux, elle aperçoit deux silhouettes assises en face d'elle. La sœur et le frère sont revenus et elle pousse presque un cri de soulagement. Elle se redresse et Phyrnai lui adresse un hochement de tête ; elle remue le contenu d'une marmite sur le feu, désormais bien entretenu et vigoureux.

— Comment va Deng ? demande Evie.

— Ça va aller.

Phyrnai tend à Evie un petit bol en bois qui contient de la soupe, ou un bouillon clair, avec du gingembre et des feuilles de moutarde âpre. *Délicieux.* Rien ne lui a jamais semblé aussi bon de toute sa vie. Ils mangent en silence, affamés et rapides.

— C'est Deng qui m'a enseigné votre langue, vous savez, offre soudain Phyrnai. J'ai appris avec elle. Mon père, c'est le *rangbah*, l'ancien de notre tribu, et il serait en colère s'il savait ça, mais je pense que nous avons besoin d'apprendre l'anglais.

— Pourquoi ? demande Evie à voix basse.

— Parce que nous ignorons ce qui va se passer maintenant que les Bilatis sont ici.

Evie garde le silence un moment avant de répondre :

— Merci de me le raconter.

— Je vous le raconte uniquement parce que vous n'avez pas posé la question.

Après le repas, Iada étend sa *jaiñ kup* à terre et la ramène sur lui – elle fait office à la fois de matelas et de couverture. Evie comprend pourquoi Deng, *pauvre Deng*, a insisté pour qu'elle en emporte une. Bientôt, le garçon émet de petits ronflements. Phyrnai contemple les flammes, l'air pensive, silencieuse.

Evie soupire.

Un voyage solitaire l'attend.

***

Quand elle se réveille, le jour s'est levé depuis longtemps et les traces de leur dîner de la veille et de leur campement ont disparu, à l'exception d'un monticule de cendres là où le feu a brûlé. Phyrnai et Iada l'ont attendue patiemment.

Elle est mortifiée et se répand en excuses, puis se dépêche d'aller se laver au ruisseau. Ses muscles sont douloureux, comme au lendemain de son excursion aux ponts suspendus, mais elle se prépare, sans se plaindre, et ils se mettent en route et avancent à bon rythme. Ils grimpent aujourd'hui, le long d'un sentier dégagé et dépourvu de végétation, bordé de hautes herbes qui s'arquent dans la brise. Il ne se passe pas grand-chose jusqu'à ce qu'Evie glisse en traversant un cours d'eau. Elle a les pieds trempés, ainsi que le bas de sa robe.

— Est-ce que ça va ? demande Phyrnai.

— Oui, tout va bien, merci.

Et c'est là toute l'étendue de leur conversation. Par chance, le soleil brille haut et fort dans le ciel et sa robe sèche rapidement.

En chemin, le paysage varie peu, bien qu'ils soient parfois en hauteur et que ces points surélevés leur offrent des vues à couper le souffle sur les vallées. Lorsqu'elle marque une pause pour admirer le panorama, les deux autres s'arrêtent aussi et attendent.

— Comme c'est beau, ne peut-elle s'empêcher de dire tout haut à un moment.

Elle croit apercevoir un sourire se former sur les lèvres de Phyrnai.

Ce soir-là, ils s'arrêtent pour la nuit dans une grotte, ou plutôt dans un trou à flanc de colline qui est abrité par d'épaisses broussailles. Cette fois, Evie aide à ramasser du bois et des feuilles sèches ; elle marche jusqu'à un ruisseau – situé à une bonne distance – pour prendre de l'eau. Elle attend goulûment pendant que le bouillon chauffe, complété de champignons cueillis en chemin. Iada a réussi à se procurer des œufs quelque part, alors ils sont ajoutés au reste. C'est un festin. Elle aide à débarrasser ; le nettoyage se fera demain matin. Puis elle étend sa *jaiñ kup* à terre et la ramène sur elle comme elle a vu le garçon le faire, et s'endort rapidement.

À un moment, elle se réveille. Il fait encore noir. Le silence règne. *Qu'est-ce qui l'a réveillée ?* Elle n'en a pas la moindre idée, mais une tension flotte dans l'air. Iada dort, mais quand elle se redresse, elle voit Phyrnai accroupie, qui regarde l'entrée de la grotte. Elle se lève et se dirige vers elle aussi silencieusement que possible. Pendant un long moment, elles restent silencieuses, jusqu'à ce que Phyrnai déclare :

— Il y a quelqu'un.

— Je… Comment le savez-vous ?

Phyrnai ne répond pas. Elle se penche en avant, puis s'immobilise. Evie l'entend aussi à présent, des bruits de pas, un bruissement net de feuilles et de broussailles. Un pas, deux, puis le son s'éloigne.

— Est-ce qu'il s'agit d'un animal ? murmure Evie.

Phyrnai secoue la tête.

Cette fois, Evie ne lui demande pas comment elle le sait.

— Quelqu'un nous suit.

— Mais… pourquoi ?

Même dans l'obscurité, Evie voit que ses yeux étincellent tandis qu'elle la regarde.

— À vous de me le dire.

Elle saisit aussitôt le sous-entendu.

— Personne d'autre n'est au courant, promet-elle. Je n'ai dit à personne pourquoi j'étais ici.

— Est-ce bien vrai ?

Evie jure solennellement.

Phyrnai hoche la tête.

— Je m'assurerai de les semer demain.

Elles restent à l'entrée, aux aguets, mais les pas ne reviennent pas. Les grillons gémissent sauvagement, et un vent léger effleure les arbres, dégageant la vue pour laisser apparaître la demi-lune au-dessus de leurs têtes. Mais sinon, le silence règne.

Evie retourne dans son coin de la grotte. Iada, même s'il n'a pas dormi pendant tout ce temps, n'a pas bougé d'un pouce. Elle s'enveloppe dans la *jaiñ kup* ; le sol est dur et elle est incapable de trouver le sommeil. Elle soupçonne qu'il en va de même pour Phyrnai. De nombreuses questions tourbillonnent dans son esprit, mais celle à laquelle elle songe en s'assoupissant est : *À qui ces pas appartenaient-ils ?*

* * *

Le lendemain, Evie et ses compagnons avancent d'un pas lourd le long d'une rivière qui serpente à travers la vallée.

— Pensez-vous qu'on nous suit toujours ? demande-t-elle.

— Non. Je m'en suis assurée, lui répond fermement Phyrnai et elle se sent un peu rassurée.

C'est une matinée claire et fraîche, et cela aide aussi à chasser de son esprit les étranges événements de la nuit précédente. Iada constitue également une distraction bienvenue : il bondit de rocher en rocher tel un écureuil, fait le fanfaron, les fait rire.

— Il est adorable ! s'exclame Evie, et Phyrnai rayonne.

Après cela, elle commence à marcher à côté d'elle, et Evie espère que cela indique qu'elle est plus encline à discuter.

Quand ils s'arrêtent pour examiner des traces de léopard d'une fraîcheur inquiétante sur le sentier boueux, elle demande :

— Les Nongïaid ont-ils peur des animaux sauvages ?

— Pas de ceux qui vivent dans la forêt. Vous l'ignorez peut-être, mais la nature sauvage est bienveillante.

Ce n'est pas ce à quoi Evie s'était attendue.

— Pourquoi dites-vous cela ?

— Car la nature ne prend que ce dont elle a besoin.

Plus tard, alors qu'ils font une pause pour contempler la rivière qui court, elle demande pourquoi ils se déplacent d'un endroit à un autre.

Phyrnai fronce légèrement les sourcils, comme si la réponse était évidente.

— Il y a des endroits pour chaque saison. Les plaines Bhoi pendant l'hiver, les forêts autour du sommet Shillong en été, les collines autour de Markyrat en période de récolte. Et pendant la saison des pluies (elle hausse les épaules), il n'y a nulle part où se cacher.

— Avez-vous toujours été nomades ?

Phyrnai la dévisage, perplexe.

— Ne l'avons-nous pas tous toujours été ? Jusqu'à ce que quelqu'un décide que c'était mieux de rester à un seul endroit...

Ils avancent en silence ; le sentier est rendu glissant par la boue.

— Les gens sont faits pour se déplacer, continue-t-elle. Même lorsqu'ils restent dans un seul endroit, regardez comment ils font pousser leur nourriture... Quelques années ici, puis là... Ils nettoient la terre par le feu, puis ils changent pour permettre à la terre de se reposer.

Evie hésite, dit qu'elle a entendu dire que c'était destructeur.

— De laisser sa terre se reposer ? Et le feu... il permet aussi à de nouvelles choses de pousser.

Elle montre les arbres et les arbustes qui les entourent.

— Nous faisons ce que tout le monde a toujours fait, nous déplacer au rythme des saisons de la Terre.

Elle regarde Evie.

— Être immobile, c'est être dénué de vie.

Pour le déjeuner, ils se régalent avec un coq bankiva que Iada a capturé.

Comme Kong Bathsheba, ils mettent de côté une petite portion de leur repas.

— Pour Ka Mei Ramew, dit Evie, et le frère et la sœur la regardent avec surprise.

L'oiseau est délicieux et nourrissant et ils se reposent un moment après leur festin sous un hibiscus qui les surplombe, profitant de la fraîcheur et de la tranquillité de l'après-midi. Ils cueillent des fleurs, montrant à Evie comment en aspirer le nectar. Fatigué d'avoir tant gambadé, Iada s'assoupit légèrement, sans cesser de serrer son arc contre sa poitrine.

— Est-ce qu'il l'a toujours sur lui ? interroge Evie.

— Le jour de sa cérémonie de nom, chaque garçon khasi reçoit trois flèches… pour se protéger, pour protéger son clan et pour protéger son royaume. Mon frère prend son devoir très au sérieux, dit-elle avec un sourire.

Alors qu'ils se préparent à partir, rangeant les bols et ustensiles de cuisine, Evie demande où se trouve le reste de leurs affaires : avec les autres Nongïaid ? Phyrnai lui dit que c'est tout ce qu'ils ont, qu'ils ne possèdent que ce qu'ils peuvent transporter.

Cette après-midi, la lumière est particulièrement dorée et scintille à travers les branches des arbres. *Je suis ici*, songe Evie en proie à une bouffée de joie, se rappelant le matin où le *Maloja* a mis à quai à Bombay. *Je suis ici* – avec les bouscarles qui volent dans le ciel, avec l'eau qui coule dans le lointain, avec le vent dans les arbres.

Avant la tombée du jour, ils s'arrêtent sur une corniche qu'ils escaladent depuis une heure.

— Est-ce ici que nous allons passer la nuit ? demande Evie, inquiète.

L'endroit est précaire, cerné presque de toutes parts par un vide vertigineux.

— Non. Ici, on regarde le coucher du soleil.

Et c'est ce qu'ils font. Les contours des montagnes se sont adoucis dans la lumière déclinante, et le ciel a revêtu une nuance d'un orange argenté. Evie pense qu'elle devrait peut-être sortir son carnet à dessin, mais quelque chose dans la façon dont le frère et la sœur sont assis et dont ils contemplent l'horizon l'en dissuade. C'est suffisant de faire de ce moment un souvenir.

À la lumière des flammes ce soir-là, Evie prend des notes.

Phyrnai l'observe pendant un moment, avant de dire :

— Vous savez, nous avons une vieille légende qu'on raconte à propos d'un livre.

— Ah oui ? s'étonne Evie. Je croyais que…

Les gens de ces montagnes n'avaient pas d'écriture.

Phyrnai la scrute d'un air interrogateur.

— Je vous en prie, s'empresse-t-elle de dire. J'adorerais l'entendre.

C'est l'histoire d'un Khasi, d'un étranger et d'un livre plein de sagesse…, commence-t-elle. De l'autre côté du feu, Iada l'interrompt ; à son intonation, il semble taquiner sa sœur. Phyrnai l'ignore.

— Il dit que je raconte mal.

— Oh, je suis persuadée que ce n'est pas vrai.

Elle sourit.

— Vous n'allez pas tarder à le savoir.

Il y a très, très longtemps, quand le monde était jeune, un Khasi et un étranger ont été convoqués par un dieu… U Blei… sur une montagne, dont le nom n'est plus connu aujourd'hui. Ils ont obéi et se sont rendus là-bas, et sont restés pendant trois jours et trois nuits, pendant lesquels U Blei a édicté les lois de la vie dans deux livres, avant de leur en donner un à chacun. Phyrnai adopte une voix plus grave. « À présent, retournez parmi les vôtres », leur dit U Blei.

Iada s'esclaffe. Sa sœur le fusille du regard, mais continue :

— Sur la route du retour, le niveau d'une rivière qu'ils avaient traversée plus tôt avait monté et elle était devenue très profonde à cause de la pluie. Ils n'avaient pas le choix, il leur faudrait nager, mais ils n'avaient rien pour protéger leurs livres. Savez-vous ce qu'a fait l'étranger ?

— Quoi ? demande Evie.

— Avec ses longs cheveux, il a attaché le livre sur le sommet de sa tête et il a traversé à la nage. Le Khasi, qui avait les cheveux courts, a mis le livre dans sa bouche. Comme ça…

Elle mime le fait de tenir quelque chose entre ses dents.

— Mais le courant était très fort… et il avait tellement peur de se noyer qu'il a avalé le livre. Il est retourné auprès des siens les mains vides, mais il a promis qu'il leur apprendrait tout ce dont il parviendrait à se souvenir. Alors ils ont organisé un grand *darbâr* avec tous les Khasi, et avec son aide, ils ont établi les… comment vous dites… les consignes… les règles pour vivre une bonne vie. Depuis ce jour, c'est comme ça que les Khasi se sont transmis leurs traditions…

— À l'oral ? termine Evie.

Phyrnai acquiesce.

— Nous appelons ça *ka ktien*. La sagesse de nos ancêtres qui ont assisté au grand *darbâr* après la perte du livre sacré.

— Mais sans livres, comment faites-vous pour vous souvenir ?

Phyrnai lance un regard en direction de son journal.

— Ce n'est pas le seul moyen. Vous pensez que si ce n'est pas dans un livre, c'est léger, et que le vent peut l'emporter, mais ne pas avoir de livres, ça veut dire…

Elle a du mal à trouver les mots.

— Ça veut dire que nous nous souvenons plus attentivement.

Elle ramasse un caillou à terre, brillant, aux contours acérés.

— Notre mot pour mémoire, c'est *kynmaw*, ajoute-t-elle. Transporter comme une pierre. Vous voyez ? Pour nous, la mémoire est une pierre que nous transportons. Nous ne prenons pas le souvenir à la légère…

Pendant un long moment, Evie garde le silence. Elle pense qu'elle comprend, en quelque sorte, sans toutefois être en mesure de totalement saisir cette idée. Des questions affluent dans son esprit. Elle suppose qu'il est possible de transmettre des valeurs et un code moral par la parole, mais *quid* de quelque chose de plus complexe… comme la loi ? Elle se rappelle les montagnes de papiers dans le bureau de son père, auxquels on se référait constamment, que l'on classait, signait, scellait, échangeait, authentifiait.

— Des choses comme des contrats…, insiste-t-elle. Est-ce que cela n'exige pas d'être écrit ?

— Nous donnons notre parole à quelqu'un, nous tenons parole. C'est une question d'honneur, explique simplement Phyrnai.

— Mais si nous ne respectons pas un contrat écrit, nous pouvons être tenu responsable devant un tribunal, la justice peut être rendue… Que se passe-t-il si quelqu'un ne tient pas une promesse ?

Phyrnai hausse les épaules.

— Alors la personne doit vivre elle-même.

Autour d'eux, la nuit a dépouillé la forêt de tous ses signes distinctifs. Les arbres ne sont plus que des ombres. Iada s'est endormi. Le feu brûle doucement.

— Nous avons aussi des mantras, ajoute Phyrnai en baissant la voix.

— Des mantras ?

Elle hoche la tête.

— Pour rendre les gens pâles et malades et pour leur donner de mauvais rêves.

Que veut-elle dire ? se demande Evie. *Des sortilèges ?*

Phyrnai s'esclaffe.

— Mon préféré est celui qui fait qu'une *mula* reste collée à votre derrière quand vous vous levez.

Evie rit avec elle et admet qu'il s'agit là d'une excellente malédiction, en effet.

Quand tout est sombre et silencieux et que le feu s'est presque entièrement éteint, Phyrnai reprend la parole :

— Savez-vous pourquoi mon frère dit que je raconte mal les histoires ? Parce que pour nous, raconter une histoire, c'est comme guider quelqu'un à travers une forêt… Plus on y passe du temps, plus on marche et plus on s'arrête pour regarder les arbres et les fleurs et les feuilles, plus c'est riche. Il dit que je marche trop droit à travers mon histoire.

Elle sourit.

— Trop vite. Que je suis trop pressée.

* * *

Le dernier jour de leur voyage, Evie et les frère et sœur passent en périphérie de plusieurs petits villages. Des enfants courent derrière eux en criant « *memsahib, memsahib* », des hommes lancent des regards curieux dans leur direction, pendant que les femmes gardent les yeux rivés au sol, les paniers dans leur dos chargés de légumes d'hiver à destination du marché.

— Achetez-vous des choses avec de l'argent ? interroge Evie.

Phyrnai secoue la tête.

— Si nous prenons quelque chose, nous laissons quelque chose en échange. Parfois, les gens ne trouvent pas ce que nous laissons et ils nous traitent de voleurs.

Ils avancent en silence pendant quelque temps avant qu'elle ajoute :

— Je ne peux pas dire que nous n'avons jamais rien volé. Parfois, les hivers sont interminables, et les oranges sont bonnes mais ce n'est pas de la viande. Néanmoins, nous ne prenons que ce dont nous avons besoin, jamais plus.

En début d'après-midi, ils atteignent l'orée d'une forêt et le chemin devant eux est caché par les broussailles. La végétation est dense et ils doivent avancer prudemment, en file indienne. De temps à autre, Phyrnai casse une branche pour baliser leur trajet, sans doute pour qu'il soit plus facile de retrouver leur route dans l'autre sens.

Quand ils s'arrêtent pour une courte pause, à côté d'un ruisseau peu profond et cristallin, Evie pose une question qui lui brûle les lèvres depuis un certain temps :

— À quoi devrais-je m'attendre ? Vous savez, quand je vais voir le *Diengiei*... Est-ce un arbre, ou est-ce autre chose ?

Phyrnai prend de l'eau dans ses mains et s'en asperge le visage.

— Connaissez-vous l'histoire du *Diengiei* ?

Non, elle admet qu'elle ne la connaît pas.

— Il y en a tout un tas, en réalité. Certains racontent qu'il s'agit de l'arbre que U Blei a planté pour punir l'homme et sa cupidité infinie, qu'il a poussé et poussé jusqu'à boucher le ciel et empêcher la lumière du soleil de passer. D'autres pensent que c'était un arbre en or, comme une échelle, reliant la terre au ciel, l'homme à Dieu et à tout l'univers, mais là encore, en guise de punition, l'arbre a été abattu et le lien a été brisé, mais parce que le *Diengiei* a été planté par U Blei, il a survécu et a été sauvé… par mes ancêtres.

— Oh, dit Evie, qui retient son souffle.

— Certains racontent que nous, les humbles mais agiles, avons protégé le *Diengiei* de ceux qui désiraient le trouver et s'en servir à leur propre avantage. Mais la vérité, c'est que nous-mêmes, nous ne savons pas exactement comment nous en sommes arrivés là…

— Mais c'est ce que vous continuez à faire ? Vous continuez à le protéger.

Elle hoche la tête.

Evie insiste.

— Pourquoi est-il surnommé l'arbre qui renferme tous les arbres ?

Phyrnai soutient son regard.

— Parce que c'est la vérité.

Quand ils se remettent en route, le soleil a changé de place dans le ciel et les arbres semblent se resserrer autour d'eux. Un calao est perché en hauteur, qui les regarde, et Evie a l'impression que de nombreux yeux invisibles sont posés sur elle. Elle se sent de plus en plus mal à l'aise ; tout ce qu'elle entend, ce sont les battements de son propre cœur. Tout paraît limité à ce sentier, à cet instant. Elle frissonne, en espérant qu'il ne leur reste plus longtemps avant d'arriver à destination.

Au-dessus de leurs têtes, des nuages gris se sont rassemblés en une épaisse masse volumineuse.

— On dirait qu'il va pleuvoir, fait-elle remarquer.

— Il ne va pas pleuvoir, réfute Phyrnai, mais il va faire froid.

Elle dit vrai. Alors qu'ils s'enfoncent plus profondément dans la forêt, la température chute et en dépit de la chaleur notable du printemps qui flotte dans l'air ces derniers temps, l'après-midi devient glaciale. Ils passent devant de grands conifères et devant des pins khasi et, ici et là, des orchidées pendent des branches. En temps normal, Evie serait tentée de faire une pause, mais pas maintenant, même si elle s'arrête fugacement sous un spécimen d'orchidée bleue qui brille dans la lumière. Quand ils se reposent à nouveau, elle entend un craquement soudain, une branche qui casse et résonne tel un coup de feu dans le silence.

— Qu'est-ce que c'est ?

— Quoi ? demande Phyrnai.

Puis elle dit allez, il faut y aller.

Où m'emmènent-ils ? Pendant un instant, elle se demande s'il ne s'agit pas là d'un terrible piège. Mais dans quel but ? Elle n'a aucune valeur en termes de rançon. Rien de valeur sur elle. Elle commence néanmoins à regretter que Deng ne soit pas avec elle, ou Mr Finlay, au lieu d'être avec des inconnus.

Bientôt, ils gravissent une pente douce. Evie remarque à peine ce qui l'entoure : l'arbre effondré en curieux équilibre contre son voisin, la frénésie des fougères sous ses pieds.

— C'est ici ? Est-ce que nous approchons ? demande-t-elle.

Phyrnai garde les yeux rivés droit devant elle.

— Presque.

En haut, ils arrivent au niveau d'une clairière avec un autel en pierre, semblable à celui du bois sacré dans le village de Saitsohpen ; celui-ci est humide et couvert d'un épais tapis de mousse.

Le dernier sacrifice remonte à un bon moment.

— Regardez, dit Phyrnai en tendant l'index.

Evie lève les yeux. Là, sur la branche d'un grand pin, pousse une symphonie de plantes en cascade. Une orchidée grandiose d'un blanc immaculé.

— Qu'est-ce que c'est ? murmure-t-elle.

— Ce que vous cherchez.

Phyrnai et Iada l'observent ; elle sent le poids de leurs regards sur elle tandis qu'elle-même regarde la plante. Elle a envie de dire que c'est beau, mais les mots restent coincés dans sa poitrine et n'arrivent même pas jusque sur sa langue.

Elle s'approche et l'orchidée semble chatoyer, ses feuilles riches, sombres, abondantes. Elle n'a jamais rien vu de semblable auparavant, et le monde non plus, très certainement. Une orchidée papillon, mais plus resplendissante encore, une explosion de fleurs blanches qui poussent le long des tiges, par centaines et par milliers, dans une étincelante avalanche.

Au même moment, un soudain bruit de pas résonne derrière elle. Elle croit d'abord qu'il s'agit de ses compagnons, mais ils se déplacent toujours sans bruit. C'est quelqu'un d'autre, peut-être plusieurs personnes. Elle reconnaît une voix étonnamment familière – Khrawbor, qui parle en khasi aux frère et sœur. Ils restent muets, l'observant, figés sur place. Puis quelqu'un d'autre arrive derrière le guide – Mr Dossett, qu'Evie n'est, dans une certaine mesure, pas entièrement surprise de voir ici.

— Bonjour, Miss Alexander. Voyez un peu où vous nous avez menés.

Les frère et sœur la fixent et elle est frappée par une violente prise de conscience.

— Je ne savais pas, leur dit-elle. Je ne savais pas qu'ils nous suivaient.

Phyrnai la dévisage, incrédule.

— Vous devez me croire.

Ils pensent qu'elle est de mèche avec lui, avec l'arrangeur, qu'elle a fait exprès de le conduire jusqu'ici. La panique monte en elle, mais que pourrait-elle bien dire à présent qui ferait une différence ?

— Pourquoi me suivez-vous ? l'interroge-t-elle en tentant de parler d'une voix ferme.

Mr Dossett penche la tête sur le côté.

— Pourquoi pas ? Je me suis toujours demandé ce que vous maniganciez. Quand Mrs Wheeler nous a annoncé que vous partiez, j'ai pensé... hummm, j'aimerais bien savoir où elle va. Mr Finlay a pensé que c'était une bonne idée, lui aussi.

— Vous mentez, éructe-t-elle.

Il sourit.

— En effet. Il ne se doute de rien. Il est en train de se morfondre en attendant votre retour.

Son regard se pose sur l'orchidée, ses yeux brillent de plaisir, les coins de sa bouche remontent.

— C'est encore plus inestimable que ce que j'avais imaginé.

L'instant suivant, il donne des ordres : pendant qu'il déracine le spécimen, Khrawbor doit détruire toutes les autres de la même espèce qu'il trouvera aux alentours.

— Il ne faut surtout pas que quelqu'un d'autre la trouve, ajoute-t-il d'un ton brusque.

— Non ! lâche Evie. Vous ne pouvez pas faire ça !

— Pardonnez-moi, Miss, je ne sais pas pour vous, mais c'est ce que nous sommes venus chercher.

Il approche, un petit couteau très aiguisé à la main.

— Si vous voulez, je peux lui donner votre nom.

Dans sa colère, elle balbutie :

— Les gens d'ici... c'est sacré pour eux... Comment pouvez-vous être d'une telle ignorance ?

— Ignorance ?

Il rit.

— C'est plutôt de l'indifférence.

Le sang d'Evie bat dans ses tempes, le monde rugit. Elle est en rage, mais surtout, bouleversée par ce qu'il s'apprête à faire. *Personne ne va intervenir ?* Elle regarde frénétiquement autour d'elle ; Khrawbor est en train de déchiqueter toutes les plantes qui lui passent sous les mains. Les frère et sœur ont reculé, au point de presque disparaître entre les arbres.

Mr Dossett lève la main. Le couteau scintille, captant la lumière.

Evie ne sait pas ce qui l'incite à bondir en avant.

— Non ! crie-t-elle en le poussant sur le côté.

— Ça suffit, rétorque-t-il avec humeur. Écartez-vous.

Mais Evie ne l'écoute pas. Elle se jette de nouveau sur lui, mais cette fois, il l'attaque avec le couteau, elle l'évite, les mains tendues, et la lame lui entaille la paume. La douleur est d'une violence à couper le souffle, mais cela ne l'empêche pas de lui donner des coups de poing, maculant sa chemise et son manteau d'éclaboussures sanglantes. Il parvient à se rattraper suffisamment pour lever de nouveau le couteau – elle voit son visage, déformé par la colère, la lame qui se rapproche – *Il va me tuer* – mais avant qu'il ait le temps de se livrer à une nouvelle tentative, quelqu'un l'attrape par les épaules en lui ordonnant sèchement « Venez ! » tandis que Mr Dossett, dans un cri, laisse le couteau tomber à terre. Une flèche l'a blessé au bras.

Il hurle, les yeux exorbités.

— Espèce de garce…

Il tend les bras, mais on la tire et soudain, elle vole à travers les fourrés avec Phyrnai d'un côté et Iada de l'autre. Des branches lui fouettent les épaules, des brindilles craquent sous ses pieds et, au-dessus d'eux, des battements d'ailes effrayés résonnent. Ils courent pendant ce qui semble une éternité et, dans l'obscurité grandissante, le sens de l'orientation n'est plus. Le monde entier est une forêt.

Enfin, ils commencent à ralentir ; Evie peine à tenir la cadence. Des douleurs aiguës parcourent son bras jusqu'à son épaule, elle a mal à la tête, et il y a du sang sur sa robe et sa manche, jusqu'à son coude, du sang qui continue à couler de sa blessure.

Ils s'arrêtent dans une petite clairière avec une mare à la surface argentée.

Ses compagnons lui donnent de l'eau, qu'elle boit avec gratitude. Iada disparaît et revient quelques minutes plus tard avec une poignée de feuilles – du tabac, pense-t-elle, et de l'ail des ours –, mais d'abord, dit Phyrnai, ils doivent juguler le sang. Elle prend la main d'Evie dans les siennes, presse une feuille contre la blessure et égrène des mots qu'elle répète en boucle.

— Je n'arrive pas à faire la même chose que mon grand-père avec ce mantra, explique-t-elle d'un air désolé. C'est un guérisseur bien plus expérimenté que moi. Mais pour le moment, ça devrait vous soulager.

Ils lavent et pansent la plaie avec les feuilles et une bande de tissu qu'Evie déchire dans sa robe. Dans sa hâte, elle a laissé ses affaires derrière elle.

— Ne vous inquiétez pas, assure Phyrnai. Maintenant, vous pouvez voyager léger.

Evie examine sa main. On dirait qu'elle appartient à quelqu'un d'autre. Rouge, gonflée, à vif, elle lui est comme étrangère. Elle palpite douloureusement, mais la vraie douleur est ailleurs.

— Je ne savais pas qu'ils nous suivaient…

— Nous vous croyons, répond Phyrnai.

Dans la pénombre, il est difficile de distinguer son expression, mais Evie croit apercevoir une lueur de douceur.

— Je suis désolée pour le *Diengiei*…

Le frère et la sœur échangent un regard.

— Ce n’était pas le *Diengiei*.
Evie les fixe, incrédule.
— Comment ça ? parvient-elle à bafouiller.
Phyrnai s’assied près d’elle.
— Nous vous devons quelques explications…

* * *

Tous les soirs, Agnes sortait pour arroser son jardin.

— Il est tellement minuscule, la taquinait toujours Evie. Un jour, j'aimerais que tu aies un jardin de la taille de ceux de Kew.

Agnes, pragmatique comme à son habitude, lui rappelait alors qu'il lui faudrait employer une centaine de jardiniers et être aussi riche que le roi. Plus tard, après un dîner rapide et un café avec Edward, elles se préparaient à une soirée de travail. La santé de Miss Sargent s'était détériorée dernièrement et elle avait demandé à Agnes de poursuivre certaines des expériences qu'elle menait sur des monocotylédones. Le moment qu'Evie préférait, cependant, c'était quand elles étaient assises à la table de la cuisine et qu'elles dessinaient. Agnes était douée – son père était artiste, après tout – tandis qu'Evie patouillait, toujours à essayer de faire la conversation et de poser des questions.

Un soir, son regard se posa sur un rubanier qui poussait dans un seau entre elles, tandis qu'Agnes était absorbée par la reproduction d'une racine enchevêtrée.

— Pourquoi faisons-nous ce que nous faisons ? demanda-t-elle.

En temps normal, Agnes ne s'interrompait pas et offrait une réponse tout en continuant à travailler. Mais cette fois, elle releva la tête.

— Pourquoi faisons-nous ce que nous faisons ? répéta-t-elle.

— Oui.

— Eh bien, je fais ce que je fais, car je tente de trouver non pas les bonnes réponses, mais les bonnes questions. C'est beaucoup plus difficile, selon moi, car nous devons regarder au-delà de notre soi-disant domaine de prédilection, et essayer de puiser dans l'histoire absolument tout ce qui est susceptible de servir à déterminer la question. Poser la bonne question, c'est voir plus loin que les frontières de la botanique, de la philosophie, de l'art et du mysticisme. Soudain, tout est important, car tout l'a toujours été.

Evie garda le silence tandis qu'elle absorbait tout cela.

— Et toi ? demanda Agnes en souriant.

— Je suis incapable de formuler une réponse un tant soit peu aussi claire que celle-ci.

Mais Agnes n'en croyait pas un mot.

Alors elle resta silencieuse un moment, avant de se lancer. Elle raconta ses visites à Grandma Grace quand elle était enfant, comment elles ramassaient des feuilles pour les presser entre les pages d'un livre – des feuilles palmées de châtaignier, une feuille d'aulne en forme d'œuf aux rebords crantés, une autre plus pointue de bouleau argenté, et sa préférée, une d'aubépine aux grands lobes avec son extrémité aux dents bien distinctes. Grandma Grace lui avait dit un jour que ces arbres étaient sous la protection des fées et que si on coupait l'un d'entre eux, il chercherait peut-être à se venger.

— Et c'était vrai, dit Evie. Quand le voisin de Grandma a coupé son aubépine pour construire une serre, il est mort dans son sommeil. En tout cas, c'est ce qu'elle m'a raconté. Mais… ce n'est pas le sujet.

Evie s'empara d'un livre sur la table.

— Je crois que ce que j'essaie de dire, c'est : où se trouve vraiment la connaissance ? Dans les livres ? Dans les feuilles ? Pour Grandma Grace, le vivant l'emportait toujours sur le mort, l'organique l'emportait toujours sur l'inanimé. Pour moi…

Elle posa le regard sur son amie.

— J'essaie encore de le découvrir.

***

Au début, le frère et la sœur disent qu'ils lui expliqueront tout le lendemain. Elle est blessée et épuisée et doit se reposer. Demain matin, elle se sentira mieux, ils réappliqueront la pâte végétale et feront un cataplasme avec une nouvelle bande de tissu.

— Pour l'instant, il faut dormir, ordonne Phyrnai.

Ce n'est que lorsqu'Evie insiste, non, s'il vous plaît, non, qu'ils allument un petit feu, l'installent juste à côté et lui tendent une tasse d'eau chaude avec du curcuma écrasé et du miel.

— Comment vous sentez-vous ? demande Phyrnai.

Mal au possible.

— Ça va mieux.

Ils l'observent comme si elle risquait de s'évanouir à tout moment.

— Je vais bien. S'il vous plaît, dites-moi… ce que vous deviez m'expliquer.

Phyrnai lance un regard à son frère.

— Vous savez, lors de notre rencontre, nous vous avons dit que nous ne pouvions pas vous aider, mais ce n'était pas vrai…

— Comment ça ?

— Nous ne pouvons pas dire non à quiconque souhaite voir le *Diengiei*. Les Nongïaid sont ses gardiens, mais nous sommes… nous sommes aussi liés par cet accord…

— Mais pourquoi ?

Phyrnai hésite.

— Parce qu'il ne nous appartient pas. Il n'appartient à personne. Nous ne sommes que ses protecteurs.

Evie bat des paupières.

— Alors vous devez dire oui à tous les gens qui demandent à le voir ?

— Ils ne sont pas nombreux… Néanmoins, parce que nous ne pouvons pas refuser, notre peuple a inventé des… tests. Si quelqu'un nous demande de l'emmener jusqu'au *Diengiei*, nous devons d'abord dire non, pour voir comment la personne réagit… Si la personne insiste, nous lui montrons quelque chose dans la veine de ce que nous vous avons montré, une belle orchidée.

Le cœur d'Evie s'emballe.

— Et que testez-vous ?

Phyrnai baisse les yeux, incapable d'affronter son regard.

— Ce que la personne veut faire, ses intentions, pourquoi elle désire le trouver. Beaucoup échouent à ce stade. En général, ils voient l'orchidée et, comme cet homme aujourd'hui, ils veulent la prendre…

— Et les autres ?

Elle marque une pause.

— Ils sont très peu nombreux. Ceux-là sont conduits jusqu'au *Diengiei*…

Evie secoue la tête.

— Je ne comprends pas. Même s'ils ne sont que très peu nombreux, la rumeur concernant le *Diengiei* devrait forcément se propager ? Quand ils reviennent après l'avoir vu… Ça n'a pas de sens…

— Il y a autre chose.

Phyrnai la fixe, d'un regard doux et triste.

— Oui ?

— Ces personnes doivent rejoindre les Nongïaid.

À ce stade, la forêt est pleine de nuit et de vie nocturne. Le chœur régulier des grillons, le battement d'ailes invisibles, le bruissement de quelque chose de petit et secret.

— Je vous demande pardon ?

Phyrnai répète ce qu'elle vient de dire. Evie a le souffle coupé, la tête qui tourne légèrement, puis elle a envie de rire, comme Kong Bathsheba, comme les cousins autour des pierres du souvenir, d'un rire sonore et incrédule. *J'entends des choses tout à fait étranges.*

Phyrnai ne se laisse pas décourager et poursuit :

— Ils peuvent dire non, auquel cas nous les ramenons chez eux. Mais s'ils souhaitent découvrir les secrets du *Diengiei*… c'est ce qu'ils doivent faire.

Evie n'a pas de mots. Dans sa tête bourdonne un léger vide.

— Dites-moi que ce n'est pas vrai, parvient-elle enfin à articuler.

Phyrnai pose une main sur son bras.

— Ça l'est. Vous devez prendre une décision.

Elle se lève et ajoute d'une voix délicate :

— Je suis désolée, il ne peut en être autrement.

Evie secoue la tête, elle n'arrive pas à y croire.

— Non… mais ils peuvent partir, n'est-ce pas ? Enfin, qu'est-ce que c'est que ces règles ?

Soudain, elle enrage.

— En quoi engagent-elles à quoi que ce soit ? Sont-elles écrites quelque part ? Qui décide ? Comment est-ce possible ?

Phyrnai la fixe avec ce qui ressemble à du chagrin.

— Je vous l'ai dit. Nous donnons notre parole aux gens, et ils nous donnent la leur. C'est suffisant. Ils deviennent des gardiens aussi. Ce n'est pas rien. Détenir la connaissance, c'est détenir une responsabilité, et connaître réellement, c'est connaître profondément, c'est donner de soi afin que la connaissance signifie davantage que de simples mots. La véritable connaissance transforme les êtres ; nous croyons qu'il est impossible de retrouver la place que vous occupiez dans le monde auparavant. Il en a toujours été ainsi…

Il y a un long silence. Une chauve-souris descend en piqué au-dessus d'eux. Quelque chose siffle dans le feu.

— Mais qu'arrive-t-il…, commence Evie.

Qu'arrive-t-il à ceux qui partent ?

Elle ne peut se résoudre à le dire tout haut. Quelque chose lui échappe – à propos d'une communauté pour laquelle, depuis des siècles, tout engagement réside dans la parole. Comment Phyrnai avait-elle appelé ça ? *Ka ktien.*

— Quand vous dites rejoindre les Nongïaid, qu'est-ce que ça signifie ? finit-elle par demander.

— Ça signifie nous rejoindre, répond doucement Phyrnai. Apprendre notre langue, se déplacer comme nous. Devenir un des nôtres. Vous n'êtes pas obligée. Vous avez le choix. Mais vous devez prendre une décision.

Et là-dessus, elle rejoint Iada de l'autre côté du feu et installe sa *jaiñ kup* pour la nuit.

Allongée, Evie examine les contours sombres de la forêt, le ciel qui scintille entre nuages, branches et feuilles. Elle a encore du mal à le croire. *C'est un rêve, c'est un rêve.* Oserait-elle se moquer de toute l'histoire ? Était-ce une ruse bien ficelée ? Mais Phyrnai s'est montrée si claire, si ferme… cela n'aurait pas de sens qu'elle lui mente. Et pourquoi le ferait-elle ? Elle et son frère ne semblent pas lui vouloir le moindre mal. Ils ont soigné sa blessure, se sont occupés d'elle, n'ont été que gentillesse.

Et donc… si c'était vrai ? Evie autorise la pensée à s'attarder, l'imprégner, s'ancrer.

Au-dessus d'elle, une chouette hulule. Un bref bruissement lui parvient depuis les fourrés. Mais elle est perdue dans ses réflexions et ces bruits ne la distraient pas. Venue de presque nulle part, une pensée la traverse : Goethe qui, dans ses derniers instants, à l'âge de quarante-huit ans, s'est tourné vers la fenêtre et a dit : « Plus de lumière, plus de lumière. » Lulu et les autres étaient convaincus qu'il parlait des rideaux, mais Evie pensait que ce n'était pas le cas. Qu'il voulait que son voyage continue encore et encore, dans une suite de leçons, le conduisant à une illumination puis une autre. *Est-ce ce qu'elle désire aussi ?*

Alors que la nuit avance, son esprit part à la dérive. Elle est fatiguée, *si fatiguée*, mais le sommeil ne la gagne pas. Comment a commencé cette journée ? Ce voyage ? Elle ne s'en souvient plus. Tout ce qui a précédé cet instant dans la forêt est un tourbillon. Est-ce le début du voyage, ou la fin ? Toujours les deux, pense-t-elle, et aucun.

Elle se tourne sur le côté ; le feu n'est plus qu'un tas de braises incandescentes. Il fait si sombre qu'elle ne voit pas ses compagnons. Peut-être est-elle seule dans la forêt. Elle, et les dieux qui sont sortis pour jouer, et ceux qu'elle imagine à ses côtés.

Sa mère et son père et leurs manières discrètes ; Florence et sa nouvelle vie ; Agnes, constante et inébranlable.

Et Mr Finlay, ce cher Mr Finlay, ses doigts contre sa paume. « Vous allez parcourir le monde. »

Elle ne s'endormira pas. Cette nuit durera toujours, afin qu'elle n'ait jamais à décider, de partir, de rester. L'aube ne se lèvera pas par-dessus les montagnes et ne répandra pas sa lumière dans le ciel, les coqs garderont le silence, les grillons ne chanteront pas, le soleil ne brillera pas.

Puis il brillera.

Le jour se lèvera, et arrivera l'heure où il lui faudra se mettre debout, et fouler la terre, et se frayer un chemin dans la forêt.

SHAI

— Merde !

— J'imagine que tu ne t'attendais pas à nous voir ? demande Dajied.

Je crois d'abord qu'il plaisante, avant de comprendre que non.

— Kima m'a dit où tu étais, ajoute-t-il. J'ai essayé de te contacter, mais je suppose que tu n'as pas reçu mes messages.

— Le réseau, grommelé-je vaguement.

La jeune femme à côté de lui plisse les yeux.

— Est-ce qu'on s'est déjà rencontrées ? me demande-t-elle.

— Oui, brièvement.

— Est-ce que c'était…

— Au Ever-Living Museum.

— Chez Raphael…

Elle ne se souvient pas.

— Au musée, répété-je en me sentant un peu bête.

— Tu es sûre ? J'aurais juré que c'était chez Raff.

Elle agite légèrement la main.

— Enfin bref. Je m'appelle Ridalang.

Elle me décoche un grand sourire désarmant.

— Ravie de faire ta connaissance.

Je hoche la tête.

— De même.

Dajied est ici en mission. L'offre controversée de la CIU de construire une route pour relier ces villages à Wahkaji, Nongstoiñ et Shillong, indépendamment du fait d'être autorisés à creuser ou non, a remis au goût du jour l'histoire de l'uranium vieille de dix ans. Des magazines, des journaux, à Delhi et ailleurs, ainsi qu'une organisation antinucléaire étrangère, l'ont engagé pour prendre des photos, filmer, interviewer… capturer tout ce qui est susceptible d'être important.

Il m'explique tout ça, mais n'explique pas pourquoi Ridalang l'accompagne, et je ne pose pas la question. Ce que je remarque, c'est la familiarité désinvolte avec laquelle il l'appelle Rida. Ils cherchent Bah Albert ; le contact de Dajied à Wahkaji les a mis en contact avec lui pour qu'il les héberge. Ça paraît logique : Bah Albert est probablement la seule personne dans le village à avoir une chambre en plus.

Ils sont venus ensemble. La pensée martèle sans cesse dans mon esprit. Tout comme : *je devrais m'en moquer, je devrais m'en moquer.*

* * *

Au cours de l'année, il est des périodes où une dépression dans la baie de Bengale donne lieu à de fortes pluies au bord du plateau de Shillong, dans les montagnes Khasi de l'Est, et ici, là où nous sommes, dans les montagnes Khasi du Sud-Ouest. Il va pleuvoir à verse comme si la pluie ne devait jamais s'arrêter, comme si un océan explosait dans le ciel. En une journée, Shillong va recevoir quinze centimètres de pluie ; Sohra, près de quarante, parfois soixante. Les rivières vont gonfler, les versants des collines glisser, et parfois, des vies seront emportées. C'est *'lap mynsaw*, murmureront les gens, la pluie pleine de danger. Elle est soudaine et puissante et vous tombe dessus sortie de nulle part.

C'est l'hiver à Mawmalang et ici, le mois de décembre est d'une grande sécheresse. Je me surprends à souhaiter une déferlante de ce genre. Un déluge fou et tonitruant qui ferait écho au tourbillon qui se déchaîne en moi.

Mais rien de la sorte ne se produit.

La journée qui suit l'arrivée des nouveaux venus est aussi tranquille que les précédentes, ensoleillée et douce, mais d'un froid mordant le soir. Le village vit à son rythme habituel. Réveil matinal, longues heures dans les champs, soirée autour du feu, sommeil profond et solide.

Tout est pareil et pourtant, rien ne l'est.

Comment est-ce permis, le grand, le tout à fait inattendu ?

Quelque part sur notre planète, il existe une chose appelée interféromètre, qui mesure les ondes gravitationnelles créées par la fusion de trous noirs. Il a récemment détecté un signal qui a duré un dixième de seconde, à plus d'un milliard d'années-lumière – ce qui signifie qu'une telle fusion a eu lieu quand l'univers avait environ la moitié de son âge actuel. Et pourtant, nous sommes là, victimes des surprises et de l'imprévu, sans le moindre instrument pour nous avertir de qui va apparaître sur le seuil de notre porte, de notre vie, sans considération, sans prévenir, sans crier gare. Nous sommes capables de plonger infiniment loin dans le passé, mais incapables de prédire ce que demain nous réserve. Cela, nous devons y faire face par nous-mêmes, seuls.

Après avoir recouché Oiñ ce matin-là, après nos folles gambades pieds nus dans le jardin, la vie domestique a repris son cours habituel, elle aussi. Bah Kit est dans son atelier, à sculpter des louches et des cuillères, les jumeaux jouent, les sœurs Kong Thei et Hep cuisinent et font le ménage, Banri et moi nous occupons des bêtes et du potager. Nous cueillons des fruits par paniers entiers. Des mandarines khasi, qui brillent d'un éclat doré sur leurs branches.

— Qui sont ces gens qui sont arrivés hier ? m'a-t-elle demandé.

J'ai fait semblant d'être trop concentrée par ma récolte pour l'entendre.

Hélas, il m'est impossible d'avoir recours à la même tactique quand je suis au téléphone avec Mei.

Lors de nos échanges, elle commence à avoir l'air exaspérée.

— Je ne comprends pas, Shai. Que fais-tu, là-bas ?

— Pas grand-chose.

Parfois, elle glisse dans la conversation un « Alors, tu rentres quand ? ».

Pour quoi faire ? ai-je envie de répondre.

— Il y a des personnes qui s'occupent d'Oiñ, n'est-ce pas ? s'entête-t-elle. Tu me l'as dit toi-même.

Ces mots ne font qu'aiguiser mon obstination.

— Oui, et j'aimerais être une de ces personnes.

Elle soupire.

— Bon, et sinon, quoi de neuf ?

Rien. À moins que la taille des pousses de petits pois l'intéresse ?

Ça ne l'intéresse pas.

J'appelle plus souvent mon père. Jamais je n'aurais cru dire une chose pareille, mais je trouve cela plus facile de lui parler, ces temps-ci. D'abord, la taille des pousses de petits pois l'intéresse grandement. Il m'interroge sur ce qui pousse, sur les plantes qui prospèrent mieux que les autres, et je suis heureuse de lui répondre. La dernière fois que nous nous sommes eus au téléphone, il avait un message pour moi de la part de son ami Bah Kyn.

Bah Kyn était terriblement curieux quant à mon périple au fin fond de la campagne du Meghalaya. Où logeais-je ? Avec qui ? Qu'y avait-il dans la cuisine de la famille et que conservait-elle dans son *khrum* ? N'importe quoi susceptible de figurer dans sa collection au musée ? J'avais ri et répondu que j'avais vu un tas d'anciens outils de jardinage et de vieux *pliang*. À présent, il veut savoir quel genre de *mohkhiew* exactement, quel genre d'assiettes et surtout, combien je serais disposée à lui en ramener à Shillong.

Je ne lui dis pas qu'en ce moment, Shillong me paraît très, très loin.

* * *

Cette après-midi, comme de coutume, Banri et moi sommes à l'atelier de Bah Kit.

Récemment, il a réussi à ramasser du bouleau au niveau d'un tas de bois près du ruisseau. Je ne demande pas comment il l'a trouvé, car j'ai appris au fil de mes conversations avec lui que toute la terre ici est *nongkynti* – une propriété qui n'appartient pas à un individu.

— Ça a toujours été comme ça, m'avait-il expliqué. Les terres du village appartenaient à tous ses habitants… à tous les membres du clan. Si on cultivait un champ, c'était le nôtre, et si on le laissait en jachère pendant plus de trois ans, il redevenait un bien commun.

Ce genre de propriété changeante et fluide ne plaisait pas aux Britanniques. Il avait ri.

— Mon grand-père était un *rangbah shnong*, un chef de village, et des officiers bilatis sont venus le trouver pour lui demander s'il accepterait de leur vendre des terres. Vendre ? Je n'ai pas ce pouvoir…

— Que voulez-vous dire ? Quels pouvoirs avez-vous, dans ce cas ?

Le grand-père de Bah Kit avait montré du doigt un caillou à terre en disant : « Rien de plus que ça. » Désormais, bien sûr, c'est différent, avait-il poursuivi. La propriété privée a donné naissance à une élite terrienne, des hommes politiques corrompus et des hommes d'affaires qui ravagent ces montagnes et font ce que bon leur semble. Je n'aurais pas imaginé que cela (ou quoi que ce soit d'autre, pour être honnête) lui tienne tant à cœur, mais Bah Kit s'était exprimé sur le sujet avec une indignation contenue.

Aujourd'hui, néanmoins, il est de bonne humeur.

Il nous explique comment, chaque fois qu'il abat un arbre, il s'assure de laisser quelque chose derrière lui. Des fruits, une poignée de riz, un ou deux légumes. Aujourd'hui, du *kwai.*

— *Nga don tang shi kyntein.*

Il n'avait qu'un quart de noix de bétel sur lui, dit-il, mais c'était mieux que rien.

— C'est simple. Quand on prend, il faut donner quelque chose en retour.

Banri est incrédule.

— Un peu de *kwai* pour un arbre tout entier ? Papa, ça ne semble guère suffisant.

— Je me suis posé la question, admet-il. Mais je pense que ce qui importe, ce n'est pas ce qu'on laisse… il peut s'agir de bien peu de chose… tant qu'on reconnaît qu'on prend.

— C'est ce que tu dis toujours… mais pourquoi ? insiste sa fille.

Il nous regarde.

— Ça nous incite à moins prendre. Ça nous rend reconnaissants.

Quelque chose me revient, un vague souvenir de pique-niques en famille et de mon père insistant pour que je laisse quelque chose derrière moi, des friandises, un ruban, en échange des cailloux que j'avais ramassés près du fleuve pour les ramener à la maison.

— Ça veut dire que quand on prend, on se prive par la même occasion.

Mon intervention semble réjouir Bah Kit.

— Tu vois, elle comprend. *Bam shim kylliang*, ajoute-t-il.

La réciprocité. *Ban leh markylliang* : équilibrer de tous les côtés. Quand on donne quelque chose en retour, ce qu'on nous a donné devient un cadeau, et les cadeaux, explique-t-il, créent des relations durables. Ce n'est pas comme aller dans un magasin, où on prend, on paie, on part et on oublie.

Banri et moi mangeons notre *soh khleh*, des oranges découpées en morceaux et assaisonnées de sel, de flocons de piment et d'huile de moutarde, et nous le regardons travailler. Il est en train de fabriquer un nouveau *duli* pour notre cuisine – l'ancien est trop petit, d'après Hep, trop vieux, et étant donné qu'on ne jette jamais rien ici, je vais en hériter en tant qu'armoire pour mes vêtements. Les jumeaux jouent près de nous, ils se roulent dans l'herbe en compagnie d'une portée de chiots potelés.

C'est une après-midi ensoleillée, bien que les frimas de l'hiver se ressentent. Nous avons cueilli des feuilles de moutarde aujourd'hui et notre *syrwa* sera parfumé et goûtu ce soir. Je suis en train d'y penser tout en me délectant du soleil qui me réchauffe le dos, quand Banri me donne un coup de coude.

— Quoi ? marmonné-je.

Au loin, les nouveaux venus, qui sortent d'une maison.

— Qu'est-ce qu'ils fabriquent ici ? demande Banri.

Une explication requerrait trop d'efforts, alors je dis juste qu'ils travaillent.

— Quel genre de travail ? Comme des journalistes ?

Même si ce n'est pas tout à fait vrai, je réponds que oui.

Le soleil ne semble pas avoir exercé le moindre effet soporifique sur elle.

— Qui sont-ils ? s'enquiert-elle gaiement. Tu les connais, non ?

— Seulement lui, grommelé-je.

Elle me fixe d'un air interrogateur, mais mon visage est aussi expressif qu'un caillou.

— Et elle ?

— Je ne la connais pas.

— Mais elle t'a dit son nom quand ils sont arrivés ?

— Oui. Ridalang.

Mais il l'appelle Rida.

Banri garde le silence quelques instants.

— Elle est très jolie, fait-elle remarquer.

— Tu n'as qu'à aller la voir pour être son amie, répliqué-je avec une bonne dose d'irritation.

Elle prend mon conseil au sérieux.

— *Em phi…* Pourquoi aurait-elle envie de me parler ?

— Parce que je suis sûre que c'est ce qu'elle est venue faire, dis-je même si je ne suis pas sûre que Banri saisisse le sarcasme. Se faire des amis.

Plus tard, sur la butte derrière la maison, je suis seule, ou presque. La fille avec le chat traîne dans les parages, comme elle le fait parfois, m'observant avec méfiance depuis derrière les hibiscus.

J'ai essayé de lui parler à quelques reprises : « *Kumno? Phi kyrteng aiu?* » Mais depuis notre rencontre lors de mon premier jour ici à Mawmalang, elle a résolument gardé le silence. Qui sont ses parents ? Personne ne le sait. Des gens ont tenté de la recueillir, mais elle refuse de vivre avec qui que ce soit. Alors de nombreuses familles lui donnent à manger et elle dort Dieu sait où. Elle semble apparaître et disparaître à l'envi, aussi insaisissable qu'une libellule.

Ici, mon portable affiche une maigre barre de réseau. Il n'y a qu'une seule personne à laquelle j'aimerais parler, en réalité, mais quand j'appelle Kima, je n'obtiens pas de réponse. Cependant, il me rappelle presque aussitôt.

Je crie :

— Qu'est-ce que c'est que ce bordel ? Pourquoi ne m'as-tu pas prévenue qu'ils venaient ici ?

— J'ai essayé, proteste-t-il. Mais on a été coupés.

— C'est qui, cette fille ?

Ridalang, m'informe-t-il, est de la famille Mawlong. Comme si cela expliquait tout. Il oublie que toutes mes années passées loin de Shillong m'ont tristement déconnectée des ragots.

— Qui ?

Kima soupire.

— Tu te souviens de ce *rooftop* où on est allés, un soir ? C'est la propriétaire. De ce bar et d'une demi-douzaine d'autres commerces « haut de gamme » en ville. Un hôtel style éco-lodge à Sohra, un magasin de thé artisanal dans la partie haute de Shillong. Et ce festival « Shillong vu du ciel » que tu as vu sur les panneaux d'affichage ? Devine qui organise ?

Je vois. J'hésite avant de poser la question, mais un souvenir est remonté à la surface, de conversations avec Dajied à l'époque où nous étions ensemble.

— Est-ce que sa mère fait de la politique ?

Oui. Dorothy Mawlong, circonscription de Shillong est.

— N'était-elle pas impliquée dans… ?

— L'arnaque du siècle de Shillong ? La vente de matériaux de couverture de mauvaise qualité à de pauvres paysans afin qu'ils se retrouvent sans abri au moment des pluies ? Absolument.

Sale hypocrite. Dajied avait critiqué et condamné la mère, la famille, l'élite corrompue de Shillong, et il est là… à sortir avec la fille. Une honte !

Rida est la troisième sœur, continue Kima, l'avant-dernière. L'aînée est hôtesse de l'air, mariée à un type polonais et installée à Varsovie. La deuxième sœur, mère célibataire, gère un centre commercial chic à Laitumkhrah.

— La plus jeune n'a pas encore fini ses études, je crois.

— Est-il quelque chose que tu ignores, Kima ?

— Pas grand-chose.

— Et Rida ? Qu'est-ce qu'elle fait dans la vie ?

— Pour le coup, *ça*, je l'ignore. Elle est partie de Shillong pendant plusieurs années… et maintenant, elle est revenue…

— Et elle est ici ?

Un silence s'impose entre Kima et moi. La même question résonne dans nos têtes : qu'est-ce que Ridalang Mawlong fabrique à Mawmalang ?

Au moment où j'arrive à la maison, la soirée s'installe.

L'heure à laquelle nous démarrons l'arrosage des légumes est passée et je vois que Banri est déjà à l'œuvre. Je me dépêche de la rejoindre et nous travaillons côte à côte sans un mot, irriguant chaque sillon avec précision dans une odeur grandissante de terre. Les haricots ont été plantés avec les carottes, le gingembre avec les ananas, et ils grandissent bien ensemble.

Je repère également une autre citrouille, charnue et encore verte, mon légume d'hiver préféré, sucré et crémeux, délicieux lorsqu'il est cuisiné avec des morceaux de viande fumée, pour les grandes occasions.

Quand nous avons fini, je rentre dans la maison. Le dîner est en cours de préparation, Bah Kit joue avec les jumeaux et Oiñ, bien que plus fragile que jamais, a les idées d'une rare clarté. Nous évoquons de vieux films de Bollywood que nous avions vus ensemble – nous ne nous souvenons d'aucun titre – et je lui rappelle l'une de ses scènes favorites que nous rembobinions et regardions encore et encore, avec un héros follement séduisant dans une Jeep, qui chantait la sérénade à une héroïne aux yeux de biche dans un train.

— *Itynnad mo?* dit-elle.

J'acquiesce. Oui, absolument adorable.

Plus tard, Banri et moi allons là où le *nong kñia* va, un âtre accueillant chez un habitant du village. On se retrouve plus souvent en hiver, me dit-elle, et je comprends pourquoi. Les jours laissent vite place aux nuits, l'obscurité s'installe en un clin d'œil et il n'y a pas grand-chose à faire dans notre village.

Nous suivons le *nong kñia* car, comme Banri l'a dit, il regorge d'histoires.

Qu'est-ce que ce sera ce soir ? L'histoire de comment le paon a obtenu ses plumes colorées ? Comment la lumière a illuminé le ciel ? Ou comment Ren, le beau pêcheur, a conquis le cœur d'une reine ?

To ïa ap, to ïa sngap. Attendons, écoutons.

Dans une pièce uniquement éclairée par la lumière des flammes, l'odeur du charbon et du bois flotte dans l'air. Nous sommes tous réunis ici, les enfants, les jeunes amants, les anciens, moi – et les nouveaux venus. La jeune femme, aux cheveux semblables à *'tiew doh maw*, une plante qui pousse si près du sol qu'elle embrasse les pierres, et le jeune homme que j'ai aimé fut un temps.

Nous nous asseyons autour du feu et nous écoutons, nous écoutons.

Ce soir, dit le *nong kñia*, il nous racontera un vieux classique, le conte de notre gardien, le coq, cerbère du jour et de la nuit, intercesseur auprès des dieux, redresseur de torts. Il gratte les cordes de la *duitara* et elles vibrent sous ses doigts.

Il y a longtemps, très longtemps, quand le monde était jeune, un grand festin fut organisé par tous les êtres vivants de la Terre. Tout le monde était invité, hommes, animaux, oiseaux, ainsi que le soleil et sa sœur, la lune.

Le jour de la fête, tout était réjouissance, mais le frère et la sœur arrivèrent tard, vers la fin, et étant donné que les autres étaient tous occupés, ils dansèrent ensemble. « Regardez-moi ces deux clowns, hulula la chouette. À danser tout seuls sur une piste vide ! » « À quoi bon venir ? », ironisa la taupe. « Vous êtes en avance pour la prochaine fête », taquina la grenouille.

Mais ce qui blessa le plus la sœur et le frère, ce fut l'accusation du singe. « Êtes-vous frère et sœur, ou mari et femme, pour danser aussi près ? »

Cela mit le soleil dans une telle colère qu'il s'enfuit en faisant le serment de ne plus jamais montrer son visage. Il se cacha à Krem Lamet Latang, la grotte de la feuille sacrée, et le monde tout entier fut plongé dans le noir.

Tout le monde était dévasté, continue le *nong kñia*, bouleversé par le remords, et il y avait moult peurs et sanglots longs parmi les Terriens. Ils invoquaient le soleil, priaient pour son retour, pour qu'il revienne éclairer leurs journées, en vain. *Tout est dans le noir, tout est dans le noir.* La *duitara* fredonne.

Bientôt, un conseil fut convoqué. Ils implorèrent le puissant éléphant de les aider, mais il refusa, tremblant à l'idée de se confronter avec le divin. Il avait également peur d'effectuer le long et périlleux voyage jusqu'à la grotte, par-delà les rivières et les mers, les marais et les montagnes. « Vous m'envoyez à ma perte ! »

Qui pourrait bien y aller si l'éléphant, le plus fort et le plus grand des animaux, ne veut pas ?

Le fier et beau calao s'avança. « J'y vais, mes amis ! Comment le soleil pourra-t-il me résister ? » Et il partit, mais quand il se présenta, superficiel et présomptueux, traitant cela comme une parade amoureuse, le soleil entra dans une rage folle. « Créature effrontée ! Je te maudis. Tu es condamné à voler de biais pour tenter d'éviter mes rayons dorés, pour le restant de tes jours ! »

Une fois de plus, il y eut des cris et des pleurs sur toute la Terre. « Qui va ramener le soleil ? » Cette fois, par peur, personne ne se porta volontaire. « Que se passerait-il désormais », chantonne le *nong kñia*, et nous écoutons et nous attendons.

Le conseil se rendit compte qu'il manquait une créature dans l'assemblée. Le coq, un pitoyable oiseau sans plume que l'on n'avait même pas pris la peine de convoquer tant on le pensait négligeable. « Appelez-le ! » déclara-t-on, et il apparut. « Toi qui as désobéi et n'as même pas assisté à la fête, tu dois être puni. Rends-toi à la grotte de la feuille sacrée et ramène le soleil, ou tu seras tenu responsable de tous les maux de la Terre. »

Le coq baissa la tête. « Mes congénères, je suis prêt à aller là-bas et à me mettre en danger pour vous. Néanmoins, qui suis-je pour me tenir face à une royauté telle que le soleil ? Je ne suis qu'un pauvre hère désespéré. Regardez-moi ! Habillez-moi, demanda-t-il, d'une resplendissante queue d'alouette, de plumes éclatantes et de beaux atours, et de toutes sortes de couleurs flamboyantes, et je promets de m'acquitter de cette mission. »

Le conseil lui accorda ce qu'il demandait : tous les oiseaux du monde offrirent une plume au coq. Et pour sa quête, on le dota d'une crête pourpre afin de signaler sa qualité d'émissaire auprès des dieux.

« Réussira-t-il, réussira-t-il ? » chante le *nong kñia*.

Après avoir voyagé pendant des jours, traversé les rivières et les mers, les marais et les montagnes, et franchi de nombreux obstacles en chemin, le coq arriva enfin à la cachette du soleil. En constatant combien il était modeste, le soleil l'accueillit avec joie, lui offrant un repas de roi et une couche de roi. Mais dans son humilité, le coq ne demanda que des restes de riz à manger dans la cour devant la porte. Une créature telle que lui ne méritait pas davantage. Impressionné, le soleil demanda « Pourquoi es-tu venu ici ? » et le coq lui répondit : « Ô astre, le monde entier est plongé dans l'obscurité et toutes les créatures vivent dans la peur. À moins que vous ne reveniez, il n'y aura plus ni paix ni joie. » Il offrit d'être tenu responsable pour toutes les injustices et toutes les transgressions de ses congénères. « À partir de maintenant, j'endosse la responsabilité de tous leurs méfaits et je promets de m'assurer qu'aucun autre outrage ne vous soit fait. »

Ainsi, il fit le serment de chanter trois fois chaque matin pour indiquer que le monde méritait que le soleil le bénisse de sa présence. Écoutez, dit le *nong kñia*, comme il continue de chanter pour lui à travers les âges.

Après l'histoire, nous nous levons et sortons, resserrant nos châles en laine autour de nous. Sur la route, nous bavardons, nous décompressons, nous évoquons le programme du lendemain, partageons nos modestes espoirs, les cancans venus du marché et des champs.

Puis nous nous éparpillons, chacun chez soi, criant que nous sommes arrivés, nous sommes arrivés. *Thiah suk, thiah suk*, dormez paisiblement, bien-aimés, dormez.

* * *

Lors d'une rare occasion où mes parents et moi avions voyagé ensemble, nous avions séjourné dans un hôtel situé à environ deux heures de Shillong, proche des plaines. Ce voyage inquiétait chacun de nous pour des raisons différentes, mais nous avions tous passé un bon moment, en fin de compte.

Ce dont je me souviens nettement, c'est du pipal qui dominait tous les autres arbres, ses racines formant d'énormes et magnifiques volutes qui s'enfonçaient loin, loin dans la terre. J'étais plus jeune, dans la vingtaine. Et pourtant, j'étais restée là, à penser aux racines. Quand nous étions rentrés à Shillong et que j'avais vu Dajied, je lui avais demandé :

— Où sont les miennes ?

— Ici même.

Nous étions dans sa chambre, sur son lit, par une paisible après-midi chargée d'humidité, pendant que ses parents étaient au travail. Il était étendu auprès de moi, torse nu, imberbe, la lumière transformant sa peau en or liquide. Cette image dut me distraire, car je ne me rappelle pas avoir poursuivi la conversation, mais je repense souvent à ce moment. *Ici même.* Il avait toujours fait preuve d'une conviction que je lui enviais concernant la place qu'il occupait dans le monde. Une orientation. Le nord et le sud. Des racines solides et profondes.

Il était un vieil arbre robuste et moi, une feuille poussée par le vent. Si je lui avais dit ça, il aurait ri et m'aurait répondu que j'étais sentimentale. Mais c'était vrai.

C'était un Khasi pure souche, qui avait grandi ici et n'avait pas la moindre intention de partir un jour. « Il y a bien trop à faire », disait-il toujours, et il le pensait. Il documentait fidèlement les rues de Shillong, ses habitants, ses colporteurs, ses mendiants, avec un regard à la fois acéré et tendre. Je le savais, j'avais vu son travail : ses vidéos et ses photographies, des noirs et blancs brillants, des portraits, des bâtiments, des parkings. La ville qui grouillait d'activité et qui se reposait. Surtout, je l'entendais parler au téléphone, en pleine nuit, lors de longues après-midi paresseuses ou pendant nos excursions d'une journée à Sohra et à Smit, sur sa moto. « Je veux faire quelque chose, Shai, disait-il. Je veux vraiment faire une différence. » Et je ravalais tout mon cynisme, je faisais taire la voix de ma mère qui affirmait que cet endroit était une voie sans issue, je hochais la tête et je demandais « Quoi ? Qu'est-ce que tu aimerais faire ? Raconter ces histoires. »

Il était ouvert, aussi, partageant son amour de Shillong avec moi, non pas dans l'espoir que je ressente la même chose, je pense, mais parce qu'il tenait pour acquis que je l'éprouvais déjà.

Et comment faire autrement ? Impossible de ne pas aimer le labyrinthe qu'était le marché, Iew Duh, où nous errions en quête de délicieux repas bon marché. Ou les petits magasins de thé où nous nous rendions chaque après-midi. Ou les grands pins qui nous surplombaient pendant nos promenades, les ruelles méandreuses secrètes, les rues animées, lui qui s'arrêtait pour parler à tous les gens que nous croisions.

Ce que j'aimais le plus, c'étaient les festivals auxquels il m'emmenait. Shad Suk Mynsiem pour célébrer le printemps et la fertilité, Nongkrem pour invoquer une récolte de fin d'année prospère, Chad Sukra pour remercier Ka Mei Ramew.

Il comprenait cependant pourquoi, en grandissant, je n'avais assisté à aucune de ces célébrations. Cela n'avait rien d'étonnant, à vrai dire, entre le couvent et la conversion de ma famille au christianisme deux générations plus tôt. Tout ça me passait au-dessus de la tête. Comme le khasi, la première langue que j'ai apprise… interdite dans l'enceinte de mon école, tandis qu'à la maison, ma mère insistait pour que l'on parle anglais.

— C'est pour ça que ta mère ne m'aime pas, avait déclaré Dajied.

— Quoi ? Mais non ! m'étais-je exclamée.

— Je t'assure, avait-il affirmé avec tristesse. Les Blancs sont peut-être partis, mais les choses n'ont pas beaucoup changé. Comme eux, ta mère pense que je suis un sauvage mécréant et que tout en moi n'est qu'obscurité.

— Mais tu es avec moi, l'avais-je taquiné. Et je suis la lumière.

J'avais sorti ses lunettes de soleil de sa poche et les avais mises sur son nez.

Il avait ri malgré lui et répondu que oui, je l'avais sauvé.

À vrai dire, je crois que c'est surtout lui qui m'a sauvée. D'un détachement complet, d'une vie obtuse à Shillong confinée au monde de mes parents. Avec lui, j'avais un approfondissement, un agrandissement, un cadre de référence pour tout ce que je voyais autour de moi.

Et pourtant, pourtant, à l'époque déjà, je me demandais souvent (et je me demande encore) ce que je savais de ces montagnes. De leurs histoires.

* * *

Ce matin, je dois me rendre au magasin de Bah Albert pour faire quelques courses, et j'espère ne pas croiser les nouveaux venus, comme tout le monde les appelle dans le village. La présence de Dajied ne les perturbe pas outre mesure ; ils me disent qu'à cause de l'extraction, ils ont l'habitude des journalistes qui vont et viennent, posent des questions et disparaissent. Ils sont coutumiers des jeunes membres de divers groupes religieux qui passent pour s'acquitter d'une « bonne action », d'un homme politique ou deux qui font une apparition ponctuée de promesses et ne reviennent jamais après les élections.

Et Mawmalang est l'un des rares villages accueillants de la région. Certains autres refusent d'interagir avec les visiteurs. De fait, c'est impossible de débarquer sans avoir contacté le *rangbah shnong* au préalable, sans avoir demandé l'autorisation et sans avoir rendez-vous.

— Ils en ont marre, me disent les habitants. Des citadins venus de Shillong, Delhi et ailleurs arrivent et s'attendent à ce qu'on satisfasse leur curiosité. Comme s'ils nous rendaient service.

Ce qu'ils préféreraient, c'est une forme d'engagement plus profonde, plus sérieuse.

— Donnez-nous un hôpital, une simple clinique, une école. Et là, on pourra discuter.

Concernant Ridalang, les villageois sont perplexes, ils en conviennent. Elle se pavane dans sa veste matelassée, avec ses bottes en cuir hors de prix qui montent jusqu'aux genoux et ses lunettes noires.

— Il n'y a absolument rien pour quelqu'un comme elle ici.

Je concorde en silence. Les riches du *sor* – de la ville – ne nous intéressent pas, me disent-ils, et on ne les intéresse pas non plus. Sauf, bien sûr, s'ils peuvent se faire de l'argent facile au passage. Surtout ceux de Shillong qui déclarent : « Extrayons nous-mêmes l'uranium ! » À leurs yeux, ce n'est pas de l'exploitation s'ils s'en chargent eux-mêmes.

— Mais voyons les nouvelles qu'apportera cette jeune femme, ajoutent-ils avec un sourire méfiant.

Je suis au comptoir du magasin et les nouveaux venus ne sont nulle part. Tant mieux. J'ai réussi à les éviter depuis leur arrivée – non pas qu'ils soient venus à ma rencontre – et il vaut mieux que ça continue, me dis-je.

Bah Albert lit un journal khasi qui date d'il y a deux jours.

— Quelles nouvelles ? demandé-je.

— Rien de bon, répond-il d'un air sombre. Les habitants d'un village voisin, Mawthabah, ou du moins la plupart d'entre eux, sont d'accord pour autoriser la route à passer sur leurs terres.

— Oh. Mais cette décision ne doit-elle pas être prise de manière collective ?

Il renifle.

— Pas de ça chez nous.

Quelque chose me dit qu'il est préférable de ne pas poursuivre cette conversation pour le moment. Je lui demande de la farine, du savon pour la vaisselle et un paquet de sel, puis m'enquiers nonchalamment de ses invités.

— Où sont-ils ?

Il hausse les épaules.

— De sortie ? Je n'en sais rien.

Je reste là tandis que Bah Albert rassemble mes articles et les place dans mon sac. Qu'à cela ne tienne, songé-je en le soulevant du comptoir, s'ils s'occupent, je vais en faire autant.

Normalement, ma journée s'organise autour d'Oiñ.

Quand elle se réveille, s'endort, quand c'est l'heure de ses repas, ou du thé. J'aime lui faire de bons petits plats, des œufs brouillés, du poisson à la vapeur, ou du riz épaissi avec du lait et du miel. Certains jours, elle mange avec plaisir. D'autres, pas du tout, et je dois l'amadouer – « encore un tout petit peu ». Je remarque que ses jours de clarté et de lucidité semblent s'espacer de plus en plus. Elle a arrêté de me poser des séries de questions indiscrètes. Nous feuilletons rarement son album photo pour montrer des clichés du doigt en riant. « Regarde la tête que tu fais ! » Elle parle de plus en plus du passé, mais ses souvenirs sont comme la brume, flous et vaporeux.

— Te souviens-tu, me demande-t-elle, te souviens-tu du mûrier qui poussait dans le jardin ?

Non, et je pense même qu'il n'y en a jamais eu, mais je me garde de le lui dire.

— Tu te souviens, en été, comme les fruits étaient mûrs ?

Elle ferme les yeux.

— Je donnerais tout pour sentir de nouveau ce goût sucré.

Parfois, je tente de l'entraîner dans ses souvenirs. Nos promenades au lac de Ward pour nourrir les poissons, elle qui m'amenait à l'école et venait me chercher, nos pique-niques avec du jus d'orange et des biscuits au fond du jardin, attraper les papillons puis les relâcher, les histoires qu'elle me racontait avant de dormir, tous les merveilleux contes folkloriques. Mais je me rends compte qu'il n'y a qu'à moi que tout cela revient.

Quand je reviens du magasin, j'entre dans la cuisine et trouve Kong Thei installée à table, en train de parler à sa sœur. Elle a l'air lasse.

— Elle ne veut plus les prendre. Je ne sais pas quoi faire.

— Qu'est-ce qui s'est passé ? demandé-je.

Les sœurs échangent un regard avant que Hep me réponde :

— Kong Thei allait se rendre à Mawkyrwat pour des médicaments pour Oiñ…

Je l'interromps :

— Peut-être devrions-nous commencer par la faire diagnostiquer comme il se doit.

— Nous avons fait de notre mieux pour expliquer ses symptômes au médecin, mais qu'est-ce qu'on peut bien faire si elle refuse de se laisser examiner, que ce soit ici ou à Shillong ?

Elle lève les mains au ciel.

— Et tu as vu l'état de la route…

Je hoche la tête, les joues en feu.

— Bien sûr, je comprends. Et donc, qu'est-ce qui se passe avec Oiñ ?

— Il se passe qu'elle est têtue comme une mule. Elle vient de dire à Kong Thei qu'elle ne veut plus prendre de médicaments. Elle dit qu'elle en a assez.

La lumière vive de midi éclaire la chambre d'Oiñ. Les rideaux, comme toujours, sont ouverts.

Elle regarde dehors et ne remarque pas tout de suite que je suis là. Je me perche au bord de son lit. Je ne lui demande pas comment elle se sent. « Est-ce que j'ai l'air d'aller mieux ? » a-t-elle aboyé la dernière fois que j'ai posé la question. Elle a beau être fragile, elle est toujours aussi cinglante.

Je décide de commencer avec un pieux mensonge.

— J'ai parlé à Mei. Elle a demandé de tes nouvelles, comment tu allais, les médicaments que tu prenais…

Oiñ grogne et continue à regarder dehors.

On ne peut pas dire que ça se passe bien. Elle est d'humeur maussade. Quelque part, dans le silence, une poule caquette, des porcelets couinent et un vent d'hiver impitoyable souffle entre les arbres. Je suis indécise. Devrais-je la laisser seule ?

— Tu sais, commence-t-elle tout à coup, j'ai été mariée.

— Ah oui ?

Je le sais, même si je n'ai pas le souvenir de l'avoir beaucoup entendue parler de lui.

Elle acquiesce.

— Il n'était pas… Il ne me traitait pas bien.

Mon cœur se serre. J'ai envie de dire *je suis désolée, Oiñ*, mais je suis aussi un peu abasourdie. Pourquoi parle-t-elle de ça ?

— Un soir, continue-t-elle, alors qu'il avait tellement bu qu'il s'était écroulé sur le lit, j'ai réfléchi, j'ai réfléchi…

Elle me fixe avec dans les yeux quelque chose que je n'arrive pas à identifier.

— J'ai fait bouillir une grande marmite d'eau en pensant que j'allais la lui vider sur la tête… Pour en finir une bonne fois.

Elle reporte son attention sur l'extérieur.

— Je ne l'ai pas fait. Je suis juste partie. Le lendemain, j'ai pris les enfants et je suis partie.

Elle garde le silence ensuite et moi aussi. Je ne trouve pas de mots, je ne sais pas quoi dire.

— Oiñ, commencé-je, puis je me tais.

Est-ce que c'est vrai ? Quelle importance ? Elle n'a pas eu de phase lucide depuis des jours. Ça n'a pas d'importance. *Tu n'es pas une mauvaise personne.*

Elle me regarde et quelque chose en elle a changé.

— Ne tire pas cette tête, me réprimande-t-elle. Je l'ai pensé. C'est tout ce que je voulais dire.

Plus tard ce jour-là, je vais dehors, poussée par une sorte de chagrin aussi lourd que les pomélos jaunes qui mûrissent dans les arbres.

Je marche, cours presque, pour me dégourdir les jambes, pour transpirer, pour faire battre mon cœur plus vite. Le ciel est nuageux, mais l'air est frais et pur, les montagnes teintées de profondes nuances de bleu et de vert et autour de moi, tout, en cette fin d'année, paraît empreint d'un sentiment de passage, le nouveau remplacé par l'ancien de nouveau remplacé par le nouveau. J'atteins l'orée de la forêt que j'avais traversée avec Bah Karmel (ça semble remonter à si loin désormais) puis remonte la route jonchée de pierres et de boue.

Je suis presque au niveau du pont quand j'aperçois Dajied et Ridalang. Ils m'ont repérée aussi, alors je ne peux pas descendre le talus, comme j'aurais préféré le faire, et me cacher près du ruisseau en attendant qu'ils s'éloignent.

— Bonjour. Quoi de neuf ? demande Dajied en premier.

— Rien de spécial.

Peut-être que nous allons parler un peu de la pluie et du beau temps et puis je reprendrai ma route.

— Quelle tristesse, ce ciel, commencé-je avec obligeance.

— J'aime bien ce temps, dit Ridalang.

J'aurais dû m'en douter. Elle a l'esprit de contradiction et elle adore ça.

— Je trouve ça très joli… cette nuance argentée.

— Argentée ? répète Dajied.

Je suis heureuse de constater qu'il a l'air incrédule.

— Personne ne sait ce qu'est le gris avant d'avoir vécu à Londres.

Si elle s'attend à ce que je pose des questions, je n'en fais rien. Elle continue sans se laisser décourager.

— J'y ai habité pendant deux ans, m'informe-t-elle. J'ai effectué mon master là-bas, je suis restée pour y travailler un peu, et maintenant… on va voir, dit-elle avec un sourire mystérieux.

Elle est de retour à Shillong pour trouver quoi faire – *ça ne devrait pas être trop compliqué, avec tout l'argent que ta mère a piqué aux pauvres* – et elle a accompagné Dajied ici pour voir s'ils peuvent travailler ensemble sur un projet.

— Quel genre de projet ?

— C'est ce qu'on essaie de déterminer, répond-elle en posant délicatement une main sur son épaule. J'ai organisé plusieurs festivals à Shillong et dans les environs… tu sais, style musique, culture et plats traditionnels, ce genre de choses. Le dernier en date était « Shillong vu du ciel ».

Ah. Jamais entendu parler.

Elle s'intéresse aussi aux initiatives qui consistent à se procurer des produits auprès d'agriculteurs locaux pour les vendre ensuite dans tout le pays.

— Tu sais, du curcuma de Lakadong, des noix de cajou des montagnes Garo, ce genre de choses.

Elle sourit à Dajied.

— Alors on va voir. Cet endroit a tellement de potentiel, tu ne trouves pas ?

Mûr et prêt à être cueilli pour ton propre bénéfice. Je regarde le cours d'eau ; la nuit est en train de tomber et l'eau est si cristalline qu'il est invisible. Je vois les cailloux dedans, nos reflets à la surface, ainsi que celui du ciel et des arbres.

— Et toi, qu'est-ce que tu fais ?

— Rien.

Elle rit comme si elle ne savait pas trop quoi en penser.

— Comment ça, *rien* ?

Je hausse les épaules.

— Exactement. J'ai passé beaucoup de temps à ne rien faire à Delhi et maintenant, je fais la même chose ici. Sauf qu'ici, je n'ai pas l'impression de perdre mon temps.

Ridalang écarquille les yeux.

— Je ne te suis pas.

— C'est une question de perspective, tout simplement.

D'un coup, je commence à m'amuser.

— Prends Jupiter, par exemple… que tout le monde, pendant très longtemps, a qualifié d'étoile ratée. Pourquoi ? Parce qu'il se compose des mêmes éléments que le soleil, d'hydrogène et d'hélium, et qu'il est énorme, mais pas suffisamment énorme pour générer la pression et la température internes nécessaires pour devenir une étoile. Mais et si… (je marque une pause) et si Jupiter était juste une planète très réussie ?

Ridalang bat des paupières. Je suis contente de constater que Dajied semble amusé.

— Depuis combien de temps es-tu ici, Shai ? s'enquiert-il.

Je réponds que j'ai perdu le compte des jours et des semaines…

— C'est nouveau, dit-il en souriant.

— En effet.

Je lui rends son sourire. Ridalang nous observe. Elle est maligne et j'imagine que rien ne lui échappe. Je me demande ce que Dajied lui a dit – à propos de nous.

— Qu'est-ce qu'il y a à faire ici ? s'enquiert-elle subitement d'un ton sec.

— Un tas de promenades. Il y a des sentiers qui descendent jusqu'à la rivière ou qui mènent à d'autres villages voisins.

Je leur parle aussi du village abandonné jadis occupé par les Nongïaid.

— Banri et moi avons prévu d'y aller.

Je ne mentionne rien d'autre : la légende selon laquelle le village serait hanté, même maudit à en croire certains, et le fait que depuis mon arrivée, j'ai eu beau essayer de la convaincre sur tous les tons, Banri a refusé que nous nous y rendions rien que toutes les deux.

— Abandonné ?

Ridalang grimace.

— C'est mauvais signe.

— Tu sais, j'ai lu quelque chose sur un événement en Italie appelé le Festival des lieux abandonnés, intervient Dajied. Des gens se rassemblent pour présenter des articles, partager ce qu'ils écrivent, lire de la poésie, dans des villages désertés depuis longtemps. Ça donne une atmosphère particulière, je pense.

Ridalang change aussitôt son fusil d'épaule.

— Ça a l'air cool, en effet. On pourrait aller voir ? Peut-être que ça va nous inspirer.

Elle rit, d'un rire léger et délicat. Ses oreilles sont percées d'une série de petits anneaux en or qui brillent.

Dajied répond par une vague affirmation.

— Allez ! insiste-t-elle. Allons visiter ce village mystérieux.

Je n'ai pas la moindre envie de les accompagner ni de passer du temps en sa compagnie. Mais Dajied dit « d'accord », puis il me regarde, et je hoche la tête – *idiote* – en signe d'assentiment.

* * *

Je n'ai pas toujours été aussi complaisante avec Dajied.

Quand on était ensemble, on rendait parfois visite à son ami réalisateur Tarun, qui vivait à Motinagar, à une colline de chez mes parents à Kum Kynjai. C'était un Dkhar, un étranger marié à une Khasi – « depuis dix ans, disait-il, et on continue à nous gonfler avec ça ».

Je l'aimais bien, il était humble, s'intéressait aux autres, et ne se montrait jamais condescendant avec nous comme certains adultes l'étaient avec des gens plus jeunes.

Qu'est-ce que vous faites de beau, mes grands sages chéris ? nous demandait-il, et on lui répondait. Promenades, discussions, la visite d'une boîte du quartier. Les livres que nous lisions, les films que nous visionnions, les documentaires.

Waouh, ce que vous êtes cultivés, nous taquinait-il.

On passait du temps en bas, dans son studio, agglutinés autour de son Mac, sur lequel il montait un film sur le Cachemire, ou sur des musiciens de blues en Inde. Sa femme, une avocate des communautés rurales, était souvent absente, occupée au tribunal. Leurs quatre enfants étaient en haut, qui prenaient des cours de piano, jouaient à la console ou embêtaient les chats de la maison. Leur grand-mère écoutait la radio si fort qu'on l'entendait jusqu'en bas. C'était une maison bruyante, pleine de vie.

Autrement dit, une maison très différente de la mienne.

Si on voulait fumer, on allait sur la terrasse. Un espace ouvert où on faisait sécher le linge et les piments. Un soir, juste après le crépuscule, Dajied et moi étions restés là à tirer sur une cigarette et à regarder la fumée s'élever en volutes avec en arrière-plan des collines et des toits en tôle, des arbres sombres et un ciel éclairé d'une lumière magique.

— Est-ce que tu t'es déjà dit, commença Dajied, dans des moments comme celui-ci, par exemple, que… c'est ça ?

— Comment ça ?

— C'est ça que je veux dans la vie.

Que voulait-il dire ? Une femme ? Des enfants ? Une grand-mère sourde ? Une carrière de réalisateur ? Une maison et une vie de famille comme celles-ci ? En voyant que je gardais le silence, il me regarda bizarrement, ou peut-être était-ce une ombre, je ne sais pas, et peut-être parce que je sentis qu'il fallait que je dise quelque chose, je fonçai tête baissée, paniquée, et répondis que non, pas vraiment… je ne crois pas.

Quelque chose s'éteignit, son sourire, la cigarette, la lumière du soir.

Je me demande souvent si les choses se seraient passées autrement si j'avais été du même avis. Si je lui avais souri et que j'avais répondu oui, c'est ça, je ressens la même chose. Puis je me dis – peut-être en guise de consolation – que ce n'était pas si simple, en tout cas pour moi. Je n'étais pas faite pour être là-bas, ces séjours à Shillong étaient des échappatoires de la « vraie vie » à Delhi : les trajets dans la poussière, le marchandage avec les chauffeurs, faire les courses, payer les factures, affronter les sifflets, la chaleur, toujours la chaleur, la tentative de construire – quelle pensée risible, franchement – ce que Mei appelait une carrière réussie.

— Reviens, me disait-il. Reviens vivre à Shillong.

Et je refusais. Ou je répondais que j'y penserais. Et j'essayais. Mais je ne sais pas si j'ai eu ne serait-ce qu'envie de rentrer, car à l'époque, ça me paraissait impensable. Par où commencer ? Dire à ma mère « Je crois que je ne suis pas heureuse ici, Mei ». Je l'imaginais sourire, les yeux pleins de pitié. « Le bonheur ne tombe pas du ciel, mon enfant… Il faut le mériter. » Le problème, se lamentait-elle souvent, c'était que personne ne voulait travailler dur dans notre ville natale. « Vois comme la jeunesse est prompte à rejoindre toutes ces organisations sociales… quand les élections approchent, faire du grabuge, se faire payer, refaire du grabuge… à un moment donné, se lancer en politique, et puis c'est l'argent facile. »

Personne ici ne voulait *faire* quelque chose de sa vie. Je n'ai pas le souvenir de Mei me le disant directement, mais ce que je comprenais, c'était ça : que revenir, c'était échouer.

Comment expliquer tout cela à Dajied ?

Lui savait où il voulait passer toutes ses journées.

Il finit par me dire que ça n'avait pas vraiment de sens de continuer.

— J'abandonne. Moi ici, toi là-bas, et après ?

Jamais auparavant il n'avait parlé de cette façon. C'était comme si on me jetait un seau d'eau glacée. *Tu ne le penses pas vraiment*, avais-je eu envie de protester. Ce n'est pas possible.

— Tu ne vois donc pas que tu as trop peur pour la faire éclater ? avait-il assené avec amertume. La petite bulle que t'offre ta famille et qui t'entoure partout où tu vas. Le pensionnat, l'université, Delhi.

— Mais je me débrouille toute seule maintenant, avais-je protesté. Pour ainsi dire.

— Ne m'as-tu pas dit qu'on s'occuperait de tout pour toi, qu'on t'enverrait une domestique pour vivre avec toi et te faire la cuisine et le ménage ?

— Je n'ai pas voulu, avais-je bredouillé.

— Mais pas parce que tu voulais être totalement indépendante, je parie. Peut-être parce que tu étais gênée. Qu'est-ce que mes colocataires vont penser, ou quelque chose de ce genre…

À ça, je ne trouvai rien à répondre. Car c'était à la fois méchant et pas tout à fait faux.

Il me regarda puis détourna vite les yeux. Il fronçait les sourcils et fixait quelque chose de lointain et d'invisible.

— On ne peut pas être ensemble, Shai.

J'entendis les mots, sans les entendre. J'avais les mains moites et le cœur froid. Je parvins seulement à articuler un faible :

— Pourquoi pas ?

— Parce qu'être ensemble, ça voudrait dire faire uniquement ce qui te convient, ou plutôt ce qui convient à ta mère. Tu ne comprends pas ? Ce serait la seule façon de garder intacte ta précieuse petite bulle.

* * *

En tout début d'année, le syndicat des étudiants khasi nous rend visite et nous nous rassemblons tous autour d'eux, comme d'habitude. Ils ont convoqué une réunion et personne ne veut la rater. Les gens laissent tout ce qu'ils sont en train de faire en suspens, le travail, la sieste, et ils viennent écouter. J'aperçois aussi les nouveaux venus en marge de la foule, Dajied avec son appareil photo, Ridalang à côté de lui. *Je ne devrais pas leur prêter attention*, me dis-je, *alors que d'importantes annonces vont être faites.* On nous informe qu'une audience publique concernant la route va se tenir dans quelques jours, organisée par la direction des Communautés et du Développement rural.

C'est formidable… sauf que l'audience aura lieu à Nongbah Jynrih.

Un concert de protestations s'élève.

— Oui, ça nous a étonnés, nous aussi, disent les étudiants. Nous pensons qu'ils ont choisi un endroit aussi reculé dans l'espoir que personne ne se déplace… Mais nous vous encourageons vivement à y aller et à vous faire entendre.

— Les habitants de Mawthabah seront-ils également présents ? demande quelqu'un. Et surtout, qui d'autre dira oui à la route ?

Les membres du syndicat échangent des regards, hésitants.

— Nous l'ignorons. À vrai dire, nous avons observé des réactions mitigées pour l'instant…

Bah Albert, à côté de moi, fait claquer sa langue contre son palais.

— C'est vrai, c'est difficile à dire. C'est délicat, car le débat ne porte pas directement sur le fait d'extraire ou non du *yellowcake*… il porte sur une route. Et qui n'en voudrait pas ?

Plus tard, tandis que j'arrose le *kper*, je pense à la terre, à ce qui part et ce qui reste, à ce que cela représente pour certains et pas pour d'autres, à Bah Karmel et à tant d'autres comme lui, ici dans les villages autour de Mawmalang. Je pense que certaines choses promettent espoir, santé, lumière, mais à quel prix ?

— Banri, qu'est-ce que tu en penses ? Route ou pas route ?

Elle lève le nez des radis violets qu'elle est en train de cueillir.

— Mon avis n'a pas d'importance. Tôt ou tard, les gens du centre feront ce qu'ils veulent.

* * *

Après notre étrange conversation cette après-midi-là, Oiñ est plus renfermée que jamais.

Elle dort toute la journée, ou du moins c'est l'impression qu'elle donne, le dos tourné, la tête vers le mur.

Je tente de l'amadouer.

— Viens. Les jumeaux veulent te chanter une chanson.

Ou encore :

— Regarde ! Des tomates que nous avons réussi à sauver des oiseaux !

Elle répond à peine et même quand elle le fait, son attention est volatile, fractionnée.

Bientôt, son état se détériore, de manière subite et rapide. Elle refuse de prendre ses médicaments, puis elle commence à refuser de s'alimenter. Nous lui préparons du riz et du dahl nature que nous filtrons dans une soupe chaude, mais même ça, elle refuse d'y toucher. Elle reste allongée dans son lit, enroulée dans une courtepointe, avec autour de la tête une écharpe en laine, dont je prends conscience avec un violent pincement au cœur que je la portais quand j'étais adolescente. Elle respire comme un oiseau désormais, si doucement qu'on ne l'entend presque pas, et je l'observe, guettant le soulèvement presque imperceptible de la couverture.

Il faut que tu guérisses.

Pendant quelques jours, la famille est sur le fil. Les nièces d'Oiñ et moi-même nous relayons pour la surveiller. Des gens du village nous rendent visite, proposent leur aide, de jeunes hommes nous apportent du bois et de l'eau, des femmes envoient des repas chauds, leurs maris nous amènent des légumes de leurs champs. Quand l'un des nôtres est malade, c'est nous tous qui le sommes, disent-ils avec inquiétude. Kong Thei s'acquitte de la plupart des tâches – la changer, l'essuyer, la nettoyer, la laver – et en voyant la tendresse qu'elle témoigne à Oiñ quand elle fait tout cela, une vague d'affection à son égard me submerge, même si je sais qu'elle ne me porte pas dans son cœur. Pourquoi ? Je ne l'ai jamais vraiment su. Peut-être parce qu'à ses yeux, j'ai toujours été l'étrangère importune, une sournoise citadine qui avait débarqué dans leur vie sans y être invitée, et dérangé l'ordre des choses ou, pire, revendiqué (à ses yeux) une place ici.

Et dans un moment comme celui-ci, la maison adopte en effet un rythme interne intime, comme une espèce d'horloge. Les sœurs sont extraordinairement calmes, Bah Kit maintient les jumeaux à l'écart en affirmant qu'ils ne devraient pas voir Meirad dans cet état, Banri est une ombre silencieuse qui entre et sort de la maison et gère assez facilement seule tout ce dont nous nous occupons ensemble d'habitude. Chacun a une place. Et même si, après toutes ces semaines, je ne trouve parfois pas tout à fait la mienne, je me répète que je suis ici pour Oiñ.

Rien ni personne d'autre n'a d'importance. C'est pour cette raison que le matin où Hep lâche doucement, tranquillement même « Je pense qu'elle veut partir », je retiens mon souffle, alarmée par la rage que j'éprouve soudain à son égard. *Comment peux-tu dire une chose pareille ?*

— Est-ce que ça va ? demande Banri quand je sors dans la cour pour un peu d'air frais, un peu de soleil, un peu de calme, un peu de silence.

Je crois que oui, je réponds. Je ne suis pas sûre.

Elle me rejoint, mais garde le silence.

— As-tu..., commencé-je, hésitante. As-tu déjà vu des gens... malades, auparavant ?

Je ne peux pas me résoudre à dire *mourants*.

Elle hoche la tête.

— Paieid et Meieid.

Ses grands-parents maternels.

— Nous nous sommes occupés d'eux ici, à la maison.

Elle attend un moment avant de demander :

— Et toi ?

Non, lui dis-je. Mes grands-parents sont morts quand j'étais à l'internat, à l'université, au travail. Je suis rentrée pour déposer des fleurs et des bougies sur leurs tombes. J'étais triste, mais cela me semble tellement aseptisé à présent, tellement commode d'avoir fait ce que j'ai fait une fois que tout était terminé…

Elle acquiesce de nouveau puis déclare avec sagesse :

— La plupart du temps, tout ce que nous pouvons faire, c'est nous assurer qu'ils sont bien installés.

Quand je me rends sur la butte plus tard, un événement des plus étranges se produit. Mon téléphone sonne.

C'est Grace.

— Salut, lance-t-elle.

Tout à coup, entendre sa voix claire et enjouée me donne envie de pleurer.

— Quoi de neuf ? J'ai essayé de t'appeler plusieurs fois.

Elle me contacte pour savoir si elle peut louer ma chambre à une amie qui est à Delhi pour le travail.

— Bien sûr, assuré-je distraitement. Pas de problème.

— Est-ce que ça va ? Quoi de neuf ?

Elle m'écoute sans m'interrompre tandis que je lui parle d'Oiñ.

— C'est bien que tu sois là-bas, dit-elle gentiment. Elle va s'en sortir.

Je lui réponds que je ne crois pas qu'elle le veuille.

À ces mots, elle marque une pause avant de reprendre la parole.

— Tu sais, Shai, l'autre jour, je discutais avec ma mère, qui me racontait qu'elle était allée à Dimapur à l'enterrement d'une dame à qui on avait diagnostiqué un cancer l'an dernier…

Eh bien, elle avait refusé tous les traitements dès le début… Et c'est ce que ses enfants ont dit… que leur mère voulait simplement quitter cette vie en paix.

Quelque chose se serre dans ma gorge.

— Mon Dieu, j'espère qu'ils n'ont pas…

— Shai.

Nouvelle pause.

— Ils l'ont laissée partir.

Là, c'est moi qui me tais.

— Ce que j'essaie de dire, continue-t-elle, c'est que parfois, il faut nous poser la question… Avons-nous le droit ?

Bien sûr que oui. Et le devoir.

Je reste longtemps assise en haut de la butte, en silence. Autour de moi, et au-delà, s'élèvent calmement les hibiscus et les pins, les bambous et les chênes, et les kapokiers rouges, leurs feuilles vertes et immobiles.

Mais c'est un mensonge, une illusion, je le sais. Parmi les nombreuses vidéos que mon père m'a envoyées, j'en ai regardé une qui expliquait comment, de tout temps, de jour comme de nuit, de minuscules stomates présents sur les feuilles des plantes s'ouvrent et se ferment, régulant la perte d'humidité et l'absorption d'air. Je les ai vus dans la vidéo, au microscope, des pores d'un vert vif qui dansent et bougent en fonction de la quantité de lumière qui tombe sur la feuille. J'étais fascinée.

Le monde ne se repose jamais. Même à cet instant, alors que tout semble si figé autour de moi, sans le moindre souffle de vent ou de vie, le monde danse.

Tout est en mouvement, tout s'ajuste. Pour faire de la place à la vie et à la mort.

* * *

Je dois être en train de rêver, car Oiñ avance à côté de moi, jeune et forte et robuste.

Nous sommes sur un chemin, quelque part en pleine nature, dans la montagne. Nous marchons jusqu'à atteindre une grotte et je devine qu'elle est ancienne. Quand nous pénétrons à l'intérieur, elle nous domine de toute sa hauteur avec son haut plafond, assez grande pour accueillir le soleil. Et même si nous ne sommes que toutes les deux, elle n'a pas l'air d'être vide. Aux murs se trouvent des fresques – des éléphants et des calaos, des chouettes et des coqs, tandis que des stalagmites s'élèvent du sol tels d'immenses piliers blancs. Dans le fond, la grotte se rétrécit pour former un tunnel : il ne monte pas, il n'est pas nivelé, mais il descend, et nous avançons en trébuchant, nous nous enfonçons de plus en plus, dans un noir bientôt complet, mais ensuite, quelque chose scintille autour de nous, un éclat vert et argenté, qui tombe comme de la neige.

— Où sommes-nous ? me demandé-je.

Oiñ porte un index à ses lèvres.

— Il y a une forêt au centre de la Terre, révèle-t-elle. Et c'est là que nous devons tous aller.

* * *

— Tu es allée où ? s'exclame Hep.

Nous sommes assises sur les marches devant chez elle. Elle découpe du *kwai* et étale généreusement du citron vert sur la feuille de tabac au moyen d'un couteau. Elle frémit.

— Cet endroit me donne la chair de poule.

— Il nous l'a donnée aussi.

Plus tôt ce jour-là, nous nous sommes aventurés jusqu'au village abandonné avec Dajied, Ridalang et Banri (qui a accepté de nous emmener à contrecœur). Nous nous sommes retrouvés au magasin de Bah Albert, tenu par son fils Mayan, un jeune d'environ dix-sept ans à la moustache encore clairsemée. Lui aussi y est allé, a-t-il indiqué, avec des amis, mais il y a longtemps.

— Ma grand-mère affirme que le village est hanté.

— C'est ce que j'ai entendu dire, lui ai-je répondu.

Je suis surexcitée ; Banri, pas tant que ça.

Mayan a ri.

— Ce sont des contes de vieilles femmes. Le gouvernement indien a fait don du village aux Nongïaid.

Banri a froncé les sourcils.

— Mais c'étaient des nomades…

— Oui. Peut-être que c'est pour ça que le gouvernement leur a construit un village. Ils donnent toujours aux gens ce dont ils n'ont pas besoin.

Il nous a fallu une heure pour arriver là-bas.

Nous avons suivi le sentier le long du cours d'eau, puis descendu un chemin poussiéreux vers une forêt éparse à l'orée de laquelle se trouvait le village. Sur tout le trajet, nous avons marché en formation, Banri et moi en premier, et les nouveaux venus derrière.

Le village était plus désert que ce que j'avais imaginé, et moins excitant aussi. La plupart des huttes étaient réduites à des morceaux de bois, les murs éventrés, les toitures manquantes, et les allées entre les ruines étaient envahies par la végétation. Tout ce qui était susceptible d'être réutilisé avait été pillé, volé.

Pire, dans l'air flottait une odeur de mort et de décomposition.

Ridalang n'était pas impressionnée outre mesure – « Est-ce qu'on peut y aller ? » – et pour une fois, j'étais d'accord avec elle, mais Dajied voulait prendre des photos, alors nous avons attendu. J'ai remarqué que les parcelles faisaient toutes la même taille, des carrés strictement identiques. Ça m'a rappelé les logements abandonnés sur la route de Wahkaji. Si ce que Mayan racontait était vrai, que cet endroit avait été construit par le gouvernement, alors ça expliquerait l'obsession pour l'ordre.

Je comprenais pourquoi des rumeurs couraient sur cet endroit. Le lieu était misérable, les oiseaux étaient étrangement silencieux, et même si nous étions en début d'après-midi et que le soleil brillait, les arbres projetaient de longues ombres et l'air semblait oppressant et froid.

Les Nongïaid avaient-ils réellement été obligés de vivre ici ? Quelle horreur. Je ne saisis pas les choses dans toute leur ampleur, le fonctionnement des nations, mais je connais un peu la cruauté de s'entendre dire, encore et encore, qu'on ne devrait pas vivre la vie qu'on souhaitait vivre.

— Qui étaient les Nongïaid ? Et pourquoi est-ce qu'ils ne sont plus là ?

Hep hausse les épaules.

— Je ne sais pas grand-chose à leur sujet. J'ai entendu dire qu'ils ne se mélangeaient pas vraiment avec les gens des autres villages, qu'ils restaient dans leur coin…

Elle m'offre une bouchée de *kwai*, que je refuse ; elle se la fourre avec délice dans la bouche.

— Pourquoi est-ce que tu ne demandes pas à notre *nong kñia* ? Il est au fait de ces choses-là.

Je la dévisage, surprise.

— Tu crois qu'il était déjà là à cette époque ?

— Tu n'es pas au courant ? Il était déjà né à la naissance du monde.

* * *

Le *nong kñia* vit en bordure du village, près de la forêt. Dans un cabanon en bois et en tôle, avec des épis de maïs qui sèchent accrochés à de la ficelle. Une nuée de bambins joue devant chez lui et entonne une petite comptine – *khynnah rit bas mat ba sting bam shana kulai* –, un chien gambade joyeusement parmi eux et au milieu de ce tumulte, le *nong kñia* est sereinement perché sur sa *mula*.

Ce doit être ses arrière-arrière-petits-enfants, songé-je alors que je m'approche à pas prudents. Il me fait signe de m'asseoir.

— C'est toi, Shailin, lance-t-il même si je n'ai pas le souvenir de lui avoir dit mon nom.

Ses mains reposent délicatement sur ses genoux. Je n'ai pas l'habitude de le voir sans sa *duitara*.

— Du thé ? propose-t-il, mais ça ne sonne pas tout à fait comme une question.

— Oui, s'il vous plaît.

Nous restons assis côte à côte dans un silence confortable. Je me demande si je dois lui expliquer la raison de ma venue. Les enfants ont emporté leurs cris stridents un peu plus loin. L'un des plus grands nous apporte du thé et des *biskit khlur*, des gâteaux en forme d'étoile qui ont un goût de cannelle.

— Ce sont mes préférés, explique-t-il joyeusement. Ils viennent de Smit.

À l'inverse de la plupart des personnes avec lesquelles je parle ces jours-ci, Mei, Kima, Dajied même, la première question du *nong kñia* n'est pas « Quand pars-tu ? ». À la place, il demande :

— Es-tu venue pour une histoire ?

Il y a dans sa façon de s'exprimer un franc-parler auquel je ne m'étais pas attendue, différent de quand il est autour du feu et qu'il nous chante une histoire merveilleusement alambiquée.

Je dis oui, je suis curieuse concernant les Nongïaid.

Une lueur amusée brille dans ses yeux, et autre chose.

— Je connais une chanson ou deux sur eux. De vieilles chansons qui racontent comment ils traversaient nos villages comme les vents fous de mars et les soudaines giboulées d'avril…

— J'adorerais les entendre.

— Un de ces jours, je les chanterai pour toi.

Je le remercie, lui dis que ce serait formidable, puis ajoute :

— Mais qu'est-ce qui s'est passé ? Le savez-vous ? Pourquoi est-ce qu'ils ne vivent plus dans ce village ?

— C'étaient des gens qui avaient un tas de maisons avant l'indépendance de l'Inde, et pendant quelque temps encore après ça, commence-t-il. Puis, pour obtenir la citoyenneté, on leur a dit qu'ils devaient s'établir à un endroit fixe… Une nation est un concept tellement figé, tu ne trouves pas ? Ses frontières, arbitraires dans le meilleur des cas, dont on imagine soudain qu'elles ont toujours existé… C'était encore plus compliqué d'imposer quelque chose de ce genre dans la région du Nord-Est, avec ses nombreux chefs indépendants, dont peu, voire aucun, ne souhaitaient rejoindre l'Inde… Ajoute à cela une tribu nomade et c'était trop pour le gouvernement. Ils étaient incapables de gérer la situation… Alors ils ont donné aux Nongïaid cette terre, ces maisons… et ils leur ont ordonné de rester ! Les Nongïaid ont résisté, ils se sont battus, ils ont péri… et désormais, ils n'existent plus que dans des chansons.

Je dis que c'est vraiment triste, d'avoir disparu de la sorte.

Il secoue la tête.

— Ils n'ont pas disparu. Les choses ne meurent vraiment que quand toutes les histoires tombent dans l'oubli. C'est la même chose avec les gens…

Au loin, les enfants rient, crient, le chien aboie gaiement. Je suis encore en train de réfléchir à ce qu'il vient de dire quand il demande :

— Comment va Kong Stian ?

Je décide d'être franche, moi aussi.

— Oiñ n'est pas en train de mourir, mais elle n'est pas vraiment vivante non plus.

Il étudie mon visage de ses yeux vieux mais perçants, qui voient tout. Peut-être est-il déjà au courant qu'elle agonise, que nous surveillons sa respiration, que nous ne savons pas trop comment elle tient, quelle est cette chose qu'elle ne veut pas lâcher, et pourquoi.

— Il y a quelqu'un que vous pourriez consulter, tu sais.

Je le dévisage et l'aperçois de nouveau. Cette expression que je distingue parfois sans réussir à la déchiffrer.

— Certains affirment que c'est la meilleure dans nos montagnes. Kong Batimai… une femme médecin à Domiasiat.

Oh ? C'est étrange. Pourquoi les sœurs ne l'ont-elles pas mentionnée ?

— Est-ce que c'est loin ?

— C'est à un peu moins de deux heures d'ici. Elle sera peut-être en mesure de vous aider, ajoute-t-il.

Il dit ça comme s'il en savait davantage, mais qu'il ne veut pas encore tout me révéler. *Parce que ce n'est pas le moment* ou quelque chose de mystérieux dans le même genre. Ou peut-être que c'est moi qui m'imagine tout ça parce que c'est le *nong kñia* et que je m'attends à ce qu'il soit un oracle.

— Depuis combien de temps vivez-vous ici, Bah Sumar ?

Il boit son thé à longues gorgées, sans se presser.

— Depuis que les hommes pouvaient se transformer en tigres, que les poissons volaient de la rivière à la cuisine et que les piments passaient de leur tige à notre assiette. Depuis que les blessures pouvaient être soignées avec des mots et que l'on pouvait faire tomber la pluie grâce à une chanson ou arrêter un feu avec un mantra. Depuis que l'arbre qui était tous les arbres poussait tranquillement à l'ombre.

Il me regarde et sourit.

— Chaque jour de ma vie éveillée.

Je rebrousse chemin et traverse le village. Je dépasse les vieillards assoupis au soleil, les vieillardes qui épluchent des oranges. Puis quelqu'un m'appelle.

C'est Dajied. Il est assis sur les marches d'une maison et joue avec son appareil photo. Heureusement, Ridalang n'a pas l'air d'être dans les parages.

— Comment ça se passe ? lui demandé-je tandis qu'il se lève et m'emboîte le pas.

— C'est long, comme toujours avec ces choses-là.

Nous passons devant le magasin de Bah Albert : Mayan nous fait signe depuis derrière le comptoir.

— As-tu assisté à la réunion du syndicat des étudiants l'autre jour ? continué-je pour faire la conversation. Je n'ai pas vu Shemphang.

C'était le chef de file qui s'était adressé au village la dernière fois.

Dajied a l'air surpris.

— Tu le connais ?

Je hoche la tête.

— Il est venu il y a quelques semaines, car la CIU et la DMA sont soupçonnées d'être impliquées dans des opérations d'extraction illégale menées en douce dans la région. Est-ce que tu as entendu parler du colis découvert à la frontière de Manipur ? Et de sa mystérieuse disparition ?

Il me dévisage bizarrement.

— Tu as l'air drôlement bien renseignée sur tout ça…

— Et toi, tu as l'air surpris !

Il rit.

— Simplement parce que jamais tu ne t'intéressais à ces choses-là avant.

C'est vrai ; je ne peux absolument pas le contredire sur ce point.

Je sens qu'il m'observe à la dérobée.

— Je crois que le fait d'être ici te rend… différente.

Peut-être parce que je suis sortie de ma bulle.

Il garde le silence un moment.

— Raconte-moi comment c'est. De vivre ici.

Je le regarde, ces yeux, cette bouche, l'angle de son menton, ses pommettes hautes, sa barbe de trois jours.

— Tu te souviens de la fois, chez Tarun, où tu m'as demandé : « parfois, est-ce que tu n'as pas l'impression que c'est ça ? Que c'est ça que tu veux dans la vie » ?

— J'ai dit ça, moi ?

Il plisse les yeux, comme chaque fois qu'il est un peu mal à l'aise.

— Tu as dit ça, affirmé-je, certaine qu'il se le rappelle. Eh bien, si tu me posais la question maintenant, je te dirais que oui. C'est ça.

* * *

— Je ne comprends pas, dit l'homme en chemise rayée et cache-col noir. Parce qu'à cette direction des Minéraux atomiques, qu'importe qui ils sont, on nous dit tout puis son contraire, en bien ou en mal, je n'en sais rien, mais d'abord ils nous ont promis qu'ils ne creuseraient qu'un tout petit peu, sauf qu'ils ont creusé beaucoup. Et puis ils nous ont avertis qu'on ferait mieux de ne pas boire l'eau là où ils creusaient. Et plus tard, ils ont assuré que l'eau était parfaitement potable. Je ne comprends pas.

Il se tient au centre de la tente de fortune, une bâche tendue sur des bambous pour nous protéger de la pluie. Il y a tellement de monde dans l'assemblée que nous dépassons de tous les côtés, des parapluies ou de grandes feuilles d'igname brandis au-dessus de nos têtes pendant que nous mâchons du *kwai*, chiquons du tabac, écoutons attentivement.

— Aujourd'hui, ils disent qu'ils vont construire une route gratuitement, en signe de bonne volonté, mais est-ce que ça veut dire que plus tard, ils feront autre chose ?

La foule s'exclame et vocifère.

L'homme à la chemise rayée continue, le micro serré contre sa poitrine.

— Je suis un villageois. Je ne sais pas lire ni écrire, mais j'ai le sentiment qu'avant, il y avait du poisson et du fretin dans nos rivières, alors que maintenant, je ne sais pas, je ne les vois plus. Pas vous ?

L'assistance crie son soutien. « *Em em em.* »

— Laissez-moi vous expliquer… Je viens des montagnes juste en face d'ici et tout ce que j'ai, c'est un peu de terres, et j'ai fait le serment de m'assurer qu'on n'y creusera pas et que cette route n'y passera pas… parce que je sens, un peu comme un rêve, qu'il y a quelque chose qui ne va pas… et sur ce, je vous remercie, d'être venus et de m'avoir écouté.

À ces mots, la foule explose, « *kiew kiww kiew* », crient les jeunes hommes, un mot qui est un appel à la guerre.

Nous avons passé toute la journée ici, après être partis tôt de Mawmalang.

— Allez-y, avait encouragé Hep. Ça vous fera du bien.

De fait, en arrivant, je me suis réjouie d'être venue. L'événement avait des airs de fête. Des familles qui pique-niquent. Des marchands qui vendent du thé et des en-cas. Des gens ont déferlé de partout dans les montagnes du Sud-Ouest, marchant dans la boue et sous la pluie. Et je prends conscience qu'il y a quelque chose de nourrissant dans le fait d'être au milieu de personnes qui se préoccupent de leurs terres à la manière d'une grande famille.

Quelques autres intervenants ont aussi pris la parole : quelqu'un de Mawthabah qui a parlé en faveur de la route et s'est fait huer par la majorité. Bah Syiem, qui a prononcé un discours bref et efficace indiquant clairement la position de son village sur le sujet – « tous ne sont pas d'accord pour dire non à la route, a-t-il déclaré » – et j'ai repensé à Bah Karmel. J'ai scruté la foule, mais je ne l'ai pas vu.

— Mais la plupart d'entre nous, a poursuivi Bah Syiem, ont le sentiment que nous méritons une route construite par le gouvernement fédéral, dans l'unique but de nous fournir un axe routier, sans la CIU derrière tout ça.

Cette phrase a été reçue par un tonnerre d'applaudissements.

C'est une femme qui s'exprime, à présent. Elle aussi condamne le projet.

— La résistance continue, nous dit Bah Albert, mais il y a davantage de personnes qui se taisent que la dernière fois.

En outre, des rumeurs abondent : les voix discordantes de ceux qui aimeraient prendre la parole en faveur de la route auraient été la cible de menaces.

— C'est déjà arrivé par le passé, ajoute-t-il. Un journaliste qui soutenait l'extraction a été passé à tabac. Beaucoup de membres de la résistance diraient que ce n'est pas une mauvaise chose.

— Et vous, qu'en pensez-vous ? demande Dajied.

Il n'a pas l'air tout à fait à l'aise.

— Je ne sais pas... Le journaliste habite à Shillong, que peut-il bien savoir de notre réalité ?

Puis, tout à coup, Bah Albert nous a dévisagés.

— Je ne veux pas dire que vous ne comprenez pas ce que nous vivons...

— Et pourtant, nous ne le comprenons pas, affirme fermement Dajied. Ou pas comme le comprennent les gens qui vivent ici. Et c'est important que nous n'ayons pas cette prétention. Comment pourrions-nous comprendre ?

Après ça, Dajied s'éloigne pour prendre des photos et je me joins à la foule, je me faufile entre les étrangers serrés comme des sardines qui me sourient et me font une place. L'un d'eux me tend même une feuille pour m'abriter de la pluie.

— *Khublei*, dis-je, touchée par ce geste.

C'est vrai : Dajied, Ridalang (assise en face de moi, écouteurs vissés sur les oreilles tandis qu'elle tente de ne pas avoir l'air de mourir d'ennui), moi, nous sommes des gens de la ville que tout le monde ici met dans le même sac. Et même si j'aimerais pouvoir le nier, la vérité est que je suis aussi complice de cette exploitation que n'importe quel autre habitant de Shillong, même si c'est uniquement à cause de mon ignorance de longue date ou, pire, parce que je n'ai pas pris la peine d'en savoir plus. C'est notre point commun, possiblement le seul, avec Ridalang (qui a dix ans de moins, est plus jolie, et aussi plus riche). Et je suppose que c'est pareil avec Dajied.

C'est évident qu'elle est amoureuse de lui, même si je ne suis pas certaine que la réciproque soit vraie. Il est toujours réservé avec elle en ma présence, mais peut-être parce qu'il se sent mal à l'aise, ou parce qu'il pense que moi, je me sentirais mal à l'aise.

Et moi ? Quel est mon ressenti ? Je n'en sais rien. Pourquoi déterrer ce qui est enterré ? Tout cela s'est passé il y a bien longtemps. En vérité, je suis perdue. Et peu désireuse d'admettre le bien-fondé de ce vieux cliché qui dit qu'on ne veut une personne que lorsqu'on l'a perdue.

L'audience publique est supposée prendre fin après l'heure du thé, mais j'aimerais partir plus tôt et rentrer avant la tombée de la nuit. Banri aussi voudrait s'en aller – elle a vu quelques amis, mangé une tonne de *shana*, et elle en a assez pour aujourd'hui, décrète-t-elle.

Je préviens Dajied que nous prenons la route.

— Oh, est-ce que Rida pourrait faire le trajet avec vous ? Je vais finir assez tard.

— Bien sûr.

Que répondre d'autre ?

À vrai dire, elle n'a pas l'air enchantée, elle non plus.

— Je ne peux pas rentrer avec toi ?

— Inutile de te faire attendre. J'ignore pour combien de temps j'en ai.

Elle est assez intelligente pour savoir que ça ne lui servira à rien de supplier, alors elle hausse les épaules, dit « très bien » d'un ton qui indique tout le contraire, et nous nous mettons en route. Je m'attends à un trajet en grande partie silencieux jusqu'à la maison. Banri va se réfugier derrière sa timidité. Je ne suis pas d'humeur à faire la conversation. Quant à Rida, nous manquons sans doute sérieusement de glamour à ses yeux.

Elle a, cependant, très envie de parler de Dajied. Elle me raconte comment ils se sont rencontrés. Lors d'une séance photo l'an dernier, une réécriture moderne de l'histoire de Noh Kalikai – tu sais, celle dans laquelle une femme rendue folle par le chagrin se jette d'une falaise et se transforme en cascade.

— Oui, dis-je. Je connais l'histoire.

— Je l'avais adaptée en court métrage pour mon projet de fin de master, et je cherchais un cadreur... Puis cet ami m'a mise en contact avec Dajied. On campait à Cherra, près de Kut Madan, dans notre complexe hôtelier...

Nonchalamment, elle ajoute :

— Tu es déjà allée là-bas ? Il faut que tu viennes. On fait un prix à tous nos amis.

Eh bien, voilà qui m'exclut de la liste. Je ne le dis pas tout haut, bien sûr, et je dois avouer que ce n'est pas si facile de me montrer hostile à son égard. Elle a l'air de quelqu'un d'ouvert, et même (ça me fait mal de l'admettre) généreux, comme si rien n'était vraiment un problème, sans doute parce qu'elle n'en a jamais eu. En outre, elle est douloureusement, péniblement belle, surtout en ce moment, à la lumière douce et délicate du crépuscule. Je suis consciente de ne pas m'être vue dans un miroir depuis des mois. Consciente que mes vêtements sont des loques déchirées qui, contrairement aux siens, ne sont plus à la mode depuis des années, si tant est qu'ils l'ont été un jour.

— Depuis combien de temps tu le connais ?

— Pardon, qui ça ?

Elle semble déroutée.

— Dajied.

— Oh. Ça fait une éternité. Depuis l'université.

— C'était il y a combien de temps ?

— Trop longtemps.

Mais elle insiste.

— Quelle année ?

Je lui réponds.

Oh, sa bouche s'arrondit, et ses yeux s'écarquillent.

— Et comment vous êtes-vous rencontrés ?

Ça aussi, je le lui raconte. À un mariage, derrière la tente, je cherchais une cigarette.

— Je suis contente qu'il ne fume plus, déclare-t-elle. Je l'aurais forcé à arrêter, autrement.

— Oui, on fumait beaucoup quand on sortait ensemble.

Elle glisse sur une pierre moussue, mais parvient à reprendre l'équilibre.

— Quoi ?

— On fumait beaucoup…

Elle rit, d'un rire un peu nerveux.

— Non, pas ça. Vous êtes sortis ensemble ?

— Oui… Il n'en a pas parlé… ?

Elle fronce les sourcils. En dépit du froid, une pellicule de sueur recouvre son visage.

— Non.

Le sentier sur lequel nous sommes est particulièrement boueux, surtout après la pluie, alors nous avançons en file indienne pendant un moment. Je ne sais pas ce qui m'a poussée à dire ça, mais je dois avouer qu'un semblant de regret alourdit mes pas. Lorsque nous marchons de nouveau sur l'herbe, elle me rattrape.

— Je peux te demander… pendant combien de temps vous êtes restés ensemble ?

J'admets que j'ai exagéré un peu. Ou peut-être beaucoup, d'accord.

— Et donc… qu'est-ce qui s'est passé ensuite ?

— On n'a pas vraiment rompu.

Pourquoi est-ce que je dis ça ?

— Simplement, il était à Shillong, et j'étais à Delhi… et c'était difficile d'être séparés, tu comprends ? Il venait me voir à

Delhi et je rentrais à Shillong aussi souvent que je le pouvais… mais les relations à distance, c'est compliqué.

Maintenant, je suis de retour, ai-je envie d'ajouter, mais je me retiens. Elle doit y penser, néanmoins, car si la nuit n'était pas en train de tomber, je jurerais qu'elle a pâli un peu.

— C'est le pire, tu ne crois pas ? Quand une relation se termine comme ça. Pas à cause d'une incompatibilité majeure, mais simplement pour une histoire de… timing.

Quelque chose me souffle que ça suffit. Peut-être même que j'éprouve une pointe de culpabilité. Devrais-je dire quelque chose de gentil sur leur couple ? Non, ce serait déplacé. Et surtout, c'est trop tard.

Mieux vaut me taire et continuer à marcher.

Bientôt, quoique pas assez tôt, nous sommes de retour à Mawmalang.

* * *

C'est vrai. Dajied m'avait rendu visite à Delhi. Une seule fois. Et ç'avait été un désastre.

Il était arrivé à la fin d'un mois de janvier glacial, pour me faire la surprise pour mon anniversaire, et j'étais tellement sous le choc que je ne parvenais même pas à exprimer ma joie. Je vivais avec la cousine de ma mère à l'époque, Nah Nah Pat, et c'était impossible qu'il dorme à la maison. Non pas parce que ça dérangeait Nah Nah Pat que des amis me rendent visite, mais parce que c'était lui, quelqu'un que ma mère désapprouvait.

— Où est-ce que tu vis, déjà ? avait-il demandé.

— Vasant Vihar, avais-je répondu. Je pense qu'il vaut mieux qu'on se retrouve là où tu es.

Mais il séjournait dans un hôtel à Lajpat Nagar avec ses parents et sa sœur, pour des vacances en famille, et tous partageaient une grande suite familiale. Ma venue aurait été incroyablement gênante.

Je crois que cela nous perturba tous les deux d'être au même endroit sans pouvoir être ensemble.

À Shillong, nous avions toute la ville pour nous. Ici, nous en étions réduits à être assis l'un en face de l'autre sous la lumière crue des néons d'un café bruyant.

— Je suis contente de te voir, tentai-je.

Il touilla son café sans répondre.

— Qu'est-ce que tu veux faire ? Aller voir la tombe de Humâyûn ? Dilli Haat ? On pourrait aller au cinéma.

— Je voulais te voir *toi*, Shai.

— Je suis là.

— Pas comme ça.

Il désigna la table d'un geste et, sans faire exprès, renversa ma tasse.

Quand je le revis à Shillong, quelques mois plus tard, c'était comme si rien de tout cela n'était jamais arrivé. Nous étions de nouveau en sécurité, à l'aise dans notre environnement familier. Rien n'existait au-delà des basses montagnes qui bordaient notre ville. C'était facile d'oublier et de se couper du reste du vaste monde.

Je me souviens d'avoir pensé que *nous*, lui et moi, ne pouvions exister nulle part ailleurs.

***

Qui aurait cru que ça pouvait être si agréable de chercher de la nourriture ?

Pour commencer, je ne savais pas que nos forêts étaient si bienveillantes. Pendant les pluies, des champignons comestibles de toutes les variétés imaginables poussaient à foison.

— Certains brillent même dans le noir, me dit Banri.

À d'autres périodes de l'année, la forêt regorge de légumes. *Ja ut, jamyrdoh, jalynshir, jalem jatira*, des herbes sauvages à mélanger avec du citron ou à moudre avec du poisson séché.

— Ne cueille jamais le premier spécimen que tu trouves, a ordonné Banri.

— Pourquoi ?

— Car c'est peut-être le dernier dans les parages. Et puis, ajoute-t-elle d'un ton détaché, tu veux qu'il parle de toi aux autres en bien. Qu'il raconte que tu n'étais pas cupide, que tu as seulement pris ce dont tu avais besoin.

Ça, ai-je concédé, c'est important, et je n'ai pas dit ça uniquement pour lui faire plaisir, mais parce que je l'ai sentie. La morsure d'avoir trop pris. Des châtaignes sauvages, que j'étais si ravie de repérer sur le tapis forestier que j'en ai ramassé et ramassé jusqu'à avoir les poches pleines et les mains débordantes de cosses brunes. *C'est trop*, m'a soufflé une voix, même si c'était plutôt un instinct, le tiraillement aigu d'un sentiment que je n'ai néanmoins pas écouté, et dès que je suis arrivée à la maison avec mon butin, mon téléphone est tombé, d'un seul coup, sans raison. L'écran s'est fendu, me donnant l'impression qu'on m'infligeait un doux châtiment.

— As-tu laissé quelque chose derrière toi ? a demandé Banri.

J'ai secoué la tête avec culpabilité. Elle a bougonné, mécontente.

Dans les forêts se cache aussi une foule d'herbes médicinales. La roselle, avec ses feuilles d'un vert foncé métallique et ses fleurs roses, qui a permis de soigner la diarrhée des jumeaux. Le sarrasin, pour l'hypertension de Kong Thei. L'herbe du tigre, pour les fois où Bah Kit a souffert de remontées acides. Et un jour, alors que j'étais aveuglée par une migraine, Hep a écrasé des feuilles de gaulthérie jusqu'à obtenir une épaisse concoction sombre, amère et efficace.

— Vous savez, dis-je à tout le monde pendant le dîner, le *nong kñia* m'a suggéré d'aller voir une femme médecin pour Oiñ…

Ah oui ? Qui ?

— Kong Batimai à Domiasiat.

Pendant un moment, le silence règne. Puis Bah Kit prend la parole :

— Tu devrais y aller. Si le *nong kñia* t'a dit ça, il doit avoir une raison.

Kong Thei semble agacée.

— À quoi bon ? Meirad refuse de prendre les médicaments que je me procure pour elle, de toute façon.

— Justement, il faut tout tenter. Elle ne peut pas ne pas aller mieux et simplement… exister comme ça.

— Peut-être qu'elle n'a pas envie d'aller mieux, réplique sèchement Kong Thei.

— Comment peux-tu dire une chose pareille ?

Mon intonation est aussi horrifiée que moi.

Elle se lève et assène froidement :

— Je préférerais que nous respections ses volontés, mais après tout, qu'est-ce que j'en sais ? Je ne suis qu'une villageoise. Tu es venue de la grande ville pour nous sauver, pour nous expliquer comment vivre, et comment mourir.

Un jour, quand j'étais enfant, j'avais piétiné une touffe d'orties par accident et m'étais retrouvée couverte de boutons rouges et douloureux. Eh bien là, c'est exactement la même sensation. Kong Thei s'écarte de la table, débarrasse son assiette et sort en trombe. Je suis paralysée.

Une lueur inquiète brille dans les yeux de Hep.

— Elle ne le pensait pas… elle ne le pensait pas, répète-t-elle en boucle.

Le riz est comme des graviers froids sous mes doigts.

— Non. Peut-être que je n'ai pas le droit…

— Pas le droit de quoi ?

De donner mon avis sur la question. Il vaut mieux qu'ils – la famille – décident, lui dis-je.

Hep renifle avec mépris et je suis réprimandée, « ne sois pas idiote », si je ne suis pas de la famille, alors qui l'est ? Sa sœur, ajoute-t-elle, est particulière. Toujours comme ça. Fermée et possessive, mal à l'aise face au moindre changement.

— Un jour, une cousine de Mawkyrwat a séjourné à la maison et Pro l'a rendue marteau, la pauvre. Elle faisait toujours tout de travers. C'est la même chose avec toi, il ne faut pas faire attention, c'est tout. Le souci…, continue-t-elle, c'est que Kong Batimai n'a pas bonne réputation. Je veux dire par là que c'est une femme médecin renommée, mais pas une bonne personne.

— Comment ça ?

— Elle fait payer les gens… mais elle ne demande pas que de l'argent.

— C'est-à-dire ?

— Elle demande des services, réclame des choses en échange. Ce n'est pas une bonne personne…, répète-t-elle.

Ce soir-là, j'ai du mal à trouver le sommeil.

Je suis allongée sur mon fin matelas, qui ne m'a jamais paru confortable jusqu'à maintenant. La nuit est longue et alors que les heures défilent, l'obscurité se replie sur l'obscurité. À un moment, je succombe à des rêves agités, puis je me réveille.

Par la fenêtre, un éclat blanc laiteux brille. La maison sera bientôt debout. Je sors par la porte de derrière, passe devant les cochons, les poules, le potager, et je pars marcher.

J'ai besoin d'air, besoin de lumière. Je ne monte pas sur la butte. À la place, je prends le sentier qui mène hors du village, le long des champs et du pont, en direction de la forêt. Je ne vais pas bien loin, néanmoins. Assis sur un rocher près du cours d'eau se trouve Dajied. Lui aussi semble ne pas avoir fermé l'œil. Devrais-je le saluer ? Je le fais. Il a l'air un peu hébété.

Je m'assieds dans l'herbe, non loin de lui. Le ruisseau s'écoule, le silence ponctué du bruit de l'eau et du chant des oiseaux.

— Mauvaise nuit ? demande-t-il sans se tourner vers moi.

— Plus ou moins. Et toi ?

— Pareil.

Eau qui ruisselle, oiseaux qui chantent.

— Alors ce n'est pas une promenade matinale rafraîchissante ?

Il secoue la tête.

— Alors comme ça…

Il me lance un regard.

— Tu as dit à Rida qu'on était sortis ensemble… pendant très longtemps.

Mince. J'avais oublié ce détail.

— C'est possible, oui.

— Possible ? C'est certain, elle a été on ne peut plus claire.

— J'ignorais que tu ne lui avais rien dit… *du tout*.

Je ne distingue pas ses traits, mais je devine qu'il est en colère.

— Je suis désolée, ajouté-je. Je n'aurais pas dû.

— Non, tu as raison. C'est moi qui aurais dû lui en parler… d'autant plus en sachant qu'on allait te croiser ici.

Ma voix est presque un murmure.

— Pourquoi tu ne l'as pas fait ?

— Parce que je suis un crétin.

Il soupire.

— Accessoirement, elle n'a jamais été entièrement convaincue que je voulais être avec elle, alors j'ai pensé que si je lui en parlais, ça ne ferait qu'alimenter cette peur.

Je fixe les brins d'herbe devant moi.

— Le pire, c'est que je crois qu'elle avait raison, continue-t-il. Ça ne m'a pas paru réel… alors je n'ai rien dit, et maintenant…

Il laisse échapper un rire sans joie.

— Elle s'imagine que je suis venu ici pour te retrouver.

— Quoi ?

— Tu m'as bien entendu.

— Laisse-moi lui parler, lui expliquer…

Il hoche la tête.

— Tu pourras faire ça dès que tu seras rentrée à Shillong… *si* tu rentres.

— Comment ça ?

— Elle est partie.

— Comment ? Toute seule ? C'est de la folie…

Bah Albert prenait la route à l'aube pour Wahkaji pour aller chercher des marchandises, alors elle est partie avec lui et a demandé à son chauffeur de venir la chercher là-bas.

Ridalang Mawlong ne voyage pas en bus, songé-je.

Je lui dis que je me sens affreusement mal. Je me rapproche, m'accroupis sans grâce sur une pierre près du cours d'eau.

— Pourquoi tu ne me donnerais pas son numéro ? Je pourrais lui parler…

Il balaie ma suggestion d'un revers de main.

— Elle te déteste. Et elle me déteste aussi.

— Elle a vingt ans. Elle déteste tout le monde.

Après un moment de silence – ruissellement et chant d'oiseaux – il rit.

— Vingt-trois.

Une fois de plus, je lui présente des excuses et ajoute, même si ça m'écorche la bouche, qu'elle semble charmante.

— Oui. Et très peu sûre d'elle. Sans doute à raison, maintenant que j'y réfléchis.

Ce matin encore, continue-t-il, elle voulait partir, et puis elle ne voulait plus…

— Je pense qu'elle avait surtout envie que je reparte avec elle… mais je ne le lui ai pas proposé, et ça l'a mise encore plus en colère… Quel gâchis.

Il dit ces mots d'un ton désespéré et je me sens minable. Mais… *Pourquoi tu n'es pas parti ?*

— De toute façon, elle n'aimait pas être ici… Si elle est venue, c'est uniquement parce qu'elle…

— Voulait être avec toi ?

— Euh…

Il rougit.

— Je crois qu'elle voulait voir s'il y avait… du potentiel pour développer son activité, tu vois.

Je vois.

Au loin, le cri d'un paon perturbe l'immobilité ambiante.

— Tu n'es pas fâché contre moi ?

Il hausse les épaules.

— Si ça n'avait pas été toi, ç'aurait été quelqu'un d'autre, et si ça n'avait pas été ça, ç'aurait été autre chose. Je pense que c'était voué à l'échec dans tous les cas. Mais en effet, ça n'a pas aidé que tu lui donnes l'impression qu'on était encore amoureux… et qu'on avait rompu uniquement à cause de la distance.

Je grimace.

— Je pense que ça m'a agacée… qu'elle soit la fille de Dorothy Mawlong…

— D'accord, mais si on devait tous être jugés d'après les agissements de nos parents, on serait tous condamnés.

Ce serait facile pour moi d'abonder dans son sens, mais je garde le silence.

— Oui, je sais, dit-il. L'argent sale engendre l'argent sale.

— J'allais dire qu'il engendre un autre éco-lodge horrible à Sohra… mais ça aussi, oui.

Deux pigeons à plumage vert survolent le cours d'eau.

— Et toi ? Est-ce que tu te lèves toujours aussi tôt ?

En réalité, oui. (Mensonge.) Je réfléchis (j'invente en allant) à la possibilité d'aller à Domiasiat.

— Maintenant ?

— Plus tard dans la journée, bafouillé-je.

Il se lève, époussette son jean.

— Il faut que j'y aille aussi. Je dois parler à des gens là-bas, Kong Spelity surtout. C'est la femme qui est à la tête de la résistance antiextraction depuis des années.

J'attends en retenant mon souffle, puis il demande :

— Peut-être qu'on pourrait faire le voyage ensemble ?

Alors que je suis sur le point d'accepter, je me ravise.

— Et…

— Rida ? C'est un peu tard pour te soucier d'elle.

Je hoche la tête. Certes.

— As-tu quelqu'un pour t'accompagner ? Un traducteur ? Le dialecte risque d'être difficile à comprendre, pour nous je veux dire.

Je confesse n'avoir pris aucune… disposition.

— Peut-être que Banri peut nous emmener ?

— Non. On a besoin d'elle à la maison…

Il fronce les sourcils.

— D'accord. Dans ce cas, peut-être que je peux poser la question à Mayan.

Alors que nous regagnons le village, il me demande :

— Pourquoi tu vas là-bas, au fait ? Comme ça ?

Pas vraiment, lui dis-je. J'aimerais essayer de sauver une vie.

* * *

Avant que le soleil atteigne son zénith, nous sommes en route.

Mayan a délégué avec joie ses responsabilités à sa petite sœur et à sa mère pour nous servir de guide. De nous trois, c'est le plus énergique et, je pense, le plus enthousiaste face à cette opportunité inattendue de changement de décor. Il nous explique qu'en général, il ne va jamais nulle part maintenant que ses amis ont quitté le village au profit de grandes villes. Aucun ne prévoit de revenir.

— Qu'est-ce qu'ils font là-bas ? interroge Dajied.

— Ils sont dans la construction. Chauffeurs de taxi, pour la plupart. Certains font de petits boulots au marché d'Iew Duh. C'est difficile de trouver autre chose. Mon père refuse de me laisser partir, ajoute-t-il. Il dit que nous avons un magasin et que la vie est meilleure ici, mais…

Il ne termine pas sa phrase, mais je pourrais l'achever à sa place. *Qui est-il pour en décider ?*

Pendant la majorité du trajet, Mayan papote. Dajied et moi ne sommes pas très bavards, en grande partie à cause du manque de sommeil. La lumière du soleil m'aveugle et un mal de tête pulse dans mes tempes. Dajied a l'air aussi peu fringant que moi. Mais à part ça, nous, ou en tout cas je suis extrêmement consciente de sa présence près de moi.

Nous sortons du village, empruntons la route qui mène à Wahkaji, mais nous la quittons ensuite et suivons un autre sentier qui serpente sur les versants plus élevés. Mayan semble connaître le trajet pittoresque et nous enchaînons les points de vue, d'où nous contemplons les montagnes qui ondulent (il n'y a pas d'autre manière de le décrire) devant nous comme une mer agitée s'étendant à l'infini.

— Vous devriez venir au coucher du soleil, déclara Mayan avec fierté.

Nous nous arrêtons une seule fois pour un déjeuner rapide et pour admirer les monuments mawbynna.

Ils sont époustouflants, c'est vrai.

— Êtes-vous déjà allés au temple de Nartiang ? demande Dajied.

— Non, répondons-nous en chœur.

Là, dans les montagnes Jaintia, se trouve une collection d'au moins deux cents pierres monolithes, dont certaines mesurent plus de six mètres de haut, qui se dressent près de rizières et d'une route tranquille. Mais de plus petits regroupements peuvent être observés dans d'autres endroits, bien au-delà de ces montagnes, nous explique Dajied.

— Et pour un tas de raisons différentes, aussi.

Dans leurs variétés de tailles et de dispositions, les pierres servent d'urnes pour des cendres et des os, ou de points de repos pour les voyageurs fatigués, de commémoration pour les ancêtres ou de balises pour les processions funèbres – habituellement placées le long d'une route menant au *mawbah* d'un clan, le lieu du dernier repos de tous ses membres. Ici, un groupe de trois, un monolithe plus haut et à la cime effilée au centre et deux plus petits – « *mawpyrsa* », d'après Dajied – de chaque côté. Devant eux, la *mawkynthei* est étalée à plat sur quatre petites pierres au ras du sol. C'est l'*iawbei tynrai*, explique-t-il, l'aïeule de la racine, la racine des racines.

Nous nous asseyons sur le côté – avec, pour ma part, toute la déférence dont je suis capable – et déballons notre déjeuner. La mère de Mayan, Kong Thrill, nous a préparé du riz, des pommes de terre frites et des escalopes de viande hachée, le tout enveloppé dans des feuilles de banane.

— C'est la pierre femelle, continue Dajied en tapotant la *mawkynthei*. Et celles qui sont debout…

— Sont les pierres mâles, je parie, complété-je.

— On ne dispose que de très peu d'informations sur la façon dont ils les installaient…

Je sens que nous allons au-devant de l'une de ses mini leçons, mais j'ai trop faim pour l'interrompre.

— Certaines personnes affirment que les pierres n'étaient pas seulement soulevées à la force des bras, mais aussi des mots, qu'il fallait réciter une prière, une supplique, demander la permission. C'était seulement après avoir fait tout ça que les pierres bougeaient.

Je me revois au Ever-Living Museum, avec Bah Kyn me parlant d'une pierre circulaire. J'observe les monolithes qui découpent le ciel.

— Je me demande qui les a mises là.

— C'est dur à dire, répond Dajied. Probablement les habitants d'un village voisin.

— Et pourquoi ?

— Si je ne dis pas de bêtises… ce type de disposition commémore la mort du père.

Quand j'ai fini de manger, je reste assise sans un mot.

— J'aime qu'on raconte notre histoire de cette façon, dit Dajied avec un hochement de tête. Qui a besoin de l'écriture quand on a la pierre et les chansons ?

Domiasiat est un petit village, pas plus qu'une poignée de huttes en tôle et en bois et parfois blanchies à la chaux, plus éloignées les unes des autres que celles de Mawmalang.

La plupart des gens d'ici pratiquent encore le *jhum*, nous indique Mayan lorsque je remarque qu'il n'y a pas beaucoup de *kper* autour des maisons.

— Le *jhum* ? L'agriculture itinérante ?

Un vague et lointain souvenir de cours de géographie remonte à la surface de mon cerveau.

— Oui, me répond-il. Ils brûlent et plantent et changent d'endroit au bout de quelques années. Mon père m'a raconté que nous aussi, on faisait ça, enfin, ses grands-parents et ses parents, en tout cas… Mais ensuite, ç'a été interdit par les Britanniques ou quelque chose comme ça, et puis par le gouvernement indien après eux… Je ne sais pas pourquoi.

— Parce qu'ils pensaient que c'était destructeur pour l'écologie, dit Dajied. Ce qui n'est pas tout à fait exact. Ça peut être très bon pour le sol, car ça alimente et régénère la terre davantage qu'une agriculture sédentaire.

Je le regarde avec curiosité. Il hausse les épaules.

— J'ai édité un documentaire pour une ONG. Ça ne payait pas grand-chose, mais j'ai appris un tas de trucs.

Le village a l'air abandonné. Les gens sont probablement aux champs. Les maisons sont silencieuses et immobiles sous le soleil hivernal. Un chat calico nous observe depuis le haut d'un mur de pierre croulant. Il semble gentil et presse sa tête contre la paume de Dajied tandis qu'il le caresse.

— Et toi, saurais-tu nous dire où tout le monde est passé ?

Il se met à ronronner bruyamment puis saute de son perchoir et part en courant le long d'un sentier herbeux abrupt qui grimpe vers le sommet de la montagne.

Nous le suivons.

Jusqu'en haut, jusqu'à une petite maison blanchie à la chaux et gardée par une vieille femme.

— *Phi leit shano?* Où étais-tu passé ? À courir partout comme un animal fou…

Accroupie sur ses talons, elle parle au chat, un couteau à dénuder à la main. Ses doigts noueux sont encore assez habiles pour couper rapidement du *kwai*. À terre, à côté d'elle, se trouve un *khukuri* pour lequel Bah Kyn vendrait certainement son âme.

Si elle éprouve la moindre surprise ou un antagonisme quelconque en découvrant notre présence, elle n'en laisse rien paraître. Nous laissons Mayan s'adresser à elle en premier, pour la saluer et lui expliquer qui nous sommes. Dajied lui sourit ; je n'arrive pas à la quitter des yeux. Elle a de hautes pommettes ciselées qui surmontent des joues creuses, des cheveux blancs ébouriffés ramenés en un chignon indiscipliné, un long nez et des yeux que les années et toutes les choses qu'elle a vues ont enfoncés dans leurs orbites.

— Je vous présente Kong Spelity, nous dit Mayan.

C'est elle. La femme au feu rare et féroce, dont tout le monde des environs parle avec amour et admiration. Elle est là, à caresser un chat qu'elle appelle Poi Ei et à nous offrir du *kwai*.

Dajied est ravi ; c'est la personne qu'il tenait le plus à rencontrer. Elle nous propose de l'eau, que nous acceptons avec gratitude. La nourriture que nous avions emportée depuis Mawmalang a suffi pour le déjeuner, mais nous n'avons plus rien à boire et il valait mieux ne pas se désaltérer aux ruisseaux.

Je suis également reconnaissante de m'asseoir et me reposer. J'ai mal aux pieds, à la tête. On m'offre une orange et je l'épluche avec joie, délectée de la sensation d'immobilité et de chaleur, bercée par leur conversation. Je ne la suis pas dans son intégralité, mais je comprends qu'elle possède cette montagne et la montagne voisine, ça représente beaucoup de terres, et elle les transmettra à ses enfants, bien sûr. Sa plus jeune fille, qui vit avec elle. Son mari est mort, ainsi que son fils, à trente-quatre ans, d'un cancer de la gorge. Soudainement, très vite.

— Depuis qu'ils ont commencé à creuser, nous avons perdu de nombreux membres de notre clan, emportés par de mystérieuses maladies, et nous souffrons aujourd'hui encore. Certaines personnes peuvent vous parler de maladies de peau, d'épilepsie, d'ulcères et d'autres maux qui n'ont pas de noms. Beaucoup de femmes sont stériles, incapables de tomber enceintes.

Sa voix s'éteint, mais un éclat sauvage brille dans ses yeux.

Pendant un moment, nous gardons le silence. Quelque part, dans le lointain, quelqu'un appelle, et une autre personne répond. Poi Ei s'est roulé en boule aux pieds de Kong Spelity.

Autour de nous s'étend un océan de montagnes et de forêts et c'est comme si nous nous tenions tout au bord du monde.

Je sais que je devrais partir me mettre en quête de Kong Batimai, mais je constate que je ne parviens pas à me lever. Je suis fatiguée, mais également envoûtée par la voix de Kong Spelity.

— Je ne suis pas fortunée, insiste-t-elle sans relâche. Je ne suis pas riche. Au début…

Elle marque une pause.

— J'avoue que j'ai été tentée de vendre mes terres ; j'y réfléchissais… mais un employé de la CIU, qui avait aussi travaillé à Jadugoda, m'a dit : « Je pensais que vous étiez intelligents, vous, les gens des montagnes. Vous ne savez donc pas à quel point vous allez souffrir, vous et votre famille ? » C'est là que j'ai pris ma décision… Je ne veux pas de cet argent.

La CIU lui avait offert une somme si conséquente pour louer ses terres pendant trente ans que pour le restant de ses jours, et de ceux de ses enfants, et de leurs propres enfants, aussi longtemps que la famille se serait perpétuée, ils auraient été plus qu'à l'aise financièrement.

— Vous avez refusé une très grosse somme, dit Dajied.

Elle ne prononce pas un mot tandis qu'elle découpe la dernière noix de bétel. Elle pousse gentiment Poi Ei pour qu'il dégage le passage, se lève et nous fait signe de lui emboîter le pas.

Elle marche en direction d'un bosquet d'arbres situé sur le versant voisin, derrière sa maison. Nous descendons puis remontons, à travers les pins hirsutes. Ce n'est pas le moment de lui demander où elle nous emmène et nous gardons le silence tandis que nous la suivons. Dans l'air, rien d'autre que le chant des oiseaux et le craquement de nos pas sur le tapis forestier sec d'hiver.

Puis les arbres s'écartent pour révéler une petite cascade et une piscine naturelle aussi limpide et pure que la lumière des étoiles. Elle s'immobilise, illuminée par le soleil moucheté de l'après-midi, et je me surprends à penser : *Dans quel Éden suis-je tombée ?*

Elle commence à parler, lentement d'abord, doucement, puis plus fort, plus vite, plus déterminée. Elle est désormais si volubile que Mayan a du mal à traduire en allant, mais ce n'est pas nécessaire, car je comprends clairement qu'elle parle de liberté, du fait que c'est une chose qu'elle tient entre ses mains, aussi réelle que la terre et les racines et la pierre. C'est la famille, et la mère, et nos parents, et si tel est le cas, vendriez-vous votre propre sang ? Dites-moi ?

Voilà ce qu'elle explique, que vendre cette terre équivaudrait à vendre sa liberté et qu'une fois qu'elle aura disparu, transformée en chiffres, en billets, en chèques et en soldes, alors qu'est-ce que tout ça pourra acheter, en réalité ?

Est-ce que ça pourra racheter sa liberté ?

L'argent peut-il acheter ce ruisseau qui coule, cette herbe, cette chute d'eau, ces arbres ?

* * *

Nous allons passer la nuit chez Bah Freeman.

Un peu plus tôt, nous sommes arrivés chez Kong Batimai pour découvrir qu'elle n'était pas là.

— Elle est partie cueillir des feuilles de laurier et du poivre pour le marché hebdomadaire, nous a informés une voisine.

— Est-ce que vous savez quand elle va revenir ?

Elle nous a regardés comme si nous avions posé la question la plus stupide du monde.

— Bien sûr que non. Les gens vont et viennent comme bon leur semble.

Alors nous avons décidé de prendre le risque de rester pour retenter notre chance demain, sans compter que nous sommes fatigués.

Bah Freeman est le chef de village et le beau-fils de Kong Spelity. Il est marié à sa fille aînée. C'est un homme à la voix douce qui nous assure que cela ne pose aucun problème que ses jeunes fils nous laissent leur chambre. Ce sont des adolescents, nous dit-il, ils dorment n'importe où. Ce qui signifie qu'ils traîneront leurs matelas jusqu'au salon et s'en contenteront.

Lorsqu'on nous amène des lits supplémentaires, empruntés à un voisin, il n'y en a que deux – Mayan insiste pour dormir avec les fils de la famille.

— Bien, on va faire comme ça, répond Dajied.

Je ne fais pas de commentaire.

Nous dînons tôt – du riz, du dahl et du poisson bouilli écrasé avec du gingembre et des piments. C'est léger et délicieux et je n'avais pas conscience d'à quel point j'avais faim. Ensuite, nous nous asseyons dehors sur les marches. Dajied s'est mis à fumer la pipe – je songe à quel point ça enchanterait Ridalang.

Bah Freeman s'assied à côté de nous, de même que sa femme, Kong Bernadethe. Une version moins majestueuse de

Kong Spelity, peut-être, mais avec un grand sourire chaleureux. Elle nous offre du *kwai*, ainsi qu'à quelques voisins qui nous ont rejoints, et cette fois-ci, par politesse, je ne refuse pas.

Nous parlons tout bas tandis que la lumière baisse. Parmi les personnes présentes, je découvre que nombre d'entre elles étaient à l'audition publique, et du même avis que Mawmalang.

Nous serons punis, néanmoins, affirment les villageois, et lorsque nous demandons par qui, et ce qu'ils entendent par là, ils se dévisagent, hésitants.

— C'est déjà arrivé par le passé, explique Bah Freeman. L'unique école que nous avions a fermé ses portes et pas une brique n'a été posée pour le centre de santé qu'on nous avait promis.

— Nous sommes si insignifiants, et si peu nombreux, dit un autre homme qui fume également la pipe, que nos votes comptent à peine. Alors le gouvernement s'en moque.

— Oui, intervient une femme enveloppée dans un châle. La seule chose qui nous a rendus importants a été celle que nous avons refusé de céder… l'uranium. Qu'est-ce qu'ils vont nous prendre, désormais ? Nous n'avons rien ou presque, de toute façon. Ils ne peuvent pas nous couper l'eau, nous l'obtenons à la source… et notre électricité vient du soleil.

Nous apprenons que les garçons du syndicat des étudiants khasi ont installé quelques panneaux solaires dans le village.

Maintenant, c'est Kong Bernadethe qui prend la parole :

— Ce n'est pas tant pour nous que c'est un problème que pour nos enfants. Nous devons les envoyer si loin pour qu'ils aillent à l'école…

— Oui, enchérissent les autres. Nous gardons la terre pour nos enfants, mais à ce rythme-là, ils n'auront rien d'autre à hériter…

Bientôt, un par un, les gens se lèvent pour partir, disent « *thiak suk, thiak suk* » tandis qu'ils s'en vont. Enfin, Bah Freeman nous souhaite également une bonne nuit, et il ne reste plus que Dajied et moi.

Il bourre de nouveau sa pipe et la rallume. La fumée, sucrée et âcre, flotte dans l'air de la fin de soirée. Ce n'est pas d'une beauté subjuguante ici, comme ces images qu'on voit et qui donnent parfois aux lieux un aspect irréel, mais c'est tranquille, soigné et aimé, et alors que je pense à ça, tout à coup, je me sens terriblement triste.

— Est-ce que tu crois que ça va continuer ? Le mouvement lancé par Kong Spelity...

Pendant un long moment, Dajied ne répond pas et j'en déduis que la discussion est close. Par son silence, il affirme son incertitude.

Puis il prend la parole :

— Tu sais, il y a quelques années... avec Tarun, on a réussi à nous incruster à un voyage d'immersion à Jadugoda, que la CIU organisait avec des notables khasi de la région... des personnalités politiques, des entrepreneurs, des chefs de file de jeunesses militantes... enfin, tu vois le genre. Le but du voyage était de déboulonner le discours soi-disant fallacieux selon lequel le mouvement anti uranium gagnait du terrain avec des projections de *Bouddha pleure à Jadugoda*...

Je lui réponds que oui, je me souviens.

— Il se trouve que ce technocrate bengali chevronné de la CIU s'est pris d'affection pour nous... ou plutôt pour Tarun.

Il rit et ajoute :

— Jamais je ne l'avais entendu faire autant de circonvolutions poétiques avant. Enfin bref, un jour, on l'a interrogé sur les déplacements de population dus à l'extraction d'uranium. Il nous a dévisagés d'un air stupéfait : « quel déplacement ? Nous allons les réinsérer, c'est simple comme bonjour.

Combien doivent être réinsérés ? Mille, tout au plus ? Nous allons les payer, leur construire des maisons, leur offrir un emploi rémunéré, ils deviendront riches et de toute façon, ces gens sont si improductifs qu'ils ont peut-être des terres, mais ils n'ont aucune idée de la valeur de ces terres. Ils travaillent dur, mais ils ne sont pas payés pour ça. »

Nous contemplons les collines. Une fine brume hivernale est désormais suspendue au-dessus de l'herbe, les *ñiang kongwieng* poussent de longs cris aigus dans la nuit.

— Le truc, continue Dajied, c'est qu'on a compris que pour ce Bengali, c'était *ça*, la liberté. Une liberté issue de la monétisation de la propriété, par opposition à la liberté que confère l'appartenance.

Je pense à l'homme à la chemise rayée qui a pris la parole pendant l'audience publique, à Kong Spelity et à ses deux montagnes qu'elle considère non pas comme une richesse, mais comme quelque chose qui n'a pas de prix.

— Tu sais, je charrie beaucoup Tarun à propos de toutes les leçons qu'il donne, mais ce jour-là, il m'a dit quelque chose que je n'ai jamais oublié.

Je le scrute avec curiosité.

— Quoi ?

— La plupart des habitants dans ce pays, issus de l'exploitation féodale et de l'absence de terres, n'ont pas la moindre idée de comment interagir avec d'autres qui voient la terre non pas comme un simple facteur de production, mais comme un lieu d'imagination, un paradis dans lequel vivre. Le conflit d'interprétation qu'un Marwari, un Bengali ou un Bihari rencontre avec un Munda, un Khasi ou un Naga est dû à ce décalage dans leur histoire. Les personnes qui ont connu la privatisation de la terre, l'expulsion, la monétisation du travail et la sacralisation de la hiérarchie ont du mal à comprendre Kong Spelity. C'est un conflit entre ceux qui pensent qu'un *bigha* de terre vous offre la liberté et ceux qui estiment que ça ne rend pas riche de posséder des montagnes. C'est le monde de la productivité qui s'oppose au rêve du maintien en vie des biens communs.

Nous nous taisons tous les deux pendant un moment jusqu'à ce que je dise :

— Tes leçons m'avaient manqué.

— La ferme, rétorque-t-il, mais il sourit.

Je ris et ajoute que oui, je vois ce qu'il veut dire. Il ne s'agit pas de savoir si la résistance peut tenir dans la durée, mais de savoir s'il est possible de corriger cette discordance de l'histoire.

Il fait déjà froid, mais à cet instant, une petite tristesse tenace s'insinue dans la texture des choses. Dans la nuit tombante, dans les arbres, dans la silhouette des montagnes. Quelque chose d'esseulé, de beau et d'inatteignable.

Ce n'est que lorsque Dajied demande si nous ne ferions pas mieux de rentrer que je reviens dans le présent, dans le froid, sur les marches de la maison. Il pense que mon temps de réaction signifie autre chose.

— Si tu préfères, je peux dormir avec les garçons dans le salon.

Je lui dis que non, ce n'est pas la peine.

Nous nous débarbouillons grâce à des seaux d'eau qu'on nous a laissés à côté de la porte de la cuisine. Il n'y a pas de toilettes. Je dois aller dans les buissons.

— Ça va aller ? demande Dajied, gêné.

Oui, assuré-je, tout aussi gênée.

Ce n'est pas évident et j'espère que la plante sur laquelle j'ai marché n'appartient pas à une espèce urticante. Je ne vois presque rien. Néanmoins, je parviens à retrouver mon chemin et j'entre dans la petite chambre d'un pas mal assuré. Dajied tripote son appareil photo.

Je retire ma veste, mais il fait trop froid, alors je la remets et m'allonge sous un édredon qui sent le foin.

Dans l'obscurité, je sens très nettement la présence de Dajied à quelques mètres de moi. C'est la première nuit que nous « passons ensemble » depuis la dernière fois qu'il s'est faufilé dans ma chambre, ou moi dans la sienne, je ne sais plus. Quelle idiote je fais. Il est sans doute assoupi, à rêver de Ridalang, tandis que je suis là, réveillée, aussi nerveuse qu'une adolescente, à me demander ce que ça ferait de l'embrasser de nouveau et si lui a envie de m'embrasser aussi.

Je lui tourne le dos et m'intime l'ordre de dormir. Soudain, dans le silence, sa voix s'élève.

— Est-ce que tu crois que…

Il ne termine pas sa question.

— Quoi ?

— Non, rien.

Je me redresse à moitié. Dans l'obscurité, je distingue à peine sa silhouette ensommeillée.

— Dis-moi.

— Est-ce que tu crois que… quand tu rentreras à Shillong, tu y resteras ?

À cet instant, je sais que je devrais dire oui, même si c'est seulement pour le moment, pour arranger les choses, mais je n'y arrive pas. Je commence à répondre que j'ignore quand je vais repartir de Mawmalang, puis j'évoque Grace et Delhi, même si je n'ai pensé à aucune des deux depuis un moment.

— Je ne sais pas trop, conclus-je.

— D'accord.

Il se tait.

L'instant est perdu.

Allongés là, nous nous tournons le dos, en silence.

* * *

L'air du matin est froid sur ma peau et je suis heureuse de lever le visage vers le soleil.

La brume s'est dissipée, l'air est frais et pur, les contours des montagnes se détachent nettement dans le ciel. Je suis également heureuse de ce qui ne s'est pas produit la nuit dernière. C'est mieux comme ça.

Je me suis réveillée avant Dajied et me suis glissée hors de la chambre sans faire de bruit. Après une tasse de thé et des galettes de *putharo* nature arrosées de miel, je me suis préparée pour partir.

— Est-ce que tu veux que je vienne avec toi ? m'a demandé Mayan.

— Ce n'est pas la peine. Attends Dajied.

— Mais tu n'as pas besoin d'un traducteur ?

— Je me débrouillerai.

Je ne me débrouillerais sans doute pas, mais je tenais absolument à y aller seule.

Je salue les voisins qui nous ont rendu visite la veille. Ils sont en route pour les champs et Poi Ei marche à côté de moi tandis que je me dirige vers la cabane dans la forêt. Des vêtements sont accrochés à la corde à linge, qui n'y étaient pas hier, mais à part ça, l'endroit semble désert.

— *Kumno*, appelé-je, mais personne ne répond.

Je contourne le porche, longe la corde à linge. Là, à l'arrière de la maison, une femme est accroupie sur ses talons, des bouquets de gousses de poivre fraîches et de feuilles de laurier étalés devant elle. Elle est en train de les mettre en gerbes dans un grand panier plat posé au sol.

— *Kumno?* répété-je. Kong Batimai ?

— *Hooid*, répond-elle.

Un morceau de tissu noué dans la nuque entoure sa tête. Des yeux sombres et acérés rencontrent les miens. Elle a le nez retroussé, des taches de rousseur, un menton volontaire.

— En quoi puis-je t'aider ? demande-t-elle en khasi et non pas en dialecte.

Je lui explique que je viens la voir sur la recommandation de Bah Sumar, le *nong kñia* du village de Mawmalang.

Elle sourit.

— Ah, comment va-t-il ? Et que fais-tu à Mawmalang ? N'es-tu pas de Shillong ?

J'aimerais que ce soit moins évident.

Elle termine de lier le laurier en gerbes et s'attaque aux gousses de poivre. Petites et vertes, elles brillent comme des bijoux dans la lumière du matin.

— Tu es venue seule ?

— Avec un ami qui est ici pour le travail.

— Laisse-moi finir ça, puis nous verrons si je peux t'aider.

Nous ne buvons pas de thé, mais de l'eau chaude infusée de feuilles de citron. J'ai le sentiment d'avoir l'été au bord des lèvres.

Nous sommes assises dans sa maison. Elle ne comporte qu'une pièce, spacieuse de par son dépouillement. Je m'étais attendue à… quelque chose du genre échoppe désordonnée d'apothicaire, disons, avec des flacons, des herbes et des poudres dans tous les sens. Mais tout est bien rangé et le seul indice susceptible de révéler qu'elle est médecin consiste en des bouquets de plantes séchées suspendus aux chevrons.

En voyant que j'inspecte les lieux, elle dit :

— J'aime mieux ne pas m'encombrer. Je déménage tous les dix ans environ. J'ai vécu à Shillong, moi aussi, ajoute-t-elle, ce qui explique qu'elle parle khasi. À Demthring.

Je connais la zone, en périphérie de la ville. Un quartier populaire très étendu, peuplé de garages et couvert de poussière de charbon que dispersent les camions qui le traversent jour et nuit. Un jour, m'a raconté mon père, des cigognes blanches ont migré vers les rizières en plein hiver.

— Est-ce que ça vous a plu ? Shillong ?

— *Biang hi*… mais je n'y ai passé que très peu de temps.

— Pourquoi ? demandé-je, même si j'ai le sentiment que je ne devrais peut-être pas.

— Je n'aime pas les villes, répond-elle simplement. Et j'aime me déplacer.

— Comme les Nongïaid, dis-je sans réussir à m'en empêcher.

Elle semble déroutée, mais tempère :

— C'étaient des gens qui avaient de nombreuses maisons. Je n'en ai qu'une à la fois.

Après cela, Kong Batimai entre dans le vif du sujet. Elle m'interroge sur la maladie d'Oiñ et je lui fournis autant de détails que possible. Elle écoute sans m'interrompre jusqu'à ce que j'aie terminé, à bout de souffle, en concluant par ce que je dis aux autres depuis le début, que ce n'était pas la mort, mais que ce n'était pas une vie.

Kong Batimai garde le silence, allume une *bidi* et s'adosse au mur. Même avec les jambes tendues, elle est petite, et pourtant, elle est incroyablement imposante. L'espace d'un instant, je regrette de ne pas avoir demandé à Dajied ou à Mayan de m'accompagner.

— Ce que tu me demandes est quasiment impossible…

Le cœur au bord des lèvres, j'attends.

Elle souffle un gros nuage de fumée.

— Ton Oiñ est vieille, vois-tu, mais pas si vieille. Elle va mal, mais elle ne va pas si mal. Elle est vivante, mais pas tout à fait. Certaines personnes sont ainsi. Incertaines, incapables de se décider. C'est comme effectuer un voyage sans vouloir arriver à destination ni faire demi-tour.

J'hésite.

— Oui. Je vois ce que vous voulez dire… Mais Oiñ ne m'a jamais semblé être quelqu'un d'indécis. Quand elle voulait partir, elle partait…

Kong Batimai plisse les yeux.

— Dans ce cas, peut-être qu'elle n'est plus du tout elle-même.

Elle me scrute attentivement.

— Est-ce que tu fais des rêves inhabituels ces temps-ci ?

J'hésite de nouveau.

— Pas vraiment. À part un, peut-être.

Je lui raconte la forêt, la grotte.

Kong Batimai termine sa *bidi* puis jette le mégot dans l'âtre, où brûle un feu indolent.

— Deux possibilités me viennent à l'esprit : elle ne veut pas te quitter, et tu ne veux pas la laisser partir.

Elle hausse les sourcils.

— Ou les deux à la fois.

Bien sûr que je ne veux pas la laisser partir. Je m'emporte un peu. Insinuerait-elle que c'est ma faute ? *Écoutez*, ai-je envie de dire, *est-ce que vous pouvez m'aider, oui ou non ?* Mais je doute fort qu'elle apprécie et je n'ai pas envie de la mettre en colère, alors je me tais.

Kong Batimai se lève, gagne à petits pas le fond de la pièce et rapporte un panier de *kwai*. J'envisage déjà de refuser poliment si jamais elle m'en offre, mais quand elle pose le panier, je constate qu'il contient des feuilles de bananier pliées en petits paquets.

— Tu sais que normalement, je demande quelque chose en échange de mes traitements… parfois de l'argent, parfois d'autres choses.

Je hoche la tête. Mon sac renferme tout l'argent liquide dont je dispose, au cas où c'est ce qu'elle souhaiterait. J'espère que ça suffira.

— Mais dans le cas présent, ce ne sera ni l'un ni l'autre.

Je fronce les sourcils et lui demande ce qu'elle veut dire.

— Ce qui doit être fait doit l'être non pas par moi, mais par toi.

Je réponds que je ne comprends pas.

Kong Batimai sourit.

— C'est très simple… Tu dois cueillir quelques feuilles et les placer là-dedans.

Elle me tend un des petits paquets.

Pas de problème, je peux faire ça.

— Des feuilles de quoi ?

De laurier, de tulsi, de poivre, de cardamome, de cannelle, d'orange et de thé.

Je vais écrire tout ça, lui dis-je, pour ne pas oublier.

— Encore une chose…

Son intonation me fait relever brusquement la tête.

— Toutes ces feuilles doivent être collectées à partir de la même plante.

— Quoi ?

Je ris, et secoue la tête, et me demande si j'ai mal entendu.

— Non, dit-elle gaiement. Tu les récoltes et tu attends…

Je parviens à peine à demander :

— Attendre ? Où ça… ?

— Là, dans la grotte, dans tes rêves.

Mais bien sûr.

— Ce sera tout, annonce-t-elle d'un ton irrévocable.

Je reste assise, immobile, infiniment perplexe.

— Mais Kong Batimai, bafouillé-je. Que voulez-vous dire ?

Elle refuse de m'écouter.

— Je t'ai clairement indiqué quoi faire.

— Mais cette plante… avec ces feuilles… où vais-je bien pouvoir la trouver ? Et cette grotte ? Ça n'a pas de sens…

Elle est debout à la porte, attendant que je m'en aille.

* * *

Lorsque nous nous approchons de Mawmalang plus tard ce jour-là, les nuances de vert sont plus profondes sur les versants avec le soleil qui descend à l'horizon, les bleus sont plus foncés et les ombres semblent s'allonger à l'infini.

— Vous voyez ? dit Mayan. Qu'est-ce que je vous avais dit ? C'est au coucher du soleil que c'est le plus beau.

Et c'est vrai, c'est indéniable. La lumière d'ici a quelque chose de différent, elle est nette et claire, tout en étant adoucie par un unique éclat doré. J'aimerais être de meilleure humeur pour profiter davantage de tout cela : du chemin du retour, du déjeuner que Kong Bernadethe avait si généreusement préparé, du sac d'oranges fraîchement cueillies. De cette journée, qui s'obstine à être d'une telle beauté. Je mentirais si je disais que la productivité de Dajied ne m'agace pas un peu. Il a réussi à s'entretenir avec de nombreuses personnes à Domiasiat, à filmer quelques séquences de qualité, à prendre des photos.

— Et toi ? s'enquiert-il. Comment ça s'est passé avec Kong Batimai ?

— Bien.

Ma réticence paraît le surprendre quelque peu, mais je ne suis pas d'humeur à développer. Je regrette de ne pas m'être arrêtée sur le pas de sa porte pour lui demander d'être plus claire. C'est ça que j'aurais dû faire, au lieu de débarrasser le plancher comme un agneau docile. Je foule le sentier parmi les feuilles, les cailloux et la boue, à pas rapides, pas franchement d'humeur à traîner. Dajied me laisse dans mon coin et marche derrière moi avec Mayan. Ils m'appellent quand je manque une intersection.

— Si tu vas par là, tu vas finir à Dhaka, dit Mayan en riant.

Je rebrousse chemin, remonte, continue. Nous ne sommes plus très loin de Mawmalang. J'ai envie d'arriver, de prendre un bain et de me laver de cet incident, mais dans le même temps, je suis tracassée par la manière dont je suis partie, la dispute avec Kong Thei. Ma poitrine se serre. Marcher jusqu'au Bangladesh n'est peut-être pas une si mauvaise idée, en fin de compte.

De retour au village, nous passons d'abord devant la maison de Bah Albert. Je le salue et dis au revoir à Mayan, que je remercie pour son aide et sa disponibilité, avant de me remettre en route.

— Shai, lance Dajied. Attends.

Il se plante devant moi, l'air embarrassé.

— Je tenais à m'excuser… pour hier soir. Je ne voulais pas te mettre mal à l'aise avec mes questions.

Bêtement, je suis prise d'une envie de pleurer.

— Non, je… Aucun problème.

— Tu es sûre ?

Il a l'air d'avoir envie d'ajouter quelque chose, mais il ne le fait pas. Il me souhaite une bonne soirée. « *Thiak suk, thiak suk* », je lui souhaite la même chose.

Je me dirige vers la maison, où je m'attends à être accueillie par une vague de désapprobation. Mais Hep semble enchantée de me voir et me serre dans ses bras quand je passe la porte.

— J'étais folle d'inquiétude. Puis Kong Trill nous a informés que tu étais partie pour Domiasiat avec Mayan.

Elle me tient par les épaules, plonge son regard dans le mien.

— Est-ce que tu vas bien ?

Je hoche la tête.

— Oui.

— J'ai dit à Kong Thei de…

Je l'interromps :

— Elle avait raison. Je n'avais pas à rendre visite à Kong Batimai. J'aimerais lui présenter mes excuses.

Hep marque une pause.

— Ça n'a rien à voir. Le fait est qu'elle n'aurait pas dû te parler de la sorte... pas sous mon toit.

C'est la première fois que je l'entends revendiquer, en tant que benjamine, l'héritage de cette maison.

— Ça ne fait rien, insisté-je. Vraiment, ce n'est pas nécessaire.

— Tu dois être épuisée. Va voir Meirad, je vais demander à Banri de faire chauffer de l'eau pour toi.

Je suis démoralisée en constatant qu'Oiñ ne montre aucun signe d'amélioration. De fait, je pense qu'elle est dans le même état qu'avant mon départ. Elle regarde dehors, elle me regarde, puis elle regarde de nouveau par la fenêtre, sans rien dire. Peut-être sans rien voir non plus.

Elle ne veut pas arriver à destination ni faire demi-tour.

Même s'ils ont résonné dans mon esprit toute la journée, je tente de chasser les mots de Kong Batimai. Ils ne signifient rien. Elle se moquait de moi, me faisait une blague. Une blague à mes dépens. Mais j'ai vraiment, désormais, le sentiment de ne rien pouvoir faire de plus pour aider.

Lors de notre repas du soir, je salue poliment Kong Thei.

— *Kumno?*

Je me sens misérable, prête à endurer ce qu'elle s'apprête à m'assener. Mais elle fait preuve de la même politesse.

— *Kumne.*

Telle est l'étendue de notre réconciliation. Nous recommençons à faire ce que nous savons faire de mieux : nous ignorer mutuellement.

Je vais tôt dans ma chambre et m'allonge. Dans l'obscurité, je prie désespérément pour retourner dans le rêve où je marchais jusqu'à la grotte avec Oiñ, vers la promesse d'une profonde forêt débordante de lumière. Peut-être y trouverai-je quelque chose que je n'avais pas remarqué auparavant, une sorte d'indice, de l'espoir.

Mais cette nuit, je ne fais pas ce rêve. À la place, rien que du vide qui se superpose au vide d'une inconscience épuisée, jusqu'à ce que le chant du coq me réveille. Tout va bien en ce bas monde, dit-il au soleil, nous sommes prêts à recevoir tes bénédictions.

* * *

Pendant quelques jours, je ne m'aventure pas dehors.

Je passe du temps avec Oiñ. Je lui caresse les cheveux, lui masse les mains, tout en lui parlant comme si elle était là.

— Je t'en prie, remets-toi, lui murmuré-je à un moment. Reste et je resterai.

Peut-être est-ce la seule chose qu'elle entend, car elle resserre son étreinte autour de mes doigts. Me donne-t-elle son accord ? Ou me dit-elle que ça ne fait rien ?

Je reste à la maison, m'occupe du jardin comme d'habitude et apprends également à raccommoder mes tee-shirts. Banri est choquée d'apprendre que je n'ai jamais rien recousu de ma vie.

— Est-ce que tu sais comment faire passer le fil dans le chas d'une aiguille ? demande-t-elle.

— Oui.

Je m'exécute.

— Et ensuite ?

Je la dévisage, désarmée.

— Qu'est-ce que je fais, maintenant ?

Elle m'apprend à coudre, à nouer, à rapiécer.

— Voilà, déclare-t-elle une fois que nous avons terminé. Pas besoin de jeter quoi que ce soit.

Non, et c'est peut-être la première fois que j'en prends conscience.

Je ne vois pas Dajied. Le bruit court qu'il s'est rendu à Mawthabah, le village « ennemi », pour parler avec ses habitants, et qu'il a reçu un accueil peu chaleureux à son retour. C'est ce que j'entends dire. Je ne cherche pas à le voir, et je suppose que lui non plus ne va pas venir me trouver, jusqu'au moment où il le fait.

— Salut, lance-t-il quand je sors et le trouve en train d'attendre sur les marches. On va marcher ?

— Si tu veux.

Nous nous mettons en route.

— Comment ça s'est passé à Mawthabah ?

— Ils sont tout aussi déterminés que les gens d'ici concernant la route. Sauf qu'eux sont sûrs qu'ils en veulent.

— C'est délicat, pas vrai ? Les deux partis sont convaincus qu'ils se battent pour le bien de leur communauté.

Il me fixe.

— Oui. C'est exactement ça.

Quand il a la politesse de s'enquérir de comment vont mes parents, je lui réponds qu'ils vont bien. Bizarrement, au cours de ces quelques mois, nous avons pris une habitude assez semblable à celle que nous avions quand j'étais à Delhi : appels pendant le week-end, et parfois une brève discussion une ou deux fois par semaine.

— Justement, dit Dajied avec un grand sourire. J'allais te demander ce que ta mère pense du fait que tu sois ici.

Je ris. Ça ne l'enchante pas.

— Mais elle a arrêté de demander quand je comptais rentrer.

— Peut-être qu'il s'agit d'une nouvelle stratégie de sa part ?

Je hausse les épaules.

— Me laisser exister ? Peut-être.

Nous avons atteint l'orée du village, le soleil se couche au-dessus des champs et l'air autour de nous est agité par le vol rapide des libellules.

— À un moment dans nos vies, nous allons forcément faire quelque chose que nos parents désapprouvent, dit Dajied à voix basse. Quelque chose qu'ils ne veulent pas que nous fassions. Et tu sais quoi ? Ce n'est pas grave.

Je reste là, frappée par une subite illumination, aussi claire que la brise qui souffle entre les fleurs blanches de pommes de terre, au regret que personne ne m'ait dit ça plus tôt.

En un clin d'œil, ça devient notre routine. Je finis mes corvées de la journée et au lieu de gravir la butte toute seule, Dajied vient me chercher et nous déambulons, le long du ruisseau, dans la forêt, dans les champs.

Nous parlons beaucoup, comme pour rattraper les jours et les années perdus, et soudain, nous rajeunissons, jusqu'à être aussi jeunes que quand nous nous sommes rencontrés à Shillong, et que rien n'était trop compliqué, et qu'il y avait toujours une solution à tout, car la jeunesse nous en convainquait sans commune mesure. Ce n'est plus pareil, je sais, mais c'est agréable de faire semblant sous le ciel clair et le soleil clément de Mawmalang. De faire comme si certaines choses changent afin de devenir ce qu'elles étaient à une époque. Pendant tout ce temps, il ne fait aucune tentative (de m'embrasser ou de me prendre la main) et moi non plus, et je la trouve étrange, cette petite danse platonique, que nous continuons à effectuer jusqu'au jour où nous nous perdons dans la forêt sacrée.

Cette après-midi-là, nous décidons d'explorer une nouvelle zone. Il a plu pendant la nuit précédente, les légumes n'ont pas besoin d'être arrosés, alors je suis libre plus tôt, et nous disposons de quelques heures supplémentaires avant le coucher du soleil. Le bois sacré est un endroit calme, bien que sauvage et insoumis, et aussi, concordons-nous, un peu inquiétant. Est-ce possible que les arbres soient plus grands en fin de journée ? Ils semblent s'élever plus haut et nous encercler de plus près.

Nous trébuchons également sur les réservoirs en ciment qui mouchettent le sol, encore discernables parmi les broussailles.

— Des déchets miniers, m'informe Dajied. Tous scellés, j'espère.

Nous venons d'atteindre l'extrémité d'un chemin pentu lorsque j'aperçois la fille au chat.

— Là.

Elle est un peu plus loin. Je la lui montre du doigt. Est-ce que c'était elle ou un jeu de lumière ? Nous continuons à marcher, mais quand nous arrivons à l'endroit où elle se tenait, elle a disparu. À la place, presque dissimulée derrière les hautes fougères, apparaît l'entrée d'une petite cave.

S'y est-elle engouffrée ? Ça paraît impossible, pas une feuille ne bouge. Nous écartons la végétation et regardons à l'intérieur. L'espace est rocailleux et couvert de mousse et des pierres de la taille d'un poing fermé sont éparpillées sur le sol. Plus loin, une faille s'est creusée et laisse passer un rai de lumière. Des particules de poussière s'élèvent dans l'air. Nous entrons. L'atmosphère est sèche, mais l'odeur particulière de la terre flotte autour de nous, une odeur de terre et de racine et de pierre. Nous nous arrêtons devant le cercle lumineux que le rayon forme sur le sol.

J'enfonce le pied dans la terre chaude et meuble.

— Qu'est-ce qui va pousser ici, à présent ?

Dajied sourit et m'attire contre lui.

— Une nouvelle vie.

Lors de ces froides journées de janvier, nous passons également de nombreuses soirées ensemble autour de l'âtre, tentant de capturer le peu de chaleur qui s'échappe du feu. Banri s'assied près de moi, son bras sous le mien, avec Dajied pas loin.

J'ai du mal à me résoudre à le dire, mais je n'ai jamais été aussi heureuse.

Pendant la plupart des soirées, c'est le *nong kñia* qui gratte les cordes de sa *duitara*, mais ce soir, les musiciens sont là pour nous divertir et apportent avec eux un joyeux vacarme.

Racontez-nous le coq ! Non, non, disent-ils, nous avons entendu parler de cet oiseau il y a peu… Le jeune Ren et sa maîtresse la fée, dans ce cas ? Ils secouent la tête. Pas *encore*, pas encore… Parlez-nous des Nongïaid ! Ils haussent les sourcils, hochent la tête, disent l'heure est venue, l'heure est venue, de faire des rimes sur ces anciens marcheurs perdus…

Que savent-ils, que savent-ils, où vont-ils, où vont-ils ?

Ceux qui marchent arrivent comme les giboulées d'avril et les folles fleurs de mars volubiles,
une flotte de pieds légers comme des feuilles, voyageant avec la brise,
la plus ancienne de nos tribus, disent certains, présente depuis la nuit des temps
quand hommes et animaux glorifiaient la jeune lune et le soleil,
quand le *Diengiei*, l'arbre qui porte en lui tous les arbres, n'était pas davantage qu'un arbrisseau frémissant,
aucune montagne n'était trop haute pour les marcheurs de notre tribu la plus vieille.

Les gens de l'ombre qui vont et viennent comme le vent, comme le vent.

Ceux qui marchent sont les anciens, liés ni à la forêt ni à la terre
qui se déplacent à travers les âges, à travers tous les jours de l'humanité,
tandis que les villages s'érigeaient et s'écroulaient. Les Nongïaid par la pluie lavés,
par le soleil tannés, sauf un, sauf un, une femme blanche comme le gel,
blanche comme le gel d'une froide journée d'hiver, disent-ils,
avec des yeux de la couleur de cieux d'hiver, disent-ils,
venue de loin, venue de loin - oh, marchait-elle, marchait-elle vraiment avec les anciens marcheurs ?

Que savons-nous, que savons-nous ? Combien vont, combien viennent ?

Les marcheurs ne peuvent nous le dire à présent, ils sont en cage depuis longtemps,
les forêts vidées, les montagnes désertées, leur hiver infini se déchaîne infiniment,
ils pleuraient d'être enfermés entre des murs et refusaient de s'endormir
par peur, s'ils ne voyaient pas le ciel en se réveillant, de mourir.

D'habitude, après, nous sortons, resserrons nos châles autour de nous et rentrons, marchant tous ensemble jusqu'à nous éparpiller chacun chez soi. Et Dajied et moi nous disons, avec toute la promesse que renferment ces deux mots : « à demain ».

Ce soir, néanmoins, il me demande si nous pouvons aller marcher.

Il est tard, il fait un froid glacial, mais je le regarde et dis :

— Pourquoi pas ?

Pendant un moment, nous restons immobiles. Où aller ? Vers le ruisseau ? L'orée de la forêt ? Une demi-lune brille dans le ciel, l'obscurité n'est donc pas totale, mais il n'y a cependant pas assez de lumière pour s'aventurer vers l'une ou l'autre de ces destinations. Alors je propose la butte derrière la maison, et nous nous mettons en route.

De là-haut, les lumières du village transpercent la nuit comme autant de petites étoiles.

— Je ne suis jamais monté ici auparavant, dit Dajied.

Il s'assied et dégaine sa pipe. Je prends place à côté de lui, assez près pour discerner l'odeur du tabac lorsqu'il sort sa pochette. Il est âcre et fort et je sens monter, sortie de nulle part, la vieille envie de tirer une bouffée. Il allume la pipe, recrache lentement la fumée.

— Shai, commence-t-il. Je dois partir bientôt.

— Quand ?

Je tente d'avoir l'air désinvolte.

— Bientôt, répète-t-il.

Il me lance une œillade, puis détourne le regard.

— J'ai prolongé mon séjour autant que j'ai pu... mais je dois rentrer à Shillong maintenant... J'ai tout ce matériel à trier et je dois retourner travailler...

Et retourner à la vraie vie. Et peut-être même retourner avec Ridalang.

— Bien sûr. Je comprends.

— Et toi ?

Non loin de nous, les grillons stridulent. Une série de petits coups brefs et secs. Le *ñiang kynjah*, l'insecte qui est toujours seul.

— Shai ?

— Pourquoi ne peut-on pas simplement rester ici ?

Je ne plaisante qu'à moitié.

Il rit, sans joie.

— Et voilà, Shai, tu passes d'une bulle à l'autre.

Sa remarque pique davantage que l'air froid de l'hiver. Je lui réponds qu'il est injuste.

Il se tourne vers moi, pose une main sur mon bras.

— Désolé. Ce que je veux dire, c'est qu'il va bien falloir que tu prennes une décision, non ? À un moment donné... Qu'est-ce que tu veux faire ? Où est-ce que tu veux être ? Et qu'est-ce que tu veux faire de ta vie... ?

Je discerne à peine ses traits dans la pénombre, mais sa voix est mâtinée d'une vive insistance. Dans ma poitrine, un petit frémissement de panique. J'ai envie de répondre qu'il a raison ; je dois décider de tout cela. Mais quelque chose m'en empêche et soudain, je ris.

— Qu'est-ce qu'il y a de si drôle ?

Davantage qu'agacé, il semble perplexe.

— Tu as davantage en commun avec ma mère que ce que tu crois…

— Je ne vois pas ce que tu veux dire, rétorque-t-il avec raideur.

— Écoute, dis-je doucement, peut-être que plus tard, je rentrerai à Shillong et que je resterai… Mais pour le moment…

— Pour le moment ?

— Je suis venue ici pour Oiñ, et je veux…

— Rester jusqu'à ce qu'elle parte ?

— Ou jusqu'à ce qu'elle aille mieux.

La fumée de sa pipe forme des volutes paresseuses entre nous.

— C'est tout ?

— C'est tout.

Si je tente de lui expliquer que ce n'est pas tout, je ne ferai que minimiser mon propos. Mes mots ne seront pas à la hauteur. Quelque chose se perdra. Dans le village en contrebas, presque toutes les lumières sont éteintes ; le bruit des gens qui discutent, qui rient, qui rentrent chez eux flotte jusqu'à nous.

— Mais tu vas revenir ?

Je l'entends dans sa voix, le besoin pressant de certitude. Je garde le silence et quand je me tourne vers lui, je vois qu'il a les yeux qui brillent.

— Je n'en reviens pas que l'histoire se répète, dit-il.

Qu'il ait laissé l'histoire se répéter.

— Mais c'est différent, cette fois, m'entends-je insister.

Je suis différente, cette fois.

Il secoue la tête.

— C'est la même chose. Moi là-bas, toi ici… parfois même quand on est au même endroit.

* * *

Nous sommes au début de *Rymphang*, le deuxième mois de l'année.

Les jours sont notoirement plus chauds, même s'il fait encore froid le soir et la nuit et que je continue de remplir une bouteille avec de l'eau chaude afin de la glisser dans mon lit pour me réchauffer les orteils. Je m'acquitte de mes corvées, nourris les poules, notre famille de porcs qui couinent, j'arrose, je désherbe et je couds, et rien n'a changé si ce n'est que le souvenir de Dajied me pèse un peu moins.

Les journées sont calmes. Oiñ regarde par la fenêtre. Kong Thei la nourrit avec tendresse. Banri étudie et rêve. Ces jours-ci, sa mère et son père sont occupés avec les jumeaux, tous deux subitement enrhumés et fiévreux.

Pendant ce temps, avec le changement de saison, notre récolte de tyrso va en s'amenuisant, mais les haricots et les tomates abondent, de même que les petits pois. Les potirons sont finis, mais déjà de nouveau en fleur, ce qui laisse espérer que nous en aurons bientôt d'autres. Devant la maison, j'essaie de faire pousser quelques fleurs. Des pois de senteur que j'ai supplié Bah Albert de rapporter du marché de Mawkyrwat et quelques orchidées cypripèdes que j'ai calées en haut d'un arbre avec des bouquets de mousse. Je me souviens du jardin de Bah Kyn, du peu d'intérêt que suscitait chez moi son abondance. Du peu d'intérêt que suscitait chez moi n'importe quel type d'abondance, à une époque.

Je me rends toujours au sommet de la butte chaque après-midi, bien qu'il m'arrive de ne même pas prendre la peine d'emporter mon téléphone – écran toujours fendu de part en part. Néanmoins, davantage qu'une retraite hors de la vraie vie, j'éprouve plutôt un sentiment d'immersion, avec tout ce que j'ai appris.

Comment tout commence avec de la terre, une graine et une feuille, et comment, même si on pense avoir besoin de plus, ça suffit pour commencer à voir les choses plus vastement, plus en profondeur. Pour ouvrir plus grand les yeux, pas juste avec la tête, mais aussi avec les mains, la peau, les pieds. Et comment, à partir de là, apprendre petit à petit à lire les signes de l'univers. Quand les fourmis transportent leur nourriture et leurs œufs en haut d'une pente ou dans le creux d'une pierre, ou quand les poissons sautent dans les gorges encaissées d'une rivière, ou que le soleil est entouré d'un cercle brillant aux couleurs de l'arc-en-ciel : tous ces indices indiquent que de fortes pluies ne tarderont pas à tomber. Quand le *'tiew kheiñpor* referme ses pétales, c'est un signe que le travail aux champs est terminé et qu'il est l'heure de faire cuire le riz pour le repas du soir. À présent, autour de moi, les feuilles du kapokier rouge sont d'un vert flamboyant, mais quand elles tombent et que le *ñiang kali* stridule, ça annonce le printemps. Et si je repère des fleurs précoces sur les noyers et les cerisiers, alors la récolte de l'année sera abondante.

Que signifie tout cela ? Que le monde est une succession d'histoires, de vivant, de respiration, de naissance, de vie, de mort, de retraite, et que la vraie joie ne réside que dans la connaissance approfondie.

Au cours de mon séjour à Mawmalang, le khasi s'est mis à rouler plus facilement sur ma langue. C'est parce que je le parle chaque jour, bien sûr (au lieu d'être *thlun*, semblable à un couteau émoussé, il commence à être un peu plus aiguisé), mais je pense que ce n'est pas la seule raison. C'est aussi parce que le monde se dévoile à travers ces mots. Je n'avais personne avec qui parler en khasi à Delhi et d'une certaine façon, je n'arrive pas trop à imaginer ça là-bas, parmi le vacarme bruyant et agressif de la ville dans le Nord. Loin de ces montagnes où les mots ont pris forme. Le langage, me semble-t-il, sonne comme l'endroit dont il est originaire, il transporte avec lui ses propres paysages, prospère là où le vent et la pluie font écho à ses rythmes.

Pendant très longtemps, je me suis interrogée, mais peut-être qu'à présent je peux commencer à savoir que nommer les saisons dans une langue qui leur ressemble – *ka Pyrem, ka Lyiur, ka Synrai, ka Tlang* –, connaître les mois en fonction de ce qu'ils amènent, les vents noirs en *Ïaïong*, l'odeur de renfermé en *Naitung*, la pluie pour former de profondes cuvettes d'eau claire en *Jylliew*… je pense que c'est ça que ça veut dire, à la maison.

Parfois, je prends des nouvelles des autres. J'ai des messages de Grace et de Kima, qui me disent comment elles vont, mais rien de la part de Dajied, et je suppose que je ne peux pas lui en vouloir. Des appels avec Mei et Papa, qui ont l'air joyeusement occupés. Ma mère avec la visite d'une cousine et de son nouveau-né, un cours de pâtisserie qui a récemment ouvert à Shillong, un salon de l'éducation pour l'organisation duquel on l'a enrôlée.

Elle ne demande presque plus jamais quand j'envisage de rentrer, même si elle me dit au détour d'une conversation :

— J'ai oublié de te le donner, cette fois, pas vrai ?

— Quoi donc, Mei ?

— Le *khaw*.

Des grains de riz dans une petite pochette, glissée dans ma paume avant un voyage. Un porte-bonheur pour voyager en toute sécurité, dans la croyance khasi, chargé du pouvoir de la maison, là où le riz a poussé. Et j'ai envie de lui répondre que souvent, ce sont les voyages « dangereux », imprévus, entrepris sur un coup de tête, qui nous mènent là où nous devons être.

Mon père continue à sauver des arbres. Dernièrement, après les pins de notre colonie, un bosquet d'immenses cèdres centenaires en plein cœur de la ville, pressentis pour être abattus afin de faire de la place pour une station essence. Il est resté assis parmi les arbres à longueur de journée et de nuit pendant des semaines, rejoint par un groupe de jeunes activistes engagés contre le changement climatique en provenance des lycées et écoles du voisinage. C'était partout dans les journaux et sur les réseaux sociaux. Mon père est une vedette.

Il ne m'a pas encore posé la question, car il croit que les plantes et les gens doivent trouver leurs propres racines, mais s'il me demandait si j'allais bien, je lui rappellerais ce qu'il m'a dit un jour : que les plantes d'une maison ne prospèrent que lorsqu'elles sont placées à un endroit d'où elles peuvent voir le ciel.

Et de là où je suis, le ciel est bleu et vaste et infini.

Pendant cette douce après-midi de début de printemps, je m'autorise à repenser à l'une de nos dernières excursions avec Dajied à l'extérieur de Shillong.

Nous étions partis au canyon de Laitlum, à côté de Smit. Nous avions quitté la ville sur les chapeaux de roue, parcouru la campagne, garé la moto près d'une ouverture dans la haie, et nous étions entrés. Nous avions dépassé une cabane isolée et traversé une clairière herbeuse jusqu'au bord de la pente.

Nous nous étions accroupis, avions allumé un joint.

Devant nous s'étendait une profonde vallée boisée, avec les montagnes qui s'élevaient à perte de vue de part et d'autre de l'horizon. Laitlum, là où les collines sont libérées.

Je lui avais dit que tout ça avait été immergé à une époque.

— Il y a environ cinquante millions d'années, une mer peu profonde s'étirait dans toute l'Inde, d'ici au Rajasthan.

— Avec certaines de nos moussons, la vallée n'aurait pas de mal à se remplir de nouveau, avait-il plaisanté.

J'avais ri. Il avait raison.

— N'empêche, tu imagines ? Les sommets les plus élevés de la Terre ont été les plus bas, les déserts ont été des océans et les continents ont dérivé et se sont percutés de nouveau depuis la nuit des temps.

Notre joint était fort et odorant et me laissait un goût âcre dans la bouche.

— Mais ce que je trouve le plus incroyable, c'est que l'ensemble de la vie sur Terre a commencé avec un seul ancêtre commun…

— Vraiment ?

Ça, dit-il, il l'ignorait, ou alors il n'y avait jamais vraiment réfléchi.

J'avais hoché la tête, lui avais passé le joint.

— Un ancêtre commun universel qui a probablement vécu dans les eaux chaudes des mers profondes… Plantes et animaux ont pris des chemins séparés il y a seulement un milliard et demi d'années.

À ce stade, une agréable légèreté vrombissait dans ma tête.

— Tous les animaux ont pour origine un ver bilatérien, et toutes les plantes une cellule verte.

J'avais décrit un geste circulaire.

— Les pins et les bouleaux et les bambous, des diatomées unicellulaires, doivent leur existence à une minuscule algue qui, il y a une éternité, a avalé une cyanobactérie et s'est transformée en mini centrale à énergie solaire.

Dajied avait paru amusé.

— J'adore que tu sois aussi… aussi… cosmique.

— Cosmique ?

Je croyais pourtant que c'était moi qui étais défoncée.

— C'est vrai. Je suis local, régional, petit même, une personne qui ne jure que par l'ici et le maintenant, et par cet endroit. Alors que toi…

Moi quoi ?

— Tu es beaucoup plus vaste, avait-il répondu avec simplicité, et affection aussi, j'en suis sûre.

Mais je suis certaine qu'il s'est également dit que c'était ce qui nous lie et nous sépare.

En y repensant, je ne sais pas s'il a raison. Ne pouvons-nous pas regarder les choses sous un autre angle ? Nous dire que « ici » renferme tous les lieux et que « maintenant », l'instant présent, renferme le temps tout entier ? Moi, à cet endroit, je porte en moi tous mes ancêtres. Où sont mes frontières ? Où est la limite qui me sépare du monde ? Si nous cherchons la séparation, nous la trouverons toujours, ai-je envie de dire à Dajied. Séparer, scinder, diviser, c'est ce qu'il y a de plus simple. Ce qui est beaucoup plus difficile, c'est de voir les choses dans la continuité, dans l'extension, dans l'expansion, comme une ininterruption – à partir du moment, de l'instant précis où l'univers est né. Ça aussi, nous le portons en nous. *Nous sommes de la poussière d'étoiles* n'est pas simplement un joli vers dans un poème ou une parole de chanson. Notre sang et nos os portent réellement en eux des supernovæ. D'où viennent les éléments présents dans nos corps ? Le fer et l'oxygène, le carbone et le calcium ? D'une étoile, au cours de milliards d'années et de multiples vies galactiques. Nous ne sommes pas nés maintenant : les premières étoiles nous transmettent aux suivantes, à mesure qu'elles brûlent et qu'elles meurent, leurs éléments se dispersant dans l'espace, encore et encore, jusqu'à ce que nous soyons là. Nous portons en nous de la poussière d'étoiles. Et chaque particule de ce minuscule grain (invisible aux yeux des humains, aussi vieux que notre univers) nous porte en lui.

Derrière moi, les oiseaux chantent, le vent se lève, doux et délicat, faisant frémir les arbrisseaux et les arbres. Je regarde le village en contrebas. La maison de Hep. Je pense à Oiñ. À une cabane près de la forêt à Domiasiat. Aux instructions de la femme médecin. « Apporte-moi toutes ces feuilles. »

Je prends brusquement conscience de quelque chose. Je me lève et descends de la butte. Je me mets en quête des musiciens et quand je les trouve, ils sont en train de fumer leurs pipes en bavardant ; ce n'est pas dans l'après-midi qu'ils jouent de la musique, lors de ces journées où l'on attend qu'arrive le moment de la récolte.

Je les salue.

— *Kumno?*

— *Kumne*, répondent-ils en chœur.

— J'aimerais vous demander quelque chose.

En quoi pouvons-nous, *ñiang kongwieng* du monde, t'être utiles ?

— Dans vos chansons, vous parlez d'un arbre…

Un arbre ? Quel arbre ?

— Le *Diengiei*, précisé-je patiemment.

C'est laquelle, déjà ? Quand le monde était jeune… *kumno kumto*? Les paroles changent sans arrêt, me disent-ils, nous ne cessons de les oublier… Voyons, que savons-nous à propos du *Diengiei* ? Qu'il a plongé le monde dans l'obscurité.

— Dans la chanson, vous l'appelez l'arbre qui porte en lui tous les arbres, leur rappelé-je.

Oui, oui, c'est bien possible.

— Qu'est-ce que ça signifie ?

Ils échangent des regards. Que c'est un très gros arbre ? Et ensuite, ils éclatent de rire.

Ce sont des farceurs, de joyeux grillons. Alors je les remercie poliment et je m'en vais.

Je me dirige vers la cabane du *nong kñia*. Il est parti marcher jusqu'au ruisseau, m'informe l'un de ses nombreux petits-enfants, alors je rebrousse chemin. Mais au lieu d'entrer dans le village, je prends la direction des champs, du pont, du ruisseau, là où j'avais trouvé Dajied assis sur une pierre tôt un matin.

Bientôt, je l'aperçois. Sa longue silhouette noueuse enveloppée dans un châle à carreaux. Il est là, qui contemple les montagnes dans le lointain.

Quand je m'approche de lui, il sourit.

— Vous m'attendiez ? lui demandé-je.

Son sourire s'agrandit.

Nous observons tous les deux le ciel d'un bleu de plus en plus profond au-dessus de nos têtes, les collines dont les contours deviennent flous.

— J'ai fait ce que vous m'avez suggéré, vous savez. Je suis allée voir Kong Batimai…

— Kong Batimai, répète-t-il.

— Et elle m'a dit que je pouvais aider Oiñ uniquement en faisant quelque chose pour elle.

— C'est bien son genre, oui.

— Mais ce qu'elle m'a demandé est impossible.

— Ça aussi, ça lui ressemble fort.

Je hausse les épaules.

— À quoi bon ? Elle n'avait pas l'air d'avoir envie d'aider.

Il hésite.

— Il existe, heureusement ou non, de nombreuses manières d'aider quelqu'un.

— Peut-être, ou peut-être qu'elle me jouait simplement un tour… car c'est impossible de cueillir sept sortes de feuilles différentes sur le même arbre…

Je le regarde à la dérobée. Il reste impassible.

— À moins que vous connaissiez un arbre qui soit tous les arbres comme le *Diengiei*.

Il garde le silence pendant un long moment, puis il se tourne vers moi et me demande si je les entends.

— Si j'entends quoi ?

— Les *doh thli*… dans le ruisseau. Ils viennent de naître.

Je regarde dans l'eau, qui s'écoule entre boue et cailloux, mais je n'aperçois aucun petit poisson argenté. Puis je me tourne de nouveau vers lui, prends une inspiration.

— Qu'est-ce que vous savez à propos du *Diengiei* ?

— Qu'est-ce que je sais ?

Il a toujours les yeux rivés sur le cours d'eau.

— Ceux qui savaient ne sont plus là désormais. Tout ce que je connais, ce sont des descriptions tirées de fragments de chansons, dont bon nombre se sont perdues, bien qu'il en reste quelques-unes pour ceux qui veulent écouter, et ceux qui veulent chanter… De nombreuses variations existent… Certaines affirment qu'il était magnifique, chaque feuille une feuille différente, et de cette manière, il portait en lui tous les arbres de la Terre. D'autres chansons affirment qu'un arbre qui porte en lui tous les arbres ne peut être qu'une graine, qui peut prendre n'importe quelle forme en grandissant. Le lieu de tous les possibles.

Il me regarde gentiment et répète :

— C'est très variable.

Une libellule danse devant nous, volette de brin en brin, de feuille en feuille. Plus loin, une aigrette blanche observe et attend.

Je me tais pendant un moment, avant de demander :

— Mais quel sens ça a pour nous ? Les gens avec les histoires sur le *Diengiei*… cet arbre qui porte en lui tous les arbres ?

Il resserre son châle autour de lui.

— Quel est le *sens* de nos histoires ? Chaque fois que nous les racontons, elles sont différentes, leurs significations sont aussi nombreuses que leurs variantes. C'est délicat, tu ne trouves pas ? Difficile à saisir. Mais est-ce une mauvaise chose ? Quand le sens est direct, telle une flèche qui transperce un cœur, il peut tuer.

Je vois ses yeux qui suivent le ballet de la libellule.

— Tu vois ?

Il la montre du doigt.

— Tu vois comment elle se déplace ? Elle fonce au-dessus de l'eau, de pierre en feuille.

Il me regarde, sourit et dit :

— Je préfère quand les choses sont vivantes.

Quand j'arrive à la maison, rien ne bouge.

Je ne suis pas restée avec le *nong kñia* pendant tout ce temps ; je l'ai laissé près du ruisseau et j'ai traversé le village en long, en large et en travers, comme pour en faire une carte que je pourrais plier et garder toujours avec moi. J'ai réfléchi aux voyages. Par-delà les rivières et les mers, les marécages et les montagnes. Ceux qui nous emmènent là où jamais nous n'aurions cru arriver, dans des grottes et des forêts reculées, au coude de rivière. Et les voyages qui nous conduisent à la fin du voyage de quelqu'un d'autre.

Je me déplace sans bruit à travers la maison. Je la connais bien, à force. Ses murs, son sol, ses bas plafonds, l'odeur de cendres et de bois qui émane de la cuisine.

Tout le monde se repose. Les jumeaux, encore affaiblis par la fièvre, dorment ; Hep et Bah Kit parlent tout bas dans leur chambre ; Kong Thei est également dans la sienne et Banri est sans doute avec elle en train de bavarder, de raccommoder des vêtements, de lire.

J'ai raté l'heure du dîner et même si Hep m'a gardé une assiette, je n'y touche pas. Ce n'est pas le moment de manger.

À la place, je me faufile dans la chambre d'Oiñ et m'assieds à côté de son lit.

Elle est endormie, mais ça fait maintenant des semaines qu'elle ne se rend plus compte de la présence de qui que ce soit. Elle est là, mais elle n'est pas là, au point de bascule entre revenir et partir. Ça ne peut pas remonter à si longtemps, nous tous dehors, à danser gauchement dans l'herbe, pieds nus, piétinant la terre. Faire ça, peau contre terre, sang contre boue, a permis à quelque chose venu de Ka Mei Ramew de courir en nous, avait dit Hep, une force vitale que nous avons depuis longtemps ignorée ou oubliée, qui nous connecte à la terre, et *vice-versa*. J'aurais aimé qu'elle alimente Oiñ un peu plus longtemps, la maintienne plus forte et l'aide à rester debout. Mais peut-être que parfois, à la place, la force nous appelle, car elle sait que l'heure est venue.

J'étudie son visage, d'une couleur d'écorce, parcheminé comme des feuilles, ses cheveux aussi sauvages que la lune.

C'est à ce moment que je dis *pars en paix, Oiñ, pars en paix. Tu pars, je reste, et un jour, dans la terre de notre terre, nous nous retrouverons.*

Par la fenêtre, une brise fraîche et douce souffle et quelque part, au-delà de la butte, au creux d'une forêt, tout juste touché par le soleil et la pluie, quelque chose bouge et se tend vers la lumière.

Attendons, écoutons.

Lorsque nous nous rassemblons, nous nous rassemblons comme si c'était la dernière fois.

Qui sait quand l'âtre brillera d'un feu accueillant et quand il s'éteindra ? Nous nous rassemblons comme nous l'avons toujours fait. Nous nous rassemblons en sécurité, nous nous rassemblons au chaud.

Qu'est-ce que ce sera ce soir ?

Ce soir, ce sera notre histoire.

Celle avec un arbre, celle avec un tigre, et le petit oiseau qui sait.

Le reste n'est que fumée – mais où est le feu ?

Ici, ici, rapprochez-vous.

Voici la chanson et voici l'histoire, nous ne pouvons pas séparer l'une de l'autre.

Prenez les deux, nous les offrons avec légèreté.

Ce soir, qu'est-ce que ce sera ?

Cette histoire qui porte en elle toutes les histoires, cette chanson qui porte en elle toutes les chansons.

Comment nous enrichir en bougeant, en nous déployant, en rassemblant tous les futurs qui pourraient être ?

Comment grandir si ce n'est lentement ?

Vers quoi nous tourner si ce n'est vers la lumière ?

Ici l'obscurité, ici la vue – enchevêtrées, comme la chanson et l'histoire.

Comment vivre, si ce n'est légèrement ?

Comment apprendre, si ce n'est lentement ?

Sans cesser de voyager à travers la vie après vie après vie.

Rassemblez-vous, rassemblez-vous, autour du feu, écoutez, écoutez.

Respirez.

Avec toute ma reconnaissance

Pour ce roman, j'ai eu besoin d'énormément d'aide, que j'ai reçue en abondance.

L'équipe de Pontas, en particulier Anna Soler-Pont et Maria Cardona, consœurs d'émerveillement face au monde, lectrices sensibles, agentes hors pair. Mon éditeur aux États-Unis et mon éditrice au Royaume-Uni, Rakesh Satyal et Ore Agbaje-Williams, pour leur foi inébranlable de tous les instants. Côte à côte, m'aidant à planter la forêt. Les éditeurs vedettes Udayan Mitra et Anant Padmanabhan.

L'université d'Ashoka pour son soutien sans faille dans la couverture des voyages, du temps, de l'espace et des conversations avec des collègues. Les professeur·es Upinder Singh, Malabika Sarkar, Mandakini Dubey, Bittu et Shivani Krishna, Saikat Majumdar, pour leur aide et leur compréhension pile au bon moment.

Luigi Russi, pour m'avoir initiée à la science goethéenne lors d'une promenade, il y a longtemps, au bord de la mer.

Robert Macfarlane, pour son enthousiasme, pour l'immense générosité de ses mots.

Pranay Lala, inspiration, présentations et, toujours, émerveillement.

Henry Noltie, détenteur de l'œil le plus acéré pour les références botaniques et bien plus encore.

Jim Reed, pour les interminables conversations, pour le cadeau qu'est sa traduction du *Voyage en Italie* de Goethe.

LeAnne Broadhead, pour le merveilleux écho à travers les mers.

Staffan Müller-Wille, pour le nouveau matériel passionnant sur Linné en Laponie.

Bengt G. Karlsson, pour sa générosité et son regard neuf.

Andre Hahn, qui a sans la moindre hésitation répondu à mes questions et partagé son expertise.

Ankita Anand et Anupam Chakravartty pour leur patience et leur reportage sur le problème de l'extraction de l'uranium.

Andrew May, pour son enthousiasme concernant les botanistes du XIXe siècle dans les montagnes Khasi.

La résidence Toji en Corée du Sud, pour un mois de promenades, de thé et d'alimentation.

Yogita Chandolia, pour m'avoir fait entrer dans le laboratoire du professeur M. V. Rajam du département de génétique de l'université de Delhi, campus sud, et à tous les scientifiques pour avoir toléré mes questions d'amatrice avec tant de patience.

Les documentalistes de Kew Reading Room, en particulier Craig Brough, et de Linnean Society Library. Anne Thomson, archiviste à Newnham College, Cambridge.

Nevin Gill, pour avoir erré dans Cambridge en quête de Balfour Place avec moi jusqu'à la trouver !

Sam Miller. Depuis avant le commencement jusqu'à après la fin. Toutes les tournées au *Botanist* sont pour moi.

Jeet Thayil, confident des premières heures, source intarissable de martinis.

Shubhangi Swarup, qui a lu ce manuscrit avec grand enthousiasme et grand plaisir, en dépit du monde qui brûle à l'extérieur.

Malvika Maheshwari, une lectrice chère, une amie chère, chez qui je trouve toujours refuge.

Durba Chattaraj, pour sa joie, son soutien et son humour très, très espiègle.

Tishani Doshi et Akanksha Sharma, mes étoiles.

Holly Ainley, pour les longues discussions et les belles journées au jardin botanique.

Nandini Gopinadh, pour les livres et les conversations et le meilleur vin qui soit.

Jini Reddy, consœur exploratrice et chercheuse de sentiers secrets.

Tarun Bhartiya, Angela Rangad, pour leurs mots, leurs actions, leur courage.

Sonal Shah et Shom Dutta, pour le flot ininterrompu.

Olivia Dalrymple, pour son amitié et son cœur rempli d'amour.

Samit Basu, pour sa patience et sa malice.

Mukund Padmanabhan, pour toujours demander « Le livre, comment ça va ? ».

Les Carling, Jane et Paul, pour les portes ouvertes et leurs bras ouverts.

Gaurav Deva. Pour l'apprentissage et l'alignement, pour apporter la paix aux ancêtres et les ramener à la vie.

Suraj Singh, pour aimer le monde et tout ce qu'il renferme autant que moi.

Samuel T. Sawian, pour de nouveaux chemins, de nouvelles histoires, pour m'aider à comprendre les chansons et les pierres.

Suneet Singh Puri, confrère d'émerveillement aux yeux écarquillés.

Katie Waldegrave, qui me garde toujours une chambre.

Justine Del Corte. La seule personne avec laquelle j'aimerais être coincée à Rome pendant une pandémie.

Deepthi Talwar, pour excuser les anniversaires oubliés et sa longue amitié.

Malati Shah, pour les feuilles, et la poésie, et les vieux livres poussiéreux qui ont tant servi.

Maman et Papa, et Dina. Tante Lorraine, Tante Melanie. Les trois C. Vous tou·te·s, la meilleure des familles.

Pankaj Khanna, tant de tempêtes et de refuges. Mon plus patient lecteur, et l'allocutaire de mes diatribes d'écrivaine.

Et enfin, Kitty, dont la tendre indifférence aide à garder les choses en perspective.

Une note de l'autrice

Ce roman déborde de textes – livres, articles universitaires, entrées de journaux, posts sur des réseaux sociaux – auxquels je dois de m'avoir ouvert des portes sur le monde végétal, les vies de chasseurs de plantes coloniaux, les idées scientifiques de Goethe, la vision du monde de Linné, l'époque édouardienne et la politique complexe des montagnes que j'appelle la maison.

Dans la section de Linné, j'utilise *Voyage en Laponie* (1811) comme texte source, une traduction de James Edward Smith de l'original, *Lachesis Lapponica.* Les poèmes *Comment être un vrai botaniste* et *Baptême*, cependant, s'inspirent des listes de Linné dans *Philosophie botanique.*

Les détails du voyage de Goethe trouvèrent leur origine dans l'indispensable *Flight to Italy: Diary and Selected Letters*, traduit par T. J. Reed, une trace quotidienne authentique et non corrigée des huit premières semaines de voyage du poète. Bon nombre des « citations » de Goethe dans le roman sont directement tirées de son journal. Pour le reste du séjour de Goethe en Italie, je me suis référée à une traduction de 1881 du révérend A. J. W. Morrison, *Letters from Switzerland and Travels in*

Italy, ainsi que *Italian Journey: 1786-1788*, célèbrement traduit par W. H. Auden et Elizabeth Mayer. L'excellent et abordable *Goethe's Scientific Consciousness* de Henri Bertoft m'a offert un aperçu de la vision de Goethe, de même que son ouvrage *The Wholeness of Nature: Goethe's Way of Science.* J'ai également beaucoup appris grâce à la thèse de Dana Pauly « Goethan Science: A Phenomenological Study of Plant Metamorphosis » et *The Natural Philosophy of Plant Form* d'Agnes Arber. L'expérience de la laitue des murailles menée par Goethe avec ses amis à Rome, ainsi que sa conversation avec Moritz à propos du cycle de vie d'un coquelicot, sont tirées de l'exceptionnel *Thinking Like a Plant: A Living Science for Life* de Craig Holdrege. Son article « Doing Goethean Science » a été crucial dans ma compréhension de la pratique expérimentale proprement dite de la science goethéenne dans la vie quotidienne.

Mes connaissances sur l'Angleterre édouardienne, la vie des femmes britanniques en Inde et les voyages à l'époque ont été acquises en grande partie grâce à *The Fishing Fleet: Husband Hunting in the Raj* d'Anne de Courcy. L'expérience du voyage par bateau d'Evie jusqu'en Inde et son séjour à Calcutta ont vu le jour grâce à la richesse des détails que renferme ce livre. *A Glimpse of Empire*, de Jessica Douglas-Home, tout aussi fascinant et particulièrement utile, narre les voyages de sa grand-mère Lilah Wingfield à travers l'Inde en 1911. La description de la traversée du canal de Suez s'inspire de son récit. Bien que tous les mémoires de voyage qu'Evie lit existent bel et bien, la mention du *Diengiei* dans *Journal of Travels in Assam, Burma, Bootan, Afghanistan and the Neighbouring Countries; A Memoir of Some of the Natural Productions of the Angami Naga Hills, and Other Parts of Upper Assam* de J. W. Masters Esq., ainsi que dans *Himalayan Journals* de Joseph Dalton Hooker, est une licence créative de ma part. Ces ouvrages renferment de nombreux détails magiques, mais pas celui-ci !

Bon nombre de détails de la vie de Mr Finlay proviennent de *In the Land of Blue Poppy* de Francis Kingon-Ward, une collection d'essais sur ses expériences de chasseur de plantes à travers l'Asie.

J'ai appris la méthode ou les « étapes » de la science goethéenne grâce à l'article très utile d'Isis Brook, « Goethean Science as a Way to Read Landscape ».

La conversation entre Shai et Dajied concernant la continuité de la résistance contre l'extraction de l'uranium dans les montagnes Khasi occidentales cite un post Facebook du 30 décembre 2019 de Tarun Bhartiya sur la terre et l'appartenance. La scène lors de laquelle ils rencontrent Kong Spelity plus tôt dans la journée s'en inspire également. Les détails quant au mystérieux colis intercepté à Moreh et les soupçons de l'implication de la CIU et de la DMA dans les opérations minières clandestines dans les montagnes Khasi du Sud-Ouest sont tirés d'une multitude d'articles de presse (« Mystery Deepens over Recovery of Suspected Uranium in Moreh » par le *Northeast Live Web Desk* du 19 mai 2019, « Manipur Recovery Proof of Uranium Mining: KASU » dans *The Shillong Times* du 20 mai 2019, « KSU Suspects Uranium Packets Seized from Manipur Are from Meghalaya » par *The Northeast Today* du 19 mai 2019, « PDF Minister Demands Inquiry into Illegal Supply of Uranium » dans *Syllad: The Rising Meghalaya* du 20 mai 2019). Pour mieux comprendre le problème de l'extraction d'uranium, j'ai eu recours au reportage de Dilnaz Boga pour *The Caravan* et aux diverses publications d'Ankita Anand, y compris *Beyond Headlines* et minesandcommunities.org.

La fascination de Shai à l'égard de la nature, de la géologie et le temps géologique s'inspire de ma lecture du magnifique livre de Pranay Lal *Indica: A Deep Natural History of the Indian Subcontinent*, ainsi que du visionnage en compagnie de mon père d'un programme de la chaîne Discovery Science au titre fort peu poétique de *Éplucher le cosmos.*

Tout le roman est imprégné de l'esprit de *Braiding Sweetgrass: Indigenous Wisdow, Scientific Knowledge, and the Teaching of Plants* de Robin Wall Kimmerer. Un livre qui sert de guide de vie aussi sage que merveilleux.